두 도시 이야기

두 도시 이야기

초판 1쇄 발행 2016년 7월 10일
    4쇄 발행 2024년 6월 25일

지은이 찰스 디킨스
옮긴이 김옥수
펴낸이 김소연
디자인총괄 이유빈

펴낸곳 비꽃
등록 2013년 7월 18일 제2013-000013호
주소 서울 강북구 삼양로16길 12-11
이메일 rain__flower@daum.net 전화 02)6080-7287 팩스 070-4118-7287
홈페이지 www.rainflower.co.kr

ISBN 979-11-85393-20-9
    979-11-85393-19-3 (세트번호)

값 14,000원

A Tale of Two Cities

두 도시 이야기

찰스 디킨스 지음 · 김옥수 옮김

비꽃

이 책은 Penguin Group USA 2010년 판본(Paperback/ Rough - Cut Edition)을 참고했다.

목 차

제1부

다시 살아나다

I. 시대

제일 좋은 시절이면서
제일 나쁜 시절이고,
지혜로운 시대면서
어리석은 시대고,
믿음이 가득한 세월이면서
불신이 넘치는 세월이고,
빛이 넘치는 계절이면서
어둠이 가득한 계절이고,
희망이 새록새록 피어나는 봄이면서
절망이 지배하는 겨울이었다.

우리 앞에는 모든 게 있지만 하나도 없고, 우리 모두 천국으로 곧장 나아가면서 지옥으로 곧장 떨어졌다. 한 마디로 현재와 어찌나 비슷한지, 나쁜 쪽이든 좋은 쪽이든 어이가 없을 정도로 똑같다고 전문가들이 소리 높여 주장할 정도다.

영국 옥좌는 턱살이 두툼한 왕과 못생긴 왕비가 차지하고 프랑스 옥좌는 턱살이 두툼한 왕과 잘생긴 왕비가 차지했다.[1] 두 나라 모두 귀족 집단은 기득권을 거머쥐고 자신들이 영원히 행복하게 살 거라는 사실을 믿어 의심치 않았다.

때는 바야흐로 서기 일천칠백칠십오 년, 그 좋던 시절에도 영국인은 지금처럼 영적 계시를 믿었다. 사우스코트 부인[2]은 이제 비로소 25세 생일을 맞이하고, 왕실근위대 병사는 어떤 사람이 나타나서 런던과 웨스트민스터[3]를 완전히 집어삼킬 거라고 선포해 뛰어난 예언자가 출현한다는 사실을 장엄하게 알렸다.

콕 레인에서 유령이 나타나 탁자를 두드리며 메시지를 전한 게 불과 십이 년 전인데 바로 작년에도 (독창성이라곤 하나도 없는 유령이 나타나) 탁자를 똑같이 두드렸다. 그런데 '아메리카에 거주하는 영국 신민 의회'[4]에서 극히 최근에 세속적인 내용을 작성해 '영국 왕실과 국민'에게 보낸 내용이, 이상하게 들리겠지만, 콕 레인에서 병아리가 태어나며 전달한 영적인 메시지보다 영국인에게 훨씬 중요하다는 사

---

1) 영국 조지 3세와 소피아 왕비, 프랑스 루이 16세와 마리 앙투아네트 왕비를 말한다. 두툼한 턱살은 냉혹하고 권위적인 통치 방식을 상징한다.
2) 사우스코트 부인(Joanna Southcott): 영국 예언가, 42세에 계시를 받아 뛰어난 예언가로 이름을 떨친다. 책을 육십여 권이나 저술하고 국가가 위험할 때 열어보라며 '사우스코트 상자'를 남겼다.
3) 영국 정부와 국회가 있는 곳이다.
4) 미국 필라델피아에서 열린 제1차 아메리카 식민지 대륙회의. 13개 주 대표 55인이 모여 식민지의 권리와 자유를 수호하고 영국과 무역을 하지 않겠다고 결의했다. 처음에는 독립이란 목표가 없었으나 결과적으로 미국이 독립하는 초석이 되었다.

실이 드러났다.

방패와 삼지창으로 유명한 영국[5]과 달리 프랑스는 영적인 문제에 전반적으로 관심이 없는 대신, 종이돈을 마구 찍어서 낭비하며 밑바닥으로 거침없이 내달렸다.[6] 그게 전부가 아니다. 천주교 사제단은 약 오십 미터 거리에서 사제가 지나는 더러운 광경을 보고도 비가 내리는 진흙탕 바닥에 무릎 꿇고 경의를 표하지 않았다는 이유로 젊은이를 잡아서 양손을 자르고 혀를 족집게로 뽑고 산 채로 몸뚱이를 태우도록 선고하는 극히 인간적이고 자비로운 업적까지 올렸다.

젊은이가 죽을 즈음에 '운명'이라는 산지기는 나무를 지목하니, 프랑스와 노르웨이 숲에서 깊이 뿌리내린 나무는 나중에 잘라서 이리저리 움직이도록 만들고 칼날과 마대자루까지 붙여서 역사상 가장 끔찍한 단두대로 변신할 예정이었다. 그리고 파리 근교 농가에서는 거친 땅을 일구다가 종일 퍼부어대는 비바람을 피하느라 진흙투성이 수레를 헛간에 집어넣어 돼지가 이리저리 다가와서 코를 킁킁대고 닭이 여기저기 올라타지만, '죽음'이란 농부는 대혁명이 일어나면 수레를 사형수 호송마차로 사용하도록 모든 준비를 마친 상태였다. '운명'이라는 산지기나 '죽음'이란 농부는 끊임없이 일하지만 극히 조용해서 살금살금 거닐며 돌아다니는 소리를 아무도 못 들었다. 아니, 그런 소리를 들은 사람이 있다고 해도 이단이나 반역으로 몰릴까 두려워서 감히 입을 열 수 없었다.

반면에 영국은 질서와 치안이 엉망이라서 국가다운 국가라고 말할

---

5) 당시 영국 1페니 동전 뒷면에는 삼지창과 방패를 든 수호여신이 있었다. 프랑스에서 종이에 마구 찍어대는 돈을 영국 동선과 비교하는 의미가 있다.
6) 프랑스는 국제무대에서 영국과 경쟁하며 육군과 해군에 막대하게 투자하느라 부채가 늘어, 혁명이 일어나는 실마리를 제공한다. 영국도 부채 규모는 비슷한데 정치 상황이 달라서 나름대로 복지제도를 유지할 수 있었다.

수도 없었다. 수도 런던에서는 매일 밤 무장 강도와 노상강도가 대범하게 일어나고, 가족 전체가 마을을 멀리 벗어날 때는 가구를 가구점 창고에 모두 보관해야 안전하다는 말이 공공연히 나돌고, 밤에는 노상강도를 하고 낮에는 장사하다가 행여나 동료 장사꾼이 "두목"을 알아보고 달려들기라도 하면 머리에다 총알을 박고 말에 올라타서 도망쳤다. 한 번은 무장 강도 일곱 명이 노상에서 역마차를 덮쳐, 경호원은 세 명을 사살한 다음에 "사격을 제대로 못 한 결과" 나머지 네 명에게 살해당하고, 그런 일이 발생한 다음부터는 어떤 역마차도 저항을 안 해 모두가 편하게 강도질하니, 대단한 권력자 런던 시장이 마차를 타고 가다가 턴햄 그린 공원에서 여러 수행원이 지켜보는 동안 한 명밖에 안 되는 강도에게 꼼짝없이 털리는 사태까지 일어났다.

런던 교도소에서는 죄수가 교도관과 전쟁을 벌여 경찰 당국은 나팔총에 동그란 총알을 가득 장전해서 마구 쏘아대고, 궁전 접견실에서는 도적이 귀족에게 다이아몬드 십자가 목걸이를 훔치고, 소총부대는 장물을 찾으러 세인트자일스로 진입하다가 도적 떼가 총을 쏘아대서 마찬가지로 총을 쏘아대지만, 이런 현상을 특별하게 여기는 사람은 하나도 없었다.

이런 일이 사방에서 끝없이 일어나니, 할 일이 없는 게 바람직한 교수형 집행인은 할 일이 언제나 산더미처럼 그득해서 늘 바빴다. 이봐, 쭉 늘어선 잡범에게 밧줄을 하나씩 걸어. 이봐, 화요일에 잡은 강도는 토요일에 매달아. 이봐, 뉴게이트 교도소에서 죄인 열두 명 손에다 낙인을 찍어. 이봐, 웨스트민스터 홀[7] 대문에 붙은 대자보를 태워버려. 오늘은 흉악한 살인범을 죽이고 내일은 농부 아들에게 푼돈을 빼앗은 가엾은 좀도둑을 처리해.

---

7) 왕궁 부속 건물, 커다란 연회장이나 재판정으로 사용한다.

이런 일이, 이와 비슷한 사건이 일천칠백칠십오 년 전후로 수없이 일어났다. 이런 가운데에도 '운명'이란 산지기와 '죽음'이란 농부는 조용히 끊임없이 움직이고, 턱살이 두툼한 왕 두 명과 얼굴이 못생긴 왕비와 잘생긴 왕비 두 명은 신성한 권리를 함부로 행사하며 분탕질을 끊임없이 일으켰다. 이런 과정을 거치며 일천칠백칠십오 년은 역사라는 거대한 문턱에 들어서고 수많은 인물은 - 여기에 등장하는 인물 역시 - 자기 앞에 펼쳐진 길을 따라 나아갔다.

II. 역마차

11월 마지막 주 금요일 밤, 우리 소설에 첫 번째로 등장하는 인물 앞에는 도버 도로가 있다. 도버 도로는 슈터스 언덕(Shooter's Hill: 사냥꾼 언덕, 옮긴이)을 힘들게 오르는 도버행 역마차 앞에도 있다. 첫 번째 등장 인물은 역마차 옆에서 진창길을 걸어 오르고 나머지 승객도 마찬가지다. 걷는 운동이 좋아서 그런 게 아니다. 언덕과 마구와 진흙탕과 역마차가 너무 힘들어서 마차를 끄는 말 네 필이 벌써 세 번이나 멈춘데다 한 번은 블랙히스로 돌아가려는 불온한 생각에 마차를 끌고 도로를 가로지르기도 해서 어쩔 도리가 없었다. 하지만 고삐와 채찍과 마부와 경비원은 짐승에게 이성이 있다는 주장을 평소에는 인정할지언정 이런 순간에는 강력하게 거부해야 한다는 전투규범을 읽은지라 합동작전을 펼치고, 네 마리 말은 무조건 항복한 채 자신에게 주어진 역할로 돌아갔다.

말 네 필은 관절이 산산조각이라도 난 것처럼 머리를 숙인 채 꼬리를 부르르 떨다가 툭하면 버둥거리고 휘청대면서 질퍽한 진창길을 힘들게 올랐다. 마부는 말을 쉬게 하려는 생각에 툭하면 "워워!" 하면서 조심스럽게 고삐를 당기고, 바로 앞에서 대장 말이 머리와 갈기를 마구 흔드는 모습은 역마차를 끌고 언덕을 오를 수 없다고 하소연하는 것 같았다. 그럴 때마다 우리 등장인물은 잔뜩 겁에 질린 승객이 흔히 그러는 것처럼 깜짝 놀라다가도 심란한 마음을 달랬다.

땅이 꺼진 곳마다 안개가 모락모락 피어올라 이리저리 흔들리며 언덕을 타고 쓸쓸하게 오르는 모습은 마치 쉴 곳을 찾아서 끊임없이 헤매는 악령 같았다. 냉기와 습기를 흠뻑 머금은 안개가 앞으로 나아가며 파동을 일으키면 바로 뒤에서 안개가 다시 몰려드는 형상은 바다에서 지저분하게 몰아치는 파도 같았다. 그래서 지독한 안개가 몰려들며 마차 불빛을 완벽하게 차단해서 바로 앞에 있는 도로만 간신히 비추고, 말 네 필은 언덕을 힘들게 오르느라 온몸으로 하얀 김을 뿜어대는데 짙은 안개가 모두 거기에서 나오는 것 같았다.

다른 승객 두 명도 우리 등장인물과 함께 역마차 옆에서 터벅터벅 걸으며 언덕을 올랐다. 세 사람 모두 광대뼈부터 양쪽 귀까지 얼굴을 완전히 감싸고 기다란 장화를 신었다. 그래서 누구도 겉모습 하나로 상대를 파악할 도리는 없었다. 얼굴을 모두 완벽하게 감싼 모습이 육신의 눈은 물론 마음의 눈으로도 자신을 못 보도록 하려는 것 같았다. 당시만 해도 길에서 만나는 사람이 도적이나 그 패거리로 언제 돌변할지 몰라서 여행자는 겉모습만 보고 상대를 믿는 법이 없었다.

패거리란 말이 나왔으니 말인데, 여인숙이든 선술집이든 도적에게 돈 받고 정보를 팔아먹는 놈은 제일 밑바닥에서 일하는 마구간 일꾼부터 주인에 이를 정도로 다양하므로 누구든 상대를 일단 의심하고 보는 편이 최선이었다. 그래서 도버행 역마차 경비원은 일천칠백칠십오 년 십일월 마지막 주 금요일 밤에 슈터스 언덕을 힘들게 오르는 순간, 역마차 뒤쪽 지정석에 똑바로 서서 주변을 잔뜩 경계하면서도 한쪽 눈과 한쪽 손은 바로 앞에 있는 무기 상자를 지켰다. 제일 꼭대기에는 총알을 잰 나팔총 한 자루가, 바로 밑에는 마찬가지로 총알을 잰 단총 일고여덟 자루가, 제일 밑에는 단검이 있었다.

도버행 역마차 역시 평소와 마찬가지로 경비원은 승객을 의심하고 승객은 경비원과 다른 승객을 의심하는 식으로 서로를 의심했다. 마부 역시 마차를 끄는 말 외에는 아무도 안 믿었다. 하지만 말 네 필이 이렇게 힘든 길을 오르는 건 역부족이란 사실 하나만큼은 양심에 따라 신약성서와 구약성서에 손을 얹고 확실하게 맹세할 수 있었다.

"워워! 그래, 그래, 자식들아! 한 번만 더 끌어당기면 꼭대기야! 이만큼 올라오는 게 이리도 어렵다니…… 조!"

마부가 소리치자, 경비원이 대답했다.

"왜요?"

"지금 몇 신지 알아, 조?"

"열한 시 십 분."

경비원이 대답하자 마부가 소리쳤다.

"제기랄! 그런데 아직 슈터스 언덕조차 못 오르다니! 이랴! 이랴! 힘을 내!"

고집스러운 대장 말이 매서운 채찍을 맞고 마지막 힘을 자아내며 앞으로 나가자 다른 세 마리도 그렇게 했다. 도버행 역마차도 꿈틀거리며 오르고 기다란 장화를 신은 승객 세 명도 바로 옆에서 진흙탕을 밟으며 따라갔다. 마차가 멈추면 똑같이 멈추고 마차가 나아가면 똑같이 나아가는 식이다. 행여나 승객 셋 가운데 한 명이 다른 승객에게 마차를 앞지르자고, 그래서 암흑과 안개가 가득한 곳으로 나아가자고 대담하게 권유한다면 바로 그 순간에 노상강도라는 의심을 사서 총알 세례를 받을 수도 있었다.

네 마리 말이 마지막으로 용트림하더니 역마차가 드디어 언덕 정상에 올랐다. 그와 동시에 네 마리 말 모두 걸음을 멈추면서 거친 숨을 내뿜고 경비원은 마차에서 내리자마자 미끄럼막이를 대서 바퀴가 안 미끄러지도록 만들더니, 승객이 안으로 들어가도록 마차 문을 열었다.

"쉿! 조!"

마부가 조심스러운 목소리로 경고하며 마부석에서 내려다보았다.

"왜 그러세요, 아저씨?"

경비원이 묻고는 마부와 함께 귀를 기울였다.

"말 한 필이 천천히 달려오고 있어, 조."

"전속력으로 달려오는 거예요, 아저씨."

경비원이 대답하더니, 문에서 손을 떼고 자기 자리로 재빨리 오르며 말했다.

"승객 여러분! 어서 마차에 오르세요, 모두!"

그러더니 나팔총 공이치기를 뒤로 젖히고 일어나서 공격준비를 하였다.

우리 등장인물은 마차에 타기 위해 계단을 막 오르고 다른 승객 두 명은 바로 뒤에서 올라타려고 준비하는 상태였다. 그러다가 계단에서 그대로 멈추니, 몸뚱이 절반은 마차에 절반은 바깥에 있고 다른 두 사람은 바로 아래쪽 도로에 그대로 있었다. 그래서 마부를 보다가 경비원을 쳐다보고 경비원을 보다가 마부를 쳐다보며 가만히 귀를 기울였다. 마부도 뒤를 돌아보고 경비원도 뒤를 돌아보고 힘이 센 대장 말도 양쪽 귀를 곧추세우며 군말 없이 뒤를 돌아보았다.

마차가 힘들게 오르며 삐걱대던 소리는 멈추면서 정적이 깃들고 깜깜한 밤 특유의 적막한 기운까지 겹치면서 사방이 조용했다. 말 네 필이 숨을 헐떡이는 통에 마차가 흥분한 듯 흔들리는 게 전부였다. 승객 세 사람은 심장이 커다랗게 쿵쾅거리는 게 당장에라도 옆 사람에게 들릴 것 같았다. 가쁜 숨을 몰아쉬면서도 앞으로 일어날 사태에 잔뜩 긴장한 채 숨을 죽이려고 애쓰는 표정이 또렷했다.

말 한 필이 전속력으로 달리는 소리가 언덕을 타고 거칠고 빠르게 오르는 가운데 경비원이 최대한 커다랗게 소리쳤다.

"이봐! 거기! 멈춰! 아니면 총을 쏘겠다!"

빠르게 달리던 말발굽이 갑자기 속도를 줄이느라 진흙탕을 철벅대며 허둥대는 소리가 들리더니, 짙은 안갯속에서 사내 목소리가 커다랗게 일어났다.

"도버행 역마차요?"

"그걸 묻는 이유가 뭐냐?"

"맞는다면 승객을 찾는 중이오."

"어떤 승객?"

"자비스 로리 선생님."

그러자 우리 등장인물이 자기 이름이라 대답하고, 경비원과 마부와 다른 승객 두 명은 의심스러운 눈초리로 쳐다보았다. 그러더니 경비원이 짙은 안개에 대고 소리쳤다.

"거기에 가만히 있어. 아니면 내가 실수해서 평생을 후회하며 살도록 할 수도 있으니까. 로리라고 하는 신사분이 직접 대답하시오."

그래서 우리 등장인물이 살짝 떨리는 목소리로 물었다.

"무슨 일이오? 누가 날 찾소? 혹시 제리인가?"

(경비원이 "제리가 맞는지 모르겠는데 목소리는 정말 마음에 안 드는 군. 너무 거칠어" 하고 속으로 투덜댔다.)

"네, 로리 선생님."

"무슨 일인가?"

"텔슨 은행에서 선생님에게 전갈을 급히 전하라고 했습니다."

"내가 아는 심부름꾼이오, 경비원."

로리가 말하면서 길바닥으로 내려오자 뒤에 있던 승객 두 명이 재빨리 길을 비키며 거들더니 곧바로 마차에 올라서 문을 닫고 창문까지 올렸다. 그러자 로리가 다시 말했다.

"가까이와도 되는 사람이오. 문제 될 건 하나도 없소."

그러자 경비원이 혼잣말처럼 투덜대며 말했다.

"나도 그러길 바라지만 도무지 믿을 수가 없군. 이봐, 당신!"

"왜 그러시오!"

제리가 대답했다. 훨씬 거친 목소리였다.

"아주 천천히 다가오시오! 알겠소? 당신 안장에 총이 있다면 그쪽으로 손을 뻗는 일은 절대 없도록 하시오. 나는 툭하면 실수하는 사람이라서 총알이 그대로 날아갈 수도 있으니까. 이제 천천히 모습을 드러내시오."

소용돌이치는 안개 사이에서 말과 기수가 천천히 나타나더니, 우리 등장인물이 기다리는 역마차로 다가왔다. 그래서 안장에 올라탄 채 허리를 숙여서 인사하다가 경비원을 힐끗 쳐다보곤 조그맣게 접은 쪽지 하나를 우리 승객에게 건넸다. 올라탄 말이나 사람이나 완전히 지치고, 말도 사람도 말굽에서 모자까지 진흙을 잔뜩 뒤집어쓴 상태였다.

"경비원!"

우리 승객이 자신만만한 어투로 차분하게 부르자, 잔뜩 경계하던 경비원은 오른손으로 나팔총 개머리판을 잡고 왼손으로 총신을 잡은 채 안장에 올라탄 사람을 한쪽 눈으로 살피며 무뚝뚝하게 대답했다.

"네, 손님."

"염려할 거 하나도 없소. 나는 텔슨 은행 소속이오. 당신도 런던에 있는 텔슨 은행을 알 것이오. 지금 나는 할 일이 있어서 파리에 가는 중이오. 목이라도 축이도록 은화 한 닢을 주겠소. 이 쪽지를 읽어도 되겠소?"

"급하게 서둘면 괜찮겠지요, 손님."

우리 승객은 마차 옆구리에 달린 등불로 가서 쪽지를 열어 처음에는 속으로 읽다가 나중에는 커다랗게 읽었다.

"'도버에서 아가씨를 기다리시오.' 당신도 보다시피 기다란 내용이 아니요, 경비원. 제리, 내가 한 대답은 '다시 살아났다'라고 전하게."

제리가 안장에 앉은 자세 그대로 깜짝 놀라며 아주 거친 목소리로 대답했다.

"정말 이상한 대답이군요."

"그렇게 전하면 답장이 없어도 내가 전갈을 받았다는 걸 사람들이 알 거야. 그럼 조심해서 돌아가도록. 행운을 비네."

이 말과 함께 우리 승객은 마차 문을 열고 안으로 들어갔다. 이번에는 다른 승객 두 명이 도와주려는 기색이 조금도 없었다. 시계와 지갑을 장화에 재빨리 넣은 채 이런 상황에서 흔히 그러는 것처럼 모두 잠자는 척할 뿐이다. 행여나 다르게 행동하다가 위험한 사태가 일어나는 걸 피하려는 의도일 뿐 다른 특별한 의도는 없었다.

마차는 다시 삐걱거리며 나아가고, 내리막길이 나오면서 안개는 더욱 짙어지기만 했다. 경비원은 나팔총을 무기 상자에 넣으면서 다른 내용물을 살피고 허리춤에 찬 보조용 권총을 살피고 자리 밑에 있는 훨씬 조그만 상자까지 살폈다. 안에는 쇠를 깎는 도구 서너 점과 불을 붙이는 데 사용할 홰 두 자루와 부싯깃 통 하나가 있었다. 도구를 이렇게 완벽하게 갖춘 덕분에 행여나 마차 등잔불이 가끔 그러듯 바람이나 돌풍에 꺼지기라도 한다면 경비원은 바람을 막아주는 마차에 잠시 들어가서 지푸라기[8]에 불똥이 안 튀도록 조심하며 쇠꼬챙이로 부싯돌을 긁어 (운이 따른다면) 단 오 분 만에 불을 무사히 붙일 수 있었다.

경비원이 마차 지붕 너머로 조그맣게 불렀다.

"아저씨!"

"왜, 조?"

"쪽지 내용을 들었어요?"

"그래, 조."

"무슨 소린지 알겠어요?"

"아니, 하나도 모르겠어."

"저랑 똑같네요. 저도 무슨 소린지 하나도 모르겠거든요."

경비원이 중얼거리고, 제리는 깜깜한 어둠과 짙은 안개 한가운데 홀로 남는 순간에 말에서 내렸다. 기진맥진한 말을 잠시 쉬도록 하며 자신도 얼굴에서 진흙을 닦아내고 모자챙에서 물기를 털어냈다. 모자챙이 매우 넓어서 물을 한 바가지는 족히 담은 것 같았다. 제리는 진흙투성이로 변한 팔에 고삐를 두르고 가만히 서더니, 역마차 바퀴 소리가 완전히 사라지면서 고요한 밤이 다시 깃들 무렵에 발길을 돌려 터벅터벅 걸으며 언덕을 내려갔다. 그러다가 자신이 타고 온 암말을 쳐다보고 거친 목소리로 중얼거렸다.

"템플 바[9]에서 여기까지 전속력으로 달렸으니, 늙은 아가씨, 나로선 평지가 나올 때까지 아가씨 앞발을 믿을 수 없어. '다시 살아났다.' 정말

---

8) 당시는 도로 한가운데에 마차가 달리도록 돌을 깐 반면에 양옆은 맨땅이라서 진흙탕이 많았다. 그래서 사람마다 장화에 진흙이 잔뜩 달라붙기 때문에 마차 안이 더러워지는 걸 막으려고 바닥에다 지푸라기를 깔았다.

9) 런던 서쪽 끝에 있는 문으로 죄인과 반역자 머리를 여기에 매달았다.

이상한 대답이야, 자네에게 아무런 도움도 안 되는 대답 말이야, 제리! 다시 살아나는 게 유행처럼 번진다면 자네는 정말 끔찍한 처지가 될 수밖에 없잖아, 제리!"

III. 밤 그림자

가만히 생각하면 어떤 인간이든 뿌리 깊은 비밀을 지녀서 다른 사람 모두에게 수수께끼일 수밖에 없다는 사실이 참으로 놀랍다. 그래서 밤에 대도시로 들어서다 보면 옹기종기 어둠에 잠긴 주택마다 독특한 비밀을 지녔다는, 거기에 있는 방 역시 저마다 독특한 비밀을 지녔다는, 거기에서 심장을 쿵쾅거리며 살아가는 수많은 사람 역시 저마다 제일 가까운 사람에게 나름대로 비밀을 지녔다는 생각이 엄중하게 떠오른다. 이런 비밀 때문에 아주 끔찍한 사태가, 죽음만큼 끔찍한 사태가 일어난다. 소중하게 여기는 책인데도 책장을 더는 넘길 수 없고, 끝까지 읽겠다는 목표와 소망은 꿈으로 끝난다. 밝은 빛이 비칠 때 이런저런 보물을 슬쩍 바라보는데, 이제는 한 길 사람 속을 더는 들여다볼 수 없다. 책을 한쪽만 읽었는데, 순식간에 닫혀서 영원히 볼 수 없다. 깊은 강물은 단단한 얼음에 영원히 갇히고, 햇빛이 표면을 비출 때 우리는 아무것도 모른 채 강변에 물끄러미 서서 바라보기만

한다.[10]

친구도 죽고 이웃도 죽고 영혼을 다 바쳐 사랑한 연인도 죽는다. 죽음은 사람이 마음에 오랫동안 담아온 비밀을, 삶이 끝날 때까지 가슴에 담아온 비밀을 무정하게 봉인해서 영원으로 넘긴다. 그렇다면 도시를 지나다 마주치는 공동묘지마다 수많은 영혼은, 바쁘게 살아가는 도시민이 속마음 깊은 곳에서 나에게 혹은 나 역시 상대에게 그런 이상으로, 불가사의한 비밀을 품고서 잠든 게 아닐까?

비밀은 천부적으로 타고나는 것이지 후천적으로 물려받는 게 아니니, 말 등에 올라탄 심부름꾼 역시 국왕이나 재상이나 런던에서 가장 부유한 거상 못지않은 비밀을 지녔다. 삐걱거리며 나아가는 낡은 역마차 좁은 공간에 갇힌 승객 세 사람도 마찬가지로 독특한 비밀을 지녔으니, 서로 수십 킬로미터 떨어진 거리에서 각자 다른 마차를 타고 가는 것처럼 서로를 모를 수밖에 없었다.

심부름꾼은 말을 타고 느긋하게 돌아갔다. 그러다가 맥줏집이 나타날 때마다 걸음을 멈추고 목을 축이지만 모자를 푹 눌러서 눈빛을 가린 모습이 마음속 생각을 숨기려는 것 같았다. 두 눈 역시 까매서 특별한 색상이나 특징 없이 서로 바싹 달라붙은 게 ─ 멀리 떨어지면 비밀을 폭로할 위험이라도 있다는 듯 서로 바싹 달라붙은 게 ─ 깊이 눌러쓴 모자와 잘 어울렸다. 그래서 두 눈이 가래나 침을 뱉는 삼각형 그릇처럼 챙을 위로 제친 낡은 모자 아래에서 그리고 턱과 목을 완전히 감싸면서 양쪽 무릎까지 내려오는 기다란 목도리 위에서 섬뜩하게 번뜩였다. 술집에 들어가서 목을 축일 때는 왼손으로 목도리를 잡고 오른손으로 술잔을 들어서 입에 대고 들이켜다가 모두 마시는 순간에 턱과 목을 목도리로 다시 감쌌다. 그리고 말을 타고 가며 똑같은 말을 되뇌었다.

---

10) 여기에서 '책'과 '강물'은 사람 속마음을 뜻한다.

"아니야, 제리, 아니야! 너에게 좋은 게 아니야, 제리. 정직한 장사꾼 제리, 그런 건 배달하는 일에 안 좋아! 다시 살아나다니……! 술에 취해서 그렇게 말한 게 분명해!"

그런 말을 듣고서 머릿속이 어찌나 복잡한지 제리는 몇 번이나 모자를 벗고 머리를 긁어야 했다. 정수리만 머리칼이 듬성듬성할 뿐 나머지는 까만 머리칼이 뻣뻣하게 자라서 널찍하고 뭉툭한 코에 닿을 정도였다. 머리에서 자란 머리카락이라기보다 대장장이가 담벼락 꼭대기에 박은 날카로운 꼬챙이 같아서 장애물을 짚고 폴짝 뛰어넘는 실력이 아무리 좋은 사람이라도 그걸 보는 순간에 세상에서 가장 위험한 머리라며 폴짝 뛰어넘는 걸 사양할 것 같았다.

제리가 템플 바 바로 옆 텔슨 은행 입구 경비실로 가서 야간 경비원에게 전달해 다음 날 아침에 담당자에게 전하도록 할 생각으로 말 등에 앉아서 천천히 달리는 동안, 밤 그림자는 죽었다가 살아난 형상처럼 심부름꾼에게 나타나고, 주인을 태운 암말에게는 마음속 은밀한 걱정에서 피어오른 형상처럼 나타났다. 도로에 그림자가 어릴 때마다 암말이 주춤하는 걸 보면 걱정거리가 매우 많은 것 같았다.

몇 시인지, 역마차는 속내를 알 수 없는 승객 셋을 태우고 삐거덕삐거덕, 덜컹덜컹, 쿵쾅쿵쾅 거리며 지루한 길을 나아갔다. 이들이 꾸벅꾸벅 조는 눈에도 밤 그림자가 나타나서 머릿속 생각을 보여주었다.

텔슨 은행은 역마차 안에다 지점을 차렸다. 그래서 은행원 승객이 - 마차가 심하게 덜커덩거릴 때마다 다른 승객하고 부닥치거나 모서리로 나뒹굴지 않도록 매단 가죽끈을 한쪽 팔에 두른 채 - 앉은 자리에서 눈을 반쯤 감고 꾸벅꾸벅 조는 사이에 마차에 달린 조그만 창문과 틈새로 희미하게 비추는 마차 등불과 맞은편 승객의 커다란 보따리가 은행으로 돌변하면서 바쁘게 돌아가기 시작했다. 마구가 덜거덕거리는 소리는 동전이 쨍그랑거리는 소리로 변하고 단 오 분 동안 인수한 어음은 텔슨 은행이 국내외 다양한 지점에서 같은 시간에 인수한 어음보다 금액이 세 배는 많았다. 그러더니 익히 아는 데로 (그것도 상당히 많이 아는 데로) 텔슨 은행 지하 금고가 눈앞에서 열리며 온갖 귀중품과 기밀문서를 드러내, 은행원 승객은 열쇠가 주렁주렁 매달린 꾸러미와 희미하게 타오르는 촛불을 들고 안으로 들어가서 지난번과 마찬가지로 안전하고 튼튼하고 견고하고 무사한지 확인했다.

그래서 은행이 거의 항상 옆에 있고 마차 역시 항상 옆에 있는데도 (아편에 취해도 고통을 느끼는 것처럼 헷갈리는 방식으로) 색다른 환상은 밤새도록 끝없이 떠오른다. 자신이 어떤 사람을 꺼내러 무덤으로 가는 환상이다.

눈앞에 등장한 수많은 얼굴 가운데에서 어떤 게 무덤에 묻힌 사람 얼굴인지 밤 그림자는 알려주질 않는다. 하지만 모두 마흔다섯 살 남자 얼굴이다. 그런데 얼굴에 담긴 표정은 물론 송장처럼 썩고 문드러진 상태도 모두 다르다. 자부심, 경멸, 반항, 고집, 순종, 슬픈 표정이 잇따라 나타난다. 움푹 파인 뺨과 송장처럼 창백한 얼굴, 바싹 마른 손과 몰골도 다양하게 나타난다. 하지만 얼굴은 모두 똑같고 머리칼은 너무 하얗다. 은행원 승객은 꾸벅꾸벅 졸면서 벌써 백 번이나 이렇게 묻는다.

"얼마나 오랫동안 묻혔습니까?"

대답은 항상 똑같다.

"십팔 년이 되어 간다오."

"다른 사람이 무덤에서 꺼낼 거란 희망은 예전에 모두 포기했나요?"

"오래전에."

"다시 살아난 사실을 아나요?"

"사람들이 그런 식으로 말하더군."

"살고 싶은 마음이 들면 좋겠는데, 어떤가요?"

"모르겠소."

"따님을 데려오는 게 좋을까요? 아니면 나와 함께 따님을 만나러 가겠습니까?"

이렇게 물으면 완전히 다른 대답이 다양하게 나온다. 비탄에 잠긴 목소리로 "잠깐! 딸을 이렇게 빨리 만나면 내가 죽을 수도 있소" 하는 대답도 있고 소낙비처럼 눈물을 흘리다가 "나를 딸에게 데려다주시오" 하는 대답도 있고 어리둥절한 표정으로 물끄러미 쳐다보다가 "무슨 말인지 모르겠소. 나는 딸이 없소" 하는 대답도 있다.

이렇게 엉뚱한 대화를 나눈 다음에는 은행원 승객이 가련한 인물을 꺼내기 위해 - 처음에는 삽으로 나중에는 커다란 열쇠로 그러다가 두 손으로 - 파고 또 파고 또 판다, 환상 속에서. 그래서 드디어 밖으로 꺼내면 얼굴과 머리칼이 흙 묻은 상태 그대로 갑자기 먼지로 변하면서 날아간다. 그러면 은행원 승객은 깜짝 놀라며 창문을 내려서 짙은 안개와 빗방울이라는 실재를 뺨으로 느낀다.

짙은 안개와 빗방울은 물론 등잔에서 흘러나오는 빛무리가 두 눈에 보이고 도로변 울타리가 휙휙 지나는 사이에 밤 그림자는 마차 밖에서 안으로 끊임없이 밀려들며 다시 기다랗게 이어진다. 템플 바 옆에 있는 진짜 은행 건물과 바로 전날 처리한 진짜 업무, 진짜 지하 금고, 자신에게 실제로 급하게 보낸 전갈, 자신이 실제로 답변한 내용이 차례대로 나타난다. 그런 가운데 유령 같은 얼굴이 다시 일어나고 그러면 다시 말을 건다.

"얼마나 오랫동안 묻혔습니까?"

"십팔 년이 되어 간다오."

"살고 싶은 마음이 들면 좋겠는데, 어떤가요?"

"모르겠소."

파고…… 파고…… 또 파다 보면 다른 승객 가운데 한 명이 더는 못 참고 창문을 닫으라 하고, 그러면 은행원 승객은 가죽끈을 팔에 확실히 감고, 꾸벅꾸벅 조는 승객 두 사람을 물끄러미 바라보다가 결국에는 몽롱한 상태로 변하면서 은행과 무덤으로 다시 빨려든다.

"얼마나 오랫동안 묻혔습니까?"

"십팔 년이 되어 간다오."

"다른 사람이 무덤에서 꺼낼 거란 희망은 예전에 모두 포기했나요?"

"오래전에."

이렇게 나눈 대화가 지금 막 들은 것처럼 귓전을 맴도는 가운데 - 살아생전에 들은 말처럼 또렷하게 맴도는 가운데 - 지칠 대로 지친 은행원 승객은 햇살이 환하게 떠오른다는 사실과 함께 밤 그림자가 모두 사라졌다는 사실을 깨닫는다.

은행원 승객은 창문을 내려서 떠오르는 태양을 내다본다. 쟁기로 갈 아엎은 밭고랑이 보인다. 말에게 씌웠다가 지난밤에 벗긴 쟁기가 밭에 그대로 있다. 그 너머에는 잡목 숲이 고요한데 아직 나무에 가득 달린 잎사귀는 빨갛고 노란 황금빛으로 타오른다. 땅바닥은 차갑고 축축해도 하늘은 청명하며 태양은 평화롭고 아름답고 눈부시게 떠오른다. 그런 태양을 쳐다보다가 은행원 승객이 중얼거린다.

"십팔 년! 하느님 맙소사! 산 채로 땅속에 십팔 년이나 묻히다니!"

IV. 준비

역마차가 오전 시간에 무사히 도착해서 로열 조지 호텔로 다가가자, 직원 대표가 관례대로 다가와서 문을 열어주었다. 호텔 측에서 이렇게 예의를 다하는 까닭은 추운 겨울에 런던에서 역마차를 타고 여기까지 온다는 자체가 모험심이 탁월한 여행자로 칭송할만한 업적이기 때문이다.

그런데 칭송할 정도로 모험심 강한 여행자는 한 명밖에 없었다. 다른 승객 두 명은 각자 목적지가 달라, 도중에 한 명씩 내렸다. 마차 내부는 흰곰팡이가 슬고 축축한 지푸라기까지 더럽게 깔려서 불쾌한 냄새도 나는 데다 어두컴컴한 게 마차라기보다 매우 커다란 개집 같았다. 우리 승객 로리 역시 지저분한 차림으로 온몸을 감싸고 내려와서 여기저기에 묻은 지푸라기를 털어내는데, 모자는 잔뜩 짓눌리고 두 다리는 진흙투성인 걸 보면 사람이 아니라 커다란 개 같았다.

"여보시오, 내일 칼레[11]로 가는 정기선이 있소?"

"네, 손님, 날씨가 괜찮고 바람도 그런대로 견딜 정도면요. 물때는 오후 두 시경이 딱 좋을 겁니다, 손님. 침대로 모실까요, 손님?"

"밤이 될 때까지 침대는 필요 없어도 침실은 필요하오, 그리고 이발사도."

"그런 다음에는 아침 식사요, 손님? 네, 손님. 이쪽으로 오시지요, 손님. 이봐, 콩코드실로 모셔! 손님이 가져온 짐을 콩코드실로 운반하고 뜨거운 물도 준비해! 기다란 장화는 콩코드실에 들어가서 벗겨드리도록! (벽난로에서 석탄불이 활활 타오른답니다, 손님) 이발사를 콩코드실로 보내. 어서 움직여, 콩코드실로!"

---

11) 영국 도버 해협 맞은편 프랑스 북부 항구도시.

역마차 승객이 도착하면 언제나 콩코드실을 배정하는데, 승객은 머리 끝부터 발끝까지 온몸을 두텁게 감싼 터라 안으로 들어가는 모습은 하나 같이 비슷해도 밖으로 나오는 모습은 다양하니, 로열 조지 호텔 직원으로선 콩코드실에 온갖 관심이 쏠릴 수밖에 없었다. 따라서 예순 살 정도로 보이는 신사가 많이 닮긴 해도 잘 간수한 갈색 정장 차림으로 사각형 커다란 커프스에다 주머니에 커다란 덮개까지 하고 아침 식사를 하러 나올 즈음에 다른 직원 한 명과 짐꾼 두 명, 청소부 여러 명과 여주인까지 콩코드실에서 식당으로 이어지는 통로를 이리저리 배회하는 건 우연이 아니었다.

그날 오전에 식당 손님은 갈색 정장 신사 한 명이 전부였다. 그래서 직원이 벽난로 앞으로 식탁을 끌어다 놓아, 노신사는 자리에 앉아서 이글거리는 불빛을 온몸으로 받으며 음식이 나오기만 기다리는데, 의자에 가만히 앉은 자세는 화가가 초상화를 그리도록 꼼짝하지 않는 모습 같았다.

무릎에 손을 하나씩 올려놓은 모습이 매우 차분하고 단정하게 보이는 가운데, 덮개를 단 조끼 주머니에서 시계 소리가 째깍거리며 커다랗게 흘러나와 기나긴 생명과 진중한 성향을 자랑하는 모습은 벽난로에서 경박하게 타오르며 생명을 재촉하는 불길과 경쟁이라도 하는 것 같았다.

갈색 정장 신사는 쭉 뻗은 다리가 뿌듯했다. 고급원단으로 만든 갈색 스타킹이 착 달라붙어서 보기 좋고 구두와 장식도 소박하지만 깔끔했다. 게다가 예쁘고 독특한 곱슬머리 가발 역시 머리에 잘 맞아, 머리칼로 만든 게 분명한데도 윤기가 자르르 흐르고 노란색이 선명한 게 마치 비단이나 유리섬유로 만든 것 같았다. 속에 입은 리넨 셔츠는 스타킹처럼 고급원단은 아니지만, 인근 해변으로 파도가 몰아칠 때마다 일어나

는 물거품이나 먼바다에 점점이 흩어지며 햇살을 번뜩이는 돛처럼 하얀
색이었다.

얼굴은 습관적으로 감정을 억눌러서 차분한데도 멋이 색다른 가발
밑에서 두 눈이 촉촉하게 반짝이는 덕분에 환하게 보였다. 텔슨 은행에
서 수십 년 동안 인내하며 겸손하고 차분한 표정을 갈고 닦은 덕분이었
다. 두 뺨은 혈색이 건강하고 얼굴은 주름이 있어도 불안한 흔적은 거의
없었다. 텔슨 은행에서 믿음직한 독신 직원으로 일하며 다른 사람이
불안하게 여기는 내용을 대신 해결하다 보니, 그래서 남이 느끼는 불안
감을 남이 입던 옷처럼 가볍게 입고 벗는 걸 습관처럼 하다 보니 그렇게
된 것 같았다.

로리는 초상화를 그리도록 가만히 앉은 자세에서 갑자기 고개를 떨구
며 잠들었다. 그러다가 음식이 도착하는 소리에 깨어나더니 의자를 앞
으로 끌어당기며 종업원에게 말했다.

"몇 시가 될지 모르지만 젊은 아가씨 한 분이 오늘 오실 터이니 방을
하나 준비하시오. 아가씨가 도착하면 자비스 로리라는 사람을 찾을
수도 있고 텔슨 은행에서 온 신사를 찾을 수도 있소. 그럼 나에게 알려
주시오."

"네, 손님. 런던에 있는 텔슨 은행 말씀이십니까, 손님?"

"그렇소."

"네, 손님. 저희는 런던과 파리를 오가는 텔슨 은행 직원을 접대하는
영광을 자주 누린답니다, 손님. 텔슨 은행에서는 출장을 자주 다니나
봅니다, 손님."

"그렇소. 영국에도 본점이 있고 프랑스에도 본점이 있으니까"

"네, 손님. 그런데 손님께서는 이런 출장이 익숙하지 않은 것처럼
보이시는데요, 손님?"

"오랜만에 나오는 길이오. 우리가…… 내가 프랑스에서 마지막으로 나온 게 벌써 십오 년이나 되었소."

"정말요, 손님? 제가 여기에서 일하기도 전이네요, 손님. 지금 일하는 직원 모두 여기에 오기 전이에요. 조지 호텔에서 일하던 사람이 모두 바뀌었답니다, 손님."

"그렇겠지요."

"하지만 텔슨 은행은 십오 년이 아니라 오십 년 전에도 매우 번창하지 않았나요?"

"세 배를 곱해서 백오십 년이라고 하더라도 그리 어긋난 말은 아닐 것이오."

"대단합니다, 손님!"

종업원은 입을 동그랗게 벌리고 두 눈을 동그랗게 뜬 채 뒤로 물러나더니 오른팔에서 왼팔로 조그만 수건을 옮기고 편안한 자세를 취하며 가만히 서서 전망대나 망루에서 바라보듯 손님이 식사하는 모습을 내려다보았다. 시대를 불문하고 종업원이라면 누구나 철저하게 지키는 관습이었다.

로리는 아침 식사를 마친 다음에 해변으로 산책하러 나갔다. 도버 읍내는 길이 좁고 굽어서 해안선 뒤로 숨은 채 하얀 절벽으로 바다를 들이받는 모습이 바다 타조처럼 보였다. 해변은 파도가 쌓아 올린 퇴적물과 돌덩이가 이리저리 뒹구는 풍경이 황량하고 바다는 무엇이든 하고 싶은 대로 하는데 그건 바로 파괴였다. 그래서 마을로 몰아치고 하얀 절벽으로 몰아치면서 해안선을 미친 듯이 깎아내렸다. 주택마다 공중에서 비린내가 진동하는 게 병든 사람이 바닷물에 몸을 담그듯 병든 생선이 공중에 몸을 담근 것 같았다.

항구에서 고기를 낚는 사람은 서너 명에 불과하더니, 밤에는 많은 사람이 산책 나와서 바다를 쳐다보는데, 밀물이 가득 몰려들어 온 세상을 덮칠 것 같은 시간에 제일 많았다. 시시한 장사꾼이 하는 일도 특별히 없는데 이해할 수 없을 정도로 돈을 많이 벌고 마을 사람 모두 밤에 등잔불 켜는 걸 싫어한다는 사실도 놀라웠다.[12]

가끔 프랑스 해안이 보일 정도로 공기가 맑더니, 해가 중천을 지나 오후로 접어들면서 짙은 안개가 다시 피어올랐다. 그와 동시에 로리 머리에도 안개가 끼는 것 같았다. 어둠이 깔린 다음에는 아침에 그런 것처럼 식당 벽난로 앞에 앉아서 저녁 식사를 기다리며, 새빨갛게 타오르는 석탄을 마음속으로 황급히 파고, 파고, 또 팠다.

새빨간 석탄을 계속 파낸 사람이 저녁 식사를 마친 다음에 좋은 적포도주를 한 병 마시는 건 아무런 해가 없을 뿐 아니라 작업을 잠시 중단하도록 만드는 긍정적인 효과도 있었다. 로리가 오랫동안 빈둥거리다가 포도주 한 병을 다 비우는 노신사 특유의 만족스러운 표정을 떠올리며 마지막 포도주를 잔에 가득 따르는 순간, 마차 바퀴가 좁은 도로를 우당탕 달리며 호텔 마당으로 들어섰다.

로리는 입도 안 댄 술잔을 그대로 내려놓으며 중얼거렸다.

"아가씨가 왔군."

잠시 후에는 종업원이 들어오더니, 마네뜨 아가씨가 런던에서 막 도착해 텔슨 은행에서 오신 분을 찾는다고 전달했다.

"이렇게 일찍?"

마네뜨 아가씨는 오는 도중에 가볍게 식사해서 무얼 먹고 싶은 생각이 없으니, 텔슨 은행에서 오신 신사분만 괜찮다면 당장 만나고 싶은 마음이 간절하다고 했다.

---

12) 원래 도버는 밀수로 유명했다. 밤마다 밀물 때면 사람들이 불을 끄고 해안으로 몰려서 밀수로 돈을 벌었다.

텔슨에서 온 신사는 자포자기라도 한 듯 술잔을 들어서 깨끗이 비우더니, 이상하게 예쁜 금발 가발을 양쪽 귀까지 눌러쓰고 종업원을 따라서 마네뜨 아가씨 방으로 갔다. 널찍하지만 어두운 방은 장례식처럼 까만 말총으로 장식한 데다 까맣고 묵직한 탁자를 여기저기에 배치했다. 탁자마다 기름을 칠하고 또 칠해서 하나를 객실 한가운데에 놓고 기다란 촛불을 두 자루 올려놓아 잎사귀 장식 하나하나가 불빛을 받으며 까맣게 반짝이는 모습은 촛불 자체가 마호가니로 만든 까만 탁자 무덤에 깊이 묻혀서, 완전히 파내지 않는 한, 빛다운 빛을 발산할 수 없는 것 같았다.

실내가 어두운 나머지 앞이 안 보여서 로리는 마네뜨 아가씨가 다른 방에 있는 것 같다고 생각하며 터키산 낡은 양탄자에 조심스레 발을 내디뎌서 기다란 초 두 자루를 막 지나는 순간, 촛불 두 자루와 벽난로 사이 탁자에서 열일곱 살은 안 넘어 보이는 아가씨가 일어나며 맞이하는데, 몸에는 승마용 망토를 걸치고 손에는 여행용 밀짚모자 리본을 아직 그대로 움켜잡은 자세였다.

조그만 키에 날씬하고 아름다운 용모, 풍성한 금발, 호기심이 가득한 표정으로 바라보는 파란 눈동자, 어려서 매끈매끈한 이마를 – 당혹감과 경이로움과 놀라움과 궁금증이 훤하게 묻어나는 표정을 이리저리 가르고 조합해서 네 가지 표정이 하나로 보이도록 하는 능력이 탁월한 이마를 – 로리가 차례대로 바라보는 사이에, 이런 모습에 눈길을 보내는 사이에 비슷한 얼굴이 갑자기 생생하게 떠올랐다. 눈보라가 몰아치고 파도가 높이 이는 날, 자신이 도버 해협을 건너면서 두 팔로 꼭 껴안은 아이 얼굴이었다. 하지만 비슷한 얼굴은 젊은 아가씨 뒤편에서 커다란 거울에 어린 입김처럼 곧바로 사라지고, 거울을 둘러싼 나무틀에 조각한 흑인 큐피드 무리가 드러나는데, 팔다리가 하나씩 떨어지고 일부는 머리도 없는 상태에서 각자 까만 바구니에 소돔의 사과[13]를 담아 피부가 까만 여신 여럿에게 바치려고 줄지어 가고…… 로리는 정중하게 머리 숙이면서 인사하고, 마네뜨 아가씨는 이렇게 말했다.

"여기에 앉으세요, 선생님."

매우 상냥하고 맑으면서도 앳된 목소리에 외국어 억양이 살짝 묻어났다. 하지만 아주 조금이었다.

"아가씨 손에 키스합니다."

로리가 옛날 방식으로 말하더니, 다시 정중하게 고개 숙이며 인사하고 의자에 앉았다.

"어제 은행 측에서 편지를 보내 저에게 말씀하시길 매우 중요한 내용을……매우 중요한 발견을……했다고……"

"어떤 표현이든 괜찮습니다, 아가씨. 어차피 내용은 같으니까요."

"……불쌍한 우리 아버지가 지닌 조그만 재산에 관한 거라고……오래 전에 돌아가셔서……저는 뵌 적이 한 번도 없지만……"

로리는 의자에 앉은 몸을 꿈틀거리며, 팔다리가 떨어진 흑인 큐피드 행렬을 당혹스런 표정으로 바라보았다, 우스꽝스러운 바구니에 어떤 식으로든 도움을 줄 물건이 들었기라도 한 것처럼.

"……제가 파리로 가는 게 좋을 거라고 하시면서, 같은 일 때문에 은행 측에서 파리로 파견하시는 분을 만나 상의하면 좋을 거라고 하시더군요."

"바로 접니다."

"저도 그런 대답이 나올 줄 알았습니다, 선생님."

마네뜨 아가씨는 자신이 상대의 연륜과 경륜을 높이 평가한다는 사실

---

13) 소돔의 사과는 모양은 예쁜데 손을 대는 순간에 연기로 변하면서 사라진다. '실망의 근원, 허상'을 상징한다.

을 드러내기 위해 (젊은 아가씨가 무릎과 상체를 굽히며 인사하는 관습대로) 정중하게 인사하고, 로리 역시 다시 머리 숙여 답례하는 가운데, 앳된 목소리는 이렇게 말했다.

"사정을 잘 아시는 분들이, 저에게 조언하실 정도로 친절한 분들이 그렇게 말씀하신다면 저 역시 기꺼이 프랑스로 가겠다고, 그런데 저는 고아인 데다 함께 갈 친구도 없으니 여행길에 나선 동안 훌륭한 신사께서 살펴주신다면 고맙겠다고 은행 측에 답신을 보냈습니다, 선생님. 그런데 선생님이 벌써 런던을 떠나셨으니, 심부름하는 사람이 곧바로 쫓아와 여기에서 나를 기다리라고 부탁하는 전갈을 건넸을 겁니다."

그러자 로리는 이렇게 대답했다.

"그런 책임을 맡아서 기뻤답니다. 맡은 책임을 제대로 수행하면 훨씬 기쁘겠습니다."

"고맙습니다, 선생님. 뭐라고 말할 수 없을 정도로 감사합니다. 은행 측에서 저에게 말씀하시길, 선생님께서 이번 일을 자세히 알려주실 거라고, 정말 놀라운 내용이니 미리 단단히 마음을 준비해야 한다고 하셨습니다. 그래서 지금까지 끊임없이 마음을 준비한 데다 원래 담력이 좋고 호기심도 많으니, 이제 어떤 내용인지 알고 싶습니다."

"당연히 그러겠지요. 네…… 나는……."

로리가 말하다 잠시 침묵하더니, 금발 가발을 양쪽 귀로 다시 눌러쓴 다음에 덧붙였다.

"어디부터 시작해야 할지 모르겠군요."

그리고 말문을 닫은 채 주저하며 상대와 시선을 마주쳤다. 앳된 이마에 독특한 표정이 ─ 매력적으로 아름답게 ─ 깃들면서 마네뜨 아가씨가 한 손을 드는 게 마치 지나가는 그림자를 무의식적으로 세우거나 잡으려는 것 같았다.

"우리가 처음 만난 건 아니지요, 선생님?"

"그런가요?"

로리가 대답하며 두 손을 벌려서 앞으로 내밀며 애매한 미소를 머금었다.

마네뜨 아가씨는 양 눈썹 사이와 여성스럽게 생긴 자그마한 코 바로 위로 더할 나위 없이 섬세하고 아름다운 주름을 잡아서 독특한 표정을 그대로 드러낸 가운데, 계속 서 있던 자세에서 이제야 비로소 의자에 앉으며 깊은 생각에 잠겼다. 로리는 그런 모습을 가만히 지켜보다가 아가씨가 다시 눈을 추켜올리는 순간에 말했다.

"아가씨를 받아들인 나라 영국에서 젊은 여인에게 흔히 그러는 것처럼 마네뜨 아가씨라고 부르는 게 좋겠지요?"

"네, 선생님."

"마네뜨 아가씨, 나는 직장인이에요. 나에게는 책임지고 해결할 업무가 있습니다. 지금부터는 나를 말하는 기계 정도로 여기면서 내가 하는 이야기를 들으세요…… 실제로 나는 딱 그런 존재랍니다. 그러니 아가씨만 괜찮다면 우리 고객 가운데 한 분에 관한 이야기를 시작하겠습니다, 아가씨."

"이야기!"

마네뜨 아가씨가 탄성처럼 내지른 말을 로리는 일부러 잘못 들은 척하면서 급히 덧붙였다.

"네, 우리 고객. 은행에서는 우리와 연결된 사람을 고객이라고 부른답니다. 그분은 프랑스 신사였어요. 과학자. 능력이 탁월한……의사."

"보베[14] 출신이신가요?"

---

14) 파리 북서쪽 상공업 도시. 1358년에 농민반란이 일어나는데, '자크의 난'이라고 한다. 자크는 당시 귀족이 농민을 조롱하며 부르던 별칭으로 '촌놈/촌뜨기'라는 뜻이다.

"네, 그래요, 보베 출신. 아가씨 부친 마네뜨 박사님처럼 보베 출신 신사였어요. 그래서 아가씨 부친 마네뜨 박사님처럼 파리에서 높은 명성을 쌓으셨지요. 나는 파리에서 그분을 만나는 영광을 누렸답니다. 우리는 업무상 만나는 관계였는데, 서로를 극히 신뢰했지요. 내가 프랑스 본점에 있을 때니까…… 아! 벌써 이십 년이나 흘렀네요."

"그때라면…… 어떤 때를 말씀하시는 건가요, 선생님?"

"이십 년 전이라고 했잖아요, 아가씨. 그분은 영국 여성과 결혼했으며 나는 재산 관리인 가운데 하나였답니다. 그분 역시 많은 프랑스 신사와 가족이 그런 것처럼 재산 관리를 전적으로 텔슨 은행 측에 위임했거든요. 그리고 나는 당시에도 지금과 마찬가지로 수십 명이나 되는 고객 재산을 이런저런 방식으로 관리했답니다. 정말 단순한 업무 관계예요, 아가씨. 우정을 쌓거나 특별한 관심을 두거나 호감 같은 걸 느낄 여유는 하나도 없답니다. 은행에서 특정 고객하고 업무를 처리한 다음에 다른 고객으로 넘어가는 것처럼 고객 한 분하고 일정 기간 업무를 처리하다가 다른 고객으로 넘어가는 방식이에요. 한 마디로, 단순한 기계에 불과해서 특별한 감정을 느낄 순 없지요. 그러니 계속하자면……."

마네뜨 아가씨가 이마를 이상하게 일그러뜨리면서 뚫어지게 바라보다가 갑자기 끼어들었다.

"하지만 그건 우리 아버지 이야기잖아요, 선생님. 아버지가 돌아가시고 이 년 만에 어머니까지 돌아가셔서 고아가 되었을 때 저를 영국으로 데려오신 분이 바로 선생님이란 생각이 들어요. 선생님이 그분이신 게 분명해요."

국왕은 군대를 보내 농민 십만여 명을 학살하고, 나중에는 반란이 일어날 때마다 농민 스스로 자신을 '자크'라고 불렀다. 보베 출신이란 이런 역사성을 배경으로 한다.

앞으로 나오다가 주저하는 조그만 손을 로리는 자기 손으로 잡고 예의 바르게 입술을 갖다 댔다. 그러더니 젊은 아가씨를 원래 앉던 의자로 곧장 인도해서 의자 등받이를 왼손으로 잡고 오른손으로 턱을 문지르다가 가발을 양쪽 귀로 끌어당겨서 자신이 하던 말을 강조하며 두 눈으로 아가씨 얼굴을 내려다보고, 아가씨는 그런 로리 얼굴을 올려다보았다.

"마네뜨 아가씨, 내가 그 사람이에요. 그런 다음에 아가씨를 한 번도 안 찾아갔다는 사실을 생각하면 내가 조금 전에 말한 내용이, 나에게는 별다른 느낌도 감정도 없다는 말이, 내가 고객과 맺는 관계는 업무상 관계에 불과하다는 말이 모두 사실이란 걸 깨달을 겁니다. 그래요, 아가씨는 그때부터 텔슨 은행이 보호하고 나는 그때부터 다른 업무로 정신없이 바빴어요. 느낌이나 감정! 나는 그런 걸 느낄 시간도 여유도 없답니다. 돈이라는 거대한 기계를 돌리면서 평생을 보냈으니까요, 아가씨."

로리는 자신이 은행에서 일상적으로 하는 업무를 대충 설명한 다음에 금발 가발을 두 손으로 누르고 (하지만 애초에 이럴 필요 자체가 없으니, 반짝이는 표면을 더는 편편하게 누를 수 없기 때문이고) 정중한 태도로 다시 말했다.

"지금까지는, (아가씨가 말한 것처럼) 아가씨, 아가씨 부친께서 겪은 안타까운 이야깁니다. 그런데 이제 다른 내용이 나옵니다. 아가씨 부친이 당시에 돌아가신 게 아니라면…… 너무 심하게 놀라는군요! 놀라지 마세요!"

마네뜨는 정말 심하게 놀랐다. 그래서 두 손으로 로리 손목을 꼭 움켜잡았다.

로리는 의자 등받이에서 왼손을 들어 덜덜 떠는 손을 꼭 잡아주며 사람을 달래는 어투로 말했다.

"그러지 마세요. 흥분을 가라앉히세요. 단순한 업무에 불과합니다. 내가 계속 말한 것처럼……."

마네뜨 아가씨 표정이 너무 불안해서 로리는 말을 멈추고 잠시 망설이다가 다시 새롭게 입을 열었다.

"내가 계속 말한 것처럼 마네뜨 박사님이 돌아가신 게 아니라면, 한순간에 말없이 사라진 거라면, 감쪽같이 납치된 거라면, 아무리 애써도 종적조차 찾을 수 없던 박사님이 아주 끔찍한 곳으로 끌려갔다고 쉽게 추측할 수 있다면, 내가 바다 건너 저편에 있을 때 아무리 대담한 사람이라도 감히 수군댈 수조차 없는 특권층을 박사님이 적으로 삼았다면, 특권층이 텅 빈 서류를 가볍게 채워 넣어 어떤 사람을 깜깜한 감옥에 수십 년이고 가둘 수 있다면, 부인이 국왕과 왕비와 법정과 성직자 모두에게 남편을 찾아달라고 청원했지만 아무런 소용이 없었다면…… 그렇다면 아가씨 부친이 겪은 역사는 불행한 신사가, 보베 출신 의사가 겪은 역사와 똑같을 겁니다."

"무슨 말씀인지 자세히 알려주세요, 선생님."

"그러지요. 이제 그럴 겁니다. 견딜 수 있겠어요?"

"지금 이 순간에 선생님이 모호하게 말씀하시는 외에는 모두 견딜 수 있습니다."

"말하는 게 침착하군요. 아가씨는…… 정말 침착해요. 다행입니다! (말은 이렇게 해도 그리 만족스러운 표정은 아니었다.) 사업상 문제. 꼭 처리해야 하는 업무…… 업무상 문제라고 생각하세요. 박사님 부인이 매우 용감할 뿐 아니라 정신력까지 강한데도 배 속에 아기가 있는 상태에서 이런 문제로 극심한 고통을 겪었다면……"

"아기는 딸이었지요, 선생님."

"딸. 사업상 문제…… 흥분하지 마세요. 아가씨, 가련한 부인이 아기가 태어나기도 전에 극심한 고통에 시달린 나머지 자신이 겪은 고통을 불쌍한 아기에게 유산으로 조금도 안 남기겠다고 단호하게 결심하고는, 아버지는 돌아가셨다고 믿는 분위기에서 아기를 키웠다면…… 아니에요, 무릎을 꿇지 마세요! 도대체 나에게 무릎을 꿇을 이유가 뭐란 말이오!"

"진실을 위해서. 아, 다정하고 훌륭하신 선생님, 진실을 위해서!"

"이건…… 업무상 문제에요. 아가씨가 혼란스럽게 만드는데, 내가 마음이 혼란스러우면 어떻게 업무를 처리하겠소? 아가씨나 나나 머리를 맑게 유지해야 합니다. 구 펜스에 아홉을 곱하면 얼마나 되는지, 그리고 이십 기니는 몇 실링인지 나에게 정확하게 대답하면 고맙겠습니다. 아가씨 마음 상태가 괜찮다는 사실을 확인해야 나 역시 마음을 놓을 수 있으니까요."

마네뜨 아가씨는 이런 말에 아무런 대답도 않다가 상대편이 부드럽게 일으킬 때 가만히 일어나 앉고, 신사 손목을 모두 움켜잡은 두 손 역시 꽤 많이 진정해서 자비스 로리를 안심시켰다.

"맞아요, 바로 이거에요. 용기! 할 일! 지금 아가씨 앞에는 할 일이 있어요. 좋은 일. 마네뜨 아가씨, 모친께서는 아가씨를 위해 이런 길을 선택했어요. 부친을 끊임없이 찾아다니느라 억장이 무너져서 돌아가실 때 모친께서는 두 살짜리 아기가 명랑하고 활달하고 아름답게 성장하길 원했어요. 그래서 부친이 감옥에서 돌아가시는 건 아닐까, 오랜 세월을 갇혀 지내느라 몸이 쇠약한 건 아닐까 걱정하며 살아가지 않도록 만들었어요."

로리는 이렇게 말하면서 감탄하고 동정하는 눈빛으로 풍성한 금발을 내려다보았다. 앳된 머리칼이 한순간에 하얗게 셀 수도 있겠다는 생각마저 들었다.

"아버님이 커다란 부자는 아니며, 모든 재산을 모친과 아가씨 앞으로 확실히 돌려놓았다는 사실은 아가씨도 잘 아실 겁니다. 이번에 다른 재산이나 돈을 발견한 건 아닙니다. 하지만⋯⋯."

로리는 꼭 움켜잡는 손길을 손목으로 느끼며 말을 멈췄다. 앳된 이마에 어린 표정이, 유난히 시선을 끌던 표정이, 이제 꼼짝하지도 않는 표정이 깊어지면서 공포와 고통이 어렸다.

"하지만 그분을 찾았어요. 그분이 살아 계세요. 물론 상당히 많이 변했겠지요. 폐인이나 마찬가지겠지요. 당연히 우리는 최선을 희망하지만 말입니다. 중요한 건 여전히 살아계신다는 겁니다. 우리는 아가씨 부친을 파리에 있는 옛날 하인 집으로 옮겼고, 지금은 그 집을 찾아가는 겁니다. 나는 최선을 다해서 부친 신분을 확인하고 아가씨는 부친에게 삶과 사랑과 책임과 휴식과 평안을 되찾아드려야 합니다."

아가씨가 온몸을 부르르 떨어서 손목으로 느낌을 전달하며 경외심 가득한 목소리로 나지막하지만 단호하게 말하는데, 꿈속에서 말하는 것 같았다.

"어떻게 그런 일이⋯⋯ 우리 앞에 나타난 건 유령이에요! 아버지가 아니에요!"

로리는 손목만 움켜잡는 두 손을 천천히 쓰다듬으며 말했다.

"이런, 이런, 이런! 그것 보세요, 그것 보세요! 아가씨는 매우 좋은 소식과 몹시 나쁜 소식을 모두 들었어요. 이제 아가씨는 오랫동안 학대 받은 가련한 신사를 만나는 거예요. 바다를 건너고 육지를 달려서 오랫동안 그리던 부친을 만나는 거예요."

하지만 마네프 아가씨는 똑같은 어투로 속삭이듯 말했다.

"저는 지금까지 자유롭게, 행복하게 살았어요. 아버지 유령이 나타난 적은 한 번도 없었어요!"

로리는 상대가 관심을 돌리도록 힘주어 말했다.

"한 가지만 더요. 우리가 찾았을 때 부친은 다른 이름을 사용했어요. 원래 이름을 오래전에 잊었거나 오랫동안 숨겼겠지요. 그 이유를 지금 묻는 건 아무런 소용도 없고 상황만 악화시킬 거예요. 부친을 감옥에 넣고 오랫동안 잊어버린 건지 일부러 그런 죄수로 만들어서 가둔 건지를 파악하려는 행위 역시 아무런 소용도 없고 상황만 악화시킬 거예요. 인제 와서 무엇이든 원인을 조사하는 건 아무런 소용이 없고 상황만 악화시킬 거예요. 위험한 일이 생길 수도 있기 때문입니다. 그런 문제는 장소와 방법을 불문하고 아예 언급을 않는 게, 그리고 부친을 - 여하튼 지금 당장으로선 - 프랑스 바깥으로 모시고 나오는 게 좋아요.

영국인이라서 안전한 나는 물론 프랑스 정부에서 중요한 상대로 여기는 텔슨 은행조차 이번 문제를 입에 담을 수 없어요. 아니, 이번 문제를 노골적으로 언급한 문서 자체가 없어요. 모두 머리에 담아둘 뿐이에요. 이런 서비스 자체도 우리로선 완전히 비밀입니다. 제가 몸에 지닌 신임장이나 입국 허가증이나 업무 기록은 딱 한 줄, '다시 살아났다'는 내용이 전부에요. 말 자체가 의미심장하죠. 하지만 이러는 이유가 도대체 뭡니까! 한 마디도 귀담아서 듣지를 않는군요! 마네뜨 아가씨!"

마네뜨 아가씨는 넋이 완전히 나간 채 꼼짝을 안 했다. 풀썩 쓰러진 것도 아니다. 의자에 앉은 자세 그대로였다. 두 눈을 동그랗게 뜨고 상대만 바라보는데 독특한 표정은 이마에 조각하거나 낙인이라도 찍어서 그대로 새긴 것 같았다. 두 손으로 손목을 얼마나 꼭 잡는지 행여나 억지로 떼어내면 몸이라도 상할까 두려웠다. 그래서 로리는 몸을 조금도 안 움직인 상태로 누구든 도와달라고 소리쳤다.

사납게 생긴 여인이, 잔뜩 흥분한 로리가 보기에도 얼굴이 빨갛고 머리칼도 빨갛고 옷은 몸에 꽉 끼고 머리에는 영국 왕실근위병 모자 같기도 하고 아주 커다란 삼각 치즈 같기도 한 모자를 근사하게 쓴 여인이 호텔 종업원보다 먼저 뛰어들어 억센 손으로 멱살을 잡아서 로리를 가까운 벽에 내동댕이치는 방식으로 가련한 아가씨에게서 떼어내는 문제를 단번에 해결했다.

(로리는 벽에 부닥쳐 숨이 막히는 사이에도 '여자가 아니라 남자'라는 생각이 절로 떠올랐다.)

그런 여자가 호텔 종업원들에게 커다랗게 소리쳤다.

"왜 구경만 하는 거야! 어서 가서 뭐라도 가져와, 가만히 서서 물끄러미 쳐다보지 말고. 나는 구경거리가 아니잖아, 그렇지? 어서 가서 뭐든 가져와. 냄새 자극제[15]와 냉수와 식초를 가져오라고. 빨리 안 서둘면 내가 본때를 보여주겠어. 정말이야."

종업원들은 정신을 차리는 데 도움이 될 만한 물건을 구하러 황급히 떠나고 여인은 환자를 소파에 부드럽게 누이더니, 자신만만하면서도 조심스럽게 "우리 소중한 사람!"이니 "우리 귀여운 새!"라고 부르며 금발을 어깨 뒤로 넘겨서 친절하게 돌보는데 실력이 정말 좋았다. 그러더니 화난 표정으로 로리를 바라보며 소리쳤다.

"그리고 갈색 양복을 입은 양반! 어린 아가씨에게 죽을 정도로 겁을 안 주면 아무런 얘기도 할 수 없는 거예요? 아가씨를 보세요! 예쁜 얼굴은 백지장 같고 두 손은 얼음처럼 차갑잖아요. 그러고도 은행원이라고 말할 수 있겠어요?"

대답하기 어려운 질문에 당황한 나머지 로리는 멀찌감치 떨어진 거리에서 연민과 자책감이 가득한 표정으로 물끄러미 바라보고 힘센 여인은

---

15) 냄새 자극제(smelling salts): 코에 대서 자극을 주는 방식으로 정신이 들게 하는 물질. 탄산암모늄으로 만든다.

"본때를 보여주겠다"는 이상한 말로 협박해서 호텔 종업원을 부려 먹더니, 차례대로 조처하며 환자를 돌보다가 축 늘어진 머리를 자기 어깨에 기댔다.

"아가씨가 어서 회복하면 좋겠어요."

로리가 말하자 여자가 대답했다.

"그런다 해서 갈색 양복을 입은 당신이 도운 건 하나도 없어요. 우리 어여쁜 아가씨!"

로리는 연민과 자책감에 잠시 입을 다물다가 다시 말했다.

"아주머니께서 마네뜨 아가씨와 함께 프랑스까지 가시는 건가요?"

그러자 힘센 여인이 대답했다.

"말도 안 되는 소리! 내가 짜디짠 바닷물을 한 번이라도 건널 팔자라면 하느님께서 나를 이런 섬나라에 눌어붙도록 하시겠어요?"

대답하기 어려운 질문이 다시 나오자, 자비스 로리는 대답을 찾으려고 깊은 생각에 빠져들었다.

 V. 술집

커다란 포도주 통 하나가 도로에 떨어져서 깨졌다. 마차에서 술통을 꺼낼 때 꽁꽁 묶은 밧줄을 끊고 우당탕 굴러 술집 입구 바로 앞쪽 돌바닥에 떨어지며 호두 껍데기처럼 깨지고 만 것이다.

주변에서 일하는 사람이나 빈둥대는 사람 모두 순시간에 달려들어 포도주를 마셨다. 거리는 거친 돌덩이가 여기저기에서 삐져나와 생명체가 지날 때마다 절룩거리도록 만들더니 이번에는 사방에 조그만 웅덩이를 만들어서 사람들이 크기에 따라 서로를 밀치며 모여들도록 만들었다.

몇몇 남자는 무릎을 꿇고 두 손으로 국자를 만들어 포도주를 움푹 떠서 손가락 사이로 흘러내리기 전에 홀짝거리며 마시거나 바로 뒤에서 고개를 숙인 여자 입에 대주기도 했다. 깨진 사기 조각으로 포도주를 푸는 사람도 많고 머리를 감싼 수건을 풀어서 포도주를 적신 다음에 갓난아기 입에 대고 짜서 입을 축여주는 엄마도 많았다. 어떤 사람은 진흙을 쌓아서 포도주가 흘러가는 걸 막고, 어떤 사람은 구경꾼이 높은 창가에서 내려다보며 외치는 소리에 따라 이리저리 뛰어다녀서 포도주가 다른 방향으로 흐르는 걸 막고, 어떤 사람은 빨갛게 물든 술통 조각을 들고 혀로 핥는 건 물론 포도주를 천으로 축축하게 적셔서 질겅질겅 씹으며 포도주 향을 느끼기도 했다. 술이 빠져나갈 배수로를 차단한 상태에서 모두 정신없이 마시는 건 물론 포도주가 스며든 진흙까지 퍼가는 통에 청소부가 한바탕 휩쓸고 지난 것 같은 모습이 가난한 거리를 잘 아는 사람에게는 기적으로 보였다.

포도주 마시기 시합을 계속하는 동안 거리에는 명랑하게 웃는 소리와 유쾌한 목소리가 남녀노소를 불문하고 커다랗게 울렸다. 스포츠 경기처럼 거칠지 않으면서도 정말 재미있는 놀이었다. 독특한 동료 의식이 엿보이고 모두 함께 어울리려는 마음 역시 또렷해서 운이 특히 좋은 사람이나 마음이 넉넉한 사람은 서로를 시끌벅적하게 껴안으면서 건강을 위해 건배하고 악수하고 심지어 열 명 정도는 손을 맞잡고 춤까지 추었다. 그러다가 포도주가 모두 사라지자 포도주가 머물던 자리마다 손가락으로 긁은 자국만 가득할 뿐 잔치 분위기는 시작할 때처럼 갑작스럽게 사라졌다.

땔감을 자르다가 톱을 그대로 찔러두고 달려온 사내는 다시 가서 톱을 썰기 시작하고, 영양부족 때문에 아픈 손가락과 발가락 통증을 달랠 생각으로 뜨거운 재를 조그만 단지에 담다가 문턱에 놓고 그대로 달려온 아낙네도 돌아가고, 두 팔은 맨살을 그대로 드러내고 머리칼은 난잡하고 얼굴은 송장처럼 하얀 남정네도 간만에 지하실에서 나와 겨울 햇볕을 쬐다가 다시 내려가고, 마을에는 햇살보다 훨씬 자연스럽게 보이는 어둠이 깔리기 시작했다.

적포도주가 파리 인근 생앙투안[16] 비좁은 거리를 빨갛게 물들였다. 많은 손과 얼굴과 벌거벗은 발과 나막신도 빨갛게 물들었다. 나무에 톱질하는 사내는 손잡이에 빨간 자국이 어리고 아기 입에 대고 포도주를 짜던 엄마는 누더기 수건을 머리에 다시 묶어서 이마에 빨간 얼룩을 묻혔다. 술통 조각을 정신없이 빨아대던 사람들은 입 주변에 호랑이처럼 무서운 얼룩이 생기고 키만 멀대처럼 커다란 청년은 누더기 같은 모자를 살짝 걸쳐서 머리를 그대로 드러낸 채 포도주가 묻은 진흙을 손가락에 묻혀서 벽에다 휘갈겼다.

피!

때가 무르익는 것 같았다, 적포도주가 거리를 다시 빨갛게 적시고 많은 사람을 빨갛게 물들일 때가.

하지만 지금은 생앙투안에 먹구름이 다시 몰려들면서 잠시나마 성스럽게 반짝이던 빛을 몰아내자, 어둠이 엄청난 세력을 휘두르며 폭군처럼 무겁게 짓눌렀다. 그와 동시에 추위와 쓰레기와 질병과 무지와 가난이 폭군을 따르는 귀족처럼 나타났다. 하지만 무엇보다 무서운 건 가난이었다.

가난이라는 회전 숫돌에 갈리고 또 갈리는 식으로 끔찍하게 시달리는

---

16) Saint Antoine, 안토니오 성인이란 뜻으로 파리 외곽의 가장 불결하고 가난한 마을이다. 서쪽 변두리에 바스티유 감옥이 있다. 모두 힘들게 살아서 프랑스 대혁명 당시에 심장부가 되었다.

사람이 모서리마다 웅크리고 앉아서 덜덜 떨고, 여기저기에서 문으로 들어가거나 나오고, 창문마다 밖을 내다보면서 거센 바람에 옷을 펄럭거렸다. 늙은이를 갈아서 젊은이로 만들어준다는 전설적인 회전 숫돌이 아니다. 사람을 갈아대서 젊은이를 늙은이로 만드는 회전 숫돌이다. 그래서 아이마다 얼굴이 삭고 목소리가 찌들었다.

아이들 얼굴마다, 어른들 얼굴마다, 세월에 패인 고랑이나 앞으로 패일 고랑마다 한숨과 굶주림이 깃들었다. 어디든 굶는 사람이 가득했다. 높은 건물에도, 장대로 빨랫줄을 세워서 걸어놓은 너덜너덜한 옷에도 굶주림이 묻어나고 지푸라기와 누더기와 나무와 종이에도 끈덕지게 달라붙었다. 굶주림은 사내가 장작을 자르면서 나온 톱밥마다 새어 나오고, 연기를 내뿜는 방법조차 잊어버린 굴뚝에서 물끄러미 내려다보고, 지저분하게 널린 쓰레기만 가득할 뿐 먹을 건 하나도 없는 거리에 가득했다. 빵집 선반에도 들어차서 얼마 없는 싸구려 빵 덩어리에 일일이 파고들었다. 죽은 개로 소시지를 만들어 파는 상점에도 들어차고 원통을 빙글빙글 돌려서 밤알을 굽는 틈새에도 앙상한 뼈다귀처럼 덜거덕거렸다. 감자를 얇게 썰어 기름 몇 방울에 살짝 튀겨서 푼돈에 파는 감자튀김에도 빈틈없이 파고들었다.

굶주림은 어디든 파고들었다. 비좁고 꼬불꼬불한 도로는 물론 거기에서 이어지는 비좁은 골목마다 범죄와 악취가 가득하고 사람은 누더기에다 누더기 모자까지 걸쳐서 악취가 진동하는 가운데, 주변을 에워싼 물체는 병들어 보이는 사람을 물끄러미 바라보았다. 그런데 사람들이 이리저리 쫓기는 분위기 한가운데에는 막다른 골목으로 몰리면 덤벼들겠다는 섬뜩한 기운도 엿보였다. 모두 바싹 마른 몸뚱이에 풀은 죽어도, 불처럼 타오르는 눈빛과 원한을 억누르며 하얗게 변할 정도로 꼭 깨문 입술, 자신에게 떨어질 수도 있는 교수형 밧줄처럼 잔뜩 찡그린 이마 역시 사방에 가득했다.

상점만큼이나 많은 간판마다 지독한 가난이 모질게 묻어났다. 정육점 간판에는 말라비틀어진 고기조각만 남고 빵집에는 말라비틀어진 빵만 남았다. 술집마다 술을 마시는 사람은 포도주나 맥주가 너무 묽어서 싱겁다고 투덜대며 서로 은밀한 눈빛을 주고받았다. 무엇 하나 번듯한 게 없어도 무기와 연장까지 그런 건 아니었다. 칼 장수가 파는 칼과 도끼는 날카로운 날이 번뜩이고 대장장이 망치는 묵직하고 기술자가 만든 총은 섬뜩했다.

돌덩이가 빠져나간 곳마다 진흙탕이 고인 포장도로는 인도조차 없이 집집으로 이어졌다. 구멍이 막힌 하수구는 도로 한가운데로 물을 뿜어 냈다…… 흘러내릴 물이 있을 때는. 커다란 비가 내린 다음이 바로 그런 순간인데, 그럴 때마다 물이 넘쳐서 집안으로 밀려들었다.

도로 전역에는 가로등이 상당한 간격을 두고 밧줄과 도르래에 듬성듬성 초라하게 매달렸다. 그래서 밤마다 점등원이 밧줄을 내려서 불을 붙이고 다시 끌어올리면 머리 위에서 희미하게 빛나며 흔들리는 모양이 바다에서 출렁이는 파도처럼 보였다. 그렇다, 바다! 거센 파도가 배든 선원이든 당장이라도 휩쓸어버릴 것 같았다.

때가 무르익는 중이다. 마을 여기저기에서 수척한 허수아비가 굶주린 배를 안고 빈둥거리며 점등원을 오랫동안 지켜보다가 다른 좋은 방법을 사용하면 어떨까, 그래서 도르래 밧줄에 사람을 달고 끌어올려[17] 어두운 시대를 환하게 밝히면 어떨까 생각했다. 하지만 아직은 아니다. 프랑스 전역에 불어대는 바람은 허수아비가 걸친 누더기만 쓸데없이 펄럭거렸다. 어떤 새든 무서워하는 기색이라곤 조금도 없이 화려한 깃털을 자랑하며 멋지게 노래할 뿐이었다.

17) 프랑스 혁명 초기에는 실제로 민중에게 지탄받던 사형수 시신을 가로등에 매달았다.

술집은 모서리에 있는데 겉보기도 그렇고 분위기도 그렇고 다른 어떤 가게보다 좋아 보였다. 술집 주인은 길거리에서 벌어진 포도주 쟁탈전을 노란 조끼에 녹색 바지 차림으로 가만히 바라보다가 결국에는 어깨를 으쓱하며 중얼거렸다.

"이건 내가 신경 쓸 일이 아니야. 저건 양조장 사람이 실수한 거야. 다시 가져오라고 하면 그만이야."

그러다가 키만 멀대처럼 커다란 청년이 장난삼아 벽에다 낙서하는 걸 보고 커다랗게 소리쳤다.

"이봐, 생쥐 같은 놈, 거기에서 뭘 하는 거야?"

청년은 이런 부류가 흔히 그런 것처럼 매우 의미심장한 표정으로 자신이 낙서한 내용을 가리키더니, 역시 이런 부류가 흔히 그런 것처럼 삼천포로 빠지면서 요점을 완벽하게 흩트려 놓고 말았다.

"이게 뭐야? 정신병원에 끌려가고 싶어?"

술집 주인이 말하면서 도로를 건너오더니 진흙을 일부러 한 움큼 집어서 낙서를 지우며 다시 말했다.

"사람들이 다니는 거리 담벼락에다 이런 걸 쓰는 이유가 뭐야? 아니, 다른 데에는 이런 글씨를 쓸 데가 없어?"

주인은 이렇게 타이르면서 진흙으로 벽에 문지른 손을 (우연인지 일부러 그런 건지) 상대편 가슴에 툭 떨어뜨렸다. 장난꾸러기 청년은 그 손을 자기 손으로 툭툭 치다가 공중으로 재빨리 뛰어오르더니 환상적으로 춤추듯 내려오며 발을 갑자기 치켜들어 더러운 신발 한 짝을 내차서 손으로 잡아 앞으로 내밀었다. 사악하고 지저분한 양아치라기보다는 장난 자체를 매우 좋아하는 청년 같았다. 그래서 주인은 이렇게 말했다.

"어서 신어, 어서 신으라고. 그만하고 포도주나 한잔해, 포도주."

그러더니 손에 묻은 진흙을 일부러 상대편 옷에 닦았다. 상대편이 아니면 진흙을 손에 묻힐 일도 없다는 태도였다. 그리고 길을 다시 건너서 술집으로 들어갔다.

술집 주인은 목이 황소처럼 굵고 외모는 싸움 실력이 좋은 삼십 대로 보이는데 몹시 추운 날에도 외투를 안 입고 어깨에 걸치는 걸 보면 성미가 불처럼 급한 게 분명했다. 게다가 셔츠 소매를 걷어서 갈색 피부를 팔꿈치까지 그대로 드러냈다. 머리에 쓴 것도 없어서 짧게 깎은 곱슬머리 역시 그대로 보였다. 피부는 까무잡잡하고 두 눈과 시원한 이마는 선량하게 보였다. 전체적으로 서글서글한 인상이지만 강인한 고집도 엿보였다. 결단성과 목적의식이 강한 사내, 외나무다리에서 결코 만나고 싶지 않은 사내였다.

술집 주인이 안으로 들어가니, 술집 안주인 마담 드파르지는 계산대 뒤에 있었다. 남편과 같은 나이에 몸집이 억센 여자로 매서운 눈매는 뭐든 허투루 넘기는 법이 없을 것 같고 큼지막한 손은 반지를 잔뜩 끼고 얼굴은 차분하며 골격은 튼튼하고 자세는 침착했다. 겉으로 보기에는 자신이 맡은 일에 무엇이든 실수하는 법이 없을 것 같은 인상이었다. 하지만 추위에 민감한 듯 털옷을 잔뜩 껴입고 아주 밝은 솔로 머리를 잔뜩 동여맸는데 커다란 귀걸이를 가릴 정도는 아니었다. 앞에는 뜨개질감이 있어도 지금은 밑에 내려놓고 이쑤시개로 이를 쑤시는 중이다. 그래서 왼손으로 오른쪽 팔꿈치를 받치고 이를 쑤시느라 남편이 들어올 때 아무 말도 않고 한 차례 기침만 가볍게 했다. 그리고 이쑤시개 위로 양미간에 주름 잡으며 까만 눈썹을 치켜세워, 남편이 밖으로 나간 사이에 손님이 새로 들어왔으니 실내를 둘러보라는 신호를 보냈다.

술집 주인은 눈동자를 이리저리 굴리다가 나이 많은 신사와 젊은 아가씨에게 고정하는데, 구석에 있는 자리였다. 다른 손님도 있었다.

두 사람은 카드놀이를 하고 두 사람은 도미노 놀이를 하고 세 사람은 계산대 옆에서 얼마 안 남은 포도주를 아끼느라 조금씩 마시는 중이었다. 술집 주인은 계산대 앞을 지나다가 나이 많은 신사가 젊은 아가씨에게 '바로 저 사람'이라고 말하는 표정으로 쳐다본다는 사실을 알아챘다. 그와 동시에 술집 주인 드파르지는 속으로 중얼거렸다.

"도대체 구석에 앉아서 무얼 하자는 거야? 난 당신을 몰라."

드파르지는 낯선 사람 두 명을 못 본 척한 채 계산대에서 술 마시는 손님 세 명과 대화를 나누었다. 세 명 가운데 한 명이 이렇게 물은 것이다.

"어떻게 됐나, 자크?[18] 바닥에 엎지른 술은 사람들이 모두 마셨나?"

"한 방울도 안 남겼어, 자크."

드파르지가 대답했다.

이렇게 똑같은 세례명을 주고받으며 말할 때 마담 드파르지는 이쑤시개로 이를 쑤시다가 다시 가볍게 기침하고 양미간에 주름 잡으며 눈썹을 치켜세웠다.

하지만 세 명 가운데 두 번째가 술집 주인 드파르지에게 물었다.

"짐승처럼 비참하게 살아가는 사람이 포도주를 맛보는 건, 까만 빵이랑 죽음 말고 새로운 걸 맛보는 건 흔한 일이 아니야. 그렇지 않은가, 자크?"

"맞아, 자크."

술집 주인 드파르지가 대답했다.

똑같은 세례명을 이런 식으로 다시 주고받을 때 마담 드파르지는 이쑤시개를 여전히 느긋하게 사용하면서 다시 가볍게 기침하더니, 양미

---

18) 야고보 성인을 나타내는 프랑스 이름. 1358년 파리 북쪽 보베에서 농민반란(Jacquerie)이 일어날 때 귀족이 농민에게 붙여준 별칭으로, 나중에는 반란이 일어날 때마다 농민들 스스로 이렇게 불렀다.

간에 주름 잡으며 눈썹을 치켜세웠다.

하지만 이번에는 세 사람 가운데 마지막 한 명이 텅 빈 술잔을 내려놓고 입맛을 쩝쩝 다시며 말했다.

"아! 그런 정도가 아니야! 가난한 짐승이 입에 넣는 건 쓸쓸한 맛이 전부라고. 하루하루 살아가는 자체가 끔찍한 고역이야. 안 그런가, 자크?"

드파르지가 한 대답은 "맞아, 자크"였다.

똑같은 세례명이 세 번째로 나오는 순간, 마담 드파르지는 이쑤시개를 내려놓고 눈썹을 치켜세운 채 의자에 앉은 몸을 살짝 비틀었다. 그러자 남편이 재빨리 말했다.

"제대로 말했어! 사실이야! 친구들…… 우리 부인!"

손님 세 명이 모자를 벗으며 화려하게 인사하고 마담 드파르지는 머리를 가볍게 끄덕여서 인사를 받으며 가볍게 쳐다보았다. 그러더니 가벼운 표정으로 술집을 쓱 훑어본 다음에 뜨개질감을 집어서 바늘을 차분하고 편안하게 놀리며 뜨개질에 빠져들었다.

그러자 남편은 밝은 눈으로 부인을 살피다가 말했다.

"친구들, 인제 그만 가보게. 독신자 셋방은, 지난번에 내가 바깥에 있을 때 자네들이 보고 싶다면서 물었던 방은 오 층에 있네. 여기에서 나가면 왼쪽으로 조그만 마당이 있는데 거기에 위로 올라가는 계단이 있어."

주인이 머리로 방향을 가리키며 계속 말했다.

"우리 건물 창문 쪽. 하지만 이제 기억나는데, 자네들 가운데 한 명이 지난번에 갔으니 길을 잘 알겠군. 친구들, 잘 가게!"

세 사람은 술값을 내고 밖으로 나갔다. 술집 주인 드파르지가 뜨개질에 열중하는 부인을 살피는데 나이 많은 신사가 다가와서 대화를 나눌 수 있느냐고 물었다.

"그러시지요, 손님."

드파르지는 그렇게 대답하고 손님을 따라 문가로 조용히 걸었다.

두 사람이 나눈 대화는 짧지만 단호했다. 첫 번째 말에 드파르지는 깜짝 놀라며 깊은 관심을 기울였다. 그리고 일 분도 안 돼서 고개를 끄덕이며 밖으로 나가고 나이 많은 신사는 젊은 숙녀에게 손짓해서 함께 밖으로 따라나섰다. 마담 드파르지는 뜨개질만 바라보며 손을 빠르게 놀리느라 눈길조차 안 주었다.

자비스 로리와 마네뜨 아가씨는 술집을 나오고 문가에서 만난 드파르지는 조금 전에 친구들에게 말한 방향으로 나아갔다. 그러자 지저분해서 악취가 나는 조그만 마당이 나오고, 수많은 방이 겹겹이 올라앉아 수많은 사람이 살면서 공동으로 사용하는 입구가 나왔다. 칙칙한 타일이 깔린 입구를 지나 칙칙한 타일이 깔린 계단에 이르자 드파르지는 옛날 주인 딸 앞에 무릎을 꿇고 손을 잡아서 입술에 댔다. 행동은 다정해도 표정은 다정하지 않았다. 순식간에 드파르지에게 놀라운 변화가 일어난 것이다. 선량한 얼굴과 서글서글한 표정은 순식간에 사라지고 분노가 이글거리는 험악한 표정에 은밀한 느낌마저 깃들었다.

"계단이 높아서 약간 힘들어요. 천천히 오르는 게 좋습니다."

드파르지가 로리에게 엄숙한 목소리로 말하더니 계단을 올랐다.

"혼자 계신가요?"

로리가 속삭이자, 상대편이 똑같이 나지막한 목소리로 말했다.

"혼자요? 함께 하시며 도우실 분은 하느님밖에 없겠지요!"

"그럼 항상 혼자셨나요?"

"그렇소."

"그분이 원하신 건가요?"

"그럴 수밖에 없기 때문이오. 정부에서 나를 찾아 은밀하게 모셔갈 수 있는지 물어서 처음 찾아갈 때부터 그분은 그런 모습이더군요. 당시도 그렇고 지금도 그렇소."

"많이 변하셨나요?"

"변하다 뿐인가요!"

술집 주인이 걸음을 멈추고 주먹으로 벽을 때리며 끔찍한 저주를 퍼부었다. 아무리 노골적인 대답도 그렇게 심할 순 없었다. 그래서 로리는 두 사람과 함께 계단을 오르는 사이에 마음이 점차 무겁게 변했다.

사람이 득시글거리는 파리 빈민 지역은 계단을 비롯한 부속시설이 몹시 낡고 복잡하기로 유명했다. 하지만 이런 분위기가 어색하고 마음도 여린 사람에게 지금 오르는 계단은 특히 심했다. 높은 건물에다 불결하게 둥지를 튼 사람은 누구나 - 가령, 문을 열면 바로 공동 계단이 나오는 가구마다 - 안 쓰는 물건을 층계참에 잔뜩 쌓아놓는 건 물론 일부는 창문 밖으로 버리기도 했다. 너무 가난해서 먹다 남은 음식을 쌓아놓은 것도 아닌데 물건마다 그대로 썩어 문드러지며 공기를 오염시켰다. 가난과 궁핍이 하나로 뭉친 풍경은 정말 지독했다.

쓰레기가 부패하며 가파르게 쌓인 옆으로 통로가 있었다. 자비스 로리는 마음이 혼란스러운 데다 젊은 동반자까지 갈수록 힘들어하자 잠시 쉬려고 두 번이나 멈췄다. 그럴 때마다 옆에 암울한 창살이 있는데, 그나마 오염이 안 된 채 남아있던 좋은 공기는 그곳으로 빠져나가고 심하게 오염돼서 역겨운 공기는 꾸물꾸물 기어드는 것 같았다. 녹슨 창살 밖을 직접 안 보고 냄새만 맡아도 바깥이 뒤죽박죽이란 사실을 느낄 수 있었다. 노트르담 성당에서 멋들어지게 솟구친 커다란 탑 두 개를 제외하면 건강한 생활이나 건강한 정신을 보여주는 건 주변에 하나도 없었다.

마침내 층계 꼭대기가 나오면서 세 사람은 세 번째로 멈췄다. 다락방이 있는 층에 도달하려면 훨씬 가파르고 비좁은 계단을 하나 더 올라야 했다. 술집 주인은 약간 앞에서 걸어가며 행여나 젊은 아가씨가 무슨 질문이라도 할까 두려운 듯 계속 로리 옆에 머물더니, 이제야 몸을 돌려서 어깨에 걸친 외투 주머니를 더듬다가 열쇠 하나를 꺼냈다.

로리가 깜짝 놀라며 물었다.

"그럼 평소에 문을 잠가놓는단 말인가요, 친구?"

"네, 그렇습니다."

드파르지가 험상궂게 대답하자, 로리가 다시 물었다.

"불행한 신사를 그렇게 가둘 필요가 있다고 생각하시오?"

"내가 필요하다고 생각하는 건 열쇠를 돌리는 일입니다."

드파르지가 귀에 대고 살짝 속삭이더니 얼굴을 잔뜩 찡그렸다.

"이유가 뭐요?"

"이유요! 갇힌 상태에서 너무 오랜 세월을 지낸 터라 문을 열어놓으면 겁에 질려서 헛소리를 하고……당신 몸을 스스로 갈기갈기 찢어서…… 돌아가실 테니까요."

"정말 그럴 수 있단 말입니까!"

로리가 깜짝 놀라서 말하자, 드파르지는 씁쓸한 어투로 똑같이 말하며 대답했다.

"그럴 수 있느냐고요? 그렇습니다. 우리가 사는 아름다운 세상에는 그런 건 물론이고 더 끔찍한 일도 일어날 수 있습니다. 아니, 일어날 수 있는 정도가 아니라 대낮에도 매일같이 일어납니다. 악마가 괜히 있답니까? 이제 올라갑시다."

이런 대화는 극히 나지막해서 젊은 아가씨 귀에 단 한마디도 안 들어갔다. 하지만 너무 독특한 분위기에 젊은 아가씨가 부들부들 떠는 데다 얼굴에 걱정스러운 표정은 물론이고 끔찍하게 무서워하는 표정까지 어리는 걸 보고 로리는 무슨 말이든 해서 안심시킬 필요가 있다고 느꼈다.

"용기를 내시오, 아가씨! 용기! 업무! 최악의 사태는 금방 끝나요. 방문만 지나면 최악은 끝나요. 그러면 아가씨는 부친께서 좋은 느낌을 받도록, 긴장을 풀고 편안한 마음을 갖도록 도와야 합니다. 좋소, 친구 드파르지. 이제 갑시다. 업무, 업무!"

세 사람은 계단을 천천히 조용히 올랐다. 계단이 짧아서 꼭대기에 금방 도달했다. 그래서 방향을 확 틀며 나아가는 순간에 남자 셋이 보였다. 머리를 숙여서 문 옆에 바짝 대고 벽에 난 틈새나 구멍으로 실내를 열심히 들여다보는 중이었다. 그러다가 바로 뒤에서 발걸음 소리가 일어나자, 뒤를 돌아보고 일어났다. 술집에서 술을 마시며 똑같은 세례명을 세 번이나 반복한 사내들이었다.

"두 분이 갑자기 찾아오시는 바람에 저 사람들을 깜빡 잊었군요."

드파르지가 설명하더니, 세 사람에게 말했다.

"그만 가보게, 친구들. 우리가 볼일이 있다네."

세 사람은 미끄러지듯 지나며 계단을 조용히 내려갔다.

그 층에 다른 집 문은 없는 것처럼 보이는 가운데 사내들이 떠난 문으로 술집 주인이 다가가고, 로리는 살짝 화난 어투로 속삭이듯 물었다.

"마네뜨 선생님을 구경거리로 만들었소?"

"나는 선택받은 소수에게 아까 손님이 보신 것처럼 마네뜨 선생님을 보여드립니다."

"그래도 되는 겁니까?"

"그래도 된다고 생각합니다."

"선택받은 소수는 누굽니까? 어떻게 선별합니까?"

"진짜 사내들 가운데에서, 나처럼 자크라고 불리는 사내들 가운데에서, 선생님을 보면 좋은 쪽으로 발전할 사람들 가운데에서 선발합니다. 그만합시다. 손님은 영국인이라서 잘 모릅니다. 괜찮다면 거기에서 잠시 기다리세요."

드파르지는 뒤로 물러나라는 신호를 보내더니 허리를 숙여서 벽에 난 틈새로 실내를 살폈다. 그러더니 머리를 다시 들고 문을 두세 차례 두드렸다. 일부러 인기척을 내려는 의도가 분명했다. 그래서 똑같은 의도로 문을 서너 차례 열쇠로 긁더니 일부러 최대한 서툴게 구멍에 넣어서 최대한 시끄럽게 자물쇠를 돌렸다.

술집 주인은 한 손으로 방문을 천천히 열더니 실내를 들여다보며 뭐라고 말했다. 아주 희미한 목소리가 뭐라고 대답했다. 어느 쪽이든 한 마디 이상 말하지 않았다.

드파르지가 뒤를 돌아보며 들어오라 신호하고 로리는 어린 아가씨 허리에 팔을 감아서 단단히 붙들었다. 금방이라도 쓰러질 것 같았기 때문이다.

"이건 업무예요, 업무!"

로리가 강조하더니, 뺨에서 업무와 상관없는 땀을 흘리다가 다시 말했다.

"들어가요, 들어가!"

"저기…… 두려워요."

아가씨가 대답하며 부르르 떨었다.

"저기요? 뭐요?"

"안에 있는 사람이요. 우리 아버지."

마네뜨 아가씨는 겁에 질려서 부들부들 떨고 안내인은 어서 들어오라고 손짓하는 바람에 로리는 절박한 나머지 어깨를 잡고 덜덜 떠는 손을 잡아서 자기 목덜미에 걸치고 마네뜨 아가씨를 살짝 들어서 재빨리 들어오며 바로 안쪽에 내려놓아, 자신에게 매달리는 여인을 진정시켰다.

드파르지는 열쇠를 꺼내서 방문을 닫더니 안쪽 구멍에 집어넣고 자물쇠를 잠근 다음에 열쇠를 꺼냈다. 그러면서 일부러 최대한 커다란 소리를 만들었다. 그러더니 자로 잰 듯 걸어서 실내를 가로지르며 창문 쪽으로 다가갔다. 그리고 거기에서 걸음을 멈추고 주변을 천천히 살폈다.

다락방은 땔감 같은 걸 보관하려고 만든 터라 주변이 어두워서 잘 안 보였다. 지붕으로 볼록하게 솟아난 창문에는 실제로 일 층 바닥에서 물건을 끌어올릴 때 사용하는 조그만 갈고리까지 걸렸다. 프랑스 건물은 밖으로 나가는 문짝이 흔히 그런 것처럼 창문 역시 유리 없이 문짝 두 개를 대서 가운데를 당기는 식으로 열거나 닫는 구조다. 냉기를 막으려고 문짝 한쪽은 꽉 닫고 다른 쪽 하나만 살짝 열어놓은 상태였다. 그래서 햇빛이 살짝 들어와 처음엔 실내를 제대로 볼 수 없었다. 이렇게 어두운 곳에서 정교한 작업을 하려면 아주 오랜 시간에 걸쳐서 충분한 습관을 들여야 할 터였다. 그런데 다락방에서 바로 그런 작업을 하는 중이었다. 머리가 하얗게 센 노인이 나지막하고 기다란 의자에 앉아서 문가에 등을 보이고 얼굴은 술집 주인이 다가가서 바라보는 창을 향한 채 앞으로 허리를 숙이고 구두를 열심히 만드는 중이었다.

VI. 구두장이

"안녕하세요!"

드파르지가 인사하며 내려다보고 하얀 머리는 앞으로 고개를 숙인 채 구두 만드는 일에 열중했다. 그러다가 하얀 머리가 살짝 일어나며 정말 희미하게 대답하는데, 꽤 멀리서 일어나는 소리 같았다.

"안녕한가!"

"아직도 열심히 일하시네요, 그죠?"

오랜 침묵이 흐르다가 하얀 머리가 다시 일어나며 희미한 목소리로 대답했다.

"그래…… 일하네."

그러더니 이번에는 퀭한 눈으로 상대를 쳐다보다가 다시 얼굴을 떨어 뜨렸다.

희미한 목소리가 불쌍하기도 하고 섬뜩하기도 했다. 몸이 약해서 그런 게 아니라 오랫동안 갇혀서 험한 대우를 받는 사이에 변한 게 분명했다. 정말 끔찍한 건 혼자 지내는 동안에 목소리를 쓸 일 자체가 없어서 그렇게 되었다는 사실이다. 그래서 아주 오래전에 내지른 소리가 희미한 메아리처럼 일어나다가 꺼지는 느낌이었다. 인간의 입에서 나온 목소리처럼 활달하게 울리는 느낌이 하나도 없었다. 아름다운 색상이 모든 빛깔을 잃고 희미한 얼룩으로 초라하게 변한 것 같았다. 목소리가 억눌리며 바닥으로 가라앉는 느낌은 지하에서 흘러나오는 소리 같았다. 희망과 활력을 모두 상실한 목소리였다. 여행자가 황야를 홀로 헤매다가 지치고 굶주려서 쓰러져 죽기 직전에 가족과 친구를 떠올리며 마지막으로 내뱉는 소리 같았다.

잠시 침묵하며 작업하더니 퀭한 두 눈이 위를 다시 쳐다보았다. 호기심이나 관심이 아니라 유일한 방문자가 있던 자리에 아직도 누가 그대로 있다는 사실을 무의식적으로 느낀 것 같았다.

드파르지가 구두장이를 계속 바라보다가 물었다.

"실내에 햇빛이 더 들어오도록 만들고 싶어요. 그래도 잠시 견딜 수 있겠습니까, 어르신?"

구두장이가 작업을 멈췄다. 그러다가 무슨 소리라도 들으려는 듯 고개를 숙여서 한쪽 바닥을 훑어보다가 반대편 바닥을 똑같이 훑어보더니, 말한 사람을 쳐다보며 물었다.

"뭐라고 했지?"

"빛을 조금 밝게 해도 견딜 수 있겠습니까, 어르신?"

"견뎌야겠지, 자네가 그렇게 하겠다면."

노인이 대답하는데, 뒷말을 강하게 하는 느낌이었다.

드파르지는 살짝 열린 문을 약간 더 열다가 각도를 고정했다. 다락방으로 환한 햇살이 들어오면서 구두장이도 보이고 무릎에 올려놓은 채 작업하다 일손을 멈춘 구두도 보였다. 발밑과 기다란 의자에는 몇 개 안 되는 평범한 장비와 다양한 가죽 조각이 널렸다.

하얗게 자란 수염이 아주 기다란 긴 이니끼만 들쑥날쑥하고 얼굴은 퀭한데 눈동자는 이상하리만치 강하게 반짝였다. 얼굴이 퀭하게 야윈 나머지 아직은 까만 눈썹과 난잡한 백발 밑에서 실제로는 그렇게 안 커다란 눈동자가 유난히 커다랗게 보이는 것 같았다. 아니, 원래 커다랗긴 한데 지금은 이상할 정도로 더 커다랗게 보였다.

누더기 노란색 셔츠가 밑으로 쳐져서 목덜미를 드러내며 앙상하게 야위어서 쭈글쭈글한 몸뚱이를 보여주었다. 구두장이, 굵은 천으로 만든 낡은 작업복, 축 늘어진 양말, 초라하게 걸친 누더기 모두 직사광선과 공기를 오랫동안 못 쬐어서 하나같이 누리끼리한 잿빛을 띠어, 도대체 뭐가 뭔지 구분할 수 없을 정도였다.

구두장이는 햇살을 가리려고 눈으로 한 손을 올리는데 손가락뼈 자체가 투명한 것처럼 보였다. 그래서 일손을 멈추고 한결같이 흐리멍덩한 시선으로 가만히 앉아있었다. 바로 앞에 있는 인물을 바라보기 전에 바닥을 이리저리 훑어보는 모습은 소리가 나는 방향을 놓치는 게 습관이라도 된 것 같고 말하기 전에 이리저리 훑어보는 모습은 말하는 방법 자체를 잊어버리기라도 한 것 같았다.

"오늘은 구두 한 켤레를 완성하실 건가요?"

드파르지가 물으면서 로리에게 앞으로 나오라는 신호를 보냈다.

"뭐라고 했지?"

"오늘은 구두 한 켤레를 완성하실 거냐고요!"

"그럴 작정은 아니네만 그럴 수도 있겠지. 모르겠어."

구두장이가 대답하더니, 작업하던 내용이 떠오르는지 구두를 향해 다시 고개를 숙였다.

로리는 아가씨를 문가에 둔 채 앞으로 조용히 나왔다. 그리고 드파르지 옆에 가만히 서자, 구두장이가 쳐다보았다. 다른 인물을 보고 놀라는 기색은 없지만 한 손을 불안하게 떨면서 입술을 더듬다가 손을 쳐다보더니 (입술과 손톱 모두 똑같은 납빛이다!) 작업대로 툭 떨어뜨리곤 구두를 향해 머리를 다시 숙였다. 순간적으로 시선과 행동이 일치하는데, 말 그대로 한순간이었다.

"보시다시피, 손님이 찾아오셨습니다."

드파르지가 말하자 구두장이가 물었다.

"뭐라고 했지?"

"손님이 찾아오셨습니다."

구두장이가 작업하던 손을 꼼짝 않고 아까처럼 쳐다보기만 하자 드파르지가 다시 말했다.

"잘 만든 구두를 한눈에 알아보는 손님이 오셨습니다, 어르신. 지금 만드는 구두를 보여주시는 거예요. 자, 받으세요, 손님."

로리가 손으로 구두를 받자, 드파르지가 다시 말했다.

"이게 어떤 구두인지 손님에게 알려드리세요, 만든 사람 이름도."

평소보다 오랜 침묵이 깔리더니 마침내 구두장이가 대답했다.

"자네가 말한 걸 잊었어. 뭐라고 했지?"

"손님에게 구두 종류를 설명할 수 있느냐고 했어요."

"그건 숙녀화야. 젊은 숙녀가 산책할 때 신는 구두. 요즘 유행하는 스타일. 유행하는 걸 눈으로 직접 본 적은 없어. 본으로 뜬 게 수중에 있지."

구두장이가 구두를 쳐다보는 시선에 자부심이 살짝 어렸다.

"그리고 만든 사람 이름은요?"

드파르지가 물었다.

구두장이는 이제 작업할 대상이 없어서 왼손으로 구멍을 만들어 오른 손 손가락을 넣고 오른손으로 구멍을 만들어 왼손 손가락을 넣다가 수염 이 난 턱을 한 손으로 문지르는 식으로 한순간도 안 멈추고 똑같은 동작 을 반복했다. 말하기 전에 언제나 정신을 놓고 방황하는 노인에게 말을 거는 자체가 마치 정신을 잃고 쓰러진 사람에게 말을 거는 것 같기도 하고 갑자기 죽어가는 사람의 의식을 붙잡으며 중요한 내용을 들으려고 애쓰는 것 같기도 했다.

"이름을 물었나?"

"그렇습니다."

"북쪽 탑 백오 번."

"그게 전부예요?"

"북쪽 탑 백오 번."

앓는 소리도 아니고 한숨 소리도 아닌 소리를 힘없이 내면서 구두장이가 작업대를 향해 고개를 다시 숙이지만, 침묵은 또다시 깨지고 말았다. 로리가 빤히 바라보면서 물은 것이다.

"원래 구두를 만들던 사람은 아니죠?"

퀭한 눈동자가 드파르지를 쳐다보는데 무슨 말이든 하라는 것 같았다. 하지만 상대가 아무 말도 않자, 두 눈으로 바닥을 살핀 다음에 질문자를 쳐다보았다.

"원래 구두를 만들던 사람은 아니냐고? 그래, 나는 원래 구두를 만들지 않았어. 여기에서…… 여기에서 배웠어. 혼자 배웠어. 허락을 받고……."

구두장이가 정신을 놓고 아까처럼 두 손을 움직이더니 방황하던 눈동자가 얼굴로 천천히 돌아오며 마침내 안정을 취하다가 다시 말하는데, 잠에서 바로 깨어난 사람이 지난밤에 하던 얘기를 되풀이하는 것 같았다.

"나는 혼자 기술을 배우겠다 허락받고 오랫동안 힘들게 배웠어. 그런 다음부터 구두를 만들었지."

구두장이가 자신에게서 앗아간 구두를 잡으려고 손을 내밀 때 로리는 상대편 얼굴을 꾸준히 바라보며 물었다.

"마네뜨 박사님, 저를 모르겠어요?"

구두장이는 구두를 바닥에 떨어뜨리고 가만히 앉아서 질문자만 쳐다보았다.

로리가 드파르지 팔에 한 손을 올려놓으며 다시 물었다.

"마네뜨 박사님, 이 사람을 모르겠어요? 이 사람을 보세요. 저를 보세요. 예전에 알던 은행원이, 예전에 하던 일이, 옛날 하인이, 옛날 일이 하나도 안 떠오르세요, 마네뜨 박사님?"

오랜 세월을 갇혀 지내던 노인이 가만히 앉아서 로리와 드파르지를 번갈아가며 쳐다보는 사이에 오랫동안 잃어버린 인식능력이 온몸에 휘감긴 까만 안개를 조금씩 뚫고 나오다가 이마 한가운데에 또렷하게 나타났다. 먹구름이 다시 깔리면서 희미하게 변하다가 완전히 사라지긴 해도 순간이나마 나타난 건 확실했다.

젊고 잘생긴 아가씨 얼굴에도 완벽하게 똑같은 표정이 어렸다. 벽을 끼고 더듬는 식으로 부친이 보이는 곳까지 다가오더니, 가만히 서서 뚫어지게 바라보다가 두 손을 들어 올린 다음이었다. 처음에는 소름이 끼치는 열정 때문인데, 지금은 상대를 몰아내거나 차단하려는 의도가 아니라 상대에게 다가가서 유령 같은 얼굴을 자신의 따사로운 가슴에 기대며 활력과 희망을 되살리려는 것 같았다. 젊고 아름다운 얼굴에 떠오른 표정이 (훨씬 선명하긴 하지만) 어쩌나 똑같던지, 표정 자체가 빛처럼 움직이며 아버지에게서 딸에게 그대로 넘어온 것 같았다.

아버지 얼굴에는 암흑이 다시 깔렸다. 두 사람을 바라보던 눈빛이 점차 초점을 잃더니, 우울하고 어두운 시선으로 예전처럼 바닥을 둘러보고 주변을 살폈다. 그러다가 깊은 한숨을 오랫동안 내쉬더니, 구두를 집어서 작업에 다시 빠져들었다.

"저분을 알아보셨나요, 어르신?"

드파르지가 속삭이듯 묻자, 구두장이가 대답했다.

"그래, 잠시. 처음엔 소용없을 것 같았는데 예전에 잘 알던 얼굴이 나중에 떠올랐어, 잠시. 쉿! 조금만 더 뒤로 돌려야 해. 쉿!"

젊은 아가씨는 다락방 벽을 더듬으며 움직여서 아버지가 앉은 기다란 의자 옆으로 다가갔다. 고개를 숙이고 일하는 공간에서 손만 뻗으면 닿는 거리에 새로운 인물이 나타나도 모른다는 사실이 끔찍했다.

말은 한마디도 안 했다. 어떤 소리도 내지 않았다. 젊은 아가씨는 유령처럼 옆으로 가서 가만히 서고 상대편은 고개를 숙인 채 작업대만 바라보았다.

그러다가 구두장이가 손에 든 도구를 구두칼로 바꿔야 하는 일이 생겼다. 구두칼은 아가씨가 선 반대편에 있었다. 구두장이는 그걸 집으려고 고개를 다시 숙이는데 아가씨 치맛자락이 눈에 들어왔다. 그래서 두 눈을 들어 아가씨 얼굴을 바라보았다. 구경하던 사내 둘이서 깜짝 놀라며 앞으로 나서지만 젊은 여인은 손으로 두 사람을 막았다. 두 사람은 행여나 구두장이가 구두칼로 해치지나 않을까 두려운데도 아가씨에게는 그런 느낌이 조금도 없었다.

구두장이는 겁에 질린 표정으로 아가씨를 쳐다보더니 무슨 말을 하려고 한동안 입술을 꾸무럭거리지만 아무런 소리도 안 나왔다. 그러다가 가쁜 숨을 간신히 달래면서 이런 말을 흘려보냈다.

"아가씨는 누군가?"

젊은 아가씨는 눈물을 콸콸 흘리면서 두 손을 입술에 대더니 그 손을 아버지 입술에 대다가 자기 가슴으로 가져가며 꼭 움켜잡았다. 거기에 망가질 대로 망가진 아버지 얼굴이라도 있는 것 같았다.

"아가씬 간수 딸인가?"

아버지가 묻는 말에 젊은 아가씨는 한숨을 내쉬며 대답했다.

"아니에요."

"그럼 누군가?"

젊은 아가씨는 말짱한 목소리로 말할 자신이 없어서 아버지 옆 기다란 의자에 앉았다. 구두장이가 움찔하지만 젊은 아가씨는 아버지 팔에 한 손을 올렸다. 그와 동시에 구두장이에게 이상한 감동이 몰려들며 온몸을 휘감았다. 그래서 구두칼을 천천히 내려놓고 앉은 자세 그대로 젊은 아가씨를 가만히 바라보았다.

급히 옆으로 젖힌 황금빛 머리칼이 기다랗게 물결치며 목덜미로 떨어졌다. 구두장이는 손을 조금씩 내밀더니 황금빛 머리칼을 잡아서 가만히 바라보았다. 그러다가 또 정신을 놓고 깊은 한숨을 내쉬더니 구두 만드는 일에 다시 빠져들었다.

하지만 오래가진 않았다. 아가씨가 아버지 팔을 놓고 어깨에 손을 올렸기 때문이다. 구두장이는 손이 정말 거기에 있는지 확인하려는 듯 의심스러운 표정으로 두세 차례 바라보더니, 구두를 내려놓고 한 손으로 목을 더듬어서 오랜 세월에 까맣게 변한 끈을 꺼내는데, 끝에는 가만히 접은 누더기 천 하나가 달렸다. 그래서 누더기 천을 무릎에 놓고 조심스레 펼치자, 안에서 머리칼이 나왔다. 황금빛 머리칼 한두 가닥이었다, 오랜 옛날에 손가락으로 둘둘 감은.

구두장이는 젊은 아가씨 머리칼을 손으로 다시 잡고 자세히 바라보며 중얼거렸다.

"똑같아. 어떻게 이럴 수가! 그게 언젠데! 어떻게 이럴 수가!"

잔뜩 집중한 표정이 이마에 다시 나타나는 순간에는 젊은 아가씨 이마에도 똑같은 표정이 어린다는 사실을 구두장이가 알아챈 것 같았다. 그래서 아가씨 얼굴을 돌려 햇살을 가득 받도록 하며 다시 쳐다보았다.

"부인이 나에게 머리를 기댔어, 내가 끌려가던 날 밤에…… 나는 아니어도 부인은 내가 끌려가는 걸 두려워했거든…… 그래서 북쪽 탑으로 끌려갈 때 간수들이 소매에서 이걸 찾아냈어. 나는 이렇게 말했어. '그걸 나에게 주겠소? 여기에서 육신이 탈출하는 데에는 도움이 안 돼도 마음이 그러는 데에는 도움이 될 테니 말이오.' 한 마디 한 마디 또렷하게 기억나."

구두장이는 이렇게 말하려고 입술을 수없이 달싹거렸다. 그러다가 마침내 이런 말을 흘려보내는 순간, 모든 내용이 또렷하게 떠올랐다, 아주 천천히.

"어떻게 이런 일이? 당신이야?"

사내 두 명이 가만히 지켜보다가 다시 깜짝 놀라는 가운데 구두장이가 무서울 정도로 갑자기 달려들었다. 하지만 젊은 아가씨는 아버지에게 잡힌 채 꿈쩍하지도 않고 나지막한 목소리로 말할 뿐이었다.

"좋으신 신사 두 분에게 간청하는데, 우리 곁으로 오지도 말고 입을 열지도 말고 움직이지도 마세요!"

"아니, 이게 누구 목소리지?"

구두장이가 소리치면서 젊은 아가씨를 놓더니 두 손으로 백발을 움켜잡고 미친 듯이 쥐어뜯었다. 그러다가 구두 만드는 일을 제외하면 모든 기억이 사라진 듯 흥분을 가라앉히고 조그만 천을 접어서 주머니에 다시 넣으려고 하더니, 두 눈으로 젊은 여인을 가만히 바라보다가 머리를 힘없이 흔들면서 중얼거렸다.

"아니야, 아니야, 아니야. 당신은 너무 젊어, 너무 어려. 불가능해. 죄수가 변한 걸 보라고. 이건 부인이 알던 손이 아니고 이건 부인이 알던 얼굴이 아니고 이건 부인이 듣던 목소리가 아니야. 아니야, 아니야. 부인도 그렇고 죄수도 그렇고 북쪽 탑에서 지겨운 세월을 보내기 전하고 달라. 이름이 뭐지, 귀여운 아가씨?"

구두장이 말투와 행동이 한결 부드럽게 변한 게 어린 딸은 참으로 반갑고 고마워서 풀썩 무릎을 꿇고 두 손으로 아버지 가슴을 간절하게 움켜잡으며 말했다.

"아, 어르신, 나중에 모두 말씀드릴게요. 이름은 무엇이고 어머니는 누구시며 아버지는 누구신지, 두 분께서 겪으신 고통스러운 역사를 제가 왜 몰랐는지. 하지만 지금 당장 말씀드릴 순 없어요, 여기에서 말씀드릴 순 없어요. 지금 이 자리에서 말씀드릴 수 있는 건 저를 꼭 껴안고 축복을 내려달라는 게 전부예요. 저를 안아주세요, 꼭! 아, 사랑하는 분이시여, 사랑하는 분이시여!"

차갑고 하얀 노인 머리칼에 젊은 여인 머리칼이 화사하게 뒤섞이면서 환하고 온화하게 빛나는 모습은 마치 자유라는 빛을 환히 비추는 것 같았다.

"실제로 어떤지 모르겠지만 저는 두 목소리가 비슷하길 바라는 마음으로 간절하게 말씀드리는데, 제 목소리를 듣고 예전에 달콤한 음악으로 다가오던 목소리가 떠오른다면 펑펑 우세요, 마음껏 우세요! 제 머리칼을 만지시면서 젊고 자유로운 시절에 어르신 품으로 살포시 기대던 사랑스러운 머리가 떠오른다면 펑펑 우세요, 마음껏 우세요! 제가 어르신을 집으로 모셔서 진심으로 정성을 다해 모실 거란 말을 듣는 순간, 오랜 옛날에 잊어버려 속으로만 애태우던 집이 떠오른다면 펑펑 우세요, 마음껏 우세요!"

젊은 아가씨는 두 팔을 둘러서 구두장이 목을 꼭 껴안고 어린아이처럼 가슴에 품으며 계속 말했다.

"아, 사랑스러운 분이시여, 이제 모든 고통이 끝났다는, 제가 어르신을 모시러 왔다는, 저와 함께 영국으로 가서 편히 쉬자는 말씀을 드릴 때 오랜 세월에 걸쳐서 망가진 소중한 인생이 떠오른다면, 우리 조국 프랑스가 어르신에게 저지른 사악한 행위가 떠오른다면 펑펑 우세요, 마음껏 우세요! 제가 누구며 살아계신 부친과 돌아가신 모친은 누군지 말씀드리고, 부친이 오랜 세월 고생하시는 동안 제가 밤에 깨어나서 눈물로 지샌 적이 한 번도 없다는 사실에 대해, 어머니가 저를 사랑하셔서 고통받는 아버지를 숨겼다는 사실에 대해, 제가 존경스런 부친 앞에 무릎 꿇고 용서를 빌 수밖에 없는 이유를 이해하신다면 펑펑 우세요, 마음껏 우세요! 어머니를 위해서 그리고 저를 위해서 우세요! 두 분 선생님, 정말 고맙습니다! 부친께서 흘리신 신성한 눈물은 지금 제 얼굴로 다가오고 부친께서 흐느끼는 소리는 지금 제 가슴을 울립니다. 아, 보세요! 고마우신 하느님, 정말 고맙습니다!"

구두장이는 젊은 여인에게 그대로 안기면서 얼굴을 가슴에 묻었다. 참으로 감동을 주는 장면이었다. 하지만 엄청나게 부당한 처사로 오랜 세월 동안 겪은 고통을 생각하면 참으로 끔찍한 장면이기도 했다. 두 남자도 옆에서 지켜보다가 손으로 얼굴을 가릴 수밖에 없었다.

아무리 극심한 폭풍우라도 결국에는 가라앉아서 편안한 침묵으로 이어지는 게 인생이듯, 온몸을 떨면서 격하게 울던 노인도 흥분을 가라앉히면서 다락방에 오랜 침묵이 깔리고, 두 사람은 아버지와 딸을 바닥에서 일으키려고 다가왔다. 노인은 바닥으로 조금씩 무너지다가 기진맥진해서 그대로 쓰러지고 젊은 아가씨는 함께 편히 누워서 자기 팔로 머리를 받쳐주느라 금발 머리칼이 아버지에게 흘러내려서 커튼처럼 햇빛을 차단했다.

로리가 코를 몇 번씩 풀며 눈물을 진정시키고는 허리를 숙여서 두 사람을 내려다보자, 젊은 아가씨는 한 손을 들며 이렇게 말했다.

"아버지만 힘들지 않다면 지금 당장 파리를 떠날 채비를 갖춰서 이 문을 나서는 즉시 영국으로 가는 게 좋겠어요."

"하지만 차분하게 생각하세요. 박사님에게 여행을 견딜만한 체력이 있겠습니까?"

"아버지에게 이렇게 끔찍한 도시에 있는 편보단 차라리 그러는 편이 훨씬 좋을 거예요."

드파르지가 무릎을 꿇고 가만히 바라보면서 듣다 갑자기 끼어들었다.

"사실입니다. 그게 훨씬 좋습니다. 마네뜨 박사님은 이유를 불문하고 프랑스를 떠나는 게 최선입니다. 말씀만 하세요. 제가 마차랑 말을 부를까요?"

로리는 순식간에 질서정연한 자세를 회복하며 재빨리 말했다.

"그건 내가 할 일이오. 할 일이 있다면 내 손으로 직접 하는 게 좋소."

그러자 마네뜨 아가씨가 재촉했다.

"그럼 어서 여기를 떠나도록 도와주세요. 아버지가 흥분을 가라앉히셨으니 저랑 단둘이 있어도 괜찮아요. 걱정하실 이유가 없잖아요? 방문을 자물쇠로 잠그고 떠났다가 나중에 돌아오셔도 아버지는 지금처럼 차분하실 게 분명해요. 어쨌든 저 혼자서 아버지를 잘 보살펴드릴 테니, 지금 당장 떠날 채비를 하세요."

로리와 드파르지는 둘 다 떠나는 편보다 한 명이라도 남는 편이 나을 것 같다고 생각했다. 하지만 말과 마차를 준비하는 건 물론 여행 서류도 준비해야 하는데, 하루해가 저무는 중이라서 시간이 급한 나머지 결국에는 필요한 업무를 나눠서 각자 맡은 일을 처리하려고 서둘러 떠났다.

이윽고 어둠이 몰려들기 시작하고, 어린 딸은 아버지 옆에서 딱딱한 바닥에 머리를 누인 채 가만히 바라보았다. 어둠이 마냥 깊어지도록 아버지와 딸은 가만히 누워서 기다렸다. 그러다가 벽에 난 틈새로 마침내 밝은 빛이 흘러들었다.

로리와 드파르지는 여행에 필요한 준비를 모두 마치고 여행용 망토와 외투는 물론 빵과 고기와 포도주와 뜨거운 커피도 가져왔다. 다락방은 짚으로 만든 침대와 의자가 전부라서, 드파르지는 구두를 만들던 의자에 음식과 등잔을 내려놓고 로리와 함께 죄인을 깨워서 부축하며 일으켰다.

아무리 똑똑한 사람도 신성할 정도로 텅 빈 얼굴을 보고서 신비로운 속마음을 읽을 순 없었다. 박사가 지금까지 일어난 일을 이해하는지, 사람들이 자신에게 한 말을 기억하는지, 자신이 자유라는 사실을 아는지는 아무도 풀 수 없는 수수께끼였다. 주변에서 말만 걸어도 몹시 혼란스러워하는 데다 대답하는 말조차 극히 느려서 결국에는 모두 겁먹고 박사가 당황하는 일이 없도록 더는 간섭하지 말자고 합의했기 때문이다.

박사는 어찌할 바 모르겠다는 듯 가끔 두 손으로 머리를 쥐어뜯었다. 예전에 안 보이던 행동이었다. 그런데도 어린 딸이 말하는 소리가 들리면 아주 즐거운 표정으로 고개를 돌려서 바라보았다.

강압적인 명령에 오랫동안 길든 사람 특유의 온순한 방식으로 박사는 사람들이 먹고 마시라고 준 걸 그대로 먹고 마시고, 입으라고 준 옷가지와 외투를 그대로 입었다. 딸이 다가와서 팔짱을 끼자, 가볍게 응하면서 두 손으로 꼭 잡기도 했다.

사람들은 계단을 내려가기 시작했다. 드파르지가 등불을 들고 제일 앞에서 내려가고 로리는 제일 뒤에서 내려갔다. 그런데 기다란 계단을 얼마 안 가서 박사가 걸음을 멈추더니 지붕을 빤히 쳐다보다가 벽을 둘러보았다.

"여기가 기억나세요, 아버지? 여기를 올라온 기억이 나세요?"

"뭐라고 했지?"

하지만 딸이 다시 묻기도 전에 박사는 딸이 다시 물은 것처럼 중얼거리며 대답했다.

"기억나느냐고? 아니, 기억이 안 나. 너무 오래되었어."

박사는 감옥에서 다락방으로 이송한 과정 자체를 기억조차 못 하는 게 확실했다. "북쪽 탑 백오 번"이라고 중얼거리면서 주변을 둘러보는 걸 보면 자신을 오랫동안 가둔 강인한 요새 담벼락으로 여기는 게 분명했다. 마당으로 나설 때는 도개교에 올라선다는 생각에 걸음걸이를 본능적으로 바꾸었다. 그런데 도개교 대신 거리에서 마차 한 대가 기다리자, 박사는 딸 손을 놓고 머리를 다시 움켜잡았다.

출구에는 아무도 없었다. 수많은 창문에서 내다보는 사람도 없었다. 거리를 우연히 지나는 사람조차 없었다. 이상할 정도로 주변에 아무도 없이 조용했다. 보이는 사람이라곤 딱 한 명인데 바로 마담 드파르지였다. 하지만 아무것도 안 쳐다보고 문가 기둥에 등을 기댄 채 뜨개질에 열중할 뿐이었다.

죄수는 사륜마차에 올라타고 딸도 잇따라 올라탔다. 죄수는 자신이 만들던 구두와 연장을 갖다 달라 간절하게 애원하고, 로리는 마차 계단에서 걸음을 멈추었다. 하지만 마담 드파르지가 자신이 가져오겠다고 남편에게 곧바로 소리치더니 뜨개질하며 걷다가 등불 너머로 사라졌다. 그리고 재빨리 돌아와서 물건을 건네더니 문가 기둥에 등을 곧바로 기댄 채 아무것도 안 쳐다보고 뜨개질에 다시 빠져들었다.[19]

드파르지는 마부석에 올라서 "관문으로!"라고 소리치며 채찍을 날리고 사륜마차는 등불이 심하게 흔들리는 불빛을 희미하게 받으며 덜거덕 덜거덕 앞으로 나아갔다.

심하게 흔들리는 등불을 받으며 - 부유한 동네를 지날 때는 훨씬 환하게 빛나고 가난한 동네를 지날 때는 훨씬 어둡게 빛나면서 흔들리는 등불을 받으며 - 불빛이 환한 상점가를 지나고 다양한 인파를 지나고 환하게 빛나는 커피숍을 지나고 극장을 지나서 파리 관문 가운데 하나로 나아가자, 군인들이 등불을 들고 검문소를 지키다가 소리쳤다.

"여행증명서를 보이시오!"

---

19) 구두장이가 구두 작업에 빠져드는 건 오랜 고통을 상징하고, 마담 드파르지가 뜨개질에 빠져드는 건 프랑스 민중의 오랜 복수심을 상징한다.

"여기 있습니다요, 나리."

드파르지가 대답하며 밑으로 내리더니, 진지한 표정으로 군인을 옆으로 데려가서 이렇게 덧붙였다.

"이게 안에 계신 신사분 여행증명서입니다, 머리가 하얀 분. 정부에 계신 분이 저에게 이번 일을 시키셔서……."

드파르지는 목소리를 떨어뜨리고 군인들이 든 등불 사이에서는 동요가 일더니, 한 명이 군복 차림 팔 하나를 등불과 함께 사륜마차로 쑥 집어넣고 팔과 연결된 눈동자로 – 평소와 다른 눈빛으로 – 머리가 하얀 신사를 쳐다보더니, "좋소. 통과!" 하며 소리치고 드파르지는 "안녕히 계시오!"라고 대답한 다음, 등불이 쭉 늘어서서 희미하게 흔들리는 관문을 지나 별이 수없이 반짝이는 들판으로 들어섰다.

꼼짝하지도 않고 영원히 빛나는 별빛 아래로, 티끌처럼 조그만 지구에서 너무 멀리 떨어진 나머지 지금 우리가 바라보는 별빛은 오랜 옛날에 흘러나온 빛일 수 있다고 학자들이 주장하는 별빛 아래로 밤 그림자가 시꺼멓게 깔렸다. 마차를 타고 불편한 자세로 냉기에 시달리는 내내, 동녘이 터올 때까지, 밤 그림자는 자비스 로리에게 – 무덤에서 파낸 사람 맞은편에 앉아서 완전히 잃은 기능은 무엇이며 되살릴 수 있는 기능은 무엇일까 곰곰이 생각하는 자비스 로리에게 – 다가오며 다시 속삭인다.

"다시 살아나길 바라면 좋겠는데, 어떻소?"

익숙한 질문에 익숙한 대답이 나온다.

"모르겠소."

제1부 끝.

제2부

금실

I. 오 년 후

템플 바 인근 텔슨 은행 본점은 1780년 시각으로 보더라도 구식 건물이다. 아주 조그맣고 아주 어둡고 아주 누추하고 아주 비좁다. 하지만 본점 경영진이 사고하는 방식은 훨씬 더 구식이라서 건물이 조그만 걸 자랑하고 어두운 걸 자랑하고 누추한 걸 자랑하고 비좁은 걸 자랑했다.

심지어 바로 이런 특징 때문에 자기네 은행이 잘 된다고 자랑하면서 불평하는 사람이 적으면 존경하는 사람도 줄어든다는 궤변까지 늘어놓았다. 이들은 자기네만 이렇다고 믿는 소극적인 자세가 아니었다. 동종 업체가 시설을 좋게 꾸미면 성질을 부리면서 노골적으로 공격할 정도였다. 텔슨 은행은 팔꿈치를 쭉 펼 공간이 없는 게 좋다고, 텔슨 은행은 햇빛이 안 들어와도 된다고, 텔슨 은행은 화려한 장식이 없어도 된다고, 노악스 은행과 스눅스 형제 은행은 그런 게 필요하겠지만, 다행히도 텔슨 은행은 아니라면서 말이다!

텔슨 은행 경영진은 텔슨 은행 재건축 문제를 아들에게 물려줄 생각조차 없었다. 이런 점에서 텔슨 은행 본점은 영국이란 나라와 정말 비슷했다. 이 나라 역시 법과 관습을 고치는 문제를 아들에게 물려줄 생각조차 없이, 오랫동안 심하게 반대하는 사람이 많다는 건 그만큼 존중하는 사람도 많다는 주장을 폈기 때문이다.

그래서 텔슨 은행 본점은 심하게 불편한 공간으로 변한 지 오래였다. 좁은 통로에서 멍청할 정도로 뻑뻑한 현관문을 삐걱거리는 소리와 함께 열고 계단 두 칸을 내려가면 비참할 정도로 비좁은 매장과 비좁은 창구 두 개가 나오는데, 창구마다 나이를 매우 많이 먹은 노인 두 명이 수표를 들고 바람에 부스럭거리는 것처럼 덜덜 떨면서 더할 수 없이 더러운 창문 햇빛으로 서명을 확인한다. 플리트 거리에서 진흙탕이 끊임없이 튀는 데다 쇠창살을 빽빽하게 박고 템플 바[20]에서 짙은 그림자까지 드리우는 정말 어두운 창문이었다. 누군가가 "본점" 대표라도 만나야 할 경우에는 후미에 있는 불량채권 금고 같은 곳에 들어가서 지난 생활을 가만히 돌이키며 반성하다가 대표가 주머니에 두 손을 찌르고 나타나도 햇빛이 희미해서 제대로 바라볼 수조차 없을 정도였다.

돈이란 돈은 벌레가 먹을 정도로 낡은 나무 서랍으로 들어가고 나오는데 서랍을 여닫을 때마다 먼지 입자가 코를 타고 들어가서 목구멍으로 내려앉았다. 지폐는 금방이라도 걸레로 변할 것처럼 곰팡내가 진동하고, 금괴는 불순물이 가득한 곳에 넣어서 나쁜 친구랑 사귀느라[21] 하루

---

20) 사형수를 공개적으로 목매달아 죽이는 사형장을 말한다.
21) 고린도 전서 15장 33절. "나쁜 친구와 사귀면 품행이 나빠집니다."

이틀 만에 화려한 광택을 잃었다. 이런저런 증서는 부엌과 싱크대를 개조한 임시 금고로 옮겨놓아서 양피지에 남은 지방질은 곧바로 분해되어 공중으로 날아올랐다. 가족이 소중하게 여기는 서류는 가벼운 상자에 넣어서 위층 만찬장으로, 만찬용 커다란 식탁은 그대로 있지만 실제로 식사한 적은 한 번도 없는 곳으로 올라간다. 1780년에도 야만적인 원시 부족만큼이나 잔인무도하고 비정하게 목을 잘라서 템플 바에 걸어놓은 머리가 다른 사람 옛사랑이나 어린 자녀 편지를 창문 사이로 훔쳐보며 추파를 던지는 끔찍한 사태가 일어나는 것이다.

하지만 당시에는 사람을 죽이는 게 업종과 직종을 불문하고 만병통치약처럼 유행했으니, 그중에서도 텔슨 은행이 특히 심했다. 죽음은 조물주가 만물을 치유하는 방식이니 행정당국 역시 못 그럴 이유가 뭐겠는가? 따라서 화폐를 위조한 자는 사형에 처하고 어음을 위조한 자도 사형에 처하고 편지를 불법으로 뜯어본 자도 사형에 처하고 사십 실링 육 펜스를 훔친 자도 사형에 처하고[22] 텔슨 은행 정문에서 말을 훔친 자도 사형에 처하고 동전을 위조한 자도 사형에 처하고 이런저런 범죄에 사용한 어음을 유통한 자도 사형에 처했다.

이런 방법은 범죄를 예방하는데 아무런 효과도 없지만 – 사실은 정반대 효과를 내지만 – 각각의 사례에서 발생한 문제를 (세상 사람이 볼 때) 깨끗하게 해결해서 나중에 신경 쓸 문제를 하나도 안 남긴다는 장점이 있었다. 그래서 텔슨 은행은 커다란 사업체를 운영하며 전성기를 구가하는 조직답게 수많은 목숨을 앗았다. 죽인 사람 머리를 은밀하게 처리하지 않고 템플 바에 모두 나란히 걸어서 진열한다면 텔슨 은행 일 층으로 살짝 들어오던 빛까지 완전히 차단할 터였다.

나이 많은 직원은 텔슨 은행 여기저기에서 온갖 서류철과 서류함에

---

22) 당시에 실제로 발생한 사건이다.

파묻히며 업무처리에 몰두했다. 젊은 직원이 텔슨 은행 런던 본점에 처음 들어오면 파삭 늙을 때까지 구석 어딘가 어두운 곳에 처박혀 치즈처럼 숙성시키다가 파란 곰팡이가 어리면서 텔슨 냄새를 풍기기 시작할 때 비로소 다른 사람 앞에 나타나서 커다란 장부를 들여다보며 누추한 회사에 초라한 분위기를 더하는 식이었다.

텔슨 은행 바깥에는 - 들어오라는 말이 없는 한 안으로 절대 안 들어가는 - 비정규직 잡역부가 있는데, 짐도 나르고 심부름도 하면서 살아있는 은행 간판처럼 움직였다. 업무 시간에는 자리를 비운 적이 한 번도 없고 행여나 심부름이라도 가게 되면 아들에게 - 열두 살인데도 음침하게 생긴 모양이 아빠랑 붕어빵처럼 똑같은 아들에게 - 자리를 맡긴 다음에 떠날 정도였다. 텔슨 은행도 이 잡역부만큼은 꾹 참으면서 관대하게 대한다는 사실을 세상 사람 모두 안다. 은행 측으로선 언제나 일정한 능력을 지닌 인간이 필요할 수밖에 없는데, 잡역부란 인간 역시 오랜 세월에 걸쳐서 그런 자리에 오른 것이기 때문이다. 성이 크런처라는 사람인데 젊은 시절에는 동부 교구 하운드디치 교회에서 사악한 일을 않겠노라 맹세하면서 제리라는 세례명까지 받았다.

장소는 화이트프라이어스 행잉소워드 골목[23]에 있는 제리 크런처네 집, 때는 아노 도미니 1780년으로 바람이 몹시 부는 삼월 어느 날 아침이다. (아노 도미니는 주님이 태어난 해를 나타내는 서기란 의미다. 하지만 제리 크런처는 어떤 여자가 꽤 유명한 놀이를 개발해서 이름 붙인 '도미노'를 기념하는 해로 여기는 게 분명하다.)

제리 크런처가 사는 아파트는 쾌적하고 상큼한 건물이 아니다. 유리판 하나를 단 벽장까지 방으로 쳐도 달랑 두 칸이 전부다. 하지만 실내는

---

23) Hanging-sword-alley, Whitefriars: '카르멜 수도원, 교수형 칼 골목'이란 뜻, 영국 런던에 실재한다.

아주 깨끗하다. 바람이 심한 삼월 이른 아침인데도 제리가 잠자는 침실을 걸레질까지 해서 이미 깨끗하게 청소하고 통나무를 깎아 만든 식탁에는 컵과 접시를 배열해서 아침 준비를 마친 다음에 하얀 식탁보로 깨끗하게 덮어놓은 상태였다.

제리 크런처가 얼룩덜룩한 조각보 이불을 덮고 자는 모습이 집으로 들어온 어릿광대처럼 보였다. 그런데 처음에는 깊이 자더니 조금씩 뒤척이며 움직이다가 뾰족한 머리칼로 이불을 갈기갈기 찢어발길 것처럼 벌떡 일어나 앉았다. 그러다가 화나서 주체를 못 하겠다는 목소리로 소리쳤다.

"어이쿠, 내가 못 살아! 저 여자가 또 지랄하네!"

단정하고 부지런하게 보이는 여인이 구석에서 무릎을 꿇고 있다가 공포에 떨며 급히 일어나는 걸 보면 제리가 언급한 여인이 분명했다.

제리 크런처가 침대 옆에서 장화를 찾으며 다시 소리쳤다.

"뭐야! 왜 또 지랄이야, 엉?"

아침 인사로 두 번째 소리를 내지르더니 세 번째 인사로 장화를 던졌다. 진흙이 잔뜩 묻은 장화였다. 은행 업무를 마치고 귀가할 때만 해도 깨끗하던 장화가 다음 날 아침에 일어나면 이런 식으로 매번 진흙투성이로 변한다는 건[24] 제리 크런처가 가정생활을 비정상적으로 꾸려간다는 사실을 잘 보여주는 증거였다.

장화가 빗나가자 제리 크런처는 다시 벌컥 화내며 소리쳤다.

"뭐야, 도대체 지금 뭘 하는 거냐고, 망할 여편네야!"

"기도를 드린 것뿐이에요."

"기도를 드린다! 정말 훌륭한 여편네야! 그렇게 무릎을 꿇고 앉아서 나를 못 되게 해달라고 기도하니 말이야!"

---

24) 제리가 늦은 밤에 밖에 나가서 독특한 일을 한다는 의미다.

"당신을 못 되게 해달라고 기도한 게 아니에요. 당신을 잘 되게 해달라고 기도한 거예요."

"말도 안 되는 소리 그만해. 그렇게 말하면 내가 속을 것 같아? 아들아! 너희 엄마는 너희 아빠가 하는 일이 제대로 안 되도록 하라고 기도하니 정말 훌륭한 여자로구나, 아들. 너는 정말 훌륭한 엄마를 두었어, 아들. 믿음도 정말 깊고 말이야. 툭하면 무릎 꿇고 앉아서 하나밖에 없는 아들이 먹을 빵과 버터를 뺏어가라고 기도하는 거 말이야."

크런처 도령은 (속옷 차림으로) 이 말을 듣고 불쾌한 표정으로 엄마를 바라보는데, 자기 밥그릇을 뺏어가라고 기도하면 어떻게 하느냐며 심하게 비난하는 얼굴이고 제리 크런처는 계속해서 횡설수설했다.

"시건방진 여편네야, 당신 기도에 얼마만 한 가치가 있다고 생각하는 거야? 도대체 몇 푼 가치나 되는지 뇌까려보라고!"

"그냥 마음에서 우러나와서 하는 거예요, 여보. 그 이상도 이하도 아니에요."

"그 이상도 이하도 아니다! 그렇다면 가치가 거의 없겠군. 어쨌든 분명히 말하는데 나를 대상으로 두 번 다시 기도하지 마. 다시는 안 참겠어. 당신이 몰래몰래 하는 기도 때문에 재수가 옴 붙고 싶은 생각은 조금도 없다고. 그런 식으로 무릎 꿇고 기도하는 건 당신 남편이랑 아이에게 도움이 되는 게 아니라 엿만 먹이는 거라고. 우리 여편네가 당신처럼 이상한 여편네가 아니고 우리 불쌍한 아들 엄마가 당신처럼 이상한 엄마가 아니라면 내가 지난주에 이상한 기도 때문에 된통 당하는 대신 대박을 터트렸을 거라고. 그러니까 작작하란 말이야!"

제리 크런처는 소리치는 내내 옷을 입다가 다시 소리쳤다.

"이번 주에는 기도 때문에 정직한 장사꾼이 재수 없는 덫에 걸려서 이런저런 손해를 보는 일이 없어야 한다고! 아들, 어서 옷 입어. 그래서 내가 장화를 닦는 동안 너희 엄마를 감시하다가 무릎을 꿇으려는 징조가 보이면 아빠를 불러."

그러더니 부인에게 고개를 돌려서 다시 소리쳤다.

"분명히 말하는데, 이제 이런 식으로 두 번 다시 안 참아. 내가 영업용 마차처럼 온몸이 망가지고 아편 중독자처럼 정신이 없고 신경은 곤두선 게 도대체 몸이 아파서 그런 건지, 그렇다면 내 몸뚱이가 아픈 건지 다른 사람 몸뚱이가 아픈 건지조차 모르겠다고. 게다가 주머니 사정도 안 좋아. 내가 보기엔 당신이 밤낮없이 기도해서 주머니 사정이 좋아지는 걸 막는 것 같아. 이제 나도 다시는 안 참을 거라고, 썩어빠질 여편네야! 뭐라고 대꾸 좀 해보시지!"

그러다가 한술 더 떠서 "아! 그래! 당신은 믿음이 깊어. 자기 남편이랑 아이에게 불리한 짓은 안 할 거야, 그렇지? 당신 같은 사람이 어떻게 그러겠어!" 하고 소리친 다음에 이를 부드득 갈며 성질을 부리더니, 마침내 장화를 닦는 일에 열중하며 일하러 갈 준비에 들어갔다.

한편, 어린 아들은 아빠보다 약간 부드러운 꼬챙이 머리에다 아빠처럼 두 눈이 바싹 달라붙은 얼굴로 어머니를 감시했다. 잠자는 벽장에서 볼일을 보다가 갑자기 튀어나와 숨죽인 목소리로 "지금 무릎을 꿇으려고 하는구나, 엄마…… 아빠, 아빠!" 하고 속삭여서 공갈치며 위협하다가 불효막심하게 웃으면서 안으로 다시 들어가는 식으로 불쌍한 여인을 괴롭힌 것이다.

제리 크런처는 아침 식사를 하러 올 때까지 화를 안 풀다가 부인이 식전기도를 하는 순간에 분노가 머리끝까지 솟구쳤다.

"아니, 빌어먹을 여편네야! 지금 뭘 하는 거니? 또 지랄이야?"

그저 "식전에 은총을 비는" 기도라고 부인이 설명하자, 제리 크런처는 부인이 기도한 게 제대로 먹혀서 빵 덩어리가 사라지기라도 할 것처럼 주변을 둘러보며 다시 소리쳤다.

"그러지 마! 집이랑 가정이 박살 나는 은총은 필요 없어. 식탁에서 음식을 뺏어가는 은총은 없어도 된다고. 그러니 아무 짓 말아!"

제리 크런처는 숙취 외에는 아무것도 안 남은 파티에서 밤을 꼬박 새운 사람처럼 빨갛게 달아오른 눈으로, 아침 식사를 하기보단 걱정스러운 표정으로 모질게 바라보는 표정이 흡사 동물원에서 네발 달린 짐승이 먹잇감을 안 빼앗기려고 으르렁대는 것 같았다. 하지만 아홉 시가 다가오자 얼굴 주름을 펴고 사업가처럼 그럴싸한 표정을 떠올려서 본색을 최대한 가린 다음에 할 일을 찾아서 일터로 출발했다.

제리 크런처는 자신을 "정직한 장사꾼"으로 묘사하는 걸 좋아하지만 사실 '장사'를 한다고 볼 순 없었다. 자본이라곤 망가진 등받이 의자로 만든 나무 걸상 하나가 전부로, 아들 크런처 도령이 매일 아침이면 걸상을 들고 아빠랑 나란히 걸어서 템플 바와 가장 가까운 은행 본점 유리창 밑에 놓은 다음, 지나는 마차에서 한 번 쓰고 버린 지푸라기를 한 줌씩 주워다 놓고 잡역부 발에 냉기와 습기가 스미는 걸 막아서 하루 일터를 완성하는 식이었다. 그래서 종일 버티고 있으니 '템플' 하면 '바'가 자동으로 떠오르듯 플리트 거리 하면 자연스럽게 떠오르는 인물이 되었는데, 겉으로 보기에도 딱 그런 인물이었다.

바람이 심하게 부는 삼월 아침, 제리 크런처는 아홉 시 십오 분 전에 자리를 잡고 앉아서 노인네들이 텔슨 은행으로 출근하며 지나갈 때마다 삼각 모자에 손을 얹어서 인사할 채비를 갖추고 아들 제리는 바로 옆에 섰다. 아들 제리는 템플 바를 싸돌아다니며 자신이 충분히 골려 먹어도 될 만큼 조그만 아이가 지날 때마다 쌍욕을 퍼부어서 육체적 정신적으로 심한 상처를 줄 때 외에는 항상 거기에 그렇게 있었다. 그런데 아버지와 아들은 붕어빵처럼 닮았다. 둘 다 양쪽 눈동자가 바싹 달라붙은 얼굴로,

아침에 플리트 거리를 오가는 마차를 물끄러미 쳐다보는 모습이 원숭이 한 쌍과 참으로 비슷했다. 어른 제리는 지푸라기를 질겅질겅 씹다가 퉤퉤 뱉고 어린 제리는 두 눈을 반짝이면서 아버지를 비롯해 플리트 거리를 오가는 대상을 하나도 안 빼고 열심히 바라보는데, 영락없는 원숭이 한 쌍이었다.

바로 그 순간에 텔슨 은행 실내에서 심부름꾼으로 일하는 정규직 한 명이 머리를 빼죽 내밀며 소리쳤다.

"짐꾼을 찾으셔!"

"만세, 아빠! 오늘은 시작하자마자 일거리가 생기네요!"

아버지는 순식간에 달려가고 아들 제리는 걸상에 대신 앉아서 아빠가 씹던 지푸라기에 깊은 관심을 보이며 곰곰이 생각하다 중얼거렸다.

"언-제나 녹이 묻어! 아빠 손가락에 언-제나 녹이 묻어! 아빠는 그런 녹을 도대체 어디에서 묻히는 걸까? 여기에는 녹을 묻힐 데가 없는데!"

II. 구경거리

늙은 직원 가운데 한 명이 제리에게 심부름을 보내려고 물었다.

"올드 베일리[25]야 당연히 잘 알겠지?"

"당연합죠, 나리. 베일리를 잘 압니다요."

제리가 자신만만한 어투로 대답했다.

"그렇군. 그럼 로리 씨도 아는가?"

---

25) Old Bailey: 런던 중심부에 있는 재판소. 정식 명칭은 중앙형사재판소. 바로 옆에 뉴게이트 감옥이 있었다.

직원이 묻자 제리는 재판정에 억지로 끌려 나온 증인처럼 대답했다.

"로리 선생님이라면 베일리보다 잘 압니다요, 나리. 정직한 장사꾼인 제가 몰라도 되는 베일리보다야 훨씬 잘 압죠."

"잘 됐군. 증인이 들어가는 문을 찾아서 문지기에게 쪽지를 보여주고 로리 씨에게 건넬 거라고 하게. 그러면 자네를 들여보낼 거야."

"재판정으로요, 나리?"

"그래, 재판정으로."

제리 두 눈이 살짝 모이면서 서로에게 다가서는 눈빛은 마치 "너는 이걸 어떻게 생각하니?" 하고 서로에게 묻는 것 같았다. 그래서 결론을 내린 듯 이렇게 물었다.

"그런 다음에 재판정에서 기다려야 하는 겁니까요, 나리?"

"내가 말할 테니 잘 듣게. 문지기가 로리 씨에게 쪽지를 건네면 자네는 어떤 식으로든 손짓 발짓해서 로리 씨 눈길을 끌어 자네가 기다린다는 사실을 알리는 거야. 그런 다음에 할 일은 로리 씨가 부를 때까지 가만히 기다리는 거고."

"그게 전분가요, 나리?"

"그래, 그게 전부야. 로리 씨가 심부름꾼을 보내라고 했어. 쪽지에 적은 건 자네가 거기에 왔다는 내용이야."

늙은 직원이 쪽지를 천천히 접어서 겉에다 수취인 이름을 쓰고 제리는 가만히 쳐다보다 압지로 눌러서 잉크 자국을 없앨 때 이렇게 물었다.

"오늘 아침에 위조범 재판을 하나요?"

"반역자!"

"능지처참하겠군요. 너무 잔인해요!"

"그게 법이야."

늙은 직원이 말하더니, 깜짝 놀란 눈으로 쳐다보며 다시 강조했다.

"그게 법이라고."

"아무리 법이라도 사람에게 말뚝을 박는 건 너무 심한 것 같습니다요, 나리. 사람을 죽이는 것도 심한데 말뚝까지 박는다니요."

제리가 말하자, 늙은 직원이 반박했다.

"그렇지 않아. 법에 대해서 좋은 쪽으로 말해. 법이 이렇네 저렇네 하면서 쓸데없이 신경 쓰는 편보다는 자네 마음과 목소리를 조심하는 편이 좋아, 친구. 내가 충고하는 거야."

"저는 마음과 목구멍에 고통만 가득합니다요, 나리. 제가 먹고사는 게 얼마나 힘든지는 나리 판단에 맡기겠습니다요."

"으음, 으음, 사람은 누구나 먹고살려고 다양한 방식으로 돈을 벌어. 힘들게 버는 사람이 있고 편하게 버는 사람이 있을 뿐이야. 자, 편지를 받고 어서 가보도록."

제리는 겉으로 상대를 존경하는 척 편지를 받으면서도 속으로 "말라비틀어진 늙은이"라고 중얼거리며 허리를 꾸벅 숙여서 인사한 다음, 아들을 지나면서 자신이 가는 목적지를 말하고 길을 나섰다.

당시에는 타이번에서 교수형을 집행해, 뉴게이트 교도소 앞길은 아직 드높은 악명을 못 날렸다. 하지만 교도소 자체는 아주 불결할 뿐 아니라 방탕하고 사악한 범죄자가 득시글거려서 끔찍한 전염병이 번지는 온상으로, 죄수가 재판정에 끌려와서 피고석에 있는 동안 끔찍한 세균이 재판장에게 곧장 달려들어 판사석에서 끌어내릴 때도 잦았다. 재판장이 까만 모자[26]를 쓰고 죄수에게 사형을 선고하면서 동시에 자신에게도 사형을 선고해 사형수보다 먼저 죽은 적도 여러 번이다. 그래서 일반시민에게 올드 베일리는 죽음을 부르는 여인숙으로, 창백한 여행자가 수레와 마차를 타고 끊임없이 찾아와서 잠시 머물다가 다시 험난한 여행길

---

26) 재판장이 죄인에게 사형을 선고할 때 쓰는 까만색 모자.

에 나서며 약 사 킬로미터에 달하는 공공도로를 지나서 저세상으로 떠나는 임시숙소로 유명했다. 영향력이 참으로 막강한 걸 보면 애초에 제대로 사용하면 정말 좋았을 거란 생각마저 들 정도였다.

그런데 올드 베일리는 큰 칼을 죄수 머리와 허리에 씌우는 지혜로운 관습을 계승하며 누구도 결과를 예견할 수 없는 징벌을 가하고, 사람을 기둥에 묶어서 채찍으로 때리는 오랜 관습 역시 그대로 계승하며 정말 인간적인 행위를 다정하게 수행하고, 피 묻은 돈[27]을 넉넉하게 지급하는 조상님의 지혜 역시 그대로 계승하며 하늘 아래 둘도 없을 만큼 끔찍하고 무섭고 조직적인 범죄를 향해 나아가는 것으로 유명했다. 한마디로 말해서 당시의 올드 베일리는 "존재하는 건 무엇이든 옳다"는 개념을 생생하게 추구하는 표본이었다. 그런데 이런 개념은 치명적인 한계가 있으니, "존재하지 않는 건 무엇이든 나쁘다"는 엉뚱한 결론으로 이어지기 때문이다.

소름 끼치는 재판 장면을 구경하려고 이리저리 서성이며 썩은 냄새를 풀풀 풍기는 인파 사이에서 제리는 탁월한 솜씨를 발휘하며 조용히 나아가다가 마침내 자신이 원하는 문을 찾아 거기에 달린 조그만 구멍으로 편지를 넣었다. 당시 사람들은 베드렘 정신병원에 들어가서 연극을 보려고 입장료를 내는 것처럼 올드 베일리에서도 연극을 보려고 입장료를 내는데, 후자가 훨씬 비쌌다. 그래서 올드 베일리는 문을 모두 삼엄하게 지켰다. 언제나 열어놓고 친선을 도모하는 문은 죄수가 들어가는 문 하나가 전부였다.

시간을 약간 끌며 투덜대던 문이 어쩔 수 없다는 듯 아주 살짝 열려서 제리는 몸뚱이를 비집으며 간신히 들어갔다. 그러고 나서 바로 옆에 있는 사내에게 물었다.

---

27) blood money: 사형에 해당하는 큰 죄인을 고발한 사람에게 주는 보상금.

"무얼 하는 중이오?"

"아직 시작도 안 했소."

"무슨 사건이랍니까?"

"반역 사건."

"그럼 능지처참을 하겠네요?"

제리가 묻자 사내는 갑자기 흥미를 보이는 표정으로 대답했다.

"당연하지! 울타리로 끌어가서 목을 반쯤 매달아 초주검을 만든 다음에 끌어내 두 눈이 생생하게 보는 앞에서 배를 갈라, 속에 든 창자를 꺼내서 불태우는 것까지 그대로 지켜보도록 한 다음에 머리를 자르고 사지를 자르는 거요. 정말 대단한 형벌이지."

"유죄라면 그렇다는 거죠?"

제리가 단서를 달자, 상대가 대답했다.

"당연히 유죄를 받을 테니까 그런 걱정은 꼭 붙들어 매쇼."

제리는 여기에서 문지기에게 관심을 돌렸다. 문지기가 손에 쪽지를 들고 로리를 찾아 나선 것이다. 로리는 탁자 뒤에 앉았는데 주변에 가발을 쓴 신사가 여럿이고, 멀지 않은 곳에도 마찬가지로 가발을 쓴 변호사가 뭔지 모를 서류를 앞에다 가득 쌓아놓고 앉아있었다. 바로 옆에는 가발을 쓴 신사가 두 손을 주머니에 찌르고 있는데, 제리가 보기에 그 신사는 당시에도 그렇고 나중에도 그렇고 재판정 천장에 모든 관심을 기울이는 것 같았다.

제리는 요란하게 기침하고 턱을 문지르고 손을 흔들어서 시선을 끌고 로리는 벌떡 일어나서 쳐다보더니 조용히 고개를 끄덕이곤 다시 자리에 앉았다. 그러자 조금 전까지 대화를 나누던 사내가 물었다.

"저 사람은 이번 사건하고 무슨 관계요?"

"나도 알고 싶소."

"그럼 당신은 이번 사건하고 무슨 관계인지 물어도 괜찮겠소?"

"그것 또한 나도 알고 싶소."

제리가 대답하는 동안 재판장이 들어오면서 갑자기 들썩이는 소리가 일다가 차분하게 가라앉고 웅성거리던 소리 역시 모두 가라앉았다. 곧 이어 모든 관심이 피고석으로 쏠리고, 옆에 가만히 서 있던 간수 두 명은 밖으로 나가서 죄수를 데려와 피고석 창살 안으로 넣었다.

거기에 모인 모든 사람이 ― 가발을 쓰고서 천장을 쳐다보는 신사만 빼고 ― 죄수를 쳐다보았다. 그래서 거기에 모인 사람이 내뿜는 숨결 전부가 죄수에게 파도처럼 바람처럼 불길처럼 몰려들었다. 기둥마다 모서리마다 호기심을 잔뜩 머금은 얼굴이 죄수를 보려고 목을 쭉 빼고, 뒷줄에 앉은 사람은 자리에서 일어나 머리칼 하나도 안 놓치려는 듯 죄수를 쳐다보고, 재판정 바닥에 앉은 사람은 다른 사람이 어찌 되건 까치발로 일어나 두 손으로 앞사람 어깨를 짚어서 얼굴을 삐죽 내밀고 빈틈으로 파고들어서 죄수를 낱낱이 살피려 애썼다.

이런 사람 가운데에서 눈에 제일 띄는 건 뉴게이트 교도소를 둘러친 철조망 담장처럼 뾰족한 머리칼로 활력을 내뿜는 제리였다. 그래서 심부름 오는 도중에 한 잔 걸친 맥주 냄새를 내뿜어, 다른 맥주와 위스키와 차와 커피 등 다양한 냄새하고 뒤엉키며 죄수에게 흘러들어, 바로 뒤에 있는 커다란 유리창에는 벌써 불결한 입김이 어리면서 물방울까지 흘러내렸다.

이렇게 모든 사람이 뜨겁게 관심을 보이는 대상은 대략 스물다섯 정도 보이는 젊은이로, 영양 상태가 좋고 얼굴도 잘생긴 데다 뺨은 구릿빛이고 눈동자는 까맸다. 모든 상태로 볼 때 귀족 집안 젊은이가 분명했다. 겉에는 까만색 같기도 하고 짙은 회색 같기도 한 옷을 수수하게 차려입고, 새까만 머리칼은 기다랗게 길러서 뒤로 돌려 리본으로 묶었는데 멋을 내려는 목적보다는 귀찮아서 그런 것 같았다. 마음 상태는 몸뚱이를 통해 겉으로 드러나듯, 이런 상황에 부닥쳐서 창백하게 변한 표정을 구릿빛 뺨으로 그대로 드러내며 태양보다 강인한 영혼을 보여주었다. 그래서 차분한 표정으로 가만히 서서 재판장에게 고개를 살짝 숙여 인사했다.

사람들이 보이는 관심은 - 청년을 가만히 쳐다보며 숨결을 내뿜는 식으로 모두가 보이는 관심은 - 숭고한 인간애와 아무런 상관도 없었다. 이들이 보이는 관심은 청년이 덜 끔찍한 형벌을 받는 순간, 잔인한 형벌 가운데 하나라도 면하는 순간, 그만큼 줄어들 수밖에 없는 관심이었다. 많은 사람이 지켜보는 앞에서 몸뚱이를 굴욕적으로 난도질한다는 건 정말 대단한 구경거리가 아닐 수 없었다. 돋보이는 젊은이를 죽여서 몸뚱이를 갈가리 찢어발긴다는 건 특히 대단한 관심거리가 아닐 수 없었다. 아무리 멋있는 말로 포장한다 해도 구경꾼이 보이는 관심 밑바닥에 자리한 건 사람을 잡아먹는 괴물일 수밖에 없었다.

법정에서 조용히 하시오, 조용! 찰스 다네이는 인자하시고 훌륭하시고 탁월하시고 기타 등등하신 우리 국왕 폐하의 영토와 프랑스 루이 국왕의 영토를 오가면서 건술한 인기히시고 훌륭히시고 탁월히시고 기타 등등하신 우리 국왕 폐하께서 캐나다와 북미지역에 군대를 보내려고 하신다는 사실을 프랑스 루이 국왕에게 알리는 등, 전술한 인자하시고 훌륭하시고 탁월하시고 기타 등등하신 우리 국왕 폐하와 황태자 폐하에게 다양한 방식과 수단으로 사악하고 파렴치한 반역을 꾀하다가 실패했다는 혐의로 검거되었으나 (주절주절) 어제 자신이 무죄라고 주장했습니다.

재판장이 '전술한'이란 표현을 끊임없이 반복하면서 멋들어지게 한 말은 빙글빙글 돌아서 사람들 머리에 파고들어 제리 머리칼이 훨씬 뾰족하게 곤두서도록 만들고, 찰스 다네이는 피고석에 똑바로 서고, 배심원은 선서하고, 검사는 심문을 준비했다.

거기에 참석한 사람 모두 마음속으로 이미 사지를 갈가리 찢어발기고 머리를 매달고 잘라냈는데도 (그리고 결국에는 자신이 그렇게 될 거란 사실을 잘 아는데도) 피고는 움츠러들거나 슬퍼하며 신파조 분위기를 보이는 기색이 조금도 없었다. 매우 차분하고 정중했다. 그래서 재판 시작 절차를 아주 진지하고 엄숙한 표정으로 지켜보았다. 그리고 가만히 서서 앞쪽 난간에 두 손을 올리는데, 그 모습이 얼마나 침착하던지 거기에 뿌린 약초 이파리 하나 안 건들 정도였다. 교도소 세균이 전염되는 걸 막기 위해 식초를 뿌려서 재판정 여기저기에 흩뿌린 약초였다.

피고석 천장에 달아놓은 거울이 피고에게 밝은 빛을 비추었다. 엄청나게 많은 죄인이 사악한 죄를 짓거나 억울한 죄로 끌려와서 그 빛을 받다가 거울 표면은 물론 지구에서 완전히 사라졌다. 바다가 어느 날 갑자기 주검을 밀어 올리듯, 거울이 그동안 비춘 사람을 모두 보여준다면 재판정은 유령이 창궐하는 무시무시한 공간으로 돌변할 수밖에 없을 터였다.

그런데 죄수는 피고석에 서는 순간에 굴욕감과 동시에 참담한 느낌을 받을 수도 있다. 그래서 그런지 몰라도 죄수는 자세를 바꾸다가 쇠창살을 뚫고 들어온 빛줄기가 얼굴에 비치는 걸 알아채고 고개를 들다가 거울에 얼굴이 비친다는 사실을 깨닫는 순간에 오른손으로 약초를 밀어버리고 말았다.

그러다가 얼굴이 재판정 왼쪽으로 돌아가더니, 눈높이가 같은 지점으로, 재판장 의자 옆 한쪽 모서리에 앉은 두 사람으로 시선이 쏠렸다. 그와 동시에 표정이 매우 급작스럽게 변한 나머지 죄수를 바라보던 시선 역시 모두 그쪽으로 돌아갔다.

구경꾼 눈에 보인 건 스무 살을 살짝 넘긴 아가씨와 아버지가 분명한 노신사였다. 머리가 완벽하게 하얗다는 사실이 또렷하게 돋보이는 가운데 왠지 잔뜩 긴장한 얼굴이었다. 적극적인 성격이라기보다는 무엇이든 깊이 생각하면서 심사숙고하는 성격 같았다. 재미있는 건 이런 표정을 떠올릴 때는 꽤 늙은 사람으로 보이는데 딸에게 얘기할 때는 — 바로 지금이 그런데 — 그런 표정이 사라지면서 황금기를 안 넘긴 중년의 미남자로 돌변한다는 사실이었다.

젊은 딸은 바로 옆에 앉아서 한 손을 아버지 팔에 찔러 넣고 다른 팔로 꼭 붙잡으며 달라붙었다. 아주 섬뜩한 재판정 분위기에 놀란 데다 죄수가 너무 불쌍해서 바싹 달라붙은 것 같았다. 얼굴에는 목숨이 위태로운 죄수 외에 아무것도 안 보이는 듯 끔찍한 공포와 동정심이 그대로 드러났다. 그런 표정이 매우 또렷하고 강력하고 자연스럽게 보여서 죄수를 동정하는 마음 없이 물끄러미 쳐다보던 사람 모두 감동하여 주변 사람에게 속삭이며 물을 정도였다.

"저 두 사람은 누구래요?"

심부름꾼 제리 역시 녹 묻은 손가락을 자신도 모르게 빨면서 나름대로 열심히 구경하다가 대답을 들으려고 고개를 쭉 내밀었다. 주변 사람이 앞 사람에게 전달하는 식으로 묻다가 마침내 제일 가까운 직원에게 도달하고, 직원이 한 대답은 훨씬 천천히 돌아오다가 마침내 제리에게 이어졌다.

"증인."

"어느 쪽?"

"반대쪽."

"어디 반대쪽?"

"죄수 쪽."

재판장은 모든 시선이 향하는 쪽을 쳐다보다가 시선을 거두고 의자에 등을 기대더니 자기 손에 목숨이 달린 사내를 물끄러미 바라보고, 검사는 밧줄을 꼬고 도끼날을 갈다가 급기야 교수대에 못질까지 하려고 일어섰다.

III. 실망하다

검사가 배심원에게 말한다.

지금 우리 앞에 있는 피고는 비록 젊지만, 오랫동안 반역행위를 저질렀으니 목숨으로 대가를 치러야 합니다. 적국과 내통을 어제오늘 시작한 것도 아니고 작년이나 재작년에 시작한 것도 아닙니다. 피고는 아주 오래전부터 영국과 프랑스를 습관적으로 오가면서 누구에게도 솔직하게 고백할 수 없는 작전을 은밀하게 수행했다고 저희는 확신합니다. 피고가 반역자로 탁월한 능력을 발휘했다면 (다행히도 실제는 정반대였는데) 진짜 사악한 범죄행위를 아직도 그대로 수행하고 있을 겁니다.

하지만 하느님께서 역사하신 결과, 온갖 두려움과 온갖 비난을 극복한 사람이 나타나서 피고가 은밀하게 세운 계획을 파악하고 너무나 끔찍한 사실에 놀라 국왕 폐하께서 임명하신 국무부 장관과 명예로운 추밀원에게 모든 사실을 폭로했습니다.

이 애국자 역시 나중에 배심원 앞에 나타날 터인데, 태도와 입장이 전체적으로 매우 훌륭합니다. 원래 그는 피고와 친구 사이로, 눈앞에서 벌어지는 파렴치한 행위를 깨닫고 고통스러워하다가 더는 가슴에 담아 둘 수 없다는 사실을 깨닫고 조국이라는 신성한 제단에 반역자를 바치기로 한 것입니다.

고대 그리스와 로마에서 그런 것처럼 우리 영국에도 커다란 공을 세운 사람에게 동상을 세워주는 법이 있다면 이처럼 찬란한 공적에 빛나는 시민이야말로 동상을 세워주어야 한다고 본인은 당당하게 주장하는 바입니다. 안타깝게도 영국에는 그런 법이 없어서 그런 동상을 세울 순 없겠지만 말입니다.

미덕은 수많은 시인이 말한 것처럼 (검사는 자신이 이런 시구를 잘 아는 것처럼 배심원 역시 잘 알 것으로 여기고 배심원들은 그런 시구를 하나도 몰라서 창피하다는 표정이 얼굴에 또렷한 가운데) 주변으로 퍼져나가는 법입니다. 애국심이나 조국애 같은 눈부신 미덕은 특히 그렇습니다.

증인이 국왕 폐하에게 바친 순결하고 순수하고 고상한 충성심은 누구에게나 자랑거리가 아닐 수 없으며, 이런 자세는 피고 밑에서 일하는 하인에게 결정적인 영향을 미쳤습니다. 신성한 결단을 내려서 주인의 책상 서랍과 주머니와 은밀한 편지와 서류를 뒤지기 시작한 겁니다. 이렇게 훌륭한 하인에게 은혜도 모르는 인간이라고 비난할 사람이 당연히 있겠지요. 하지만 본인은 여러 가지 관점에서 그 사람을 본인의 형제자매보다 훌륭하다고 생각하는 건 물론 본인의 아버지 어머니보다 자랑스럽게 여깁니다. 그러니 본인은 배심원 여러분 역시 그 사람을 자랑스럽게 여기길 바라는 바입니다.

지금까지 언급한 두 증인은 국왕 폐하께서 바다와 육지에 배치한 군사력과 화력 상태를 피고가 목록으로 작성해서 보관한 사실은 물론, 그런 정보를 적국에 상습적으로 제공한 사실을 증언할 터인데, 두 증인이 찾아낸 서류 역시 같은 내용이니, 본인은 다음에 배심원 여러분에게 모든 증거를 제공할 예정입니다. 해당 서류를 피고가 직접 작성했다는 사실은 증명할 순 없어도 결과는 같습니다. 아니, 필체가 다르다는 건 피고가 그만큼 용의주도하게 움직였다는 사실을 증명할 뿐이니, 그만큼 더 엄하게 벌해야 합니다.

증거물이 오 년 전으로 거슬러 올라간다는 건 피고가 그전부터 파괴 활동에 관여했다는 사실을 보여주는데, 그러고서 불과 삼사 주 후에 우리 영국군대는 미국 식민지와 최초로 전투를 벌이게 됩니다.[28]

이런 다양한 이유로 인해 배심원 여러분은, 본인이 아는 바대로 아주 충성스런 배심원 여러분은, 스스로 잘 아는 것처럼 책임감 뛰어난 배심원 여러분은 피고가 지은 죄를 적극적으로 찾아내서 좋든 싫든 이번에 완벽하게 끝장내야 합니다. 이번에 피고 머리를 못 자르면 여러분은 잠자리에 누워도 두 발을 못 뻗는 건 물론 여러분 부인 역시 잠자리에 누워도 두 발을 못 뻗는 사태와 여러분 자녀 역시 잠자리에 누워도 두 발을 못 뻗는 사태가, 한 마디로, 여러분 자신은 물론 여러분 가족까지 잠자리에 누워도 두 발을 못 뻗는 사태가 일어날 겁니다.

본인은 본인이 바람직하게 생각하는 이름을 모두 걸고, 본인은 피고를 이미 죽은 인간으로 간주한다는 엄숙한 확신과 믿음을 걸고, 배심원에게 피고의 머리를 요구한다는 말로 결론을 내리겠습니다.

검사가 논고를 마치자 재판정 여기저기에서 피고가 처할 운명을 예상하며 웅성대는 소리가 일어나는 게 마치 똥파리 떼가 피고에게 구름처럼 몰려드는 것 같았다. 이윽고 웅성대는 소리가 가라앉자, 순수하고 순결한 애국자가 증인석에 등장했다.

---

28) '보스턴 차 사건' 이후 영국은 항구를 폐쇄하고 미국은 민병대를 조직했다. 1775년 4월 영국 주둔 병사와 민병대가 처음으로 충돌하면서(렉싱턴 콩코드 전투) 미국 독립 전쟁으로 이어진다.

그러자 차석 검사가 상급자 뒤를 이어서 심리하는데, 애국자는 존 바사드라고 하는 신사였다. 그런데 순수한 영혼이 증언한 내용 역시 검사가 앞에서 설명한 내용과 똑같았다. 문제가 있다면 너무 심할 정도로 똑같다는 사실이었다. 증인이 고상한 가슴에 담긴 무거운 짐을 모두 털어내고 점잖게 물러나려고 할 때 로리하고 그렇게 멀지 않는 자리에서 가발을 쓴 채 앞에다 서류를 잔뜩 쌓아놓은 변호사가 몇 가지 질문해도 괜찮겠냐고 물었다. 하지만 바로 옆에서 가발을 쓰고 앉은 신사는 여전히 재판정 천장만 바라보았다.

"첩자 노릇을 한 적이 있습니까?"

넌지시 빗댄 말에 증인이 냉소를 떠올리며 대답했다.

"아니요."

"무엇으로 먹고사나요?"

"재산."

"재산은 어디에 있나요?"

"장소는 기억이 정확히 안 납니다."

"어떤 재산인가요?"

"말하고 싶지 않습니다."

"상속을 받았나요?"

"네, 그렇습니다."

"누구에게요?"

"먼 친척."

"아주 먼 친척인가요?"

"그렇습니다."

"감옥에 갇힌 적이 있나요?"

"당연히 없습니다."

"채무 때문에 감옥에 갇힌 적이 없나요?"

"그게 이번 문제하고 무슨 상관인지 모르겠습니다."

"채무 때문에 감옥에 갇힌 적이 한 번도 없나요? 으음, 다시 한번 묻겠습니다. 한 번도 없나요?"

"있습니다."

"몇 번인가요?"

"두세 번입니다."

"대여섯 번이 아니고요?"

"그럴 수도 있습니다."

"직업이 무언가요?"

"신사입니다."

"발로 차인 적이 있나요?"

"있겠지요."

"많습니까?"

"아닙니다."

"발로 차여서 계단을 구른 적이 있나요?"

"단연코 없습니다. 계단 꼭대기에서 발에 차여 스스로 밑으로 한 번 구른 게 전부입니다."

"주사위 노름에서 상대를 속인 것 때문에 발에 차인 건가요?"

"술에 취해서 나를 공격한 거짓말쟁이에게 무슨 말을 들었는지 모르겠지만 그건 사실이 아닙니다."

"사실이 아니라고 맹세합니까?"

"당연히 맹세합니다."

"도박사기로 생계를 유지한 적이 있습니까?"

"없습니다."

"그럼 도박으로 생계를 유지한 적은 있습니까?"

"다른 신사가 하는 걸 뛰어넘는 정도는 아닙니다."

"피고에게 돈을 빌린 적이 있습니까?"

"네."

"갚은 적은 있습니까?"

"없습니다."

"피고와 친하다고 하는데 사실은 아주 얄팍한 관계가 아닌가요, 마차와 여관과 정기여객선에서 피고에게 일부러 접근한?"

"아닙니다."

"피고가 이 서류를 지닌 걸 확실히 보았습니까?"

"확실히 보았습니다."

"이 서류에 대해서 더 아는 건 없습니까?"

"없습니다."

"예를 들면, 증인이 이 서류를 어디에서 받은 건 아닙니까?"

"아닙니다."

"이번 증언에 대해 무슨 대가를 받기로 했습니까?"

"아닙니다."

"정부가 고용해 정기적으로 돈을 주면서 이런 함정을 놓도록 한 거 아닙니까?"

"맙소사, 아닙니다."

"시키는 대로 하면서요?"

"맙소사, 아닙니다."

"맹세합니까?"

"수백 번이라도 맹세합니다."

"순수한 애국심 말고 다른 동기는 하나도 없나요?"

"하나도 없습니다."

뒤이어 훌륭한 하인 로저 클라이가 번갯불에 콩 구워 먹듯 증인 신문을 받았다.

자신은 사 년 전에 소박하고 우직한 마음으로 피고 밑에서 일하게 되었다. 칼레행 정기여객선에서 피고를 찾아가 시중을 들어줄 사람이 필요하냐고 물어서 피고 밑으로 들어간 것이다. 자신이 피고에게 시중을 들겠다고 한 건 자선 행위가 아니다……. 그런 생각은 단 한 번도 안 했다.

자신은 피고를 의심한 다음부터 몰래 감시했다. 여행 도중에 옷을 정리하다가 피고 주머니에서 이것과 비슷한 서류를 여러 번 보았다. 이 서류는 자신이 피고 책상 서랍에서 꺼낸 거다. 그래서 다시 돌려놓지 않았다. 자신은 피고가 똑같은 서류를 칼레에서 프랑스 신사 두 사람에게 그리고 칼레와 볼로냐에서 비슷한 서류를 또 다른 프랑스 신사에게 보여주는 장면을 본 적이 있다. 조국을 사랑하는 자신은 도저히 견딜 수 없어서 그런 사실을 정부 당국에 알렸다.

자신은 은식기를 훔쳤다는 의심을 받은 적이 한 번도 없다. 겨자 단지를 훔쳤다는 어이없는 의심을 받은 적은 있는데 나중에 밝혀진 바에 의하면 그건 도금한 것에 불과하다.

자신은 앞에 나온 증인을 칠팔 년 동안 알고 지냈는데 그건 단순한 우연이다. 하지만 자신은 그걸 아주 재미있는 우연이라고 말하지 않겠다. 우연은 무엇이든 재미있기 때문이다. 자신이 밀고한 이유도 앞에 나온 증인과 마찬가지로 진정한 애국심 때문이라는 것 역시 재미있는 우연이라고 말하지 않겠다. 자신은 진정한 영국인이다. 자신 같은 사람이 많으면 좋겠다.

똥파리가 다시 윙윙거리고 검사는 자비스 로리를 증인석으로 불렀다.

"자비스 로리 씨, 텔슨 은행 직원이 맞습니까?"

"그렇습니다."

"1775년 11월 금요일 밤, 업무 때문에 런던에서 역마차를 타고 도버로 갔습니까?"

"그렇습니다."

"역마차에 다른 승객이 있었나요?"

"두 명."

"한밤중인데 도중에 내렸나요?"

"그렇습니다."

"로리 씨, 피고를 쳐다보세요. 두 승객 가운데 한 명인가요?"

"그렇다고 확실히 말할 수 없습니다."

"두 승객 가운데 한 명하고 비슷한가요?"

"둘 다 온몸을 칭칭 감싼 데다 몹시 깜깜한 밤이고 우리 모두 서름서름한 상태여서 그것 역시 확실히 말할 수 없습니다."

"로리 선생, 피고를 다시 보세요. 두 승객처럼 온몸을 칭칭 감싼다면 체구나 신장이 두 사람 가운데 한 명하고 비슷하다고 볼 수 있겠지요?"

"아닙니다."

"피고가 두 사람 가운데 하나가 아니라고 맹세할 수는 없겠지요, 로리 씨?"

"그렇습니다."

"그렇다면 피고가 두 사람 가운데 한 명일 수도 있다는 말인가요?"

"그렇습니다. 하지만 두 사람 모두 - 나처럼 - 노상강도가 나타날까 두려워서 벌벌 떨었는데, 피고는 덜덜 떠는 기색이 조금도 없군요."

"가짜로 벌벌 떠는 걸 본 적이 있나요, 로리 선생?"

"본 적이 있습니다."

"로리 선생, 피고를 한 번 더 보세요. 저 사람을 본 적이 있는 게 확실한가요?"

"그렇습니다."

"언제인가요?"

"며칠 후에 영국으로 돌아오려고 칼레에서 여객선을 탔는데 피고가 나중에 도착해서 배를 탔습니다."

"피고가 배에 올라탄 게 몇 시인가요?"

"자정이 조금 지난 시간입니다."

"깜깜한 밤이군요. 그렇게 늦은 시간에 배를 탄 승객은 피고 한 명밖에 없었나요?"

"어쩌다 보니 피고 한 명밖에 없었습니다."

"로리 씨, '어쩌다 보니' 같은 말은 필요하지 않습니다. 칠흑처럼 깜깜한 밤에 배에 올라탄 승객은 피고 한 명밖에 없었나요?"

"그렇습니다."

"혼자 여행하셨나요, 동반자가 있었나요, 로리 씨?"

"동반자 두 분이 있었습니다. 신사 한 분과 숙녀 한 분. 저기에 계십니다."

"여기에 계시는군요. 귀하는 피고와 대화를 나눈 적이 있나요?"

"거의 없습니다. 폭풍이 몰아쳐서 여행길이 매우 힘들고 지루했습니다. 그래서 배에 올라서 내릴 때까지 소파에 누워있었습니다."

"마네뜨 양!"

조금 전에 모든 시선을 한눈에 사로잡은 젊은 아가씨가 다시 모든 시선을 받으며 자리에서 일어났다. 부친도 함께 일어나는데, 딸 손을 그대로 팔짱 낀 상태였다.

"마네뜨 양, 피고를 보세요."

순수하고 젊고 아름다운 여인이 동정심 가득한 눈으로 쳐다보는 시선은 피고에게 수많은 인파가 호기심 어린 눈으로 바라보는 시선 이상으로 고통스러웠다. 하지만 사람들이 호기심 가득한 눈으로 쳐다보는 시선을 무시한 채 자신이 묻힐 무덤 건너편에서 아름다운 여인이 자신을 마주 보며 일어섰다는 사실에 억지로 용기 내서 차분한 마음을 유지했다. 그리고 오른손을 급히 움직여서 앞에 있는 약초를 정원 화단이라도 되는 듯 말끔하게 정돈했다. 그래서 마음을 달래며 호흡을 차분하게 유지하려고 애쓰는데도 입술은 부들부들 떨리고 얼굴은 백지장처럼 하얗게 변했다.

"마네뜨 양, 전에 피고를 본 적이 있나요?"

"네, 검사님."

"어디에서요?"

"조금 전에 언급하신 여객선에 같은 이유로 탔다가 보았습니다."

"조금 전에 언급한 젊은 숙녀가 당신인가요?"

"아, 슬프게도 그렇습니다!"

동정하는 마음과 슬픔이 가득 배어나는 어투에 재판장이 갑자기 끼어들면서 분쾌한 목소리로 단호하게 말했다.

"묻는 말에만 대답하시오, 쓸데없는 말은 빼고."

"마네뜨 양, 해협을 넘어오는 도중에 피고와 대화를 나누었나요?"

"네, 검사님."

"어떤 내용인가요?"

사방에 숨 막히는 침묵이 깔리는 가운데 마네뜨 아가씨는 가냘픈 목소리로 대답했다.

"신사분이 승선하실 때……"

"피고를 말하는 건가요?"

재판장이 물으며 이맛살을 찡그렸다.

"그렇습니다, 재판장님."

"그렇다면 피고라고 하세요."

"피고는 배에 올라타더니, 우리 부친께서……"

마네뜨 아가씨가 옆에 있는 부친을 사랑스럽게 바라보면서 계속 말했다.

"아주 지치신 데다 체력이 많이 떨어졌다는 사실을 발견했습니다. 당시에 부친께서 기분이 너무 가라앉은 나머지 저는 답답한 객실로 모시는 게 겁나서 객실 계단 근처 갑판으로 침대를 옮기고 거기에서 부친을 간호했습니다. 그날 밤에 다른 승객은 없고 우리 넷이 전부였습니다. 피고는 정말 친절하게도 먼저 다가와서 허락을 구하더니, 바람이 부는 날씨에 제가 할 수 있는 방법 이상으로 안전하게 부친을 모시도록 도와주었습니다. 저는 어떻게 해야 부친을 제대로 모실지, 항구로 들어설 때 바람은 어떻게 부는지 하나도 몰랐습니다. 그런데 피고가 도와주었습니다. 온갖 정성을 다해서 부드럽게 도와주셨는데, 부친께서 확실히 느끼실 정도였습니다. 그래서 우리 두 사람도 대화를 시작하게 되었습니다."

"잠깐만요. 피고 혼자 배에 올라탔나요?"

"아닙니다."

"몇 사람이 함께 탔나요?"

"프랑스 신사 두 분."

"그 사람들이 함께 대화를 나눴나요?"

"그분들은 대화를 계속 나눴으며 마지막 순간에는 프랑스 신사 두 분이 따로 보트를 타고 내렸습니다."

"그들이 서류를 주고받았나요, 여기에 있는 것과 비슷한 서류?"

"몇몇 서류를 서로 주고받았지만 무슨 서류인지는 모릅니다."

"모양과 크기가 이것과 비슷한가요?"

"그럴 수도 있는데 확실히 모릅니다. 객실 계단 꼭대기에 등잔불이 있어서 그분들이 불빛을 받으려고 저와 꽤 가까운 곳에 서서 대화를 나누긴 했어도 불빛이 흐린 데다 목소리도 작아서 저는 무슨 말인지 못 듣고 그분들이 서류를 보는 장면만 목격했습니다."

"좋습니다, 피고하고 나눈 대화로 돌아갑시다, 마네뜨 양."

"제가 몹시 난감한 상황에 빠졌을 때 피고는 마음을 열고 다가와서 매우 친절하고 선량하게 우리 부친을 도와주셨습니다. 바라건대……"

마네뜨 아가씨가 눈물을 터트리며 뒷말을 이었다.

"저를 도와주신 은인에게 제가 오늘 해를 끼치는 일이 없으면 좋겠습니다."

똥파리가 다시 윙윙거렸다.

"마네뜨 양, 귀하에게 기꺼이 증언할 의무가 있다는 사실을 ─ 증언해야 한다는 사실을, 내키지 않아도 어쩔 수 없다는 사실을 ─ 완벽하게 이해 못 하는 사람이 여기에 있다면 그 사람은 피고 한 명밖에 없을 겁니다. 계속하시죠."

"피고는 자신이 아주 까다롭고 미묘한 업무를 처리하기 위해 여행한다고, 그 일 때문에 여러 사람이 곤경에 처할 수도 있다고, 그래서 자신은 가명으로 여행하는 중이라고 말했습니다. 자신이 처리할 업무 때문에 삼사일 후에는 프랑스로 가야 한다고, 앞으로도 오랫동안 프랑스와 영국 사이를 오가야 할 거라고 했습니다."

"피고가 미국에 대해 무슨 말을 했나요, 마네뜨 양? 구체적으로."

"피고는 싸움이 일어난 이유에 관해 설명하면서 자신이 보기에 지금까지 어리석은 짓을 엉뚱하게 저지른 건 영국 쪽이라고 말했습니다.

그리고 농담 삼아서 역사는 조지 워싱턴을 조지 3세(당시 영국 국왕: 옮긴이)만큼이나 위대한 인물로 기록할지도 모른다고 했습니다. 하지만 나쁜 의도로 한 말은 아닙니다. 한 번 웃어서 지루한 기분을 떨쳐내자고 한 말이니까요."

수많은 사람이 지켜보는 앞에서 주연배우가 흥미진진한 장면을 연출하며 강렬한 표정을 떠올리면 관객은 자신도 모르게 그런 표정을 따라 하는 법이다. 마네뜨 아가씨는 잔뜩 긴장한 표정으로 증언하다가 재판장이 내용을 기록할 때마다 잠시 입을 다물고 변호사를 쳐다보며 지금 증언한 내용이 피고에게 유리할지 불리할지 판가름했다. 그러면 재판정 여기저기에서 구경꾼 역시 똑같은 표정을 떠올리는데 어찌나 진지하던지, 조지 워싱턴을 그런 식으로 언급한 말에 재판장이 필기를 멈추고 고개를 들며 쳐다볼 때는 청중 대다수가 거울로 돌변한 것처럼 증인 표정을 그대로 떠올릴 정도였다.

그러자 검사는 재판장에게 형식과 예방을 존중하는 차원에서 젊은 숙녀 부친 마네뜨 박사를 부르는 게 좋겠다는 신호를 보내고 그 이름을 커다랗게 부르더니, 이렇게 신문했다.

"마네뜨 박사님, 피고를 보세요. 전에 본 적이 있습니까?"

"한 번. 런던에 있는 우리 집을 방문했을 때. 삼 년인가, 삼 년 반 전."

"피고가 정기여객선에 탔다는 사실이나 따님과 대화를 나누었다는 사실을 기억할 수 있나요?"

"검사님, 어느 쪽도 기억을 못 합니다."

"어느 쪽도 기억할 수 없는 특별한 이유라도 있나요?"

검사가 묻는 말에 마네뜨 박사는 나지막한 목소리로 대답했다.

"있습니다."

"아무런 재판도 안 받은 건 물론 고소한 사람조차 없이 오랫동안 감옥에서 지낸 불행한 사태와 관계가 있나요, 마네뜨 박사님?"

마네뜨 박사는 한 사람 한 사람씩 마음을 콕콕 찌르는 어투로 대답했다.

"오랜 감옥 생활."

"지금 문제 삼는 시기에 박사님은 막 풀려나셨지요?"

"그렇다고 하더군요."

"당시에 대해 기억이 하나도 없나요?"

"없습니다. 저는 가끔 머리가 텅 비어서 – 언제 그러는지 모르겠지만 – 나 자신에 푹 빠져, 나 자신에 사로잡혀, 구두를 만들던 순간이 여기에 있는 사랑스러운 딸과 함께 런던에서 사는 순간으로 갑자기 바뀌곤 합니다. 딸은 그런 저를 익숙하게 대하고, 좋으신 하느님께서는 저에게 정신을 돌려주셨습니다. 하지만 딸이 저에게 익숙하게 대한 과정은 조금도 모릅니다. 그런 과정 자체가 전혀 기억이 안 납니다."

검사는 자리에 앉고 아버지와 딸도 함께 앉았다.

드디어 이번 사건에서 가장 중요한 사안이 나왔다. 당장 밝혀야 할 내용은 피고가 오 년 전 11월 금요일 밤에 정체불명인 공범과 함께 도버행 역마차에 탔다가 한밤중에 무작정 내려, 군부대와 해군 공창을 향해 약 이십 킬로미터를 되돌아가며 걸어서 정보를 수집했는지 여부였다. 증인 한 명이 나와서 그 시간에 군부대와 해군 공창이 있는 마을 호텔 커피숍에서 피고가 다른 사람을 기다렸다고 증언했다. 변호사가 다가가서 다시 신문해도 증인이 다른 데서 피고를 본 적은 한 번도 없다는 사실 외에 아무런 소득이 없자, 서류를 앞에 잔뜩 쌓아놓고 가발을 쓴 상태로 재판정 천장만 올려보던 신사가 종이쪽지에다 글씨를 한두 자 끼적거린 다음에 꾸겨서 던졌다. 변호사는 말을 잠시 멈추고 종이쪽지를 펴서 읽더니, 호기심 가득한 표정으로 피고를 쳐다보다가 물었다.

"그 사람이 피고라고 다시 한번 확실하게 말할 수 있습니까?"

증인이 그렇다고 대답했다.

"증인은 피고와 똑같이 생긴 사람을 본 적이 있습니까?"

증인은 자신이 착각할 정도로 똑같이 생긴 사람을 본 적은 없다고 대답했다.

변호사는 자신에게 쪽지를 던진 사람을 가리키며 이렇게 말했다.

"저기에 있는 신사를, 저와 함께 일하는 동료를, 잘 보신 다음에 피고를 잘 보세요. 어떤가요? 두 사람이 굉장히 똑같이 생기지 않았나요?"

함께 일하는 동료가 방탕한 건 아닐지라도 무관심하고 꾀죄죄한 모습을 제외하면 두 사람은 증인이 보기에도 다른 모든 사람이 보기에도 놀라울 정도로 비슷했다. 변호사는 함께 일하는 동료가 가발을 벗으면 좋겠다 요청하고 재판장이 기꺼이 받아들이자 두 사람은 훨씬 더 똑같은 모습으로 보였다. 재판장은 (함께 일하는 동료) 칼튼 역시 반역죄로 기소할 것인지를 묻고, 피고 측 변호인 스트라이버는 절대 그렇지 않다고, 하지만 증인에게 한 번 일어난 일이 또 안 일어나겠느냐고, 자신이 이렇게 경솔하단 사실을 깨닫고서도 그렇게 자신만만하게 말하겠느냐고, 경솔하단 사실을 깨닫고도 그렇게 자신만만하게 주장하겠느냐고 묻고 싶은 마음이라고 대답했다. 결론적으로 증인은 도자기 그릇처럼 박살 나고 사건에서 증인이 맡은 역할 역시 완벽한 쓰레기로 변하고 말았다.

이즈음 제리는 손가락에 묻은 녹을 맛있는 점심처럼 핥아 먹으면서 증언을 들었다. 그래서 정신없이 듣는 사이에 스트라이버 변호사는 배심원단 앞에서 이번 사건을 멋들어지게 재단하며 설명했다.

애국자 바사드는 정부가 사주한 첩자며 배신자에다 뒤가 구리고 몰염치한 장사꾼으로 예수님을 팔아먹은 유다 이래 지구에서 가장 야비한 악당입니다. 생긴 모습까지 유다를 닮았습니다. 훌륭하다는 하인 클라이는 바사드와 친구자 동업자로 절대 뒤지지 않는 인물입니다. 그래서 교묘한 눈동자를 번뜩여서 거짓말과 헛된 맹세를 늘어놓으며 피고를 희생양으로 삼았습니다. 두 악당이 그럴 수 있었던 건 피고가 프랑스 가문 출신으로 그곳에 사는 가족 문제 때문에 해협을 여러 차례 오갔기 때문입니다. 그게 어떤 문제인지 모르겠지만, 피고로선 자신에게 아주 가깝고 소중한 사람을 위해서 목숨을 잃는 한이 있더라도 비밀을 지켜야 했습니다.

젊은 아가씨를 괴롭히면서 힘들게 뽑아낸 증거 역시 아무것도 아닙니다. 젊은 신사와 젊은 숙녀가 만나면 흔히 주고받는 지극히 사소하고 정중한 대화에 불과합니다. 조지 워싱턴에 대한 언급이 예외이긴 하지만 내용 자체가 참으로 터무니없고 황당해서 한 번 웃자고 한 농담 이상으로 볼 수도 없습니다.

정부 측에서 국민적 반감과 공포심을 천박하게 이용해서 인기를 얻으려고 이런 시도를 하다가 들켰으니 정말 어이가 없을 뿐입니다. 이번 사건 자체를 바로 검사 자신이 대부분 조작했으니 말입니다. 그런데도 비슷한 사건에서 흔히 그런 것처럼 이번 사건 역시 비열하고 더러운 증인만 있을 뿐 실제로 중요한 내용은 하나도 없으니, 이 나라에서 벌어지는 국사범 재판이라는 게 모두 이렇게 추잡합니다.

이렇게 말하는 순간, 재판장이 끼어들어 (그건 사실이 아니라는 엄숙한 얼굴로) 그렇게 위험한 발언을 계속하면 판사석에 가만히 앉아서 듣기만 할 순 없다고 경고하자, 스트라이버 변호사는 발언을 마쳤다. 이번에는 (제리가 흥미진진하게 지켜보는 앞에서) 검사가 배심원단 앞으로 나서더니 스트라이버 변호사가 재단한 옷을 발라당 뒤집으면서 바사드와 클라이 같은 증인은 자신이 생각한 것보다 백배 이상 훌륭한 사람이며 피고는 백배 이상 나쁜 사람이라고 주장했다.

마지막으로 재판장이 나서서 두 사람이 재단한 옷을 이리 뒤집고 저리 뒤집으며 단호하게 다듬어서 수의처럼 만들어 피고에게 입히려고 했다.

이제 배심원이 모여서 협의할 차례가 되고 파리 떼는 다시 구름처럼 모여들었다.

오랫동안 가만히 앉아서 재판정 천장만 뚫어지게 쳐다보던 칼톤 변호사는 주변이 시끌벅적해도 관심조차 없다는 듯, 자리도 자세도 안 바꾸었다. 그러는 동안 함께 일하는 동료 스트라이버 변호사는 앞에 있는 서류를 모으면서 근처에 앉은 사람들에게 속삭이다가 가끔 배심원단을 초조한 눈으로 쳐다보았다. 그러는 동안 구경꾼은 이리저리 이동하며 마음에 맞는 사람끼리 새롭게 어울렸다. 재판장 자신도 자리에서 일어나 단상을 천천히 오가며 거니는데, 온몸이 바짝 달아올라서 그럴 뿐 구경꾼 생각 따위는 관심조차 없다는 표정이었다.

오직 칼톤 변호사 한 명만 벗은 가발을 아무렇게나 쓴 상태 그대로 법복을 반쯤 벗어서 몸에 걸치고 두 손을 주머니에 찌른 채 온종일 그런 것처럼 천장만 물끄러미 쳐다보았다. 두드러지게 무관심한 태도는 사람들에게 괜히 밉상스런 인상을 주면서 피고와 믿을 수 없을 정도로 똑같이 생겼다는 느낌마저 - 두 사람을 비교할 때 순간적으로 진지한 표정을 지어서 확실하게 심어준 느낌마저 - 약하게 만들었다. 그래서 구경하는 사람들 가운데에는 지금 저런 모습을 보면 두 사람이 똑같이 생겼다는 느낌은 하나도 안 든다고 옆 사람이랑 속닥거리는 사람이 늘어나기 시작했다.

제리 역시 그런 모습을 바라보면서 옆에 앉은 사람에게 속삭였다.

"저 사람은 변호사 일거리가 안 생긴다는 데에 금화 반 닢을 걸겠소. 그런 일을 구할 사람처럼 안 보이니 말이오, 안 그렇소?"

그런데도 칼톤 변호사는 겉보기와 달리 법정 내부를 샅샅이 관찰한 게 분명하다. 마네뜨 아가씨가 부친 가슴으로 갑자기 머리를 떨구는 순간에 제일 먼저 목격하고 소리쳤기 때문이다.

"경찰관! 저기 젊은 아가씨를 보시오. 신사분과 함께 아가씨를 부축해서 밖으로 데려가시오. 가만히 서서 구경만 하지 말고!"

그래서 밖으로 옮기자, 사람들 사이에서는 마네뜨 아가씨를 가엽게 여기면서 아가씨 부친을 동정하는 분위기가 일어났다. 재판정에 참석한 자체로 감옥에 갇힌 시절이 떠올라서 정말 고통스러울 게 분명했다. 그래서 심문을 받을 때도 내적으로 동요하는 느낌이 강하고 이후에도 깊은 생각에 잠긴 표정이 먹구름처럼 깔리면서 노인을 한층 늙어 보이게 만들었다. 노인이 밖으로 나가는 모습을 배심원단이 잠시 바라보며 기다리다가 대변인을 통해 이렇게 발표했다.

"배심원단은 의견일치를 못 이루었으므로 잠시 퇴정하기를 희망합니다."

재판장은 (조지 워싱턴을 마음에 두었던 듯) 의견일치를 못 봤다는 말에 깜짝 놀라더니 경찰관이 지키면서 보호한다는 전제로 잠시 퇴장하는 걸 기꺼이 허락한다고 말한 다음에 자신도 퇴정했다. 재판하느라 벌써 하루가 꼬박 지나서 재판정 여기저기에 등불을 켜는 중이었다. 그런데 배심원단이 오랫동안 자리를 비울 거라는 소문까지 돌아서 구경꾼들은 식사하러 떠나고 피고는 뒤로 물러나서 피고석 의자에 앉았다.

로리는 젊은 숙녀와 부친을 따라 밖으로 나갔다가 다시 들어와서 손짓하고, 제리는 분위기가 가라앉은 틈을 타서 손쉽게 다가갔다.

"제리, 식사하고 싶으면 하게. 하지만 근처에 있어야 해. 배심원이 들어오는 소리를 확실히 들어야 하니 말이야. 조금만 늦어도 안 돼. 판결이 나는 즉시 은행에 알려야 하거든. 자네는 내가 아는 가장 빠른 심부름꾼이니, 나보다 먼저 템플 바에 도착할 수 있을 거야."

제리는 손가락으로 치면 딱 맞을 정도로 이마가 좁은데, 이런 말을 듣고 일 실링을 받으면서 실제로 손가락으로 이마를 탁 치며 고마워했다. 바로 그 순간에 칼톤 변호사가 나타나서 로리 팔을 건들며 물었다.

"젊은 숙녀는 어떠신가요?"

"스트레스를 너무 많이 받았소. 하지만 밖으로 나가 부친께서 달래면서 좋아진 것 같소."

"피고에게 그대로 전하겠습니다. 선생님처럼 점잖으신 은행원께서 피고에게 말하는 모습을 사람들이 보면 안 좋을 테니 말입니다."

로리는 마음속으로 고민하던 내용이라도 들킨 듯 얼굴이 빨갛게 달아오르고 칼톤 변호사는 피고석 창살 앞으로 나아갔다. 그쪽에도 밖으로 나가는 길이 있어서 제리는 두 눈과 귀와 뾰족한 머리칼을 잔뜩 곤두세운 채 뒤를 따랐다.

"찰스 다네이 선생!"

피고가 곧바로 다가왔다.

"선생은 증인 마네뜨 아가씨가 어떤 상태인지 알고 싶은 마음이 굴뚝같을 거요. 많이 좋아지고 있답니다. 최악의 상태는 지나갔습니다."

"저 때문에 그런 일이 일어나서 정말 미안할 따름입니다. 저를 대신해서 아가씨에게 그렇게 전달하시겠습니까, 정말 고맙게 여긴다는 말과 함께?"

"그러지요. 선생이 부탁한다면."

칼톤 변호사가 대답했다. 피고를 살짝 바라보는 자세로 가만히 서서 팔꿈치로 창살을 설렁설렁 문지르는 태도가 무례할 정도로 무관심하게 보였다.

"네, 부탁하겠습니다. 진심으로 감사드립니다."

피고가 대답하자 칼톤 변호사는 상체를 여전히 절반만 돌린 자세로 물었다.

"당신은 어떤 결과를 기대하시오, 찰스 다네이 선생?"

"최악."

"그렇게 생각하는 게 현명하지요, 그럴 가능성이 크니. 하지만 배심원단이 잠시 퇴정했다는 사실은 선생에게 유리한 것 같소."

바깥으로 나가는 통로에서 머뭇거릴 순 없어 제리는 더 못 듣고 (외모는 참으로 비슷해도 태도는 너무나 다른) 두 사람이 머리 위 거울에 나란히 비치는 모습을 보며 밖으로 나갔다.

도적과 양아치가 우글거리는 아래층 통로에서 양고기 파이를 먹고 맥주를 마시는 가운데 한 시간 반이 정말 느리게 흘렀다. 목소리 거친 심부름꾼이 식사를 마친 다음에 불편한 자세로 의자에 앉아서 꾸벅꾸벅 조는데 웅성거리는 소리가 커다랗게 일어나면서 재판정으로 이어지는 계단으로 사람들이 몰려들자 제리도 그사이에 재빨리 끼어들었다. 그래서 재판정으로 다가가자 로리가 벌써 문가에 나와서 커다랗게 부르는 중이었다.

"제리! 제리!"

"여깁니다요, 나리! 지금 힘들게 다가가는 중입니다요. 자, 다 왔습니다요, 나리!"

로리는 인파 사이로 종이쪽지 한 장을 내밀며 재촉했다.

"서둘러! 제대로 챙겼나?"

"네, 나리."

종이쪽지에 급히 갈겨쓴 글씨는 "무죄 석방"이었다. 제리는 발길을 돌리며 이렇게 중얼거렸다.

"이번에도 '다시 살아났다'고 썼다면 제가 한눈에 알아봤을 겁니다요, 나리."

하지만 제리는 올드 베일리를 완전히 벗어나기 전까지는 무슨 말을 하거나 무슨 생각을 떠올릴 수조차 없었다. 재판정에서 쏟아지는 인파에 금방이라도 다리가 꺾일 것 같은 데다 윙윙거리는 소리가 거리에 가득한 게 마치 좌절감에 빠진 똥파리 떼가 다른 데서라도 썩어 문드러진 시신을 찾으려고 뿔뿔이 흩어지는 것 같았기 때문이다.

IV. 축하인사

불빛 흐릿한 재판정 통로에서 온종일 펄펄 끓어오르던 인간 집단이 마지막으로 사라지자, 마네뜨 박사와 딸 루시 마네뜨, 로리, 스트라이버 변호사는 이제 막 풀려난 찰스 다네이를 에워싸고 죽음에서 벗어난 걸 축하했다.

불빛이 아무리 밝아도 얼굴은 지적이고 자세 역시 꼿꼿한 마네뜨 박사를 보고 파리 다락방에서 구두 만들던 사내를 떠올리는 건 쉽지 않다. 하지만 누구든 한 번 보면 다시 쳐다보지 않을 수 없었다. 뚜렷한 이유도 없이 나지막하고 그윽한 목소리로 구슬프게 말하는 걸 못 듣고 온몸에서 갑자기 명한 느낌이 떠오르는 모습을 못 본다 해도 마찬가지였다. 하지만 오랫동안 시달리던 고통이 재판과 같은 외적인 원인 때문에 떠오를 때면 영혼 깊숙한 곳에서 그런 모습이 떠오르기도 하고 저절로 솟구치기도 하면서 침울한 분위기를 연출하고, 그럴 때면 바스티유 감옥 담장이 이글거리는 여름 태양을 받아 짙은 그림자를 드리우면서 오백 킬로미터나 떨어진 박사를 향해 다가오는 것 같은데, 마네뜨 박사가 겪은 이야기를 모르는 사람으로선 도무지 이해할 수 없는 현상이었다.

박사 얼굴에서 까만 그림자를 마법처럼 걷어낼 수 있는 사람은 오로지 젊은 딸 한 명밖에 없었다. 박사에게 딸은 끔찍한 고통 저편의 과거와 끔찍한 고통 이편의 현재를 연결하는 금실이었다. 그래서 박사는 딸이 말하는 목소리와 밝은 얼굴과 따뜻한 손길에서 언제나 긍정적인 영향을 받으며 상처를 치유할 수 있었다. 물론 딸이 발휘하는 영향력도 가끔 실패할 때가 없는 건 아니나, 횟수는 아주 적고 내용은 가벼워서 이제 부친이 겪은 상처도 많이 아물었다고 확신할 정도였다.

찰스 다네이는 그런 아가씨 손에 뜨겁게 키스하며 감사하는 마음을 전하고 스트라이버 변호사에게 돌아서서 진심으로 고마워했다. 스트라이버 변호사는 서른 살을 갓 넘겼는데, 몸은 뚱뚱하고 목소리는 커다랗고 얼굴은 빨갛고 허세는 심하지만 섬세한 구석은 없어서 스무 살은 더 늙어 보이는 사내로, 동료와 대화할 때면 (몸으로든 마음으로든) 상대를 어깨로 밀어붙이며 자기주장을 강조하는 습관이 있었다.

스트라이버 변호사는 가발과 법복을 그대로 걸친 차림으로 아무런 잘못도 없는 로리를 어깨로 밀쳐서 무리 밖으로 완벽하게 밀어내며, 이제 막 자유인이 된 고객에게 떠벌였다.

"당신을 구하고 명예까지 지킬 수 있어서 정말 다행입니다, 다네이 선생. 정말 수치스러운 기소였어요, 총체적으로 수치스러운. 그렇다고 해서 검찰 측이 승소할 가능성까지 줄어든 건 아니었답니다."

"두 가지 점에서 저를 살려주셨으니 은혜를 평생 안 잊겠습니다."

이제 막 풀려난 고객이 말하면서 손을 붙잡자, 변호사가 말했다.

"지금까지 나는 당신을 위해 최선을 다했습니다, 다네이 선생. 최선을 다하면 나에게서 누구 못지않은 실력이 나오지요."

"그 이상"이라는 말을 누가 해주기만 바라는 게 분명해서 로리가 그렇게 말하는데, 사심이 없는 건 아니었다. 이렇게 말하는 걸 기회 삼아 다시 비집고 들어오며 무리에 끼고 싶었기 때문이다.

"그렇게 생각하세요? 으음! 종일 지켜보셨으니 잘 아시겠군요. 업무 처리 방식을 아시는 분이니까요."

스트라이버 변호사가 대답하더니, 조금 전에 어깨로 밀어낸 것처럼 다시 어깨로 밀어서 무리에 넣어주자, 로리가 말했다.

"업무처리 방식을 아는 사람으로서 나는 마네뜨 박사님에게 인제 그만 헤어져서 각자 집으로 돌아가도록 명령하길 청원하는 바입니다. 마네뜨 아가씨가 힘들어 보이고 다네이 선생은 끔찍한 하루를 보내고 우리 모두 지쳤으니까요."

"본인 생각만 말씀하세요, 로리 선생님. 저는 아직 처리할 일이 남았습니다. 본인 생각만 말씀하세요."

스트라이버 변호사가 말하자, 로리가 대답했다.

"본인 입장은 물론이고 다네이 선생과 마네뜨 아가씨 처지에서도 말하는 겁니다. 마네뜨 아가씨, 내가 우리 모두를 대신해서 말했다고 생각하지 않으세요?"

로리가 날카로운 어투로 물으며 백발 신사를 슬쩍 쳐다보았다.

백발 신사는 평소처럼 굳은 얼굴에 정말 이상한 표정으로 다네이를 쳐다보았다. 날카로운 표정에 불신과 반감이 어리는 건 물론 공포마저 엿보였다. 표정이 이상하다는 건 머릿속 생각이 엉뚱한 상념으로 빠져든다는 의미였다.

"우리 아버지."

마네뜨 아가씨가 부르면서 아버지 손을 다정하게 잡자, 박사는 그림자를 천천히 떨쳐내며 딸에게 고개를 돌렸다.

"이제 집으로 갈까요, 아버지?"

딸이 다시 말하자, 박사가 한숨을 길게 내쉬며 대답했다.

"그래."

이윽고 사람들은 무죄로 풀려난 젊은이가 암시한 것처럼 젊은이 자신은 오늘 밤에 풀려난 게 아니라는 인상을 받으며 이리저리 흩어졌다. 재판정 통로를 밝히던 불빛도 이제 거의 꺼지고 철문은 철커덩 소리와 함께 닫히기 시작하니, 끔찍한 공간은 내일 새로운 사람을 불러내서 교수대와 큰 칼과 채찍을 때리는 기둥과 낙인찍기 등으로 위협할 때까지 텅 빌 수밖에 없었다. 마네뜨 아가씨는 부친과 찰스 다네이 사이에서 걸으며 밖으로 나왔다. 그러자 전세마차가 다가오고 아버지와 딸은 그걸 타고 떠났다.

스트라이버 변호사는 재판정 통로에서 사람들과 헤어져 어깨를 들썩이며 탈의실로 돌아갔다. 그러자 새로운 인물이, 무리에도 안 끼고 그들 가운데 누구하고도 말 한마디 안 섞은 인물이, 아주 어두운 벽에 등을 기대고 있던 인물이 어슬렁거리며 조용히 나타나서 마차가 멀어지는 모습을 바라보더니, 로리와 다네이가 있는 인도로 다가가면서 말했다.

"그래요, 로리 선생님! 이제부터 업무처리 방식을 아는 사람끼리 다네이 선생에게 말할까요?"

오늘 일에 대해서 지금까지 칼톤 변호사에게 치하한 사람은 아무도 없었다. 무슨 역할을 했는지 아무도 모르기 때문이다. 그리고 법복을 벗은 지금도 아까보다 좋아 보이는 건 하나도 없었다.

"업무를 아는 사람은 선량하게 행동하고 싶은 마음과 이익을 추구하고 싶은 마음이 항상 갈등을 빚는 법이랍니다. 정말 재미있지요, 다네이 선생?"

칼톤 변호사가 다시 말하자, 로리가 얼굴을 붉히며 다정한 어투로 끼어들었다.

"예전에도 그렇게 말했지요, 선생. 우리처럼 은행에서 일하는 사람은 마음대로 할 수 있는 게 하나도 없답니다. 우리 자신보다 은행을 생각해야 하니까요."

그러자 칼톤 선생이 무관심한 어투로 대답했다.

"나도 알아요, 나도 알아요. 조급하게 굴지 마세요, 로리 선생님. 누구보다 성실한 분이잖아요. 아니, 훨씬 훌륭한 분이시지요."

하지만 로리는 못 들은 척하면서 추궁했다.

"그런데 말이오, 선생. 나는 귀하가 이번 재판에서 어떤 역할을 했는지 정말 모르겠소. 나이가 훨씬 많은 연장자로서 하는 말이니 용서하기 바라는데, 나는 당신이 무슨 역할을 했는지 정말 모르겠소."

"역할이라! 하하, 나는 역할이 하나도 없소이다."

"역할이 없다니 애석하오, 선생."

"나도 그렇게 생각합니다."

칼톤 변호사 대답에 로리가 계속 추궁했다.

"맡은 역할이 있다면 재판에 훨씬 집중했겠지요."

"맙소사! 아닙니다! 그런 일은 절대 없습니다."

칼톤 변호사가 말하자 로리는 완벽하게 냉담한 어투로 대답했다.

"으음, 선생! 역할이 있다는 건 매우 바람직하고 좋은 일이오. 게다가 선생, 역할을 맡으면 자제력이 생기면서 입도 무거워지는 법이라오. 나이가 젊고 관대한 다네이 선생도 이런 상황을 고려해서 무난하게 넘어가는 도리를 아니 말이오. 다네이 선생, 잘 가시오, 하느님이 축복하길 바라오! 오늘 험한 꼴을 보았으니 앞으로는 즐겁고 좋은 일만 가득하시오…… 어이, 마차!"

변호사는 물론 자기 자신에게도 살짝 화난 듯 로리가 마차에 부산스럽게 오르며 텔슨 은행으로 황급히 떠났다. 그러자 칼톤 변호사는 이미 한 잔 걸친 표정으로 적포도주 냄새를 풍기면서 웃다가 다네이에게 말했다.

"당신과 나만 덜렁 남다니 기분이 정말 이상하오. 똑같이 생긴 사람 둘이 길거리에 나란히 선다는 게 쉽지 않은데 말이오."

"저는 아직 이 세상 사람이란 느낌이 안 들어요."

찰스 다네이가 말하자, 칼톤 변호사가 대답했다.

"당연히 그렇겠지요. 조금 전까지만 해도 다른 세상에 한 발 들여놓았으니까. 그나저나 목소리에 기운이 없군요."

"지금 제가 기력이 하나도 없는 것 같아요."

"그렇다면 저녁 식사나 들지 그래요? 나는 식사를 했소, 아까 멍텅구리들이 다네이 선생에게 어떤 세상을 권할지, 이 세상인지 저 세상인지 곰곰이 생각하는 동안에 말이오. 근처에 맛좋은 식당이 있으니, 내가 안내하리다."

칼톤 변호사는 다네이 팔을 움켜잡고 러드게이트 언덕을 내려가 플리트 거리로 접어들더니 지붕 덮인 통로를 지나서 식당으로 들어섰다. 두 사람은 조그만 방으로 안내받아, 찰스 다네이는 곧이어 소박하지만 맛있는 요리와 좋은 포도주를 마시면서 체력을 보충하고 칼톤은 같은 식탁 맞은편에서 따로 시킨 포도주병을 들고 무례하게 물었다.

"이제 현실 세상으로 돌아온 느낌이 드시나, 다네이 선생?"

"시공간에 대한 느낌이 뒤죽박죽이지만 기분은 많이 좋아진 게 분명합니다."

"꽤 만족스럽겠군!"

칼톤이 씁쓸한 투로 말하더니, 다시 잔을 채웠다. 커다란 유리잔이었다.

"나로 말하자면, 제일 커다란 소망은 내가 세상 사람이란 사실을 깡그리 잊어버리는 거요. 이런 포도주 외에 세상은 나에게 아무런 도움이 안 되고 나 역시 세상에 그러니 말이오. 그래서 우리는 닮은 점이 많은 게 아니오. 실제로 나는 우리가, 당신과 내가, 서로 닮은 점이 없다는 생각마저 드는구려."

찰스 다네이는 지옥과 천당을 종일 오가느라 혼란스러운 나머지 언행이 거친 사내와 함께 어울리는 상황이 꿈처럼 다가와서 뭐라고 대답해야 좋을지 몰랐다. 그래서 결국에는 아무 대답도 안 하자, 칼톤이 곧바로 제안했다.

"저녁 식사를 모두 마쳤으니, 건강을 위해 건배합시다, 다네이 선생. 선생이 말씀하시오."

"무슨 건강? 무슨 건배요?"

"아니, 당신 혀끝에서 맴돌고 있잖소. 내가 장담하는데, 그런 사람이 있어야 하고 또 있을 수밖에 없는 거 아니오?"

"그럼 마네프 아가씨를 위하여!"

"마네프 아가씨를 위하여!"

칼톤이 건배한 술잔을 들이켜면서 상대편 얼굴을 물끄러미 쳐다보더니 술잔을 뒤쪽 벽에 던져서 산산조각내고 종을 울려서 술잔을 다시 주문했다.

"아까 어두운 곳에서 마차를 태워 보낸 아가씨는 정말 젊고 아름다워요, 다네이 선생!"

칼톤이 말하며 술잔을 다시 채우자, 찰스 다네이는 얼굴을 살짝 찡그리며 "네" 하고 짤막하게 대답했다.

"그렇게 젊고 아름다운 아가씨가 당신을 동정하며 눈물까지 흘리다니! 기분이 어떻소? 그런 분에게 동정과 연민을 받을 수 있다면 목숨을 걸만한 가치가 있는 거 아니오, 다네이 선생?"

이번에도 다네이는 대답을 안 했다.

"마네뜨 아가씨는 선생이 전한 말을 듣고서 많이 기뻐했소. 겉으로 기뻐하는 내색을 드러낸 건 아니지만 내가 보기에는 분명하오."

이런 말을 듣는 순간, 다네이는 자신이 매우 힘들고 고통스러울 때 이렇게 까다로운 상대가 스스로 찾아와서 도와주었다는 사실을 곧바로 떠올리고 화제를 돌려서 아까 정말 고마웠다고 말했다. 그러자 무관심한 답변이 다시 흘러나왔다.

"나는 고맙다는 말이나 칭찬을 듣고 싶은 마음이 없소. 우선, 그런 일 자체가 힘들지 않고 둘째, 나 자신도 왜 그랬는지 모르니 말이오. 다네이 선생, 한 가지만 물어봅시다."

"얼마든지요. 도움을 주셨으니 저 역시 기꺼이 대답하겠습니다."

"내가 당신을 좋아한다고 생각하시오?"

"사실대로 말씀드리면, 칼톤 변호사님, 저는 지금까지 그런 생각 자체를 한 적이 없습니다."

"그렇다면 지금 생각하시오."

"마치 그런 생각을 하신 적이 있는 것처럼 말씀하시는데, 실제로는 변호사님 역시 그런 생각을 한 번도 안 하신 것 같습니다."

"맞아요, 내가 보기에도 그렇소. 판단력이 좋구려."

칼톤이 말하자, 다네이가 종을 들면서 대답했다.

"그렇지만 제가 술값을 내면 안 되거나 우리가 서로에게 원한을 품고 헤어질 이유는 없겠지요."

"당연하지요!"

칼톤이 대답하자 다네이는 종을 울렸다. 그러자 칼톤이 "계산을 당신이 다 할 생각이오?" 하고 묻더니 그렇다는 대답이 나오자, 종업원을 쳐다보며 이렇게 말했다.

"그렇다면 이것과 똑같은 포도주를 한 병 더 가져오게, 종업원. 열 시에 와서 깨우도록."

찰스 다네이가 값을 모두 치르고 일어나며 작별인사를 하자, 칼톤은 아무런 대답 없이 똑같이 일어나더니 시비라도 걸듯 불쑥 말했다.

"한 가지만 더, 다네이 선생. 내가 취했다고 생각하시오?"

"아까부터 술을 마셨다고 생각합니다, 칼톤 변호사님."

"생각? 내가 아까부터 술을 마셨다는 사실을 아는 거겠지."

"꼭 그렇게 말씀하신다면, 네, 그렇게 알고 있습니다."

"그렇다면 이유도 아시겠군. 나는 절망에 빠진 도구에 불과하오, 선생. 나는 세상 사람 누구에게도 관심이 없고 세상 사람 역시 누구도 나에게 관심이 없소."

"안타깝군요. 훌륭한 재능을 훨씬 좋은 곳에 사용하셔야 하는데요."

"그럴 수도 있고, 다네이 선생, 아닐 수도 있고. 하지만 그렇게 멀쩡한 얼굴로 우쭐대진 마시오, 앞으로 어떤 일이 생길지 아무도 모르니까. 잘 가시오!"

혼자 남은 칼톤은 촛불을 들고 벽에 걸린 거울 앞으로 가서 거기에 비친 자신을 자세히 살피다가 중얼거렸다.

"너는 저 친구가 정말 좋은 거야? 너랑 닮은 이를 특별히 좋아해야 하는 이유는 뭐지? 너에겐 좋아할 구석이 하나도 없어. 그건 너도 잘 알잖아. 아, 뒤죽박죽이군! 지금까지 너는 정말 엄청나게 변했어! 네가 저 친구를 좋아하는 이유는 저 친구에게서 네가 타락하기 이전 모습이, 원래 모습이 엿보이기 때문이야! 하지만 서로 처지를 바꿔서 생각해봐. 너는 저 친구가 그런 것처럼 파란 눈으로 저 친구를 바라보고, 저 친구가 그런 것처럼 안타까운 얼굴로 연민을 나타낼 수 있겠어?"

칼톤은 포도주로 위안을 삼으며 몇 분 만에 모두 마시더니, 팔을 괸 채 그대로 잠들었다. 머리칼은 그대로 헝클어지면서 탁자에 깔리고 촛농은 시체를 하얗게 감싸는 수의처럼 가만히 흘러내렸다.

V. 자칼

술을 즐기던 시대라서 사내라면 누구나 엄청나게 마셨다. 시간이 흐르면서 그런 습관 역시 놀라울 정도로 줄어드니, 당시에 남자 한 명이 완벽한 신사라는 평판을 유지하는 걸 전제로 밤을 꼬박 새우면서 마시던 분량을 적당히 줄여서 말해도 요즘 사람에게는 말도 안 되는 과장처럼 들릴 수밖에 없다. 이렇게 술 마시는 경향으로 볼 때 법률 전문가는 다른 전문직 종사자에게 조금도 안 밀리고 그건 스트라이버 변호사 역시 마찬가지였다. 그는 예전부터 수지타산이 좋은 대형사건이라면 어깨부터 재빨리 밀어 넣는 탁월한 실력을 보였는데, 다른 변호사와 경쟁에서 안 밀리는 건 법학이라는 지루한 공부를 할 때도 마찬가지였다.

변호사회는 물론 올드 베일리 전역에서 가장 잘 나가는 스트라이버 변호사는 사다리를 오르고 나서 아래 칸을 완벽하게 잘라버리는 사람이다. 그래서 변호사회든 올드 베일리든 뜻한 바를 이루려면 가장 잘 나가는 자신을 부를 수밖에 없도록 만들고, 꽃이 찬란하게 핀 꽃밭 한가운데에서 태양을 향해 얼굴을 들이미는 커다란 해바라기처럼 가발 밭에서 홀로 튀어나와 어깨를 들썩이며 고등법원 수석 재판장 앞으로 날마다 나아갔다.

원래 스트라이버 변호사는 법조계에서 입심 좋고 파렴치하고 임기 응변 좋고 대담해도 산더미처럼 쌓인 진술서류에서 가장 중요한 내용을 고르는 능력은 없다는 평판이 돌았다. 재판에서 이기려면 가장 절실하게 필요한 능력이었다. 그런데 이런 능력 역시 한순간에 놀라울 정도로 발전한 것이다. 사건은 그만큼 많이 들어오고 핵심을 파악하는 능력은 그만큼 좋아지는 것 같았다. 칼톤 변호사와 아무리 늦도록 술을 퍼마셔도 다음 날 아침이면 언제나 손가락 끝에 핵심사항이 걸려있으니 말이다.

시드니 칼톤은 너무 게을러서 장래성은 없어도 스트라이버에게는 가장 중요한 협력자였다. 그래서 일월부터 구월 사이에 두 사람이 함께 마신 술만 해도 전함을 한 척 띄울 정도였다. 스트라이버가 사건을 맡은 재판정에는 칼톤이 어김없이 참석해 두 손을 주머니에 찌르고 재판정 천장만 물끄러미 쳐다보았다. 심지어 순회재판도 함께 다니고 그럴 때마다 늦은 밤까지 술을 진탕 마셔대고 그래서 칼톤이 환한 대낮에 바람둥이 고양이처럼 남의 눈에 안 띄도록 조심스럽게 스트라이버 숙소로 비틀거리며 들어갔다는 소문까지 나돌았다. 그러다 보니 결국에는 호사가들 사이에서 시드니 칼톤이 백수의 왕 사자는 절대로 될 수 없지만 훌륭한 자칼[29]은 된다는, 그래서 능력이 떨어지는 스트라이버에게 적절한 서비스를 제공해 소송에서 이기도록 거든다는 소리가 돌아다니기 시작했다.

"열 십니다, 손님. 열 시요, 손님."

---

29) 자칼은 먹잇감을 사냥해서 사자에게 바친다고 한다.

식당 종업원이 말했다. 열 시에 깨워달라고 했기 때문이다.

"무슨 일이야?"

"열 십니다, 손님."

"그게 무슨 말이야? 저녁 열 시?"

"네, 손님. 아까 깨워달라고 하셨잖아요."

"그래, 기억나. 잘했어, 잘했어."

그래도 다시 잠을 자려고 하더니, 종업원이 오 분 동안이나 쉴 새 없이 벽난로 불을 뒤척이는 식으로 교묘하게 신경전을 벌인 끝에 비로소 일어나, 모자를 아무렇게나 눌러쓰고 밖으로 나갔다. 그래서 '템플 바'로 접어들어 고등법원과 신문사 사이를 두 번 왔다 갔다 하는 식으로 정신을 차리고 스트라이버 숙소로 향했다.

사무장은 이런 모임에 아무런 도움이 안 되는 터라 일찌감치 집으로 돌아가, 스트라이버 자신이 문을 직접 열었다. 실내화에다 잠옷은 느슨하고 목에는 아무것도 없어서 편안한 차림이었다. 하지만 두 눈은 잔뜩 긴장한 채 핏기까지 빨갛게 어려서 거칠게 보이는데, 이런 눈빛은 맛있는 음식을 찾아다니는 부류에서 - 그리고 제프리스[30]가 아래를 굽어보는 초상화를 비롯해, 술을 마구 퍼마시던 시대에 예술이란 핑계로 그린 초상화에서 - 흔히 볼 수 있었다.

"약간 늦었군, 기억장치."

스트라이버가 말하자, 칼톤이 대답했다.

"평소랑 비슷해. 십오 분 정도 늦은 거야."

두 사람은 책을 쭉 꽂아놓은 방으로 들어서는데, 서류는 지저분하게 널려도 벽난로는 환하게 타올랐다. 벽난로 시렁에 주전자를 올려서 하

---

[30] 가혹한 판결로 악명을 날렸다. 명예혁명 때 옥에서 죽었다. 초상화 그림은 방탕하지만 부드럽고 우수에 찬 모습에 비폭력적인 분위기가 칼톤과 묘하게 닮았다.

얀 김이 나오고 서류를 널어놓은 탁자 한가운데에는 포도주와 브랜디와 럼주와 설탕과 레몬이 빛을 반사했다.

"벌써 한 병 마신 것 같군, 시드니."

"오늘 밤은 두 병일 거야. 오늘 풀려난 고객하고 식사했거든. 아니, 구경만 했어…… 어쨌거나 똑같은 말이겠지만!"

"얼굴을 비교하라고 한 건 정말 대단했어, 칼톤. 어떻게 그런 생각을 했나? 언제 그런 생각이 떠오른 거야?"

"꽤 잘생긴 친구란 생각을 했어. 그러다가 운이 따랐다면 나 역시 비슷할 거란 생각이 들었지."

칼톤이 대답하자, 스트라이버는 나이에 어울리지 않게 튀어나온 배까지 흔들릴 정도로 폭소를 터트리면서 말했다.

"자네가 운 타령이라니, 칼톤! 일이나 하자고, 일이나 해."

자칼은 찌무룩한 표정으로 옷을 느슨하게 풀고 옆에 있는 방으로 들어가더니, 차가운 물이 가득한 커다란 주전자와 대야 그리고 수건 두 장을 들고 나왔다. 그래서 수건을 물에 모두 담그더니 물기를 일부 짜내고 접어서 섬뜩한 모양으로 머리에 얹고 탁자 앞에 앉으며 말했다.

"이제 준비를 마쳤네!"

"오늘 밤은 정리할 내용이 많지 않아, 기억장치."

스트라이버가 호사스럽게 말하면서 서류를 쳐다보았다.

"몇 건인데?"

"달랑 두 건."

"힘든 건부터 주게."

"여기 있네, 칼톤. 당장 시작해!"

사자는 이렇게 말하고 나서 술이 가득한 탁자 옆 소파에 등을 편하게 기댔다. 자칼은 서류가 가득한 맞은편에 앉는데 손만 뻗으면 술병과 술이 닿는 거리였다. 그래서 두 사람 모두 탁자에 있는 술을 마시는데 방식은 각자 달랐다. 사자는 대체로 허리띠에 두 손을 기댄 채 불길을 바라보다가 서류를 가끔 가볍게 뒤적이고, 자칼은 미간을 찡그린 채 잔뜩 긴장한 얼굴로 집중하느라 술병으로 손을 내밀 때도 눈으로 쳐다볼 수 없어서 이리저리 더듬다가 일이 분이 지난 다음에 비로소 술잔을 입에 대는 식이었다. 그러다가 문제가 두세 차례 심하게 엉켰다 싶을 때마다 어쩔 수 없이 일어나서 수건을 다시 물에 담갔다. 이런 식으로 주전자와 대야로 순례 여행을 가서 축축한 수건을 머리에 얹어 말로 형용할 수 없을 만큼 괴상망측한 모양으로 돌아올 때마다 얼굴은 걱정스러울 정도로 진지해서 오히려 그만큼 더 생뚱맞게 보였다.

마침내 자칼은 핵심내용을 간략하게 모아서 맛있는 먹잇감으로 바치더니, 사자가 관심을 기울여서 자세히 살피고 논평하고 필요한 내용만 선별하는 과정을 옆에서 거들었다. 그래서 먹잇감을 충분히 검토한 다음, 사자는 허리띠에 다시 두 손을 얹고 그대로 누워서 깊은 생각에 잠겼다. 그러자 자칼은 커다란 잔으로 목젖을 적셔서 기력을 되찾더니, 수건을 다시 물에 담갔다가 머리에 올리고 두 번째 먹잇감으로 달려들었다. 그런 다음에는 사자가 다시 똑같은 방식으로 검토하고 논평하더니 시계가 새벽 세 시를 칠 때 비로소 작업을 끝내며 말했다.

"이제 할 일을 마쳤으니, 칼톤, 술잔을 가득 채우라고."

자칼은 김이 피어오르는 수건을 머리에서 걷어내고 몸을 흔들며 하품하다가 부르르 떤 다음에 그렇게 했다.

"오늘 대단했어, 칼톤. 검찰 측 증인을 그리도 날카롭게 몰아붙일 수 있다니 말이야."

"나는 항상 대단한 거 아닌가?"

"부정하지 않겠네. 그런데 그렇게 잔뜩 성질난 이유는 뭔가? 술이나 마시면서 기분 좀 풀게."

자칼이 변명 투로 웅얼대다가 그대로 따르자, 스트라이버가 고갯짓하면서 현재와 과거의 칼톤을 비교했다.

"슈르즈베리 법률학교에 다닐 때도 시드니 칼톤은 시소 같았어. 올라오는 것 같으면 다시 내려가거든. 지금도 기분이 좋다가 금방 가라앉잖아."

그러자 칼톤이 한숨을 내쉬며 대답했다.

"아! 그래! 시드니 칼톤은 옛날이나 지금이나 마찬가지야. 팔자도 그렇고, 당시에도 다른 놈들 숙제하느라 정작 나는 숙제할 틈이 없었으니까."

"그런 이유가 뭐지?"

"나도 몰라. 그렇게 살라는 팔자 같아."

칼톤이 앉아서 두 손을 주머니에 넣고 두 다리를 앞으로 쭉 뻗은 채 벽난로 불길을 바라보자, 친구는 벽난로 쇠살대가 열정을 만들어내는 용광로라도 되는 듯 - 슈르즈베리 학교 시절부터 시드니 칼톤에게 필요한 건 그런 용광로에 어깨를 들이미는 것이라도 되는 듯 - 위협적인 분위기를 연출하며 말했다.

"칼톤, 자네가 사는 방식은 예전이나 지금이나 불안해. 열정도 없고 목표도 없어. 나를 보라고."

그러자 칼톤이 좋게 웃는 얼굴로 가볍게 넘기며 대답했다.

"아, 성가시군! 그렇게 닦아세우지 말게!"

"내가 여기까지 오려고 어떻게 했는지 알아? 이 자리를 지키려고 지금 어떻게 하는지 알아?"

"부분적으로는 나에게 돈을 주고 도움을 받으면서겠지. 하지만 나에게 그렇게 허풍떠는 식으로 말할 필요는 없네. 자네는 자네가 하고 싶은 대로 하는 것뿐이니까, 항상 앞줄에 끼는 식으로. 나는 항상 뒷줄이고."

"나도 노력해서 앞줄에 낀 거야. 태어날 때부터 앞줄은 아니라고."

"자네가 태어나는 광경은 못 봐서 모르겠지만 나에게 자네는 항상 앞줄이야."

칼톤이 말하며 다시 웃자, 스트라이버도 함께 웃었다.

"슈르즈베리 이전에도 슈르즈베리 시절에도 슈르즈베리 이후에도 자네는 자네 줄에 서고 나는 내 줄에 선 거야. 우리가 교환학생으로 파리에 가서 기숙사에 묵으며 프랑스어와 프랑스 법률을 비롯해 프랑스에 대해 이것저것 배우느라 우리 모두 실력이 안 좋은 편인데도 자네는 항상 앞전이고 나는 항상 뒷전이었어."

칼톤이 하는 말에 스트라이버가 물었다.

"그게 누구 잘못인가?"

"진심으로 말하는데 자네 잘못이 아니라는 확신은 없네. 자네는 언제나 저돌적으로 달려들어서 상대를 닦아세우고 어깨를 들이밀며 설치고 돌아다녔어, 내가 인생을 펼칠 기회도 없이 가라앉아서 쓸모없는 인간으로 전락하도록 말이야. 하지만 새날이 밝아오는데 지난 과거만 얘기하는 건 슬픈 일 아닌가. 내가 떠나기 전에 화제를 다른 방향으로 돌리는 게 좋겠어."

그러자 스트라이버가 술잔을 들며 말했다.

"으음, 좋아! 예쁜 증인에 대한 건 어떤가? 이 정도면 재미있는 방향으로 돌린 거 아닌가?"

아닌 게 분명했다, 얼굴이 다시 우울하게 변한 걸 보면. 칼톤이 술잔을 내려다보며 중얼거렸다.

"예쁜 증인이라. 오늘 아주 많은 증인을 보았는데 자네가 말한 예쁜 증인은 누군가?"

"그림처럼 아름다운 박사 딸, 마네뜨 아가씨."

"그 여자가 예쁜가?"

"그럼 아닌가?"

"아니지."

"이게 무슨 소리야, 재판정에서 사내란 사내는 모두 감탄하며 쳐다보았다고!"

"재판정에서 감탄하며 쳐다볼 게 하나도 없었나 보군! 누가 올드 베일리를 미인 재판정으로 만들었지? 그 여자는 금발 머리 인형에 불과해!"

칼톤이 소리치자 스트라이버가 날카로운 눈으로 쳐다보더니, 빨갛게 달아오른 얼굴을 손으로 천천히 쓰다듬으며 말했다.

"자네, 아는가, 칼톤? 아까 나는 자네가 금발 인형에게 관심을 보인다고 생각했네. 그래서 금발 인형이 그렇게 된 걸 제일 먼저 발견한 거 아닌가?"

"내가 뭘 제일 먼저 발견했다는 거야! 여자애가 인형이든 아니든 일이 미터 거리에서 혼절한다면 망원경이 없어도 어떤 사내든 볼 수 있어. 내가 확실히 말하는데, 나는 그 여자를 예쁘다고 생각하지 않아. 이제 술은 그만 마시겠네. 잠이나 자러 가겠네."

주인이 촛불을 들고 계단까지 따라 나와서 친구가 내려가도록 불을 비추는데 우중충한 창문 사이로 날씨가 추워 보였다. 밖으로 발을 내딛는 순간, 공기는 슬프도록 차갑고 하늘은 먹구름에 가려서 흐릿하고 강물은 어두워서 희미한 게 생명체라곤 하나도 없는 사막 같았다. 새벽바람에 먼지구름이 빙글빙글 돌아가는 풍경 역시 아주 멀리 떨어진 사막에서 일어난 모래바람이 이제 막 도착해서 도시 전역을 집어삼키려는 것 같았다.

사방은 깊이 잠들고 사막에 둘러싸인 사내는 기운이 하나도 없는 몸으로 걷다가 가만히 서더니, 순간적으로 광야에 나타난 고귀한 야심과 금욕과 인내심이라는 신기루를 바라보았다. 신기루에 나타난 화려한 도시는 널찍한 베란다가 쭉 늘어서서 사랑하는 연인이 여기저기에서 내려다보고 정원에는 인생이라는 열매가 주렁주렁 달리고 바로 앞에서 희망이란 샘물이 콸콸 솟더니, 순식간에 사라졌다. 칼톤은 다닥다닥 붙은 주택 가운데에서 제일 높은 셋방으로 올라가 옷도 안 벗고 지저분한 침대에 그대로 몸을 던졌다. 그리고 헛된 눈물로 베개를 적셨다.

슬프고 슬프게도 태양은 다시 떠올랐다. 슬프고 슬픈 사내에게도 태양은 다시 떠올랐다. 능력이 뛰어나고 감성도 훌륭한데 배운 대로 실천할 수 없고 성장할 수 없고 행복할 수 없어서 병균이 자신을 갉아먹는다는 사실을 알면서도 모든 걸 체념하며 살아가는 사내였다.

VI. 수많은 사람

마네뜨 박사가 거주하는 고요한 숙소는 소호 광장에서 멀지 않는 조용한 거리 모퉁이였다. 반역 사건 재판에 사 개월이란 파도가 몰아쳐서 공공의 관심과 기억을 먼바다로 휩쓸어간 어느 화창한 일요일 오후, 자비스 로리는 마네뜨 박사와 함께 저녁 식사를 하려고 자신이 사는 클라큰웰 지역에서 햇빛이 밝은 거리를 따라 걸었다. 업무상 문제가 몇 차례 발생하면서 박사와 친구가 되니, 조용한 거리 모퉁이 주택은 어느덧 로리에게 행복을 상징하는 공간이 되었다.

이렇게 화창한 일요일이면 로리는 습관처럼 변한 세 가지 이유로 이른 오후에 소호를 향해 걸었다. 첫째, 화창한 일요일이면 마네뜨 박사 부녀와 산책하다가 함께 저녁 식사를 들 때가 많았다. 둘째, 날씨가 궂은 일요일이면 친구처럼 함께 지내면서 대화도 나누고 독서도 하고 창밖도 살피면서 하루를 보내는 데 익숙했다. 셋째, 약간 까다로운 문제가 생겼는데 마네뜨 박사네 식구와 함께 시간을 보내다 보면 저절로 풀릴 가능성이 컸다.

박사가 사는 모퉁이보다 독특한 공간은 런던에 드물다. 우선, 길이 막힌 터라 저택 정면 유리창에서 보면 복잡한 세상사를 한발 뒤로 물린 것처럼 호젓한 분위기가 주변에 가득하다. 당시만 해도 옥스퍼드 도로 북쪽은 건물이 얼마 없어서 지금은 사라진 들판에 울창한 나무가 숲을 이루며 들꽃이 곳곳에 가득하고 산사나무 꽃이 흐드러졌다. 그래서 소호는 집 없는 노숙자들이 어슬렁거리지도 않고 공기도 상쾌한 게 시골처럼 보일 정도였다. 멀지 않은 남쪽에는 담장이 쭉 늘어서서 제철마다 복숭아가 먹음직스럽게 영글기도 했다.

새벽이면 여름 햇살이 모퉁이로 환하게 흘러들다가 거리가 뜨겁게 달아오를 즈음이면 시원한 그늘을 드리우는데, 멀리 떨어진 그늘이 아니라 살짝 떨어진 거리에서 이글거리는 햇살이 보일 정도로 적당한 그늘이었다. 시원하고 조용하고 상쾌한 데다 번잡한 도로에서 물러나 가볍게 흘러드는 소리를 즐기기에 딱 좋은 은신처였다.

이런 은신처에서는 누가 커다랗게 말하는 소리도 조용하게 들리는 법인데, 실제로도 그랬다. 박사는 단단하게 지은 커다란 건물에서 두 개 층을 사용하는데, 같은 건물에 영업하는 가게가 몇 개 있다고는 하지만 낮에도 별다른 소리가 안 들릴 뿐 아니라 밤이면 쥐죽은 듯 고요했다.

마당에는 플라타너스 한그루가 녹색 잎사귀를 바스락거리고 거기를 지나면 건물 뒤편이 나온다. 교회 오르간을 만든다는 가게, 은을 두드려서 돋을새김하는 가게, 마찬가지로 금을 두드려서 그렇게 만드는 가게가 있는데, 신화에나 나옴 직한 거인이 황금 팔을 현관 담장에다 불쑥 내민 형상은 자신을 그렇게 엉망으로 두들긴 것처럼, 찾아오는 사람 모두를 그렇게 만들겠다고 협박이라도 하는 것 같았다. 하지만 이런 가게에도 소리는 거의 없고 위층에서 혼자 산다고 소문만 난 인물은 물론 회계사 사무실을 밑에 뒀다고 주장하는 마차 장식 제작자 역시 모습을 드러내거나 소리를 낸 적이 없었다. 외투를 입은 노동자가 길을 잘못 들어서 통로를 지나거나 낯선 사람이 여기저기 기웃거리고, 마당 저쪽에서 쨍그랑거리는 소리나 황금 거인 가게에서 쿵쿵거리는 소리가 가끔 아련하게 들렸다. 하지만 이런 건 예외에 불과할 뿐 일요일 아침부터 토요일 저녁까지 들리는 소리라곤 건물 뒤편 플라타너스에서 종달새가 노래하는 소리와 모퉁이 저편 멀리서 살며시 흘러드는 소리가 전부였다.

마네뜨 박사는 여기에서 환자를 진찰하고 환자는 박사 이야기가 널리 퍼지면서 다시 살아난 명성을 듣고 찾아왔다. 다양한 실험을 통해 과학 지식과 기술과 조심성을 쌓아 올린 덕분에 환자가 꽤 많아서 원하는 만큼 돈을 벌 수도 있었다.

자비스 로리는 이런 생각을 머리에 떠올리며 화창한 일요일 오후에 길모퉁이 조용한 집에서 초인종을 눌렀다.

"마네뜨 박사님이 계신가?"

금방 돌아오실 거라는 대답.

"마네뜨 아가씨는 계신가?"

금방 돌아오실 거라는 대답.

"프로스 집사는 계신가?"

계신 것 같은데, 자신은 하녀라, 집사님께서 그런 사실을 인정하실지 부인하실지 알 수 없다는 대답.

"그렇다면 나는 우리 집이라 생각하고 위층으로 올라가겠네."

박사 딸은 자신이 태어난 조국 프랑스에 대해 아는 게 하나도 없지만 사소한 물건을 매우 그럴싸하게 만드는 탁월한 능력만큼은 그대로 물려받은 것 같았다. 그래서 가구처럼 단순한 물건에 조그만 장식을 많이 달았는데, 비싼 물건은 아니어도 멋과 맛이 독특해서 보는 사람을 즐겁게 만드는 효과가 있었다. 실내 가구 역시 마네뜨 아가씨가 섬세한 손과 또렷한 눈과 탁월한 감각으로 제일 커다란 물건부터 제일 조그만 소품까지 멋들어지게 배열해서 다양한 형상이 조화를 이루며 다양한 색상을 우아하게 뽐냈다. 그래서 탁월한 예술적 감각을 드러내고 보는 사람 눈을 즐겁게 만드는 게, 가만히 서서 주변을 둘러보는 로리에게 의자마다 탁자마다 눈에 익은 독특한 모습으로 정말 멋있지 않느냐고 묻는 것 같았다.

한 층에 방이 세 칸인데 환기가 잘되도록 문을 모두 활짝 열어놓아, 로리는 이 방 저 방을 자유롭게 돌아다니면서 둘러보고, 가구를 고르고 배치하는 성향이 방마다 비슷하다고 생각하며 빙그레 웃었다. 첫 번째 방이 제일 좋은데, 여기에는 마네뜨 아가씨가 기르는 다양한 새와 꽃, 책과 책상, 작업대와 수채화 물감이 있었다. 두 번째 방은 마네뜨 박사 진찰실인데 식당으로도 사용했다. 세 번째 방은 플라타너스가 마당에서 잎사귀를 부스럭거리며 얼룩진 그늘을 이리저리 움직이는 방으로 박사가 침실로 사용하는데, 한쪽 구석에 구두장이용 기다란 의자와 연장 접시가 있었다. 파리 생앙투안 외곽에 있는 술집 옆 음침한 건물 오층 다락방에 있던 모습 그대로였다.

로리는 주변을 둘러보다가 잠시 시선을 멈추며 중얼거렸다.

"고통스러운 과거가 떠오르는 물건을 그대로 보관하는 건 정말 이상해!"

"그게 왜요?"라는 갑작스러운 질문에 로리는 깜짝 놀랐다. 프로스 집사였다. 성격이 괄괄하고 얼굴이 빨갛고 손힘이 강한 여인으로 도버에 있는 로열 조지 호텔에서 처음 만난 이후 지금까지 계속해서 관계를 개선하는 중이었다.

"내가 생각하기에는……"

로리가 입을 열자 프로스 집사가 끼어들면서 말문을 막았다.

"흥! 그거야 당신 생각이죠!"

그러더니 "잘 지냈나요?" 하고 물었다. 날카롭지만 악의는 하나도 없다는 사실을 일부러 드러내려는 것 같았다.

"잘 지냈답니다, 덕분에. 그런데 집사는 어떻게 지냈나요?"

로리가 부드럽게 물었다.

"자랑할 만한 건 없어요."

"정말요?"

"당연히 정말이죠! 우리 종달새 아가씨 때문에 기찮아 죽겠어요."

"정말요?"

"제발 '정말요'란 말은 그만 좀 하세요, 불안해서 죽을 것 같으니까."

프로스 집사가 말했다. 체구에 안 어울리게 성격이 급했다.

"그럼, 진짜요?"

로리가 말을 바꿔서 묻자, 프로스 집사가 대답했다.

"그 말도 마찬가진데 아까보다는 낫네요. 그래요, 아주 귀찮아 죽겠어요."

"이유를 물어도 괜찮을까요?"

"우리 종달새 아가씨에 비하면 아무런 가치도 없는 작자들이 수십 명씩이나 아가씨를 보려고 여기까지 찾아오는 게 난 싫거든요."

"아가씨를 보려고 수십 명씩 찾아오나요?"

"수백 명이요."

프로스 집사가 대답했다. 예전이나 지금이나 과장하길 좋아하는 사람은 있을 수밖에 없는데 프로스 집사 역시 그런 성격이라서 자신이 한 말을 상대가 물으면 대뜸 과장하는 편이었다.

"맙소사!"

로리가 가장 안전할 것 같은 표현을 골라서 맞장구쳤다.

"나는 아가씨가 열 살 때부터 데리고 살았답니다. (아니, 돈을 주니까 아가씨가 나를 데리고 살았다고 하는 게 옳겠군. 하지만 내가 여유가 있어서 보수를 안 받아도 함께 살 수 있다면, 내가 이 자리에서 분명히 말하는데, 분명히 그렇게 했을 겁니다.) 그런데 최근 들어서 정말 힘들어요."

프로스 집사가 하는 말에, 로리는 정말 힘든 게 무엇인지 정확히 모르면서도 머리를 끄덕이는 식으로 자신이 지닌 장점을 - 어떤 상황에도 제대로 들어맞는 마법 망토를 - 유감없이 활용했다.

"애완견보다 못한 종자들이 주위를 항상 맴돈답니다. 로리 선생이 그 일을 시작할 때만 해도……"

"내가 시작하다니, 무얼요, 프로스 집사?"

"그럼 아닌가요? 아가씨 부친을 되살린 사람이?"

"아! 내가 그 일을 시작했다면……"

"그 일을 끝낸 건 아니잖아요, 그죠? 그래서 말인데, 로리 선생이 그 일을 시작할 때만 해도 아주 힘들었어요. 물론 마네뜨 박사님에게 특별한 결점이 있다는 의미는 아니에요, 이런 딸을 가질만한 자격이 없다는 것만 빼면. 하지만 이건 모욕이 아니랍니다. 상황을 불문하고 어떤 아버지든 이런 딸을 가질 자격이 없는 건 마찬가지니까요. 하지만 수많은 사람이 아버지 주변에 얼씬거리며 나에게서 종달새 아가씨를 빼앗아가려고 하는 건 정말로 두 배, 세 배 힘들어요."

로리는 프로스 집사에게 질투심이 유난히 많기도 하지만 최근에 심하다 싶을 정도로 아가씨를 보살피는 이면에는 자신이 잃어버린 젊음에 대해, 자신이 한 번도 못 누린 아름다움에 대해, 자신이 한 번도 못 이룬 교양 수준에 대해, 자신이 우울한 인생을 보내는 동안 한 번도 누릴 수 없었던 눈부신 희망에 대해 – 여성 특유의 – 순수한 사랑을 느끼고 숭배하면서 기꺼이 자신을 노예로 만드는 마음도 있다는 사실을 충분히 파악했다.

로리는 마음에서 우러나 주인을 섬기는 하인만큼 훌륭한 건 없다는 정도는 충분히 느낄 만큼 세상 이치를 깨달은 사람이다. 그래서 돈이라는 더러운 욕심에서 완전히 벗어나 그렇게 헌신적일 수 있다는 사실에 감탄하지 않을 수 없었다. 인간이라면 누구나 겪는 인과응보를 자신이 마음대로 판단할 수 있다면 선천적으로든 후천적으로든 가진 게 엄청나게 많아서 텔슨 은행에 잔액이 많은 마님보다는 프로스 집사를 하품천사에 좀 더 가까운 자리로 보내고 싶을 정도였다.

"지금까지 그랬고 앞으로도 그러겠지만, 우리 종달새 아가씨에게 어울리는 사내는 딱 한 명밖에 없어요. 바로 우리 동생 솔로몬이요, 그 녀석이 일생일대의 실수만 안 저질렀어도……."

또 시작이다. 로리가 프로스 집사에게 다양하게 질문하면서 파악한 개인사에 의하면 남동생 솔로몬은 인정머리 없는 악당으로 누나 재산을 홀라당 벗겨다가 놀음판에서 탕진해, 누나가 가난에서 영원히 벗어날 수 없도록 만들고도 양심의 가책을 느끼는 기색이 조금도 없었다. 그런데도 (사소한 실수로 푼돈을 조금 잃었을 뿐이라며) 한결같이 동생을 믿는 마음에 로리는 깊이 감동해, 프로스 집사를 좋게 보는 데 커다랗게 작용했다.

두 사람이 거실로 돌아와서 자리에 편하게 앉자, 로리가 말했다.

"어쩌다 보니 잠깐이나마 단둘이 있게 되었는데 우리 둘 다 실무를 처리하는 사람이니, 한 가지 묻고 싶은 게 있습니다. 마네뜨 박사님이 따님과 대화 중에 구두를 만들던 시절에 대해 언급한 적이 아직 한 번도 없나요?"

"네."

"그런데도 기다란 의자와 연장은 계속 지니고 계시는 건가요?"

로리가 다시 묻는 말에 프로스 집사가 머리를 절레절레 흔들며 대답했다.

"하지만 박사님 혼자 중얼거리지 않는다는 말은 아니에요."

"집사님이 보기에 박사님은 그 시절을 많이 생각하는 것 같은가요?"

"네."

"집사님이 상상하기에……"

로리가 다시 말하는 순간에 프로스 집사가 말허리를 자르며 끼어들었다.

"나는 상상하지 않아요. 상상력이 조금도 없거든요."

"그럼 수정하지요. 집사님이 짐작하기에…… 최소한 짐작은 하겠죠, 가끔은?"

"이따금."

프로스 집사가 대답하자, 로리는 밝은 눈에 미소를 머금고 다정하게 바라보며 계속 말했다.

"집사님이 짐작하기에 마네뜨 박사님은 자신이 억압받은 원인에 대해, 그리고 자신을 고통으로 몰아넣은 사람에 대해, 오랜 세월을 거치며 나름대로 마음속에 정리한 어떤 이론 같은 게 있지 않을까요?"

"나는 거기에 대해 짐작하는 게 없지만, 종달새 아가씨는 이렇게 말한 적이 있지요."

"뭐라고요?"

"아버님에게 그런 게 있는 것 같다고."

"내가 이런 걸 계속 묻는다고 화내지 마세요. 나는 둔해서 업무 능력이 떨어지는 남성이고 집사님은 업무 능력이 좋은 여성이니까요."

"둔해요?"

프로스 집사가 침착한 어조로 묻는 말에 로리는 자신이 너무 겸손하게 표현한 걸 후회하며 이렇게 대답했다.

"아니, 아니, 아니에요. 당연히 아니지요. 그럼 다시 업무로 돌아가서…… 우리 모두 확신하는 것처럼 마네뜨 박사님이 죄 없이 억울하게 옥살이를 했는데, 그런 문제를 거론조차 않는다는 건 정말 대단하지 않나요? 업무 관계로 오랫동안 친하게 지내면서도 나에게 그런 얘기를 전혀 안 하니까요. 그런데 박사님 자신이 그렇게 사랑하는 따님에게도 - 게다가 따님 역시 박사님에게 그렇게 헌신하는데도 - 그런 얘기를 안 하나요? 나를 믿으세요, 프로스 집사. 내가 이 문제에 관심을 보이는 이유는 호기심 때문이 아니라 밀접한 관계 때문이에요."

"으음! 내가 아는 한, 그래 봤자 별거 없지만, 박사님은 그런 이야기 자체를 두려워해요."

"두려워한다고요?"

"박사님이 그러시는 건 당연한 거 아닌가요? 정말 끔찍한 기억이잖아요. 게다가 그 일 때문에 자기 자신을 잃었잖아요. 자신을 어떻게 잃었는지도 모르고 어떻게 되찾았는지도 모르는 판이니, 자신을 다시 안 잃는다는 확신도 없겠지요. 그것 하나만 해도 그런 이야기를 좋아할 순 없을 것 같아요."

기대 이상으로 심오한 내용에 로리는 이렇게 대답했다.

"맞아요. 기억을 떠올리는 자체가 무서울 거예요. 하지만 프로스 집사, 그렇게 마음속으로 담아두기만 하는 게 과연 마네뜨 박사님에게 좋을까 하는 의구심은 지울 수 없네요. 내가 이렇게 흉금을 털어놓고 말하는 이유도 사실은 이런 의구심과 불안감 때문이랍니다."

하지만 프로스 집사는 머리를 절레절레 흔들며 대답했다.

"어쩔 수 없어요. 그런 문제를 건드리면 박사님은 단번에 나쁜 쪽으로 변해요. 그대로 두는 게 훨씬 좋아요. 좋든 싫든 그대로 두어야 해요. 요새도 위층에서 박사님이 깜깜한 밤중에 일어나 방을 이리저리 거닐고 또 이리저리 거니는 소리가 일어나요. 그러다 보면 우리 종달새 아가씨는 박사님 마음이 옛날 감옥을 이리저리 거닐고 또 이리저리 거닌다는 사실을 깨닫지요. 그럴 때마다 급히 올라가서 함께 이리저리 거닐고 또 이리저리 거닌답니다, 박사님 정신이 돌아올 때까지. 그런데도 박사님은 당신이 불안하게 여기는 진짜 이유에 대해 한 마디도 없고, 아가씨는 아무런 내색을 하지 않는 게 최선이라고 생각한답니다. 그래서 두 분은 입을 꾹 다문 채 이리저리 거닐고 또 이리저리 거닐어요, 아가씨 사랑과 정성이 통해서 박사님 정신이 돌아올 때까지."

프로스 집사는 상상력이 없다고 하지만 '이리저리 거닌다'는 표현을 반복하는 건 깊은 상처 하나 때문에 끊임없이 시달리는 고통을 또렷하게 인식한다는 뜻으로, 이건 상상력이 풍부하다는 증거였다.

모퉁이 집은 메아리가 울리는 신기한 공간이라는 말을 앞에서 했는데, 조금 전부터 발소리가 울리며 다가오기 시작했다. 지금 말한 것처럼 피곤한 몸으로 이리저리 거니는 소리 같았다. 그러자 프로스 집사가 대화를 중단하고 자리에서 벌떡 일어나며 말했다.

"지금 두 분이 오시네요! 이제 조금만 기다리면 수백 명이 찾아오겠군요!"

로리는 열린 창문으로 다가가서 발소리를 쫓으며 아버지와 딸을 찾다가 모퉁이 집에 매우 독특한 음향 증폭 장치나 신기한 무전기 같은 게 달린 거라는 - 두 사람이 실제로 다가오는 건 아니라는 - 상상을 했다. 발소리가 완전히 사라지기라도 한 것처럼 메아리가 가라앉더니, 절대로 다가오지 않을 다른 사람 발자국이 대신 들리다가 손에 잡힐 것 같을 즈음에 영원히 사라지는 느낌이기 때문이다. 하지만 아버지와 딸은 마침내 나타나고 프로스 집사는 현관에서 기다렸다.

프로스 집사는 괄괄한 성격에 빨간 얼굴이 험상궂지만, 사랑하는 아가씨가 위층으로 올라오자마자 보닛 모자를 벗겨서 손수건 끝으로 콕콕 찍거나 입으로 후후 불며 먼지를 털고, 아가씨 망토를 잘 개서 옆에 내려놓고, 세상에서 가장 화려하고 아름다운 여인이 자기 머리칼을 자부심 가득한 눈으로 쳐다보는 듯한 표정으로 풍성한 아가씨 머리칼을 빗질하는 광경은 참으로 아름다웠다.

사랑하는 아가씨가 프로스 집사를 껴안고 고마워하면서 그렇게 수고할 필요 없다며 사양하는 모습도 참으로 아름다웠다. 하지만 장난이라도 치는 표정으로 금방 양보하는데, 그러지 않으면 프로스 집사가 심한 상처를 받고 자기 방으로 물러나서 엉엉 울어버릴 게 분명하기 때문이다.

마네뜨 박사가 그런 두 사람을 쳐다보며 프로스 집사에게 아가씨 습관을 망가뜨린다고 말하는 장면도 참으로 아름다운데, 그렇게 말하는 어투나 눈빛이 프로스 집사보다 더하면 더하지 못하진 않았다.

그런데 로리가 조그만 가발을 쓰고 이런 장면 전체를 흐뭇하게 바라보며, 늘그막에 독신자 별이 나타나서 '가정'을 찾아가도록 빛을 비춰준 걸 고맙게 여기는 장면 역시 아름다웠다. 하지만 이런 장면을 구경하러 수백 명이 나타나는 기색은 없으니, 로리는 프로스 집사가 예언한 내용이 실현되길 기대했지만 허사였다.

저녁 식사시간에도 수백 명은 안 나타났다. 조촐한 살림이지만 프로스 집사는 아래층을 담당하면서 맡은 일은 무엇이든 훌륭하게 처리했다. 저녁 식탁은 아주 소박해도 요리가 훌륭하고 서빙도 훌륭한데, 영국식과 프랑스식 요리를 절반씩 산뜻하게 만들어서 내오는 방식이 더할 나위 없이 훌륭했다.

프로스 집사는 친구를 극히 실용적으로 사귀는 성격이라, 소호와 인근 지역을 샅샅이 뒤져서 가난한 프랑스인을 찾아 은화 한 닢이나 반 닢으로 유혹하며 은밀한 요리 비법을 전수받았다. 몰락한 프랑스 아들딸에게 그런 식으로 놀라운 비법을 배운 결과, 주방에서 일하는 아줌마와 소녀는 프로스 집사를 마법사나 신데렐라 요정 정도로 우러러보는데, 닭이나 토끼 고기에다 채소밭에서 캐온 채소 한두 개만 있으면 뭐든 그럴싸한 요리를 만들어내니 안 그럴 수 없었다.

일요일이면 프로스 집사도 박사 부녀와 함께 만찬을 들지만 다른 날에는 아래층 주방이나 위층 자기 방에서 (종달새 아가씨 이외에는 아무도 들어갈 수 없는 파란 방에서) 아무 때나 한술 뜨면 된다고 고집부렸다. 하지만 일요일에는 프로스 집사도 자신을 기쁘게 만들려는 종달새 아가씨의 정겨운 노력과 명랑한 얼굴에 부응해서 긴장을 완전히 풀고 참석해, 저녁 식사가 매우 흥겨웠다.

숨이 막힐 것처럼 더운 날씨라서 저녁 식사를 마친 다음에 마네트 아가씨는 포도주를 들고 플라타너스 그늘로 가서 시원한 공기를 쐬자고 제안했다. 모든 일이 마네트 아가씨를 중심으로 돌아가는 터라 사람들은 플라타너스 그늘 밑으로 나가고 마네뜨 아가씨는 로리를 위해 포도주를 특별히 가져왔다. 얼마 전에 로리의 '술잔 관리'를 자청한 터라 이날도 플라타너스 그늘에 앉아 대화를 나누는 동안에 술잔을 계속 채워주었다. 사람들이 대화하는 풍경을 건물 담벼락과 모서리가 신비롭게 훔쳐보고 플라타너스는 머리 위에서 독특한 방식으로 속삭이며 끼어들었다.

여전히 수백 명은 안 나타났다. 플라타너스 그늘 밑에 있을 때 다네이 선생이 나타났지만 딱 한 명이었다.

마네뜨 박사는 다네이 선생을 다정하게 맞이하고 마네뜨 아가씨도 그랬다. 하지만 프로스 집사는 머리와 몸뚱이가 갑자기 욱신거려서 피곤하다며 건물로 들어갔다. 프로스 집사는 이런 증상에 자주 시달리는데, 친숙한 대화를 나눌 때는 이런 현상을 "갑작스러운 경련"이라고 말하기도 했다.

마네뜨 박사는 상태가 최상이라서 매우 젊어 보였다. 이럴 때는 아버지와 딸이 정말 비슷하게 보이는데, 두 사람이 나란히 앉아서 딸은 어깨에 기대고 아버지는 딸이 앉은 의자 등받이에 팔을 올려놓으면 붕어빵처럼 똑같아서 보는 사람도 기분이 좋았다.

마네뜨 박사는 온종일 다양한 주제로 대화를 나누는데도 평소와 달리 활기가 넘쳤다. 그래서 플라타너스 그늘에 둘러앉아 런던에 있는 유서 깊은 건물에 관해 이야기할 때 다네이 선생이 화제를 자연스럽게 이어가며 물었다.

"마네뜨 박사님, 혹시 런던탑을 샅샅이 둘러보셨나요?"

"딸하고 간 적은 있지만 대충 둘러보았네. 건물이 흥미롭다는 것만 충분히 느낀 정도야."

박사가 대답하자 다네이는 약간 흥분한 듯 빨갛게 달아오른 얼굴로 미소를 지으며 말했다.

"박사님도 기억하시겠지만, 저도 거기에 간 적이 있습니다, 다른 이유로, 시설 하나하나를 편하게 둘러볼 수 없는 이유로. 하지만 거기에서 정말 흥미로운 이야기를 들었답니다."

"그게 무언가요?"

마네뜨 아가씨가 묻자, 다네이가 대답했다.

"일꾼이 건물 개조 공사를 하다가 낡은 지하감옥을 우연히 발견했는데, 오래전에 지었다가 잊어버린 거랍니다. 감옥 내부는 벽돌마다 - 날짜, 이름, 욕설, 기도 등 - 죄수들이 오랜 세월에 걸쳐서 새겨놓은 글씨로 가득했습니다. 벽에 비스듬하게 박은 모퉁이 돌에는 어떤 죄수가, 처형당하러 가는 것 같은 죄수가, 마지막으로 글자 세 개를 새겼습니다. 변변치 않은 연장으로 손을 떨면서 급히 새긴 겁니다. 처음에는 D.I.C.라고 생각했는데 좀 더 자세히 살피니 마지막 글자는 G였답니다. 그런데 죄수가 이런 머리글자를 사용한 기록이나 이야기가 없어서 도대체 무슨 이름일까 곰곰이 생각했지만 아무런 소득이 없었습니다. 그러다가 마침내 글자가 머리글자가 아니라 그냥 단어일 수도 있겠다는 생각을 했습니다.[31] 그래서 글자를 새긴 돌인지 타일인지 회벽인지 모를 조각 안쪽을 자세히 조사하니, 흙에서 종이를 태운 재와 가죽 상자인지 가방인지를 태운 재가 뒤섞여 나왔습니다. 거기에 적은 내용을 파악할 방법은 없지만, 정체불명의 죄수가 무언가를 써서 간수 눈에 안 띄도록 숨겨둔 건 분명합니다."

"아버지, 얼굴이 창백해요!"

마네뜨 아가씨가 말하는 소리에 모두 쳐다보니, 마네뜨 박사는 어느새 벌떡 일어나서 한 손을 머리에 올린 상태였다. 갑작스러운 동작과

---

31) DIG: '파라'는 뜻.

표정에 모두 놀랄 수밖에 없었다.

"아니야, 아가, 괜찮아. 굵은 빗방울이 떨어져서 깜짝 놀란 거야. 그만 안으로 들어가는 게 좋겠구나."

마네뜨 박사가 곧바로 정신을 차렸다. 빗방울은 정말로 굵직하게 내리고 박사는 빗방울이 떨어진 손등을 보여주었다. 하지만 방금 들은 지하감옥에 대해선 한마디도 안 했다. 그래서 모두 안으로 들어갈 때 박사는 찰스 다네이에게 고개를 돌리는데 올드 베일리 법정 복도에서 바라볼 때처럼 야릇한 표정이 얼굴에 떠올랐단 사실을 로리는 실무자 특유의 예리한 눈으로 간파했다, 아니, 간파했다고 생각했다.

하지만 박사는 순식간에 정신을 차리고 로리는 자신이 내린 판단을 의심했다. 통로로 삐져나온 황금 거인 팔 아래에서 박사가 걸음을 멈추더니, 빗방울 하나에 깜짝 놀라는 걸 보면 자신은 아직 조그만 자극조차 가볍게 넘길 능력이 없는 것 같다고 사람들에게 말하는데, 그 모습이 오히려 황금 팔보다 강인하게 보였기 때문이다.

간식 시간이 되어서 프로스 집사는 다시 '갑작스러운 경련'을 일으키며 차를 준비하는데, 수백 명은 아직도 안 나타났다. 칼톤 변호사가 나타나긴 했지만 그래 봤자 이제 비로소 두 명에 분과했다.

초저녁 날씨가 후덥지근해서 창문은 물론 현관문까지 열었지만 뜨거운 열기에 모두 압도당했다. 그래서 간식을 먹은 다음에는 창가로 몰려가서 묵직하게 깔리는 땅거미를 바라보았다. 마네뜨 아가씨는 아버지 옆에 앉고 다네이는 그 옆에 앉고 칼톤은 창문에 등을 기댔다. 커튼이 기다랗고 하얀데, 갑자기 구석으로 몰아친 돌풍에 천장으로 치솟으며 유령날개처럼 펄럭였다.

"빗방울이 여전히 떨어지는군, 굵고 묵직하게 드문드문. 천천히 내리는구나."

마네뜨 박사가 말하자 칼톤이 덧붙였다.

"네, 확실하게 내리네요."

모두 나지막한 목소리였다. 뭔가 일어나길 기다리며 지켜보는 사람이 항상 그런 것처럼, 어두운 방에서 번개가 일어나길 기다리며 지켜보는 사람이 항상 그런 것처럼 말이다.

폭풍이 불어 닥치기 전에 사람들이 집으로 돌아가려고 서둘러서 거리가 분주했다. 메아리가 울리는 신기한 모퉁이 집은 이리저리 거니는 발자국 메아리로 가득하지만, 여기로 찾아오는 발걸음은 아직 없었다.

다네이가 가만히 듣다가 말했다.

"사람은 무수한데 여기는 적막하군!"

그러자 마네뜨 아가씨가 물었다.

"인상적이지 않나요, 다네이 씨? 저는 초저녁마다 여기에 앉아서 환상에 빠져든답니다. 아무리 어수룩한 환상이라도 오늘 밤처럼 사방이 깜깜하고 엄숙한 밤에는 오싹한 느낌이 들기도 하지요."

"어떤 환상이요? 우리도 오싹한 기분을 느껴봅시다."

"다네이 씨에게는 아무렇지 않을 거예요. 이렇게 일시적인 기분은 당사자만 느낄 수 있는 것 같아요. 말로 설명할 수 있는 게 아니에요. 초저녁에 혼자 여기에 앉아서 가만히 듣다 보면 다양한 발소리 가운데에서 우리 삶으로 다가오며 작별을 고하는 듯한 발소리도 들리는 것 같답니다."

"그렇다면 단 하루 사이에 우리 삶으로 엄청나게 많은 인파가 다가오는 느낌이겠군요."

시드니 칼톤이 특유의 음울한 어투로 끼어들었다.

발소리는 끊임없이 일어나고 급히 서두는 소리는 더욱 빠르게 변했다. 모퉁이 집에서 발을 내딛는 소리가 울리고 또 울리는데, 일부는 창문 아래에서 그러는 것 같고 일부는 방에서 그러는 것 같고 일부는 다가오고 일부는 멀어지고 일부는 쉬고 일부는 완전히 멈추었다. 하지만 모두 멀리 떨어진 거리에서 일어나는 소리로, 시야에 들어오는 사람은 하나도 없었다.

"저 발걸음 소리는 우리 모두에게 다가올 운명인가요 아니면 우리 각자에게 다가올 운명인가요, 마네뜨 아가씨?"

"저도 몰라요, 다네이 씨. 아까 제가 어수룩한 환상이라고 말했는데도 굳이 물으시는군요. 혼자 있을 때 이런 환상에 가만히 빠져들다 보면 모든 발자국이 나와 우리 아버지를 찾아온다는 착각이 들기도 한답니다."

마네뜨 아가씨가 말하자, 칼톤이 다시 끼어들었다.

"제가 발자국을 모두 받아들이겠습니다. 저는 묻지도 않고 따지지도 않습니다. 엄청난 인파가 지금 우리에게 몰려듭니다, 마네뜨 아가씨. 수많은 사람이 보입니다…… 번쩍이는 번갯불에."

칼톤이 창가에 서서 말하더니, 번갯불이 번쩍하는 걸 보고 마지막 말을 덧붙였다. 그러다 천둥이 울리는 소리를 듣고 다시 덧붙였다.

"이제 소리가 들려요. 사람들이 몰려와요, 빠르게, 맹렬하게, 무섭게!"

칼톤이 상징적으로 말한 것처럼 빗방울이 무섭게 몰려들면서 입을 틀어막았다. 너무나 커다란 소리에 목소리가 조금도 안 들린 것이다. 천둥과 번개를 동반한 폭우가 엄청나게 쏟아져서 잠시도 안 쉬며 천둥을 울리고 번갯불을 번뜩이고 빗방울을 퍼붓더니, 자정이 지나서야 비로소 달이 떠올랐다.

바울 성당 시계탑에서 거대한 종이 맑은 공기를 뚫고 새벽 한 시를 알리자, 로리는 목이 기다란 장화 차림으로 등불을 든 제리에게 호위받으며 클라큰웰에 있는 집으로 출발했다. 소호와 클라큰웰 사이 곳곳에 한적한 길이 있어서 노상강도를 피할 생각으로 항상 제리를 불러서 호위를 받는데, 오늘은 길을 나선 시각이 평소보다 최소한 두 시간은 늦은 터였다.

"정말 대단한 밤이었어! 죽은 자를 무덤에서 불러낼 정도로 대단한 밤 말이야, 제리."

"저는 그런 밤을 본 적이 없습니다요, 나리. 애초에 기대를 안 합지요. 의미가 없으니깝쇼."

제리가 대답하고 은행원은 이렇게 인사했다.

"잘 가시오, 칼톤 선생. 잘 가시오, 다네이 선생. 우리가 언제 또 한자리에서 이런 밤을 보낼 수 있을지 모르겠군요."

하지만 운명은 그런 밤을 예고했다, 수많은 군중이 함성을 내지르며 무섭게 달려드는 밤을……

VII. 고관대작 나리께서 도시에 군림하시다

고관대작 나리께서는 궁전에서 엄청난 권력을 행사하시며 파리에 있는 웅장한 공관에서 2주에 한 번씩 사람들을 접견하시었다. 그럴 때마다 내실에 머무시는데, 접견실에서 기다리는 숭배자들이 보기에 그보다 성스럽고 신성한 공간은 없었다.

지금은 고관대작 나리께서 초콜릿 음료를 마시려고 하신다. 기회가 있을 때마다 이것저것 꿀꺽꿀꺽 삼키시니, 불만을 품은 사람 가운데 일부는 조만간 프랑스 자체를 꿀꺽 삼킬 거라고 걱정할 정도였다. 하지만 지금은 아침마다 마시는 초콜릿조차 제대로 삼키실 수 없어서 요리사 말고도 건장한 장정 네 명이 옆에서 거들어야 했다.

그렇다. 자그마치 장정 네 명이 필요한데, 모두 호화로운 장신구를 온몸에 걸쳤다. 그중에서도 대장은 고관대작 나리께서 결정하신 고상하고 순결한 유행에 따라 최소한 금시계 두 개 이상을 몸에 지니고 다녀야 목이 힘을 줄 수 있는데, 나리 입술에 초콜릿을 붓는 행복한 업무를 담당했다. 제복을 걸친 첫 번째 장정이 초콜릿 단지를 신성한 공간으로 운반하면, 두 번째 장정은 몸에 지니고 다니는 조그만 도구로 초콜릿을 저어서 거품을 일으키고 세 번째 장정은 나리가 선호하시는 냅킨을 둘러주고 네 번째 장정은 (금시계를 두 개 이상 지니고 다니는 대장으로) 초콜릿을 입에 붓는다.

이렇게 초콜릿 시중을 드는 장정 가운데 한 명이라도 줄인다는 건 고관대작 나리에게는 드높이 찬미하는 하늘 아래 가장 높은 자리를 포기하는 거나 마찬가지였다. 세 명이 시중드는 천박한 분위기에서 초콜릿을 마신다는 건 가문에 먹칠하는 셈이며, 두 명에게 시중을 받아야 한다면 차라리 죽는 게 낫기 때문이시었다.

어젯밤에는 가볍게 저녁을 먹으러 나가셨는데, 코미디와 그랜드 오페라를 절찬리에 상영하는 곳이었다. 나리께서는 이런 식으로 거의 매일 밤 매혹적인 인물과 어울리며 외식을 즐기시었다. 어찌나 예의 바르고 감수성이 뛰어나신지, 국가 정책이나 국가 기밀이라는 따분한 이야기를 하실 때는 프랑스 전체 이익보다 코미디와 그랜드 오페라 이야기가 훨씬 커다란 비중을 차지할 정도였다. 프랑스에게 이렇게 바람직한 상황은 다른 모든 나라도 마찬가지로, 예를 들자면 영국 스튜어트 왕조에서 나라를 즐겁게 팔아먹으시는 후회막급한 시대[32]가 바로

---

32) 청교도 혁명으로 찰스 1세가 처형당하고 황태자 찰스 2세는 프랑스로 도망갔다가 나중에 돌아와서 국왕에 오른다. 가톨릭 신자인 찰스 2세는 가톨릭 국가 프랑스 루이 14세와 도버 조약을 체결하여 프로테스탄트 국가에 압력을 행사하는 대가로

그것이었다.

고관대작 나리께서는 나랏일 일반에 대해 참으로 고상한 생각을 하시는데, 모든 일이 저절로 알아서 굴러가도록 해야 한다는 내용이시었다. 그리고 자신과 구체적으로 연결된 나랏일에 대해서는 다른 식으로 정말 고상한 생각을 하시는데, 모든 이익이 자신에게 돌아와서 권력과 주머니를 불려야 한다는 내용이시었다. 그리고 쾌락에 대해선 일반적인 것이든 구체적인 것이든 색다른 방식으로 고상한 생각을 하시는데, 세상 자체가 쾌락을 위해 존재한다는 내용이시었다. 그래서 나리는 (성서에서 명사만 딱 하나 바꿔) 이런 원칙을 만드시었다.

"세상과 그 안에 가득한 모두는 고관대작 나리 것이라네."[33]

그런데 나리는 공적인 일과 사적인 일 모두 천박한 문제가 슬금슬금 파고든다는 사실을 마침내 깨달으시니, 결국에는 이런 문제를 해결하기 위해 세리와 동맹을 맺을 수밖에 없으셨다. 공적인 재정문제에 관한 한 도무지 뭐가 뭔지 알 수가 없으시어 결국 다른 사람에게 모두 맡길 수밖에 없으시고, 사적인 재정문제에 관한 한 세리는 돈이 많지만 나리는 수 세대에 걸쳐서 온갖 사치와 낭비를 일삼으시느라 돈이 모두 떨어지셨기 때문이다. 그래서 수녀원에 있는 누이가 종신서원을 해서 싸구려 수녀복을 입기 직전에 데리고 나와, 신분은 비천해도 돈은 넘치도록 많은 세리에게 상으로 주시었다. 바로 이 세리도 접견실에서 다른 무리 사이에 끼어 손잡이에 황금 사과를 단 독특한 지팡이를 짚고 다니며 기다렸다. 모든 인류가 그 앞에서 쩔쩔매지만 고관대작 나리와 마나님처럼 우수한 혈통은 언제나 예외일 수밖에 없으니 항상 거드름을 피우시며 경멸하는 눈초리로 세리를 쳐다보시었다.

프랑스에 군비를 냈다.
33) 구약 시편 24장 1절, "세상과 그 안에 가득한 모두는 주님 것이라네."

그러나 사치로 치면 세리가 최고였다. 마구간에 있는 말이 서른 필, 집에서 부리는 사내종이 스물넷, 부인을 따라다니며 시중드는 몸종이 여섯이었다. 아무것도 않는 척하면서 시도 때도 없이 수탈하고 착취한다는 관점에서 볼 때 세리는 - 결혼으로 사회적 신분을 아무리 끌어올렸다 해도 - 그날 고관대작 나리 저택에 출현한 인물 가운데에서 가장 솔직했다.

실제로 고관대작 나리 저택 내부는 당대 최고의 실력과 취향을 최대한 발휘하며 온갖 시설과 장식을 다 해서 눈으로 보기에 정말 아름답지만 사실 그곳에서 처리하는 업무 가운데에 바람직한 내용은 하나도 없었다. 여기에서 처리하는 업무는 다른 곳에서 (그리 멀지도 않아 노트르담 전망대에서 보면 서로 반대편 끝에 있는 데다 거리도 비슷해 양쪽 모두 똑같이 보이는 그런 장소에서) 넝마 같은 옷에다 넝마 같은 모자를 걸치고 하나같이 허수아비처럼 살아가는 서민을 조금이라도 생각한다면 마음이 참으로 괴롭고 불편할 수밖에 없는 내용이었다. 행여나 서민들이 살아가는 모습을 걱정하는 인간이 고관대작 나리 저택 내부에 조금이라도 있다면 말이다.

실제로 육군 징성이런 자는 군사지식이 하나도 없고 해군 상성이란 자는 군함에 대해서 하나도 모르고 고위공직자란 자는 공직에 대한 개념 자체가 없고 뻔뻔한 성직자는 눈빛이 호색한에다 혀는 난잡하고 생활태도는 더 난잡해, 각자 맡은 직분에 전혀 안 맞아도 잘 맞는 척하느라 끔찍한 거짓말만 늘어놓아도 멀든 가깝든 고관대작 나리와 인연이 있어서 무엇이든 생기는 자리라면 하나씩 꿰차고 앉으니, 접견실에는 이런 자만 가득했다. 그런데 나라나 국가와 직접적인 연관이 없는 데다 현실적인 문제하고도 - 현실적인 목적을 향해 곧장 뻗어 나가느라 도중에 마주치는 다양한 삶과도 - 아무런 연관이 없는 부류 역시 적지 않게 넘쳐흘렀다.

의사는 있지도 않은 병이 있다면서 치료약을 만들어 한몫 단단히 챙기곤 나리네 접견실에서 귀족 환자들을 바라보며 빙그레 웃고, 이론가는 국가에 영향을 미치는 다양한 문제를 이런저런 방법으로 모두 가볍게 해결할 수 있다고 떠들어대면서 실제로 그런 문제를 단 하나라도 근본적으로 해결하려고 성실하게 노력하는 대신 나리네 접견실에서 아무나 손에 잡히는 대로 붙들고 횡설수설하며 거품을 뿜어댔다. 철학자는 철학자대로 세 치 혀로 세상을 왜곡하며 카드로 하늘만큼 높은 바벨탑을 쌓을 수 있다는 엉뚱한 소리나 해대고 연금술사는 연금술사대로 쇠로 금을 만드는 능력이 있다고 주장하며 접견실에 삼삼오오 모여서 거짓말을 늘어놓았다. 이렇게 배운 게 많고 교양도 훌륭한 신사들은 이렇게 행복한 시절은 물론이고 이후에도 인간을 이롭게 하려는 자연스러운 주제에 완벽하게 무관심한 거로 유명하지만, 지금은 나리네 접견실에서 세상만사 통달하고 완전히 지친 것처럼 행동하느라 바빴다.

이런 식으로 사교계를 휩쓰는 파리의 고급 저택에는 다양한 유명인사가 출입하니, 고관대작 나리를 추종하며 모여든 무리 사이에도 첩자가 절반은 될 정도로 끼어들고, 천사처럼 고고하고 화려하게 차려입은 귀부인 사이에는 행동거지나 외모로 볼 때 모성애라는 걸 지닌 여인은 단 한 명도 찾아볼 수 없었다. 실제로 갓난아기라는 골칫덩이를 세상에 낳는 단순한 행위만 있을 뿐 - 이것 하나로는 어머니란 이름을 얻을 수 없는데 - 아기를 직접 기르는 유행 같은 건 없었다. 그래서 농부 아낙네는 유행에 뒤떨어진 아기를 품에 안아서 기르고 육십 대 할머니는 이십 대처럼 매혹적으로 입고 마셨다.

비현실성이라는 문둥병은 고관대작 나리를 접견하는 자리에 참석한 인간을 모두 흉물스럽게 만들었다. 제일 바깥쪽 방에는 대여섯 명이 모였는데, 지난 몇 년 사이에 전반적으로 상황이 안 좋게 흘러간다는 사실을 막연하게 느낀 예외적인 이들이었다. 이 가운데 절반은 안 좋은 상황을 바로잡기 위해 경련주의자[34]라는 기상천외한 종교집단에 가담한 상태로, 지금 이 자리에서 자기네끼리 입에 게거품을 물고 울부짖고 온몸을 경직시키는 방법으로 발작을 일으켜서 고관대작 나리가 미래를 충분히 알아보도록 예시해야 하는 건 아닐까 진지하게 고민하는 중이었다. 이런 데리비쉬[35] 말고도 또 다른 종교 분파에 투신한 사람이 세 명인데, 이들은 "진리의 중심"이란 이상한 주장으로 – 인류가 "진리의 중심"에서 벗어났다는 건 따로 증명할 필요조차 없지만 아직은 "진리의 영역"에서 완전히 벗어난 건 아니므로 금식하며 성령을 영접한다면 "영역" 밖으로 완전히 쫓겨나지 않는 건 물론 "중심"으로 돌아갈 수도 있다는 주장으로 – 문제를 해결하고자 했다. 따라서 성령에게 수많은 계시를 받는다고 하지만 이들 때문에 세상이 그만큼 좋아졌다는 증거는 어디에도 없었다.

그나마 다행스러운 건 나리네 저택에 참석한 사람들 옷차림이 하나같이 완벽하다는 사실이다. '심판 날'을 '옷 입는 날'로 바꾼다면 그곳에 참석한 사람 모두 영원히 구원받을 게 분명했다. 머리는 지글지글 볶아서 금가루를 뿌린 다음에 곧추세우고, 민감한 피부는 정교하게 관리해서 보완하고, 호사스런 칼은 자랑스럽게 드러내고, 섬세한 몸가짐은 감각적인 향기를 풍겨서 무엇이든 영원히, 영원히 유지할 것 같았다. 배운 게 많고 교양도 훌륭한 신사는 조그만 장신구를 몸에 걸쳐서 이리

---

34) 경련주의자(Convulsionist): 프랑스에서 18세기에 유행한 광적인 종교집단. 이들은 경련과 발작을 일으키며 방언하는 걸 성령이 임한 증표로 삼았다.
35) 데리비쉬(Dervish): 극단적인 금욕생활을 강조하는 회교도 분파. 이들 역시 성령이 강림한 증표로 광적인 춤을 추었다. 여기에서는 경련주의자와 같은 뜻으로 사용한다.

저리 느긋하게 돌아다닐 때마다 딸랑딸랑 소리를 냈다. 황금으로 만든 장신구는 이처럼 사랑스럽고 아름다운 방울 소리를 내며 돌아다니고 비단과 수단과 고급 리넨으로 만든 옷은 바스락바스락 돌아다니며 공기를 뒤흔들어서 생앙투안이나 거리에서 굶주리는 불쌍한 서민을 아주 멀찌감치 날려 보냈다.

옷차림은 모든 걸 완벽하게 지켜주는 가장 확실한 마법이며 부적이었다. 그래서 누구나 결코 멈출 수 없는 가장무도회에 맞춰서 옷을 입었다. 튈르리 궁전[36]의 고관대작 나리는 물론 귀족과 각료와 사법재판소를 비롯한 각계각층 모두 (허수아비만 빼고) 심지어 가장 비천하다는 사형 집행인까지 가장무도회 복장을 할 정도였다. 그래서 마법의 힘을 발휘하기 위해 공식적으로 '머리를 지글지글 볶아서 금가루를 뿌려 곧추세우고, 금실이 달린 외투를 입고, 뾰족구두에 하얀 비단 스타킹'을 신었다. 교수대나 거열형장[37]에서도 - 다른 지방에서 동일직종에 종사하는 오를레앙 선생 등이 부르듯 - 파리 선생은 이렇게 우아한 차림으로 (도끼를 사용하는 경우는 거의 없이) 형을 집행했다. 그러니, 서기 1780년 나리네 접견실에 모인 사람들 가운데에서 '머리를 지글지글 볶아서 금가루를 뿌려 곧추세우고, 금실이 달린 외투를 입고, 뾰족구두에 하얀 비단 스타킹'을 신은 사형 집행인을 근간으로 유지하는 체제가 밤하늘에 반짝이는 별처럼 영원하리라는 사실을 과연 누가 의심할 수 있단 말인가!

고관대작 나리는 초콜릿 음료를 쭉 마셔서 몸종 네 명에게 부담을

---

36) 튈르리 궁전(the Palace of the Tuileries): 1789년 프랑스 대혁명이 일어나자 루이 16세는 베르사유 궁전에서 튈르리 궁전으로 돌아왔다. 혁명 후 나폴레옹 1세는 이곳을 거처로 삼고, 나폴레옹 3세는 르뷔엘에게 명령해, 튈르리 궁전과 루브르 궁전 사이를 복도로 연결했다. 1871년 파리코뮌 정권이 붕괴할 때 화재로 대부분 파괴되었다. 튈르리라는 궁전 이름은 근처에 있던 기와공장(tuilerie)에서 나왔다.
37) 온몸을 찢어 죽이는 형장.

덜어준 다음, 성스럽고도 성스런 문을 활짝 줄줄이 열도록 명령하고 앞으로 납시었다. 그와 동시에 사방에서 모여드는 비굴한 자들, 감격에 겨워하는 자들, 아부하는 자들, 그대로 드러나는 노예근성, 눈 뜨고 못 볼 정도로 비굴한 자세! 몸과 마음을 다 바쳐서 굽실대는 걸 보면 하느님에게 바칠 인사는 남아날 도리가 없으니, 바로 이거야말로 나리를 숭배하는 자들이 하늘을 숭배할 수 없는 여러 가지 이유 가운데 하나였다.

여기에선 약속 한마디, 저기에선 미소 한 가닥, 행복에 겨워서 어쩔 줄 모르는 노예에게 한 마디 다정하게 속삭이시고 또 다른 노예에게 손을 한 번 흔드시며 상냥한 자세로 접견실을 지나 "진리의 변경"이라는 먼 지역까지 납시었다. 그래서 방향을 돌리시고 다시 똑같은 시간을 보내며 거슬러 오시어 초콜릿 요정이 기다리는 성소로 들어가시고 문을 닫으니, 더는 모습을 안 드러내시었다.

접견이란 쇼가 끝나자 공기 중에서 퍼덕이던 기운은 조그만 태풍으로 돌변하고, 사랑스럽고 아름다운 방울 소리는 여기저기에서 계단을 내려가기 시작했다. 얼마 후에는 모든 인파가 떠나고 딱 한 사람만 남는데, 모자를 옆구리에 끼고 코담뱃갑을 한 손에 든 사내는 거울이 쭉 늘어선 통로를 느긋하게 지나 밖으로 나가다가 마지막 문에서 걸음을 멈추고 고개를 돌려 거룩한 방을 바라보며 중얼거렸다.

"내가 너를 악마에게 바치고 말겠노라!"

그러더니 두 발에 묻은 먼지라도 털어내듯 손가락에서 코담배를 털어내곤 계단을 조용히 내려갔다.

약 예순 살 정도 보이는 사내로, 옷은 잘 차려입고 태도는 거만하며 얼굴은 창백할 정도로 투명하고 이목구비가 뚜렷하며 표정은 단순해서 멋진 가면처럼 보였다. 코는 전체적으로 아름다워도 양쪽 콧구멍 끝을 살짝 찡그려, 누른 것 같기도 하고 살짝 파인 것 같기도 한 모습이 얼굴에 나타난 유일한 표정이었다. 가끔 색깔이 변하는 데다 희미한 맥박이라도 뛰는 듯 늘어나고 줄어들기 때문이다. 전체적으로 배신자 특유의 잔인한 느낌을 주는데, 자세히 살피면 입매와 눈매가 가늘게 쭉 뻗어나가서 그런 것 같았다. 그런데도 눈에 띌 정도로 잘생긴 얼굴이라는 느낌은 어쩔 수 없었다.

얼굴 주인은 계단을 내려서 마당으로 나가 마차를 타고 출발했다. 접견실에서 얘기를 나눈 사람도 거의 없었다. 약간 떨어진 구석에서 기다린 데다 나리도 따뜻한 관심을 안 보이셨기 때문이다. 이런 상황에서는 말을 마구 몰아 서민이 이리저리 황급히 흩어지며 말에 치이는 사태를 간신히 피하는 광경을 구경하는 게 기분전환에 그만이었다. 그래서 마부가 적진으로 돌격하듯 마차를 몰며 극히 무모하고 위험하게 행동해도 주인 얼굴은 물론 입술조차 변화가 없었다. 아무리 벙어리 시대에 귀머거리 도시라고 해도 인도조차 없는 비좁은 도로에서 귀족이 야만인처럼 무섭게 마차를 모는 행태에 대해 서민들이 위험에 빠지고 불구가 된다는 불만은 가끔 터져 나왔다. 하지만 이런 문제를 다시 생각할 정도로 사려 깊은 귀족은 거의 없으니, 이번에도 매번 그런 것처럼 불쌍한 서민은 최선을 다해 피해야 했다.

그래서 마차는 우당탕 쿵쾅 요란한 소리를 내며 요즈음이라면 도저히 받아들일 수 없을 정도로 인정사정없이 거리를 내달리고 모서리를 급작스럽게 돌아, 여인네는 코앞에서 비명을 지르고 남정네는 다른 사람을 와락 당기거나 아이를 잡아당기는 식으로 대피시켰다. 이런 식으로 샘물 모서리를 돌며 급습하듯 질주하는 순간, 바퀴 하나가 소름이 돋을 정도로 끔찍하게 살짝 덜컹거리고 비명이 여기저기에서 일어나고 마차를 끄는 말은 일제히 뒷발로 일어서며 울부짖었다.

하지만 다음에 일어난 성가신 일만 아니라면 마차는 그냥 달렸을 것이다. 무언가를 쳤다는 사실을 알면서도 부상자를 모르는 척하고 떠나는 게 다반사니, 안 그럴 이유가 없었다. 하지만 이번에는 스무 개나 되는 손이 말고삐를 움켜잡아서 마부는 겁에 질린 표정으로 급히 내렸다.

"무슨 일이냐?"

주인이 소리치며 차분한 눈으로 내다보니, 커다란 키에 누더기 모자를 걸친 사내가 말굽 사이에서 꾸러미 하나를 집어다가 샘물 바닥에 누인 채 축축한 진흙탕에 처박혀서 야수처럼 울부짖고, 누더기를 걸친 다른 사내는 굽실거리며 이렇게 대답했다.

"죄송합니다, 후작 나리! 아이가 치었습니다."

"저자가 저렇게 혐오스러운 소리를 내는 이유는 뭔가? 저게 저자 자식인가?"

"죄송합니다만, 후작 나리……안타깝게도……그렇습니다."

샘물은 약간 떨어진 거리였다. 도로가 열리면서 가로세로 10m 정도에 달하는 공터가 나오는 곳이기 때문이다. 그런데 커다란 사내는 바닥에서 갑자기 일어나며 마차를 향해 날려들고 후작 나리는 즉시 칼을 움켜잡았다.

"살인자! 사람을 죽였어!"

사내가 울부짖으며 후작을 노려보더니, 두 팔을 필사적으로 들어 올렸다.

사람들이 주변을 에워싸며 후작 나리를 쳐다보았다. 그런데 눈동자 하나하나에 잔뜩 경계하는 눈빛과 간절하게 열망하는 눈빛만 가득할 뿐 원한과 분노 같은 건 어디에도 없었다. 입을 여는 사람도 없었다. 처음 비명을 지른 이후로 계속 침묵하면서 가만히 있었다. 굽실대며 말한 사내 목소리 역시 극단적으로 복종하며 온순하게 가라앉았다. 그 래서 후작 나리가 사람들을 쭉 훑어보는데, 쥐구멍에서 몰려나온 쥐라 도 바라보는 시선이었다. 그러더니 지갑을 꺼내며 말했다.

"너희 같은 인간은 자신도 자식도 제대로 돌보지 않는다는 사실이 나로선 어이가 없을 뿐이다. 이런 놈 저런 놈이 항상 길바닥에 누워있으 니, 너희 때문에 마차를 끄는 말이 안 다친다고 어떻게 장담할 수 있겠는 가! 이봐, 저자에게 이걸 줘라."

후작이 마부에게 주우라며 금화 한 닢을 던지는 순간, 모두 목을 쑥 빼는 표정이 눈동자마다 바닥에 떨어지는 금화를 쫓는 것 같았다. 하지만 키가 커다란 사내는 또다시 머리가 쭈뼛할 정도로 날카롭게 울부짖었다.

"사람을 죽였어!"

바로 그 순간에 사람들이 열어준 틈새로 다른 남자 하나가 급히 들어 서며 키가 커다란 사내를 붙잡았다. 그러자 가엾은 사내는 어깨에 기댄 채 구슬피 울면서 샘물을 가리키는데, 거기에서는 허리를 숙인 여인네 들이 꿈쩍하지도 않는 꾸러미를 천천히 움직이고 있었다. 하지만 그들 역시 남정네들만큼이나 말이 없는 가운데, 방금 도착한 사내가 입을 열었다.

"나도 아네, 나도 알아. 용기를 내게, 우리 가스파르! 불쌍한 것이 사람 취급도 못 받고 사느니 차라리 죽는 편이 나아. 아무런 고통 없이 단숨에 죽었잖은가. 저 어린 것이 단 한 시간이라도 행복하게 산 적이 있던가?"

그러자 후작이 빙그레 웃으며 끼어들었다.

"거기 자네, 철학자가 나셨군그래. 자네는 사람들이 뭐라고 부르 는가?"

"드파르지라고 부릅니다."

"직업은?"

"술을 팝니다, 후작 나리."

드파르지가 대답하자, 후작이 금화 한 닢을 새로 던지면서 말했다.

"저걸 줍게, 술을 파는 철학자. 자네가 필요한 곳에 쓰도록. 그쪽, 말은 모두 괜찮은가?"

후작 나리는 주변에 모인 사람을 황송하게도 두 번 다시 안 쳐다보고 좌석에 몸을 깊숙이 파묻더니, 하찮은 물건을 우연히 깨뜨렸지만 이미 배상한 데다 이만한 배상은 아무 때라도 할 수 있다는 귀족 특유의 교만한 표정으로 막 출발하려는데, 동전 하나가 날아와서 마차 바닥에 쨍그랑 떨어지며 홀가분한 마음을 한순간에 깨뜨리고 말았다.

"세워! 말을 세우라고! 누가 던졌어?"

후작 나리가 소리치면서 조금 전까지 술장사 드파르지가 서 있던 곳을 쳐다보았다. 하지만 불쌍한 아버지는 바닥에 넙죽 엎드린 채 정신없이 울고 옆에는 까무잡잡한 피부에 통통한 여인이 서서 뜨개질하는 중이었다.

후작 나리가 양쪽 콧구멍 끝 외에는 조금도 안 변한 얼굴로 차분하게 말했다.

"개자식들! 너희 같은 놈은 마차로 쳐서 저세상으로 깨끗하게 보내버려야 해. 어떤 개자식이 마차에 던졌는지 안다면, 그래서 마차 옆에 가까이 다가오기만 한다면 바퀴로 단숨에 깔아뭉개고 말겠어."

사람들은 심한 압박에 기가 질린 데다 후작 같은 작자는 합법적이든 불법적이든 무슨 짓이라도 저지를 수 있다는 사실을 오랫동안 고통스럽게 체험한 나머지 찍소리 한 번, 손짓 한 번, 심지어 눈짓 한 번 제대로 못 했다. 최소한 남정네들은 그랬다. 하지만 가만히 서서 뜨개질하는 여인네는 고개도 안 돌리고 얼굴만 똑바로 바라보았다. 후작은 괜히 아는 척해봤자 체면만 깎일 것 같아서 모두를 경멸하는 시선으로 여인네를 뛰어넘어 다른 생쥐들만 훑어보다가 다시 자리에 등을 깊이 파묻으며 "출발!" 하고 명령했다.

후작이 탄 마차는 그렇게 사라지고 다른 마차가 잇따라 급습하듯 나타났다. 장관, 정책입안자, 세리, 의사, 변호사, 성직자, 그랜드 오페라, 코미디, 언제나 환한 빛으로 가득한 가장무도회도 급습하듯 나타났다. 생쥐들이 쥐구멍에서 기어 나와 몇 시간을 꼼짝 않고 구경하는 사이에 군인과 경찰이 나타나서 구경꾼과 구경거리 사이에 장벽을 만들자, 이번에는 틈새로 구경하다가 서서히 물러났다.

자식을 잃은 아비는 오래전에 꾸러미를 주워들어 멀리 떠나고, 샘물 바닥에 있는 동안 보따리를 살피던 여인네들은 가만히 앉아서 샘물이 흐르는 광경과 가장무도회가 돌아가는 광경을 바라보지만, 눈에 띄게 가만히 서서 뜨개질하던 여인네는 운명이란 실을 짜듯 여전히 뜨개질에 열중했다. 샘물이 흐르고, 빠른 강물이 흐르고, 태양도 흐르며 어둠이 깔리고, 도시에 사는 수많은 생명도 흘러서 자연법칙대로 죽고, 시간과 조수는 사람을 기다리지 않고, 생쥐들은 다시 어두운 굴에 들어가서 옹기종기 머리를 맞대며 잠들고, 가장무도회는 불을 밝혀서 저녁 연회를 벌이는 식으로 세상만사 예정대로 흘렀다.

VIII. 후작 나리 지방으로 납시다

풍경이 아름답고 옥수수도 반짝이지만 많은 건 아니었다. 옥수수를 심어야 할 땅을 몇 떼기씩 갈라서 처량한 호밀을 심고 처량한 완두콩과 강낭콩을 심고 밀 대신 먹으려고 거친 푸성귀를 심었다. 그런데 작물 자체가 그걸 가꾸는 남정네나 여인네처럼 마지못해 자라는 기색이 역력하니, 금방이라도 축 늘어져서 말라비틀어질 것 같았다.

후작 나리는 말 네 필과 마부 두 명이 끄는 (가벼워야 하는데 가벼울 수 없는) 여행용 마차를 타고 가파른 언덕을 열심히 올랐다. 얼굴이 빨갛게 달아오르는데, 고귀한 혈통 덕분이 아니었다. 인체 내부가 아니라 자신이 어쩔 수 없는 외부 환경 - 석양이 지는 환경 - 때문에 달아오르는 것이다.

석양이 여행용 마차를 어찌나 화려하게 비추는지 언덕 꼭대기에 오르는 순간 마차 승객을 온통 빨갛게 물들일 정도였다. 그래서 후작 나리는 두 손을 힐끗 쳐다보며 이렇게 말씀하셨다.

"해가 금방 떨어지겠군."

실제로 태양은 아주 낮게 걸리다가 곧바로 떨어지고 말았다. 육중한 브레이크를 바퀴에 대서 마차는 타는 냄새와 먼지구름을 일으키며 언덕을 미끄러지듯 내려가고 벌겋게 이글거리던 기운은 빠르게 도망쳤다. 후작 나리가 태양과 함께 밑으로 내려가, 브레이크를 완전히 제거할 즈음에는 이글거리는 기운도 완전히 사라졌다.

하지만 폐허로 변한 시골 풍경은 버젓이 남아, 언덕 아래로 조그만 마을, 그 너머로 뻗어 올라간 널찍한 대로, 교회 탑, 풍차방앗간, 사냥터 숲, 거대한 바위, 그 위에 튼튼하게 지어서 감옥으로 사용하는 요새가 그대로 보였다. 밤이 다가오면서 어둡게 변하는 풍경을 후작 나리는 고향 집에 찾아가는 심정으로 쭉 훑어보았다.

양조장도 가난하고 가죽공장도 가난하고 술집도 가난하고 역마를 갈아타는 역참 마구간도 가난하고 샘물도 가난하고 흔히 눈에 띄는 시설 모두가 가난하게 쭉 늘어섰다. 마을도 거리도 가난하니, 마을 사람도 가난하기는 마찬가지였다. 모든 사람이 가난해서 저녁거리로 먹으려고 일부는 문가에 앉아 양파 같은 보잘것없는 채소를 손질하고 일부는 이리저리 돌아다니며 잎사귀든 풀이든 뿌리든 먹을 수 있는 거라면 땅에서 모조리 캐다가 샘물터에서 씻었다.

이들을 가난하게 만드는 원인은 사방에 가득하다. 정부에서 걷는 세금, 교회에서 걷는 세금, 영주가 걷는 세금, 지방세와 일반세 등 작은 마을이라도 한 명 한 명 엄숙하게 숫자를 세서 작성한 명부에 따라 여기에 내고 저기에 내는 세금이 넘쳐흘러, 아직 뿌리째 안 뽑힌 마을이 있다는 게 신기할 뿐이었다.

아이도 강아지도 거의 안 보였다. 남정네든 여인네든 살아생전에 선택할 수 있는 건 딱 두 가지였다. 온갖 착취를 견디며 조그만 마을에서 더는 비참할 수 없게 살아갈 것인가, 아니면 거대한 바위에 우뚝 솟은 감옥으로 끌려가서 죽을 것인가!

시종이 앞에서 소리치고 마부 두 명이 머리가 쌍둥이 뱀 같은 채찍으로 초저녁 공기를 가르며 찰싹찰싹 후려쳐서 사람들에게 알리는 가운데, 후작 나리는 '복수의 여신'[38]이 호위하듯 여행용 마차를 타고 역참 정문으로 당당하게 나아갔다. 바로 옆이 샘물터라서 농부들이 하던 일

---

38) 복수의 여신(Furies): 그리스로마 신화에서 크로노스가 우라노스의 성기를 자른 피에서 태어난 여신 자매 알렉토, 티시포네, 메가이라를 말한다. 머리카락은 뱀이고 등에는 박쥐 날개가 달리고 한 손에는 채찍을, 다른 손에는 횃불을 든다. 명계에서 살다가 인간이 살인 같은 커다란 죄를 지으면 세상에 나타나 복수하거나 사람이 죽으면 명계로 인도한다.

을 멈추고 쳐다보았다. 후작 나리도 그쪽을 가만히 쳐다보자 가난에 찌든 농부들 얼굴과 몸뚱이가 왠지 천천히 쪼그라드는 것 같았다. 향후 백 년 동안 영국인이 프랑스인은 덩치가 쪼그맣다는 편견을 가질 정도로 말이다.

후작 나리는 자신이 고관대작 나리 앞에서 허리를 숙인 것처럼 앞에서 허리를 고분고분하게 숙인 얼굴을 쭉 훑어보는데 ‒ 다른 게 있다면 농부들은 비위를 맞추려는 게 아니라 고통을 피하려고 그런다는 점인데 ‒ 바로 그 순간, 머리칼 절반이 하얗게 센 도로 수리공이 무리에 끼어들었다.

"저놈을 데려오너라!"

후작 나리가 시종에게 명령하고 도로 수리공은 모자를 만지작거리면서 끌려오고 다른 농부들은 파리 샘물터에서 사람들이 그런 것처럼 가까이 모여들어 주변을 에워싸며 눈과 귀를 곤두세웠다.

"네놈이 길가에서 마차를 지나쳤느냐?"

"그렇습니다요, 나리. 영광스럽게도 길가에서 마차를 지나쳤습니다요."

"언덕을 오를 때와 꼭대기에 있을 때 모두?"

"그렇습니다요, 나리."

"그런데 무엇을 그렇게 빤히 쳐다보았느냐?"

"저기에 있는 남자를 보았습니다요, 나리."

도로 수리공이 허리를 살짝 숙여서 파란 누더기 모자로 마차 아래를 가리키며 말하자, 마을 사람도 모두 허리를 숙여서 마차 아래를 바라보았다.

"개자식아, 어떤 사내? 도대체 저길 왜 본 거야?"

"죄송합니다요, 나리, 남자가 브레이크 사슬을 잡고 이리저리 흔들렸습니다요."

"누가?"

"남자가요, 나리."

"귀신은 이런 멍청이를 안 잡아가고 뭘 하는 거야! 도대체 그놈이 누군데? 이름이 뭐냐고? 네놈은 인근 지역 남자를 모두 알잖아. 그놈이 누구야?"

"자비로우신 나리! 그자는 인근 지역 사람이 아니었습니다요. 지금까지 평생을 살면서 처음 보았습니다요."

"사슬을 잡고 이리저리 흔들려? 숨 막혀 죽으려고?"

"자비롭게 허락하셔서 말씀드리는데, 저도 그게 이상했습니다요, 나리. 사슬에 머리가 매달렸거든요……이렇게!"

도로 수리공이 마차 옆에 다가가서 등을 기대고 얼굴로 하늘을 쳐다보며 목을 매달더니, 다시 일어나서 모자를 만지작거리며 머리를 조아렸다.

"어떻게 생겼더냐?"

"방앗간 주인보다도 얼굴이 하얬습니다요, 나리. 온몸에 먼지를 뒤집어써서 유령처럼 하얀 데다 유령처럼 키도 컸습니다요!"

도로 수리공이 묘사한 장면에 주변에서 상당한 동요가 일어나더니, 모든 시선이 서로 눈치를 주고받을 새도 없이 후작 나리에게 일제히 향했다. 행여나 후작에게 억울한 원혼이 달라붙은 건 아닐까 살피려는 것 같았다.

하지만 후작은 벌레만도 못한 놈에게 본때를 보여주어야 하겠다는 생각으로 소리쳤다.

"그렇다면 마차에 도적놈이 매달린 걸 보았는데도 잘난 입을 꼭 다물었단 말이군! 제기랄! 가벨 역장, 저놈을 옆으로 데려가게."

가벨 역장은 역참을 관리하면서 세금 걷는 일도 겸하는 자인데, 아까부터 몹시 비굴한 자세로 후작을 도울 눈치만 보면서 앞으로 나와, 중요한 공무라도 수행하는 듯 도로 수리공 소맷자락을 꼭 움켜쥐고 있다가, 후작이 하는 말을 듣고 이렇게 소리쳤다.

"이놈! 옆으로 가!"

"오늘 밤에 낯선 자가 마을에 묵기라도 하면 바로 붙잡아서 의도가 뭔지 알아내도록, 가벨."

"기꺼이 명령대로 하겠습니다요, 나리."

"그런데 그놈은 도망쳤냐? 망할 놈이 어디로 갔냐?"

망할 놈은 각별한 친구 여섯 명과 함께 마차 밑으로 들어가서 파란 모자로 사슬을 가리키는 중이었다. 그래서 또 다른 각별한 친구 여섯 명이 대뜸 끌어내서 숨을 헐떡거리는 도로 수리공을 후작 앞에 그대로 대령했다.

"멍청아, 그놈이 도망친 거야, 마차가 설 때?"

"나리, 그자는 강물로 뛰어드는 사람처럼 머리부터 언덕 너머로 곤두박질쳤습니다요."

"제대로 처리하도록, 가벨. 그만 가자!"

여섯 명이 사슬을 바라보느라 바퀴 사이에 양 떼처럼 몰렸다가 바퀴가 너무 갑작스레 움직이는 바람에 황급히 빠져나왔다. 살과 뼈를 안 다친 게 천만다행이었다. 오랜 불행을 겪느라 지킬 것 자체가 거의 없는 사람들이었다.

마차는 마구 달려서 마을을 벗어나 그 너머에 있는 언덕을 오르더니 곧이어 가파른 경사가 나오면서 속도가 줄다가 마침내 걷는 속도로 떨어져서 이리 흔들리고 저리 덜컹대며 여름날 밤하늘로 번지는 달콤한 꽃향기를 뚫고 나아갔다. 두 마부는 '복수의 여신' 대신 각다귀가 달라붙은 거미줄을 끊임없이 휘감으며 조용히 채찍을 휘두르고 시종은 말과 나란히 걸어, 빠르게 걷는 소리가 멀리서 둔하게 일어났다.

경사가 제일 가파른 언덕에는 조그만 무덤이 있고 그 앞에는 우리 구세주가 커다란 형상으로 새롭게 매달린 십자가가 있었다. 나무로 어설프게 만든 구세주는 촌구석에 사는 조각가가 미숙하게 새겼지만 오랜 삶이 - 어쩌면 조각가 자신의 삶이 - 그대로 녹아든 듯 홀쭉하게 야윈 모습이 끔찍할 정도였다.

십자가에 고통스럽게 매달린 예수상 앞에는 - 오랫동안 끔찍한 빈곤에 시달려도 아직 최악은 못 겪은 예수상 앞에는 - 한 여인이 무릎을 꿇고 있다가, 마차가 다가오는 소리에 머리를 돌리면서 황급히 일어나, 마차 문짝으로 달려들며 소리쳤다.

"후작 나리! 청원할 게 있습니다, 후작 나리!"

갑작스러운 절규에도 나리는 표정이 조금도 안 변한 얼굴로 내다보며 말했다.

"어찌 된 일이냐! 도대체 뭐냐? 시도 때도 없이 청원하느냐!"

"나리, 위대하신 하느님에 대한 사랑으로 간청합니다! 저희 남편, 사냥터지기."

"너희 남편이 사냥터지기? 언제나 그놈이 그놈이군. 너희 남편이 세금을 낼 수 없느냐?"

"남편은 세금을 모두 냈습니다, 나리. 이제 죽었으니까요."

"으음! 이제 조용하겠군. 나보러 너희 남편을 살려내라는 거냐?"

"맙소사, 아닙니다, 나리! 하지만 남편이 저기에, 풀조차 없는 조그만 무덤에 묻혔습니다."

"그래서?"

"나리, 풀조차 없는 조그만 무덤이 너무 많습니다!"

"그래서?"

후작이 다시 물었다. 처음에는 노파처럼 보였으나 다시 보니 젊은 여인이었다. 너무나 깊은 슬픔에 빠진 나머지, 굳은살이 박이고 핏줄이 곤두선 손을 번갈아가며 힘껏 움켜잡더니 한 손을 마차 문짝에 대고 사람 가슴이라도 되는 듯 - 그래서 간절한 손길을 느끼라는 듯 - 부드럽게 어루만지며 간청했다.

"나리, 제 말씀 좀 들어주십시오! 나리, 제 청원을 들어주십시오! 우리 남편은 굶어서 죽었습니다. 너무 많은 사람이 굶어서 죽어 나갑니다. 앞으로도 많은 사람이 굶어서 죽을 겁니다."

"그래서? 나에게 모두 먹여 살리라고?"

"나리, 제가 청하는 건 그런 게 아니라는 사실을 선하신 하느님께서는 아십니다. 제가 청하는 건 돌조각이든 나무 조각이든 남편 이름을 새겨서 무덤에 꽂아 남편이 누운 자리를 알아보도록 해달라는 겁니다. 그렇게 안 하면 무덤 자리를 금방 잊을 터이니, 제가 똑같이 굶어 죽어도 사람들이 무덤을 못 찾고 다른 무덤에다 초라하게 묻을 게 뻔합니다. 나리, 무덤이 저렇게 많은데 지금도 매우 빠르게 늘어난답니다. 굶는 사람이 너무 많아요. 나리! 나리!"

시종은 여인을 문짝에서 떼어내고 마차는 힘차게 뛰쳐나가고 두 마부는 속도를 늘리고 여인은 뒤에 멀찌감치 떨어지고 나리는 다시 '복수의 여신'에게 호위받으며 저택을 향해 오륙 킬로미터 거리를 빠르게 좁혀 나갔다.

여름날 밤하늘로 달콤하게 번지는 꽃향기가 후작 주변에도 일어나고 멀지 않은 샘터에서 흙먼지와 누더기를 둘러쓴 채 고통으로 찌든 사람들 주변에도 일어났다. 하늘에서 공평하게 떨어지는 빗방울 같았다. 그런 가운데 도로 수리공은 파란 모자를 굉장히 중요한 도구처럼 사용하면서 사람들이 견딜 수 있을 때까지 유령 같은 사내에 대해 떠들어댔다. 하지만 사람들은 지친 듯 한 명씩 떨어져 나가고 조그만 여닫이창에서는 불빛이 반짝이다가 어둡게 변하고 하늘은 별이 반짝반짝 떠오르는 게 마치 불빛이 꺼지는 게 아니라 하늘로 솟구치는 것 같았다.

커다랗고 높은 저택과 위에 걸린 수많은 나무가 어느덧 후작 나리에게 그림자를 드리우다가 횃불 불빛으로 변하는 가운데 마차가 멈추자, 저택에서 으리으리한 현관문이 활짝 열렸다.

"내가 기다리던 찰스는? 영국에서 도착했느냐?"

"아직 안 오셨습니다, 나리."

IX. 고르곤 머리[39]

후작이 사는 저택은 건물 앞에 판석을 깐 널찍한 마당에서 돌계단이 양옆으로 널찍하게 올라가며 석조 테라스와 만나는데 거기를 지나면 중앙 현관이 나온다. 건물 전체를 돌로 만들어서 난간도 돌이고 항아리도 돌이고 꽃도 돌이고 사람 얼굴도 돌이고 사자 머리도 돌이니, 사방에 돌만 가득했다. 이백 년 전, 건물을 다 짓는 순간에 고르곤 머리가 쭉 훑어보기라도 한 것 같았다.

후작 나리가 마차에서 내리더니 넓지만 얕은 계단을 오르느라 횃불을 앞세우자, 높이 자란 나무 사이로 견고하게 자리 잡은 건물 지붕에서 올빼미 한 마리가 항의하듯 커다랗게 울었다. 나머지는 쥐죽은 듯 조용

---

39) 고르곤 머리(Gorgon's head): 그리스 신화에 등장하는 세 자매로 머리카락은 뱀이고 어금니는 멧돼지 같은데, 이들과 눈을 마주치면 온몸이 돌로 변한다. 세 자매 가운데 한 명이 메두사다.

하니, 계단을 오르는 횃불이나 으리으리한 현관문에 걸린 횃불이나 밤 공기가 탁 트인 야외공간이 아니라 꽉 닫힌 실내에서 타오르는 것 같았다. 올빼미가 우는 소리를 빼면 아무런 소리도 안 들렸다. 돌바닥으로 떨어지는 분수 소리가 유일한데, 숨을 꾹 참다가 한 시간 만에 한숨을 기다랗고 나지막하게 내쉬고 다시 숨을 꾹 참는 느낌이 깜깜한 밤을 상징하는 것 같았다.

으리으리한 현관문은 뒤에서 철커덩 닫히고 후작 나리는 복도를 지났다. 멧돼지 잡는 창과 사냥할 때 사용하는 칼을 비롯해 커다란 칼과 조그만 칼 등 다양하게 진열한 무기가 소름 끼치는 복도였다. 하지만 무엇보다 소름 끼치는 건 주인을 화나게 만들었다는 이유로 수많은 농민을 무지막지하게 패서 죽음이라는 자비를 찾아가도록 만드는 승마용 채찍과 회초리였다.

후작 나리는 꽤 널찍하지만 밤새 닫아놓는 어두운 방을 모두 지나, 하인이 든 횃불을 앞세우고 계단을 올라서 복도에 있는 방문으로 나아갔다. 그곳을 활짝 열면 후작이 주로 사용하는 방이 세 칸 나오는데 한 칸은 침실, 두 칸은 다른 용도였다. 방마다 천장이 둥글고 높으며 바닥은 카펫을 안 깔아서 차갑고 겨울철이면 땔감을 때는 벽난로 선반에 장식용으로 만든 커다란 개를 놓는데, 사치를 즐기는 시대와 사치를 즐기는 나라에서 사치를 즐기는 후작에게 딱 들어맞는 사치품이었다. 호화로운 가구는 역대 왕 가운데에서도 권력을 영원히 누릴 것 같던 태양왕 루이 14세 시대의 유행을 그대로 따랐다. 하지만 그게 전부가 아니다. 이런저런 프랑스 역사를 드러내는 물건도 다양했다.

세 번째 방에는 저녁 식사 이인 분을 차려놓았다. 저택을 구성하는 뾰족한 첨탑 네 개 가운데 하나라서 실내가 동그란 방이다. 내부는 조그맣지만, 천장이 매우 높으며 창문은 활짝 열어서 나무로 만든 미늘창 블라인드를 내려, 깜깜한 밤이 가로선으로 까맣게 드러나며 널찍한 블라인드 색상과 대비되었다.

후작이 저녁상을 힐끗 쳐다보며 말했다.

"우리 조카가 아직 도착을 안 했다는군. 아! 오늘 밤에 안 올 모양이야. 식탁은 그대로 두게. 십오 분이면 내가 준비를 마칠 테니까."

십오 분 후에 후작은 모든 준비를 마치고 산해진미를 차린 저녁 식탁에 홀로 앉았다. 창가 맞은편에서 수프를 먹고 보르도산 포도주가 가득한 잔을 입술로 가져가다가 다시 내려놓았다. 그리고 까만 가로선과 블라인드 색상이 대비되는 창을 가만히 쳐다보며 차분하게 물었다.

"저게 뭐냐?"

"뭐가요? 나리?"

"블라인드 바깥. 블라인드를 젖혀라."

시종이 명령에 따랐다.

"뭐냐?"

시종이 블라인드를 활짝 열고 텅 빈 어둠을 내다보다가 텅 빈 창 옆에서 곧바로 돌아, 명령을 기다리며 대답했다.

"나리, 아무것도 없습니다요. 여기에 있는 건 나무와 깜깜한 밤이 전붑니다요."

"다행이군. 다시 닫아라."

후작은 차분하게 말하더니, 시종이 명령에 따르자, 다시 식사에 열중했다. 그래서 절반 즈음 식사하다가 포도주잔을 손에 든 상태에서 다시 멈추고 바퀴 소리에 귀를 기울였다. 바퀴가 급하게 구르며 저택으로 다가오는 소리였다.

"누군지 알아보도록."

후작이 기다리던 조카였다. 오후 이른 시간에 후작보다 몇십 킬로미터 떨어진 거리에서 출발한 터였다. 멀리 떨어진 거리를 빠르게 좁히긴 해도 도로에서 후작을 따라잡을 만큼 빠른 건 아니었다. 그래서 후작이 지나갔다는 말을 역참에서 들은 터였다.

저녁을 차려놓고 기다릴 터이니 집에 와서 식사하기 바란다는 (후작이 그랬다는) 말도 들었다. 그래서 잠시 후에 도착한 것이다. 영국에서 찰스 다네이라고 부르는 사내였다.

후작 나리는 조카를 우아하게 맞이할 뿐, 두 사람 모두 악수 같은 건 안 했다.

"파리에서 어제 출발하셨나요, 숙부님?"

조카가 후작에게 말하면서 식탁 의자에 앉았다.

"그래, 어제. 자네는?"

"저는 곧장 왔습니다."

"런던에서?"

"네."

"오는 데 시간이 오래 걸렸군."

후작이 말하며 빙그레 웃자, 조카가 반박했다.

"아닙니다. 곧장 왔습니다."

"아네, 알아! 내 말은 여기까지 오는 데 시간이 오래 걸렸다는 게 아니라 여기까지 올 마음을 먹는 데 시간이 오래 걸렸다는 뜻이야."

"잡혀 있어서……."

조카가 말하다가 갑자기 말을 돌렸다.

"이런저런 일에……."

"당연히 그랬겠지."

숙부가 세련되게 대답했다.

하인이 옆에 있어서 두 사람은 더는 말을 안 했다. 그러다가 커피가 나오고 두 사람만 남은 다음에 비로소 조카는 숙부에게 눈길을 돌려, 멋진 가면처럼 보이는 얼굴을 똑바로 바라보며 입을 열었다.

"숙부님이 예상한 것처럼 애초에 제가 여기에서 나갈 수밖에 없었던 일을 끝내려고 이렇게 돌아왔습니다. 그 일 때문에 저는 상상도 못 한 커다란 위험에 빠지기도 했습니다. 하지만 그 일 때문에 죽음을 맞이하는 한이 있더라도 저는 계속 추진할 겁니다. 신성한 일이니까요."

"죽은 건 아니잖아. 죽는다는 말까지 할 필요는 없어."

숙부가 말하자 조카가 반박했다.

"제가 그 일 때문에 벼랑으로 몰려서 죽을 지경에 처해도 과연 숙부님이 구원의 손을 내밀까 의심스럽네요."

숙부는 양쪽 콧구멍 끝을 찡그린 표정이 짙게 변하고 잔인한 얼굴에서 직선으로 뻗어 나간 입매와 눈매가 길게 변하는 게 왠지 불길하게 보였다. 숙부 자신은 아니라고 부정하는 몸짓이 우아하지만 그건 귀족 가문에서 성장하며 몸에 들인 습관일 뿐 믿을만한 건 아니라서 조카는 계속 추궁했다.

"실제로, 숙부님, 제가 아는 바에 의하면, 숙부님은 저를 둘러싼 수상한 환경을 한층 더 수상하게 보이도록 만들려고 특별히 노력하셨 더군요."

"아니야, 아니야, 아니야."

숙부가 유쾌하게 말하고, 조카는 불신이 가득한 눈빛을 번뜩이며 계속 추궁했다.

"하지만 저는 숙부님이 권모술수를 발휘해서 어떤 식으로든 막으려고 할 거란 사실을, 수단과 방법을 안 가릴 거란 사실을 잘 알고 있었습니다."

그러자 숙부가 양쪽 콧구멍 끝을 벌름거리며 말했다.

"조카, 그건 내가 한 말이야. 내가 오래전에 너에게 한 말을 떠올리면 고맙겠어."

"기억합니다."

"고맙군."

숙부가 정말 달콤한 어투로 말했다. 공중에 머무는 느낌이 악기에서 아름답게 흘러나온 선율 같았다. 하지만 조카는 계속 추궁했다.

"실제로, 숙부님, 제가 여기 프랑스 감옥에 안 갇힌 게 숙부님에겐 악운이고 저한텐 행운이란 생각이 듭니다."

그러자 숙부는 커피를 홀짝이며 대답했다.

"무슨 말인지 하나도 모르겠구나. 설명을 부탁해도 될까?"

"왕실 눈밖에 안 났다면, 그래서 지난 몇 년 동안 먹구름이 안 꼈다면 숙부님은 공문서를 조작해서 나를 요새 감옥에 영원히 가두고 말았을 거라는 뜻입니다."

조카가 말하자 숙부는 매우 차분하게 대답했다.

"그럴 수도 있겠지. 가문의 명예를 지켜야 한다면 너에게 그만한 불편은 끼칠 수 있으니까. 그런 일이 생기더라도 용서하기 바라네!"

"들은 바에 의하면 저에게는 정말 다행스럽게도 그저께 접견실에서 평상시처럼 푸대접을 받으셨더군요."

조카가 말하자 숙부는 매우 세련하고 공손한 태도로 대답했다.

"내가 너라면 다행스럽다고 말하지 않겠어. 꼭 그렇다고 확신할 순 없거든. 감옥에 갇힌 걸 기회 삼아 혼자 곰곰이 생각하다 보면 이리저리 돌아다니는 편보다 너 자신에게 훨씬 바람직한 영향을 줄 수도 있으니 말이야. 하지만 이제는 이런 걸 얘기해도 아무런 소용이 없어. 네가 말한 것처럼 나는 지금 불리한 입장이거든. 어긋난 걸 올바로 교정할 방법도, 가문의 권세와 명예를 지키는 데 필요한 도움도, 너를 꽤 불편하게 만들 수 있는 사소한 영향력도 이제는 끊임없는 관심을 보이면서 집요하게 부탁해야 비로소 얻을 수 있단다. 이런 걸 원하는 사람은 아주 많지만 실제로 얻는 사람은 극히 적거든! 예전에는 이러지 않았어. 프랑스는 모든 점에서 나쁜 쪽으로 변하는 중이야. 바로 윗대만 해도 우리 조상은 주변에 사는 농민을 마음대로 살리고 죽이는 권한을 가졌어. 바로 이 방에서 개자식을 많이도 끌고 나가 교수형을 시켰지. 옆방에서는 (내가 잠자는 침실에서는) 한 놈이 자기 딸에 관해 아주 교만하게 엉뚱한 말을 하다가 그 자리에서 칼 맞고 죽은 적도 있어. 우리는 너무 많은 특권을 잃었어. 지금은 새로운 철학이 유행하니, 우리 신분만 주장하다가는 매우 심각한 불편을 겪을 수도 있거든. 꼭 그렇다는 게 아니라 그럴 수도 있다는 거야. 정말 모든 게 엉망이야, 엉망!"

후작이 양쪽 콧구멍 끝을 부드럽게 살며시 찡그리더니 고개를 설레설레 저었다. 최대한 우아하게 낙담하면 아직은 자신을 받아주는 지방에서 충분한 영향력을 행사할 수 있기라도 한 것처럼 말이다. 그래서 조카가 우울한 표정으로 말했다.

"옛날이든 지금이든 우리가 신분을 너무 강조한 나머지 프랑스 전역에서 우리 가문보다 심하게 혐오하는 가문은 없다고 생각합니다."

"정말 그러면 좋겠어. 낮은 사람이 높은 사람을 혐오한다는 건 무의식적으로 존경한다는 뜻이니까."

숙부가 말해도 조카는 처음처럼 우울한 표정으로 계속 다그쳤다.

"인근 지역 어디를 가더라도 공포와 굴종이 가득한 얼굴로 복종하는 사람만 보일 뿐, 진짜 존경하는 얼굴로 쳐다보는 사람은 하나도 없습니다."

"그건 우리 가문이 위대해서 존경한다는 뜻이야. 지금까지 우리 가문이 위엄을 지켜왔기 때문이라고!"

후작이 말하더니, 콧구멍 끝을 다시 살짝 찡그리면서 다리를 가볍게 꼬았다. 하지만 조카가 팔꿈치를 식탁에 기대고 깊은 생각에 잠기며 한 손으로 두 눈을 힘없이 가리자, 고급 가면 같은 얼굴로 곁눈질하며 살피는데, 억지로 무관심한 척하는 표정보다는 싫어하는 표정이 훨씬 강하고 정교하면서도 날카롭게 드러났다.

"가장 바람직한 철학은 억압이야. 공포와 굴종이 가득한 얼굴로 복종하는 사람은 채찍 앞에서 바로 복종하는 법이지, 이렇게 높은 지붕이 하늘을 가리는 한."

후작이 말하면서 지붕을 올려보았다. 하지만 그런 지붕도 후작이 상상하는 만큼 오래가진 않을 터였다. 불과 몇 년 후에 저택이 처할 몰골을, 불과 몇 년 후에 비슷한 저택 오십 채가 처할 몰골을 그날 밤에 볼 수 있다면 후작은 불에 타고 약탈당해 송장처럼 핼쑥한 몰골에 망연자실해서 자기네 집이라는 주장 같은 건 조금도 못할 터이니 말이다. 그렇게 자랑하던 지붕이 완전히 새로운 방식으로 하늘을 가린 풍경도 ─ 소총 십만 대에서 뿜어낸 총알을 몸에 품으며 죽어간 수없이 많은 시신이 편히 쉬도록 눈을 가린 풍경도 ─ 보게 될 터이니 말이다.

"네가 안 하겠다면 나 혼자서라도 우리 가문의 명예와 평안을 지키겠다. 피곤하겠구나. 오늘 밤은 이걸로 대화를 끝낼까?"

후작이 묻자, 조카가 대답했다.

"조금만 더."

"그렇다면 한 시간만."

"숙부님, 지금까지 우리는 온갖 나쁜 짓을 저질러서 이제 그 열매가 서서히 무르익고 있어요."

"우리가 온갖 나쁜 짓을 저질러?"

후작이 똑같이 반복하며 무슨 말인지 묻는 미소를 떠올리더니, 처음에는 조카를 다음에는 자신을 우아하게 가리켰다.

"우리 가문. 명예로운 우리 가문. 우리 가문의 명예가 숙부님이나 저에게 아주 중요한 문제이긴 하지만 추구하는 방향은 서로 완전히 다릅니다. 아버지가 살아계실 때만 하더라도 우리 가문은 세상에 나쁜 짓이란 나쁜 짓은 다 저질렀어요. 쾌락을 즐기는 데 방해가 된다면 상대가 누구든 모조리 해쳤으니까요. 숙부님 역시 마찬가지인데 아버지까지 언급할 필요가 뭐겠습니까? 제가 쌍둥이 동생이자 공동 상속자이자 후계자에게서 아버지를 갈라놓을 수 있겠습니까?"

"죽음이 우리를 갈라놓았다!"

후작이 반박하고 조카는 계속 말했다.

"그리고 저를 정말 무서운 상황으로 - 책임은 있어도 힘은 하나도 없는 상황으로 - 몰아넣었지요. 사랑하는 어머니가 돌아가시면서 마지막으로 유언하신 말씀을 그대로 따르려고 했지만, 사랑하는 어머니가 마지막으로 바라보던 눈빛에 따르려고 했지만, 그리고 자비를 베풀어서 잘못을 바로잡으려고 했지만, 그렇게 할 힘과 자원을 모색하느라 고생만 했을 뿐 제대로 된 건 하나도 없습니다."

"그런 걸 나에게서 찾는다면, 조카……"

후작이 말하더니 - 지금은 두 사람 모두 벽난로 앞에 선 터라 - 조카 가슴에 집게손가락을 대며 계속 말했다.

"내가 장담하는데, 헛고생만 할 뿐 영원히 못 찾을 거다."

후작이 하얗고 깨끗한 얼굴에서 곧게 뻗은 입매와 눈매를 잔인하고 교활하고 철저하게 통제하며 조카를 가만히 쳐다보는데, 손에는 코담뱃갑이 있었다. 그러다가 손가락을 조카 가슴에 다시 대더니 날카로운 칼날이라도 되는 듯 섬세하고 우아하게 쭉 그으며 말했다.

"조카, 나는 죽을 거야, 내가 살아온 제도를 굳건하게 만든 다음에."

후작은 이렇게 말하더니 코담배를 살짝 집고서 담뱃갑을 주머니에 넣었다.

"이성적으로 사는 게 좋아."

후작이 덧붙이곤 식탁에 있는 조그만 종을 울리다가 다시 말했다.

"그래서 타고난 운명을 받아들여야 해. 그런데 너는 지금 길을 잃었어, 조카. 눈에 보여."

그러자 조카가 슬픈 어조로 대답했다.

"제가 잃은 건 여기에 있는 재산과 프랑스에요. 둘 다 포기했으니까요."

"그게 네 것이냐, 포기하게? 프랑스는 모르겠지만, 재산도 그래? 언급할 가치도 없지만, 아직 그럴 게 남았나?"

"제 말은 상속권을 주장할 생각이 없다는 뜻입니다. 숙부님에게서 내일 당장 소유권이 넘어오더라도……"

"그럴 가능성은 아마 조금도 없을 게다."

"……아니면 이십 년 후라도……"

"인심을 많이 쓰시는군. 하지만 그런 가정은 마음에 들어."

"……저는 그걸 포기하고 다른 곳에서 다른 식으로 살겠어요. 하기야 포기하는 것도 아니겠네요. 본질을 들여다보면 사람을 비참하고 고통스럽게 만드는 쓰레기에 불과하니까요!"

"흥!"

후작은 콧방귀를 뀌면서 화려한 실내를 살짝 둘러보고, 조카는 다시 말했다.

"겉으로 보기엔 정말 아름다워요. 하지만 태양이 환하게 비치는 하늘 아래에 내놓고 샅샅이 살피면 경영 실수와 낭비, 채무, 저당, 착취, 억압, 굶주림, 헐벗음, 다양한 고통으로 무너지는 게 보이지요."

"흥!"

후작이 콧방귀를 다시 날렸다, 그걸로 충분하다는 듯이.

"행여나 저택이 저에게 넘어온다면 능력이 좋은 사람들에게 맡겨 (그럴 수만 있다면) 건물 자체를 짓누르는 중압감에서 완벽하게 벗어날 거예요. 그러면 영지에 묶여 비참하게 살아가며 더 견딜 수 없을 정도로 오랫동안 착취당한 사람들도 다음 세대에는 덜 고통스럽게 살아가겠지요. 여기는 제가 살 곳이 아니에요. 이 집은 물론 영지 전체에 저주가 내렸어요."

"그럼 너는? (호기심이 이는 걸 용서하렴.) 너는 새로운 철학에 따라서 자비를 베풀며 살겠다는 거냐?"

"저는 우리 동포가 모두 그러는 것처럼 일하며 살아갈 것이며 언젠가는 다른 모든 귀족도 그렇게 일해서 살아갈 때가 올 겁니다."

"가령, 영국 같은 곳에서?"

"그렇습니다. 영국에선 제가 가문의 명예를 해칠 일이 없습니다. 가문의 이름을 더럽힐 일도 없고요, 아예 그런 이름을 안 쓰니까."

조금 전에 울린 종소리를 듣고 시종이 옆에 있는 침실에다 불을 켰다. 그래서 문틈으로 환한 빛이 삐져나오는데, 후작은 그쪽을 바라보고 시종이 물러가는 발소리를 가만히 듣더니, 조카에게 차분한 얼굴을 돌려서 빙그레 웃으며 말했다.

"너는 영국이 정말 좋겠구나, 거기에서 아무런 문제 없이 잘 지내니까 말이다."

"여러 차례 말씀드렸듯이, 제가 거기에서 잘 지내는 건 순전히 숙부님 덕분이라고 생각합니다. 좋은 피난처가 되었으니까요."

"잘난 영국인들은 자기네 나라를 피난처로 삼는 사람이 많다고 떠벌리더구나. 너도 거기로 피신한 동포를 만났다지? 의사던가?"

"네."

"딸이 있고?"

"네."

"그래, 피곤하겠구나. 가서 쉬도록 해라!"

후작이 정말 우아하게 머리를 숙이는 순간 얼굴은 은밀한 미소를 머금고 입에서 나온 말은 뭔지 모를 분위기를 풍기며 조카의 눈과 귀를 힘차게 때렸다. 그와 동시에 일직선으로 가느다랗게 뻗은 눈매와 똑같이 가느다랗게 뻗은 입매와 양쪽 콧구멍 끝을 찡그리며 빈정거리는 얼굴은 잘생긴 악마처럼 보였다. 그러면서 똑같은 말을 반복했다.

"그래. 박사와 딸. 그래. 그래서 새로운 철학을 시작했군! 피곤하겠구나. 가서 쉬도록 해라!"

그런 후작 얼굴에다 질문하는 건 저택 바깥에 돌로 만들어서 붙여놓은 얼굴에 대고 질문하는 것과 다를 게 없어서 조카는 문가를 지나다가 부질없이 돌아보고, 숙부는 이렇게 덧붙였다.

"어서 쉬도록 해라! 내일 아침에 또 만나면 좋겠구나. 푹 쉬도록! 거기, 우리 조카 나리가 묵을 침실에 불을 밝혀! 원한다면 우리 조카 나리가 잠자는 동안 불을 질러서 죽여도 좋고……."

후작이 속으로 덧붙이더니 조그만 종을 다시 울려서 시종을 침실로 불러들였다.

시종은 왔다가 떠나고 후작 나리는 헐렁한 잠옷 차림으로 우아하게 서성이며 잠자리에 들 준비를 시작했다, 여전히 후덥지근한 밤에. 옷은 바스락거리는 소리를 내지만 발은 부드러운 슬리퍼 덕분에 아무런 소리도 안 내며 거니는 모양이 품위 있는 호랑이 같고, 참으로 사악하며 완고한 모습은 옛날이야기에 나오는 '마법에 걸린 후작' 같았다. 아니, 후작이 호랑이로 변한 것 같기도 하고, 호랑이가 후작으로 변한 것 같기도 했다.

후작은 관능적인 분위기가 가득한 침실을 한쪽 끝에서 반대편 끝까지 거닐며 낮에 여행하던 기억 가운데에서 저절로 떠오르는 파편을 돌이켜보았다. 황혼녘에 언덕을 천천히 오르던 광경, 떨어지는 태양, 내리막길, 풍차방앗간, 거대한 바위에 우뚝 솟은 감옥, 분지에 자리 잡은 조그만 마을, 샘물터에 모여든 농민, 파란 모자로 마차 아래쪽 사슬을 가리키던 도로 수리공. 샘물터는 파리에 있는 샘물터를 그대로 닮고, 계단에는 조그만 꾸러미가 엎어지고, 여자들은 허리를 숙이며 바라보고, 키가 커다란 사내는 "사람을 죽였다!"고 울부짖으며 두 팔을 추켜들고…….

"이제 흥분이 가라앉으니 잠자리에 들어야겠군."

후작이 중얼거리곤 커다란 벽난로 선반에서 타오르는 불빛 하나만 남기더니, 침대 주변으로 얇은 망사 커튼을 내리고 깜깜한 밤이 기다란 한숨으로 적막을 깨뜨리는 소리를 들으며 천천히 잠들었다.

건물 바깥벽에서는 돌로 만든 다양한 얼굴이 '묵직하게 가라앉은 세 시간' 동안 깜깜한 밤을 물끄러미 바라보고 '묵직하게 가라앉은 세 시간' 동안 마구간 마방에서는 말들이 발굽을 구르며 달가닥거리고 개들은 짖어대고 올빼미는 시인들이 툭하면 노래하는 올빼미 울음소리와 완전히 다르게 울었다. 그런데도 시인들에게는 이런 생명체가 자기네 생각대로 운다고 믿는 고집스러운 전통이 있다는 게 재미있을 뿐이다.

'묵직하게 가라앉은 세 시간' 동안 돌로 만든 얼굴은, 사자와 인간 얼굴은 저택 여기저기에서 깜깜한 밤을 물끄러미 바라보고, 사방에는 칠흑 같은 어둠이 깔렸다. 도로마다 조용히 가라앉은 먼지에 칠흑 같은 어둠이 침묵을 더 했다. 언덕에 있는 조그만 묘지도 칠흑 같은 어둠에 잠겨 풀조차 없는 조그만 무덤은 서로 구분할 수 없고 십자가에 올라선 예수상도 밑으로 내려왔는지 어디에도 안 보였다. 마을에서는 세금을 걷는 자든 세금을 내는 자든 모두 깊이 잠들었다. 굶주린 사람도 꿈에서는 맛있는 음식을 게걸스럽게 먹고 혹사당하던 노예와 멍에를 진 황소도 꿈에서는 편하게 쉬었다. 빼빼 마른 몸으로 살아가는 생명체 모두 깊은 잠에 빠져들어 마음껏 자유를 누리고 마음껏 먹었다.

마을 샘물터에서 물 흐르는 소리가 안 들리고 안 보인 채, 저택 분수대에서도 물 떨어지는 소리가 안 들리고 안 보인 채 - 시간이라는 샘물에서 조금씩 떨어지던 시각처럼 완벽하게 사라지며 - '묵직하게 가라앉은 세 시간'을 보냈다. 그러더니 여명이 밝아오면서 희뿌연 물은 유령처럼 모습을 드러내고 저택 사방에서는 돌로 만든 얼굴이 눈을 번쩍 떴다.

빛은 그렇게 조금씩 밝아오고 마침내 태양은 고요한 나무 끝을 어루만지면서 언덕 여기저기에 진한 주홍빛을 퍼부었다. 저택 분수대는 물이 새빨간 피로 변하고 돌로 만든 얼굴은 짙은 핏빛으로 얼룩졌다. 새들이 기뻐하며 지저귀는 소리가 사방에 가득하고 후작 나리가 잠자는 방 커다란 유리창에서는 조그만 새 한 마리가 풍파에 찌든 창턱에 앉아 온 힘을 다하며 달콤한 노래를 불렀다. 이런 소리에 돌로 만든 얼굴은 입을 저억 벌리고 턱을 쭉 떨어뜨린 채 경이로운 눈빛으로 물끄러미 쳐다보는 것 같았다.

이제 태양은 완전히 떠오르고 마을은 기지개를 켰다. 여기저기에서 여닫이 창문을 열고 삐뚤어진 대문은 빗장을 내리고 사람들은 상쾌하지만 아직은 쌀쌀한 공기에 부르르 떨면서 밖으로 나왔다. 그러면서 뭐 하나 가볍지 않은 일과를 시작했다. 일부는 샘물터로 가고 일부는 들판으로 가고, 여기에선 남자랑 여자가 고랑을 파고 저기에선 남자랑 여자가 빼빼 마른 가축을 돌보면서 뼈만 앙상한 젖소 고삐를 잡아끌고 밖으로 나와 풀이 자라는 길가로 데려갔다. 교회 십자가 앞에서 한두 사람이 무릎을 꿇는데, 지금 막 기도를 시작한 사람이 데려온 젖소들은 발바닥 사이로 고개를 숙이고 아침을 먹었다.

저택은 품위에 맞게 훨씬 나중에 깨어나긴 하지만 그래도 조금씩 또렷하게 깨어났다. 처음에는 멧돼지 잡는 창과 사냥할 때 쓰는 다양한 칼이 빨갛게 물들더니 결국에는 아침 햇살에 날카롭게 번뜩였다. 이번에는 문과 창문을 모두 활짝 열고, 마구간에서는 말들이 문가로 쏟아져 들어오는 신선한 공기와 햇살을 반기며 어깨너머로 두리번거리고, 잎사귀는 영롱하게 반짝이면서 쇠창살 유리창에 부닥치며 부스럭거리고, 개들은 뒷발로 일어나서 사슬을 힘차게 잡아끌며 어서 풀어달라고 성화였다.

이렇게 사소하고 익숙한 풍경 하나하나가 아침마다 매일 새롭게 나타났다. 그런데 저택에서 커다란 종을 울리는 건, 계단을 급히 오르내리는 건, 중앙 현관 앞 테라스에서 여러 인물이 급히 움직이는 건, 여기저기 사방에서 발을 쿵쾅거리며 뛰어다니는 건, 사람들이 말 등에 안장을 얹고 급히 달리는 건 익숙하면서도 매일 새롭게 나타나는 모습이 아니다!

게다가 이렇게 급박한 분위기를 반백의 도로 수리공이 - 먹을 게 조금밖에 없어서 까마귀조차 덤벼들 가치가 없는 도시락을 싸 들고 벌써 마을 뒤편 언덕 꼭대기에 올라서 작업을 시작한 도로 수리공이 - 어떻게 알았을까? 새들이 곡식을 물고 멀리 날다가 씨앗을 뿌릴 기회라 생각하고 머리 위에다 한 알 떨어뜨린 걸까? 어쨌든 도로 수리공은 무더운 아침에 목숨이라도 달린 듯 먼지가 무릎까지 날릴 만큼 언덕 아래로 마구 달려서 단 한 번도 안 멈추고 샘물터에 도달했다.

마을 사람 모두 샘물터에 모여서 침울한 분위기로 나직이 속삭이지만, 정말 놀랍고 궁금하다는 느낌 이상은 조금도 안 보였다. 고삐에 묶인 젖소들은 급히 끌려와서 아무 데나 묶인 채 바닥에 엎드려서 도중에 급히 뜯어먹느라 되씹을 가치도 없는 풀을 되새김질하거나 멍청한 눈으로 물끄러미 쳐다보았다.

저택 사람들과 역참에서 일하는 사람들, 세금을 걷는 세리 관계자들이 딱히 위험할 것도 없는데 나름대로 모두 무장하고 좁은 도로 건너편에 모여들면서 우왕좌왕했다. 도로 수리공은 친한 친구 오십 명 한가운데로 벌써 파고들어서는 파란 모자로 자기 가슴을 쾅쾅 두드리는 중이었다.

이렇게 엉뚱한 분위기는 도대체 무얼 말하는 걸까? 하인이 가벨 역장을 급히 끌어올려서 말 등에 태우고 (말 등에 평소보다 두 배나 많은 사람이 탔는데도) 독일 가곡 '레오노라'[40]를 새롭게 수정한 것처럼 마구 달리는 건 또 무얼 말하는 걸까?

그것은 저택에 돌로 만든 얼굴 하나가 새로 추가된다는 의미였다. 간밤에 고르곤이 건물을 쭉 훑어보아서 부족한 얼굴을 - 이백 년 동안이나 기다린 얼굴을 - 하나 추가한 것이다.

그 얼굴이 지금 후작 나리 베개에 누워있다. 멋진 가면이 갑자기 놀라서 화내다가 그대로 굳어버린 것 같았다. 돌로 만들어서 붙인 몸통은 심장 한가운데에 칼이 꽂혔다. 칼자루에는 종이 한 장을 돌려서 묶었는데, 거기에는 이렇게 쓰여있었다.

"이놈을 무덤으로 당장 끌어가라. 나는 자크다."

---

40) 레오노라(Leonora): 독일 시인 고트플리트 뷔르거가 1773년에 발표한 서정시. 번개가 내려치는 무서운 밤에 유령이 말을 타고 나타나서 레오노라를 데리고 사라지는 내용이다.

X. 두 가지 약속

한 달이 가고 또 한 달이 가고 그렇게 열두 달이 가면서 찰스 다네이는 영국에서 불문학에 정통한 고급 불어 선생으로 자리를 잡았다. 요즈음이면 그런 선생을 교수라고 부르겠지만, 당시 영국에서는 튜터라고 불렀다. 다네이는 전 세계에서 가장 많이 사용하는 언어를 연구할 만큼 흥미와 여유를 가진 젊은이들과 함께 책을 읽는 한편, 언어 지식과 문학 작품에 대한 안목을 키웠다. 그래서 자신이 연구한 내용을 정통영어로 집필하는 건 물론 영어로 번역하는 작업까지 수행했다. 당시만 해도 이만한 실력자를 찾는 게 쉽지 않았다. 왕자나 국왕 예정자가 몰락해서 선생질하거나[41] 귀족이 몰락하고 텔슨 은행 계좌까지 막히면서 요리사나 목수로 변신하는 시절이 아직은 아니었다.

젊은 다네이는 탁월한 재능을 발휘해서 학생들을 정말 재미있고 유익하게 가르치는 튜터로, 그리고 사전에 실린 단순한 의미 이상을 작품에 담아내는 훌륭한 번역가로 금방 명성을 얻고 찬사도 받았다. 게다가 자신이 태어난 프랑스 상황에 정통해서 많은 주목을 받기도 했다. 그래서 굽힐 줄 모르는 끈기를 발휘하고 꾸준히 노력하며 나날이 성장했다.

찰스 다네이는 런던에서 황금이 깔린 길을 걷거나 장미를 가득 간 침대에서 호사를 누리며 살아가는 걸 기대한 적이 한 번도 없다. 행여나 그렇게 고상한 생활을 기대했다면 이렇게 성장할 수도 없었을 것이다. 애초에 노동하며 살아가려 마음먹고, 일거리를 찾아서 최선을 다하며 노력했다. 바로 이게 성공비결이었다.

다네이는 상당한 시간을 케임브리지에서 보냈다. 그래서 관세청을

---

41) 나중에 프랑스 왕이 된 루이 필립은 프랑스 혁명 당시에 스위스에서 수학을 가르쳤다.

거쳐 정식으로 들여온 그리스와 라틴어 서적을 강의하는 대신, 나라에서 금지한 유럽의 다양한 서적을 몰래 밀수하여 여러 학부생에게 소개하고 강의했다. 그리고 남는 시간은 런던에서 보냈다.

늘 따사로운 에덴동산 시절부터 늘 차가운 세상으로 떨어진 지금까지 남자라는 동물은 언제나 한쪽으로 - 사랑하는 여인으로 - 나아가는데, 그건 찰스 다네이도 마찬가지였다.

다네이는 자신이 죽을 위험에 처한 순간부터 마네뜨 아가씨를 사랑했다. 동정 어린 목소리로 그렇게 달콤하고 다정하게 말하는 소리는 재판정에서 생전 처음 들었다. 자신을 묻으려고 파놓은 무덤 맞은편에서 그렇게 상냥하고 아름다운 얼굴로 바라보는 여인은 생전 처음 보았다. 하지만 지금까지 그런 마음을 전달한 적은 한 번도 없다. 풍랑이 이는 바다를 건너고 먼지가 이는 기나긴 도로를 지나 아주 멀리 떨어진 황폐한 저택에서 - 돌로 튼튼하게 지었지만, 이제는 꿈처럼 몽롱하기만 한 저택에서 - 암살 사건이 일어나고 일 년이 지나도록 마음에 담은 간절한 사랑을 조금도, 단 한 마디도, 털어놓지 않았다.

다네이에게는 그럴 수밖에 없는 이유가 있고, 그건 다네이 자신도 충분히 안다. 하지만 다시 여름이 다가오고 대학이 방학하면서 다네이는 런던에 도착하자마자 마네뜨 박사에게 속마음을 털어놓을 생각으로 소호의 조용한 모퉁이를 돌았다. 여름이 턱까지 다가올 즈음이면 마네뜨 아가씨가 프로스 집사와 함께 외출한다는 사실 역시 잘 알기 때문이다.

다네이는 창가에서 안락의자에 앉아 책을 읽는 박사를 발견했다. 날카로운 정신을 자극하던 기운이 오랜 고통을 극복하도록 도와주면서 오랜 시간에 걸쳐 조금씩 살아나던 박사였다. 그래서 박사는 기운이 넘치는 인간으로 변해 또렷한 목적의식과 단호한 결단성, 적극적인 활동성을 이제 충분히 보여주었다. 기운을 회복했다고 해도 초기에 회복한 다른 여러 기능이 그런 것처럼 가끔은 갑작스럽게 변덕을 부리기도 했다. 하지만 예전처럼 눈에 안 띄는 데다 횟수도 아주 희귀할 정도로 줄었다.

박사는 연구시간을 늘리고 잠을 줄이면서도 상당한 피로를 쉽게 극복해서 언제나 차분하고 명랑했다. 그런 박사에게 이제 막 찰스 다네이가 찾아오고, 박사는 책을 옆으로 내려놓고 손을 내밀며 반갑게 맞이했다.

"찰스 다네이! 자네를 보니 정말 반갑군. 그렇지 않아도 사나흘 전부터 우리 모두 자네가 나타날 날만 손꼽아 기다렸다네. 스트라이버 변호사와 시드니 칼톤 변호사가 어제 다녀갔는데 두 사람 모두 자네가 예정보다 늦는 것 같다고 말하더군."

"두 분이 그런 문제까지 관심을 보이다니 정말 고맙네요."

찰스 다네이는 두 사람에 대해 약간 차갑게 대답한 다음, 박사에게 다정하게 말했다.

"마네뜨 아가씨는……"

그와 동시에 박사가 끼어들며 대답했다.

"잘 지내네. 자네가 돌아와서 모두 좋아할 거야. 우리 딸은 집안일 때문에 잠시 나갔는데 금방 돌아올 예정이네."

"마네뜨 박사님, 마네뜨 아가씨가 외출한 사실은 저도 잘 압니다. 따님이 집에 없는 틈을 타서 일부러 찾아왔습니다, 박사님에게 드릴 말씀이 있어서."

잠시 공허한 침묵이 흐르더니, 박사가 긴장한 어투로 입을 열었다.

"그래? 의자를 가져와서 가까이 앉은 다음에 말해 보게나."

찰스 다네이는 시킨 대로 의자를 가까이 가져가서 앉지만, 말을 꺼낸

다는 게 쉽지 않은 것 같았다. 그래서 한참 뜸을 들이다가 입을 열었다.

"지금까지 저는 일 년 반 동안 이 집에서 두 분과 가깝게 지내는 행운을 누렸습니다. 그래서 제가 말씀드릴 내용을 두 분이……"

하지만 박사가 손을 내밀어서 말을 막더니, 잠시 그대로 있다가 손을 밑으로 내리며 물었다.

"우리 딸에 관한 내용인가?"

"그렇습니다."

"우리 딸 이야기는 언제 들어도 긴장되는군. 그런데 자네가 우리 딸애 이야기를 그런 어투로 꺼내니까 훨씬 더 긴장돼, 찰스 다네이."

"이런 어투로 말씀드리는 건 열렬한 찬사와 진정한 존경과 깊은 사랑 때문입니다, 마네뜨 박사님!"

다네이가 존경하는 어투로 말하자, 다시 공허한 침묵이 흐른 다음에 마네뜨 박사가 입을 열었다.

"자네 말을 믿네. 나도 자네 마음을 알아. 자네 말을 믿어."

마네뜨 박사는 긴장하는 표정이 또렷했다. 박사가 너무 긴장한 나머지 찰스 다네이는 이 문제를 계속 언급하는 게 부담스러워서 잠시 망설이다가 이렇게 물었다.

"계속 말해도 될까요, 박사님?"

다시 침묵.

"그래, 계속하게."

"박사님은 제가 드릴 말씀을 짐작하시겠지만 제가 가슴에 오랫동안 은밀하게 품어온 마음과 희망과 두려움과 갈망을 모르시니, 지금 제가 정말 간절하게 말씀드린다는 사실과 지금 제가 아주 간절한 심정이란 사실도 모르실 겁니다. 존경하는 마네뜨 박사님, 저는 박사님 따님을 진심으로 열렬하게 아무런 사심 없이 헌신적으로 무한히 사랑합니다.

세상에 사랑이라는 게 존재한다면 저는 따님을 사랑합니다. 박사님도 사랑하신 적이 있으시니 오랫동안 사랑하신 마음으로 제가 드리는 말씀을 들어주십시오!"

마네뜨 박사는 가만히 앉아서 얼굴을 피하며 두 눈으로 바닥을 훑더니, 마지막 말에 손을 다시 급히 내밀며 울부짖었다.

"그만! 그만해! 제발, 오랜 기억을 헤집어서 꺼내지 말게!"

너무나 고통스럽게 울부짖는 소리가 말을 멈춘 다음에도 찰스 다네이 귀청에 오랫동안 맴돌았다. 마네뜨 박사가 앞으로 내민 손을 꿈틀거리는 모습은 제발 그만하라고 호소하는 것 같았다. 다네이는 그 뜻을 받아들여서 입을 꾹 다물었다. 오랫동안 침묵이 흐른 뒤에 비로소 마네뜨 박사는 차분하게 가라앉은 어투로 이렇게 말했다.

"미안하군. 나는 자네가 우리 딸을 사랑한다는 말을 의심하지 않아. 그러니 안심해도 괜찮네."

박사가 의자에 앉은 자세 그대로 얼굴을 돌리는데, 다네이를 쳐다보지도 두 눈을 들지도 않았다. 그래서 밑으로 처진 턱은 한 손으로 괴고 백발이 성성한 머리카락은 얼굴로 흘러내렸다.

"우리 딸에게 그런 말을 했나?"

"아닙니다."

"편지도?"

"네."

"사랑하는 여인의 아버지를 생각해서 자네가 지금껏 꾹 참아왔다는 사실을 모른 척하는 건 옳지 않을 거야. 그런 여인의 아버지로서 자네에게 고맙군."

마네뜨 박사가 손을 내밀었다. 하지만 두 눈은 아니었다.

다네이가 존경스런 어투로 말했다.

"저도 잘 압니다, 마네뜨 박사님. 박사님과 따님 사이에는 애정이 극히 유별나고 감동적인 데다 지금까지 어려운 상황을 견디면서 더욱 견고하게 발전했다는 사실을, 정이 아무리 두터운 부녀지간이라도 두 분하고 비교할 순 없다는 사실을, 오랫동안 지켜본 제가 어찌 모를 수 있겠습니까? 저도 잘 압니다, 마네뜨 박사님. 어느덧 여인으로 성장한 따님이 아버지를 사랑하며 도리를 다하는 마음에는 아버지를 따르며 의지하는 어린아이 특유의 마음까지 뒤섞였다는 사실을 제가 어찌 모르겠습니까?

따님이 양친 부모 없이 어린 시절을 보냈으며, 그래서 지금 박사님에게 모든 열정을 다해서 한결같이 봉양하는 마음에는 어린 시절에 부모님을 그리워하던 마음까지 들어있다는 사실을 저도 잘 압니다, 박사님. 설사 박사님께서 실제로 돌아가시고 부활하셨다 하더라도 따님께서는 지금 모든 시간을 함께 보내는 아버지를 훨씬 더 신성하게 바라본다는 사실을 저는 완벽하게 이해합니다. 따님이 박사님에게 매달리며 목을 휘감는 두 손에는 갓난아기와 소녀와 여인의 마음이 모두 깃들었다는 사실을 저는 이해합니다. 박사님에 대한 사랑을 통해서 따님은 자신처럼 나이가 젊은 어머니를 느끼며 사랑하고 저처럼 나이가 젊은 아버지를 느끼며 사랑할 뿐 아니라, 마음이 무너진 어머니를 사랑하며, 끔찍한 시련을 겪으시고 다행히도 거기에서 회복하는 박사님을 사랑한다는 사실까지 저는 완벽하게 이해합니다. 저는 박사님 댁에 드나들며 두 분을 이해하기 시작한 이후로 이런 사실을 밤낮으로 깨달았습니다."

여인의 아버지는 밑으로 얼굴을 숙인 채 꿈쩍도 안 했다. 숨소리가 약간 빠르게 변할 뿐 발작처럼 일어나는 다른 모든 증상은 완벽하게 억눌렀다.

"존경하는 마네뜨 박사님, 이런 사실을 언제나 완벽하게 이해하기에,

박사님과 옆에서 그 성스런 광채를 발휘하는 따님을 언제나 곁에서 지켜보았기에, 저는 꾹 참고 또 참았습니다, 남성이 천성적으로 참을 수 있는 만큼 최선을 다해서. 저는 제 사랑이 - 짝사랑일지라도 - 두 분 사이에 끼어들어서 뭔가 몹시 나쁜 형태로 박사님이 가진 오랜 상처를 건드리지나 않을까 계속 걱정했으며, 그건 지금도 마찬가지입니다. 하지만 저는 따님을 사랑합니다. 제가 따님을 사랑한다는 사실은 하늘도 압니다!"

그러나 여인의 아버지가 애처롭게 대답했다.

"그 말을 믿네. 나도 오래전부터 그렇게 생각했어. 나도 믿네."

애처로운 목소리를 찰스 다네이는 나무라는 어투로 받아들이고 급히 말했다.

"하지만 설사 저에게 행운이 따라서 언젠가는 따님을 부인으로 맞는 행복을 누린다고 해서 제가 언제고 따님을 박사님에게서 떼어놓을 거란 생각은 절대로 마십시오. 그런 마음이 조금이라도 있다면 이런 말을 단 한 마디도 꺼낼 수 없는 건 물론, 아예 꺼내지도 않았을 겁니다. 그럴 가능성은 애초에 있을 수도 없을 뿐 아니라 매우 비열한 짓이라는 사실 역시 저는 잘 압니다. 먼 훗날이라도 그럴 가능성을 마음에 품었다면, 그런 생각을 품었다면, 그런 생각을 마음에 숨겼다면, 그런 생각이 조금이라도 있었다면, 앞으로 그런 생각을 품을 수 있다면, 제가 명예로운 손을 이렇게 잡을 순 없을 겁니다."

다네이는 자기 손을 상대편 손에 얹으며 계속 말했다.

"아닙니다, 존경하는 마네뜨 박사님. 박사님과 마찬가지로 저 역시 프랑스에서 자발적으로 망명했습니다. 박사님과 마찬가지로 저 역시 불화와 폭압과 불행이 가득한 프랑스가 싫어서 뛰쳐나왔습니다. 박사님과 마찬가지로 저 역시 프랑스에서 벗어나 제힘으로 노력하면서 살다

186

보면 행복한 미래가 올 거라고 믿고 있습니다. 저로선 오로지 박사님 부녀와 운명을 함께하고, 박사님 부녀와 한집에서 살고, 그래서 죽을 때까지 박사님 부녀에게 정성을 다하길 바랄 뿐입니다. 따님에게 박사님과 함께 어린 딸이자 동반자며 친구로 살아가는 특권을 빼앗자는 게 아니라 제가 곁에서 도와 - 제가 이런 행복을 허락받는다면 - 따님과 박사님이 더욱 가까이 지내게 하자는 것입니다."

다네이 손길은 여인의 아버지 손에 여전히 머물렀다. 여인의 아버지는 그 손길에 짧지만 차갑지 않게 화답하더니, 두 손을 의자 팔걸이에 올려놓고 대화를 시작한 이후 처음으로 눈길을 들어서 쳐다보았다. 얼굴에는 싸우는 흔적이 또렷했다. 이따금 습관처럼 애매하게 몰려드는 의심과 공포와 싸우는 흔적이었다.

"자네가 남자답게 충심을 다해서 말하니 내가 정말 고맙네. 나도 기꺼이 마음을 열 수 있을 거야. 아니, 거의 열렸어. 그런데 우리 딸이 자네를 사랑한다고 믿는 근거라도 있나?"

"없습니다. 아직은 하나도."

"그렇다면 이런 대화를 하는 구체적인 목적은 나에게서 우리 딸이 어떤 마음인지 확인하자는 건가?"

"그것도 아닙니다. 그렇다면 몇 주일씩 애태우지 않았을 겁니다. (실수든 아니든) 바로 다음 날에 용기를 냈겠지요."

"그럼 나에게 조언을 바라는 건가?"

"그것도 아닙니다, 박사님. 하지만 박사님께서 그러는 게 옳다고 생각하신다면 힘이 닿는 선에서 그럴 수도 있겠다는 생각은 했습니다."

"그럼 나에게 약속을 바라는 건가?"

"바로 그겁니다."

"어떤 약속?"

"박사님이 아니면 저에게 아무런 희망도 없다는 사실을 저는 잘 압니다. 설사 마네뜨 아가씨가 지금 당장 순결한 마음에 저를 품었다 해도 – 정말 그렇다고 제가 주제넘게 추정하는 게 아니라 그냥 가정할 뿐인데 – 아가씨가 부친을 사랑하는 마음을 비집고 들어갈 틈은 없다는 사실을 제가 잘 아니까요."

"그렇다면 그런 마음에 내가 어떻게 관여할 수 있겠나?"

"어떤 구혼자를 부친께서 긍정적으로 평가하신다면 마네뜨 아가씨는 그 말씀을 자신의 감정보다, 세상 전체보다 중요하게 여기리란 사실 역시 저는 아주 잘 압니다. 그렇다고 해서, 마네뜨 박사님, 그런 말씀으로 저를 살려달라는 부탁은 않겠습니다."

찰스 다네이가 겸손하면서도 단호하게 말하자, 마네뜨 박사가 대답했다.

"그건 나도 잘 알아, 찰스 다네이. 아무리 가깝게 지내는 사이라도 먼 사이와 마찬가지로 비밀이란 게 있으니까. 가까운 사이에도 비밀이란 건 정말 미묘하고 애매해서 제대로 파악할 수 없을 때가 있는 법이거든. 우리 딸 마네뜨는 이런 점에서 나에게 극히 비밀스러운 존재라네. 도대체 마음속이 어떤지 들여다볼 수가 없어."

"그렇다면, 박사님, 혹시 마네뜨 아가씨에게……"

찰스 다네이가 망설이자, 여인의 아버지가 뒷말을 이어서 물었다.

"다른 구혼자가 있느냐고?"

"네, 그렇습니다."

여인의 아버지는 잠시 생각하다가 이렇게 대답했다.

"칼톤이 우리 집에 출입하는 건 자네 눈으로 직접 보았고, 스트라이버 변호사도 가끔 놀러 온다네. 그러니 행여나 구혼자가 있다면 두 사람 가운데 하나가 되겠지."

"두 사람 모두 그럴 수도 있겠지요."

"나는 두 사람 모두 그렇다고 생각한 적은 없네. 그보다는 두 사람 모두 아니라고 생각하는 편이 옳을 거야. 자네는 나에게 약속을 원했네. 그게 무언지 말해 보게."

"그건, 마네뜨 아가씨께서 언제든 스스로 찾아와 오늘 제가 용기 내서 박사님에게 털어놓는 내용을 박사님에게 그대로 털어놓는다면 제가 지금까지 말씀드린 내용을, 그리고 거기에 대한 믿음을 박사님께서 증언하시길 바라는 겁니다. 저로서는 박사님께서 저를 좋게 생각하시어 저에게 부정적인 영향이 안 미치도록 하시길 바랄 뿐입니다. 그렇게만 하신다면 저로서는 더 바랄 바가 없으니, 제가 부탁하고자 하는 건 바로 그것입니다. 제가 청하는 부탁에 조건이 있다면, 박사님에게는 당연히 그런 걸 요구할 권리가 있으시니, 저 역시 기꺼이 따르겠습니다."

다네이가 말하자, 박사가 대답했다.

"아무런 조건 없이 약속하겠네. 나는 자네 말처럼 자네 목적이 순수하고 진실하다는 사실을 믿네. 나는 나에게 무엇보다 소중한 딸과 나 자신을 자네가 떼어놓으려는 게 아니라 더욱 가깝게 만들려고 할 거란 사실도 믿네. 우리 딸이 나를 찾아와서 자네가 있어야 행복을 완성할 수 있다고 말한다면 나는 우리 딸을 자네에게 기꺼이 주겠네. 그런데 말일세, 자네에게, 찰스 다네이, 만일 진심으로……"

찰스 다네이는 고마워서 박사 손을 꼭 움켜잡았다. 그래서 박사가 말하는 동안 두 사람은 서로 손을 꼭 움켜잡았다.

"……진심으로 사랑하는 여인에게 옳지 못한 취향이나 근거나 불안한 대상이 자네에게 있다면 그게 무어든, 새것이든 묵은 것이든 – 설사 자네에게 직접적인 책임은 없다 하더라도 – 사랑하는 여인을 위해 모두 깨끗하게 청산해야 하네. 우리 딸은 나에게 전부야. 나에게는 어떤 고통보다 소중하고 어떤 잘못보다 중요하다네……. 아! 내가 부질없는 말을 했군."

박사가 이렇게 말하며 침묵으로 빠져드는 방식이 너무 이상하고 말을 마친 다음에 얼굴을 빤히 쳐다보는 시선 역시 너무 이상하단 느낌과 함께 다네이는 상대편 손이 차갑게 변하는 걸 느끼고, 상대편은 그런 손을 천천히 놓다가 밑으로 떨어뜨렸다. 그러더니 환하게 웃으며 물었다.

"자네가 나에게 중요한 말을 했는데, 그게 무슨 내용이지?"

찰스 다네이는 당황해서 뭐라고 대답해야 좋을지 모르다가 약속 조건에 대해 말하는 중이라는 사실을 떠올렸다. 그래서 다행스럽게 여기며 이렇게 대답했다.

"박사님께서 저를 믿고 말씀하시니, 저 역시 충분한 믿음으로 보답하겠습니다. 제가 지금 사용하는 이름은, 우리 어머니 쪽 성을 약간 바꾸긴 했지만, 박사님께서 기억하시는 것처럼, 진짜 이름이 아닙니다. 이제 박사님에게 진짜 이름은 무엇이며 제가 영국으로 망명한 이유는 무엇인지 말씀드리겠습니다."

"그만!"

보베 출신 의사가 만류하는데 다네이 역시 단호했다.

"저 역시 박사님 믿음에 보답하는 의미에서 모든 비밀을 털어놓고 싶습니다."

"그만!"

박사가 소리치며 두 손으로 양쪽 귀를 틀어막더니, 다음 순간에는 두 손으로 다네이 입술을 틀어막으며 말했다.

"내가 물어볼 때 말하게, 지금 말고. 자네가 구혼에 성공하고 우리 딸이 자네를 사랑한다면 두 사람이 결혼하는 날 아침에 말하게. 약속하겠나?"

"기꺼이 약속드립니다."

"부탁이 있네. 우리 딸이 금방 도착할 터인데, 우리가 오늘 밤에 함께 있는 모습을 안 보이는 편이 좋겠어. 그러니 어서 떠나게! 행운을 비네!"

찰스 다네이가 그 집을 떠난 건 어둠이 깔린 다음이고 마네뜨 아가씨가 도착한 건 한 시간이 지나서 훨씬 어두울 때였다. 프로스 집사는 위층으로 곧장 올라가, 마네뜨 아가씨 혼자서 아버지 방으로 급하게 들어가다가 책을 읽는 의자가 텅 빈 걸 보고 깜짝 놀랐다. 그래서 커다랗게 소리치며 아버지를 불렀다.

"아빠! 사랑하는 아빠!"

아무런 대답도 없었다. 아버지 침실에서 망치질 소리가 나지막하게 들릴 뿐이었다. 마네뜨 아가씨는 중간에 있는 방을 가볍게 지나서 침실문을 들여다보더니 겁에 질려서 그대로 뛰쳐나오며 온몸에 있는 피가 그대로 얼어붙은 것처럼 중얼거렸다.

"아, 이제 어떻게 해! 아, 어떻게 하면 좋아!"

하지만 마네뜨 아가씨는 흔들리는 마음을 금방 진정하고 급히 돌아가서 침실 방문을 노크하며 아버지를 부드럽게 불렀다. 마네뜨 아가씨가 부르는 소리에 안에서 들리던 소리는 멈추고 곧이어 아버지가 밖으로 나와, 두 사람은 함께 오랫동안 실내를 거닐었다.

그날 밤에도 마네뜨 아가씨는 도중에 잠자다 일어나서 아버지 침실을 살폈다. 아버지는 깊이 잠들고 구두 연장이 담긴 상자와 오랫동안 완성 못 한 구두는 평소와 똑같은 자리에 있었다.

XI. 무례한 짝사랑

밤인지 새벽인지 아리송한 시간에 스트라이버 변호사가 자칼에게 말했다.

"칼톤, 펀치[42] 한 사발 더 말아보지. 자네에게 할 말이 있어."

칼톤은 그날 밤도 전날 밤도 전전날 밤도 두 배로 일하며 매일 밤 연속으로 일해서 장기 휴가[43]를 떠나기 전에 스트라이버가 산더미처럼 제시한 서류를 깨끗하게 정리하려고 애썼다. 마침내 서류는 정리가 끝나고 스트라이버는 밀린 임금을 말끔하게 지급했다. 11월이 뿌연 안개를 몰고 나타날 때까지는, 그래서 안개처럼 애매한 법정 문제를 다루며 돈벌이를 다시 하기 전까지는 할 일을 모두 깨끗하게 마친 것이다.

칼톤은 어찌나 열심히 일했는지 생기도 없고 정신도 없었다. 밤을 보내는 동안 엄청나게 많은 수건을 축축하게 적셔서 머리에 얹어야 했다. 그리고 수건을 얹기 전에는 그만큼 많은 포도주를 마셔야 했다. 그래서 머리에 덮은 수건을 벗어 지난 여섯 시간 동안 틈틈이 담가 물을 적시던 대야에 던져버린 지금은 몸 상태가 정말 말이 아니었다.

뚱뚱한 스트라이버가 소파에 누워서 두 손을 배에 얹은 채 힐끗 쳐다보며 물었다.

"펀치 한 사발 더 말고 있는 거야?"

"그래."

"그럼, 나 좀 봐! 자네에게 할 말이 있어. 들으면 깜짝 놀랄 거야. 어쩌면 자네가 평소에 생각한 것만큼 내가 약삭빠른 사람은 아니라는

---

42) 과일즙에 설탕과 양주 따위를 섞은 음료.
43) 영국 법원에는 개정기와 휴정기가 있다. 7월부터 성 미카엘 축일 9월 29일까지 휴정기인데, 여기에서 장기 휴가는 휴정기를 말한다.

생각이 들 수도 있어. 내가 결혼할 마음을 먹었거든."

"자네가?"

"그래. 하지만 돈을 보고 하는 건 아니야. 자네 생각은 어떤가?"

"별다른 생각이 안 드는군. 여자가 누군가?"

"누굴까?"

"내가 아는 여잔가?"

"그런가?"

"새벽 다섯 시에 수수께끼나 하자는 건가? 지금 머릿속이 두뇌를 기름에 튀긴 것처럼 지글지글 끓는다네. 굳이 나랑 수수께끼를 하고 싶으면 저녁 시간에 하는 게 좋겠네."

칼톤이 대답하자, 스트라이버가 천천히 일어나서 앉으며 말했다.

"으음, 그렇다면 알려주지. 칼톤, 내가 마음에 품은 상대를 모르다니 정말 실망스럽군. 자넨 정말 둔감한 자식이야."

그러자 칼톤이 펀치를 열심히 섞으며 반박했다.

"그러는 네놈은 정말 민감해서 시적인 감수성이 넘치고……."

스트라이버가 자랑스럽게 웃으며 대답했다.

"당연하지! 그래도 연애소설 주인공까지 될 생각은 없어. 그럴 나이는 지났잖아. 하지만 자네보다 훨씬 예민한 건 사실이야."

"군이 말하자면 나보다 운이 좋다는 뜻이겠지."

"그런 말이 아니야. 내 말은 내가 자네보다 훨씬 더…… 훨씬 더……"

"용감하다고 해두세, 자네가 적당한 단어를 떠올릴 때까진."

칼톤이 제안하자, 스트라이버는 펀치를 만드는 친구에게 우쭐하며 말했다.

"그래! 용감하다는 말이 좋겠군. 내가 하고 싶은 말은 나는 여성들 사이에서 호감을 사려고 신경도 쓰고 호감을 사려고 노력도 하고 호감을 사는 방법도 훨씬 많이 안다는 거야, 자네보다는."

"계속하게."

시드니 칼톤이 말하자, 스트라이버는 특유의 거만한 자세로 머리를 흔들며 계속 말했다.

"아니야. 계속 말하기 전에 자네에게 한 가지는 분명히 밝히고 넘어가야 하겠어. 자네는 마네뜨 박사님 댁에 나만큼이나, 아니 나보다 많이 찾아갔어. 그런데 그 집에서 시간을 보낼 때마다 자네가 뚱하게 행동하는 걸 보면 정말 창피해서 견딜 수 없었다네! 토라져서 입을 꾹 다물고 왠지 비굴하게 구는 것 같아서, 내가 분명히 말하는데, 창피한 느낌이 들 때가 정말 한두 번이 아니었다네, 칼톤!"

"그렇게 창피한 걸 안다면 법정에서 피의자를 변호할 때 많은 도움이 될 터이니, 나에게 고마워해야 하겠군, 스트라이버."

그러자 스트라이버가 상대편을 어깨로 밀면서 말했다.

"그런 식으로 빠져나가지 말게. 나에게는 자네가 그런 사교 분위기에 지독하게 심술궂은 유형이라는 사실을 자네에게 알릴 의무가 있어, 칼톤. 내가 이렇게 얼굴 앞에 대고 말하는 건 다 자네 좋으라고 그러는 거야. 자네는 정말 까다로운 유형이라고."

칼톤은 자신이 만든 펀치를 찰랑찰랑 넘치는 잔으로 마시면서 폭소를 터트리고 스트라이버는 정색하며 말했다.

"나를 똑바로 보라고! 나는 자네처럼 일부러 노력하지 않아도 호감을 살 수 있어. 상황에 안 흔들리고 초연하거든. 내가 왜 그러겠나?"

"나는 자네가 그러는 모습을 아직 한 번도 못 봤네."

"내가 그러는 건 상대를 존중하기 때문이야. 나는 원칙에 따라서 행동한다고. 그러니 나를 보게! 잘 나가잖아!"

스트라이버가 하는 말에 칼톤이 무관심한 표정으로 대답했다.

"결혼할 의도가 있다는 이야기는 아직 안 나가잖아. 그러니 하던 이야기나 계속하게. 나에 대해선…… 내가 아무런 가망도 없다는 사실을 아직도 모르겠나?"

드러내고 경멸하는 어투로 묻는 말에 친구는 무뚝뚝한 어투로 대답했다.

"자네에게 아무런 가망도 없을 이유는 없어."

"내가 아는 한, 나에게는 별다른 가망이 하나도 없어. 결혼할 상대는 누군가?"

칼톤이 묻는 말에 스트라이버는 속마음을 드러낼 준비를 하는 차원에서 먼저 화려한 우정을 가장하며 대답했다.

"내가 아가씨 이름을 밝힌다고 해서 자네가 불편하게 여기는 일은 없으면 좋겠네, 칼톤. 자네가 하는 말 가운데 절반은 진심이 아니라는 건 나도 잘 알기 때문이야. 설사 진심이라 해도 하찮은 내용이 분명하고 내가 이렇게 사설을 늘어놓는 이유는 자네가 예전에 그 아가씨를 살짝 깔보는 어투로 말한 적이 있기 때문이야."

"내가?"

"그래. 바로 이 방에서."

시드니 칼톤은 마시던 펀치를 쳐다보고 득의양양한 친구를 쳐다보더니, 펀치를 들이켠 다음에 득의양양한 친구를 다시 쳐다보았다.

"젊은 숙녀에게 금발 인형이라고 말했잖아. 젊은 숙녀는 바로 마네뜨 아가씨일세. 자네가 그런 분야에 조금이라도 민감하거나 섬세한 성격이라면, 칼톤, 마네뜨 아가씨를 그렇게 말할 때 내가 살짝 화났을 거야. 하지만 자네는 그런 성격이 아니잖아. 자네는 그런 감각이 조금도 없잖아. 그래서 나 역시 그런 표현을 들어도 아무렇지 않았네, 그림을 조금도 모르는 자가 내가 그린 그림을 무시하거나 음악을 조금도 모르는 자가

195

내가 작곡한 음악을 무시해도 아무렇지 않은 것처럼."

시드니 칼톤은 펀치를 엄청난 속도로 들이켰다. 찰랑찰랑 넘치는 잔을 들이켜며 친구를 쳐다보았다. 그러자 스트라이버가 다시 이야기했다.

"이제 자네에게 모조리 털어놓았네, 칼톤. 나는 재산 따위에 신경도 안 써. 마네뜨 아가씨는 정말 매력 있어. 그래서 마음이 가는 대로 결정했다네. 나 정도면 마음이 가는 대로 결정해도 되는 사람이잖아. 마네뜨 아가씨는 이미 상당히 성공한 남자, 빠르게 발전하는 남자, 모든 점에서 우수한 남자를 남편으로 맞이하는 거야. 정말 대단한 행운인데, 마네뜨 아가씨에게는 그런 행운을 누릴 자격이 있어. 자네, 놀란 거야?"

칼톤은 여전히 펀치를 마시면서 대답했다.

"내가 뭐 때문에 놀라겠나?"

"그럼 찬성하나?"

칼톤은 여전히 펀치를 마시면서 대답했다.

"내가 뭐 때문에 찬성을 안 하겠나?"

"으음! 내가 상상한 이상으로 쉽게 받아들이고 내가 생각한 이상으로 돈이란 문제도 가볍게 여기는군. 하지만 자네는 오랜 단짝이 의지가 매우 강한 사람이란 사실을 이제 충분히 깨달았을 게 분명해. 그래, 칼톤, 나는 지금까지 이런 생활을 충분히 살았어, 변화가 하나도 없는 생활. 마음이 내킬 때 가정을 꾸린다는 건 - 안 내키면 그대로 살 수도 있겠지만 - 남자에게 정말 기분 좋은 일인 것 같아. 마네뜨 아가씨는 어느 곳을 가더라도 말을 잘할 것 같아. 나에게 도움이 될 거야. 그래서 결심한 거야. 말이 나왔으니 말인데, 오랜 친구 칼톤, 자네 역시 장래문제를 진지하게 고민하라는 말을 하고 싶어. 지금 자네는 건강이 좋지 않아, 그치? 건강이 매우 심각하다고 돈 귀한 줄 모르고 방탕하게 살아가니, 머지않아 몸이 망가지고 말 거야. 병들어서 가난뱅이로 전락하는 거라고. 그러니 이제는 곁에서 자네를 돌볼 여자에 대해 정말 곰곰이 생각해야 해."

성공한 후원자가 이렇게 말하는 모습이 칼튼 눈에 평소보다 두 배는 뚱뚱하고 네 배는 무례하게 보였다. 하지만 스트라이버는 말을 멈출 줄 몰랐다.

"그러니 자네에게 현실을 직시하라고 충고하고 싶어. 나는 지금까지 나름대로 현실을 직시하며 살았어. 자네도 자네 나름대로 현실을 직시하라고. 결혼해. 자네를 돌볼 사람을 찾아. 물론 자네는 여자에게 관심도 없고 이해도 못 하고 요령조차 없지만 그래도 괜찮아. 적당한 사람을 찾아. 재산도 조금 있고 얼굴도 흉하지 않은 사람을 – 여관이나 하숙집 같은 걸 운영하는 사람을 – 찾아서 결혼해, 만일에 대비해서. 자네에게 는 그런 여자가 필요해. 곰곰이 생각하라고, 칼튼."

"알았어, 곰곰이 생각하지."

칼튼이 대답했다.

XII. 섬세한 친구

스트라이버 변호사는 마네뜨 박사 딸에게 커다란 행운을 관대하게 베풀기로 마음먹고 장기 휴가를 떠나기 전에 알려서 행복을 만끽하도록 하겠다고 결심했다. 그래서 머릿속으로 곰곰이 생각한 결과, 사전작업 을 모두 마치는 게 좋겠다는, 그러면 9월 29일 성 미카엘 축제를 한두 주일 앞둔 시점이나 크리스마스 연휴 기간에 여유롭게 결혼식을 올릴 수 있겠다는 결론에 도달했다.

스트라이버는 이번 일도 재판만큼이나 자신만만했다. 의심할 여지가 조금도 없었다. 자신이 원하는 평결이 나올 게 분명했다. 배심원에게 현실적인 근거만 - 현실적으로 고려할 가치가 있는 근거만 - 충분히 제시하면 되는 정말 간단한 사건이었다. 어디 하나 허점이 없었다. 스스로 원고 입장이 되어서 판단해도 지금까지 제시한 근거를 뒤집을 방법이 없으니 피고 측 변호인은 서류를 내던지고 배심원단은 심사숙고하기 위해 따로 모일 필요도 없었다. 사건 심리를 모두 마치고 나니, 이보다 명백한 사건은 없다는 생각이 들어서 스트라이버 재판장은 매우 흡족했다.

스트라이버는 장기 휴가에 들어가면서 마네뜨 아가씨에게 복스홀 공원으로 놀러 가자고 정식으로 제안했다가 거절당하고 래니러 유원지를 제안했다가 어이없게 거절당해,[44] 이번에는 소호로 직접 찾아가서 자신이 고상하게 결정한 내용을 선포하기로 했다.

스트라이버 변호사는 장기 휴가를 본격적으로 만끽하기에 앞서, 템플 바에서 소호 방향으로 어깨를 거들먹거리며 나아갔다. 목에 힘주고 약한 사람을 어깨로 밀치면서 인도를 따라 힘차게 나아가니, 템플 바 인근 성 던스턴 성당 앞을 막 지날 때는 다른 사람 눈에 함부로 대할 수 없는 대단한 권력자로 보였다.

길을 가는 도중에 텔슨 은행이 보이는데, 텔슨 은행에 계좌도 있겠다 마네뜨 아가씨와 가깝게 지내는 로리도 알겠다는 마음에 은행에 들어가서 자신이 소호에 부여할 영광을 미리 귀띔하는 것도 좋겠다는 생각이 들었다. 그래서 삐걱거리는 소리가 가냘프게 흘러나오는 좁은 통로

---

44) 당시에 유원지는 오래전부터 조잡하게 변해서 인기가 없었다. 스트라이버가 마네뜨 아가씨에게 그런 곳에 가자고 했다는 사실을 통해 취향이 조잡하다는 걸 느낄 수 있다.

입구를 밀고 들어가, 두 칸 계단을 헛디디며 넘어질 듯 내려가서 늙어빠진 직원 두 명을 지나 곰팡내가 물씬 풍기는 뒤쪽 사무실로 어깨를 거들먹거리며 들어서니, 로리는 책상에서 줄자로 커다란 장부에 줄을 그으며 숫자를 계산하는데, 창문에 수직으로 달린 쇠창살도 숫자를 계산하려고 줄을 긋는 것 같고 구름 아래 모든 사물은 숫자를 합산하는 것 같았다.

"안녕하십니까! 어떻게 지내셨나요? 물론 잘 지내셨겠죠?"

스트라이버가 소리쳤다. 어디를 가든 공간이 비좁을 정도로 뚱뚱하게 보이는 스트라이버였다. 텔슨 은행 사무실은 그런 사정이 더 심하니, 멀리 구석에서 일하던 늙은 직원 여럿이 짜증스런 표정으로 쳐다보는 게, 마치 스트라이버 때문에 벽으로 밀려서 짜부라지기라도 하는 것 같았다. 은행장은 멀리 떨어진 곳에서 우아하게 신문을 보다가 불쾌한 표정으로 고개를 숙이는 게, 마치 자신이 입은 고상한 조끼를 스트라이버가 머리로 들이받기라도 하는 것 같았다.

신중한 로리는 이런 상황에서 좋은 본보기로 추천할만한 목소리로 "안녕하세요, 스트라이버 변호사? 잘 지내셨나요, 고객님?" 하고 대답하며 악수했다. 그런데 로리가 악수하는 느낌이 매우 독특했다. 하기야 은행장이 지켜보는 상황이라면 텔슨 은행 직원은 누구나 고객하고 그런 식으로 악수하는데, 간이라도 빼줄 것처럼 악수하는 모습이 마치 텔슨 은행 전체를 대신해서 악수하는 것 같았다.

"제가 도와드릴 일이라도 있나요, 스트라이버 변호사?"

로리가 특유의 사무적인 어투로 묻자, 스트라이버가 대답했다.

"아, 아닙니다, 괜찮아요. 선생님에게 사적으로 볼 일이 있어서 찾아온 겁니다. 은밀하게 말씀드릴 게 있어서요."

"아, 그렇군요!"

로리는 몸을 숙여서 귀를 기울이지만 한쪽 눈은 멀리 떨어진 은행장을 살폈다. 그러자 스트라이버가 책상에 두 팔을 은밀하게 기대면서 말하는데, 두 배는 커다란 책상이 절반짜리도 안 되는 책상처럼 조그맣게 보였다.

"실은 선생님하고 친하게 지내는 친구 마네뜨 아가씨에게 지금 제가 청혼하러 가는 중입니다, 로리 선생님."

"맙소사!"

로리가 깜짝 놀라더니 턱을 문지르며 의심스러운 눈으로 방문객을 바라보았다. 그러자 스트라이버가 몸을 뒤로 빼면서 물었다.

"맙소사라니요? 뭐가 잘못됐나요, 선생님? 그게 무슨 뜻인가요, 로리 선생님?"

로리는 실무에 능한 사람답게 대답했다.

"당연히 마음에 들어서 좋다는 뜻이지요. 그렇게 되면 귀하에게 많은 도움이 될 거라는 뜻도 있고. 내 말뜻은 한 마디로 귀하 정도라면 무엇이든 바랄 수 있다는 겁니다. 하지만…… 사실, 귀하도 잘 알다시피, 귀하는……."

로리가 입을 다물고 스트라이버를 쳐다보며 이상하게 머리를 흔들더니 더는 못 참겠다는 듯이 불쑥 덧붙였다.

"당신도 알다시피, 정말이지 당신은 더할 나위 없이 뚱뚱하고 또 뚱뚱해요!"

스트라이버가 금방이라도 달려들 것처럼 손으로 책상을 내려치고 두 눈을 커다랗게 뜨고 숨을 깊이 들이마시면서 소리쳤다.

"맙소사! 그럼, 로리 선생, 내가 퇴짜라도 맞을 거란 뜻인가요?"

로리는 이제 얘기를 끝내자는 뜻으로 양쪽 귀에 내려온 조그만 가발을 만지작거리면서 펜에 달린 깃털을 입술로 빨고, 스트라이버는 매섭게 노려보며 다시 소리쳤다.

"제기랄! 내가 자격이 없다는 건가요?"

"설마! 아니요. 당연히 아니에요. 자격이 있어요. 자격은 충분해요."

"그렇다면 사회에서 성공한 게 아닌가요?"

"맙소사! 그 정도면 충분히 성공했지요."

"그럼 앞으로 출세는?"

스트라이버가 계속 묻자, 로리는 한 번 더 맞장구칠 수 있다는 사실에 기뻐하며 대답했다.

"당신이 출세한다는 건 아무도 의심할 수 없지요."

"그렇다면 아까 그 말은 도대체 무슨 뜻입니까, 로리 선생님?"

스트라이버는 눈에 띄게 풀죽은 표정으로 다시 묻고, 로리는 이렇게 물었다.

"아! 나는……. 지금 거기에 가는 길인가요?"

"당연하지요!"

스트라이버가 말하며 주먹으로 책상을 쿵! 내리쳤다.

"내가 당신이라면 안 가겠소."

로리가 하는 말에 스트라이버는 변론이라도 하듯 깊게 손기력을 흔들며 말했다.

"왜요? 이제 대답할 수밖에 없겠군요. 선생님은 실무를 보는 분이니 근거가 있어야 합니다. 근거를 대세요. 선생님이라면 왜 안 가겠다는 건가요?"

"나는 확실히 성공한다고 믿을만한 근거나 이유가 생기기 전까진 그렇게 안 하기 때문입니다."

"제기랄! 정말 당혹스럽네요."

스트라이버가 내지르는 소리에 로리는 멀리 떨어진 은행장을 힐끗 쳐다본 다음에 잔뜩 화난 스트라이버를 힐끗 쳐다보았다.

"은행에서 실무를 보는 분이……오랫동안 일한 분이……경험도 많은 분이 완벽하게 성공할 수밖에 없는 근거를 세 가지나 듣고서도 근거가 하나도 없다고 말하다니! 머리라는 게 달린 분이 그렇게 말하다니!"

스트라이버가 계속 말하는데, 머리를 떼어놓고 이런 말을 한다면 차라리 놀랍지나 않겠다는 독특한 표정이었다.

"내가 성공이란 말을 한 건 젊은 아가씨에게 성공하겠느냐는 말이고, 근거와 이유란 말을 한 건 젊은 아가씨에게 충분히 통할 수 있는 근거와 이유를 말하는 거예요. 상대는 젊은 아가씨란 말입니다, 고객님."

로리가 상대편 팔을 가볍게 두드리며 계속 말했다.

"젊은 아가씨요. 젊은 아가씨란 사실이 무엇보다 중요해요."

그러자 스트라이버가 양쪽 팔꿈치를 똑바로 펴며 다시 물었다.

"그러니까 선생님 말씀은 현재 문제가 되는 젊은 아가씨는 내숭만 떠는 멍청이라는 게 선생님이 심사숙고해서 내린 결론이란 뜻인가요?"

로리가 빨갛게 달아오른 얼굴로 대답했다.

"그런 뜻이 아닙니다. 내가 말하고 싶은 건, 스트라이버 변호사, 누구든 그 젊은 아가씨에 대해서 불경스럽게 말하면 내가 가만히 듣고 있지 않겠다는, 취향도 몹시 천박하고 성격마저 몹시 급한 사람이 있어서 - 이런 사람이 없기를 바라는데 - 성질을 못 참고 여기까지 찾아와 그 젊은 아가씨에 대해 불경스럽게 말한다면, 아무리 텔슨 은행이라도 내가 따끔하게 말하는 걸 막을 순 없을 거라는 뜻입니다."

꾹 억누른 어투로 화를 내야 한다는 사실에 스트라이버는 자신이 화낼 차례가 되었을 때 피가 거꾸로 솟아올랐다. 하지만 평소에 피가 차분하게 흐르던 로리 역시 자기 차례가 되었을 때 피가 거꾸로 솟는 건 마찬가지였다. 그래서 이렇게 말했다.

"바로 그게 내가 당신에게 하고 싶은 말입니다, 고객님. 내가 한 말을 오해하는 일은 없기를 바랍니다."

스트라이버는 줄자를 들고 입으로 가만히 빨다가 일어나서 이를 툭툭 치며 박자를 맞추더니 이가 아프기라도 한 듯 어색한 침묵을 깨뜨리며 말했다.

"로리 선생님, 나로선 생각도 못 한 말입니다. 충분히 진지하게 생각한 다음에 나에게 소호에 가서 청혼하지 말라고 조언하는 겁니까, 나에게, 고등법원에서 명성을 날리는 스트라이버에게?"

"나에게 조언을 바라는 건가요, 스트라이버 변호사?"

"네, 그렇습니다."

"좋습니다. 그러면 조언을 하지요. 지금 당신이 말한 그대로입니다."

스트라이버가 초조하게 웃었다.

"하, 하, 하, 그렇다면 나로선 과거도 현재도 앞으로 다가올 미래도 정말 당혹스럽다는 말밖에 드릴 말씀이 없네요."

"내 처지를 이해하세요. 실무를 보는 사람으로서 나는 이런 문제에 대해 뭐라고 말할 처지가 아니에요. 실무를 보다 보니까 이런 문제에 대해 아는 게 하나도 없거든요. 하지만 오랜 친구로서, 마네뜨 아가씨가 아기일 때 품에 안고 도버 해협을 건너온 사람으로서, 마네뜨 아가씨와 부친이 신뢰하는 친구로서, 두 분에게 커다란 애정을 느끼는 사람으로서 말한 겁니다. 생각해 보세요, 은밀한 이야기는 내가 원한 바가 아니잖아요. 그렇지 않나요?"

로리가 묻는 말에 스트라이버는 휘파람을 불며 대답했다.

"그렇습니다. 하지만 저로선 일부러 찾아온 제삼자가 상식을 지녔다는 확신이 안 드네요. 제가 직접 확인하는 게 좋겠어요. 나는 여러 방면에 상식이 있다고 생각하는데, 선생님은 순진한 어린애처럼 내숭만 떠는 것 같아요. 나로선 정말 황당하지만 어쩌면 선생님 말씀이 맞을 수도 있겠지요."

그러자 로리는 순식간에 다시 빨갛게 물든 얼굴로 말했다.

"내 성격은 내가 잘 알아요, 스트라이버 변호사…… 내 처지를 이해하세요. 다른 신사분이 나에게 성격을 규정하는 건 – 아무리 텔슨 은행이라도 – 절대로 용납할 수 없어요."

"저런! 용서하세요!"

"용서하지요. 고맙습니다. 으음, 스트라이버 변호사, 내가 제안하고 싶은 건…… 착각했다는 사실을 깨닫고 나면 당신도 고통스러울 테고, 노골적으로 거절해야 하는 마네뜨 박사님도 고통스러울 테고, 노골적으로 거절해야 하는 마네뜨 아가씨는 더욱 고통스러울 겁니다. 내가 그 집 식구와 함께하는 영광과 행복을 누린다는 사실은 당신도 잘 알아요. 그러니 당신만 괜찮다면 내가 그 집에 가서 당신에 대한 말을 조금도 않고 정체도 안 밝힌 상태에서 이리저리 관찰하고 판단해서 다시 조언하는 거예요. 그래서 내가 한 조언에 만족을 못 하겠다면 당신이 직접 가서 확인하는 수밖에 없겠지요. 하지만 내가 한 조언에 만족한다면 그대로 묻어둘 수 있으니, 서로 난처하게 되는 사태를 피할 수 있겠지요. 당신 생각은 어떻소?"

"기간은 얼마나 걸릴까요?"

"아! 몇 시간이면 충분합니다. 퇴근하면 소호에 들렀다가 당신 집으로 곧장 찾아가지요."

"그렇다면 좋습니다. 지금은 소호로 안 가겠습니다, 그 집에 못 가서 안달이 난 것도 아니니까요. 나는 좋으니까 오늘 밤에 선생님을 기다리겠습니다. 그럼 안녕히 계십시오."

그러더니 스트라이버가 돌아서서 은행을 급히 빠져나가는 바람에 공기가 얼마나 심하게 흔들리는지, 늙은 직원 두 명은 계산대 뒤에서 일어나 허리를 숙이며 인사하다가 안 쓰러지려고 젖 먹던 힘까지 끌어모아야 했다. 늙고 연약한 직원 둘은 고객이 지날 때마다 언제나 허리를 숙이며 인사하니, 사람들은 두 사람이 밖으로 나가는 고객에게 인사하고 새로 들어오는 고객에게 인사하는 중간에는 텅 빈 공간에 대고 인사한다고 생각할 정도였다.

스트라이버 변호사는 예리한 성격답게, 로리가 심정적인 확신만 있을 뿐 구체적인 증거는 없어서 의견개진을 더는 안 한 거라고 판단했다. 아직은 커다란 알약을 삼킬 준비가 안 됐으니 잠시 내려놓을 수밖에 없었다. 그래서 알약을 내려놓은 다음에 템플 재판정에서 그러는 것처럼 집게손가락을 흔들면서 중얼거렸다.

"그렇다면 이제 내가 여기에서 빠져나가는 길은 당신들 모두 틀렸다는 사실을 입증하는 거야."

올드 베일리 모사꾼이 전형적으로 사용하는 전술 가운데 하나에 스트라이버 변호사는 크게 안도하며 다시 중얼거렸다.

"하지만 당신은 내가 틀렸다는 사실을 입증할 수 없어, 젊은 아기씨. 당신이 틀렸다는 걸 내가 입증할 거야."

그래서 그날 밤 열 시에 로리가 찾아가니, 스트라이버 변호사는 일부러 잔뜩 널어놓은 서적과 서류에 파묻힌 채 아침에 나눈 대화를 까마득히 잊은 사람처럼 행동했다. 심지어 로리를 보는 순간에 깜짝 놀라는 척까지 하는 모습은 지금까지 다른 일을 하느라 까마득하게 잊었다는 것 같았다.

순진한 밀사는 삼십 분이나 허비하면서 아침에 나눈 문제를 상기시킨 다음에 비로소 이렇게 말했다.

"으음! 그래서 소호에 다녀왔소."

그러자 스트라이버가 차갑게 말했다.

"소호요? 아, 그렇지! 도대체 내가 지금 무슨 생각을 한담!"

"그래서 아침에 우리가 대화를 나눌 때 내가 말한 내용이 옳다는 확신을 얻었소. 내 생각이 옳다는 걸 확인했으니, 아침에 한 조언을 그대로 반복하겠소."

로리가 말하자, 이번에는 스트라이버가 친근한 어투로 대답했다.

"분명히 말하는데, 나로선 선생님 말씀도 안타깝고 불쌍한 부친의 대답도 안타깝습니다. 그 집 가족으로선 이번 문제를 둘러싸고 오랫동안 후회할 수밖에 없을 테니까요. 어쨌든 이번 문제는 이걸로 마무리 지읍시다."

"이해를 못 하겠구려."

로리가 말하자, 스트라이버는 머리를 나긋나긋하면서도 단호하게 흔들면서 대답했다.

"당연히 그러시겠지요. 그래도 괜찮습니다. 괜찮아요."

"괜찮지가 않소."

"아닙니다, 괜찮습니다. 분명히 말하지만 괜찮습니다. 나는 그분들에게 판단력이라는 게 있는 줄 알았는데 실제로는 조금도 없고, 근사한 야망이 있는 줄 알았는데 그런 것도 없어요. 하마터면 실수할 뻔했는데, 해를 입은 게 하나도 없으니 정말 다행이요. 젊은 여자들이 예전에도 툭하면 비슷한 실수를 저지르고서 가난과 고난에 시달리며 후회한 게 한두 번이 아니지요. 이타적인 관점에서 말하자면 이번 문제를 접게 돼서 나도 정말 안타깝습니다. 세속적인 관점에서 보면 이번 일이 성사되는 게 나에게 손해거든요. 이기적인 관점에서 말하자면 이번 문제를 이렇게 접을 수 있어서 나로선 정말 다행입니다. 이런 결혼으로 내가 아무런 이득도 없다는 건 굳이 말할 필요도 없거든요. 하지만 이렇게 끝나게 되어서 나로선 손해가 하나도 없습니다.

내가 젊은 아가씨에게 청혼한 것도 아니고 우리 두 사람만 아는 건데, 돌이켜보면 내가 정말 그런 생각을 했는지조차 의심스러울 정도랍니다. 그런데 로리 선생님도 허영심과 경솔함만 가득하고 머리는 텅 빈 상태에서 내숭 떠는 걸 좋아하는 아가씨에게는 어쩔 수가 없군요. 애초에 어쩔 수 있다는 기대는 안 하는 게 좋겠어요, 괜히 실망만 할 테니까요.

어쨌든 이 문제는 이걸로 덮읍시다. 내가 분명히 말하지만, 상대편을 생각하면 이렇게 된 게 안타깝지만 나 자신을 생각하면 정말 만족스럽답니다. 선생님에게 이런 말씀을 드릴 수 있도록 허락하시고 조언까지 하셔서 정말 고맙습니다. 선생님이 나보다는 그 젊은 아가씨에 대해서 훨씬 잘 아세요. 선생님 말씀이 맞았습니다. 이루어지면 절대로 안 될 일이었습니다."

로리는 너무나 당혹스러운 나머지 어리벙벙한 눈으로 쳐다보고 스트라이버는 아주 관대하고 호의적인 표정으로 출구를 향해 어깨로 밀치면서 말했다.

"선생님께서 최선을 다하셨으니, 이번 문제는 이걸로 덮겠습니다. 이런 말씀을 드릴 수 있도록 허락하셔서 다시 한번 고맙습니다. 안녕히 가십시오!"

로리는 정신을 차리기도 전에 깜깜한 밤으로 쫓겨나고, 스트라이버는 소파에 똑바로 누워서 천장을 바라보며 윙크했다.

XIII. 섬세하지 않은 친구

시드니 칼톤도 다른 곳에서 밝게 빛난 적이 있겠지만, 마네뜨 박사네 집에서 밝게 빛난 적은 한 번도 없었다. 일 년 동안 자주 드나들어도 언제나 침울하고 뚱한 표정으로 겉돌았다. 말을 하려고 들면 정말 잘하는데, 머리 위에 무관심이라는 먹구름이 너무 짙게 깔린 터라, 내면에 담긴 빛이 밖으로 뚫고 나올 순 없었다.

그렇지만 그 집을 둘러싼 도로는 물론 도로에 깔린 무감각한 판석에는 상당한 관심을 보였다. 그래서 그 도로를 비참하고 흐리멍덩하게 배회한 밤이 수없이 많았다. 포도주를 아무리 마셔도 일시적인 위안조차 안 되니, 혼자서 새벽녘까지 주변을 우울하게 서성인 게 한두 번이 아니고, 첫새벽 햇살이 성당 첨탑과 높은 건물을 또렷하게 밝히며 아름다운 모습을 드러낼 때까지 서성이다 보면, 깜박 잊거나 생각조차 못한 내용이 차분한 시간에 문뜩문뜩 떠올라서 조금이라도 기분이 좋아지는 것 같았다. 그러다 보니, 템플 법원 인근에 숙소가 있어도 최근에는 숙소를 찾는 횟수가 급격하게 줄고 설사 숙소에 들어가서 침대에 몸을 눕혀도 몇 분 이상 못 견디고 다시 일어나 소호 주변을 어슬렁거리기 일쑤였다.

팔월 어느 날, 스트라이버 변호사가 (자칼에게 "결혼 문제에 대한 생각을 바꿨다"고 통보한 다음에) 섬세한 마음을 싸 들고 영국 남서부 데번셔로 떠날 때, 런던 시내 사방에서 활짝 핀 꽃이 향기를 흩날리며 악당에게는 선한 마음을, 심한 병을 앓는 환자에게는 건강을, 늙은이에게는 젊음을 불어넣을 때, 칼톤은 여전히 소호 부근 판석을 밟으며 거닐었다. 그래서 끊임없이 망설이며 뚜렷한 목적 없이 거닐던 발길은 갑자기 어떤 목적을 떠올리고 그 힘으로 마네뜨 박사네 현관을 향해 활기차게 나아갔다.

칼톤은 이 층으로 올라가서 혼자 일하는 마네뜨 아가씨를 발견했다. 그런데 마네뜨 아가씨는 칼톤을 편하게 느낀 적이 한 번도 없는 터라 자신이 일하는 탁자로 칼톤이 다가와서 의자에 앉는 모습을 약간 당혹스러운 표정으로 맞이했다. 하지만 일상적인 인사를 몇 마디 나눈 다음에 얼굴을 쳐다보고서 평소와 다르다는 사실을 깨닫고 이렇게 물었다.

"편찮아 보이네요, 칼톤 변호사님!"

"네. 하지만 내가 살아가는 모습 자체가 건강에 아무런 도움이 안 된답니다, 마네뜨 아가씨. 나처럼 방탕한 놈이 무얼 기대할 수 있겠습니까?"

"그런 말이 아니라…… 미안해요. 제가 먼저 그런 이야기를 꺼냈네요…… 하지만 좀 더 건강하게 살아갈 순 없는 건가요?"

"하느님이 아실 정도로 부끄러운 짓이지요!"

"그렇다면 왜 안 바꾸세요?"

마네뜨 아가씨는 상냥한 표정으로 다시 쳐다보다가 상대의 두 눈에 어린 눈물을 보고 깜짝 놀라면서 슬픈 느낌을 받았다. 이렇게 대답하는 목소리에도 눈물이 어렸다.

"그러기엔 너무 늦었어요. 저는 지금 이 상태에서 결코 좋아질 수 없어요. 나락으로 계속 떨어지다가 최악으로 살겠지요."

칼톤이 탁자에 팔꿈치를 기대고 손으로 얼굴을 가렸다. 그래서 침묵이 이어지는 가운데 탁자가 가늘게 떨렸다.

마네뜨 아가씨는 칼톤이 지금처럼 나약한 모습을 보여준 적이 없어서 정말 걱정스러웠다. 칼톤 역시 눈으로 안 봐도 마네뜨 아가씨가 그런다는 사실을 알기에 이렇게 말했다.

"제발 용서하세요, 마네뜨 아가씨. 제가 아가씨에게 할 말을 생각하니 가슴이 무너지네요. 제가 하는 말을 들어주시겠습니까?"

"그래서 도움이 된다면, 조금이라도 행복할 수 있다면 기꺼이 그러겠습니다, 칼톤 변호사님!"

"그렇게 다정하게 동정하시다니, 하느님이 축복하실 겁니다!"

칼톤은 얼굴을 손으로 가리다가 잠시 후에 내리더니 차분한 어투로 말했다.

"제가 무슨 말을 해도 겁내지 마세요. 제가 무슨 말을 해도 움츠러들지 마세요. 저는 젊어서 죽은 사람이랑 똑같으니까요. 제가 살아온 인생이 그러니까요."

"아니에요, 칼톤 변호사님. 앞으로 좋아질 날이 있을 게 분명해요. 앞으로 훨씬 바람직하게 살아갈 날이 찾아올 거예요."

"그렇게 말씀하시다니, 나에게 그런 날은 없다는 사실을 잘 알지만 - 비참할 정도로 확실히 알지만 - 지금 하신 말씀을 영원히 기억하겠습니다!"

마네뜨 아가씨는 얼굴이 창백하게 변하면서 부르르 떨었다. 하지만 칼톤 자신이 항상 깊은 절망에 휩싸인 사람이라는 사실이 또렷하게 드러날 뿐, 대화하는 분위기가 좋은 쪽으로 흘러갈 가능성은 조금도 없었다.

"지금 앞에서 바라보는 사내의 사랑을 - 모든 기회를 날려버린 채 허송세월하며 술만 퍼마실 뿐, 아가씨가 아는 대로 쓸모라곤 아무짝에도 없는 가련한 사내의 사랑을 - 설사 마네뜨 아가씨가 받아줄 가능성이 있다고 해도, 사내는 행복할지언정 아가씨에게는 불행과 슬픔과 후회만 가득하고 결국에는 자신과 함께 나락으로 떨어져서 똑같이 비참하게 살아갈 거란 사실을 사내는 지금 이 순간에도 너무나 뼈저리게 느낀답니다. 저는 아가씨가 저에게 아무런 애정도 품을 수 없다는 사실을 너무나 잘 압니다. 아니, 바라지도 않습니다. 아니, 그럴 수 없다는 사실이 오히려 고마울 정돕니다."

"애정이 없으면 제가 도울 방법도 없는 건가요, 칼톤 변호사님? 제가 변호사님을 더 좋은 길로 - 이렇게 말해서 미안해요 - 인도할 순 없는 건가요? 저는 이게 은밀한 고백이라고 생각하는데, 지금 하신 은밀한 말씀에 제가 보답할 길은 없는 건가요?"

마네뜨 아가씨가 조심스럽게 말하더니, 잠시 망설이다가 극히 진지한 눈물을 흘리며 다시 말했다.

"변호사님이 다른 사람에게도 이렇게 말하진 않는다는 사실을 저는 알아요. 제가 이런 고백을 좋은 방향으로 돌릴 방법은 없는 건가요, 칼톤 변호사님?"

칼톤이 머리를 흔들며 대답했다.

"없습니다, 조금도 없어요, 마네뜨 아가씨. 제가 하는 이야기를 조금만 더 들어주신다면 저를 위해서 할 수 있는 건 다 하신 겁니다. 아가씨는 제 영혼이 마지막으로 떠올린 꿈이었다는 사실을 알려드리고 싶어요. 바닥에 떨어져도 아직은 제일 밑바닥이 아니라서 아가씨가 부친과 함께하는 모습은, 그리고 아기께기 겁겹게 꾸민 집안을 볼 때마나 완전히 죽어버린 줄 알았던 추억이 끊임없이 떠올랐어요. 아가씨를 만난 다음부터 완전히 죽어버린 줄 알았던 양심이 살아나서 저를 끊임없이 괴롭혔어요. 완전히 죽어버린 줄 알았던 목소리가 다시 살아나서 정신 차리고 열심히 살라고 속삭였어요. 새롭게 노력하자, 다시 시삭하자, 나태하고 방탕한 생활을 청산하자, 완전히 포기한 싸움을 다시 시작하자는 마음마저 떠올랐어요.

하지만 꿈이었어요, 모두가 꿈이었어요, 아무것도 안 남는 꿈, 잠에서 깨어난 사람에게 현실만 알려준 꿈. 하지만 아가씨 덕분에 이런 꿈이라도 꾸었다는 사실을 알려드리고 싶어요."

"아직 남은 꿈은 없나요? 아, 칼톤 변호사님, 다시 생각하세요! 다시 노력하세요!"

"아니에요, 마네뜨 아가씨. 꿈을 꾸는 동안 저에게는 그럴 자격이 하나도 없다는 사실을 깨달았어요. 그렇지만 저는 약해 빠져서, 지금 이 순간에도 약해 빠져서, 잿더미에 불과한 저에게 아가씨가 순식간에 놀라운 솜씨로 불을 지폈다는 사실을 알려드리고 싶었답니다. 하지만 그런 불도 나 자신에게서 나약한 본성을 떼어낼 수 없으니, 무얼 살리거나 무슨 빛을 비추거나 무슨 기여도 못 한 채 헛되이 타버리고 말았답니다."

"선생님이 저를 알고 나서 훨씬 더 불행하셨다면 그건 모두 제 불찰이니……."

"그런 말씀 마세요, 마네뜨 아가씨. 저를 다시 살려낼 인물이 있다면 그건 바로 아가씨니까요. 아가씨는 제가 나쁘게 변한 원인이 될 수 없어요."

"선생님이 묘사하신 마음 상태는 여하튼 제가 끼친 영향 탓이 커다라니 – 간단명료하게 말해서 바로 이게 제가 드리고 싶은 말씀인데 – 그렇다면 제가 그런 영향력으로 선생님을 도울 순 없는 건가요? 저에게 선생님을 좋은 방향으로 이끌 힘은 조금도 없는 건가요?"

"제가 지금 할 수 있는 최선은, 마네뜨 아가씨, 현실을 깨닫기 위해서 여기에 왔다는 사실입니다. 비록 엉뚱한 방향으로 들어선 인생이지만 제가 아가씨에게 마음을 열었다는 사실을, 그리고 아가씨가 안타깝게 여기며 동정할 수 있는 뭔가가 지금 이 순간에 저에게 남았다는 사실을 세상이 끝날 때까지 그리워하면서 살아가도록 하겠습니다."

"제가 온 마음을 다해서 선생님에게 뜨겁게 간청하고 또 간청하는 건 바람직한 생활로 나아갈 수 있다는 믿음입니다, 칼톤 선생님!"

"더는 저에게 믿음을 간청하지 마세요, 마네뜨 아가씨. 저는 지금까지 저 자신을 확인하면서 충분히 깨달았습니다. 저 때문에 아가씨가 괴로워하시니, 빨리 끝내겠습니다. 나중에 오늘을 떠올리면서 제가 이 세상에서 마지막으로 한 고백을 아가씨가 순수하고 순결한 마음으로 받아들였다고, 다른 누구에게도 얘기 않고 가슴에 그대로 담아두겠다고 믿어도 되겠습니까?"

"그래야 위안이 된다면, 네."

"아가씨에게 가장 소중한 분에게도?"

칼톤이 묻는 말에 마네뜨 아가씨는 잠시 침묵하다가 대답했다.

"칼톤 선생님, 비밀의 주인은 선생님이지 제가 아니니, 충분히 존중하겠다고 약속합니다."

"고맙습니다. 하느님 은총이 함께 하시길 다시 한번 기원합니다."

칼톤은 마네뜨 아가씨 손에 키스하고 출구를 향해 나아가다 다시 말했다.

"제가 지나는 말로라도 이런 대화를 다시 꺼내리란 우려는 안 하셔도 됩니다. 이런 말은 두 번 다시 안 할 테니까요. 제가 죽으면 더는 확실한 방법이 없겠지요. 아가씨에게 제 마음을 마지막으로 전달했다는 사실을, 제 이름과 수많은 잘못과 다양한 슬픔까지 아가씨 마음에 그대로 전달했다는 사실을 죽는 순간까지 좋은 추억으로 신성하게 간직하겠습니다. 그러니 항상 밝고 행복하게 살아가십시오!"

칼톤은 예전에 보여준 모습과 완전히 달랐다. 지금까지 너무나 많은 걸 내팽개쳤다는 사실을, 매일같이 억눌러서 자학하며 살았다는 사실을 생각하니 참으로 슬퍼서 마네뜨 아가씨는 구슬프게 흐느끼고 칼톤은 돌아서서 가만히 바라보며 말했다.

"진정하세요! 저는 그렇게 울어줄 가치가 없습니다, 마네뜨 아가씨. 한두 시간만 지나면 참으로 경멸스러운 패거리와 어울려서 천박한 짓거리를 저지를 터이니, 길바닥을 기어 다니는 불쌍한 사람보다 구슬프게 울어줄 가치가 없는 놈입니다. 진정하세요! 제 마음은 지금 그러는 것처럼 언제나 아가씨를 향해도 겉으로는 지금까지 보여준 모습 그대로일 겁니다. 하지만 아가씨에게 마지막으로 드리는 간청은 제가 지금 한 말을 믿어달라는 겁니다."

"그럴게요, 칼톤 선생님."

"마지막으로 드리는 간청은 이게 전부입니다. 그러니 아가씨와 공통점은 하나도 없다는 사실을 너무나 잘 아는 작자는, 아가씨하고는 건널 수 없는 간격이 있다는 사실을 잘 아는 작자는 아가씨를 더는 안 찾도록 하겠습니다. 굳이 언급할 필요도 없다는 건 잘 알아도 영혼에서 우러나와 드리는 말씀인데, 아가씨를 위해서라면, 그리고 아가씨가 소중하게 여기는 분을 위해서라면 저는 무슨 짓이든 하겠습니다. 저에게 희생할 가치나 능력이라는 게 있다면 아가씨를 위해서 그리고 아가씨가 소중하게 여기는 분을 위해서 어떤 식으로든 기꺼이 희생하겠습니다.

이 말에 담긴 확고한 진심을 조용한 시간에 가끔 떠올려주십시오. 때가 찾아올 겁니다, 때가 오래지 않아 찾아올 겁니다, 아가씨가 새로운 인연을 - 아가씨를 아름답게 꾸밀 가정과 훨씬 다정하고 강인하게 맺어줄 인연을, 아가씨를 우아하고 행복하게 가꿀 정말 소중한 인연을 - 맺을 때가. 아, 마네뜨 아가씨, 행복한 아버지 얼굴을 그대로 닮은 아기가 쳐다볼 때면, 환하고 아름답게 자라나는 아기를 바라볼 때면, 지금을 생각하세요! 그래서 아가씨와 사랑하는 사람을 위해 기꺼이 목숨 바칠 사내가 있다는 사실을 떠올리세요!"

칼톤이 떠나며 마지막으로 이렇게 덧붙였다.

"안녕히 계세요! 하느님이 축복하시길!"

XIV. 정직한 장사꾼

　제리 크런처는 플리트 거리에서 끔찍한 개구쟁이를 옆에 세워놓고 걸상에 앉으니, 눈앞에서는 항상 그런 것처럼 엄청나게 많은 사람이 다양한 모습으로 지나다녔다. 하루 중 가장 붐비는 시간에 플리트 거리에 앉아 두 줄기 거대한 행렬을 보면서 - 하나는 태양과 함께 서쪽으로 꾸준히 나아가고 또 하나는 태양을 등지며 동쪽으로 꾸준히 나아가다 결국에는 태양이 떨어지면서 양쪽 모두 보라색으로 빨갛게 물드는 광야 너머로 꾸준히 나아가는 걸 보면서 - 눈이 멍멍하고 귀가 먹먹하지 않을 사람이 어디에 있겠는가?

　제리는 걸상에 가만히 앉아서 입으로 지푸라기를 씹으며 두 줄기 물결을 바라보는데, 몇 세기에 걸쳐서 물결 하나만 생뚱맞게 지켜보는 시골뜨기 같았다. 다른 게 있다면 제리는 흐르는 물결이 언젠간 마를 거란 예상을 않는다는, 아니, 그런 일은 안 일어나기를 바란다는 사실이다. 대부분 중년에 접어들어 습관도 바꿀 줄 모르고 겁도 많은 여인네를 텔슨 은행 이쪽에서 물살을 지나 건너편 해안으로 건네주면서 수입 일부를 채우기 때문이다. 함께 길을 걷는 극히 짧은 순간에 중년 여인에게 커다란 관심을 보이면서 부인의 건강을 위해 건배하는 영광을 꼭 누리고 싶다는 간절한 소망을 안 드러낸 적이 없었다. 그렇게 좋은 목적이라면 당장 시행하라며 중년 부인이 건네는 선물이야말로 바로 앞에서 언급한 것처럼 제리에게는 좋은 수입원이었다.

한때나마 시인[45]이 공공장소에 걸상을 놓고 앉아서 지나는 사람을 구경하며 시상을 떠올리던 시절이 있었다. 하지만 제리는 공공장소에 걸상을 놓고 앉아도 시인이 아니라서 시상을 최대한 안 떠올리며 주변을 둘러보았다.

그런데 인파가 얼마 없는 시즌이라서 겁에 질린 중년여성도 얼마 없고 제대로 되는 일 역시 없다 보니, 집에서 부인이 훨씬 앞에서 언급한 것처럼 또 "지랄하는" 게 분명하다는 강한 의심이 가슴에 불쑥 떠오르는데, 이상할 정도로 많은 인파가 플리트 거리 서쪽에서 쏟아져 나오며 관심을 끌었다. 가만히 쳐다보니 일종의 장례행렬인데 사람들이 반발하며 소란을 떠는 것 같았다. 그래서 어린 자식에게 고개를 돌리며 말했다.

"아들 제리, 장례행렬이다."

"멋져요, 아버지!"

어린 제리가 소리쳤다. 꼬마 신사가 수상쩍은 어투로 감탄하는 소리에 어른 신사는 귀가 거슬려서 기회를 보다가 귀싸대기를 날렸다.

"그렇게 좋아하는 이유가 뭐야? 왜 그렇게 소리치는 거야? 너를 먹여주고 재워주는 아버지에게 하고 싶은 말이 뭐야, 꼬마 불량배야? 또 사고 치려고?"

어른 신사가 야단치며 가만히 살피다가 다시 나무랐다.

"아직 머리에 피도 안 마른 놈이 저런 걸 보고 멋지다고? 그런 말만 또 해봐, 귀싸대기를 맞을 테니. 알아들어?"

"나는 아무 짓도 안 했어요."

꼬마 제리가 항의하며 뺨을 문지르자, 어른 제리가 대답했다.

---

45) 단테는 플로렌스 성당 밖에 의자를 놓고 앉아서 지나는 사람을 구경하며 시상을 떠올렸다고 한다.

"그만해. 내가 너에게 해롭게 하진 않으니까. 저기 걸상에 올라서서 인파를 살펴."

아들은 복종하고 인파는 다가왔다. 사람들은 관을 실은 음침한 영구 마차와 유족을 태운 음침한 마차를 에워싼 채 커다랗게 소리치며 비난하고, 유족 마차에는 유족이 한 명밖에 없는데 이런 행사를 엄숙하게 치르려면 그럴 수밖에 없다는 듯 음침한 상복 차림이었다. 하지만 구경꾼이 계속 늘어나면서 마차를 에워싸고 유족에게 인상 쓰고 조롱하며 끊임없이 으르렁대는 소리와 함께 "그래! 첩자! 아하! 그래! 첩자!" 하고 소리치는데, 구호가 너무 길고 강렬해서 똑같이 따라 하기 어려울 정도였다.

제리는 장례식만 보면 항상 커다란 관심이 일었다. 장례행렬이 텔슨 은행을 지날 때마다 언제나 신경을 곤두세우고 흥미진진하게 바라보았다. 그러니 인파가 이상하게 몰려드는 장례행렬을 보고 당연히 관심이 엄청나게 일어날 수밖에 없고, 그래서 제일 먼저 오는 사람에게 물었다.

"무슨 일이오, 형제? 도대체 왜 이러는 것이오?"

"나도 모르오."

상대편이 내답하며 구호를 외쳤다.

"그래! 첩자! 아하! 그래! 첩자!"

그래서 다른 사내에게 또 물었다.

"무슨 일이오?"

"나도 모르오."

상대가 대답하더니, 두 손을 입에 대고 나팔처럼 만들어서 놀라운 열정과 엄청난 열기로 커다랗게 소리쳤다.

"그래! 첩자! 아하! 그래! 처업자!"

마침내 이번 문제에 대해 훨씬 많은 내용을 아는 사람이 나타나고,

제리는 로저 클라이라는 첩자의 장례행렬이라는 사실을 알 수 있었다.

"그 사람이 첩자였나요?"

제리가 묻자, 상대편이 대답했다.

"올드 베일리 검찰 측 첩자였소. 그래! 첩자! 아하! 그래! 처어업자!"

제리는 자신이 심부름하러 갔던 재판을 떠올리며 소리쳤다.

"맙소사! 나도 본 적이 있소. 그자가 죽었소?"

"완벽하게 죽었소. 다시 죽을 수 없을 정도로. 저기, 저놈을 잡아내라! 첩자다! 저기, 저놈을 끌어내라! 첩자다!"

다른 주장이 특별나게 없기에 사람들은 단번에 받아들여 "저놈을 잡아내라!", "저놈을 끌어내라!"고 열정적으로 소리치며 달려들어 마차 두 대를 세웠다. 군중이 마차 문을 여는 순간 한 명밖에 없는 유족이 허둥대며 나오다가 군중에게 잡히지만 기민한 성격으로 틈만 노리다가 망토와 모자, 모자에 두른 상장과 상의 주머니에 꽂은 하얀 손수건 같은 상징적인 물건을 모두 떼어내며 골목길로 잽싸게 도망쳤다.

사람들은 이런 물건을 집더니 잔뜩 흥분하며 갈기갈기 찢어발겨 사방에 흩뿌리고 주변 상점가는 서둘러 문을 닫았다. 당시만 해도 이렇게 흥분한 군중은 순식간에 끔찍한 괴물로 변하기 일쑤기 때문이다. 결국에는 사람들이 영구마차를 열어서 관을 꺼내려고 하는데, 바로 그 순간에 꽤 똑똑한 천재가 그러는 편보다 목적지까지 호송하면서 축제를 벌이는 편이 좋겠다고 제안했다. 현실적인 제안이 필요하던 차에 사람들 모두 환호성과 함께 받아들이더니, 곧바로 여덟 명이 영구마차에 올라타고 열 명은 밖에 매달리고 그만한 숫자가 각자 독특한 방법으로 지붕에 올라탔다. 이렇게 자발적으로 제일 먼저 움직인 사람 가운데에는 제리 크런처도 있는데, 행여나 텔슨 은행 측에서 보지나 않을까 두려워 삐죽삐죽 곤두선 머리카락을 가린 채 영구마차 깊숙한 구석으로 숨어들

없다.

장례를 맡은 사람들이 이런 변화에 당장 항의하지만, 강물은 불안할 정도로 가까운 곳에 있고 몇몇 목소리는 말을 안 듣는 사람이 있으면 차가운 강물로 던져버리라고 소리치니, 항의하던 목소리는 순식간에 가라앉고 말았다. 새로운 장례행렬은 다시 나아가고 굴뚝 청소부는 영구마차를 몰고 – 원래 마부는 바로 옆에 앉아서 열심히 감시하며 방법을 알려주고 – 파이를 팔던 행상은 또 다른 내각 각료가 바로 옆에 앉아서 알려주는 대로 유족 마차를 몰았다. 곰을 데리고 다니면서 묘기를 부려 당시에 거리에서 인기가 많던 사내는 새로운 행렬이 스트랜드 거리를 빠져나가기 직전에 깊은 인상을 받으며 합류하고 사내가 부리는 곰은 제일 앞에서 매우 더럽고 까만 모습으로 나아가며 장례행렬 분위기를 한껏 돋웠다.

그래서 무질서한 장례행렬이 맥주도 마시고 파이프 담배도 태우고 노래도 커다랗게 부르고 애도하는 흉내도 내면서 나아가는 동안 조문객은 새로 끊임없이 모여들고 상점은 모두 문을 닫았다. 행렬이 나아가는 목적지는 런던 중앙 북부 세인트 판크라스에 있는 낡은 성당이라서 들판 깊숙이 나아가야 했다. 이윽고 목적지에 도착하자, 묘지구덩이에 그대로 던져야 한다고 고집을 부려 고인이 된 로저 클라이를 마침내 독특한 방식으로 매장하면서 그곳에 참석한 인파 모두 기분을 한껏 고조시켰다.

죽은 사람을 처리하고 나자, 뭔가 새로운 오락거리가 필요하던 참에 똑똑한 천재가 새로 나와서 (똑같은 인물일 수도 있는데) 행인을 붙잡아 올드 베일리 검찰 측 첩자로 몰아 혼쭐내면서 복수하자고 제안했다. 그와 동시에 사람들이 꿈이라면 모를까 생시에 올드 베일리 근처에 가본 적도 없는 무고한 사람 수십 명을 마구 쫓아가서 등을 떠다밀며 괴롭혔다. 이런 장난이 유리창을 깨뜨리는 놀이로 나아가다가 술집을 습격하고 약탈하는 폭동으로 발전하는 건 극히 자연스러운 과정이었다. 이렇게 몇 시간이 지나면서 여름별장을 여기저기 파손하고 울타리를 뜯고 호전적인 사람들은 무장까지 할 즈음에 마침내 근위대가 출동했다는 소문이 돌았다. 그와 동시에 인파는 순식간에 사라지는데, 근위대야 실제로 올 수도 있고 안 올 수도 있지만, 이런 과정 자체도 폭도에게는 지극히 당연한 절차였다.

제리는 이런 마무리 절차에 참여하는 대신 교회 공동묘지에 남아서 장례절차를 진행하는 사람들에게 애도를 표하며 대화를 나누었다. 제리는 이런 공간이 언제나 편했다. 그래서 옆에 있는 술집에서 파이프 하나를 주워 담배를 태우며 난간도 살피고 매장 현장도 꼼꼼히 살폈다. 그러면서 평소처럼 혼자 중얼거렸다.

"제리, 너는 그날 거기에서 클라이를 봤어. 아직 젊은 데다 몸도 쭉 뻗은 사실을 네 눈으로 똑똑히 확인했다고."

제리는 파이프 담배 연기를 내뿜으면서 약간 오랫동안 곰곰이 묵상하다가 텔슨 은행이 문을 닫기 전에 직장으로 돌아가야 한다는 생각을 문뜩 떠올렸다. 인간은 죽을 수밖에 없다는 사실에 너무 깊이 묵상하다가 간에 무리가 갔는지 아니면 평소에 건강이 안 좋았는지 아니면 유명한 인물에게 약간의 관심을 보이고 싶었는지 모르지만, 어쨌든 제리는 돌아가는 길에 목적지에서 살짝 벗어나며 주치의를 - 유명한 외과의를 - 잠시 방문했다.

꼬마 제리는 자리를 충실히 지켜서 아버지를 안심시키곤, 자리를 비운 동안에 특별한 일은 없었다고 보고했다. 은행은 문을 닫고 늙은 직원들은 퇴근하고 경비원은 평상시처럼 나타나고 제리는 아들과 함께 간식을 먹으러 집으로 갔다. 그러더니 집으로 들어서자마자 부인에게 짜증

내며 소리쳤다.

"한마디 하겠는데, 내가 오늘 밤에 나가서 정직한 장사꾼으로 하는 일이 제대로 안 된다면 당신이 안 되게 해달라고 기도해서 그런 게 분명하니, 내 눈으로 똑똑히 본 것과 마찬가지로 당신에게 본때를 보여주겠어!"

제리 부인은 풀이 죽어서 머리를 절레절레 흔들기만 했다. 그러자 제리는 걱정과 분노가 동시에 치미는 표정으로 다시 소리쳤다.

"뭐야, 내가 보는 앞에서 또 그 짓거리를 하겠다는 거야?"

"난 아무 말도 안 했어요."

"좋아, 그렇다면 생각도 하지 마. 생각하는 거나 무릎을 꿇는 거나 똑같으니까. 당신은 어떤 식으로 나를 방해할지 몰라. 그러니 완전히 집어치우라고."

"네, 여보."

부인이 대답하자, 제리는 간식을 먹으려고 식탁에 앉으며 말했다.

"네, 여보. 그래, 바로 그거야. 네, 여보. 그거면 충분해. 항상 네, 여보라는 대답만 하는 거야."

제리가 이렇게 말한 데에는 어떤 특별한 의미가 있는 게 아니라 시민들이 흔히 그러는 것처럼 마음에 가득한 불만을 반어법으로 표현한 것에 불과하다. 그래서 버터 바른 빵을 한 입 베어 물고 눈에 안 보이는 커다란 굴까지 접시에서 집어 함께 꿀꺽 삼키는 듯한 표정으로 다시 말했다.

"당신 그리고 네, 여보라는 대답. 그래! 괜찮은 것 같아. 한 번 믿어보겠어."

"오늘 밤에 나가세요?"

아내가 참하게 묻자, 제리는 빵을 또 한 조각 베어 물며 대답했다.

"그래, 나가."

"나도 함께 가도 되나요, 아버지?"

아들이 신나서 물었다.

"안 돼, 너는 집에 있어. 나는 - 너희 엄마가 잘 알듯이 - 낚시하러 가는 거야. 그래서 나가는 거라고. 낚시하러."

"아버지 낚싯대는 굉장히 녹슬었잖아요, 그렇지 않나요, 아버지?"

"너는 신경 쓸 거 없다."

"그럼 물고기를 집으로 가져오나요, 아버지?"

아들이 묻는 말에 제리는 머리를 끄덕이면서 대답했다.

"내가 안 가져오면 내일 아침에 먹을 게 얼마 없을 거야. 이제 충분하니까 더는 묻지 마. 아버지는 네가 잠자리에 들고 많은 시간이 지난 다음에 나가."

제리는 저녁 시간 내내 부인을 부지런히 감시도 하고 퉁명스럽게 말도 걸어서 자신에게 해로운 청원을 머릿속으로 못 하게 하려고 무진장 애썼다. 똑같은 목적으로 아들에게 시켜서 엄마에게 말을 계속 걸도록 하는 한편, 아무거나 생각나는 대로 불평을 늘어놓는 식으로 불쌍한 여인을 달달 볶아서 아내가 속으로 곰곰이 생각할 틈을 안 주었다. 제리가 이런 식으로 부인을 불신하는 마음은 신앙심 깊은 사람이 정직한 기도의 힘에 감탄하는 마음과 비슷했다. 한 마디로, 유령을 안 믿는다고 떠들어대는 사람이 유령 이야기만 나오면 벌벌 떠는 꼴이었다. 제리는 이런 마음으로 다시 말했다.

"꼭 명심해! 오늘은 장난치지 마! 내가, 정직한 장사꾼이, 고기를 한두 덩이라도 건지는 데 성공하면 나 혼자 먹고 가족에게 빵만 먹이진 않으니까. 내가, 정직한 장사꾼이, 맥주를 조금이라도 건지면 나 혼자 마시고 가족에게 물만 먹이진 않는다고. 로마에 가면 로마법에 따라야 해. 로마법에 안 따르면 로마가 당신을 가만두지 않아. 당신에게 로마는 바로 나라고. 그걸 알아야지."

그러더니 다시 투덜대기 시작했다.

"당신이 먹고 마실 음식과 음료수에 재를 뿌리는 이유가 도대체 뭐야! 당신이 여기에서 무릎 꿇고 비정하게 빌어대는 바람에 내가 먹을거리를 얼마나 많이 놓쳤는지 몰라? 당신 아들을 보라고. 저 애는 당신이 낳은 자식이야, 그치? 그런데 바싹 말라 비틀어졌잖아. 그러고도 엄마라고 할 수 있는 거야, 엄마로서 첫 번째 임무는 아이를 배불리 먹이는 거란 사실도 모르면서?"

이 말에 꼬마 제리는 가슴 깊이 감동한 나머지, 엄마가 첫 번째 임무를 제대로 수행하길 바란다고, 엄마가 무슨 짓을 하든 상관없으니 아버지가 엄마 역할에 대해 저렇게 애절하고 섬세하게 설명한 사실에 특별히 초점 맞추길 바란다고 엄마에게 간청했다.

제리 가족이 함께 지내는 저녁 시간은 이렇게 지나고 꼬마 제리는 잠자리에 들라는 명령을 받고 어머니 역시 비슷한 명령에 복종했다. 제리는 혼자서 파이프 담배를 태우며 저녁 시간을 보냈다. 새벽 한 시가 다가올 때까지 꼼짝을 않았다. 그러다가 유령이 나올 것처럼 은밀한 시간에 비로소 의자에서 일어나고 주머니에서 열쇠를 꺼내 자물쇠로 잠근 찬장을 열더니, 마대자루 하나와 적당하게 커다란 쇠지레와 밧줄과 쇠사슬을 비롯해 대충 비슷하게 생긴 낚시 장비를 꺼냈다. 그래서 장비를 능숙하게 챙기고 부인에게 경멸 어린 눈초리를 작별인사처럼 보낸 다음, 불을 끄고 밖으로 나갔다.

꼬마 제리는 잠자리로 들 때 옷을 벗는 척만 하더니, 얼마 안 돼서 아버지를 뒤쫓았다. 어둠에 몸을 숨기며 뒤쫓아서 집을 나서고 뒤쫓아서 계단을 내려가고 뒤쫓아서 마당을 지나고 뒤쫓아서 거리로 나섰다.

세입자가 가득한 건물이라서 밤새도록 대문을 살짝 열어놓는 터라 집으로 다시 들어가는 문제는 걱정이 없었다.

꼬마 제리는 아버지가 정직한 장사라고 하는 게 무언지 파악하고 기술도 익히겠다는 기특한 생각으로 건물 정면과 담장과 건물 진입로에 바싹 붙어서 존경스런 아버지를 바싹 달라붙은 두 눈처럼 바싹 달라붙었다. 존경스런 아버지는 북쪽으로 접어들더니 얼마 안 가서 새로운 강태공과 합류해, 두 사람이 함께 터벅터벅 나아갔다.

집을 나서고 삼십 분이 안 돼서 두 사람은 깜박깜박 조는 가로등을 지나고 깜박깜박 조는 야간 경비원을 지나서 호젓한 도로로 접어들었다. 또 다른 강태공이 여기에서 합류하는데, 어찌나 조용하던지, 꼬마 제리가 미신을 믿었더라면 두 번째로 나타난 강태공은 귀신처럼 갑자기 다가와서 자신을 두 동강 낼 거라고 겁먹을 정도였다.

세 사람은 계속 나아가고 꼬마 제리도 계속 쫓아가는데, 도로 위로 뻗어 오른 축대 밑에서 세 사람이 걸음을 멈췄다. 축대 꼭대기에는 나지막한 벽돌담을 세우고 철조망을 둘러쳤다. 세 사람이 축대와 담장 그늘에 숨으며 도로에서 방향을 틀어 끝이 막힌 골목으로 올라가자, 한쪽에서 약 삼 미터 높이 담장이 나타났다. 한쪽 구석에 숨어서 골목을 바라보던 꼬마 제리에게 다음 순간에 보인 건 존경스런 아버지 형상인데, 구름에 가려서 연하게 반짝이는 달빛을 받아 아주 또렷한 모습을 드러내며 철조망을 민첩하게 올랐다. 그러다가 순식간에 넘어가고, 이번에는 두 번째 낚시꾼이 넘자, 마침내 세 번째 낚시꾼도 넘었다. 그래서 세 사람 모두 대문 안 땅바닥에 조용히 내리더니 가만히 엎드린 모습이 무슨 소리가 나는지 귀를 기울이는 것 같았다. 그런 다음에 비로소 두 손과 무릎으로 엉큼엉큼 기어서 이동했다.

이번에는 꼬마 제리가 대문으로 다가갈 차례였다. 그래서 꼬마 제리는 숨을 죽이고 다가가서 모서리에 다시 숨어 안을 들여다보아, 낚시꾼 세 사람이 무성하게 자란 풀 사이로! 교회 공동묘지에 가득한 비석 사이로! 기어가는 모습을 발견했다. 정말 커다란 공동묘지였다. 사방에 가득한 비석은 하얀 유령처럼 보이고 교회 첨탑은 거대한 괴물 유령처럼 보였다. 세 사람은 잠시 기어가다 동작을 멈추고 똑바로 일어섰다. 그러더니 낚시질을 시작했다.

처음에는 삽 한 자루로 낚시하더니, 곧이어 존경스런 아버지가 커다란 나선형 송곳 같은 장비를 맞추는 것 같았다. 세 사람 모두 무언지 모를 장비를 만지작거리며 열심히 일하는데, 갑작스레 끔찍하게 울려 퍼지는 교회 종소리에 꼬마 제리는 공포에 질려서 머리칼이 아버지 머리칼처럼 쭈뼛쭈뼛 일어선 채 마구 도망쳤다.

하지만 궁금증을 해결하고 말겠다는 오랜 갈망에 꼬마 제리는 마구 달리다가 멈춘 건 물론 다시 돌아가고 말았다. 그래서 대문 사이로 다시 훔쳐보니 세 사람은 여전히 낚시질에 몰두하는데, 이번에는 뭔가 입질이 있는 것 같았다. 세 사람 밑에서 나사가 투덜거리며 돌아가는 소리가 일어나더니, 허리를 굽힌 세 사람이 잔뜩 긴장한 모습은 무거운 물체를 끌어올리는 것 같았다. 무거운 물체는 그렇게 조금씩 올라오다가 마침내 지표면으로 모습을 드러냈다. 꼬마 제리는 그게 무언지 충분히 짐작할 수 있었다. 하지만 실제로 보는 순간, 그리고 존경하는 아버지가 쇠지레로 뚜껑을 열려고 비트는 모습을 보는 순간, 생전 처음 보는 형상에 너무나 놀라서 다시 도망치기 시작해, 이 킬로미터 거리를 한 번도 안 쉬고 달렸다.

숨만 안 가쁘면 안 멈추고 계속 달릴 것 같은 자세가 유령하고 시합하면서 먼저 결승선에 들어가려고 죽기 살기로 달리는 것 같았다. 실제로 뒤에서 관이 열심히 쫓아온다는 기분까지 강하게 들었다. 한쪽 끝으로

일어나 바로 뒤에서 폴짝폴짝 뛰어오며 금방이라도 따라잡아 바로 옆에
서 폴짝폴짝 뛰며 팔을 움켜잡을 것 같았다. 관이 괴상한 모습으로 변해
서 사방에 숨은 것 같기도 했다. 그러면서 밤새도록 끔찍하게 쫓아와,
꼬마 제리는 깜깜한 골목에서 벗어나 널찍한 도로로 뛰쳐나가고, 골목
여기저기에서는 몸이 퉁퉁 부은 아이가 꼬리랑 날개도 없이 날리는 연처
럼 관이 폴짝폴짝 뛰며 나타났다. 건물로 들어가는 출입구마다 관이
숨어서 끔찍한 어깨로 문짝을 문지르며 입이 양쪽 귀까지 찢어지는 게,
자신을 비웃는 것 같았다.

어두컴컴한 도로에도 관이 숨어들어 교활하게 발을 걸어서 넘어뜨리
기도 했다. 그러는 내내 뒤에서는 폴짝폴짝 끊임없이 쫓으며 거리를
좁히니, 꼬마 제리는 자기네 집 대문으로 들어설 즈음에 반쯤 죽은 상태
였다. 그런데도 관은 떠날 생각을 않고 계단을 쿵쿵 뛰면서 위층으로
쫓아와 꼬마 제리와 함께 침대까지 기어올라, 그대로 곯아떨어진 소년
의 가슴으로 쿵 넘어지며 끔찍하게 무거운 몸뚱이로 눌러댔다.

꼬마 제리는 벽장에서 가위에 눌리다가 일출 전 새벽녘에 아버지가
집에서 움직이는 소리에 깨어났다. 그런데 일이 제대로 안 풀린 게 분명
했다. 어머니 양쪽 귀를 움켜잡고 뒷머리를 침대 머리에 쿵쿵 박으며
소리치는 정황으로 충분히 짐작할 수 있었다.

"내가 본때를 보여준다고 했지? 확실히 그랬지?"

"여보, 여보, 여보!"

부인이 애원하고 제리는 계속 말했다.

"당신은 내가 하는 사업에 이익이 나는 걸 반대해. 그래서 나랑 동업
자들이 생고생한다고. 남편을 존경하고 순종할 줄 알아야 하는데, 도대
체 안 그러는 이유가 뭐야?"

"나는 착한 아내가 되려고 노력해요, 여보."

가련한 여인이 항의하며 눈물을 뿌렸다.

"남편이 하는 일에 반대하는 게 착한 아내 역할이야? 남편이 하는 일을 창피하게 여기는 게 남편을 존경하는 거야? 남편이 하는 중요한 사업을 망치는 게 남편에게 순종하는 거야?"

"예전만 해도 이렇게 끔찍한 일을 안 했잖아요, 여보."

부인이 하는 말에 제리가 반박했다.

"당신은 정직한 장사꾼 마누라 역할만 하면 되는 거야, 남편이 장사할 때와 안 할 때를 주제넘게 계산하지 말고. 남편을 존경하고 순종하는 마누라는 남편이 하는 일에 상관을 않는다고. 당신은 신앙심이 깊은 여자라고 생각하지? 그렇게 신앙심이 깊은 여자라면 나에게 신앙심이 없는 여자를 달라고! 당신은 천성적으로 여기 템스 강바닥에다 박은 말뚝보다 의무감이 없으니, 당신에게도 그런 말뚝을 박아야 해."

이런 논쟁이 나지막한 목소리로 일어나더니, 정직한 장사꾼이 진흙투성이 장화를 벗어 던지고 바닥에 기다랗게 뻗으면서 끝났다. 아들은 아버지가 똑바로 누워서 녹 묻은 두 손을 베개처럼 머릿밑에 베는 광경을 잔뜩 겁먹은 눈으로 훔쳐보다가 다시 깊은 잠으로 빠져들었다.

아침 식사에는 생선도 없고 먹을 음식도 적었다. 풀도 죽고 성질도 죽은 제리는 행여나 부인이 식전기도라도 할 것 같은 낌새가 보이면 냅다 던져서 버릇을 고치려고 무쇠 솥뚜껑을 바로 옆에 두었다. 그러다가 시간이 되면서 세수하고 머리를 빗은 다음, 아들과 함께 눈가림용 직장으로 출발했다.

꼬마 제리는 걸상을 옆구리에 끼고 아버지 옆에서 햇살은 따사롭고 사람도 붐비는 플리트 거리를 나아가는데, 전날 밤에 혼자서 끔찍한 추적자를 피해 어둠을 헤치며 도망칠 때와 완전히 다른 모습이었다. 교활한 잔꾀는 태양과 함께 새롭게 떠오르고 두려움은 밤과 함께 사라졌다. 플리트 거리는 물론 런던 시내 전역에서 자기랑 비슷한 나이에 그런 경험을 한 아이는 없을 거란 생각이 드는 데다 날씨까지 이렇게 화창하니 정말 기분 좋았다. 그래서 걸상을 아버지 쪽으로 옆구리에 끼어서 팔을 뻗어도 안 닿을 만큼 일정한 거리를 유지하면서 물었다.

"아버지, 시체 도굴꾼이 뭐예요?"

제리는 인도에서 걸음을 멈추며 반문했다.

"그걸 내가 어떻게 알겠니?"

"나는 아버지가 무엇이든 다 안다고 생각했어요."

아이가 꾸밈없이 대답하자, 제리는 다시 길을 걷다가 모자를 벗어서 뾰족한 머리를 자유롭게 풀어주며 말했다.

"음! 그래, 일종의 장사꾼이라고 할 수 있지."

"어떤 물건을 파나요, 아버지?"

꼬마 제리가 팔팔하게 묻자, 제리는 속으로 곰곰이 생각한 다음에 대답했다.

"그런 사람이 파는 물건은 과학 분야에 필요한 물건이야."

"사람이 죽은 시신, 그렇지 않나요, 아버지?"

꼬마 제리가 활기차게 묻는 말에 제리는 대답했다.

"내가 보기에도 그런 종류 같아."

"아, 아버지, 나도 커서 시체 도굴꾼이 되고 싶어요!"

제리는 기분이 좋으면서도 애매하게 머리를 흔들며 도덕적으로 충고했다.

"그건 네가 적절한 재능을 얼마나 잘 계발하느냐 여부에 달렸어. 우선은 그런 재능을 계발하는 데 신경 쓰고, 아무런 도움도 안 될 작자에게 말하면 절대로 안 돼. 지금 당장으로선 네가 그만한 능력을 갖출지 알수가 없으니까."

이 말에 꼬마 제리는 힘이 나서 몇 걸음 앞으로 나아가며 걷다가 템플 바 그늘진 곳에 걸상을 내려놓고, 제리는 혼자서 중얼거렸다.

"정직한 장사꾼 제리, 저 녀석이 너에게 행운을 가져올 낌새가 보여. 자기 엄마가 깎아 먹은 걸 채워줄 것 같아!"

XV. 뜨개질

드파르지 술집에 손님이 평소보다 일찍 모여들었다. 새벽 여섯 시밖에 안 되는 이른 시각인데도 바깥에서는 창백한 얼굴 여럿이 창살을 둘러친 유리창으로 내부를 살피고 안에서는 또 다른 얼굴 여럿이 술잔 앞에서 고개를 숙였다. 드파르지는 경기가 좋을 때도 포도주에 물을 타서 팔지만 지금 파는 술은 물을 특히 많이 탄 것 같았다. 포도주는 시큼하다 못해 완전히 시고 그래서 술 마신 사람 모두 우울하게 변한 것 같았다. 드파르지가 포도를 눌러 짜며 만든 포도주에서는 유쾌한 기분으로 떠들썩하게 만드는 불꽃 대신 찌끼에 숨어서 억눌린 불꽃만 은밀하게 타올랐다.

벌써 삼 일 연속으로 이른 아침마다 사람들이 드파르지 술집으로 찾아들었다. 월요일에 시작해서 벌써 수요일이다. 그런데 술 마시는 사람보다 이른 아침부터 곰곰이 생각하는 사람이 많았다. 문을 여는 시간부터 많은 사람이 찾아와서 가만히 듣고 가만히 속삭이며 주변을 어슬렁거리는데, 이들은 계산대에 낼 돈이 없어 술 한 잔 못 마시는 사람들이었다. 그런 사람들이 말술이라도 주문할 것처럼 들어와서 실내를 가득 메운 채 이 자리 저 자리, 이 구석 저 구석 간절한 표정으로 돌아다니며 포도주 대신 대화를 벌컥벌컥 들이켰다.

손님은 이상할 정도로 넘쳐흐르는데 술집 주인은 안 보였다. 주인을 찾는 사람도 없었다. 술집 문지방을 넘는 사람 누구도 주인을 안 찾고, 주인이 간 곳을 누구도 안 묻고, 마담 드파르지 혼자 자리에 앉아서 포도주를 주문받는 걸 누구도 이상하게 안 여겼다. 마담 드파르지 앞에는 찌그러진 사발에 조그만 동전이 있는데, 거기에 있는 동전 역시 누더기 주머니에서 동전을 꺼낸 사람만큼이나 잔뜩 두들겨 맞아서 얼굴이 찌그러진 상태였다.

첩자는 국왕이 사는 궁전부터 죄수를 묶어둔 감옥까지 높은 자리든 낮은 자리든 모두 감시하니, 술집 내부도 살펴서 관심이 헛도는 공허한 분위기를 충분히 느낄 것 같았다. 카드 게임은 시들하고, 도미노 게임을 하던 사람은 도미노로 탑을 쌓아 올리며 깊은 생각에 잠기고, 술을 마시던 사람은 탁자에 방울방울 떨어진 술로 그림을 그리고, 마담 드파르지 자신은 이쑤시개로 소매 무늬를 콕콕 찌르다가 너무 멀어서 보이지도 않고 들리지도 않는 무언가를 바라보며 귀를 기울였다.

생앙투안은 정오가 되기도 전에 이런 식으로 포도주에 취했다. 그러다가 정오가 한창일 때 두 사내가 먼지를 잔뜩 뒤집어쓰고 흔들리는 가로등 밑에서 거리를 헤치며 다가오는데, 한 명은 드파르지, 다른 한 명은 파란 모자를 쓴 도로 수리공이었다. 둘 다 볕에 타서 목마른 상태로 술집에 들어섰다. 두 사람이 나타나면서 생앙투안 가슴에도 일종의 불길이 타올라, 한 발 한 발 다가오는 동안 불길이 빠르게 번지면서 대문마다 창문마다 옮겨붙고 얼굴마다 깜빡깜빡 타올랐다. 두 사람을 따라오는 사람도 없고 말을 거는 사람도 없지만 모든 눈길이 두 사람에게 쏠렸다.

"안녕하시오, 여러분!"

드파르지가 말하자, 긴장한 혀를 느슨하게 풀어도 되는 신호라는 듯, 모두 일제히 대답했다.

"안녕하시오!"

"날씨가 나쁘네요, 여러분."

드파르지가 말하면서 머리를 흔들었다.

그러자 모든 사람이 드파르지 옆 사람을 바라보더니 눈길을 밑으로 깔면서 조용히 앉았다. 딱 한 사람만 일어나서 밖으로 나갈 뿐이었다. 그리고 드파르지는 마담 드파르지에게 이렇게 말했다.

"우리 마누라, 여기 자크라고 하는 훌륭한 도로 수리공하고 정말 먼 거리를 왔어. 파리에서 하루하고도 반나절 거리에서 이 사람을 — 우연히 — 만났어. 자크라고 하는 도로 수리공은 좋은 사람이야. 이 사람에게 술을 주라고, 마누라!"

두 번째 사내가 일어나서 밖으로 나갔다. 마담 드파르지는 포도주를 따라주고, 자크라는 도로 수리공은 사람들에게 파란 모자를 벗으며 인사하고 포도주를 마셨다. 그러더니 셔츠 안에서 거칠고 까맣게 생긴 빵을, 먼 길을 오면서 틈틈이 먹던 빵을 꺼내, 마담 드파르지가 있는 계산대 옆에 앉아서 우적우적 씹으며 포도주를 들이켜고, 이번에는 세 번째 사내가 일어나서 밖으로 나갔다.

드파르지도 술을 한 모금 마셔서 기운을 차리고 - 하지만 술 마실 기회가 많으니 이방인에게 준 것보다 조금 마시고 - 일어나더니, 촌사람이 아침 식사를 끝내기만 기다렸다. 하지만 주변에 있는 누구에게도 눈길을 안 주고 사람들 역시 드파르지에게 눈길을 안 주었다. 마담 드파르지도 마찬가지였다. 바늘을 들고 뜨개질에 몰두할 뿐이었다.

"식사를 모두 마쳤나, 친구?"

드파르지가 적당한 순간에 묻자, 도로 수리공이 대답했다.

"네, 덕분에."

"그럼 따라오게! 자네에게 딱 어울린다고 말한 숙소로 내가 안내하겠네. 자네에게 딱 맞을 거야."

두 사람은 술집에서 거리로 나서고, 거리에서 마당으로 들어서고, 마당에서 가파른 계단을 오르고, 계단에서 다락방으로 들어갔다. 예전에 백발노인이 나지막하고 기다란 의자에 앉아서 허리를 숙이고 구두를 열심히 만들던 바로 그 다락방이었다.

지금은 거기에 백발노인이 없었다. 한 명씩 술집을 빠져나간 사내 세 명이 있었다. 그런데 세 사람과 백발노인은 오랜 옛날에 벽에 난 틈새로 몰래 훔쳐보았다는 가느다란 인연이 있었다.

드파르지는 문을 조심스럽게 닫고 나지막한 목소리로 말했다.

"자크 1호, 자크 2호, 자크 3호! 이쪽은 나 자크 4호가 약속하고 만난 증인. 이 사람이 우리에게 자세히 이야기할 거야. 이제 시작하게, 자크 5호!"

그러자 도로 수리공이 파란 모자를 손에 들고 가무잡잡한 이마를 훔치면서 물었다.

"어디부터 시작할까요, 나리?"

"시작부터 시작하게."

드파르지가 터무니 있게 대답하자, 도로 수리공이 시작했다.

"나는 그 사람을 일 년 전 이렇게 여름이 한창일 때 보았어요. 후작이 탄 마차 밑으로 사슬에 매달린걸. 정말 대단한 용기예요! 나는 도로 작업장을 떠나고, 태양은 잠자러 내려가고, 후작이 탄 마차는 언덕을 천천히 오르는데, 그 사람이 사슬에 매달린 거예요…… 이렇게."

마을 전체에서 지난 일 년 동안 가장 확실한 오락거리며 없으면 안 되는 여흥 거리 역할을 한 터라 이제 몸에 완벽하게 익은 동작을 도로 수리공이 그대로 보여주자, 자크 1호가 끼어들어서 전에 그 남자를 본 적이 있느냐고 물었다.

"한 번도 없습니다."

도로 수리공이 대답하며 몸을 똑바로 세우자, 자크 3호가 그렇다면 나중에 그 사람을 어떻게 알아보았느냐고 물었다. 그러자 도로 수리공이 손가락 하나를 코에 대면서 대답했다.

"커다란 키요. 그날 초저녁에 후작 나리가 '어떻게 생겼더냐?'고 물어서 나는 '유령처럼 커다랗다'고 대답하거든요."

"난쟁이처럼 작다고 대답했어야지."

자크 2호가 나무라자, 도로 수리공이 변명했다.

"하지만 제가 그걸 어떻게 알겠습니까요? 당시에는 암살 사건도 안 일어나고 그 사람이 나에게 귀띔도 안 했는데요? 생각해 보세요! 그런 상황이라면 나는 증언을 안 해요. 후작 나리가 우리 마을 조그만 샘물터 근처에서 손가락으로 나를 가르치며 '저놈을 여기로 데려오너라!' 하고 말해도 나는 맹세코 아무 말도 안 해요, 나리들."

"그 말이 맞아, 자크 동지들."

드파르지가 자크 2호에게 말하고 나서 이렇게 덧붙였다.

"계속하게!"

그러자 도로 수리공이 신비로운 분위기를 띠우며 말했다.

"좋습니다요! 커다란 사내는 사라지고 경찰은 그 뒤를 쫓는데……
몇 달이더라? 아홉 달, 열 달, 열한 달?"

"숫자는 상관없네. 아무리 잘 숨어도 결국에는 운이 없어서 들키고
마니까."

드파르지가 참견하자, 도로 수리공은 다시 본론으로 들어갔다.

"이번에도 언덕마루에서 작업하는데 태양이 다시 잠자러 내려가요.
나는 장비를 챙겨서 오두막이 있는 마을로 내려가려고 하는데, 이미
주변이 어두운 상태에서 고개를 들다가 언덕을 넘어오는 군인 여섯 명을
보아요. 한가운데에는 두 팔이 – 밧줄로 옆구리에 – 이렇게 묶인 커다란
사내가 있고요!"

도로 수리공은 무엇을 하든 모자가 꼭 필요하다는 듯, 양쪽 팔꿈치가
옆구리에 꽉 묶인 채 밧줄 매듭을 뒤로 흘러내린 사내를 모자로 그대로
흉내 내며 계속 말했다.

"나는 돌무더기 옆으로 물러나서, 나리들, 군인 여섯이 죄수를 끌고
오는 걸 바라보는데, (외길이라 어떤 광경이든 똑똑히 보이는데), 처음
에는 군인 여섯 명과 밧줄에 묶인 커다란 사내가 다가오는 모습이 까만
상태에서 해님이 잠자러 내려가는 쪽 옆구리만 빨간 테두리가 어립니다
요, 나리들. 길게 뻗어 나간 그림자가 도로 건너편 푹 파인 자리에 어리
면서 거인 그림자처럼 언덕으로 뻗쳐오르는 광경도 보입니다요. 먼지를
잔뜩 뒤집어써서 쿵! 쿵! 다가올 때 먼지가 함께 움직이는 광경도 보입
니다요. 하지만 그들이 정말 가까이 다가온 순간에 나는 커다란 사내를
알아보고 상대편도 나를 알아봅니다요. 아, 하지만 커다란 사내는 우리
가 처음 마주친 초저녁 시간에 똑같은 장소에서 똑같은 언덕을 또 내려
간다는 사실에 감회가 정말 새로울 겁니다요!"

흔한 장면이 아닌데, 도로 수리공이 현장에 있는 것처럼 설명하는 걸 보면 두 눈으로 똑똑히 목격한 게 분명했다.

"나는 군인들에게 커다란 사내를 아는 기색을 안 보이고, 상대편 역시 군인들에게 나를 아는 기색을 안 보입니다요. 그래도 우리는 눈빛으로 압니다요. 그런데 군인 우두머리가 마을을 가리키면서 '서둘러! 죄수를 무덤으로 빨리 데려가자!'고 말해서 군인들이 그 사람을 훨씬 빠르게 데려갑니다요. 나는 따라갑니다요. 그는 밧줄에 꽁꽁 묶여서 두 팔이 붓고 나막신은 커서 불편해, 걸을 때마다 절뚝거립니다요. 그렇게 절뚝거리니 당연히 속도는 떨어지고 군인들은 총으로 밀치며 다그치고…… 이런 식으로!"

도로 수리공은 화승총 개머리판에 맞아서 사내가 앞으로 떠밀리는 동작을 그대로 흉내 내며 계속 말했다.

"군인들은 언덕을 미친 듯이 달려서 내려가고 그 사람은 쓰러집니다요. 군인들이 웃으면서 다시 일으켜 세웁니다요. 그 사람은 얼굴에 피가 흐르고 흙이 가득 묻지만, 손으로 닦을 수 없어서 군인들이 다시 웃습니다요. 그리곤 마을로 데려오고 마을 사람은 모두 달려와서 지켜봅니다요. 군인들은 그 사람을 데리고 방앗간을 지나서 감옥으로 올라갑니다요. 깜깜한 밤에 마을 사람이 모두 지켜보는 가운데 감옥 문이 열리더니 그 사람을 꿀꺽 삼킵니다요……이렇게!"

도로 수리공은 입을 최대한 벌리다가 이로 딱 부딪치는 소리를 내며 다물었다. 그래서 극적 효과를 유지하기 위해 한동안 입을 다물고 있으려는 낌새를 알아채고 드파르지가 다그쳤다.

"계속하게, 자크."

그러자 도로 수리공이 까치발로 일어나면서 나지막한 목소리로 말했다.

"마을 사람 모두 물러납니다요. 마을 사람 모두 샘물터에서 속삭입니다요. 마을 사람 모두 잠듭니다요. 마을 사람 모두 바위에다 세운 감옥소 쇠창살에 불행한 사내가 갇혀서 죽기 전에는 절대로 못 나오는 꿈을 꿉니다요. 나는 아침에 일어나서 장비를 어깨에 둘러메고 까만 빵을 조금씩 먹으면서 일터로 나가다가 감옥소를 한 바퀴 돕니다요. 거기에서 사내를 발견하는데, 높은 쇠창살에 갇혀서 지난밤처럼 피와 흙이 잔뜩 묻은 얼굴로 내다보았습니다요. 사내는 팔이 묶여서 나에게 손을 흔들 수 없고, 나는 무서워서 사내를 부를 수 없습니다요. 사내가 죽은 사람처럼 물끄러미 나를 쳐다봅니다요."

드파르지와 세 사람이 어두운 눈으로 서로를 힐끗 쳐다보았다. 촌사람 이야기를 듣는 동안 네 사람 모두 어두운 표정에 뭔가를 꾹 참는 느낌과 함께 복수심이 불타오르는데, 행동하는 모습 하나하나가 은밀하면서도 당당했다. 1호와 2호 자크는 짚으로 만든 낡은 침상에 걸터앉아 각자 손으로 턱을 괸 채 두 눈으로 열심히 쳐다보고, 자크 3호 역시 두 사람 뒤에서 한쪽 무릎을 꿇은 채 똑같이 열심히 쳐다보면서 입과 코 주변으로 신경이 잔뜩 모인 지점을 잔뜩 흥분한 손으로 만지작거렸다. 드파르지는 자신이 환한 창가로 데려가서 앉힌 촌사람과 세 사람 사이에 서서 촌사람을 바라보다 세 사람에게 시선을 돌리고, 세 사람을 바라보다 촌사람에게 시선을 돌리며 재촉했다.

"계속하게, 자크."

"사내는 쇠창살에 갇혀서 며칠을 보냅니다요. 마을 사람은 사내를 몰래 훔쳐봅니다요, 두려워서. 하지만 바위에 세운 감옥소를 멀리서 항상 쳐다봅니다요. 그리고 초저녁에 일과를 끝내면 샘물터에 모여서 잡담을 나누는데, 모든 얼굴이 감옥소로 저절로 돌아갑니다요. 원래는 역참으로 돌아가는데 이제는 감옥소로 돌아갑니다요. 사내가 사형선고를 받았지만 처형당하진 않을 거라고 샘물터에서 사람들이 속삭입니다요. 아이가 죽는 바람에 사내가 너무 화나서 미쳤다는 탄원서를 파리에 제출했다는 말도 나옵니다요. 국왕에게 탄원서를 직접 제출했다는 말도 나옵니다요. 하지만 제가 어떻게 알겠습니까요? 정말 그럴 수도 있고 아닐 수도 있으니 말입니다요."

그러자 1호 자크가 엄숙하게 끼어들었다.

"그렇다면 잘 듣게, 자크. 국왕과 왕비에게 탄원서를 제출한 건 맞아. 자네를 제외하고 여기에 있는 사람 모두 국왕이 거리에서 왕비와 나란히 앉아 마차를 타고 가다가 탄원서 받는 장면을 보았으니까. 탄원서를 손에 든 채 목숨을 걸고 뛰어 나가서 달리는 말을 세운 사람이 바로 여기에 있는 드파르지거든."

한쪽 무릎을 꿇은 자크 3호가 신경이 모인 지점을 손가락으로 끊임없이 긁으면서 무언가에 굶주린 듯 - 하지만 그건 음식도 아니고 술도 아닌 듯 - 정말 간절한 분위기로 덧붙였다.

"그리고 하나 더 듣게, 자크! 탄원하는 사람을 근위대가 에워싸고 말굽과 발굽으로 마구 짓밟았다는 사실을. 듣고 있나?"

"네, 듣고 있습니다요, 나리들."

"그럼 계속하게."

드파르지가 재촉하자, 촌사람이 다시 말했다.

"그런데 다른 한 편에서는 사내를 현장에서 처형하려고 여기까지 데려온 거라고, 처형당할 게 분명하다고 사람들이 속삭입니다요. 사내가 후작을 암살했기 때문에, 후작은 소작인들 - 농노들 - 아버지나 마찬가지기 때문에 존속살인죄로 처형할 거라고 속삭이는 소리도 들립니다요. 샘물터에서 한 노인은 단검을 잡은 사내 오른손을 본인이 보는 앞에서 불살라 버리고 두 팔과 가슴과 두 다리를 칼로 후벼서 거기에 끓는 기름과 납을 녹인 물과 뜨거운 송진과 밀랍과 유황을 들이부은 다음에 힘센 말 네 마리에게 팔과 다리를 하나씩 묶어서 찢어발길 거라고 말합니다요. 노인이 말하길, 선왕 루이 15세를 죽이려고 시도한 죄수에게 실제로 그렇게 했다는 겁니다요. 하지만 노인이 거짓말을 하는지 아닌지 제가 어떻게 알겠습니까요? 저는 배운 사람도 아닌데."

손은 잔뜩 흥분하고 얼굴은 무언가에 잔뜩 굶주린 사내가 다시 이야기했다.

"그렇다면 한 번 더 똑똑히 듣게, 자크! 죄수 이름은 다미앵[46]으로, 환한 대낮에 파리 시내 한복판에서 그렇게 끔찍한 행위를 차례대로 당했네. 그런 과정을 지켜보려고 수많은 사람이 몰려들었는데, 무엇보다 가관인 건 잘 차려입은 상류층 부인이 떼로 몰려와서 마지막까지 - 황혼이 깔리고 두 팔과 두 다리를 잃어도 가슴은 여전히 숨 쉬는 마지막까지! - 흥미진진한 눈으로 열심히 지켜보았다는 사실이네. 그런 일이 일어날 때…… 지금 자네는 몇 살인가?"

"서른다섯입니다요."

도로 수리공이 대답하는데, 실제로는 예순으로 보였다.

"그렇다면 그런 일이 일어날 때 열 살이 조금 넘었군. 볼 수도 있었겠어."

이 말이 나오는 순간에 드파르지가 조급한 표정으로 엄숙하게 끼어들었다.

---

46) 1757년 1월 5일 다미앵은 베르사유에서 마차를 타려고 하는 루이 15세를 칼로 찔렀다. 루이는 가벼운 상처를 입고 다미앵은 그레브 광장에서 4마리 말에 몸이 묶인 채 갈기갈기 찢겨 죽는 능지처참형을 선고받았다. 처형에 앞서 4시간 동안 시뻘겋게 달군 집게로 야만적인 고문을 당하고 상처에는 녹인 밀랍, 납, 펄펄 끓는 기름을 쏟아부었다. 다미앵이 죽은 뒤 살던 집은 철저히 파괴해서 흔적조차 안 남고 형제자매는 이름을 바꾸라는 명령을 받고 아버지와 아내와 딸은 프랑스에서 추방당했다.

"됐으니, 그만! 찢어 죽여도 시원찮은 놈들! 계속하게."

"으음! 일부는 이렇게 속닥거리고 일부는 저렇게 속닥거립니다요. 다른 말은 하나도 안 합니다요. 그렇게 속닥거리는 소리에 샘물까지 장단을 맞추면서 떨어지는 것 같습니다요. 그러던 어느 날, 마을 전체가 잠든 일요일 저녁에 군인들이 감옥소에서 내려와 좁은 거리에 깔린 판석을 총으로 탕탕 치는 소리가 일어납니다요. 인부들이 땅을 파고 인부들이 해머를 내려치고 군인들은 웃으며 노래합니다요. 아침에 일어나니, 샘물터 옆에다 십이 미터는 족히 됨 직한 교수대를 세워서 샘물을 오염시킵니다요."

도로 수리공은 낮은 천장 대신 그 너머를 쳐다보며 하늘 어딘가에 교수대라도 있다는 듯 손으로 가리키며 계속 말했다.

"마을 사람 모두 작업을 중단하고 모여드는데, 암소를 끌고 나가는 사람이 하나도 없어서 동네 암소까지 모여듭니다요. 정오에 작은북이 드르르 울립니다요. 군인들이 지난밤에 감옥소로 들어가더니 이번에는 사내를 잔뜩 에워싸고 나옵니다요. 사내는 예전처럼 온몸을 밧줄에 묶이고 입에는 재갈을 물려서 어찌나 단단히 묶었는지 얼굴이 웃는 것 같습니다요."

도로 수리공이 양손 엄지를 입에 넣고 입가를 양쪽 귀로 쭉 올려서 보여주며 계속 말했다.

"교수대 꼭대기에는 칼을 달았는데 칼날을 위쪽으로 해서 칼끝이 하늘을 가리킵니다요. 사내는 십이 미터 높이에 매달려서…… 그대로 매달려서 샘물을 오염시킵니다요."

도로 수리공은 끔찍한 광경을 떠올리는 동안 식은땀이 절로 나서 파란 모자로 얼굴을 훔치고 세 사람은 서로를 쳐다보았다.

"정말 끔찍합니다요, 나리들. 여자랑 어린애들이 어떻게 샘물을 뜰

수 있겠습니까요! 초저녁에 어떻게 한담을 나눌 수 있겠습니까요, 그런 그림자 밑에서! 제가 그림자 밑이라고 했습니까요? 월요일 초저녁 해가 잠자리로 들 때 제가 마을을 떠나다가 언덕에서 돌아보니, 그림자가 교회를 지나고 방앗간을 지나고 감옥소를 지나…… 하늘과 땅이 만나는 지평선까지 뻗어 나가는 것 같았습니다요, 나리들!"

굶주린 사내가 손가락 하나를 물어뜯으며 세 사람을 쳐다보는데, 가슴에 담긴 갈망이 드러나듯, 손가락이 부르르 떨렸다.

"그게 전붑니다요, 나리들. 저는 (지시받은 대로) 황혼녘에 떠나 (지시받은 대로) 여기에 계신 동지를 만날 때까지 그날 밤과 다음 날 절반을 꼬박 걸었습니다요. 그래서 동지와 함께 해가 떠오른 시간은 물론 해가 떨어진 밤까지 꼬박 새우며 마차를 타고 걷기도 하면서 왔습니다요. 그래서 여러분을 만난 겁니다요!"

잠시 울적한 침묵이 흐르는 가운데 자크 1호가 말했다.

"잘했어! 자네는 충직하게 행동하고 설명했어. 잠시 우리를 기다리겠는가, 문밖에서?"

"기꺼이 그럽죠."

도로 수리공이 대답하고, 드파르지는 계단 꼭대기로 데려가서 거기에 앉히고 돌아섰다.

드파르지가 다락방으로 돌아오자, 세 사람이 일어나서 머리를 맞대고 상의하더니, 1호가 쳐다보며 물었다.

"자네 생각은 어떤가, 자크? 기록해야 할까?"

"청산할 수밖에 없는 대상으로 기록해야 하겠지."

드파르지가 대답하자, 굶주린 사내는 "훌륭해요!" 하고 쉰 목소리로 말하고, 1호는 이렇게 물었다.

"저택과 가족 전부?"

"저택과 가족 전부 몰살."

드파르지가 대답하자 굶주린 사내는 아주 기뻐하는 목소리로 "훌륭해요!" 하고 똑같이 말하더니, 다른 손가락을 물어뜯었다.

"우리가 기록을 보관하는 방식 때문에 당혹스런 사태가 안 일어날 거라고 확신하나? 우리가 아니면 해독할 사람이 없으니 확실히 안전하겠지만, 우리가 - 아니, 자네 부인이 - 그걸 언제든 정확히 해독할 수 있을까?"

자크 2호가 묻자, 드파르지는 몸을 똑바로 세우며 대답했다.

"동지들, 우리 마누라는 머리에 담아놓기만 해도 단어는 물론 음절 하나 안 잃어버려. 그런데 자기만 아는 방식으로 기호를 한 땀 한 땀 새기면서 뜨개질하니까 우리 마누라에게는 언제 보아도 태양처럼 또렷하다고. 우리 마누라를 믿어. 마담 드파르지가 기록한 뜨개질에서 범죄 내용이나 이름이 적힌 글자를 하나라도 없애는 것보다는 겁쟁이 가운데서도 겁쟁이가 스스로 목숨을 끊는 게 훨씬 간단할 테니까."

믿는다는 말과 좋다는 말이 나오더니, 굶주린 사내가 불쑥 물었다.

"촌사람은 곧바로 돌려보낼 생각인가요? 나는 그러면 좋겠어요. 성격이 너무 단순해서 약간 위험할 것 같아요."

드파르지가 대답했다.

"저 사람은 아무것도 몰라, 조금만 실수하면 자신도 그렇게 높은 교수대에 오르게 된다는 사실 외에는. 저 사람은 내가 데리고 있을 테니, 나에게 맡기게. 내가 돌보다가 보내도록 하겠네. 멋진 세상을 - 국왕과 왕비와 궁궐을 - 보고 싶다니, 돌아오는 일요일에 보여줄 생각이네."

그러자 굶주린 사내가 놀란 표정으로 물끄러미 바라보며 물었다.

"뭐라고요? 왕실과 귀족을 보고 싶다는 게 좋은 징후일까요?"

드파르지가 대답했다.

"동지들, 고양이가 우유를 갈망하도록 만들려면 현명한 사람은 고양이에게 우유를 보여주지. 사냥개가 나중에 사냥감을 잡아 오길 바란다면 현명한 사람은 사냥개에게 제일 좋은 사냥감을 보여주고."

토론은 그것으로 끝나고, 계단 꼭대기에서 꾸벅꾸벅 졸던 도로 수리공은 짚을 깐 침상에 누워서 편히 쉬라는 말을 들었다. 그리고 말을 두 번 들을 필요도 없이 곧장 가서 깊은 잠에 빠져들었다.

시골에서 올라온 농노가 파리에서 머물기에 드파르지 술집은 그리 나쁜 편이 아니었다. 왠지 무서운 마담 드파르지 때문에 속으로 끊임없이 마음을 졸인 것만 빼면 새로운 생활은 꽤 만족스러웠다. 하지만 마담이 계산대에 종일 앉아서 노골적으로 못 본 척하는 건 물론, 자신이 거기에서 지내는 건 겉으로 안 드러난 은밀한 이유가 있다는 사실조차 단호하게 모른 척해서 도로 수리공은 마담 드파르지에게 시선이 갈 때마다 무서워서 덜덜 떨었다. 마담이 다음에 어떤 식으로 행동할지 예상하는 자체가 불가능하다는 생각이, 행여나 도로 수리공 자신이 사람을 죽여서 머리 가죽까지 벗기는 장면을 보았다는 생각을 마담이 화려하게 장식한 머리에 엉뚱하게 떠올린다면 자신이 녹초가 돼서 완전히 항복할 때까지 철저하게 추궁할 거란 확신까지 들었다.

그래서 일요일이 되어 마담 드파르지가 남편과 함께 베르사유에 간다는 사실을 듣는 순간, 도로 수리공은 (말로는 아주 좋다고 해도) 실제로는 아주 안 좋았다. 공용마차를 타고 목적지까지 가는 내내 뜨개질에 열중하는 모습도 당혹스럽지만, 오후에 수많은 인파가 국왕과 왕비 마차를 보려고 기다릴 때도 인파에 파묻혀서 마담 혼자 두 손으로 뜨개질에 열중하는 모습은 정말로 당혹스러웠다. 그래서 도로 수리공은 이렇게 말했다.

"정말 열심히 일하시네요, 마담."

그러자 마담 드파르지가 대답했다.

"그래, 할 일이 아주 많거든."

"무얼 만드시나요, 마담?"

"이것저것."

"예를 들면……."

"예를 들면 수의."

마담 드파르지가 아무렇지 않게 대답하는 말에 옆에 있던 사내는 옆으로 멀찌감치 물러나고 도로 수리공은 먹은 게 체한 것처럼 속이 답답해서 파란 모자로 얼굴에 부채질했다. 그래서 기분을 전환하는 데 국왕과 왕비가 필요하다면 도로 수리공은 치료약을 바로 손에 넣은 셈이니 정말 운이 좋았다. 얼굴이 커다란 국왕과 얼굴이 아름다운 왕비가 황금 마차를 타고 왕실의 불즈아이[47]를, 화려하게 차려입고 깔깔거리며 웃어대는 귀부인과 멋들어진 영주들을, 보석이며 비단이며 화장품으로 화려하게 치장하고 깔보는 눈빛으로 우아하게 쳐다보는 다양한 시선을, 남자나 여자나 잘생기고 거만한 얼굴을 가득 대동하고 나타났기 때문이다.

도로 수리공은 감동에 겨워서 일시적인 환각 상태에 빠져든 채 자크 당원이 곳곳에 널렸다는 사실 자체를 모르는 사람처럼 "국왕 폐하 만세, 왕비마마 만세, 뭐든 누구든 만세!"를 소리 높여 외쳤다. 그와 동시에 정원마다 마당마다 테라스마다 샘물터마다 "국왕 폐하 만세, 왕비마마 만세, 불즈아이 만세, 영주와 귀부인들 만세, 모두 모두 만세!"가 울리고

---

47) 불즈아이(Bull's Eye): 원래는 불어 'Oeil de Boeuf(황소 눈이 있는 방)'에서 나온 말이다. 베르사유 궁전 국왕 접견실을 가르치는 말로, 팔각형 천장에 둥근 창문이 있어서 이런 명칭을 붙였다. 이후, 국왕과 왕비에게 붙어서 온갖 음모를 꾸미고 부당한 거래를 알선하는 궁전 관리를 통칭하는 용어로 사용했다. 여기에 나온 '불즈아이'는 부패하고 타락한 프랑스 귀족 문화가 대혁명 때 농민이 공격할 '목표'가 된다는 의미도 있다.

결국 도로 수리공은 감정에 북받쳐서 울음까지 터트리고 말았다. 이런 장면이 세 시간이나 펼쳐지는 내내 도로 수리공은 주변 사람과 함께 마냥 소리치며 엉엉 울고, 그러는 내내 드파르지는 행여나 도로 수리공이 순간적으로 감동한 대상에게 몸을 날려서 갈기갈기 찢어발기는 일이 없도록 하려고 목덜미를 꽉 움켜잡았다. 그러다가 행렬이 끝나자, 보호자처럼 등을 툭툭 쳐서 다독이며 도로 수리공에게 말했다.

"브라보! 잘했어!"

이제야 정신이 돌아온 도로 수리공은 자신이 실수했다며 걱정하는데, 드파르지가 귀에 대고 속삭이는 말은 완전히 딴판이었다.

"자네야말로 바로 우리가 찾던 사람이야. 저런 멍청이들에게 이런 사회가 영원히 이어질 거라고 믿도록 만들잖아. 그럴수록 저들이 거만을 떨게 되니, 망할 날도 그만큼 가까워지는 거야."

그러자 도로 수리공이 곰곰이 생각하다가 대답했다.

"그래요! 그 말이 맞아요."

"저들은 멍청해서 아무것도 몰라. 저들은 자네가 말하는 걸 경멸할 뿐 아니라 자기네 말이나 강아지 한 마리를 살리는 데 필요하다면 자네는 물론이고 자네 같은 사람들 숨통을 수백 명이라도 끊어버리겠지만, 저들이 아는 건 자네가 입으로 뱉어내는 내용밖에 없어. 그러니 마음껏 소리쳐서 저놈들을 한껏 속이는 거야, 조금만 더. 많이 속여서 나쁠 건 없으니까."

마담 드파르지가 도로 수리공을 깔보는 표정으로 바라보다가 그 말이 옳다고 고개를 끄덕이며 말했다.

"그런데 당신은 아무것도 아닌 일에 엉엉 울며 소리치는데, 정말 가관이더군. 대답해 봐! 내 말이 틀려?"

"정말 그런 것 같습니다요, 마담. 지금 당장은."

"인형을 산더미처럼 내밀고 갈가리 찢어발겨서 마음에 드는 것만 가지라고 한다면 당신은 제일 비싸고 화려한 인형만 고를 거야. 대답해 봐! 내 말이 틀려?"

"그렇습니다요, 마담."

"그래. 날 수 없는 새를 잔뜩 보여주고 마음에 드는 깃털을 뽑아서 가지라고 한다면 당신은 깃털이 제일 멋진 새에게 달려들 거야. 내 말이 틀려?"

"맞습니다요, 마담."

도로 수리공이 대답하자, 마담 드파르지는 왕족과 귀족이 마지막으로 사라진 방향을 손으로 가리키면서 덧붙였다.

"당신은 그런 인형과 새를 오늘 잔뜩 본 거야. 이제, 집으로 가지!"

XVI. 뜨개질을 계속하다

마담 드파르지는 남편과 함께 생앙투안 한복판으로 다정하게 돌아오고, 파란 모자를 쓴 사내는 어둠을 뚫고 흙먼지를 뚫고 대로변을 걸으며 수십 킬로미터를 지나 이제는 무덤에 누워서 나무들이 속삭이는 소리나 듣는 후작 나리 저택 방향으로 천천히 나아갔다. 돌로 만든 다양한 얼굴도 어느덧 나무 소리와 분수 소리에 귀를 기울일 정도로 충분한 여유를 찾으니, 마을에 사는 허수아비 몇 명은 식용으로 먹을 풀과 말라비틀어져서 장작으로 쓰기에 좋은 나뭇가지를 찾아 안마당에 깔린 거대한 판석과 테라스 계단이 보이는 근처를 돌아다니다가 굶주려서 헛것을 보았는지, 돌로 만든 표정이 모두 변했다는 느낌을 받았다.

마을에 돌아다니는 - 마을 사람 만큼이나 별 볼 일 없고 근거도 희박한 - 소문에 의하면 단검이 후작 가슴을 파고드는 순간에 돌로 만든 얼굴은 자부심 가득한 표정에서 분노와 고통이 일그러진 표정으로 변하더니, 대롱대롱 매달린 시신을 샘물터 십이 미터 높이로 끌어올린 순간에 다시 변해서 마침내 복수했다는 잔인한 표정을 짓고, 이후에는 계속 그런 표정을 유지했다. 게다가 살인이 일어난 침실 커다란 유리창 위에 있는 석조 얼굴은 조각한 코에 자국 두 개가 선명하게 패여서 모두에게 똑똑히 보이는데, 예전에 없던 자국이었다. 누더기를 걸친 농민 두세 명이 무리에서 듬성듬성 빠져나와 돌로 변한 후작 나리를 급히 훔쳐보며 가죽만 앙상한 손가락으로 석상을 가리키다 일 분도 안 돼서 나뭇잎과 이끼가 가득한 숲으로, 산토끼가 아주 운 좋게 먹을 거라도 찾은 것처럼 황급히 도망칠 정도였다.

저택도 움막도 돌로 만든 얼굴도 대롱대롱 매달린 시신도 판석 바닥에 얼룩진 핏자국도 마을 샘물터 깨끗한 물도 수백만 평에 달하는 땅도 인근 지방 전체도 프랑스 전체도 밤하늘 밑에 누워서 머리카락 한 올처럼 희미한 빛으로 모여들었다. 지구 전체가 그렇다. 위대한 존재도 사소한 존재도 반짝이는 지구별에 하나같이 깃든다. 아는 게 별로 없는 하찮은 인간도 광선을 갈라서 성분을 분석하니, 훨씬 탁월한 지적 생명체라면 우리 지구에서 희미하게 반짝이는 빛을 분석해 모든 생명체의 다양한 생각과 행동 하나하나, 악덕과 미덕 하나하나를 생생하게 읽을 것 같았다.

드파르지 부부는 공용마차를 타고 별빛을 받으며 먼 길을 가려면 당연히 거쳐야 하는 파리 관문으로 덜커덩거리며 나아갔다. 바리케이드 검문소는 평소처럼 마차를 세우고 평소처럼 등불로 비추며 평소처럼 검문하고 검색했다. 드파르지가 마차에서 내렸다. 군인 한두 명이랑 경찰 한 명을 아는데, 후자가 반기며 열정적으로 껴안았다.

마차는 어둠에 잠긴 생앙투안 외각으로 다시 들어서고, 드파르지 부부는 경계지역 인근에 내려, 까만 진흙과 쓰레기가 가득한 거리에서 발을 내디딜 자리를 고르며 나아가는데, 마담 드파르지가 남편에게 불쑥 물었다.

"이제 말해, 친구. 경찰 자크가 당신에게 무슨 말을 했어?"

"오늘 밤은 아주 조금인데, 아는 건 다 말했어. 우리 동네에 첩자 하나를 새로 파견했대. 훨씬 많겠지만 자신이 아는 건 한 명이 전부래."

남편이 대답하자, 마담 드파르지가 사무적으로 냉정하게 눈썹을 추켜세우며 말했다.

"제기랄! 그놈을 기록해야 하겠군. 이름이 뭐래?"

"영국인이야."

"아주 잘 됐군. 이름은?"

"바사드."

드파르지가 불어 발음으로 대답했다. 하지만 정확히 발음하려고 노력한 터라 철자를 꽤 정확하게 말할 수 있었다.

"바사드. 좋아. 이름은?"

"존."

"존 바사드."

마담이 이름을 되뇌더니, 혼자 뭐라고 중얼거리고는 다시 물었다.

"좋아. 생김새는. 들었나?"

"나이, 약 마흔 살. 키, 약 175㎝. 까만 머리. 까만 피부. 일반적으로 잘생긴 얼굴. 눈은 까맣고 얼굴은 가늘고 길고 창백해. 코는 매부리코인데, 왼쪽으로 이상하게 굽었어. 그래서 표정이 사악해."

드파르지가 하는 말에 마담이 웃으면서 대답했다.

"대단하군! 초상화를 보는 것 같아! 내일 기록하겠어."

두 사람은 자정이라서 문을 닫은 술집으로 들어서고, 마담 드파르지는 자기 책상으로 곧장 가서 앉아, 자신이 없는 동안에 들어온 잔돈을 세고 팔린 술과 남은 술을 조사하고 장부에 써넣은 내용을 살피더니, 자신도 장부에 몇 가지 기록하고 종업원에게 다양한 질문을 던진 다음에 잠자러 가라고 말했다. 그러더니, 계산대 서랍에 있는 돈을 다시 꺼내서 밤새 안전하게 보관하기 위해 손수건에 넣고 매듭을 하나씩 연달아 묶기 시작했다. 그러는 동안 드파르지는 입에 파이프를 물고 이리저리 거닐다가 만족스러운 눈으로 쳐다보며 감탄할 뿐 간섭은 조금도 안 했다. 술장사와 집안일에 관한 한 드파르지는 늘 이리저리 거닐며 구경하는 게 전부였다.

밤이 후덥지근한 데다 술집은 문을 꼭 닫고 주변 동네는 불결하니, 악취가 가득했다. 드파르지는 후각이 예민한 편도 아닌데 포도주 냄새가 실제 맛보다 훨씬 강하게 느껴지고 그건 럼주와 브랜디와 아니스 술도 마찬가지였다. 그래서 담배 연기를 훅 내뿜으며 술 냄새를 몰아낸 다음에 연기가 피어오르는 파이프를 내려놓았다. 그러자 마담이 돈을 매듭으로 묶다가 힐끗 쳐다보며 말했다.

"피곤해서 그래. 항상 나는 냄새야."

"약간 피곤하긴 해."

남편이 인정하자, 마담이 동전을 셀 때와 달리 광선을 한두 가닥 내뿜는 눈으로 쳐다보며 말했다.

"그리고 약간 우울하기도 하고. 아, 사내들이란!"

"하지만 여보!"

드파르지가 입을 열자, 마담이 단호하게 고개를 젓더니 그대로 따라하며 반박했다.

"하지만 여보! 오늘 밤엔 당신 신념이 많이 떨어진 것 같아!"

그러자 드파르지는 머리에서 억지로 생각을 쥐어짜듯 말했다.

"으음, 그래, 정말 너무 오래 걸려."

"그래, 정말 너무 오래 걸려. 그런데 언제 이렇게 오래 안 걸린 적이 있나? 원래 복수하고 보복하는 데에는 오랜 시간이 걸리는 법이야. 너무 당연한 이치라고."

"번갯불이 사람을 내리치는 데에는 오랜 시간이 안 걸리잖아."

드파르지가 반박하자, 마담이 차분하게 물었다.

"그렇다면 번갯불이 그런 힘을 모으는 데 얼마나 걸릴까? 대답해."

드파르지는 이 말에 어떤 의미가 담겼다는 듯 깊이 생각하는 표정으로 머리를 들고, 마담은 계속 말했다.

"지진이 일어나서 마을을 삼키는 데에는 오랜 시간이 안 걸리지. 제기랄! 그런데 지진이 날 정도로 힘을 끌어모으려면 얼마나 오랜 시간이 걸리는지 알아?"

"아주 오랜 시간이겠지."

"하지만 힘을 다 모으면 지진이 일어나서 앞에 있는 모든 걸 순식간에 가루로 만들어 버리지. 하지만 힘을 꾸준히 끌어모으는 동안에는 아무에게도 안 보이고 안 들리는 법이야. 이 말을 위안으로 삼으면 좋겠어."

마담이 원수 목이라도 조르듯 번뜩이는 눈빛으로 매듭을 묶더니, 오른손을 뻗어서 강조하며 다시 말했다.

"내가 분명히 말하는데, 오랜 시간이 걸리긴 해도 그날은 꾸준히 다가와. 내가 분명히 말하는데, 그건 결코 뒤로 돌아가지도 멈추지도 않아. 내가 분명히 말하는데, 그건 항상 전진해. 주변을 둘러보면서 우리가 아는 세상 사람 모두를 떠올리고, 우리가 아는 모든 얼굴을 떠올리고, 자크당이 분노와 불만을 외치는 소리가 매 순간 끊임없이 커진다는 사실을 떠올려. 이런 상태가 계속 갈 것 같아? 흥! 말도 안 되는 소리!"

드파르지는 교리문답 선생님이 하는 말을 경청하는 학생처럼 두 손으로 등짐 지고 머리를 앞으로 약간 숙이다가 이렇게 대답했다.

"용감한 마누라. 그건 나도 의심하지 않아. 하지만 지금까지 너무 많은 시간이 지났어. 우리 생전에 안 일어날 수도 있다고. 그건 당신도 잘 알잖아."

"제기랄! 그래서 뭐?"

마담이 물으며 또 다른 적에게 목이라도 조르듯 매듭 하나를 다시 맸다. 그러자 드파르지는 하소연하는 표정 절반 미안한 표정 절반으로 어깨를 으쓱하며 말했다.

"으음! 승리하는 날을 우리가 못 볼 수도 있다고."

그러자 마담은 손을 힘차게 뻗으며 대답했다.

"그래도 도울 순 있어. 지금까지 우리가 한 것 가운데 헛된 짓은 하나도 없어. 나는 우리가 승리하는 날을 볼 거라고 확신해, 온 마음을 다해서. 하지만 설사 못 본다 해도, 못 본다는 확신이 아무리 강해도, 귀족과 폭군 모가지를 나에게 내밀기만 해봐, 내가 단숨에……."

그러더니 마담은 이를 앙 깨물어서 매듭을 끔찍하게 단단히 묶었다. 그러자 드파르지는 겁쟁이라고 욕먹는 것 같아서 빨갛게 살짝 달아오른 얼굴로 소리쳤다.

"그만해! 나 역시 절대로 중단하지 않으니까."

"그래! 하지만 가끔 희생자를 보거나 승리할 가능성을 느껴야 어려운 상황을 버티고 나갈 수 있다는 건 문제야. 그런 거 없이 버티고 나갈 수 있어야 해. 그러다가 때가 오면 호랑이와 악마를 풀어놓는 거야. 하지만 때가 오기 전까지는 호랑이와 악마를 사슬에 묶어서 숨겨놓은 채 끊임없이 준비하는 거야."

마담은 계산대에게 정신이라도 차리라는 듯 돈뭉치로 힘껏 내리쳐서 자신이 한 말을 강조하더니, 동전이 묵직한 손수건을 차분한 자세로 겨드랑이에 끼고, 이제 잠자리에 들 시간이라고 말했다.

이렇게 훌륭한 여인은 다음 날 정오에도 평소처럼 술집에 앉아서 열심히 뜨개질했다. 바로 옆에 있는 장미 한 송이를 이따금 힐끗힐끗 쳐다보지만 뜨개질에 열중하는 분위기는 평소랑 같았다. 술집에는 술을 마시는 손님과 안 마시는 손님, 서 있는 손님과 의자에 앉은 손님 등 여기저기에 몇 명이 흩어졌다. 날씨는 후덥지근하고 파리 떼는 호기심에 마담 근처 끈적끈적한 조그만 술잔에서 얼쩡거리며 탐문수사를 철저하게 벌이다가 맞아 죽어서 바닥에 수북하게 떨어졌다. 그런데도 다른 파리 떼는 (파리가 아니라 코끼리 같은 완전히 다른 종이라도 되는 듯) 죽어 나자빠진 동족을 아무런 생각 없이 쳐다보며 유유히 다가오다가 똑같은 운명에 처했다. 파리에게 그렇게 분별력이 없다니, 정말 신기할 정도였다! 그런데 해가 쨍쨍한 여름날에 궁전에서도 많은 사람이 똑같은 생각을 할 것 같았다.

문이 활짝 열리면서 안으로 들어오는 인물이 마담 드파르지에게 기다란 그림자를 드리워서 낯선 사람이라는 느낌은 주었다. 그래서 낯선 인물을 쳐다보기도 전에 마담 드파르지는 뜨개질을 내려놓고 머리에 두른 스카프에다 핀으로 장미를 꽂기 시작했다.

정말 신기했다. 마담 드파르지가 장미를 집는 순간, 손님들이 대화를 멈추더니 한 사람씩 밖으로 나가기 시작하니 말이다.

"안녕하시오, 마담."

낯선 사내가 말했다.

"안녕하세요, 손님."

마담 드파르지는 커다랗게 대답하더니 다시 뜨개질에 열중하면서 속으로 덧붙였다.

'흥! 좋은 날이군, 나이는 약 마흔 살, 키는 약 175㎝, 까만 머리, 일반적으로 잘생긴 얼굴, 까만 피부, 눈은 까맣고 얼굴은 가늘고 길고 창백해. 코는 매부리콘데, 왼쪽으로 이상하게 굽어서 표정이 사악한 느낌을 주는군! 그래, 우리 모두 안녕하시네!'

"괜찮다면 오래 묵은 코냑을 작은 잔으로 하나, 시원한 냉수도 한 잔만 부탁합니다, 마담."

마담은 주문에 친절하게 따랐다.

"정말 훌륭한 코냑이네요, 마담!"

이런 칭찬은 생전 처음이고 마담 드파르지는 수많은 선례를 겪은 터라 곧이곧대로 안 믿었다. 하지만 코냑이 훌륭하다는 건 과찬이라고 대답한 다음에 뜨개질을 시작했다. 방문객은 마담이 움직이는 손가락을 잠시 지켜보고 술집 내부를 틈틈이 둘러보다가 말했다.

"뜨개질 솜씨가 대단하네요, 마담."

"손에 익으니까요."

"무늬도 아름다워요!"

"그래요?"

마담이 말하며 빙그레 웃는 얼굴로 쳐다보았다.

"당연하죠. 어디에 쓸 건지 물어도 될까요?"

"그냥 소일거리에요."

마담이 대답하곤 빙그레 웃는 얼굴로 계속 쳐다보며 손가락을 민첩하게 움직였다.

"어디에 쓰려는 게 아닌가요?"

"상황에 따라서 다르겠지요. 언젠가는 이걸 사용할 데가 나올 수도 있겠고요. 그렇게 되면…… 으음."

마담이 말하다가 숨을 들이마시더니 딱딱한 자세로 일종의 교태라도 부리듯 머리를 끄덕이며 덧붙였다.

"이걸 사용하겠지요!"

마담이 머리 스카프에 장미를 꽂은 모습은 꽤 아름답긴 하지만 생앙투안 분위기에는 안 어울리는 게 분명했다. 남자 두 명이 따로 들어와서 술을 주문하려다가 장미를 보는 순간에 잠시 망설이더니 거기에 없는 친구를 찾는 척하다가 밖으로 나갔기 때문이다. 게다가 낯선 방문객이 들어올 때까지 술집에 있던 손님도 이제 단 한 명이 안 남았다. 모두 사라진 것이다. 물론 첩자가 끊임없이 살피지만 어떤 징후도 발견할 수 없었다. 하기야 가난에 찌든 사람처럼 목적 없이 어슬렁대다가 자연스럽게 떠나니, 어디에서 약점을 찾을 수 있겠는가!

마담은 손가락을 바쁘게 놀리면서 뜨개질 무늬를 확인하더니, 두 눈을 들고 낯선 사람을 쳐다보며 속으로 생각했다.

'존, 조금만 더 머물러, 네놈이 떠나기 전에 '바사드'까지 새겨야 하니까.'

"남편이 있나요, 마담?"

"네."

"아이는?"

"없어요."

"장사가 안되는 것 같네요?"

"정말 안되죠. 사람들이 너무 가난해서."

"아, 불행하고 비참한 사람들! 탄압도 당하고……부인 말처럼."

"당신 말이겠지요."

마담이 반박하고 수정하면서 상대편에게 좋을 게 없는 내용을 상대편 이름 옆에다 뜨개질로 정교하게 새겼다.

"미안합니다. 물론 그렇게 말한 사람은 나지만 마담도 당연히 그렇게 생각하잖아요."

그러자 마담이 목청을 높이며 대답했다.

"내가 생각해요? 나나 우리 남편은 술집 하나 운영하느라 정신이 없어서 아무런 생각도 안 해요. 여기에서 우리가 생각하는 건 앞으로 살아갈 걱정이 전부예요. 바로 그게 우리가 생각하는 대상이고, 아침부터 밤까지 그런 생각만 하는 것도 벅차서 다른 생각은 조금도 안 해요. 그런 내가 다른 사람 생각을 어떻게 알겠어요? 말도 안 돼."

첩자는 어떤 꼬투리를 찾아내거나 필요하면 조작까지 하려고 찾아온 터라 교활한 얼굴에 실망한 느낌을 안 드러내려고 애쓰며 마담 드파르지 계산대에 팔꿈치를 기대고 간간이 코냑을 홀짝이는 눈치가 한가로운 어투로 대화를 이끌어갈 기세였다.

"참 안 됐어요, 마담, 가스파르를 처형한 건. 아! 불쌍한 가스파르!"

사내가 동정 어린 한숨을 내쉬자, 마담은 차가운 어투로 태연하게 대답했다.

"내가 분명히 말하는데, 어떤 사람이든 그런 목적으로 칼을 쓴다면 대가를 치러야 해요. 그 사람도 그런 짓을 저지르기 전에 자신이 치를 대가를 알았고, 그래서 대가를 치른 거예요."

그러자 첩자는 부드러운 목소리를 은밀하게 말하는 어투로 떨어뜨려서 사악한 얼굴 여기저기에 상처 입은 혁명적 감수성을 드러내며 말했다.

"우리밖에 없으니 하는 말이지만, 나는 근방에 동정하고 분노하는 사람이 꽤 많다고 믿습니다, 불쌍한 사내에게 감동해서요."

"그래요?"

마담이 관심 없다는 표정으로 물었다.

"그렇지 않은가요?"

"……우리 남편이 오네요!"

마담 드파르지가 말하고, 첩자는 안으로 들어서는 술집 주인을 바라보고 모자에 손대서 인사하며 매력적인 미소와 함께 "안녕하시오, 자크!" 하고 말하자, 드파르지는 잠시 멈칫하면서 물끄러미 쳐다보았다. 그러다가 이렇게 대답했다.

"잘못 아셨네요, 손님. 나를 다른 사람으로 착각했습니다. 나는 그런 이름이 아닙니다. 나는 어네스트 드파르집니다."

그러자 첩자는 쾌활하면서도 실망스러운 어투로 말했다.

"어차피 그게 그거니까, 안녕하시오!"

"안녕하시오!"

드파르지도 무미건조한 어투로 대답했다.

"당신이 들어올 때까지 나는 마담하고 즐거운 잡담을 나누었죠. 불쌍한 가스파르가 처절한 최후를 맞이한 데에 - 너무나 당연히! - 감동해서 동정하는 사람과 분노하는 사람이 여기 생앙투안에 많다는 말을 하던 중이었습니다."

"그런 말은 아무에게도 못 들어서 아는 바가 없네요."

드파르지가 머리를 흔들며 대답하더니, 계산대 뒤로 가서 부인이 앉은 의자 등받이에 한 손을 올리고 가만히 서서 건너편에 있는 첩자를 바라보았다. 부부가 상대할 적, 총으로 쏴서 죽일 수만 있다면 아주 통쾌할 대상이었다.

하지만 첩자는 이런 일에 매우 능숙해서 아무렇지 않은 듯 조그만 잔에 든 코냑을 쭉 들이켜고 냉수를 한 모금 마시더니, 코냑 한 잔을 더 주문했다. 마담 드파르지는 코냑을 따라주고 다시 뜨개질에 열중하며 콧노래를 조그맣게 흥얼거렸다.

"우리 동네를 잘 아는 것 같군요, 나보다 많이."

드파르지가 묻자, 상대가 대답했다.

"아닙니다. 하지만 많은 걸 알고 싶은 마음은 있지요. 여기 가난한 주민에게 관심이 많거든요."

"하!"

드파르지가 조그맣게 비웃고 첩자는 계속 말했다.

"당신과 즐거운 대화를 나누다 보니, 드파르지 주인장, 당신 이름과 관련해서 들은 꽤 흥미로운 이야기가 떠오르는군요."

"그래요?"

드파르지는 관심 없다는 어투로 묻고, 상대편은 계속 말했다.

"그래요, 정말이오 마네뜨 박사가 풀려나자 당신이 옛날 하인 자격으로 맡았다고 들었소. 당신이 인수인계를 받았다는 말이오. 이만하면 나도 주변 환경을 꽤 아는 거 아닌가요?"

"그런 일이 있었던 건 맞습니다."

드파르지가 대답할 때 콧노래를 부르며 뜨개질하던 부인이 팔꿈치로 슬쩍 건들어 조심해서 대답하라는, 최대한 간단하게 대답하라는 신호를 주는 가운데 첩자가 다시 말했다.

"박사 딸이 찾아온 사람은 당신이었어요. 그래서 당신이 보살피던 부친을 데려갔는데, 갈색 양복을 단정하게 차려입은 신사가 옆에 있었지요. 이름이 뭐더라? 조그만 가발을 쓰고…… 영국으로 건너간…… 텔슨 은행에서 일하는…… 그래, 로리!"

"그런 일이 있었던 건 맞습니다."

드파르지가 똑같이 대답하고 첩자는 다시 말했다.

"정말 흥미로운 인연이에요! 영국에서 마네뜨 박사와 따님을 알고 지냈거든요."[48]

"그래요?"

드파르지가 묻고 첩자는 반문했다.

"최근에는 두 사람에게 별다른 소식을 못 듣나요?"

"네."

드파르지가 대답하자, 마담이 뜨개질과 콧노래를 멈추며 끼어들었다.

"실제로 우리는 두 분에게 아무런 소식을 못 듣는답니다. 두 분이 무사히 도착했다는 소식과 편지를 한두 번 받았어도 그때 이후로 두 분은 두 분이 갈 길로 접어들고 우리는 우리 길을 가느라, 서로 주고받을 소식이 없었답니다."

"그렇군요, 마담. 지금은 따님이 결혼을 앞둔 상태랍니다."

첩자가 말하자, 마담이 물었다.

"앞둬요? 그렇게 아름다운 아가씨라면 오래전에 결혼해야 마땅한데, 당신네 영국인은 정이 없는 것 같군요."

"아! 내가 영국인이란 사실을 아시는군요."

"말투가 그렇잖아요. 나는 말투를 듣고 어느 나라 사람인지 파악한답니다."

상대는 국적이 드러난 걸 안 좋게 여기면서도 겉으로 안 드러내고 웃음으로 얼버무렸다. 그리고 코냑만 홀짝거리더니, 다 마신 다음에 다시 말했다.

"그래요, 마네뜨 아가씨는 결혼을 앞둔 상태랍니다. 하지만 상대는 영국인이 아니라 자신과 똑같은 프랑스 출신이지요. 가스파르 말이 나왔으니 말인데 (아, 불쌍한 가스파르! 정말 잔인하고 끔찍해!) 정말 신기한 건 아가씨가 결혼할 상대는 가스파르를 그렇게 높은 교수대로 끌어올

---

48) 다네이 재판 때 반대편 증인석에 선 인연을 이런 식으로 말하는 자세에서 교활함이 묻어난다.

린 원인이던 후작 나리 조카, 쉽게 말해서 새 후작이란 사실이에요. 물론 영국에서 신분을 숨기고 살아가니, 거기에서는 후작이 아니지만요. 찰스 다네이란 이름을 쓰거든요. 외가 쪽 성이 '돌네'라서요."

새로운 소식에도 마담 드파르지는 뜨개질이 차분한데 남편은 커다란 충격을 받은 게 분명했다. 계산대 뒤에서 뭐든 해야 할 것 같아서 불을 켜고 파이프에 담뱃불을 붙이려고 하는데 손이 떨려서 제대로 붙일 수 없을 정도였다. 첩자가 그런 변화를 못 보고 마음에 안 새겨둔다면 그건 첩자도 아니었다.

과연 얼마나 쓸모가 있는지는 모르겠지만 그래도 최소한 하나는 건졌다는 생각에, 그리고 다른 걸 건질만 한 손님이 하나도 안 들어온다는 생각에, 바사드는 자신이 마신 술값을 내고 자리를 떴다. 두 분하고 다시 만나는 기쁨을 학수고대하겠다고 점잖게 말한 다음이었다. 그래서 잠시 후에는 생앙투안 외곽을 빠져나가고, 남편과 아내는 첩자가 다시 들어올지도 모른다는 생각에 꼼짝 않고 그대로 있었다.

드파르지는 의자 등받이에 여전히 한 손을 올려놓고 가만히 서서 담배를 태우다가 부인을 내려다보며 나지막한 목소리로 물었다.

"마네뜨 아가씨에 대한 말이 사실일까?"

마담이 눈썹을 살짝 추켜세우며 대답했다.

"저놈이 한 말은 거짓일 가능성이 커. 하지만 사실일 수도 있겠지."

"만약에……."

드파르지가 말하다 입을 다물자, 부인이 그대로 반복했다.

"만약에?"

"만약에 그날이 온다면, 우리가 살아생전에 승리하는 날이 온다면…… 운명이 아가씨 남편을 프랑스로 안 들여보내길 바랄 뿐이야, 아가씨를 위하여."

드파르지가 말하자, 마담이 평소처럼 차분하게 대답했다.

"운명은 이미 예정한 곳으로 아가씨 남편을 데려갈 수밖에 없으니, 끝장을 낼 거라면 끝장이 날 곳으로 인도하겠지. 내가 아는 건 그게 전부야."

그러자 드파르지는 부인에게 동의를 끌어내려는 어투로 간절하게 말했다.

"하지만 정말 이상해…… 우리는 아가씨 부친은 물론 아가씨까지 행복하게 살길 원하는데 지금 당신 손은 이제 막 떠난 개자식 옆에다 처벌 대상으로 아가씨 남편 이름까지 기록한다는 게 정말 이상하지 않아?"

"그날이 오면 훨씬 이상한 일이 수없이 일어날 거야. 나는 여기에 두 사람 모두 확실하게 기록했어. 두 사람 모두 그럴만하기 때문이야. 다른 건 없어."

마담은 이렇게 말하면서 뜨개질감을 돌돌 말더니, 머리에 둘러친 스카프에서 장미를 떼어냈다. 불쾌한 장식이 사라진 걸 본능적으로 느끼는지 아니면 장식이 사라지기만 기다리며 계속 지켜보았는지 모르지만, 마침내 생앙투안은 곧바로 용기 내서 어슬렁거리며 들어오고 술집은 평소 모습을 되찾았다.

후덥지근한 계절 초저녁에 생앙투안 전체가 바깥으로 나와서 문 앞 계단과 창턱에 걸터앉거나 지저분한 거리와 공터 모서리에 모여들어서 시원한 바람을 쐬는데, 그럴 때면 마담 드파르지는 한 손에 뜨개질감을 들고 여기저기, 이 무리 저 무리 돌아다니며 사람들과 어울렸다. 일종의 전도사랑 비슷한데 - 그리고 이런 부류가 꽤 많은데 - 제대로 돌아가는 세상이라면 결코 생겨날 수 없는 사람들이었다. 그런데 모든 아낙네가 뜨개질했다. 하나같이 쓸모없는 것들이지만 기계적인 작업을 해서 먹고 마시는 걸 기계적으로 대체했다. 입과 소화기관 대신 두 손을 움직였다.

뼈만 앙상한 손가락을 안 움직이면 굶주린 배가 훨씬 심하게 요동칠 터이기 때문이다.

하지만 손가락이 가는 대로 시선도 가고 생각도 갔다. 그리고 마담 드파르지가 이 무리 저 무리 옮겨 다니면서 무슨 말을 하고 떠나면 옹기종기 모여서 그 말을 듣던 아낙네들은 손가락과 시선과 생각이 훨씬 빠르고 날카롭게 움직였다.

마담 남편은 문가에서 감탄 어린 눈으로 그런 부인을 따라가며 담배를 태우다가 중얼거렸다.

"대단한 여편네, 강인한 여편네, 당당한 여편네, 무서울 정도로 당당한 여편네야!"

어둠이 몰려들고 교회에서 울리는 종소리와 멀리 궁전 마당에서 군대 드럼 소리가 들려도 아낙네들은 가만히 앉아서 뜨개질에 열중했다. 어둠이 완전히 에워쌌다. 또 다른 어둠이 확실하게 다가올 터였다. 그날이 오면 교회 종소리는, 프랑스 전역에서 하늘 높이 솟구친 교회 첨탑마다 경쾌하게 울리는 종소리는 천둥처럼 일어나는 대포 소리에 녹아들고 군대 드럼 소리는 성난 함성에 파묻힐 터였다. 그날 밤에는 권력과 풍요, 자유와 평등을 외치는 목소리가 사방에 가득할 터였다. 그런 어둠이 가만히 앉아서 뜨개질만 계속하는 여인네들 주변으로 바싹 다가오는 중이니, 그들은 지금 둘러앉아 뜨개질에 열중하던 자리에 그대로 앉아서 아직은 안 세운 구조물(단두대를 말한다: 옮긴이)을 쳐다보며 거기에서 뚝

뚝 떨어지는 머리 숫자를 뜨개질로 기록할 터였다.

XVII. 영원히 못 잊을 밤

박사는 영원히 못 잊을 초저녁에 딸과 함께 플라타너스 아래에 앉았고, 태양은 생전 처음 볼 정도로 화려한 황혼을 소호 모서리에 조용히 드리우며 떨어졌다. 박사가 딸과 함께 플라타너스 밑에 그대로 앉아있을 때 생전 처음 볼 정도로 커다란 달이 두둥실 떠올라서 런던 전역에 온화한 빛을 흩뿌리며 나뭇잎 사이로 두 사람 얼굴을 밝혔다.

마네뜨 아가씨는 내일 결혼할 예정이다. 그래서 아버지를 위해 마지막 초저녁 시간을 비워두고, 그래서 지금 이렇게 플라타너스 밑에 단둘이 앉았다.

"행복하세요, 사랑하는 아버지?"

"당연하지, 우리 딸."

두 사람은 말이 거의 없이 오랫동안 가만히 앉아있었다. 아직 주변이 밝아서 일도 하고 책을 읽을 수 있어도 마네뜨 아가씨는 평소처럼 일하지도, 아버지에게 책을 읽어드리지도 않았다. 플라타너스 밑에서 아버지 옆에 앉아 그렇게 한 적이 수없이 많지만, 오늘은 다른 날과 너무나 달랐다. 더할 수 없이 소중한 초저녁이었다.

"저도 이 시간이 정말 행복해요, 사랑하는 아버지. 하늘에서 축복하신 사랑에 - 제가 찰스를 사랑하고 찰스가 저를 사랑하는 게 - 마음 깊이 행복해요. 하지만 그렇다고 해도 아버지에게 그만큼 집중할 수 없거나, 결혼으로 인해 아버지랑 조금이라도 거리를 두고 살아가야 한다면 너무나 커다란 불행과 자책에 시달리느라 지금 이런 말씀도 드릴 수 없을 거예요. 지금 이 순간에도…….”

지금 이 순간에도 마네프 아가씨는 떨리는 목소리를 진정시킬 수 없었다. 그래서 달빛이 슬프게 비추는 가운데 아버지 목에 두 손을 걸치고 가슴에 얼굴을 기댔다. 뜨면 질 수밖에 없는 운명이니, 달빛은 항상 슬프게 비출 수밖에 없고 그건 햇빛 자체도 - 인간이 생명의 기원이라고 부르는 빛도 - 마찬가지였다.

“누구보다 소중한 아버지! 제가 새로운 사람을 사랑하고 아내로서 도리를 다한다고 해서 아버지와 저 사이를 가로막는 건 하나도 없다고 전적으로 확신한다는 말씀을, 오늘 마지막 날 밤에, 저에게 하실 수 있으세요? 저는 확신하는데, 아버지도 확신하세요? 마음 깊숙한 곳에서 또렷한 확신을 느끼세요?”

딸이 묻는 말에 아버지는 전에 없이 확신 가득한 어조로 명랑하게 대답했다.

“당연하지, 우리 딸! 아니, 그 이상이란다.”

그러더니 딸에게 다정하게 키스하며 덧붙였다.

“네가 결혼하면 예전에 너랑 단둘이 살 때보다 - 아니, 그 어느 때보다 - 아빠는 행복할 거야.”

“정말 그럴 수만 있다면, 아버지……!”

“믿으렴, 사랑하는 딸아! 정말 그렇단다. 그게 자연스럽고 당연한 과정이라는 사실을 생각하렴, 우리 딸. 너는 젊고 효심이 깊어서 아빠가 얼마나 걱정했는지, 행여나 네가 인생을 낭비하는 건 아닐까 하고 아빠가 얼마나 걱정했는지 몰라…….”

마네프 아가씨가 아빠 입술을 손으로 막는데, 박사는 그 손을 꼭 잡으며 계속 말했다.

"아빠 때문에 자연의 섭리를 거스르면서 인생을 낭비하지 마, 우리 딸. 너는 지금까지 아빠를 위해서 살았기 때문에 이 문제로 아빠가 그동 안 아주 많이 고민했다는 사실을 충분히 이해할 수 없어. 하지만 자신에 게 스스로 물어보렴, 너 자신이 온전하게 행복하지 않은데 아빠가 어떻 게 온전하게 행복할 수 있는지?"

"제가 찰스를 안 만났더라면, 아버지, 저는 아버지와 단둘이서 아주 행복하게 살았을 거예요."

찰스가 없으면, 찰스를 못 만났다면 그만큼 불행했을 거라는 사실을 딸이 무의식적으로 인정하는 말에 박사는 빙그레 웃으며 대답했다.

"우리 딸, 너는 상대를 만났고 그건 바로 찰스야. 찰스가 아니더라도 다른 사람이 나타나겠지. 하지만 아무도 안 나타난다면 바로 그건 나 때문일 수밖에 없고, 그러면 아빠를 둘러싼 먹구름이 길게 뻗어 나가서 너까지 집어삼키려고 할 거야."

재판 때 말고 아버지가 고통스러운 시기에 대해 언급한 건 처음이었 다. 그래서 마네뜨 아가씨는 아버지가 하는 말이 귓속으로 파고드는 동안 이상한 느낌과 동시에 새로운 감동이 몰려들고 이후에도 오랫동안 맴돌았다.

보베 출신 박사는 손을 들어서 달을 가리키며 계속 말했다.

"아, 저길 보려무나! 달이 감옥 창문에 떠오를 때면 나는 달빛을 도저 히 견딜 수 없었단다. 달을 바라볼 때마다 내가 잃어버린 대상에게도 달빛이 환하게 비출 거란 생각에 너무나 고통스러운 나머지 감방 벽에다 머리를 찧곤 했단다. 달을 바라보다가 정신이 흐릿하거나 혼미하면 보 름달에 가로선을 몇 개나 그을 수 있을까, 그런 다음에는 세로선을 얼마 나 그을 수 있을까 하는 생각만 했단다."

박사는 달을 쳐다보듯 자신의 내면을 깊숙이 들여다보고 곰곰이 생각하며 덧붙였다.

"각각 스무 개였던 거로 기억이 나. 스무 번째를 끼워 넣는 게 정말 힘들었으니까."

마네뜨 아가씨는 아버지가 당시 상황으로 돌아가서 깊은 생각에 빠져들며 말하는 소리를 듣는 동안 묘한 전율이 흐르는 걸 느꼈다. 하지만 아버지가 말하는 태도에 딸을 걱정스럽게 만드는 요소는 하나도 없었다. 현재의 활기찬 행복을 오래전에 겪은 끔찍한 고통과 비교하는 느낌 정도였다.

"나는 달을 바라보면서 태어나기도 전에 헤어진 아기를 수없이 떠올렸단다. 아기가 살았을까. 살아서 제대로 태어났을까, 아니면 불쌍한 엄마가 받은 충격 때문에 죽었을까. 아들일까, 그래서 나중에 아버지를 위해 복수할까. (감옥에서 지내다 보면 복수하고 싶은 마음이 불처럼 끓어오를 때가 있단다.) 아들일까, 아버지가 겪은 일을 조금도 모르는 아들. 아버지가 자기 발로 스스로 떠났다고 생각하며 평생을 원망하는 아들. 아니면 딸일까, 그래서 아름다운 여인으로 성장할까."

마네뜨 아가씨가 가까이 다가가서 아버지 뺨과 손에 키스했다.

"나는 우리 딸이 아버지를 완벽하게 잊어버릴 거라고 - 아니, 아버지란 존재조차 모를 거라고, 의식조차 못 할 거라고 - 생각했어. 나는 딸이 먹어가는 나이를 계속 셌어, 해를 거듭하며. 나는 우리 딸이 아버지가 겪은 운명을 하나도 모르는 사내와 결혼하는 생각을 했어. 살아있는 사람들 기억에서 나는 완전히 사라지고, 앞으로 태어날 후손에게서 내가 차지할 자리는 하나도 없었어."

"우리 아버지! 존재하지도 않는 딸을 그렇게 생각하셨다는 말씀을 들으니까 제가 지금까지 그런 딸로 살아왔다는 생각이 들어요."

"마네뜨, 네가? 아버지가 마지막 날 밤에 이런 기억을 떠올려서 우리와 달빛 사이를 떠돌게 만들 수 있는 건 네가 지금까지 아버지를 받들면서 건강하게 회복시킨 덕분이야. 그런데 내가 조금 전에 무슨 얘기를 했더라?"

"아버지를 모르는 딸. 아버지를 보살피지도 않는 딸."

"그래! 하지만 달빛이 비추는 밤에 슬픔과 고독이 완전히 다른 방식으로 - 평화로운 마음에 슬픔이 가득 들어찬 것처럼, 어떤 감정이든 바탕에 고통이 깔린 것처럼 - 건들기도 하는데 그럴 때면 우리 딸이 감옥으로 아빠를 찾아와서 자유로운 바깥으로 데려가는 환상을 떠올렸어. 아빠는 지금 너를 보는 것처럼 달빛 속에서 우리 딸을 보았어. 하지만 두 팔로 꼭 안은 적은 한 번도 없지. 쇠창살에 막힌 조그만 창문과 감옥 문 사이에 아이가 있었어. 그런데 그 아이는 내가 말하는 딸이 아니라는 사실을 아니?"

"아이는…… 환상이…… 아닌가요?"

"그래. 완전히 다른 아이야. 아이는 내가 정신이 혼미할 때마다 나타나서 꼼짝을 안 했단다. 내가 마음으로 끊임없이 추구하던 환상은 새로운 환상으로, 훨씬 구체적인 아이로 변했어. 아빠가 아이에 대해서 아는 건 겉모습이 자기 엄마를 똑 닮았다는 정도밖에 없어. 다른 아이도 - 너처럼 - 엄마를 똑 닮았지만 똑같은 아이는 아니야. 무슨 말인지 이해하니, 마네뜨? 어려울 거야, 그치? 혼자서 오랫동안 감옥 생활을 안 한 사람이라면 이렇게 복잡한 현상을 구별할 수 없겠지."

박사는 자신이 예전에 겪은 생활을 침착하고 차분하게 분석하고, 딸은 온몸에서 피가 얼음처럼 차갑게 변하는 걸 억누를 수 없었다.

"마음이 훨씬 평화로울 때는 딸이 달빛을 받으며 다가와서 아빠를 데리고 집으로 가, 자신이 결혼해서 사는 집을 보여주는데, 잃어버린 아버지를 사랑스럽게 떠올린 흔적이 곳곳에 가득했단다. 침실에는 아빠

사진이 있고 기도할 때도 아빠를 언급했단다. 생활 하나하나가 정말 활달하고 명랑하고 훌륭했지. 하지만 아빠가 겪은 비참한 역사 역시 사방에 스며들었더구나."

"제가 바로 그 아이였어요, 아버지, 행동은 절반도 못 따라가도 아버지를 사랑하는 마음만큼은 똑같았어요."

딸이 말하고, 보베 출신 의사도 말했다.

"그런 다음에 아이는 자신이 낳은 아이들을 아빠에게 보여주었어. 외할아버지에 대한 이야기를 들으면서 외할아버지를 가엾게 여기라고 배웠더군. 아이들은 교도소를 지날 때면 위압적인 담장에서 멀찌감치 떨어져 쇠창살 너머를 올려다보며 조그맣게 속삭였어. 하지만 나를 구할 순 없었지. 그런 걸 모두 보여준 다음에는 나를 항상 여기로 돌려보낸 것 같아. 그래도 나는 안도의 눈물을 하염없이 흘리면서 무릎을 꿇고 아이를 축복했단다."

"바로 제가 그 아이면 좋겠어요, 아버지. 아, 사랑하는 아버지, 그렇게 열정적으로 내일 저를 축복하시겠어요?"

"마네뜨, 내가 지난 고통을 오늘 밤에 이렇게 떠올릴 수 있는 건 나에게 커다란 행복을 허락하신 하느님에게 감사하기 때문이기도 하지만 너를 말로 형용할 수 없을 만큼 사랑하기 때문이기도 해. 정신이 혼미할 때는 행복 근처도 못 갔는데, 너를 알고부터 이렇게 행복하게 살잖니."

박사는 딸을 꼭 껴안고 하늘의 축복을 엄숙하게 빌어준 다음, 자신에게 이런 딸을 준 걸 하늘에 진심으로 감사했다. 그리고 두 사람은 집으로 들어갔다.

결혼식에 초대한 사람은 로리밖에 없었다. 심지어 신부 들러리도 섬뜩하게 생긴 프로스 집사가 전부였다. 결혼한 다음에 신혼집을 바꿀 계획도 없었다. 사는지 안 사는지 보이지도 않던 정체불명의 인물이 살던 위층을 모두 얻어서 공간을 넓히니, 더는 바랄 게 없었다.

마네뜨 박사는 가볍게 차린 저녁 식탁에서 정말 명랑했다. 식탁에 앉은 사람은 셋이 전부니, 프로스 집사가 세 번째 자리를 차지했다. 박사는 찰스가 없는 게 안타까웠다. 아버지에게 집중하려고 일부러 찰스를 배제한 저녁 식탁에 반대하고 싶은 마음이 많았다. 그래서 애정이 듬뿍 담긴 마음으로 찰스를 위해 건배했다.

그러다가 잠잘 시간이 돼서 두 사람은 서로 잘 자라고 인사하며 헤어졌다. 하지만 사방이 고요한 새벽 세 시에 마네뜨 아가씨는 아래층으로 다시 내려가서 아버지 방으로 살그머니 들어섰다. 왠지 불안한 마음을 떨쳐낼 수 없었기 때문이다.

하지만 모든 게 제자리를 지켰다. 실내는 고요하고 아버지는 깊이 잠들고 하얀 백발은 베개를 평화롭게 베고 두 손은 이불 위에 차분하게 포개놓았다. 마네뜨 아가씨는 불필요한 촛불을 멀찌감치 떨어진 그늘에 내려놓고 아버지 침대로 살금살금 다가가 아버지 입술에 자기 입술을 포개고 나서 가만히 굽어보았다.

잘생긴 얼굴에는 감옥 생활에 흘린 쓰디쓴 눈물 자국이 어렸다. 하지만 아버지는 강인한 결단력으로 모든 흔적을 지워버려서 잠을 잘 때조차 아무런 티를 안 냈다. 보이지 않는 적과 싸우면서도 이렇게 차분하고 단호한 얼굴은 그날 밤 영국 전역에서 깊이 잠든 사람 누구에게도 볼 수 없는 훌륭한 얼굴이었다.

마네뜨 아가씨는 사랑하는 아버지 가슴에 한 손을 살며시 올려놓고 자신이 사랑하는 만큼 그리고 아버지가 겪은 슬픔만큼 자신이 아버지에게 진실하도록 기도했다. 그리곤 손을 거두어 아버지 입술에 다시 키스하고 물러났다. 이윽고 햇살은 떠오르고 플라타너스 잎사귀가 만든 그늘은 딸이 아버지를 위해 기도하던 입술처럼 부드럽게 아버지 얼굴에서 물러났다.

XVIII. 혼돈에 빠진 아흐레

결혼식 날에는 햇빛이 찬란하게 빛났다. 문을 꽉 닫은 서재 바깥에서는 세 사람이 기다리고, 안에서는 마네뜨 박사가 찰스 다네이와 대화를 나누었다. 아름다운 신부와 로리와 프로스 집사는 이제 교회로 출발할 준비를 마친 상태였다. 프로스 집사 역시 오랜 시간에 걸쳐서 조금씩 변하다가 마침내 이번 결혼을 필연으로 받아들이니, 자기 동생 솔로몬을 신랑으로 삼아야 한다는 생각이 아직 조금 남은 걸 빼면 완벽하게 축복할 수 있을 정도였다.

로리는 아무리 칭찬해도 모자란다는 표정으로 신부 주변을 맴돌아 차분하고 아름다운 드레스를 꼼꼼히 살피면서 말했다.

"그래, 내가 갓난아기를 품에 안고서 도버 해협을 건넌 게 바로 이런 걸 위해서야. 우리 귀여운 마네뜨 아가씨! 아아! 나는 나 자신이 한 일을 지금까지 너무 가볍게 여겼어! 내가 의무를 다하고, 그래서 찰스 다네이라는 좋은 청년에게 이런 은총까지 베푸는 걸 너무 가볍게 여겼어!"

그러자 프로스 집사가 인정머리 없는 어투로 끼어들었다.

"애초에 이럴 생각은 아니었잖아요. 이렇게 된다는 걸 당시에 어떻게 알겠어요? 말도 안 돼!"

"정말요? 그래요, 그래, 울지 마세요."

로리가 부드럽게 말하자, 프로스 집사가 반박했다.

"우는 사람은 내가 아니에요, 당신이지."

"내가, 프로스 아가씨?" (많은 시간을 함께 보내는 사이에 로리는 프로스 집사와 가끔 농담을 주고받는 사이가 되었다.)

로리가 묻자 프로스 집사가 대답했다.

"당신이 울었잖아요, 지금 막. 내가 똑똑히 보았어요. 하기야 당연히 그럴 수밖에. 당신이 선물로 보낸 접시를 보면 누구나 눈물을 흘릴 테니까요. 지난밤에 상자가 도착해서 포크며 숟가락이며 하나하나 쳐다보다가 나도 마냥 눈물을 흘렸다니까요, 앞을 가릴 때까지."

"정말 고맙긴 하지만 명예를 걸고 말하는데, 나는 그런 사소한 기념품을 선물해서 누구든 눈앞을 가리게 할 의도가 없었다오. 아아! 이런 날이 오니까 지금까지 살아오는 동안 잃어버린 걸 모두 떠올리게 되네요. 아, 아, 아! 오십 년이란 세월을 살아오면서 나에게도 부인을 맞이할 기회가 있었는데!"

"말도 안 돼!"

프로스 집사가 반박하자 로리는 다정한 어투로 물었다.

"그럼 당신은 나에게 부인을 맞이할 기회가 한 번도 없었다고 생각하는 건가요?"

프로스 집사가 다시 반박했다.

"흥! 당신은 원래부터 독신으로 태어났어요."

"그래요, 그래! 그 말도 일리는 있어요."

로리가 인정하며 환하게 웃는 얼굴로 조그만 가발에 살짝 손대고, 프로스 집사는 덧붙여 말했다.

"태어나기 전부터 독신으로 살아갈 운명이었다고요."

"그렇다면 지금까지 내가 못난 모습으로 살아왔다는 의미겠지요, 내가 살아갈 방향에 대해서 또렷한 목소리도 못 내고. 그건 그렇고, 자,

우리 사랑스러운 마네뜨 아가씨."

로리가 마네뜨 아가씨 허리를 팔로 다정하게 껴안으면서 계속 말했다.

"서재에서 움직이는 소리가 들리니, 프로스 집사와 나는 실무를 담당하는 가족으로, 잠시 틈나는 시간을 이용해서 아가씨가 듣고 싶은 내용을 공식적으로 전달하지요. 아가씨가 신랑과 함께 영국 중부 워릭셔 지방 인근을 여행하는 동안 아가씨만큼이나 성실하고 사랑스러운 사람들이 사랑하는 부친을 상상할 수 있는 모든 방법으로 보살필 터이며 텔슨 은행 역시 부친을 위해 (굳이 비유하자면) 망조가 들 정도로 열심히 부친을 보살필 예정이라오. 그래서 보름이 지나면 부친께서는 정말 건강하고 행복한 모습으로 신혼부부를 찾아가서 보름 동안 웨일스 지방을 함께 여행할 거라고 자신 있게 말씀드립니다. 이제 발자국이 문가로 다가오는 소리가 들리네요. 구닥다리 독신자가 아가씨에게 축복의 키스를 올리지요, 문을 열고 나온 사람이 키스를 청하기 전에."

로리는 두 손으로 어여쁜 얼굴을 잡고서 이마에 떠오른 독특한 표정을 잠시 바라보다가 환하게 빛나는 금발을 자신의 조그만 갈색 가발에 부드럽고 우아하게 포갰다. 구닥다리 여부는 모르겠으나 구약시대 아담으로 거슬러 올라갈 정도로 부드럽고 우아한 동작이라는 건 확실했다.

박사가 서재 문을 열더니 찰스 다네이와 함께 나왔다. 서재로 들어갈 때와 정반대로 백지장처럼 하얀 게, 박사 얼굴에서 혈색이 깃든 흔적이라곤 조금도 찾아볼 수 없었다. 하지만 차분한 자세는 조금도 안 변해, 로리 한 명만 매서운 눈매로 힐끗 쳐다보곤 오랫동안 회피하던 과거의 끔찍한 현실이 이제 막 매서운 바람처럼 몰려들어서 박사를 휩쓸고 지났다는 느낌을 살포시 받는 정도였다.

마네뜨 박사는 딸에게 팔을 내밀어서 호화로운 마차가 – 결혼식 날을 기념해 로리가 특별히 빌린 마차가 – 기다리는 아래층으로 인도했다. 나머지는 다른 마차를 타고 뒤쫓아 얼마 후에는 인근 교회에 도착해서 모르는 하객이 하나도 없는 가운데 찰스 다네이와 루시 마네뜨는 행복한 결혼식을 올렸다.

예식이 끝나자 극소수에 불과한 하객은 환하게 웃는 얼굴로 곳곳에서 눈물을 번뜩이고 신부 손에서는 다이아몬드가 – 로리가 어둡고 칙칙한 주머니에서 이제 막 꺼낸 다이아몬드가 – 환하게 반짝였다. 일행은 집으로 돌아와서 아침 식사를 하는 등, 모든 게 순조롭게 흐르는 가운데 이별의 순간은 오고, 파리 다락방에서 불쌍한 구두장이 백발하고 뒤엉키던 황금빛 머릿결은 아침 햇살을 받으며 헤어지는 문지방에서 다시 똑같은 백발과 뒤엉켰다.

작별하는 건 어려워도 오래 걸리진 않았다. 아버지는 딸을 격려하다가 꼭 껴안은 팔에서 마침내 몸을 천천히 빼내며 "마네뜨를 데려가게, 찰스! 이제 자네 사람이야!"라 말하고, 마네뜨 아가씨는 떨리는 손을 여행용 마차 창문 너머로 흔들고 마차는 천천히 떠났다.

모서리 주택은 원래 인적이 드문 터라 한적하고 결혼식은 준비한 게 거의 없을 정도로 간단했으니, 이제 남은 사람은 마네뜨 박사와 로리와 프로스 집사가 전부였다. 마네뜨 박사에게 엄청난 변화가 생겼다는 사실을 – 공중에 걸쳐놓은 황금 팔에 치명적인 일격이라도 당한 것처럼 보인다는 사실을 – 로리가 알아챈 건 세 사람이 낡은 현관에 드리운 시원한 그늘로 들어설 때였다.

물론 마네뜨 박사는 결혼식 내내 감정을 꾹 억눌렀을 터이니, 마음을 푸는 순간에 갑자기 허물어질 수도 있겠다는 정도는 충분히 예상할 수 있었다. 하지만 로리를 난처하게 만든 건 예전처럼 겁에 질려서

어찌할 바 모르고 쩔쩔매는 모습이었다. 그래서 위층으로 오른 다음에
는 공허한 표정으로 머리를 움켜잡고 정처 없이 방황하듯 발을 질질
끌며 자기 방으로 들어가는 모습이었다. 이런 모습을 보는 순간 로리는
별빛을 받으며 파리를 달리던 당시가, 술집 주인 드파르지가 저절로
떠올랐다. 그래서 걱정스러운 마음에 곰곰이 생각하다가 프로스 집사
에게 속삭였다.

"지금 당장은 박사님에게 무슨 말을 걸거나 귀찮게 않는 게 최선인
것 같아요. 텔슨 은행에 가서 처리할 일이 있어요. 즉시 갔다가 바로
돌아오겠소. 그런 다음에 박사님과 함께 마차를 타고 야외에 나가서
저녁 식사나 합시다. 그러면 모든 게 좋아질 거예요."

로리에게는 텔슨 은행 일을 보는 편보다 텔슨 은행 바깥일을 보는
편이 훨씬 어려웠다. 딱 두 시간 동안 업무에 붙잡혀서 꼼짝을 못하다가
돌아와, 물어볼 하인조차 없어서 혼자 낡은 계단을 올라 박사 서재로
들어서다가 무언가를 두드리는 나지막한 소리에 걸음을 멈추고 깜짝
놀라며 중얼거렸다.

"맙소사! 저게 무슨 소리야?"

프로스 집사가 겁에 질린 얼굴로 다가와서 자기 손을 움켜잡고 비틀
며 소리쳤다.

"이를 어째, 이를 어째! 모든 게 수포가 되었어요! 이제 우리 종달새
아가씨에게 뭐라고 말하나요? 박사님이 나도 못 알아보고 구두만 만들
어요!"

로리는 프로스 집사를 진정시킨 다음에 박사 침실로 직접 들어갔다.
기다란 의자를 빛이 환한 쪽으로 돌려놓은 모습이 파리 다락방에서 처음
본 구두장이와 비슷했다. 머리를 숙이고 구두 만드는 작업에 몰두하는
모습도 마찬가지였다.

"마네뜨 박사님. 아, 소중한 친구, 마네뜨 박사님!"

박사가 - 왜 그러느냐는 표정 절반, 말을 걸어서 짜증스럽다는 표정 절반으로 - 가만히 쳐다보더니 다시 고개를 숙이고 작업에 몰두했다.

외투와 조끼는 옆에 내려놓고, 셔츠는 구두 만드는 작업을 할 때 흔히 그러는 것처럼 목덜미를 풀고, 심지어 예전의 수척하고 빛바랜 얼굴도 그대로 돌아온 상태였다. 작업에 몰두하는 표정이, 누가 와서 방해라도 된다는 듯, 초조해 보였다.

로리는 박사가 하는 작업을 힐끗 쳐다보다가 예전과 크기나 모양이 똑같은 구두 한 짝이라는 사실을 깨달았다. 그래서 옆에 있는 구두 한 짝을 집어서 이게 무어냐고 물었다. 그러자 박사는 쳐다보지도 않고 웅얼웅얼 대답했다.

"젊은 숙녀가 산책할 때 신는 구두. 오래전에 끝내야 했어. 어서 끝내야 해."

"하지만 마네뜨 박사님. 나를 보세요!"

박사는 옛날처럼 기계적으로 순종하듯 복종하면서도 작업에 열중했다.

"우리 소중한 친구, 박사님, 나를 알아보지요? 생각해 보세요. 이건 박사님 직업이 아니에요. 생각해 보세요, 아아, 소중한 친구여!"

어떤 방법도 박사 입을 다시 열 순 없었다. 옆에서 물으면 잠시 고개를 들고 쳐다볼 뿐 아무리 설득해도 한마디를 안 했다. 박사는 그렇게 침묵하며 구두 만드는 작업에 빠져들고, 로리가 하는 말은 메아리 없는 벽에 부닥치거나 허공으로 날아가듯 사라졌다. 로리가 발견한 유일한 희망은 누가 안 물어도 박사가 가끔 고개를 살며시 추켜든다는 사실이었다. 그럴 때마다 호기심과 당혹감이 희미하게 깃드는데, 박사 자신도 마음 속으로 이상한 의문점을 느끼고 해결하려는 것 같았다.

로리는 무엇보다 중요한 원칙 두 가지를 떠올렸다. 하나는 마네뜨 아가씨에게 비밀로 한다는 원칙, 또 하나는 마네뜨 박사를 아는 모든 사람에게 비밀로 한다는 원칙이었다. 그래서 프로스 집사와 협력해, 박사가 몸이 안 좋아 며칠 푹 쉬어야 한다고 주변에 알리는 식으로 두 번째 원칙에 합당한 조치를 바로 취했다. 마네뜨 아가씨를 속이기 위해서는 프로스 집사가 편지를 써서, 부친이 업무상 멀리 출장을 떠나더니, 급한 사정을 자필로 두세 줄 급히 끼적거려서 그쪽 우체국 소인이 찍힌 편지를 보냈더라고 알렸다.

로리가 이처럼 현명한 조처를 한 이유는 박사가 정신을 차릴 거라는 희망 때문이었다. 그래서 박사가 금방 정신을 차리면 또 다른 조처를 할 계획인데, 박사 같은 사례에 대해 가장 잘 안다고 판단되는 사람에게 ─ 당사자에게 ─ 확실한 의견을 묻는 게 바로 그것이었다.

로리는 박사가 빨리 회복해서 세 번째 조처를 취할 수 있기를 바라는 마음에, 겉으로 안 드러나도록 조심하면서 박사를 세심하게 관찰해야 하겠다고 결심했다. 그래서 평생 처음으로 텔슨 은행에 결근한다는 서류를 제출하고 박사 침실 창가에 자리를 잡았다.

박사에게 말을 거는 행위는 압박을 주고 걱정만 끼쳐서 백해무익하다는 사실을 로리는 곧바로 깨달았다. 그래서 첫 번째 날에는 박사에게 말하는 시도를 중단하고, 박사가 이미 빠져든 ─ 혹은 지금 빠져드는 ─ 망상이 현실과 다르다는 사실을 알린다는 차원에서 박사가 볼 수 있도록 항상 자리를 지키는 것으로 만족하자고 다짐했다. 그래서 유리창 옆 의자에 앉아 책도 읽고 글도 쓰는 등 머리에 떠오르는 내용 가운데 자연스러우면서도 즐거운 행동을 계속하는 방식으로 여기는 감옥이 아니라는 사실을 보여주었다.

마네뜨 박사는 첫 번째 날에 갖다 준 음식을 먹고 마신 다음에 너무 어두워서 안 보일 때까지 일했다. 로리가 앞이 안 보여서 읽기와 쓰기를 중단하고도 삼십 분이 더 지나도록 말이다. 그런 다음에 비로소 더는 사용할 수 없게 된 장비를 옆에 내려놓자, 로리가 일어나서 박사에게 물었다.

"밖으로 나갈래요?"

박사는 예전처럼 바닥을 이리저리 훑어보더니, 예전처럼 고개를 들고 예전처럼 나지막한 목소리로 물었다.

"나가?"

"네. 나랑 산책하러. 안 될 것도 없잖아요."

이번에는 박사가 아무 말도 안 했다. 한마디를 안 했다. 하지만 박사가 어둠이 깃든 의자에서 앞으로 허리를 숙여 양쪽 팔꿈치로 무릎을 괴고 두 손으로 머리를 받치더니, 아주 희미한 어투로 혼자 "안 될 것도 없다"고 중얼거리는 모습을 본 것 같았다. 일 처리 방식을 아는 로리는 뭔가 효과가 있다는 사실을 깨닫고 이 방법을 계속 사용하기로 마음먹었다.

그래서 로리는 프로스 집사하고 밤을 둘로 나눠 옆방에서 박사를 가끔 들여다보았다. 박사는 오랫동안 침실을 이리저리 거닐다가 침대에 눕더니, 곧바로 깊은 잠에 빠져들었다. 그리고 아침에는 일찌감치 일어나서 일감이 기다리는 작업 의자로 곧장 갔다.

두 번째 날, 로리는 박사 이름을 부르면서 명랑하게 인사하고, 최근에 자주 논의한 화제를 언급했다. 박사는 아무런 대답도 없지만, 로리가 하는 말을 들으면서 꽤 복잡한 내용도 곰곰이 생각하는 눈치였다. 그걸 보고 힘이 나서 프로스 집사까지 불러 박사를 자극했다. 그럴 때는 평상시와 마찬가지로 자리를 비운 사람은 아무도 없다는 듯, 차분한 어투로 마네뜨 아가씨 이야기를 나누다가 아가씨 부친 얘기로 넘어갔다. 그러면서도 너무 오래 너무 자주 괴롭히는 식으로 노골적인 부담을 주진 않으려고 애썼다. 그러다 보니, 박사가 고개를 자주 치켜든다는 느낌도 들고 자신을 에워싼 이상한 환경을 알아보고 동요한다는 느낌까지 들어서 로리는 기분이 좋았다.

다시 어둠이 깔리자, 로리는 박사에게 어제와 똑같이 물었다.

"친애하는 박사님, 밖으로 나갈래요?"

박사 역시 똑같이 반문했다.

"나가?"

"네. 나랑 산책하러. 안 될 것도 없잖아요."

이번에는 박사에게서 아무런 대답도 뽑아낼 수 없자, 로리는 밖으로 나가는 척하면서 자리를 비우다가 한 시간 후에 다시 나타났다. 박사는 어느새 창가 의자로 옮겨서 거기에 앉아 플라타너스를 내려다보더니, 로리가 돌아오는 걸 보고 원래 자리로 살그머니 돌아갔다.

시간은 천천히 흐르고 로리는 희망이 줄면서 마음도 다시 무겁게 변하는데, 하루가 지날수록 무거운 마음은 늘어나기만 했다. 사흘째 되는 날이 왔다 가고 나흘째, 닷새째, 엿새째, 이레째, 여드레째, 아흐레째 날이 찾아오고 지나갔다.

희망은 계속 줄고 마음은 더욱 무겁게 변하는 가운데 로리는 아흐레라는 시간을 걱정스럽게 보냈다. 그동안 비밀을 완벽하게 지켜서 마네프 아가씨는 아무것도 모른 채 즐겁게 지냈다. 하지만 처음에는 어설프던 구두장이 손놀림이 무서울 정도로 능숙하게 변한다는 사실도, 작업 자체에 더할 수 없이 열중한다는 사실도, 그래서 아흐렛날 초저녁이 찾아오고 땅거미가 깔릴 때는 손놀림이 그렇게 민첩하고 노련할 순 없다는 사실도 로리는 놓치지 않았다.

XIX. 의견을 묻고 답하다

로리는 깜깜한 밤에 그대로 곯아떨어진 곳으로 환한 햇살이 흘러드는 바람에 깜짝 놀랐다. 걱정이 가득한 가운데 맞이하는 열 번째 아침이었다.

로리는 눈을 문지르며 잠을 몰아내다가 완전히 깨어나는 순간에는 자신이 아직 꿈을 꾸는 건 아닌가 하는 의구심이 일었다. 박사 침실 문으로 가서 내부를 들여다보니, 구두장이 작업 의자와 연장은 다시 옆으로 밀려나고 박사 자신은 창가에 앉아서 책을 읽었기 때문이다. 평상시와 똑같은 아침 의상을 입은 데다 얼굴은 (로리가 분명히 확인한 바에 의하면) 몹시 창백해도 정신은 차분하고 또렷했다.

이게 꿈이 아니라는 사실을 확인한 다음에도 로리는 혹시 자신이 구두를 만들던 장면을 꿈꾼 것은 아닌가 한동안 혼란스러웠다. 눈앞에서 오랜 친구가 평소에 늘 입던 옷차림으로 평소와 똑같이 행동할 뿐, 정신이 혼미한 상태에서 구두를 만들던 흔적은 어디에도 없었기 때문이다.

로리는 처음에 혼란스러워서 당황했는데 거기에 대한 답은 분명했다. 박사가 실제로 구두를 만들었다는 당혹스런 이유가 아니라면 자신이, 자비스 로리가, 이 시간에 여기에 있을 이유가 뭐란 말인가? 자신이 입던 옷차림 그대로 마네뜨 박사 진료실 소파에서 잠들 이유는 뭐고, 이렇게 이른 아침에 박사 침실 문 앞에서 이런 문제로 고민할 이유는 또 뭐란 말인가?

잠시 후에 프로스 집사가 옆으로 다가와서 속삭였다. 로리에게 약간의 의혹이 남았다면 그걸 완전히 해소하기에 충분한 내용이었다. 하지만 그때는 이미 제정신이 들어서 의혹을 완전히 떨쳐낸 상태였다. 그래서 가만히 두고 보자고, 그러다가 아침 식사시간이 되면 아무런 일도 없었다는 듯 박사를 불러서 함께 식사하자고 프로스 집사에게 말했다. 박사가 정상으로 돌아온 것처럼 보인다면 자신이 그동안 그렇게 듣고 싶어 애태우던 의견을 물어서 조언도 듣고 치료 방향도 모색하는 절차로 조심스럽게 나아갈 생각이었다.

프로스 집사는 로리가 시키는 대로 하고, 두 사람은 계획을 하나하나 조심스럽게 준비했다. 로리는 매일 아침 그러는 것처럼 열심히 씻고 충분한 시간을 보내며 옷을 입어서 평소처럼 하얀 리넨 셔츠에다 착 달라붙는 스타킹 차림으로 아침 식사시간에 나타나고, 박사는 평소처럼 부르는 소리를 듣고 식탁에 나타났다.

로리가 생각하기에 차근차근하면서도 조심스럽게 접근하는 방식이 가장 안전한 것 같은데, 이런 원칙을 손상하지 않는 선에서 판단할 때, 다른 무엇보다 박사는 딸이 결혼한 날짜를 바로 어제라고 생각하는 것 같았다. 그래서 요일과 날짜에 대해서 우발적으로 혹은 노골적으로 암시하자, 박사는 가만히 생각하며 날짜를 세는데, 걱정하는 표정이 또렷했다. 하지만 다른 모든 측면에서는 매우 침착해서 로리는 자신이 알아야 할 내용을 당사자에게 직접 물어보기로 마음먹었다.

그래서 아침 식사를 마치고 그릇을 모두 치우자, 로리는 박사와 단둘이 남아서 다정하게 물었다.

"친애하는 마네뜨 박사님, 정말 이상한 사례에 대한 박사님 의견을 아주 은밀하게 묻고 싶습니다. 최근에 내가 많은 관심을 느끼는 사례입니다. 내가 보기엔 정말 이상한데, 아는 게 많으신 박사님 눈에는 그렇게 이상하지 않을 수도 있습니다."

마네뜨 박사는 오랫동안 구두를 만드느라 더럽게 변한 두 손을 힐끗 쳐다보고 당혹스런 표정을 떠올리며 열심히 들었다. 그러면서도 자기 손을 힐끔힐끔 쳐다보고, 로리는 애정 어린 손길로 상대의 팔을 잡으며 이렇게 설명했다.

"마네뜨 박사님, 이번 사례는 나와 특별히 가까운 분이 겪은 사례입니다. 잘 들으시고 그분을 위해 - 특히 그분 따님을 위해 - 바람직한 조언을 부탁합니다, 친애하는 마네뜨 박사님."

그러자 박사가 차분한 어투로 물었다.

"그렇다면 정신적인 충격으로……?"

"네!"

로리가 대답하자, 박사가 다시 물었다.

"자세히 설명하시오. 하나도 빠뜨리지 말고."

로리는 서로 대화가 된다는 걸 깨닫고 이야기를 이어나갔다.

"친애하는 마네뜨 박사님, 아주 옛날에 꽤 오랫동안 정신적으로 심각하고 잔인한 충격을 받아서 - 박사님 말씀대로 감정에 - 마음에, 마음에, 심한 상처를 입고 고생하는 사례입니다. 당사자가 심하게 억눌린 상태에서 충격을 받은 사례이기도 한데, 얼마나 오래 그랬는지는 모릅니다, 내가 보기에 당사자는 시간을 계산할 수 없었던 것 같은데, 그걸 알 수 있는 다른 방법도 없거든요. 당사자가 충격에서 회복하고 나서도, 직접 언급한 바에 의하면, 그렇게 충격에 빠져든 과정 자체를 파악할 수 없는 사례입니다. 어쨌든 충격에서 완전히 회복해 지적 능력이 높은 사람으로 돌아와서 정신적으로 강력한 마음과 튼튼한 체력이 필요한 일을 척척 해내고, 지식이 상당한 수준인데도 계속 연구하며 새로운 지식을 끊임없이 늘려나갔답니다. 그러다가 불행하게도……."

로리는 잠시 말을 멈추고 숨을 깊이 들이마신 다음에 덧붙였다.

"살짝 재발했답니다."

박사는 나지막한 목소리로 물었다.

"얼마나 오랫동안?"

"아흐레 밤낮."

"증상이 어떻던가요? 내 말은, 옛날에 받은 충격과 연관된 행동이 다시 나타나던가요?"

"그렇습니다."

로리가 대답하자, 박사는 또렷하면서도 차분한 어조로, 하지만 똑같이 나지막한 목소리로 다시 물었다.

"그 사람이 예전에 그렇게 행동하는 모습을 본 적이 있소?"

"딱 한 번."

"옛날 증세가 재발한 모습이 당시 모습과 여러 측면에서 비슷하던가요, 아니면 모든 측면에서 똑같던가요?"

"완전히 똑같은 것 같았습니다."

"딸이 있다고 했는데, 재발한 사실을 딸이 아나요?"

"아니요. 딸에게는 비밀로 했는데, 앞으로도 영원히 그러고 싶습니다. 그런 사실을 아는 사람은 딱 두 명인데, 나 자신과 믿을만한 사람 하나입니다."

박사는 로리 손을 덥석 움켜잡으며 "정말 잘하셨소. 정말 사려 깊은 행동이오!" 하며 중얼거리고 로리 역시 그 손을 꽉 잡았다. 한동안 어느 쪽도 입을 안 열었다.

그러다가 마침내 로리가 정말 사려 깊고 애정이 듬뿍 담긴 어투로 입을 열었다.

"친애하는 박사님, 나는 사업을 하는 사람이라서 그렇게 복잡하고 어려운 문제에 대해 효과적으로 대처할 능력이 없습니다. 필요한 정보나 지식도 없고요. 그래서 도움이 필요합니다. 내가 이 세상에서 믿고 의지할 사람이 박사님 말고 또 누가 있겠습니까? 그러니 알려주세요,

이번에 재발한 이유는 뭔가요? 앞으로 또 재발할 위험이 있나요? 다시 재발하는 걸 예방할 방법이 있나요? 재발하면 어떻게 치료하나요? 재발 원인은 무언가요? 내가 우리 친구를 어떻게 도와야 하나요? 방법만 알면 나 자신을 대하는 마음보다 간절한 마음으로 모든 힘을 다해서 친구를 돕도록 하겠습니다.

하지만 지금 나는 이런 사례가 발생하면 무엇부터 해야 좋을지 모른답니다. 박사님이 충분한 지혜와 지식과 경험에 근거해서 올바른 방법을 알려주신다면, 내가 그대로 움직일 수 있습니다. 하지만 지금 당장은 아는 것도 없고 가르쳐주는 사람도 없어서 할 수 있는 게 거의 없습니다. 제발 부탁이니 좋은 방법을 알려주세요. 그래서 내가 병세를 정확히 판단하도록 도와주시고 조금 더 바람직하게 대처하도록 가르쳐주세요."

정말 솔직하게 하는 말을 듣더니, 마네프 박사는 가만히 앉아서 곰곰이 생각하고 로리는 재촉을 안 했다. 그런 가운데 마침내 박사가 어렵게 침묵을 깨뜨리며 대답했다.

"친애하는 친구여, 당신이 묘사한 재발을 친구라는 사람도 사전에 충분히 예상한 것 같군요."

"그래서 재발을 두려워했나요?"

로리는 과감하게 물어보고, 박사는 자신도 모르게 부르르 떨며 대답했다.

"아주 많이. 그럴 수 있다는 두려움에 당사자가 정신적으로 얼마나 커다란 부담을 느끼는지, 그리고 자신을 억누르는 문제에 대해 거론하는 상황이 얼마나 어려운지 - 아니, 거의 불가능하다는 사실을 - 당신은 모릅니다."

"친구가 정신이 돌아온 상태에서 그렇게 옥죄는 비밀을 다른 사람에게 털어놓는다면 정신적인 부담을 눈에 띄게 덜어낼 수 있을까요?"

"그렇겠지요. 하지만 내가 아까 말한 것처럼 그건 거의 불가능합니다. 개중에는 완전히 불가능한 사례도 있을 테고요."

박사가 대답하자, 로리는 박사 팔에 다시 한 손을 부드럽게 올려놓더니 박사와 함께 잠시 침묵하다가 이렇게 물었다.

"그렇게 재발하는 이유는 뭔가요?"

마네뜨 박사가 대답했다.

"이런 질병을 처음 일으킨 일련의 생각과 기억이 매우 놀랍고 강력하게 떠올라서 그러겠지요. 가장 힘든 상황하고 관련된 기억이 너무 생생하게 떠오른 거예요. 이런 기억이 가령, 특정한 상황에서 - 가령, 어떤 구체적인 상황에서 - 다시 떠오를지도 모른다는 공포가 마음속에 오랫동안 잠복하고 있었겠지요. 거기에 대비하려고 했지만 아무 소용도 없을 뿐 아니라 잔뜩 긴장한 덕분에 견딜 힘만 줄었을 거예요."

"그렇다면 재발한 동안 일어난 사건을 친구가 기억할까요?"

로리가 물었다. 당연히 주저하는 어투였다.

박사는 쓸쓸한 표정으로 실내를 돌아보다가 머리를 흔들더니 나지막한 목소리로 대답했다.

"아니요."

"그렇다면 앞으로는 어떻게 해야 하나요?"

로리가 넌지시 묻자, 박사는 단호한 모습을 회복하며 대답했다.

"앞으로는 바람직한 희망을 품어도 될 것 같아요. 하느님이 자비를 베푸시어 그렇게 일찍 회복했으니, 당연히 바람직한 희망을 품어야 하겠지요. 친구라는 사람이 오랫동안 공포에 떨면서 오랫동안 막연하게 예상하며 끊임없이 저항하다가 결국엔 아주 복잡한 압박에 굴복했는데, 다시 먹구름이 걷히면서 회복했으니, 최악은 지났다는 희망을 품어도 되겠지요."

"아, 정말 다행이에요! 마음이 놓이네요. 정말 감사합니다!"

로리가 말하자, 박사도 정중하게 고개를 숙여서 인사하며 대답했다.

"내가 고맙지요!"

"그런데 조언을 듣고 싶은 내용이 두 개 더 있습니다. 계속 물어도 될까요?"

"친구라는 분에게 더할 수 없이 커다란 도움이 되겠네요."

박사가 대답하며 손을 내밀고 로리는 그 손을 잡으며 다시 말했다.

"그렇다면 첫 번째로, 친구는 학구적인 습관이 있는데, 열정이 대단합니다. 직업과 관련된 지식을 습득하고 실험하고 이런저런 내용을 파악하는 일에 굉장히 열중하지요. 그런 게 부담으로 작용한 건 아닐까요?"

"아닐 겁니다. 무언가에 흠뻑 빠져드는 건 성격 때문일 수 있어요. 부분적으로는 타고난 성격일 수도 있고 부분적으로는 고통을 겪은 결과일 수도 있어요. 건강한 일에 빠져드는 시간을 줄이면 바람직하지 않은 방향으로 접어들 위험만 그만큼 늘겠지요. 친구라는 사람은 자신을 오랫동안 관찰해서 그런 사실을 깨달았을 겁니다."

"그게 너무 커다란 부담은 안 될 거라고 확신하세요?"

"당연히 확신하지요."

"친애하는 마네프 박사님, 혹시 너무 과로해서 그런 거라면……."

"친애하는 로리 선생, 그럴 가능성은 없어요. 한쪽으로 극심한 스트레스를 받으면 다른 쪽 방향으로 무게를 주어서 균형을 맞추어야 한답니다."

"실무를 보던 사람이라 집요한 성격이 있어서 그러는데, 잠시나마 과로에 시달려서 그런 현상이 재발한 건 아닐까요?"

로리가 묻자, 마네뜨 박사는 확신이 가득한 어투로 대답했다.

"나는 그렇게 생각하지 않습니다. 오랜 고통과 관련한 내용 말고 그런 현상을 재발시킬 수 있는 건 하나도 없습니다. 그래서 감정이 극도로 심하게 충돌하지 않는 한 그런 현상은 재발하지 않습니다. 하지만 그런 현상이 재발하고 회복했다면 그렇게 격심한 충격을 다시 받을 가능성은 매우 희박하다고 생각합니다. 따라서 나는 그런 현상을 재발시킨 환경이 완전히 사라졌다고 확신합니다."

박사는 사소한 내용 하나가 섬세한 의식세계를 완전히 뒤집을 수 있다는 사실을 아는 사람답게 조심스러운 어투로 말하면서도 개인적인 고뇌와 고통에서 자신을 조금씩 회복한 사람답게 자신만만한 목소리로 말했다.

로리는 친구에게서 그런 자신감을 깎아내릴 순 없었다. 그래서 정말 안심도 되고 힘도 난다는 말을 실제보다 과장해서 표현한 다음, 두 번째자 마지막 내용을 거론했다. 말을 꺼내는 자체는 정말 힘들어도 일요일 아침에 프로스 집사와 처음 나눈 대화를 떠올리고 지난 아흐레 동안 자신이 직접 목격한 광경을 떠올리니, 정면으로 부닥쳐야 한다는 생각이 든 것이다. 그래서 목청을 가다듬으며 말했다.

"다행히도 이제 모두 회복했지만 고통스러운 영향을 받으면서 다시 시작한 작업을 가령…… 대장장이, 그래, 대장장이 일이라고 합시다. 상황을 쉽게 설명하기 위해, 가령 우리 친구가 고통스럽게 살 때 조그만 용광로에서 일하는 데 익숙했다고 합시다. 그러다가 새로운 생활을 시작했는데, 갑자기 조그만 용광로에 몰두한다고 합시다. 이런 상황에서 용광로를 친구 곁에 그대로 두는 건 위험하지 않을까요?"

박사는 한 손으로 이마에 그늘을 만들더니 한쪽 발로 바닥을 톡톡 때리고, 로리는 그런 친구를 걱정스러운 눈으로 바라보다가 다시 물어보았다.

"친구는 용광로를 곁에다 항상 둔답니다. 그런데 이제는 그걸 치우는
게 안 좋을까요?"

하지만 박사는 여전히 이마에 그늘을 만들며 한쪽 발로 바닥을 톡톡
때리기만 했다. 그래서 로리가 다시 물었다.

"좋은 생각이 안 떠오르시나요? 물론 나는 이게 정말 좋은 질문이라
고 생각합니다. 그렇지만 행여나……."

여기에서 로리가 머리를 흔들며 입을 다물자, 마네뜨 박사는 잠시
가만히 있다가 고개를 돌려서 쳐다보며 대답했다.

"당신도 알겠지만 친구라는 불쌍한 사람이 마음속 깊은 곳에서 겪는
현상을 적절하게 설명하는 건 몹시 어려운 일이오. 친구는 예전에 그런
일을 간절하게 원했으며 그런 일을 하게 된 걸 매우 좋아했습니다. 두
손을 복잡하게 움직여서 두뇌가 복잡하게 변하는 걸 피하는 식으로,
실력을 쌓은 다음에는 두 손을 정교하게 움직여서 정신적으로 정교하게
몰려드는 고통을 피하는 식으로 상당한 고통을 덜어낸 게 분명해요.
그래서 용광로를 손이 안 닿는 곳으로 치우는 생각을 한 적이 한 번도
없을 거예요. 심지어 지금도, 예전 어느 때보다 희망이 넘치는 지금
이 순간에도, 자신감이 가득한 지금 이 순간에도, 옛날에 사용하던 물건
이 필요한데 그걸 못 찾는다면 갑작스러운 공포를 느낄 수 있답니다.
집을 잃고서 깊은 혼란에 빠져든 어린아이처럼 말이에요."

박사가 눈을 들어서 쳐다보는데, 깊은 혼란에 빠져든 어린아이 느낌
이 그대로 묻어나왔다.

"하지만 금화나 은화나 지폐 따위만 다루는 단순한 업무에 종사한
사람이라 아는 게 적어서 묻는 건데, 그런 물건이 옆에 있으면 옛날
생각도 계속 떠오르지 않을까? 그래서 그런 물건을 치운다면, 친애하

는 마네뜨 박사님, 그런 공포심도 사라지지 않을까요? 한마디로 말해서 그건 불안한 마음과 타협하는 거 아닌가요, 그런 용광로를 옆에 둔다는 건?"

다시 침묵이 흘렀다. 그러다가 박사가 떨리는 목소리로 말했다.

"당신도 알다시피, 그건 아주 오랜 동료라오."

하지만 로리는 머리를 흔들며 단호하게 대답했다. 박사가 동요한다는 사실을 깨달은 것이다.

"나라면 옆에 안 두겠습니다. 나라면 친구에게 그걸 치우라고 권하겠습니다. 박사님만 승낙하시면 됩니다. 나는 그게 백해무익하다고 확신합니다. 결단을 내리세요! 그래서 승낙하세요, 다정하고 너그러운 신사답게. 친구 딸을 위해서라도, 친애하는 마네뜨 박사님!"

박사는 속으로 극심하게 갈등했다. 그러다가 입을 열었다.

"그렇다면 친구 딸을 위해서 그렇게 하시오. 승낙하겠소. 하지만 나라면 친구가 있을 때 물건을 치우진 않겠소. 그러니 친구가 없을 때 치우도록 하시오. 그래서 친구가 사라진 동료를 오랫동안 그리워하게 하시오."

로리가 그렇게 하겠다고 선뜻 약속하면서 대화는 끝났다. 그리고 마차를 불러 야외로 나가서 남은 시간을 보내고, 박사는 기운을 많이 차렸다. 그런 다음에 박사는 삼 일 연속으로 완벽한 정상을 유지하다가 나흘째 되는 날에는 딸과 사위를 만나러 먼 길을 떠났다. 아버지에게서 전갈이 하나도 없는 현상을 설명하기 위해 취한 조처에 대해 로리는 사전에 충분히 설명하고 박사는 거기에 합당한 편지를 다시 발송하고 딸은 아무런 의심도 하지 않았다.

박사가 먼 길을 떠난 날 저녁에 로리는 프로스 집사가 촛불을 들고 참관하는 가운데 도끼와 톱과 정과 망치를 들고 침실로 들어갔다. 그래서 방문을 닫고 왠지 모를 이상한 죄책감에 시달리며 구두장이 의자를 산산이 쪼개고, 프로스 집사는 살인 행위에 협조하는 공범처럼 촛불을 비추었다. 정말이지 성격이 단호하다는 측면에서 그런 일에 프로스 집사보다 잘 어울리는 인물은 없었다. 의자 조각은 (미리 산산이 쪼갠 터라) 주방 화로에서 곧바로 태우고 연장과 구두와 가죽은 정원에 묻었다. 그렇게 파괴하고 은밀하게 숨기는 자체가 정직한 사람에게 몹시 사악하게 보이는 법이라 로리와 프로스 집사는 이리저리 움직이며 흔적을 깨끗하게 제거하는 동안 끔찍한 범죄를 저지르는 죄책감에 시달리니, 얼굴에도 그런 표정이 가득했다.

XX. 청원

신혼부부가 집으로 돌아오자, 제일 먼저 나타나서 축하한 사람은 시드니 칼톤이었다. 두 사람이 집에 도착하고 몇 시간도 안 돼서 나타난 것이다. 행동거지나 표정이나 자세가 좋아진 건 없어도 진실한 분위기는 또렷하게 드러나는 게, 찰스 다네이가 보기에는 정말 새로운 변화가 아닐 수 없었다.

칼톤은 기회를 엿보다가 다네이를 창가로 데려가서 엿듣는 사람이 없는 걸 확인하고 이렇게 말했다.

"찰스 다네이 선생, 앞으로 친구로 지내면 좋겠습니다."

"지금까지 친구로 지낸 게 아니던가요?"

"그렇게 말씀하시다니, 예의상 하는 말치고는 훌륭하네요. 하지만 나는 예의상 하는 말을 듣자는 게 아닙니다. 내가 친구로 지내고 싶다고 말한 건 그런 뜻이 아닙니다."

찰스 다네이는 당연히 좋은 의도로 웃으면서 그럼 무슨 뜻이냐 묻고, 칼톤은 빙그레 웃으며 대답했다.

"장담하는데, 당신에게 설명하느니 차라리 혼자 마음속에 담아두는 편이 훨씬 쉽겠소. 하지만 노력하리다. 내가 평소보다 훨씬 많이, 아주 훨씬 많이, 술에 취한 멋들어진 사례가 있는데, 기억나시오?"

"선생님 자신이 술에 취했다는 사실을 나에게 고백하도록 강요한 멋들어진 사례는 또렷하게 기억합니다."

"나도 기억하오. 그런 일이 있고서 나에게 무서운 저주가 내렸다오, 당시에 있었던 일이 끝없이 떠오르는 저주. 내가 살아가는 날이 완전히 끝날 때 하늘이 그런 사실을 고려하길 바랄 뿐이오! 놀라지 마시오! 설교하려는 게 아니니까."

"조금도 놀라지 않습니다. 나에게 놀라운 건 선생께서 솔직한 모습을 보여준다는 사실입니다."

다네이가 대답하자, 칼톤이 그런 말 자체를 부정하려는 듯 손사래를 치며 말했다.

"아! 문제의 술 취한 사례가 있던 날에 (당신도 알다시피 수많은 사례 가운데 하나에 불과하지만) 내가 당신을 좋아하느니 싫어하느니 하면서 귀찮게 굴었지요. 그걸 잊어버리면 고맙겠습니다."

"오래전에 잊어버렸습니다."

"또 인사치레군요! 하지만 다네이 선생, 당신은 그런 걸 쉽게 말하지만 나는 잊는다는 게 쉽지 않습니다. 그래서 그 일 역시 그대로 떠오르니, 그렇게 가벼운 대답은 내가 그걸 잊는 데 도움이 안 된답니다."

그러자 다네이가 대답했다.

"그게 가벼운 대답이라면 용서를 구합니다. 가볍게 넘기려는 의도 말고 다른 의도는 없었는데, 놀랍게도, 선생님을 언짢게 만든 것 같군요. 신사로서 명예를 걸고 말씀드리는데, 나는 그 문제를 마음속에서 오래 전에 지워버렸습니다. 아니, 지우고 말고 할 것 자체도 없는 거 아닌가요? 그날 선생님이 나에게 크나큰 도움을 베푸셨다는 사실 말고 기억할 만큼 중요한 일이 또 뭐가 있나요?"

"그런 식으로 크나큰 도움이란 말씀까지 하신다면 그건 직업 때문에 나온 허섭스레기에 불과하다는 사실을, 내가 그렇게 할 때 선생이 처할 운명에 관심이 있었는지조차 모르겠다는 사실을 고백해야 하겠군요. 잠깐! 지금 내가 말하는 건 당시에 그랬다는 거지, 지금 그렇다는 건 아닙니다."

"선생께서는 당시에 베푸신 도움을 가볍게 평가하시는데, 저는 그렇게 가벼운 대답에 굳이 반박하지 않겠습니다."

"사실입니다, 다네이 선생, 내 말을 믿으세요! 그런데 얘기가 옆으로 빠졌네요, 친구가 되고 싶다는 말을 하던 중인데. 어쨌든 당신은 이제 나를 알아요. 내가 무능해서 더 높은 자리, 더 좋은 환경에서 살아갈 수 없다는 걸 알아요. 그게 의심스럽다면 스트라이버에게 물어보세요. 그러면 자세히 알려줄 거예요."

"나는 스스로 판단하는 게 좋습니다, 그 사람 도움 없이."

"으음! 어쨌든 당신은 내가 방탕한 개자식이라는 걸, 지금까지 좋은 일이라곤 한 적이 없고 앞으로도 그럴 놈이라는 걸 잘 알아요."

"당신이 앞으로도 그럴 거라는 건 모르겠어요."

"하지만 나는 아니까, 당신은 내가 하는 말을 믿어야 해요. 아아! 이렇게 무가치한 놈이, 그저 그렇고 그런 평가만 받는 놈이 엉뚱한 시간에 불쑥불쑥 찾아오는 걸 당신이 견딜 수 있다면, 여기를 불쑥불쑥 드나드는 특권을 달라는, 나를 아무런 쓸모도 없는 (그리고 내가 당신과 닭지만 않았다면 멋이라곤 하나도 없다는 말까지 덧붙이고 싶은) 가구처럼 생각하라는, 오랜 습관 때문에 그대로 둘 뿐 관심은 조금도 안 보이는 가구처럼 생각하라는 청을 드리고 싶소. 하지만 내가 그런 특권을 남용할 우려는 없소. 내가 그런 특권에 의지하는 건 일 년에 네 번 정도일 가능성이 큽니다. 감히 말하는데, 나에게 그런 특권이 있다면 정말 좋겠소."

"그럼 그렇게 하시겠습니까?"

"그렇다면 내가 부탁한 청을 들어주신다는 말씀이군요. 정말 고맙소, 찰스 다네이. 앞으로 이름을 편하게 불러도 될까요?"

"그럼요, 시드니 칼톤, 이제부터는."

두 사람은 악수로 합의하고, 시드니 칼톤은 발길을 돌렸다. 하지만 일 분이 채 안 돼서 예전처럼 속이 텅 빈 인간 유형을 겉으로 드러내기 시작했다.

칼톤이 떠나고 찰스 다네이는 프로스 집사, 박사, 로리와 함께 초저녁 시간을 보내다가 칼톤과 나눈 대화를 일반적인 어투로 거론하면서 그 사람은 신중하지 않고 경솔한 게 문제라고 말했다. 한 마디로, 상대를 깎아내리거나 나쁘게 말하려는 의도보다는 일부러 그런 모습을 보여서 다른 사람에게 그런 인상을 주는 게 안타깝다는 의미였다.

그런데 찰스 다네이는 젊고 어여쁜 아내가 속으로 시드니 칼톤을 걱정할 거라고는 꿈에도 생각을 못 했다. 하지만 나중에 신혼 방으로 들어서니, 부인은 이마를 추켜올려서 특유의 예쁜 표정을 또렷하게 지으며 기다리고 있었다. 그래서 다네이는 부인을 포옹하며 이렇게 말했다.

"우리 모두 오늘 밤에는 생각할 게 많아요!"

그러자 부인은 두 손을 남편 가슴에 올려놓고 무언가를 묻는 표정으로 가만히 쳐다보며 대답했다.

"네, 사랑하는 찰스 오늘 밤에는 생각할 게 많을 거예요. 오늘 밤에는 마음에 걸리는 게 있으니까요."

"그게 뭔가요, 부인?"

"나에게 대답을 강요하지 않겠다고 약속할 수 있나요, 내가 묻지 말라고 사정하면?"

"내가 약속해요? 내가 당신에게 약속을 못 할 게 뭐가 있겠소?"

다네이가 반문하더니, 뺨에 어린 황금빛 머릿결을 한 손으로 매만지며 옆으로 쓸어 넘기고 남편을 향해 쿵쿵 뛰는 심장을 다른 손으로 매만졌다.

"제 생각엔, 여보, 불쌍한 칼톤 선생님은 당신이 오늘 밤에 표현한 이상으로 많은 배려와 존중을 받을 자격이 있는 것 같아요."

"정말이오, 내 사랑? 왜요?"

"바로 그걸 묻지 말라는 거예요. 하지만 나는 그분에게 그만한 자격이 있다는 사실을 알아요."

"당신이 안다면 그것으로 충분하오. 앞으로 내가 어떻게 하면 좋겠소, 내 사랑?"

"사랑하는 여보, 앞으로 그분에게 항상 관대하게 대하시고, 그분이 없을 때는 그분이 보인 결점에 대해서 긍정적으로 말하면 좋겠어요. 그분은 잘 드러내진 않지만 정말 여린 마음을 지녔어요, 깊은 상처에 고통스러워하는. 여보, 나는 거기에서 흐르는 피를 봤어요."

그러자 찰스 다네이가 깜짝 놀란 표정으로 대답했다.

"지금까지 내가 그분에게 잘못한 게 많은 것 같아서 마음이 아프구려. 그분에게 그런 점이 있을 거라곤 생각도 못 했소."

"여보, 모두 사실이에요. 나는 그분이 계속 그렇게 살아갈까 두려워요. 사실, 그분 성격이든 재산이든 앞으로 바람직한 방향으로 향할 가능성은 거의 없어요. 하지만 나는 그분에게 정말 좋은 행동을, 사랑스러운 행동을, 정말 관대한 행동을 할 만한 능력이 있다고 확신해요."

길 잃은 양 한 마리를 순수하게 믿는 모습이 참으로 아름다워서 남편은 부인을 몇 시간이고 가만히 쳐다볼 것 같았다. 하지만 부인은 바싹 달라붙어서 남편 가슴에 머리를 기댄 채 두 눈을 올려서 쳐다보며 이렇게 강조했다.

"아, 사랑하는 여보! 이런 행복이 우리를 얼마나 강인하게 만드는지, 반면에 그런 불행이 그분을 얼마나 연약하게 만드는지 명심하세요!"

간절한 어투에 다네이는 가슴이 뭉클한 걸 느끼며 대답했다.

"항상 명심하리다, 사랑하는 여보! 살아있는 동안 꼭 명심하겠소."

다네이는 황금빛 머리로 고개를 숙여서 장밋빛 입술에 자기 입술을 포개며 부인을 꼭 껴안았다. 어두운 밤거리를 쓸쓸하게 헤매는 방랑자가 마네뜨 아가씨 입에서 나온 순수한 마음을 들었더라면, 남편이 참으로 사랑스럽게 키스하는 순간 파랗고 다정한 눈에서 뚝뚝 떨어뜨린 눈물방울을 보았더라면, 그는 밤새워 우는 건 물론 이런 말을 한 번이 아니라 끊임없이 반복했으리라.

"하느님, 아가씨가 보여준 깊은 동정심에 은총을 내리소서!"

XXI. 발소리

앞에서 언급한 것처럼 박사가 사는 모퉁이는 메아리가 잘 들린다. 그래서 마네뜨 아가씨는 소리가 살짝 울리는 모퉁이 집에서 메아리처럼 다가오는 발소리를 듣는 식으로 몇 년을 사는 동안, 금실을 열심히 감아 남편과 부친과 자신과 오랜 친구자 늙은 집사를 하나로 묶으며 차분하고 행복한 나날을 꾸려나갔다.

처음에는 새색시로 완벽한 행복을 누리며 살다가도 가끔은 일이 손에 안 잡히거나 눈물이 어리면서 두 눈이 뿌옇게 변할 때도 있었다. 메아리에 섞인 소리가 가냘프면서도 아련하게, 무슨 소리인지 애매하게 일어나서 마음을 뒤흔들기 때문이다. 그럴 때면 다양한 희망과 동시에 불안감이 - 아직은 누군지 모르는 사랑이 찾아올 수 있다는 기대감이, 그래서 자신이 새로운 기쁨을 만끽하기도 전에 지상에서 사라질 수 있다는 불안감이 - 콩닥콩닥 뛰면서 마음을 두 갈래로 갈라놓았다. 그래서 자신이 젊은 나이에 묻힌 무덤 주변을 거니는 발소리도 메아리에 뒤섞였다. 그러면 남편 혼자 쓸쓸하게 남아서 일찍 죽은 부인을 그리워하며 슬피 울 거란 생각에 눈이 퉁퉁 붓다가 파도처럼 부서지곤 했다.

하지만 그런 시기도 지나고 마네뜨 아가씨는 귀여운 아기를 가슴에 품었다. 그러자 다양한 메아리 가운데에서 아기가 조그만 발로 아장아장 걷는 소리와 옹알대는 소리도 묻어나왔다. 커다란 메아리가 아무리 많이 일어나도 젊은 엄마는 요람을 항상 지키면서 조그만 메아리를 들을 수 있었다. 그런 메아리는 끊임없이 일어나고 그늘이 가득하던 건물에는 아기가 웃는 소리에 밝은 햇살이 들어차고 어린애를 좋아하시는 하느님은 마네뜨 아가씨가 정말 힘들다고 넋두리라도 하면 당신이 예전에 아기 예수를 품에 안으신 것처럼 당신 품에 아기를 안아주어, 아기 엄마는 신성한 기쁨으로 아기를 받아들일 수 있었다.

가족 모두를 하나로 묶는 금실을 항상 열심히 감아 삶 하나하나에 행복한 기운을 부여하고 천으로 엮어서 집안 곳곳에 행복한 느낌이 가득하도록 하며, 마네뜨 아가씨는 지난 몇 년 동안 모든 메아리를 외면한 채 다정하고 부드러운 소리에 귀를 기울였다. 남편 발자국은 힘차고 강인하며 부친 발자국은 단단하고 평온했다. 그런데 아아! 프로스 집사는 정원의 플라타너스 밑에서 채찍이 아니면 다스릴 수 없는 사나운 말처럼 콧김을 내뿜고 발굽으로 땅을 박차는 식으로 다양한 메아리를 일으키며 실을 짜는구나!

메아리 가운데에서 슬픈 소리는 다양하게 일어나도 모질거나 잔인한 소리는 없었다. 사내 아기가 지친 얼굴로 베개에 머리를 뉘어 마네뜨 아가씨와 똑같이 생긴 황금빛 머리칼을 후광처럼 퍼트린 채 환하게 웃으면서 "사랑하는 아빠, 엄마, 두 분 곁을 떠나서, 아름다운 쌍둥이 누이 곁을 떠나서 정말 미안해요. 하지만 하늘에서 부르니 어쩔 수 없네요!" 하고 말해도 하늘이 자신에게 맡긴 영혼을 다시 데려가는 것이니, 젊은 엄마가 두 뺨에 적시는 건 온전히 고통 어린 눈물만은 아니었다. 아이들이 오는 걸 막지 마라. 저들은 아버지 얼굴을 보았다.[49] 아, 아버지, 저희에게 은총을 내리소서!

그래서 천사가 날개를 부스럭대는 소리는 다른 메아리와 섞이면서 하늘의 숨결을 지상의 소리에 온전히 담았다. 정원에 만든 조그만 무덤으로 바람 소리가 한숨처럼 불어서 다시 뒤섞이며 - 모래사장에서 여름 바다가 잠자며 내쉬는 숨소리처럼 - 웅얼웅얼 조용히 찾아들면 마네뜨 아가씨는 거기에서 천상의 소리를 듣고, 어린 딸이 아침에 공부하며 재미있게 놀거나 엄마 발 옆에 앉아서 인형에게 옷을 입히며 일상으로 녹아든 두 도시 언어로 재잘거리면 마네뜨 아가씨는 거기에서 지상의 소리를 들었다.

시드니 칼톤이 실제로 발을 내딛는 메아리는 드물게 일어났다. 기껏

---

49) 마태복음 19장 14절 "어린이들이 나에게 오는 것을 막지 말고 그대로 두어라. 하늘나라는 이런 어린이 같은 사람들 것이다."

해야 일 년에 대여섯 번인데, 초대받지 않고 찾아오는 특권을 내세우며 가족 틈에 끼어서 예전에 툭하면 그런 것처럼 초저녁 시간을 함께 보냈다. 술에 취해서 오는 적은 없었다. 그리고 칼톤에 관해서 속삭이듯 메아리에 뒤섞이는 소리가 하나 더 있는데, 그것 역시 오랜 세월에 걸쳐서 진정이 잔뜩 묻어나오는 소리 가운데 하나였다.

진심으로 사랑한 여자를 보내서 다른 사람의 부인이자 엄마가 되었는데도 원망하지 않고 변함없는 마음으로 이해하는 사내가 세상에 과연 있을까 싶지만, 그 여자가 낳은 쌍둥이 아이는 칼톤에게 묘한 동정심을 - 본능이 섬세하게 자아내는 동정심을 - 느꼈다. 이럴 때 본능이 은밀한 감성을 어떻게 건들었는지 메아리는 알려주지 않는다. 하지만 그런 일은 흔히 일어나고 여기에서도 실제로 일어났다. 칼톤은 마네뜨 아기씨가 통통한 팔을 처음으로 내민 낯선 사람이며, 아기씨가 자라는 동안에도 마음 한구석을 차지하는 그런 사람이었다. 어린 아들은 거의 마지막 순간에 칼톤을 떠올리면서 "불쌍한 칼톤 아저씨! 내가 아저씨에게 키스를 보낸다고 전해 주세요!" 하고 말했다.

스트라이버 변호사는 탁류를 헤치고 힘차게 나아가는 강력한 엔진처럼 법조계에서도 어깨로 밀치며 앞으로 쭉쭉 나아가는 동안 쓸모가 많은 친구를 - 커다란 배가 선미에 달고 다니는 조그만 배처럼 - 꽁무니에 질질 끌고 다녔다. 그래서 선미에 달린 배가 수면에 잠긴 채 거친 물살에 질질 끌려다니듯, 시드니 칼톤 역시 수렁에 빠져서 허우적댔다. 그런데도 친구를 떠나 치욕에서 벗어나고 싶다는 적극적인 감정보다는 지금까지 살아온 방식에 편하게 몸을 맡긴 채 이리저리 끌려다니며 살았다. 마음만 먹으면 자칼 역시 일어나서 사자로 변신할 수 있다는 생각도 없고 사자 밑에서 일하는 자칼을 벗어나겠다는 생각도 없었다. 스트라이버 변호사는 부자가 되었다. 뚱뚱한 머리에 곧게 뻗은 머리칼 말고 돈보이는 데라곤 하나도 없이 아들만 셋에다 몸뚱이에는 사치만 가득한, 돈 많은 과부와 결혼한 것이다.

그래서 스트라이버는 어린 신사 세 명을 세 마리 양처럼 앞세우고 조용한 소호 모퉁이에 들어서서 후견인을 자처하는 너무나 무례한 느낌을 온몸으로 발산하며 마네뜨 아가씨 남편에게 공부를 가르치면 좋겠다는 말과 함께 묘한 목소리로 떠들어댔다.

"여보시오! 여기에 치즈 바른 빵을 세 덩이나 가져왔으니, 결혼생활에 보태도록 하시오, 다네이!"

하지만 치즈 바른 빵 세 덩이를 정중하게 거절당하자, 스트라이버 변호사는 잔뜩 화나서 나중에 어린 신사 세 명에게 교훈으로 삼으라고, "저렇게 튜터로 먹고사는 주제에 자존심만 내세우는 거지 같은 놈을 조심하라"고 가르쳤다. 그리고 최고급 포도주를 즐길 때는 자기 부인에게 예전에 다네이 부인이 자신을 "잡으려고" 다양한 기술을 동원해도 자신은 "안 잡히려고" 단호한 방법을 동원했다고 떠들어대는 묘한 습관까지 생겼다. 게다가 고등법원에서 일하는 동료하고 가끔 무리 지어 최고급 포도주와 거짓말을 즐기는 자리에서도 그런 말을 하도 지껄이다 보니 결국에는 스트라이버 자신까지 사실로 믿는 지경에 이르렀는데, 이런 행위는 몹시 나쁜 범죄를 마음껏 자행하는 셈이니, 이런 범죄자에게 정의를 가르치는 방법으로는 외딴곳으로 끌고 가서 그대로 목을 매다는 방법밖에 없을 것 같았다.

마네뜨 아가씨가 메아리 울리는 모퉁이 주택에서 이런 메아리를 들으며 가끔은 우울하게 한숨짓고 가끔은 재미있어 웃음을 터트리는 가운데 어린 딸은 여섯 살이 되었다. 아이가 내딛는 발소리는 마네뜨 아가씨 가슴에 그대로 꽂히고 사랑하는 부친이 언제나 힘차면서도 차분하게 내딛는 발소리와 사랑하는 남편이 내딛는 발소리 역시 말할 필요도 없었다. 마네뜨 아가씨는 근검절약하는 가운데 풍요로움을 느끼는 식으로 가족을 지혜롭게 이끄니, 이런 아가씨에게 가족 전체가 한 몸으로 살아가며 다양하게 만들어내는 메아리는 달콤한 음악 소리가 아닐 수 없었다. 주변에서 일어나는 메아리 가운데 극히 달콤한 소리도 있으니, 아버지는 결혼 전보다 결혼한 다음에 당신에게 훨씬 잘하는 훌륭한 딸이라며 입에 침이 마르도록 칭찬하고, 남편은 근심거리도 집안일도 산더미처럼 많은데 자신을 변함없이 사랑하며 내조까지 잘하는 훌륭한 부인이라고 수없이 칭찬하며 이렇게 묻기도 했다.

"여보, 이제 당신은 우리 모두에게 가장 소중한 존재인데도 우리 각자에게 하나하나 특별하게 챙겨준다는 느낌을 주면서 좀처럼 서두르거나 허덕이는 법이 없으니, 도대체 무슨 마법을 부리는 거요?"

하지만 아주 멀리서 오랜 시간에 걸쳐 끊임없이 으르렁거리며 들려오는 메아리도 있었다. 그러더니 마네뜨 아기씨가 여섯 살 생일을 맞이하는 지금, 프랑스에서 바다가 뒤집히는 끔찍한 폭풍이 일어나듯 무서운 소리가 일어나기 시작했다.

서기 일천칠백팔십구 년 칠월 중순의 깜깜한 밤, 로리는 텔슨 은행에서 느지막이 찾아와 마네뜨 부부와 함께 어두운 창가에 앉았다. 무더위가 기승을 떠는 밤이었다. 세 사람 모두 똑같은 장소에 앉아서 천둥번개를 내다보던 오랜 옛날의 일요일 밤이 저절로 떠오를 정도였다. 그런데 로리가 갈색 가발을 뒤로 밀면서 이렇게 말했다.

"오늘 밤은 텔슨 은행에서 보내는 게 좋았을 거라는 생각이 드네요. 온종일 할 일이 넘쳐서 어떤 일부터 할지, 어떤 방향으로 처리할지, 당최 모르겠어요. 파리 정국이 불안해서 우리에게 재산을 신탁하려는 손님이 쇄도하는 중이에요! 파리에서는 고객이 우리에게 재산을 신탁하려고 해도 신속하게 처리할 수 없는 모양이에요. 모든 재산을 영국으로 보내려는 열기가 펄펄 끓어오르는 게 분명해요."

"상황이 심각한가 보군요."

다네이가 말하자, 로리가 대뜸 대답했다.

"상황이 심각한가 보다고 했소, 친애하는 다네이? 그래요, 하지만 도대체 그 이유가 무어냐는 거요. 사람들이 이성을 잃었어요! 텔슨 은행 직원은 나이가 많아서 정상적인 절차가 정당한 이유 없이 옆으로 벗어나면 업무처리에 어려움을 겪는다오."

"그렇지만 그쪽 하늘이 아주 섬뜩하고 암울하다는 사실은 알지 않습니까?"

다네이가 말하자, 로리는 자신이 잠시 짜증스러워했다는 사실을 인정하듯 "물론 그건 확실히 알지요" 하고 인정하더니, 곧바로 다시 투덜거렸다.

"하지만 온종일 고생하다 보니 절로 짜증이 난다오. 마네뜨 박사님은 어디에 계시나요?"

"여기에 있소."

박사가 대답과 동시에 어두운 실내로 들어섰다.

"집에 계셔서 정말 다행입니다. 종일 불안한 분위기에 휩싸여서 매우 급하게 돌아가다 보니, 괜히 신경만 날카롭게 변하네요. 설마 바깥으로 나가려는 건 아니겠죠?"

"그렇소. 당신만 괜찮다면 함께 주사위 놀이나 할 생각이오."

"솔직히 말해서 지금 나는 그런 걸 하고 싶은 마음이 없습니다. 오늘 밤은 박사님하고 겨룰 기분이 아니에요. 차를 담은 쟁반이 아직 그대로 있나요, 마네뜨 아가씨? 안 보이는데?"

"선생님을 위해서 당연히 그대로 두었답니다."

"고마워요, 아가씨. 소중한 아이는 침대에서 자나요?"

"네, 곤하게 자는 중이랍니다."

"그렇다면 모두 무사하군! 하기야 하느님이 보살피시니, 이 집이 무사하지 않을 이유는 없겠지요. 하지만 나는 온종일 정신없이 일하는데 기운이 예전만 못하다오! 차 좀 주세요, 마네뜨 아가씨! 고마워요. 자, 이리 와서 동그랗게 둘러앉아 마네프 아가씨가 하는 메아리 이론이나 들어봅시다."

"이론이 아니라 공상이에요."

"그렇다면 공상이요, 우리 똑똑한 아가씨. 하지만 아주 다양한 소리에 다양한 의미를 품었잖아요, 그죠? 가만히 들어봅시다!"

런던에서 사람들이 이런 식으로 어두운 창가에 둘러앉을 무렵, 아주 멀리 떨어진 생앙투안에서는 사람들이 미친 듯이 섬뜩한 발소리를 내며 앞뒤를 안 가리고 다른 사람의 삶 속으로 파고드는데, 빨간 피에 한 번 물든 발자국은 쉽게 정화할 수 없었다.

그날 새벽에 생앙투안은 거대하게 모여든 허수아비가 어스레한 모습으로 여기저기에서 들썩이고, 물결치는 머리 위로 칼날과 총검이 동녘에서 밝아오는 햇살을 받아 사방에서 번뜩거렸다. 생앙투안 목구멍에서는 거대한 함성이 일어나고, 벌거벗은 팔은 숲을 이룬 채 겨울바람에 흔들리는 나뭇가지처럼 공중에서 요동치고, 사방에 널린 손가락은 깊은 지하실에서 꺼내며 계속 던져대는 무기나 무기 비슷한 물건을 단호하게 움켜잡았다.

누가 무기를 던져주는지, 도대체 어디에서 나오는지, 이런 무기를 언제부터 모았는지, 수많은 군중이 머리 위에 치켜들고 일종의 번개처럼 수없이 흔들어대는 무기를 도대체 어떤 조직이 준비했는지, 거기에 모여든 군중 누구도 모른다. 하지만 화승총이 사방으로 나돌고 탄약통과 화약과 총탄, 쇠방망이, 나무방망이, 칼, 도끼, 창 등 재간이란 재간은 모두 발휘하며 찾아내거나 만들어낸 무기가 잇따라 나돌았다. 그래도 움켜쥘 무기가 없는 사람은 피가 흐르는 손으로 벽에서 돌덩이나 벽돌을 빼내 두 손에 움켜쥐었다. 생앙투안의 모든 혈기와 심장이 잔뜩 긴장하고 잔뜩 달아올랐다. 거기에 사는 생명체 모두 뜨거운 열기에 달아올라 미쳐 날뛰는 모습이 목숨 따위는 아무렇지 않게 언제라도 기꺼이 바칠 것 같았다.

끓어오르며 소용돌이치는 물에는 중심점이 있듯이 이렇게 끓어오르는 인파 한가운데에는 드파르지 술집이 있으며, 술집이라는 커다란 솥에서는 인간이란 물방울 하나하나가 소용돌이 중심으로 끊임없이 빨려들고, 바로 그런 소용돌이 한가운데에서는 드파르지 자신이 화약과 땀으로 까맣게 달아오른 얼굴로 이런저런 명령을 내리고 이런저런 무기를 분배하고 이 사람은 후방에 저 사람은 전방에 배치하고 이 사람에게서 무기를 빼앗아 저 사람에게 주는 등, 엄청난 소동에 맞서며 고군분투했다. 그러면서 소리쳤다.

"자네는 나를 따라다니면서 옆을 지키게, 자크 3호. 그리고 자네, 자크 1호와 2호는 최대한 멀리 떨어져서 최대한 많은 애국시민을 이끌게. 우리 마누라는 어디에 있지?"

"그야 당연히 여기에 있지!"

마담이 평소처럼 차분하게 대답하는데, 오늘은 뜨개질하는 차림이 아니었다. 오른손은 도끼를 결연히 움켜잡고 허리춤에는 권총과 칼을 섬뜩하게 찔러 넣은 차림이었다.

"당신은 어디로 갈 거야, 마누라?"

"당장은 당신을 쫓아갈 거야, 여성 부대를 이끌고."

마담이 이렇게 대답하자 드파르지는 사방을 둘러보면서 우렁차게 소리쳤다.

"그럼, 진군! 애국시민과 동지 여러분, 우리는 준비가 끝났다! 바스티유로 진군!"

프랑스 전역에서 모든 숨결이 "진군!"이라는 끔찍한 말 한마디에 마음을 모은 듯 바다가 일어나고 파도가 솟구치고 도시 전체가 뒤집히면서 바스티유로 모여들었다. 경고하는 종소리가 울리고 북소리가 울리고 바다는 성난 파도를 내리꽂아 새로운 해안으로 몰아치며 공격을 퍼부었다.

깊은 해자와 이중 도개교, 돌을 쌓아 올린 거대한 벽, 거대한 탑 여덟 개, 대포, 화승총, 사방에서 터지는 화약 소리와 연기! 화약 소리를 꿰뚫고 연기를 꿰뚫으며 - 화약 소리와 연기가 가득한 가운데 인파에게 밀리며 대포로 다가서는 순간에 곧바로 포병으로 변신하며 - 술집 주인 드파르지는 씩씩한 병사처럼 열심히 싸웠다, 두 시간째.

깊은 해자와 하나 남은 도개교, 돌을 쌓아 올린 거대한 벽, 거대한 탑 여덟 개, 대포, 화승총, 사방에서 터지는 화약 소리와 연기! 도개교 하나가 내려왔다! 그와 동시에 술집 주인 드파르지는 오래전에 뜨겁게 달아오른 대포 앞에서 소리쳤다.

"진격하라, 동지들은 진격하라! 자크 1호, 자크 2호, 자크 1,000호, 자크 2,000호, 자크 520,000호, 진격하라! 천사든 악마든 마음에 내키는 이름으로 진격하라!"

술집 안주인도 똑같이 소리쳤다.

"나를 따르라, 여인들이여! 그렇다! 이곳만 점령하면 우리도 남자처럼 죽일 수 있다!"

무기는 다양하지만 굶주림과 복수심 하나만큼은 모두 똑같은 여인들이 간절한 함성을 내지르며 달려들었다.

끊임없이 울리는 대포와 화승총, 사방에서 터지는 화약과 연기. 하지만 깊은 해자와 하나 남은 도개교, 돌로 쌓아 올린 거대한 벽, 거대한 탑 여덟 개는 끄떡없는 반면에 총 맞아 쓰러지는 인민은 여기저기에 생기면서 성난 바다를 살짝 다르게 배치했다. 총포는 섬광을 내뿜고 횃불은 이글거리고 젖은 짚단을 잔뜩 실은 수레는 연기를 내뿜고 사방에서 바리케이드를 열심히 쌓으며 기다랗게 잇고, 날카로운 비명을 지르며 일제사격하고 욕설을 퍼부으며 용감하게 돌격하고 우당탕 쾅! 성문을 공격하는 등 매서운 바다가 무섭게 몰아치는데, 깊은 해자와 하나 남은 도개교, 돌을 쌓아 올린 거대한 벽, 거대한 탑 여덟 개는 여전히 꼼짝을 않고, 술집 주인 드파르지는 두 배는 뜨겁게 달아오른 대포를 연신 쏘아댔다, 네 시간째.

맹렬한 폭풍에 아무것도 안 들리는 가운데 요새 안쪽에서 백기가 희미하게 올라와 항복을 알리는 순간, 갑자기 바다가 거대하게 일어나서 술집 주인 드파르지를 휩쓸며 밑으로 내린 도개교를 지나고 요새를 감싼 거대한 돌담을 지나, 거대한 탑 여덟 개가 항복한 채 에워싼 한가운데로 들어섰다!

바다가 휩쓸며 지나는 힘이 얼마나 거센지, 드파르지는 남쪽 바다에서 몰려드는 파도에 휩쓸리기라도 한 듯 숨도 못 쉬고 머리도 못 돌린 채 바스티유 감옥 연병장으로 밀려들었다. 그래서 구석진 담벼락에 등을 기댄 채 주변을 힘겹게 둘러보았다. 자크 3호가 근처에 있고 마담 드파르지는 바스티유 안쪽 멀리서 한 손으로 칼을 치켜든 채 여성부대를 이끌었다. 소동과 환희, 당혹감, 귀를 먹먹하게 만드는 광란, 거대한 함성, 잔뜩 화나서 외치는 소리가 도무지 멈추질 않았다.

"죄수를 풀어라!"

"전과 기록을 없애라!"

"비밀 감방을 찾아라!"

"고문 도구를 없애라!"

"죄수를 풀어라!"

사람이든 시간이든 공간이든 영원무궁한 듯 사방에서 끊임없이 밀려드는 바다는 수만 가지 불협화음 가운데에서 "죄수를 풀어라!"를 주로 외쳤다. 제일 앞에서 밀려들던 파도는 간수를 붙잡아서 비밀 감옥을 안 불면 당장 죽을 줄 알라 협박하고, 드파르지는 그런 간수 가운데 한 명에게 - 머리는 백발이요 손에는 횃불을 든 간수에게 - 멱살을 힘껏 움켜잡아 벽으로 밀어붙이며 다그쳤다.

"북쪽 탑이 어딘지 안내하라!"

간수가 대답했다.

"기꺼이 그럽죠, 나리. 저를 따라오십시오. 하지만 지금 거기에는 아무도 없습니다요."

"북쪽 탑 백오 번이 무슨 뜻이냐? 어서 대답하라!"

드파르지가 묻자, 간수가 되물었다.

"뜻이라니요, 나리?"

"그게 죄수를 뜻하는 거냐, 감방을 뜻하는 거냐? 아니면 지금 당장 내 손에 맞아 죽을 생각이냐?"

옆으로 다가온 자크 3호가 쉰 목소리로 소리쳤다.

"죽여 버려요!"

"나리, 감방입니다요."

"그곳으로 안내하라!"

"이쪽으로 오십시오, 나리."

자크 3호는 평소처럼 잔뜩 갈망하는 표정으로 바라보다가 대화 내용이 간수를 안 죽이는 쪽으로 흐르는 것 같아 크게 실망한 눈치라서, 드파르지는 그 팔을 움켜잡고 간수는 드파르지 팔을 움켜잡았다. 이렇게 짧은 대화를 나누는 동안에도 세 사람은 머리를 가까이 모아야 했는데, 그래도 소리는 잘 안 들리는 것 같았다. 바다가 살아서 춤추며 요새로 진입하고 연병장마다 통로마다 계단마다 쇄도하느라 거대한 함성이 일어났기 때문이다. 요새 바깥에서도 거대한 함성이 일어나며 벽을 때리는 가운데 간간이 색다른 소리가 물보라처럼 공중으로 튀어 올랐다.

드파르지와 간수와 자크 3호는 서로 손과 팔을 맞잡은 채 햇빛이 조금도 안 비쳐서 어두운 아치형 천장을 지나고 흉물스러운 굴과 철문과 동굴처럼 움푹 들어간 계단을 내려가고 돌계단이라기보다는 물이 말라버린 폭포처럼 보이는 곳을 지나며 최대한 빠르게 나아갔다. 처음에는 여기저기에서 사람들이 휩쓸며 지났으나, 계단을 오랫동안 내려가다가 탑으로 오르는 계단을 빙글빙글 돌며 오를 때부터는 세 사람외에 아무도 없었다. 벽과 둥그런 천장이 사방팔방을 두껍게 휘감아 요새 안팎에서 몰아치는 폭풍 소리가 아주 나직하고 둔하게 들려오는게, 그동안 휘몰아친 거대한 폭풍에 세 사람 모두 청각이 망가지기라도한 것 같았다.

간수는 나지막한 문 앞에서 멈추더니, 철커덩 소리 내며 자물쇠에다 열쇠를 찌르고 돌려서 문을 천천히 열다가 두 사람과 함께 머리를 숙이고 안으로 들어서며 말했다.

"북쪽 탑 백오 번입니다."

벽 한쪽 높은 곳에 유리창도 없이 쇠창살만 가득한 조그만 창문이 있고 앞에는 돌로 만든 칸막이가 있어서 몸을 낮게 웅크리고 위를 쳐다보아야 하늘을 간신히 볼 수 있었다. 그리고 쇠창살을 잔뜩 둘러친 건너편에는 조그만 굴뚝이 있는데, 벽난로에는 깃털처럼 가벼운 나뭇재가 가득했다. 걸상과 탁자와 밀짚 침상도 있었다. 사방을 새까만 벽이 둘러싸고 한쪽 벽에는 녹슨 쇠고리도 달렸다.

"횃불로 벽을 천천히 훑어라, 내가 볼 수 있도록."

드파르지는 이렇게 지시하고 간수는 그대로 따르자, 두 눈에 힘을 주고 불빛을 쫓으며 샅샅이 살폈다. 그러다가 소리쳤다.

"멈춰!……여길 보게, 자크!"

자크 3호가 게걸스런 눈빛으로 글씨를 읽으며 쉰 목소리로 중얼거렸다.

"A. M!"

그러자 드파르지는 화약에 까맣게 그을린 검지로 글자를 쫓아가며 자크 3호에게 귀에 대고 속삭였다.

"알렉상드로 마네뜨. 여기에다 '불쌍한 의사'라고 써놓았어. 여기에 있는 돌에다 달력을 새긴 사람도 마네뜨 박사님이 분명해. 손에 든 게 뭔가? 쇠지레? 이리 주게!"

드파르지는 여태껏 대포 화승을 손에 쥐고 있었다. 그래서 자크 3호와 손에 든 걸 재빨리 바꾸더니, 벌레 먹은 걸상과 탁자로 몸을 돌려서 서너 번 내리쳐 산산조각을 내고 잔뜩 화난 목소리로 간수에게 소리쳤다.

"횃불을 높이 들라고! 내가 부순 파편 사이를 잘 살펴, 자크. 자! 여기에 칼이 있으니 받도록."

드파르지가 자크에게 칼을 던지며 계속 말했다.

"침상을 갈가리 찢고 밀짚 사이를 뒤져. 너, 횃불을 높이 들고!"

드파르지는 간수를 위협하는 표정으로 쳐다보더니 벽난로에 기어가서 쇠창살 사이로 굴뚝 내부를 살피다가 쇠지레를 넣어서 벽을 이리저리 툭툭 치며 긁었다. 까만 회반죽과 먼지가 후두두 떨어져서 재빨리 얼굴을 돌리며 피하더니, 그 안쪽을, 오래전에 타버린 나뭇재 안쪽을, 쇠지레가 움푹 들어간 굴뚝 안쪽으로 난 틈새를 조심스럽게 더듬었다. 그러다가 이렇게 말했다.

"굴뚝에는 아무것도 없는데, 밀짚도 그런가, 자크?"

"네."

"저것들을 모두 한군데에 모으자고, 감방 한가운데로. 그래! 너, 불을 붙여!"

파편을 이리저리 모아놓은 곳에다 간수가 횃불을 대자, 뜨거운 불이 높이 피어올랐다. 세 사람은 다시 고개를 숙이며 나지막한 아치형 문에서 빠져나와 불타는 걸 그대로 놔둔 채 연병장으로 돌아가, 청각이 다시 살아나기라도 한 듯 성난 폭풍이 새롭게 밀어닥치는 현장 한가운데로 들어섰다.

바다가 이리저리 물결치고 흔들리며 드파르지 자신을 찾는 중이었다. 생앙투안은 바스티유를 방어하느라 인민에게 총을 쏜 교도소장을 호송해야 한다고, 술집 주인을 제일 앞에 내세워야 한다고 난리를 부렸다. 그렇게 안 하면 교도소장을 시청으로 데려가서 심판대에 올릴 수 없다는 것이다. 그렇게 안 하면 교도소장이 탈출해서 사람들이 흘린 피를 (오랫동안 하잘것없는 취급을 받다가 갑자기 존중받는 피를) 복수할 수 없다는 것이다.

회색 외투에 빨간 훈장이 눈길을 끄는 늙고 냉혹한 교도소장을 둘러싸고 여기저기에서 수많은 고함과 논쟁이 일어나는 가운데 매우 차분한 인물이 하나 있으니 그건 바로 여자였다. 그 여자가 손가락으로 가리키며 소리쳤다.

"보라, 저기에 우리 남편이 온다! 드파르지를 보라!"

마담 드파르지는 늙고 냉혹한 교도소장 바로 옆에서 꼼짝을 않고, 드파르지가 동료들과 함께 교도소장을 끌고 거리를 행진할 때도 바로 옆에서 꼼짝을 않고, 교도소장이 목적지에 거의 도착해 뒤에서 날아오는 돌팔매질을 당할 때도 바로 옆에서 꼼짝을 않고, 군중이 기다랗게 늘어서서 매질을 가할 때도 바로 옆에서 꼼짝을 않고 심한 매질에 바닥에 쓰러져서 죽을 때도 바로 옆에 머물다가 갑자기 활기를 띠면서 - 오랫동안 기다렸다는 듯 - 한쪽 발로 교도소장 목을 밟고 날카로운 칼을 마구 내리찍어서 머리를 잘랐다.

때가 왔다, 생앙투안이 많은 사람을 가로등에 올려서 목을 매달아 자신들이 어떻게 하는지 생생하게 보여주겠다는 끔찍한 생각을 행동으로 옮길 때가. 생앙투안은 피가 위로 솟구치고 철권으로 통치하던 독재자는 피가 밑으로 - 교도소장 시신이 누워있는 시청 계단 밑으로, 마담 드파르지가 시신 머리를 자르려고 목을 짓밟은 신발창 밑으로 - 흘렀다. 그리고 생앙투안이 새로운 처형 방식을 찾아 주변을 두리번거리다가 소리쳤다.

"저기에 있는 가로등을 내려라! 여기에다 저놈 부하 한 명을 보초로 세우자!"

그래서 덜덜 떠는 보초를 세우고 바다는 끊임없이 밀려들었다.

불길하고 위험한 바다, 파도가 끊임없이 일어나며 모든 걸 집어삼키는 바다, 깊이도 알 수 없고 파괴력도 알 수 없는 바다였다. 거칠고 무자비하게 흔들리며 모습을 바꾸는 바다, 복수를 외치는 목소리, 오랜 세월 고통스러운 용광로에 단련해서 동정심이라곤 눈 씻고 찾아봐도 안 보이는 얼굴들이었다.

하지만 얼굴마다 무섭고 날카로운 표정이 생생하게 살아있는 바다에서 이들과 완전히 다른 얼굴을 한 집단이 - 각각 일곱 명씩 - 두 개나 있으니, 바다가 그렇게 인상적인 잔해를 가슴에 품고 굽이친 건 역사상 처음이었다. 무덤으로 몰아친 파도가 그대로 살려낸 죄수 얼굴 일곱 개를 바다는 하늘 높이 띄우며 돌아다녔다. 모두 겁에 질리고 모두 넋이 나가고 모두 의아하고 모두 놀란 얼굴은 마치 '최후의 심판'이라도 맞이한 것 같고 주변에서 맘껏 즐거워하는 군중은 길 잃은 영혼 같았다. 또 다른 얼굴 일곱 개는, 죽은 얼굴 일곱 개는, 하늘로 더 높이 치솟는데, 눈꺼풀을 밑으로 깔고 반쯤 뜬 눈이 '최후의 심판'만 기다리는 것 같았다. 무감각한 얼굴이지만 잠시 굳었을 뿐 표정이 완전히 사라진 건 아니었다. 겁에 질려서 잠시 굳어버린 얼굴이지만, 떨어뜨린 눈꺼풀을 당장에라도 들어 올려서 백지장처럼 하얀 입술로 "네놈이 우릴 이렇게 만들었다!"고 소리칠 것 같았다.

죄수 일곱 명을 풀어주고 피투성이 머리 일곱 개를 창에 꽂고, 저주받은 요새에서 강력한 탑 여덟 개의 열쇠꾸러미를 확보하고 일부는 오랜 옛날에 가슴이 무너지며 사망한 죄수들이 작성한 글이나 유품을 찾는 등등, 생앙투안에서 일어난 발소리는 서기 일천칠백팔십구 년 칠월 중순에 파리 전역으로 커다랗게 퍼져나갔다. 하지만 하늘은 메아리 이론이라는 마네뜨 아가씨의 공상을 무시한 채, 파리의 시끄러운 발자국이 모퉁이 집으로 근접을 못 하도록 만들었다! 모두 미쳐서 앞뒤를 안 가리는 위험한 존재기 때문이다. 아주 오래전, 드파르지 술집 앞에서 포도주 통이 깨져나가 빨갛게 물들인 자국을 제대로 씻어낸

적이 한 번도 없기 때문이다.

XXII. 바다는 아직도 일어나고

빼빼 마른 생앙투안이 의기양양하게 보낸 건 딱 일주일로, 이 기간에
는 딱딱하고 쓰디쓴 데다 양조차 부족한 빵을 동지의 포옹과 축하로
풍미를 더 해서 최대한 부드럽게 만들어 맛있게 먹었다. 마담 드파르지
역시 평소와 마찬가지로 계산대 뒤에 앉아서 술 주문과 배달을 관리했
다. 머리에 장미는 안 꽂았으니, 거대한 첩자 무리는 짧은 일주일 동안
생앙투안의 자비에 온몸을 맡긴 채 거리에 쭉 늘어선 가로등마다 섬뜩한
몸으로 축 늘어져서 이리저리 흔들렸다.

마담 드파르지는 팔짱을 낀 채 아침 햇살과 열기를 받으며 가만히
앉아서 술집 내부와 거리를 찬찬히 살폈다. 여기저기에서 서너 명씩
무리 짓는데, 더럽고 비참해도 이제는 가난이란 굴레에 권력이라는
왕관을 둘러쓴 사람들이었다. 가장 초라하고 지저분하고 헐렁한 모자
를 삐뚜름히 쓴 가장 비천한 머리도 이렇게 생뚱맞은 소리를 지껄일
정도였다.

"내가, 이런 모자를 쓴 사람이, 제대로 먹고사는 게 정말 어렵다는
사실을 나는 잘 안다오. 하지만 내가, 이런 모자를 쓴 사람이, 당신네
삶을 파괴하는 건 정말 쉽다는 사실을 당신은 아시오?"

깡마르고 벌거벗은 팔마다 예전에는 할 일이 하나도 없다가 이제는
할 일이 언제나 눈앞에 가득하니, 그건 바로 파괴였다. 뜨개질하던
여인네들 손가락도 이제 무엇이든 찢어발길 수 있다는 사실을 체험하

고 바쁘게 움직였다. 생앙투안 겉모습도 눈에 띄게 변했다. 수백 년이란 세월에 걸쳐 오랫동안 각인한 이미지가 최근 들어 한순간에 바뀐 것이다.

마담 드파르지는 생앙투안 여인네를 이끄는 지도자라고 공식적으로 인정받고 싶은 욕망을 지긋이 억누르며 가만히 앉아서 그런 마을을 지켜보았다. 여성 동지 하나가 바로 옆에서 뜨개질했다. 잔뜩 굶주린 식료품 잡화상 부인이자 두 아이를 기르는 엄마로 마담 옆에서 참모 역할을 하는 작달막하고 통통한 여인인데, 벌써 '복수의 여신'이란 별명까지 얻을 정도였다. 바로 그 여인이 소리쳤다.

"들어보세요! 무슨 소리죠? 누가 오는 걸까요?"

생앙투안 외각 경계선에서 술집 입구까지 기다랗게 뿌려놓은 화약에 갑자기 불이라도 붙은 듯 웅성거리는 소리가 빠르게 번지며 급하게 달려왔다. 그래서 마담이 대답했다.

"드파르지야. 애국시민 여러분, 모두 침묵!"

드파르지가 숨을 헐떡이며 나타나더니 머리에 쓴 빨간 모자를 벗고 주변을 둘러보자, 마담이 다시 소리쳤다.

"모두 잘 들어요! 드파르지가 하는 말을 들어요!"

드파르지는 술집 입구 바깥에 잔뜩 모여들어 입을 쩍 벌린 채 열심히 쳐다보는 사람들을 배경으로 숨을 헐떡이며 가만히 쳐다보고, 술집에 가득한 사람은 모두 벌떡 일어섰다.

"이제 말해, 남편. 무슨 일이야?"

"바깥세상에서 들려온 소식이야!"

남편이 대답하자 마담이 깔보는 어투로 소리쳤다.

"그게 뭔데? 바깥세상에서 뭐?"

"여기에 있는 사람 모두 플롱[50]을 기억하나, 굶는 사람에게 풀을 먹으면 된다고 말한 늙은이, 죽어서 지옥으로 떨어졌다는 늙은이?"

"당연하지!"

모두 일제히 소리쳤다.

"그놈에 대한 소식이야. 그놈이 우리에게 잡혔어!"

"우리에게! 죽었는데?"

모두 또다시 일제히 소리쳤다.

"안 죽었어! 우리가 두려운 나머지 – 당연히 그럴만한 이유가 있겠지만 – 죽은 척하고 장례식까지 성대하게 치른 거야. 그런 다음에 시골에 숨어 사는 걸 사람들이 찾아서 끌려왔어. 지금 시청으로 끌려가는 모습을 내가 똑똑히 보았어. 나는 그놈에게 우리를 두려워할 이유가 충분하다고 했는데, 여러분은 어때? 그놈에게 그럴 이유가 충분한가?"

드파르지가 묻는 말에 수많은 사람이 격렬하게 소리치며 그렇다고 대답하니, 일흔 살 넘은 비참한 죄인으로선 설사 자신이 죽어 마땅한 죄를 모른다 해도 사람들이 이렇게 대답하는 소리를 듣는다면 그럴만한 이유를 마음속 깊이 깨달을 것 같았다.

그와 동시에 순간적으로 깊은 침묵이 흘렀다. 드파르지 부부는 서로를 확고부동한 눈초리로 쳐다보았다. '복수의 여신'은 계산대 밑으로 허리를 숙여서 드럼을 꺼내는 소리가 시끄럽게 일어났다. 이윽고 드파르지가 단호한 목소리로 소리쳤다.

"애국시민 여러분! 모두 준비했소?"

그와 동시에 마담 드파르지는 허리춤에 칼을 꽂고, 드럼 소리는 거리

---

50) Joseph Foullon de Doué: 프랑스 대혁명 직전까지 왕당파 핵심으로 재무장관을 맡았다. 농노에게는 가혹하다는 비난을 받고 파리 시민에게는 부정축재로 비난을 받았다. 바스티유가 함락되자, 위험을 느끼고 피신했으나 농노들에게 곧바로 잡혀서 등에는 건초 다발을 짊어지고 목이 마르면 후추를 섞은 식초를 마시고 얼굴에 가득한 땀은 가시가 가득한 쐐기풀로 닦으면서 맨발로 걸어서 파리로 압송됐다.

마다 울리는 게 마법이라도 부려서 이리저리 날아다니는 것 같았다. 그리고 '복수의 여신'은 진짜 복수의 여신 마흔 명이 동시에 나타난 듯 날카로운 비명을 내지르고 두 팔을 올려 마구 휘저어서 드럼을 내려치며 집집이 뛰어다녀 여인네를 불러 모았다.

남정네는 창문마다 내다보고 분노를 터트리다가 손에 잡히는 대로 무기를 쥐고 거리로 쏟아지는 광경이 정말 살벌하지만, 여인네를 보는 순간에는 아무리 대담한 사내라도 간담이 서늘할 수밖에 없었다. 가난에 찌든 집안일을, 아이들을, 헐벗고 굶주린 채 바닥에 웅크린 노약자와 병자를 모두 내팽개치고 머리칼을 휘날리며 뛰쳐나와서 서로를 부추기며 광기를 끌어올려 격렬하게 나아가며 고함을 질러댔기 때문이다. 자매들이여, 악당 플롱을 잡았다! 엄마들이여, 악당 플롱을 잡았다! 딸들이여, 악당 플롱을 잡았다!

그러자 이번에는 여인네 수십 명이 한가운데로 뛰어들어 가슴을 치고 머리카락을 쥐어뜯으며 소리쳤다. 플롱이 살았다! 굶주린 사람에게 풀이나 먹으라고 한 놈이다! 내가 먹을 게 하나도 없을 때 늙으신 아버지에게 풀이나 뜯어 먹으라고 한 놈이다! 내가 아무것도 못 먹어서 젖가슴이 말라비틀어질 때 우리 아기에게 풀이나 빨아먹으라고 한 놈이다! 아, 성모 마리아님, 플롱을 잡았습니다! 아, 하늘이시여, 고통에 신음하는 저희를 보살피소서! 제가, 굶어 죽은 우리 아기가, 뼈만 앙상한 우리 아버지가 하는 말을 들으소서! 이 자리에서 무릎 꿇고 맹세하노니, 너 플롱한테 기필코 복수하리라! 남편들이여, 형제들이여, 젊은 사내들이여, 우리에게 플롱의 피를 달라, 우리에게 플롱의 머리를 달라, 우리에게 플롱의 심장을 달라, 우리에게 플롱의 육신과 영혼을 달라, 플롱을 갈가리 찢어발기고 땅속에 묻어 거기에서 풀이 자라게 하라!

수많은 여인네가 이렇게 소리치며 미친 듯이 날뛰고 빙글빙글 돌고 동료 가슴을 때리고 쥐어뜯다가 황홀경에 빠져들면서 그대로 쓰러지니, 남편이나 형제들이 황급히 구한 덕분에 사람들에게 짓밟히는 신세를 간신히 면할 정도였다.

그런데도 대열은 전혀 안 흐트러졌다, 단 한 순간도! 플롱이 시청으로 끌려갔다가 풀려날 수도 있다. 그자가 생앙투안에게 가한 고통과 모욕과 부당한 처사를 안다면 절대 그럴 순 없다! 무기를 치켜든 남자와 여자가 급히 몰려가면서 강인한 흡인력으로 마지막 남은 사람마저 빨아들이니, 십오 분이 지난 다음에는 꼼짝을 못하는 노인네와 찡얼대는 아기 외에 생앙투안에 남은 인간이라곤 단 한 명도 없었다.

그렇다. 그 시각에 생앙투안 주민은 사악하고 추한 늙은이를 잡아놓은 시청 조사실을 꽉 메우다 못해 주변과 거리까지 넘쳐흘렀다. 드파르지 부부와 복수의 여신, 자크 3호는 대열을 제일 앞에서 이끌다가 건물에 들어가서 조사실에 갇힌 플롱을 바로 볼 수 있었다. 그래서 마담이 칼로 가리키며 소리쳤다.

"보라! 포승줄에 묶인 사악한 늙은이를 보라. 풀로 만든 밧줄에 꽁꽁 묶인 꼬락서니가 정말 보기 좋구나. 하, 하, 하! 이제 저자에게 풀을 먹이자!"

마담이 칼을 팔꿈치에 끼우더니 연극이라도 보는 듯 손뼉을 치며 좋아했다. 그러자 뒤에 선 사람들은 마담이 좋아하는 이유를 바로 뒷사람에게 설명하고, 그 사람은 또 뒷사람에게 설명하는 식으로 계속 이어지면서 인근 거리를 가득 메운 사람까지 모두 커다랗게 손뼉치기 시작했다. 이런 식으로 수많은 말이 두세 시간 동안 끊임없이 이어지면서 마담 드파르지 표정은 놀라울 정도로 빠르게 멀리 퍼져나갔다. 게다가 몸이 민첩한 남자 몇은 시청 건물 외벽을 타고 올라가 창문으로 들여다보며 마담 드파르지 표정을 건물 바깥 군중에게 그대로 중계했다.

마침내 태양이 중천에 떠올라 늙은 죄수를 보호하듯 희망 어린 햇살로 머리를 다정하게 비추었다. 하지만 생앙투안은 그런 호의를 도저히 견딜 수 없으니, 놀라울 정도로 길게 늘어선 먼지와 지푸라기 장벽을 순식간에 무너뜨리면서 늙은 죄수를 움켜잡았다!

제일 멀리 떨어진 인파도 곧바로 소식을 들었다. 드파르지는 난간과 탁자를 곧바로 뛰어넘어 초라한 죄수를 단단히 움켜잡고 마담 드파르지는 바로 뒤따라 단단히 옭아맨 포승줄을 움켜잡고 - 복수의 여신과 자크 3호는 그 뒤를 따르고 창문에 올라선 사내들은 높은 횃대에서 먹이를 노리는 맹금류처럼 안으로 뛰어들고 - 도시 전역에서는 드높은 함성이 일어났다.

"저놈을 끌어내라! 저놈을 가로등에 매달자!"

죄인은 이리저리 끌려가다가 시청 계단에서 머리부터 곤두박질치더니, 급기야 무릎을 꿇고 급기야 두 발로 일어서고 급기야 바닥에 쓰러져 질질 끌려가는 걸 수많은 사람이 때리고 입에다 숨이 막힐 정도로 풀과 짚을 뭉텅이로 집어넣었다. 죄인은 얻어터지고 깨지고 가쁜 숨을 몰아쉬고 피를 철철 흘리면서도 여전히 간절한 목소리로 자비를 청했다. 그러다가 거대한 고통에 몸부림치자 사람들이 어떤 상태인지 살펴보려고 한 발씩 물러나면서 조그만 공간이 생기더니, 급기야 잔뜩 늘어선 사람들 다리 사이로 통나무 하나가 불쑥 나와서 죄수를 태우고 가로등이 치명적으로 흔들리는 거리 모서리로 끌어가, 사람들이 가로등에 매달려고 준비하는 동안 마담 드파르지는 - 고양이가 쥐에게 그러듯 - 죄수를 놓아주어서 가만히 차분하게 바라보고, 죄수는 끊임없이 자비를 청하며 용서를 빌었다.

그러는 내내 여인네는 죄수에게 날카로운 소리를 질러대고 남정네는 입에 풀을 처넣어서 죽여 버리라고 엄숙하게 소리쳤다. 한 번 죄수를 높이 끌어올리다가 밧줄이 끊어져서 사람들이 다시 날카로운 소리를 질러대고, 두 번째로 높이 끌어올리다가 밧줄이 또 끊어져서 사람들이 또다시 날카로운 소리를 질러대더니, 세 번째는 다행히도 밧줄이 죄인을 사로잡아 머리통에는 곧바로 창이 꽂히고 입에는 풀이 잔뜩 들어차, 생앙투안 전체는 속 시원한 광경을 바라보며 춤을 추었다.

그날의 파괴 활동은 그것으로 끝난 게 아니었다. 해가 떨어질 즈음에는 지금 막 해치운 죄인의 사위를 - 인민의 또 다른 적이자 무뢰배를 - 기병대 오백 명이 호위하며 파리로 압송한다는 소식을 듣고, 생앙투안 전체가 다시 춤추면서 분노의 함성을 터트렸으니까 말이다. 생앙투안은 반짝거리는 종이에다 죄인이 저지른 죄악을 적고 플롱과 같은 길로 보내려고 기병대에게서 죄인을 빼앗아 머리를 창에 꽂고 심장을 창에 꽂아 그날의 전리품 세 개를 추켜들고 승냥이 떼처럼 거리를 휩쓸었다.

깜깜한 밤이 되어서야 남정네와 여인네는 먹을 게 없어 찡얼대는 아이들에게 돌아갔다. 그래서 초라한 빵집마다 기다랗게 줄 서서 나쁜 빵이라도 사려고 꾹 참으며 기다렸다. 속이 텅 비어 힘이 하나도 없는 몸뚱이로 그렇게 기다리면서도 사람들은 오늘 맛본 승리에 취해서 서로를 부둥켜안고 또 부둥켜안으며 무용담을 늘어놓고 또 늘어놓는 식으로 즐겁게 지냈다. 누더기 옷차림이 늘어선 줄은 그러면서 조금씩 줄다가 사라지고, 이번에는 높은 창문에서 희미한 불빛이 반짝거리더니, 거리마다 모닥불을 피워서 이웃끼리 함께 모여 요리하다가 각자 자기네 문가로 옮겨서 저녁을 먹었다.

불충분하고 보잘것없는 저녁 식사로, 고기는커녕 맛없는 빵에다 발라 먹을 소스조차 없었다. 그런데도 이웃끼리 쌓은 동지애는 초라한 음식에 훌륭한 영양분을 제공하니, 사람들 사이에는 활기가 생생하게 넘쳐흘렀다. 그날 하루 동안 온갖 폭력을 저지르며 거리를 행진하던 아버지와 어머니는 뼈만 앙상한 아이하고 다정하게 놀아주고, 연인은 지금 세상과 앞으로 다가올 세상을 그리며 희망과 사랑을 속삭였다.

동틀 무렵이 되어서야 마지막까지 버티던 손님이 술집을 나가자, 드파르지는 술집 문을 단단히 걸어 잠그면서 쉰 목소리로 마누라에게 말했다.

"여보, 드디어 때가 왔어!"

"그래! 거의."

마담이 대답했다.

생앙투안이 잠들고 드파르지 부부도 잠들었다. 복수의 여신도 잔뜩 굶주린 식료품 잡화상 남편과 잠들고 드럼도 휴식을 취했다. 생앙투안 전역에서 피를 흩뿌리며 매우 급하게 돌아가는 동안 목소리가 하나도 안 변한 건 드럼 하나밖에 없었다. 복수의 여신은 드럼을 관리하는 사람으로 바스티유가 무너지기 직전이나 늙은 플롱을 사로잡기 직전에 드럼을 깨워서 똑같은 목소리로 연설을 늘어놓도록 만들었다. 하지만 생앙투안 남자와 여자들 목소리가 쉬는 걸 막을 순 없었다.

XXIII. 불길이 일어나다

샘물이 솟는 마을에도, 도로 수리공이 매일같이 나가서 도로에 깔린 돌덩이를 망치로 부서뜨려 얼마 안 되는 빵이라도 벌어들이며 초라하고 무지한 영혼과 비참하게 야윈 육신을 힘겹게 유지하는 마을에도 변화가 일어났다. 커다란 바위에 세운 감옥은 예전처럼 사람을 압도하지 않았다. 감옥을 지키는 병사는 있어도 숫자는 적고 병사를 지휘하는 장교는 있어도 부하들이 무슨 짓을 저지를지 몰라서 전전긍긍했다. 확실히 아는 거라곤 부하들이 명령대로 움직이지 않는다는 사실 하나였다.

농촌이 모두 망가져서 사방에 황폐한 분위기만 가득했다. 녹색 잎사귀마다 풀잎마다 곡식 이파리마다 불쌍한 사람과 마찬가지로 초라하게 시들었다. 모든 게 기운 하나 없이 고개를 숙인 채 짓밟히며 죽어갔다. 주택, 담장, 가축, 남정네, 여인네, 아이들은 물론 이들이 발을 내디디며 살아가는 땅조차 초라했다.

귀족 나리는 (한 분 한 분이 참으로 훌륭하신 신사로) 국가의 축복을 받고, 매사에 기사도 정신을 발휘하고, 화려하고 훌륭하게 살아오는 등등, 바람직한 목표에 합당하게 스스로 많은 책임을 짊어진 사람이다. 그런데 어떻게 됐는지, 이런 나리들이 계급으로 모이면서 나라를 이 지경까지 만들어놓고 만 것이다. 나리 계급에 바람직하게 설계한 세상이 이렇게 일찍 말라비틀어지고 망가지다니 참으로 놀라울 뿐이다! 영원하도록 만든 제도에 뭔가 근시안적인 잘못이 끼어든 게 분명하다! 실제로 그렇다. 서민에게서 마지막 핏방울까지 쥐어짜고 나사 톱니를 마구 돌리다 보니 결국에는 지렛대가 부서져, 잡아주는 게 하나도 없이 그냥 돌아가고 또 돌아가기만 하다가, 극히 천박하고 이상한 현상이 일어나면서 나리들이 도망치기 시작한 것이다.

하지만 이런 변화는 이 마을만 아니라 이와 비슷한 모든 마을에서 일어났다. 나리는 수십 년이 흐르는 동안 마을을 쥐어짜는 식으로 마구 벗겨 먹으면서도 사냥철이 되어서야 비로소 모습을 보여주는 은총을 베푸시며 이번에는 사람을 쫓고 다음에는 짐승을 쫓으면서 사냥을 마음껏 즐기시니, 이처럼 특별한 행사를 위해 거칠고 원시적인 황무지를 유익한 공간으로 그대로 보존하시지 않았던가! 그렇다. 변화는 비천한 계급에 낯선 얼굴이 등장하면서 일어났다. 나리처럼 고상하고 아름답고 화려한 계급이 사라지면서 일어난 게 아니다.

바로 그 시간에, 도로 수리공이 혼자 먼지 구덩이에서 일하며 인간은 누구나 먼지에서 나와 먼지로 돌아간다는 생각보다는 저녁에 먹을 음식이 너무 적으니 어떻게 하면 조금이라도 더 먹을 수 있을까 골똘히 생각하는데, 바로 그 시간에, 도로 수리공이 혼자 일하다가 고개를 들어 주변을 둘러볼 때마다 물체 하나가 끊임없이 걸으며 다가오는 형상이 보이곤 하는데, 예전에는 극히 드물다가 이제는 매우 흔한 현상이었다.

물체가 다가올 때마다 도로 수리공은 조금도 놀라는 기색 없이 쳐다보곤 하는데, 이번에는 덥수룩한 머리칼에 야만인처럼 보이는 외모, 커다란 키, 도로 수리공이 보기에도 허접스러운 나막신, 진흙탕과 먼지로 가득한 길을 오랫동안 걷느라 표정은 모질고 거칠며, 피부는 햇볕에 탄 데다 진흙이 여기저기에 잔뜩 묻고, 저지대에 널린 습지를 지나느라 옷은 축축하고, 숲길을 수없이 지나느라 가시와 잎사귀와 이끼도 잔뜩 묻은 형상이었다.

칠월 어느 날 정오에 그런 사내가 유령처럼 다가올 때 도로 수리공은 둑 아래 돌무더기에 앉아서 소나기처럼 퍼붓는 우박을 피하는 중이었다.

사내는 도로 수리공을 쳐다보고 우묵한 분지에 자리한 마을을, 방앗간을, 바위에 올라선 감옥을 쳐다보았다. 그래서 무지한 눈빛으로 건물을 모두 파악하더니, 간신히 알아들을 수 있는 사투리로 물었다.

"잘 되시오, 자크?"

"잘 됩니다, 자크."

"그럼 접촉합시다!"

두 사람이 손을 맞잡더니, 사내도 돌무더기에 앉았다.

"저녁 식사는 안 하오?"

"지금은 먹을 게 하나도 없소."

도로 수리공이 허기진 얼굴로 대답하자, 사내가 투덜거렸다.

"요새는 그게 유행이군. 여태 음식을 구경조차 못 했소."

그리곤 새까만 파이프를 꺼내서 담배를 재우고 부싯돌과 쇠로 불을 붙이더니, 빨갛게 타오를 때까지 힘껏 빨아대다가 갑자기 파이프를 들고 엄지와 검지 사이로 무언가를 살짝 떨어뜨리자, 파이프에서 불이 확 일어나며 연기를 내뿜었다. 이런 과정을 자세히 살피던 도로 수리공이 말할 차례였다.

"그럼 접촉합시다."

그래서 두 사람이 다시 손을 맞잡은 가운데, 도로 수리공이 물었다.

"오늘 밤?"

"오늘 밤."

사내가 대답하며 파이프를 입에 물었다.

"어디?"

"여기."

사내와 도로 수리공이 돌무더기에 가만히 앉아서 서로를 말없이 바라보는 가운데 난쟁이들이 총검을 휘두르는 소리처럼 우박이 후드득 떨어지더니, 마을 쪽 하늘부터 맑게 갰다.

"알려주시오!"

방랑자가 물으며 언덕 위로 오르자, 도로 수리공은 손가락을 쭉 뻗으며 대답했다.

"보시오! 여기를 쭉 내려가서 거리를 따라 곧장 가다가 샘물터를 지나고……."

"도대체 무슨 소릴 하는 거요!"

사내가 끼어들더니, 마을을 굽어보며 다시 말했다.

"나는 거리에도 안 들어서고 샘물터도 안 지나요. 알겠소?"

"으음! 마을 위 저 언덕을 넘으면 약 십 킬로미터 거리요."

"좋소. 작업은 언제 끝나는 거요?"

"저물녘에."

"그럼 떠나기 전에 나를 깨워주시겠소? 이틀 밤을 안 쉬고 꼬박 걸었다오. 파이프 담배를 태운 다음에 누워서 곤하게 잘 테니, 나를 깨워주시겠소?"

"물론이죠."

방랑자는 파이프를 다 태우고 안주머니에 넣더니 커다란 나막신을 벗고 돌무더기에 그대로 누워서 곧바로 깊이 잠들었다.

도로 수리공이 먼지 나는 작업에 열중하는 동안, 우박을 뿌리던 먹구름은 물러나 하늘이 찬란하게 드러나면서 주변 풍경에 환한 햇살을 뿌리고, (이제 파란 모자 대신 빨간 모자를 쓴) 조그만 사내는 돌무더기에 누워서 자는 사내를 황홀한 눈으로 쳐다보았다. 연장을 기계적으로 정말 어설프게 사용할 뿐 두 눈은 그쪽을 힐끔힐끔 쳐다보면서 꾸준히 살폈다.

구릿빛 얼굴, 덥수룩하고 까만 머리칼과 수염, 양모로 조잡하게 만든 빨간색 모자, 집에서 엉성하게 만든 의상, 무성한 가슴 털, 못 먹어서 조금 마르긴 해도 건장한 체격, 잠자는 동안에도 결연하게 다문 입술 등이 도로 수리공에게 경외감을 주었다. 먼 길을 오는 동안 발바닥에는 물집이 잡히고 발목은 이리저리 쓸려서 피가 흘렀다. 커다란 나막신은 잎사귀와 풀을 잔뜩 넣은 터라 질질 끌며 먼 길을 가기엔 너무 무겁고 옷 역시 몸뚱이만큼이나 쓸려서 여기저기에 구멍이 났다.

도로 수리공은 그런 사내 옆에서 허리를 숙여 옷섶이든 어디든 숨겨두었을 비밀무기를 구경하려고 하지만 잠자는 동안에도 입술만큼이나 결연하게 팔짱을 단단히 껴서 아무것도 안 보였다. 방책을 세우고 검문소를 세우고 성문과 해자와 도개교를 설치한 요새도 이런 사내에게는 아무런 소용이 없을 것 같았다. 그래서 도로 수리공은 고개를 들고 지평선 끝까지 사방을 둘러보며 자신도 이런 사람처럼 프랑스 전역에 널린 요새를 아무렇지 않게 돌아다니는 광경을 상상했다.

사내는 우박이 소낙비처럼 쏟아져도, 중간마다 햇살이 비춰도, 그래서 얼굴을 환하게 비추다가 그늘이 져도, 커다란 우박이 떨어져서 햇살에 녹아 다이아몬드처럼 반짝여도, 태양이 서쪽으로 떨어지면서 하늘이 빨갛게 달아오를 때까지 계속 잠만 잤다. 그래서 도로 수리공은 연장을 챙겨 마을로 내려갈 채비를 끝낸 다음에 비로소 잠을 깨우고, 사내는 팔꿈치로 바닥을 밀고 일어나며 말했다.

"잘했소! 언덕 너머 십 킬로미터 거리요?"

"대충."

"대충. 좋소!"

도로 수리공은 바람이 불어서 일어난 먼지가 도로를 앞지르는 속에서 마을로 내려가다가 샘물터에 도달하자, 물이라도 먹이려고 깡마른 암소를 데려온 사람들 사이에 끼어들어 마을 사람 전체에게 속삭이듯 주변 사람에게 속삭이기 시작했다. 그래서 마을 전체는 변변찮은 저녁 식사를 마친 다음에 평소처럼 잠자리에 드는 대신 문가로 다시 나와서 가만히 기다렸다. 사람들이 숙덕이며 속삭이는 소리는 전염병처럼 돌더니, 깜깜한 어둠에 샘물터로 모여든 다음에는 모두 잔뜩 기대하는 표정으로 한쪽 하늘만 쳐다보는 이상한 전염병이 돌았다.

가벨 나리는 마을을 관리하는 책임자로 왠지 불안한 마음이 들어서 혼자 지붕 꼭대기에 올라 굴뚝 뒤에 숨어서 사람들이 쳐다보는 방향을 바라보다가 바로 밑 샘물터에 모여든 새까만 얼굴을 힐끗힐끗 내려다보더니, 교회 열쇠를 지닌 관리인에게 사람을 보내, 조금 후에 종소리를 울릴 일이 생길 것 같다고 알렸다.

밤은 계속 깊어갔다. 낡은 저택을 에워싼 나무들이 각자 독불장군처럼 바람에 흔들리는 모습은 마치 어둠에 잠긴 까맣고 거대한 건물 전체를 위협하는 것 같았다. 이 층 테라스로 올라가는 계단에 억수 같은 빗물이 떨어지며 웅장한 현관을 마구 두드리는 모습은 마치 심부름꾼이 마구 두드리면서 안에 있는 사람을 부르는 것 같고, 불길한 바람은 낡은 창과 칼을 잔뜩 진열한 거실을 지나고 계단을 구슬프게 올라서 후작이 마지막으로 잠든 침실 커튼을 열심히 흔드는 것 같았다.

동쪽과 서쪽과 북쪽과 남쪽에서 덥수룩한 물체 네 개가 숲을 지나며 묵직하게 걸어서 높이 자란 풀을 성큼성큼 짓밟고 나뭇가지를 우두둑 밟으며 마당으로 조심스럽게 모여들었다. 바로 거기에서 불이 네 개 피어오르더니, 각기 다른 방향으로 움직이면서 사방은 다시 깜깜한 어둠에 잠겼다.

하지만 오래가지 않았다. 저택이 스스로 빛을 발산하듯 이상하게 모습을 드러내더니 점차 환하게 변하기 시작했다. 그러더니, 건물 바로 뒤에서 빛줄기가 깜빡이며 바람이 통하는 공간을 찾아다녀, 난간과 아치와 창문이 있는 공간을 보여주었다. 그러다가 불길이 높이 솟구치며 훨씬 커다랗고 환하게 피어올랐다. 곧이어 커다란 창문 수십 군데에서 화염이 치솟고 돌로 만든 얼굴은 모두 깨어나 불길을 물끄러미 쳐다보았다.

저택에 남아있던 얼마 안 되는 사람이 여기저기에서 웅성대는 소리가 일어나더니 말에 안장을 얹고 급하게 달리는 소리도 일어났다. 깜깜한 밤에 박차를 가하는 소리와 첨벙이는 소리가 시끄럽게 들리더니, 마을 샘물터 근방에서 말 한 마리가 입에 거품을 물며 가벨 나리 문가로 다가가서 소리쳤다.

"도와주세요, 가벨 나리! 도와주세요, 마을 사람들!"

성당에서 종소리가 급하게 울릴 뿐 다른 도움은 어디에도 없었다. 도로 수리공은 특별한 친구 이백오십 명과 함께 샘물터에서 팔짱을 낀 채 멀뚱멀뚱 서서 하늘로 치솟는 불기둥을 바라보고 "높이가 십 미터는 훨씬 넘겠군" 하며 모질게 중얼거릴 뿐 꿈쩍하는 사람은 하나도 없었다.

저택에서 달려온 기수와 거품을 내뿜는 말은 마을을 덜거덕덜거덕 지나고 돌덩이 언덕을 급히 오르며 바위에다 지은 감옥으로 달렸다. 대문 앞에는 장교들이 모이고 상당히 떨어진 거리에는 병사들이 모여서 불난 저택을 구경했다.

"도와주세요, 병사 여러분, 장교 여러분! 저택이 화염에 휩싸였습니다. 여러분이 움직이면 귀중한 물건을 구할 수 있습니다! 도와주세요, 도와주세요!"

말에 올라탄 기수가 급하게 소리치자, 장교들은 불난 저택만 물끄러미 쳐다보는 병사들을 가만히 바라볼 뿐 아무런 명령도 안 내린 채 어깨만 으쓱하더니, 입술을 질근 깨물며 "타도록 놔둬" 하고 대답했다.

말에 올라탄 기수는 덜거덕거리며 다시 언덕을 내려서 도로를 달리는데, 어느덧 마을 전체가 환하게 빛났다. 도로 수리공이 특별한 친구 이백오십 명과 함께 불을 환히 밝히자고 결의해, 각자 자기네 집으로 가서 조그만 유리창마다 촛불을 밝힌 것이다. 무엇이든 부족한 형편에 초 역시 충분할 리 없는 사람은 가벨 나리를 찾아가서 소동을 일으키며 거의 빼앗다시피 빌려온 초였다. 가벨이 주기 싫어서 주저할 때는 권력자에게 순종하던 도로 수리공이 완전히 다른 사람으로 변한 채 역마차에다 불을 놓으면, 그래서 말을 구워 먹으면 정말 맛있겠다는 협박까지 한 터였다.

저택은 화염에 그대로 타서 잿더미로 변했다. 성난 불길이 무섭게 타오르는 가운데 지옥에서 새빨간 바람이 곧장 불어닥쳐 건물을 모두 날려버린 것 같았다. 혀를 날름대며 솟구치다가 떨어지는 불길 한가운데에서 돌로 만든 얼굴마다 심한 고통에 시달리는 표정이 또렷했다. 거대한 석재와 목재 더미가 쓰러지는 순간, 코에 패인 자국 두 개가 선명한 석조 얼굴은 낯빛이 어둡게 변하며 화염에서 벗어나려고 몸부림치는 게, 마치 후작 나리가 화형장 기둥에 묶여서 불길에 휩싸인 채 섬뜩한 표정으로 몸부림치는 것 같았다.

저택이 모두 탔다. 가까운 나무는 불길에 완전히 휩싸여 까맣게 그을린 채 쪼그라들고 멀리 떨어진 나무는 단호한 인물 넷이 불을 질러, 사방에서 치솟은 불길이 폐허로 변한 저택에다 연기를 끊임없이 뿜어댔다. 납과 쇠가 녹아서 흘러내려 분수대 대리석 바닥에서 끓어오르고 물은 모두 증발했다. 촛불 끄개처럼 생긴 탑 꼭대기는 뜨거운 열기에 얼음처럼 녹아서 불길에 휩싸인 우물 네 개로 뚝뚝 흘러내렸다. 단단한 벽마다 쭉쭉 갈라진 균열과 틈새가 결정체처럼 이리저리 뻗어 나가고 새들은 넋이 달아나 공중을 빙빙 돌다가 불길이 치솟는 용광로로 곤두박질쳤다. 단호한 인물 넷은 자신들이 불붙인 봉홧불 불빛에 의지하며 동쪽과 서쪽과 북쪽과 남쪽으로 각기 다음 목적지를 향해 어둠이 수의처럼 휘감은 도로를 따라 뚜벅뚜벅 걸으며 사라졌다. 불을 환하게 밝힌 마을은 교회 종을 빼앗고 정식 관리인을 내쫓더니, 환희의 종소리를 마구 울려댔다.

그게 전부가 아니었다. 마을은 굶주림과 화염과 환희의 종소리에 머

리가 돌아서 가벨 나리가 지대와 국세를 걷는다는 사실을 떠올리고 -
최근에는 국세를 조금만 받고 지대는 한 푼도 안 받는데 - 당장 찾아가서
따져보자고 소리치며 집으로 몰려들어 어서 나와 개인적으로 대화 좀
나누자고 소리쳤다. 하지만 가벨 나리는 대문 빗장을 단단히 잠그고
구석에 박혀서 혼자 곰곰이 생각했다. 그래서 내린 결론대로 다시 지붕
으로 올라 굴뚝 뒤에 숨으니, 이번에는 행여나 누가 대문이라도 부수고
들어온다면 난간 너머로 머리부터 날려 아래에 있는 놈 가운데 한둘이라
도 결판내고 말겠다고 단단히 결심한 상태였다. 덩치는 작아도 복수심
이 강한 남부 출신이었다.

멀찌감치 떨어진 저택에서 화염이 타오르고 집집마다 촛불이 타오르
는 가운데 가벨 나리는 대문을 두드리는 소리와 환희의 종소리를 음악
소리처럼 들으며 굴뚝 뒤에서 기나긴 밤을 보냈다. 역참 건물 도로 건너
편에서는 가벨 나리가 손수 불을 켠 등잔불이 가로등에 걸려서 불길하게
흔들린다는 사실은 당연히 말할 필요도 없는데, 마을 사람은 거기에다
등불 대신 가벨 목을 걸겠다는 의지를 노골적으로 드러냈다. 가벨 나리
로서는 새까만 바다 모서리에서 여름밤을 꼬박 지새우는 동안 결심한
지점으로 머리부터 온몸을 던지며 뛰어내릴 준비만 하는 긴박한 순간이
었다. 그런데 딱 안성맞춤으로 마침내 동녘이 터오고 집집이 타오르던
촛불도 꺼지면서 사람들은 즐거운 마음으로 뿔뿔이 사라지니, 가벨 나
리도 당장은 목숨을 건사한 채 밑으로 내려왔다.

반경 이백 킬로미터 안에서 그날 밤에도 다른 날 밤에도 화염은 계속
타오르고 가벨 나리보다 운이 안 좋은 관리도 많으니, 그들은 태양이
떠오를 즈음, 원래는 평화롭던 거리 여기저기에 - 자신이 태어나고 성장
한 거리 여기저기에 - 목이 매달린 모습으로 발견되었다. 하지만 도로
수리공과 그 친구들에 비해 운이 안 좋은 마을 사람 역시 많으니, 그들은

관리와 군대에 역공당해 오히려 자기네 목이 매달리는 신세로 전락하고 말았다. 그래도 단호한 인물 넷은 동쪽과 서쪽과 북쪽과 남쪽으로 꾸준히 나아가며 누구 목이 매달리든 상관하지 않고 자기네 할 일에 충실하며 불을 질렀다. 교수대를 얼마나 높여야 물길을 내서 화염을 끌 수 있을지는 어떤 관리도 어떤 수학 공식도 정확히 계산할 수 없었다.

XXIV. 자석 바위에 끌리다

화염이 치솟고 바다가 일어나는 가운데 - 빠져나가는 물 없이 끊임없이 밀려들고 몰려들면서 높이 치솟기만 하는 성난 바다에 단단한 육지는 흔들리고 해안에서 구경하는 사람은 공포와 경이에 휩싸이는 가운데 - 삼 년에 걸친 폭풍도 서서히 끝을 보이기 시작했다. 어린 마네뜨 아기씨는 생일을 세 번 더 지내고 마네뜨 아가씨는 하나하나를 금실로 엮으면서 행복한 가정이라는 천을 튼튼하게 엮어나갔다.

모퉁이 집에서 거주하는 식구는 수많은 밤과 수많은 낮을 보내며 다양하게 일어나는 메아리를 듣는데, 군중이 몰려오는 발소리라도 들릴 때는 심장이 덜컹 내려앉았다. 이제 발자국 하면 수많은 군중이 오랫동안 창궐하는 끔찍한 마법에 빠져서 난폭한 야수로 돌변한 채 빨간 깃발을 치켜들고 잔뜩 흥분하며 몰려들어 나라 전체를 위험에 빠뜨리는 발자국이 으레 떠오르기 때문이다.

파리 귀족 계급은 프랑스 전역에서 인정을 못 받고 환영도 못 받는 현상을 자신과 상관없다 여기고, 나라에서 추방당하는 것으로 모자라 목숨까지 잃을 수 있는 엄청난 위기가 몰아닥친 사태에 대해서도 자신과 상관없다고 여겼다. 시골 촌뜨기가 끔찍한 고통을 감수하며 악마를 불러내더니, 정작 그 모습을 보고 겁에 질려서 한마디도 못 하고 그냥 도망쳤다는 우화처럼 나리들 역시 아주 오랜 세월에 걸쳐 주기도문을 대담하게 거꾸로 외우고 효과가 탁월한 주문을 다양하게 외워서 사악한 악마를 억지로 불러내더니, 끔찍한 모습을 보는 순간에 고상한 발로 그대로 줄행랑치고 만 것이다.

궁전 접견실에서 반짝이던 불즈아이도 사라지고 말았다. 그대로 있다간 온 나라를 휩쓴 총알 세례가 표적으로 삼을 터이니, 오래전부터 악마 루시퍼의 자부심과 사르다나팔루스[51]의 사치와 두더지의 맹목성이라는 얼룩을 잔뜩 묻혀 세상을 한 번도 제대로 못 보다가 중간에 꺾여서 사라지고 만 것이다. 궁전에서 배타적인 측근 집단은 물론 가장 외각에서 음모와 부패와 위선으로 썩어 문드러진 집단까지 모조리 사라졌다. 왕도 사라졌다. 마지막 파도가 몰아치는 순간, 궁전에서 포위공격을 당하다가 "목이 공중에" 매달렸다.

일천칠백구십이 년 팔월이 되면서 귀족이란 귀족은 어느새 사방팔방으로 흩어지고 말았다.

런던 텔슨 은행은 프랑스 귀족이 주로 모이는 본부자 집결장소로 자연스럽게 변신했다. 몸뚱이가 주로 나돌던 곳에 유령이 출몰하듯, 금화 한 닢 없는 귀족들 역시 자기네가 금화를 주로 보관하던 곳에 출몰했다. 게다가, 런던 텔슨 은행은 믿을만한 프랑스 소식을 가장 빠르게 접하는 곳이기도 했다. 게다가, 텔슨 은행 측 역시 상류사회에서 몰락한 옛날 고객에게 조금도 인색하지 않는 관대함을 보였다. 게다가, 폭풍이 몰아닥친다는 사실을 제때 간파한 귀족은 모두 약탈당하거나 몰수당할 걸 예상하고 텔슨 은행에 미리 송금한 터라 항상 그곳에 와서 곤경에

---

51) Sardanapalus: 아시리아 마지막 왕, 사치스런 생활로 유명하다.

빠진 귀족에게 다양한 소식을 들었다. 프랑스에서 이제 막 건너온 사람에게는 텔슨 은행으로 직접 찾아가서 자신의 신상정보를 알려놓는 게 바람직하다고 조언하는 사람까지 나올 정도였다. 이렇게 다양한 이유로 인해 당시의 텔슨 은행은 프랑스 소식에 관한 한 일종의 '최고 정보 거래소' 역할을 하는데, 일반인도 이런 사실을 널리 들어서 프랑스 소식에 대한 질문을 끊임없이 퍼부어, 텔슨 은행 측에서는 기회가 될 때마다 최근 소식을 한두 줄씩 작성해 은행 창문마다 붙여서 템플 바를 지나는 사람이 쉽게 보도록 하기도 했다.

안개는 자욱하고 날씨는 푹푹 찌는 오후에 로리는 자기 책상에 앉고 찰스 다네이는 옆에서 고개를 가만히 숙이며 나지막한 목소리로 대화를 주고받았다. 한때나마 은행장이 면담하는 장소로 사용하던 고해소 골방은 이제 소식을 주고받는 공간으로 변해서 사람들이 넘쳐나고, 지금은 은행을 닫을 시간이 삼십 분도 안 남은 상태였다. 그런 분위기에서 찰스 다네이는 계속 망설이다가 이렇게 말했다.

"누구보다 젊게 사신다는 건 인정하지만, 그래도 선생님은……."

"무슨 말인지 알아듣겠네. 너무 늙었다는 말이지?"

"날씨도 불안하고 여정도 길고 여행수단도 애매하고 나라 전체는 혼란에 빠져서 파리가 안전하지 않을 수도 있으니까요."

찰스 다네이가 하는 말에 로리는 자신만만한 어투로 명랑하게 대답했다.

"친애하는 찰스 다네이, 자네가 말한 걱정거리야말로 바로 내가 갈 수밖에 없는 이유라네, 내가 여기에 머물러야 하는 이유가 아니라. 나는 충분히 안전해. 간섭할 사람이 사방에 널렸으니 나처럼 늙은 사람까지 굳이 찾아와서 간섭할 이는 아무도 없을 거야. 나라가 혼란에 빠졌다는 지적에 대해선, 만일 그곳 자체가 혼란에 안 빠졌다면 이곳 런던 본점에서 파리 사정을 잘 알고 업무도 잘 아는, 늙고 믿음직한 사람을 그곳 파리 본점으로 굳이 파견할 이유는 없겠지. 여정이 길고 여행수단도 애매하고 겨울 날씨라는 지적에 대해선, 이렇게 오랜 세월을 텔슨 은행에서 일한 내가 은행을 위해서 그만한 불편도 감수하지 않는다면 누가 감수하겠나?"

"차라리 제가 가는 게 좋겠어요."

찰스 다네이가 얼떨결에 속마음을 털어놓은 듯 약간 당혹스런 목소리로 말하자, 로리가 탄성을 내질렀다.

"그래! 반대하며 제안하는 솜씨가 정말 대단하군! 차라리 자네가 가는 게 좋겠다고? 프랑스 태생이니까? 현명한 조언이로군."

"친애하는 로리 선생님, 제가 프랑스 태생이라서 (언급하고 싶지 않은) 생각이 툭하면 머리에 떠올라요. 동포가 비참하게 사는 걸 안타깝게 여기다가, 막상 이런 상황이 오니까 모른 척한다는 사실이……."

찰스 다네이가 특유의 사려 깊은 어투로 말을 계속 이어나갔다.

"그들이 하는 이야기를 가만히 듣다 보면 그만 자제하라는 설득도 할 수 있을 것 같다는 생각이 드는 걸 억누를 수 없어요. 그래서 바로 어젯밤에 선생님이 떠나신 다음에 제가 부인에게 말했더니……"

바로 그 순간에 로리가 말을 끊으며 반박했다.

"부인에게 말했다……. 이런 시점에 부인이란 말을 아무렇지 않게 언급하다니 놀랍군! 이런 순간에 프랑스로 가고 싶다고 하면서!"

그러자 찰스 다네이가 빙그레 웃으며 대답했다.

"하지만 저는 안 가요. 지금까지 우리가 이런 대화를 나눈 이유는 바로 선생님 때문이에요."

"그래도 나는 간다는 게 솔직한 마음이야. 사실, 친애하는 찰스……."

로리가 멀리 있는 은행장을 힐끔 쳐다보며 목소리를 낮추었다.

"요새 우리가 업무를 처리하는 게 얼마나 어려운지, 그리고 파리에 있는 은행 장부와 서류가 어떤 위기에 처했는지 자네는 짐작할 수도 없어. 우리 서류 가운데 일부라도 도난당하거나 파손당하면 여러 사람이 얼마나 커다란 곤란을 겪을지 아무도 몰라. 그런데 지금 파리라는 도시는 언제 방화사건이 일어나고 언제 약탈사건이 일어날지 아무도 모르잖아! 우리에게 필요한 건 서류를 최대한 빨리 선별해서 땅에 묻는 등등의 방법으로 안전하게 보관하는 일인데, (소중한 시간을 제대로 활용하면서) 그럴만한 능력을 지닌 사람은 나밖에 없다고 봐야 해. 텔슨 은행 역시 이런 사실을 파악하고 그렇게 말하는데, 육십 년이란 세월 동안 텔슨 은행에서 밥벌이한 내가 관절이 약간 뻣뻣하다는 이유로 꽁무니를 빼서야 되겠나? 여기에서 일하는 구두쇠 영감 여섯에 비하면 나는 아직 팔팔하다고!"

"젊은이 같은 용기가 정말 대단하네요, 로리 선생님."

"쯧쯧! 말도 안 되는 소리! 그런데 친애하는 찰스."

로리가 은행장을 다시 힐끔거리면서 계속 말했다.

"자네도 알아야 해, 요즘 같은 시기에 파리에서 무엇을 빼 오는 건, 그게 무엇이든, 불가능에 가깝다는 사실을. 오늘 여기로 가져온 온갖 서류와 귀중품 역시 (엄격하게 말해서 아무리 자네라고 해도 이렇게 속삭이는 건 직업 정신에 어긋나는데) 감히 상상도 못 할 방법으로 가져 오는 거야. 한 사람 한 사람이 목숨 걸고 국경을 넘는 거라고. 예전 같으면 수화물을 쉽게 보내고 받았는데, 지금은 모든 게 멈췄어."

"그런데도 정말 오늘 밤에 떠나실 거예요?"

"정말 오늘 밤에 떠나, 상황이 너무 급해서 미룰 수 없어."

"그럼 아무도 안 데리고 가세요?"

"은행 측에서야 다양한 사람을 추천하는데 마음에 드는 사람은 하나도 없어. 제리를 데려갈 생각이야. 오랜 시간에 걸쳐서 일요일 밤마다 경호원 노릇을 한 덕에 내가 많이 익숙하거든. 제리는 누가 봐도 영국 불도그이야, 주인을 건드는 사람이 있으면 단숨에 머리를 들이밀며 달려드는 불도그."

"다시 말씀드리는데 젊은이 같은 용기가 정말 부럽습니다, 로리 선생님."

"다시 언급하는데 말도 안 되는 소리야! 이번 일만 끝나면 텔슨 은행이 제안한 은퇴를 받아들이고 편하게 살아갈 생각이야. 늙어가는 생각은 그때부터 해도 충분하겠지."

로리가 일하는 책상에서 이런 대화를 나누는 동안 일이 미터 떨어진 곳에서는 프랑스 귀족 여러 명이 무리 지어 조만간에 깡패 무리에게 어떤 식으로든 복수하고 말겠다는 허풍을 늘어놓았다. 피난민으로 곤궁하게 사는 프랑스 귀족이나 영국인 주류가 끔찍한 혁명이라고 말하는 소리를 들으면, 하늘 아래에 아무런 씨도 안 뿌렸는데도 그런 일이 일어난 것처럼 - 아무런 짓도 안 했는데 그렇게 된 것처럼 - 말하는 소리를 들으면, 프랑스에서 민중이 비참하게 살아가는 모습을 수없이 목격한 사람은, 그런 민중에게 돌아가야 할 자원을 다른 곳으로 빼돌리거나 엉뚱하게 사용하는 모습을 수없이 목격한 사람은, 이런 혁명이 일어날 수밖에 없었던 사실을 오래전부터 인정하던 사람은, 자신들이 목격한 혁명을 인정할 수 없다고 말하는 엉뚱한 소리가 정말로 역겹게 들렸다. 이렇게 떠들어대는 허풍도 그렇지만 피폐할 대로 피폐한 나라를, 하늘과 땅마저 지칠 대로 지쳐서 혼란에 휩싸인 나라를 복구하겠다고 엉뚱한 계획을 늘어놓으며 떠들어대는 허풍은 진실을 아는 사람이라면 꾹 참고 못 들은 척 넘어갈 수 없을 정도였다. 이렇게 말도 안 되는 허풍이 귓속으로 파고들며 머릿속을 헝클어뜨리니, 그렇지 않아도 마음이 불편하고 무겁던 찰스 다네이는 마음이 한층 더 불편하고 무겁게 변하는 걸 느꼈다.

이렇게 떠들어대는 무리 가운데에는 고등법원에서 온 스트라이버도 있는데, 정부에서 출세가도를 달릴 틈만 엿보는 터라 이런 주제가 나올 때마다 당연히 목소리를 높여서 폭도를 폭탄으로 모두 날리고 지구에서 씨를 말려버려 깡그리 말살해야 한다고, 천성이 비슷한 독수리에게 꼬리에 소금을 뿌려서 없애는 것처럼 그런 인종을 모두 없애버려야 한다고 주장했다. 다네이는 스트라이버가 말하는 소리에 특히 반감이 일었다. 그래서 다른 곳으로 멀리 떠나 그런 소리를 더는 안 듣거나 그 자리에 끼어들어 반박할까 고민하는데, 마침 엉뚱한 일이 일어나면서 세상일을 운명대로 돌아가도록 만들었다.

은행장이 로리에게 다가와서 봉투는 안 뜯어도 손때는 잔뜩 묻은 편지를 한 장 내밀며 편지 주인에 대한 흔적을 아직 못 찾았느냐고 물은 것이다. 그런데 은행장이 내려놓은 편지가 바로 앞에 놓여서 찰스 다네이는 우편물 수령인 주소와 성명으로 눈길이 갔다. 그와 동시에 수령인 이름이 한눈에 들어오니, 그건 바로 자신이 원래 사용하던 이름이 아니던가! 영어로 바꾼 이름과 주소는 다음과 같았다.

속달. 예전의 프랑스 샤를 에버몽드 후작 나리에게 보냄. 영국 런던 텔슨 은행 측을 통해 전달함.

결혼하는 날 아침에 마네뜨 박사는 찰스 다네이에게 프랑스 이름을 비밀로 해야 한다는 – 마네뜨 박사 자신이 약속을 안 어기는 한 – 두 사람만 아는 비밀로 해야 한다는 노골적인 요구를 긴박하게 제기했다. 그래서 다른 사람 누구도 진짜 이름을 알 수 없었다. 심지어 부인도 그런 사실에 대해 아무런 의심을 안 하니, 로리 역시 당연히 모를 수밖에 없었다. 따라서 로리는 은행장에게 이렇게 대답했다.

"모릅니다. 여기 오시는 분마다 붙잡고 물었지만, 이분이 계실만한 곳을 아는 분이 아무도 없습니다."

그런데 시곗바늘은 은행 폐점 시간으로 나아가고, 허풍을 떨어대던 무리는 바로 앞을 지나기 시작하니, 로리는 편지를 앞으로 불쑥 내밀며 물어보았다. 그러자 이렇게 떠들어대던 프랑스 귀족도 쳐다보고 저렇게 떠들어대던 프랑스 귀족도 쳐다보더니, 이런 귀족, 저런 귀족 또 다른 귀족이 편지에 적힌 인물에 관해 비난하는 어투로 떠들어대기 시작했다.

"내가 보기에는 암살당한 후작의 후계자인데 나쁜 쪽으로 타락한 조카 같군요. 다행히도 나는 전혀 모르는 사람입니다."

한 귀족이 말하자, 다른 귀족이 덧붙였다. (건초더미에 처박혀서 숨 막혀 죽는 고통에 시달리며 파리를 간신히 빠져나온 귀족이었다.)

"오래전에 자기 지위를 포기한 겁쟁이."

그러자 세 번째 귀족이 지나가다가 안경 너머로 힐끗 쳐다보면서 끼어들었다.

"새로운 교리에 물들어서 암살당한 후작에게 반발하더니, 자신이 물려받은 재산을 포기하고 악당 무리에게 모두 넘겨주었지. 이제 악당 무리가 거기에 보답하려는 모양이군."

이번에는 스트라이버가 주제넘게 끼어들며 소리쳤다.

"뭐요? 그런 작자가 있어요? 이게 그 작잔가요? 그런 작자라면 수치스러운 이름이나 봅시다. 죽일 놈!"

찰스 다네이는 더는 못 참고 스트라이버 어깨를 건들며 말했다.

"내가 그 사람을 압니다."

"당신이? 말도 안 돼! 정말 안타깝구려."

스트라이버가 한탄하는 말에 찰스 다네이가 이유를 물었다.

"왜요?"

"왜냐뇨, 다네이 선생? 그자가 한 짓을 못 들었소? 이럴 때는 왜냐고 안 묻는 거예요."

"하지만 나는 왜냐고 묻고 싶은데요?"

"그렇다면 다시 설명하지요, 다네이 선생, 안타깝지만. 당신이 이렇게 터무니없는 질문을 굳이 한다는 사실이 정말 유감스럽네요. 이 작자는 지금까지 알려진 가운데 가장 사악하고 치명적이며 불경스런 교리에 물들어서 자신이 물려받은 재산을 지구 최악의 사악한 인간쓰레기에게 ─ 사람을 마구 죽이는 살인마에게 ─ 넘겨주었는데, 그런데도 학생을 가르치는 튜터란 사람이 그런 작자를 안다는 걸 내가 유감으로 여기는 이유에 대해서 묻는 겁니까? 으음, 하지만 대답하리다. 내가 유감으로 여기는 이유는 그런 악당을 가까이하다 보면 그 사람도 쉽게 물들기 때문이오. 바로 그게 이유요."

찰스 다네이는 비밀을 지키느라 자신을 힘들게 억누르며 이렇게 말했다.

"그건 선생님이 그 신사를 제대로 모르시는 거예요."

하지만 스트라이버는 사납게 몰아붙였다.

"나는 당신을 궁지로 몰아넣는 법을 알고 있으니, 다네이 선생, 그렇게 하겠소. 만일 이 작자가 신사라면 그건 내가 제대로 모르는 바입니다. 그러니 내가 경의를 표하더라고 전해도 좋습니다. 하지만 세속적인 재산과 지위를 학살자들에게 넘긴 걸 보면 혹시 그런 무리를 이끄는 우두머리는 아닌지 궁금해하더라는 말도 함께 전하도록 하시오. 하지만 아닙니다, 신사 여러분."

스트라이버가 주변을 둘러보더니 손가락을 튕기며 계속 말했다.

"인간 본성을 아는 사람으로 말하건대, 이런 작자처럼 천민을 소중하게 여기면서 목숨을 내맡기고 자비를 청하는 자는 어디에도 없을 겁니다. 그렇습니다, 신사 여러분. 이런 작자야말로 싸움이 일어나는 즉시 제일 먼저 꽁무니를 빼면서 살그머니 도망칠 테니까요."

이 말과 함께 마지막으로 손가락을 튕기더니, 스트라이버는 어깨를 밀치며 플리트 거리로 나가고 주변에서 듣던 사람도 뒤를 따랐다. 이윽고 모든 사람이 밖으로 나가는 분위기에 로리는 찰스 다네이와 함께 그대로 남아서 이렇게 물었다.

"그럼 자네가 편지를 맡겠나? 어디로 전달해야 하는지 안다면?"

"네."

"그렇다면 편지를 보낸 사람이 우리가 전달할 곳을 안다 생각하고 여기로 보낸 것 같다는 사실을, 여기에서 상당히 많은 시간이 지났다는 사실을 우리 대신 설명하겠나?"

"네, 그렇게 하지요. 여기에서 파리로 곧장 떠나실 건가요?"

"응, 여기에서, 여덟 시에."

"그 시간에 다시 와서 배웅하겠습니다."

찰스 다네이는 자신에게 그리고 스트라이버를 비롯한 귀족 무리에게 마음이 언짢은 나머지 서둘러 밖으로 나가 제일 조용한 곳으로 가서 편지를 열고 내용을 읽었다. 이런 내용이었다.

파리, 아베이 감옥.
1792년 6월 21일.

예전의 후작 나리.
마을 사람들 손에 목숨을 빼앗길 위기에 오랫동안 시달리다가 체포되어 오랜 폭력과 모욕을 겪고, 도보로 파리까지 끌려가느라 오랜 길을 걸으며 엄청나게 고생했습니다. 하지만 그게 전부가 아닙니다. 우리 집이 파괴되어 흔적도 없이 사라졌습니다.

저를 감옥에 가둔 죄목은, 예전의 후작 나리, 그리고 제가 재판정에 불려 나가 (나리가 자비와 도움을 안 베푸신다면) 사형을 선고받게 될 죄목은, 사람들 말이, 망명자를 도와서 인민 다수를 해롭게 한 반역죄라고 합니다. 저는 나리가 명령한 대로 민중을 이롭게 했다고, 해롭게 한 게 아니라고 계속 설명해도 소용이 없습니다. 망명자 재산을 몰수당하기 전에 세금을 못 낸 사람에게 제가 세금을 면제했을 뿐 아니라 지대도 안 거두고 아예 그럴 생각 자체가 없었다고 아무리 설명해도 소용이 없습니다. 사람들이 보이는 반응은 제가 망명자에게 명을 받고 행동했으니, 망명자가 있는 곳도 털어놓으라는 협박밖에 없습니다.

아! 자애롭고 인자하신 예전의 후작 나리, 망명자가 있는 곳은 어디인가요? 저는 꿈에서도 망명자를 찾아다닌답니다. 그래서 그분이 저를 구하러 오시는지 안 오시는지 하늘에 묻습니다. 그런데도 아무런 대답이 없습니다. 아, 예전의 후작 나리, 바다 건너편으로 절박한 편지를 보냅니다, 파리에 있다는 텔슨 은행을 통해 나리에게 들어가길 손꼽아 기다리면서!

하늘과 정의와 관대한 자비와 나리의 고결한 이름을 걸고 간곡히 부탁하노니, 예전의 후작 나리, 어서 오셔서 저를 풀어주십시오. 제가 잘못한 건 나리에게 진실한 것밖에 없습니다. 아, 예전의 후작 나리, 저는 나리 역시 저에게 진실하길 간절하게 기도합니다! 가득한 공포에 매시간 파멸을 향해 나아가는 이곳 감옥에서 이런 사실을 예전의 후작 나리에게 슬프고 괴로운 마음으로 알려드립니다.

고통에 시달리는 종
가벨.

　찰스 다네이는 편지를 읽자마자 그렇지 않아도 불편하던 마음에 불이
붙으면서 활활 타올랐다. 늙고 충직한 하인이 찰스 다네이 자신과 가문
에 충성했다는 죄 하나로 사형당할 위험에 처했다고 따지는 얼굴로 가만
히 노려보는 것 같아서 지나는 사람들에게 얼굴을 숨긴 채 템플 바를
이리저리 서성이며 이번 일을 어떻게 처리할까 곰곰이 생각했다.

　찰스 다네이는 가문이 오랫동안 끝없이 저지른 악행으로 나쁜 평판이
절정에 달했다는 공포에 시달리고, 숙부에 대한 분노와 의심이 일고,
무너지는 사회조직을 붙들어 세워야 한다는 사실에 반발이 일어서 자신
이 불완전하게 행동했다는 사실을 인정하지 않을 수 없었다. 자신이
사회적 지위를 포기한 과정 역시 오래전부터 마음에 품긴 했어도 부인에
대한 사랑으로 인해 너무 급하고 불완전하게 처리했다는 사실 역시 인정
하지 않을 수 없었다. 그런 작업을 제대로 감독하며 체계적으로 진행해
야 했다는 사실 역시, 원래는 그럴 생각이었는데 결국은 못 그랬다는
사실 역시 인정하지 않을 수 없었다.

　자신이 선택한 영국식 가정을 행복하게 꾸리고 일자리를 언제나 열심
히 찾아다니는 가운데 모든 일이 정신없이 빠르게 변하면서 지난주에
계획한 일을 다 처리하기도 전에 이번 주에 새로운 일이 발생하고 이번
주에 계획한 일은 다음 주에 완전히 새로운 일로 이어졌다. 이런 상황에
질질 끌려다니기만 했다는 사실을 찰스 다네이는 인정하지 않을 수 없었
다. 불안한 마음이 없는 건 아니지만 그렇다고 해서 거기에 또렷하게
반발한 것도 아니었다. 그래서 행동에 옮길 시기를 끊임없이 엿보면서
도 이리저리 부닥치고 흔들리다 결국엔 시기만 놓치고 말았으며, 그러

다가 새로운 사태가 발생해 프랑스 귀족이 큰길과 샛길을 안 가리며 프랑스를 빠져나가고 재산은 몰수와 파괴라는 과정으로 나아가고 귀족 가문이라는 자체도 처벌받기 시작하니, 프랑스를 새롭게 장악한 정부가 자신 역시 똑같은 이유로 탄압할 가능성이 크다는 사실 역시 찰스 다네이는 인정하지 않을 수 없었다.

하지만 자신은 사람을 핍박한 적도 감옥에 가둔 적도 없다. 매몰차게 지대를 받은 적 역시 지금까지 한 번도 없는 데다 그런 권리 자체를 스스로 포기한 채 아무런 혜택도 없는 세상에 몸을 던져서 자신이 묵을 공간과 자신이 먹을 빵을 스스로 벌었다. 가벨 역시 편지로 지시받으며 영지를 관리하고 사람들에게 지대를 감면하고 얼마 없는 거라도 ─ 창조주가 겨울마다 엄중하게 요구하는 땔감이나 여름마다 엄중하게 요구하는 식량을 ─ 사람들에게 건네며 만약에 대비해서 그런 사실을 모두 기록했을 터이니, 그런 자료를 보여주면 모든 문제를 해결할 수 있을 것 같았다.

이런 생각을 하는 동안, 찰스 다네이는 파리로 가야 한다는 마음을 절박한 심정으로 다지기 시작했다.

그렇다. 옛날이야기에 나오는 뱃사람처럼 바람과 물살이 자석 바위[52]로 밀어붙이고 자석 바위 역시 끌어당기니 찰스 다네이도 그쪽으로 마음이 쏠렸다. 마음에 떠오르는 다양한 영상이 점차 빠르고 점차 꾸준하고 강력하게 찰스 다네이를 끌어당겼다. 최근에 마음이 아픈 이유도, 조국 프랑스에서 사람들이 엉뚱한 방식을 통해 엉뚱한 방향으로 나아가는데, 자신은 훨씬 좋은 방향을 제시할 수 있는데도 현장에서 함께 뒹굴며 유혈사태를 막기 위해 아무런 노력도 안 한다는, 자신은 자비도 인류애

---

52) 자석 바위는 아라비안나이트에서 '세 번째 달력, 왕자 이야기'에 나온다. 끌어당기는 힘이 강해서 선박에 박은 못이 튀어나올 정도라고 한다.

도 주장할 수 없다는 사실 때문이었다. 그래서 찰스 다네이는 절반은 불편한 마음에 눌리고 절반은 자신을 꾸짖는 마음에 눌리면서 나이가 많은데도 의무를 다하려고 애쓰는 용감한 노신사와 자신을 비교하기 시작했다. 그와 동시에 옛날에 진행한 일 때문에 심장을 후비며 아프게 공격하고 조롱하는 프랑스 귀족이, 그리고 누구보다 야비하고 잔인하게 공격하고 조롱하는 스트라이버가 떠올랐다. 거기에다 가벨이, 죄 없는 죄수가, 죽을 위험에 처해서 자신의 정의와 명예와 고결한 이름을 걸고 간곡하게 부탁하는 편지 내용이 떠올랐다.

찰스 다네이는 결심했다. 파리에 가야 한다.

그렇다. 자석 바위가 강하게 끌어당기니, 찰스 다네이로서는 돛을 올릴 수밖에 없다, 암초에 부닥쳐서 깨져나가는 한이 있더라도. 그런데 찰스 다네이는 암초에 대해서 아는 게 하나도 없었다. 눈앞에 놓인 위험 하나조차 못 봤다. 비록 자신이 마무리를 못 하긴 했지만 애초에 그렇게 행동한 의도를 설명하면 프랑스 당국도 충분히 이해할 거란 생각만 들었다. 선한 마음을 품은 사람 앞에 낙관적인 환상이 떠오르듯 찰스 다네이에게도 꼭 그래야 한다는 영상이 찬란하게 떠오르더니, 미친 듯이 날뛰며 공포를 양산하는 혁명 세력에게 자신이 바람직한 영향을 행사하며 좋은 방향으로 인도하는 환상까지 동시에 떠오르기 시작한 것이다.

찰스 다네이는 이런 식으로 마음을 결정하느라 이리저리 거니는 동안 자신이 완전히 떠날 때까지 부인과 장인에게 이런 사실을 알리면 안 된다고 결심했다. 부인에게 헤어지는 고통을 줄 이유가 없었다. 그리고 장인은 과거에 고초를 겪은 나라에 대해 생각하는 걸 싫어하니, 불안한 갈등에 빠져드는 일이 없도록 차근차근 알려야 했다. 프랑스에서 겪은 고통을 떠올리지 않게 해야 한다는 조바심 때문에 자신이 처한 애매한

339

상황을 장인에게 조금도 설명을 못 했지만 자신 역시 충분한 고민을 못 했다. 하지만 이런 상황조차 앞으로 나아가야 할 길에 당연히 영향을 미쳤다.

찰스 다네이가 열심히 생각하며 이리저리 거니는 가운데 마침내 텔슨 은행으로 돌아가서 로리를 배웅할 시간이 되었다. 물론 자신은 파리에 도착하는 즉시 로리를 찾아가겠지만 지금 당장으로선 그런 생각에 대해 조금도 언급할 수 없었다.

은행 입구에서 말을 매단 역마차가 보이고 제리는 장화를 신은 채 떠날 채비를 갖추었다. 그래서 찰스 다네이는 은행으로 들어가서 로리에게 말했다.

"편지를 전달했습니다. 선생님에게 서면으로 답장을 전달하는 부담까지 지울 순 없고, 괜찮다면 말이라도 전할 수 있겠습니까?"

"그러지, 기꺼이, 위험한 내용만 아니라면."

"그런 건 전혀 아닙니다. 하지만 상대는 아베이 감옥에 갇힌 죄수입니다."

찰스 다네이가 대답하자, 로리는 수첩을 펼치며 물었다.

"이름이 뭔가?"

"가벨."

"가벨. 운이 없어서 감옥에 갇힌 가벨에게 전달할 내용은 뭔가?"

"간단합니다. '편지를 받았으니 곧 찾아가겠다'는 내용입니다."

"시간은?"

"내일 밤에 길을 떠날 것이다."

"동행할 사람은?"

"없다."

찰스 다네이는 대답을 마치고, 로리가 외투와 망토를 여러 장 걸치도록 도운 다음, 따뜻한 기운이 감도는 낡은 은행에서 안개가 자욱한 플리트 거리로 함께 나섰다. 헤어질 때는 로리가 이렇게 말했다.

"마네뜨 아가씨와 마네뜨 아기씨에게 내가 사랑한다는 말을 전하고 내가 돌아올 때까지 두 사람을 소중하게 보살피게."

찰스 다네이는 고개를 끄덕이며 애매하게 웃고 마차는 천천히 굴러갔다.

그날 밤, 팔월 십사일, 찰스 다네이는 늦도록 앉아서 편지 두 장을 열정적으로 작성했다. 한 장은 부인에게 자신이 파리로 갈 수밖에 없는 이유를 설명하고, 파리에서 별다른 위험이 있을 수 없는 여러 가지 이유와 사실을 기다랗게 열거한 내용이다. 또 한 장은 장인에게 젊은 딸과 어린 손녀를 부탁한 다음에 똑같은 이유와 사실을 자신만만하게 열거한 내용이다. 자신이 안전하단 증거로 도착하는 즉시 두 사람 모두에게 편지를 보내겠다는 약속도 덧붙였다.

모든 걸 공유하며 살아가던 가족에게 생전 처음으로 마음을 숨긴다는 사실로 인해 그날 하루는 정말 힘들었다. 모든 걸 의심 없이 순수하게 받아들이는 사람에게 거짓말을 한다는 건 정말 힘들었다. 하지만 (부인에게 차분한 도움을 안 받는 가운데 자신 혼자 모든 걸 준비한다는 사실이 너무나 낯설어 마음속으로 결정한 내용을 말하려다가) 부인이 행복한 표정으로 바삐 움직이는 모습을 다정한 눈으로 힐끗 쳐다보는 순간에 입을 꼭 다무는 게 좋겠다는 결심을 다시 다지고, 그날 하루는 빠르게 지나갔다. 해가 떨어지기 직전에는 부인과 그 이름을 그대로 붙인 어린 딸을 꼭 껴안으며 금방 돌아올 듯 작별인사를 나눈 후, 안개가 묵직하고 답답한 거리로 들어서는데 마음은 훨씬 더 묵직하고 답답했다.

이제, 보이지 않는 힘이 빠르게 끌어당기고 모든 물살과 바람은 강력한 힘을 발휘하며 한쪽으로 곧장 밀어붙였다. 찰스 다네이는 믿을 만한 짐꾼에게 편지 두 장을 건네서 자정이 되기 삼십 분 전에 전달하라고, 그 전에 전달하면 절대로 안 된다고 신신당부한 다음, 말을 타고 도버로 향하며 기나긴 여행길에 올랐다. 지상에서 가장 소중한 사람들을 뒤로 하고 자석 바위를 향해 둥둥 떠가는 동안, 찰스 다네이는 마음이 흔들릴 때마다 불쌍한 죄수가 "하늘과 정의와 관대한 자비와 나리의 고결한 이름을 걸고 간곡히 부탁한다!"고 하소연하는 말을 떠올리며 마음을 가다듬었다.

제2부 끝.

제3부

폭풍이 지나간 자리

I. 극비사항

일천칠백구십이 년 가을, 영국에서 파리로 여행자 한 명이 천천히 길을 갔다. 나쁜 길, 나쁜 마차, 나쁜 말이 차고 넘쳐서 가는 길을 지체할 수밖에 없는데, 지금은 불쌍하게 몰락한 프랑스 왕이 예전에 왕권을 차지하고 영광을 누릴 때도 이런 사정은 똑같았다. 하지만 시대가 변하면서 색다른 장애물 역시 수없이 생겼다. 마을 입구와 세무서마다 애국 시민이 금방이라도 화승총을 발사할 듯 노려보며 들어오는 사람과 나가는 사람을 세워서 꼬치꼬치 캐묻고 서류를 검사하고 명부에 적힌 이름과 실물을 대조한 다음, '자유와 평등과 박애가 아니면 죽음을 달라'면서 '공화국은 하나요, 절대로 분리할 수 없다'는 정신에 가장 합당한 방법을 개인적인 변덕과 환상에 따라 판단해서 돌려보내거나 통과시키거나 붙잡아서 유치장에 가두었다.

찰스 다네이는 프랑스 땅으로 몇십 킬로미터를 어렵게 지난 다음에 비로소 파리에서 선량한 시민이라는 인정을 못 받는 한 자신이 이런 길을 지나서 영국으로 무사히 돌아갈 희망은 없다는 사실을 깨달았다. 이제는 무슨 고난이 닥치더라도 여행목적을 끝까지 완수할 수밖에 없었다. 초라한 마을 하나가 눈앞에 나타나서 자신을 검문하고 뒤쪽을 철책으로 차단한 게 한두 번이 아니었다. 자신이 영국으로 돌아갈 도로를 차단하는 철책은 수없이 많았다. 게다가 감시하는 눈초리는 사방에 가득하니, 그물에 걸리거나 철창에 갇혀서 모든 자유를 억압당한 채 목적지로 끌려가는 느낌하고 다를 게 하나도 없었다.

이렇게 사방에서 감시하는 눈초리 때문에 도로 한 구간을 지나면서 스무 번은 멈춰야 할 뿐 아니라 말을 타고 쫓아와서 다시 데려가거나 앞으로 말을 달려서 멈춰 세우거나 나란히 말을 달리면서 감시하는 사람 때문에 하루에 스무 번은 지체했다. 혼자 프랑스에 들어서서 힘들게 나아가다 지칠 대로 지치면 도로변 조그만 마을에서 숙박하는 식으로 며칠을 보내느라, 파리까지 가는 길은 요원하기만 했다.

아베이 감옥에서 가벨이 심한 고통을 겪으며 보낸 편지만 아니라면 찰스 다네이가 이렇게 힘든 길에 나설 이유는 없었다. 조그만 마을 검문소를 지날 때마다 너무나 커다란 어려움을 겪다 보니, 앞으로 갈 길이 첩첩산중이란 생각이 들었다. 사정이 이래서, 아침까지 잠잘 생각으로 빌린 조그만 여인숙으로 한밤중에 사람들이 몰려와 잠을 깨워도 찰스 다네이는 심하게 놀라지 않았다.

잠을 깨운 사람은 약간 소심한 현지 관리고, 애국시민 세 명은 거칠게 만든 빨간색 모자에다 무장까지 한 채 입에다 파이프를 물고 침상에 걸터앉아서 쳐다보았다.

"망명자, 나는 당신을 파리로 보낼 것이오, 호위병을 붙여서."

현지 관리가 하는 말에 찰스 다네이는 이렇게 대답했다.

"애국시민 여러분, 나 역시 파리로 가고 싶은 마음이 굴뚝같지만 호위병은 필요 없소."

"닥쳐! 시키는 대로 하라고, 귀족!"

빨간 모자 한 명이 으르렁대며 화승총 개머리판으로 침대보를 내리치자, 현지 관리가 소심한 표정으로 끼어들었다.

"애국시민이 시킨 대로 하시오. 당신은 귀족이니 호위병이 있어야 하오…… 물론 비용을 내야겠지만."

"나로선 선택의 여지가 없군요."

찰스 다네이가 말하자, 빨간 모자가 인상을 쓰며 소리쳤다.

"선택! 저 작자가 말하는 걸 봐! 가로등에 매달리는 일이 없도록 지켜준다는 데도 고마운 줄 모르는군!"

현지 관리도 옆에서 끼어들었다.

"언제든 애국시민이 시키는 대로 하는 게 좋소. 일어나서 옷을 입으시오, 망명자."

찰스 다네이는 시키는 대로 하며 검문소로 다시 끌려가는데, 그곳에서는 다른 애국시민 여럿이 거칠게 만든 빨간 모자를 쓰고 모닥불 옆에서 담배를 태우거나 술을 마시거나 잠을 잤다. 여기에서 찰스 다네이는 호위병에 대한 대가를 상당히 치른 다음, 새벽 세 시에 비가 끊임없이 내리는 길을 나서야 했다.

호위병은 두 사람인데, 삼색 배지[53]가 달린 빨간 모자를 쓰고 화승총과 칼로 무장한 채 양쪽 옆에서 말을 몰았다.

---

53) 파랑, 하양, 빨강을 새긴 배지. 파랑은 자유, 하양은 평등, 빨강은 박애를 상징하며, 나중에 프랑스 국기가 된다.

호위를 받는 사람 역시 고삐를 잡고 말을 달리는데 굴레에다 밧줄 하나를 더 묶어서 애국시민 한 명이 밧줄 끝을 한쪽 손에 감았다. 이런 상태에서 세 사람은 얼굴로 매섭게 들이치는 빗방울을 맞으며 앞으로 나아가서 울퉁불퉁한 마을 길을 묵직하게 밟으며 기마병처럼 속보로 말을 몰아, 진창길이 질퍽질퍽한 도로에 올라섰다. 이런 상태에서 세 사람은 파리까지 이어진 진창길을 따라 꾸준히 나아갔다. 변한 게 있다면 말을 갈아타거나 속도를 바꾼 게 전부였다.

세 사람은 밤에 길을 가다가 동녘이 트고 한두 시간이 지나면 멈춰서 황혼이 질 때까지 잠을 자거나 휴식을 취했다. 호위병은 옷차림이 끔찍해, 맨살이 드러난 다리는 짚을 꼬아서 동여매고 누더기를 걸친 어깨는 짚을 얹어서 빗물을 막는 정도였다. 찰스 다네이는 두 사람이 늘 쫓아다닌다는 사실에 불편한 마음이 들고, 애국시민 한 명이 만성적으로 술에 취해서 화승총을 극히 부주의하게 다루는 게 위험하다는 생각도 들지만 자신이 처한 상황을 두려워할 필요는 없다고 생각했다. 아직 아무런 언급조차 없어도 자신이 예전에 한 일을 본격적으로 검토하면, 그래서 아베이에 갇힌 죄수가 아직 못한 증언을 본격적으로 한다면 모든 일이 술술 풀릴 것 같았기 때문이다.

그런데 보베로 들어서는 순간에는 - 땅거미가 질 즈음인데 거리마다 사람이 가득한 걸 보고 - 사태가 정말 심각하다는 사실을 더는 외면할 수 없었다. 찰스 다네이가 역참 마당에 도착해 말에서 내릴 때 인파가 불길하게 몰리더니 여기저기에서 수많은 목소리가 커다랗게 소리친 것이다.

"망명자를 끌어내려라!"

찰스 다네이는 밑으로 내려오다 말고 제일 안전한 안장으로 다시 올라가며 대답했다.

"망명자라니요, 동포 여러분! 내가 여기로, 프랑스로 스스로 들어오는 모습이 안 보이시오?"

그러자 대장장이가 손에 커다란 망치를 들고 인파를 뚫고 나오며 무섭게 소리쳤다.

"네놈은 저주받은 망명자야. 저주받은 귀족이라고!"

그러면서 대장장이가 앞으로 달려드는 참에 역장이 앞을 가로막으며 차분하게 달랬다.

"내버려 둬. 내버려 두라고! 어차피 파리에서 재판을 받을 테니."

대장장이가 커다란 망치를 휘두르며 소리쳤다.

"그래, 재판! 그래서 반역자로 처단하는 거야."

이 말에 군중이 환호성을 올렸다. 그러자 역장은 말머리를 잡아끌고 (술 취한 애국시민은 고삐에 묶은 밧줄을 움켜쥔 채 안장에 앉아서 가만히 쳐다보고) 찰스 다네이는 자기 목소리가 들릴 것 같은 순간에 재빨리 소리쳤다.

"동포 여러분, 여러분은 뭔가 엉뚱한 생각을 하거나 엉뚱한 말을 들었습니다. 나는 반역자가 아닙니다."

대장장이가 반박했다.

"거짓말이다! 법령을 공표했으니 저자는 반역자다. 저놈 목숨은 인민의 손에 달렸다. 저주받은 목숨은 이제 저놈 것이 아니다!"

그와 동시에 군중이 두 눈에서 분노를 내뿜으며 찰스 다네이에게 달려드니, 역장은 마당으로 말머리를 잡아끌고 호위병 두 명도 바로 옆에서 말을 몰아 마당으로 무사히 들어서자마자 이중 철문을 재빨리 닫고 빗장을 질렀다. 대장장이가 커다란 망치로 내리치고 군중이 함성을 내질러도 더는 별다른 일이 없었다.

찰스 다네이는 마당에 나란히 서서 역장에게 고맙다고 말한 다음에 이렇게 물었다.

"대장장이가 말한 법령이라는 게 뭡니까?"

"그야 물론 망명자 재산을 처분하도록 하는 법령이지요."

"언제 통과했나요?"

"십사 일."

"내가 영국을 떠난 날이군!"

"사람들 말이 법령은 그것 하나가 아니라고, 아직 시행을 안 해서 그렇지 다른 법령도 많다고, 망명자를 모두 추방하며 돌아오는 자는 사형에 처한다는 내용도 있다고 하더군요. 바로 그것 때문에 대장장이가 이제 당신 목숨은 당신 소유가 아니라고 소리친 겁니다."

"하지만 아직 그런 법령을 선포한 건 아니지요?"

찰스 다네이가 묻자 역장은 어깨를 으쓱하며 대답했다.

"그걸 내가 어떻게 알겠소! 이미 선포할 수도 있고 앞으로 할 수도 있고. 어차피 똑같은데, 무슨 차이가 있겠소?"

세 사람은 다락에 짚을 깔고 쉬다가 한밤중에 일어나서 마을 전체가 잠든 사이에 다시 말을 몰고 길을 떠났다. 이렇게 말을 타고 가는 동안 예전의 익숙한 풍경이 무엇보다 커다랗게 변한 것 가운데 하나는 잠자는 사람 자체가 거의 없는 것처럼 보인다는 사실이다. 외롭게 박차를 가하며 황량한 길을 따라 오랫동안 달리다 보면 가난한 움막이 옹기종기 모인 조그만 마을이 보이는데, 마을마다 어둠에 묻힌 대신 불빛이 환하게 빛나고 사람들은 한밤중에 유령처럼 모여서 손을 잡고 말라비틀어진 자유나무[54] 주변을 빙글빙글 돌거나 한자리에 모여서 자유라는 노래를 불렀다. 그나마 그날 밤에 보베가 잠들어서 세 사람이 무사히 빠져나와

---

54) 자유나무: 당시에 프랑스에는 자유나무가 육만 그루에 달했다. 마을 광장 같은 장소에
    진짜 나무를 심고 삼색 리본 등으로 장식했다.

다시 고독하고 외로운 길에 나설 수 있었던 게 정말 다행이었다. 그래서 말방울 소리를 딸랑거리고 때 이른 추위와 습기에 시달리며 한 해 동안 아무런 곡식도 수확을 못 한 가난한 들판을 지나고 다양한 건물이 불타고 남은 까만 재를 지나다가 도로마다 깔린 애국시민 순찰대하고 맞닥뜨려서 갑작스럽게 고삐를 당기기도 했다.

그러다가 하루는 멀리서 터오는 동녘에 파리 성벽이 모습을 드러냈다. 말을 타고 다가간 성문은 굳게 닫히고 경비는 삼엄했다.

보초가 부르는 소리에 밖으로 나온 책임자가 단호한 표정으로 물었다.

"죄수에 관한 서류는 어디에 있소?"

너무나 엉뚱한 말에 찰스 다네이는 커다란 충격을 받고 자신은 자유로운 여행자이자 프랑스 시민이라고, 혼란스런 상황 때문에 경비를 부담하는 조건으로 호위병을 강제 할당받은 거라고 설명했다. 그런데도 책임자는 아무런 관심을 안 기울이며 다시 똑같이 물었다.

"죄수에 관한 서류는 어디에 있소?"

술에 취한 애국시민은 그걸 모자에서 꺼내 상대편에게 건네주었다. 그러자 책임자는 가벨이 작성한 편지를 보더니 상당히 동요하며 놀란 표정으로 찰스 다네이를 자세히 쳐다보았다. 하지만 호위병과 호위당한 당사자를 그대로 둔 채 한마디 말도 없이 검문소로 들어가, 세 사람은 바리케이드로 막은 성문 앞에서 말안장에 그대로 앉아있었다. 비록 불안한 상황이지만 찰스 다네이는 주변을 둘러보고, 군인과 애국시민이 경비대를 구성해서 성문을 지키는데 숫자는 후자가 전자보다 압도적으로 많다는 사실과 양곡을 실은 수레를 비롯해 농민 같은 사람은 성문을 쉽게 들어가지만 아무리 초라한 사람이라도 밖으로 나오는 건 몹시 어렵다는 사실을 발견했다. 다양한 말과 마차는 물론 수많은 남자와 여자가 밖으로 나오기만 기다리는데 검문을 얼마나 철저하게 하는지 성문을 빠져나가는 속도는 몹시 느렸다. 그래서 기다리는 사람 가운데에는 검문을 받을 순서가 오려면 아주 오래 기다려야 한다는 생각에 땅바닥에 누워서 아예 잠을 자거나 담배를 태우는 사람도 있고 서로 잡담을 나누는 사람도 있고 이리저리 어슬렁거리는 사람도 있었다. 그런데 남자든 여자든 모두 빨간 모자 차림에 삼색 배지를 달았다는 사실이 흥미로웠다.

찰스 다네이가 이렇게 약 삼십 분 동안 안장에 앉아서 주변을 살피는데, 책임자가 다시 나타나더니 경비원에게 바리케이드를 열라고 지시했다. 그러더니 술에 취한 호위병과 술에 안 취한 호위병 두 명에게 호위하던 사람을 넘겨받았다는 서류를 건네고 찰스 다네이에게 말에서 내리라고 요구했다. 찰스 다네이는 그렇게 하고, 애국시민 두 명은 성으로 들어서지도 않은 채 찰스 다네이가 타던 말을 데리고 방향을 돌려서 박차를 가하며 달렸다.

찰스 다네이는 책임자를 따라 검문소로 들어갔다. 싸구려 포도주와 담배 냄새로 찌든 공간에는 군인이나 애국시민이나 잠자는 사람이나 깨어있는 사람이나 술 취한 사람이나 안 취한 사람이 잠자거나 깨어있거나 술에 취하거나 안 취한 사이 어딘가에서 다양한 상태를 유지하며 여기저기에 서거나 누워있었다. 아직은 어두운 새벽으로, 기름 등잔에서는 불이 줄어들고 하늘에는 먹구름이 가득한 덕분에 검문소 내부가 흐릿하게 보였다. 책상에는 장부 여러 권을 펼쳐놓았는데, 까무잡잡한 얼굴에 거칠게 생긴 장교 한 명이 그걸 관리하면서 기다란 서류에 무언가를 기록하다가 시민 책임자에게 물었다.

"시민 드파르지, 이자가 망명자 에버몽드인가?"

"그렇습니다."

"나이는, 에버몽드?"

"서른일곱."

"결혼했나, 에버몽드?"

"그렇소."

"어디에서 결혼했지?"

"영국에서."

"당연히 그렇겠지. 부인은 어디에 있나, 에버몽드?"

"영국."

"당연히 그렇겠지. 자네는 라포르스 감옥으로 간다, 에버몽드."

이 말에 찰스 다네이가 소리쳤다.

"맙소사! 무슨 죄목으로, 내가 무슨 죄를 지었다고?"

장교는 자신이 작성하던 서류를 잠시 쳐다보았다.

"이번에 법이 바뀌고 자네는 여기에 들어와서 그 법을 어겼다네, 에버몽드."

장교가 말하면서 차갑게 웃더니 다시 서류를 작성하자, 찰스 다네이가 항변했다.

"고향 사람이 당신 앞에 놓인 편지를 보내며 호소해서 내가 자발적으로 돌아왔다는 사실을 확인하길 바라오. 지금 당장 그렇게 하길 요구하는 바입니다. 나한텐 그걸 요구할 권리가 있는 거 아닙니까?"

"망명자는 아무런 권리도 없다, 에버몽드."

장교가 무성의하게 대답하더니, 서류를 마저 작성하고 자신이 쓴 내용을 모두 읽더니, "극비사항"이라는 말과 함께 건네고, 드파르지는 그걸 받아서 끄덕이며 따라오라는 신호를 보내고, 찰스 다네이는 그대로 하고, 애국시민 경비원 두 명은 총을 들고 따라왔다. 그런데 검문소 계단을 내려가 파리로 방향을 틀면서 드파르지가 나지막한 목소리로 물었다.

"당신이 예전에 바스티유 감옥에 갇혔던 마네뜨 박사님 따님과 결혼한 사람이오?"

"그렇소."

찰스 다네이가 대답하며 깜짝 놀란 표정으로 쳐다보았다.

"나는 드파르지라고 하오, 생앙투안에서 술집을 운영하는 사람. 아마나에 대한 이야기를 들은 적이 있을 것이오."

"우리 부인이 부친을 모시러 간 집이요? 맞아요!"

"부인"이라는 말에 드파르지는 우울한 느낌이 드는지 갑자기 초조한어투로 물었다.

"이제 막 태어난 단두대라는 매서운 숙녀의 이름으로 묻겠는데, 도대체 프랑스로 들어온 이유가 무엇이오?"

"조금 전에 내가 말하는 걸 당신도 들었잖소. 그 말이 진실이 아닌것처럼 들리나요?"

"정말 안타까운 진실이군."

드파르지가 대답하며 이맛살을 찡그린 채 앞을 똑바로 바라보자, 찰스 다네이가 물었다.

"정말이지 이제 어떻게 해야 좋을지 모르겠소. 여기는 예전과 너무나다르고 너무나 변한 데다 너무나 갑작스럽고 불공평해서 정말 어찌해야좋을지 모르겠어요. 나를 조금만 도와줄 수 있나요?"

"없소."

드파르지가 대답하면서 똑같이 앞만 바라보았다.

"그렇다면 한 가지만 대답해 주겠소?"

"내용에 따라서 다르겠지요. 어떤 건지 말해 보시오."

"내가 부당하게 갇히는 감옥에서 바깥세상이랑 소식을 자유롭게 주고받을 수 있나요?"

"두고 보면 알 거요."

"그렇다면 충분한 심사도 않고 어떤 식으로든 변호할 기회조차 안 준 채 감옥에 가둔단 말이오?"

"두고 보면 알 거요. 하지만 문제 될 게 뭐겠소? 예전에도 수많은 사람이 이런 식으로 훨씬 끔찍한 감옥에 갇혔는데."

"하지만 나는 사람을 가둔 적이 한 번도 없소, 시민 드파르지."

여기에 대답하듯 드파르지는 어두운 눈으로 힐끗 쳐다보더니, 입을 꾹 다물고 꾸준히 걸었다. 드파르지가 깊은 침묵에 깔려 든다는 건 - 찰스 다네이 생각에 - 조금이라도 좋아질 희망이 그만큼 줄어든다는 의미였다. 그래서 급히 말했다.

"파리에 있는 텔슨 은행 로리 선생님에게 내가 라포르스 감옥에 갇혔다는 사실을 특별한 논평 없이 전달하는 건 지금 나에게 매우 중요합니다. 그게 얼마나 중요한지는 시민 드파르지 당신이 더 잘 알 겁니다. 그러니 나를 위해 그렇게 하실 수 있겠소?"

하지만 드파르지는 단호하게 대답했다.

"당신을 위해서 그렇게 할 순 없소. 나는 조국과 인민을 위해 일하는 사람이오. 당신 같은 사람과 싸우기로 조국과 인민 앞에 맹세한 종이란 말이오. 그러니 나는 당신을 위해 아무것도 할 수 없소."

찰스 다네이는 계속 간청해도 아무런 소용이 없다는 생각이 들 뿐 아니라 자존심마저 상했다. 그래서 드파르지를 쫓아 조용히 걷는 동안, 거리에서 죄수가 끌려가는 풍경이 사람들에게 매우 익숙하다는 사실을 깨달았다. 아이들이 아예 관심을 안 보였다. 행인 일부는 고개를 돌려서 쳐다보고 일부는 귀족이라며 손가락질하는 정도였다. 좋은 옷을 입은 사람이 감옥으로 끌어가는 풍경은 노동자가 헐한 옷을 입고 일터로 가는 풍경에 비해 더는 특별할 게 없었다.

좁고 어둡고 지저분한 거리를 지날 때는 어떤 사람이 걸상에 올라서 잔뜩 흥분한 어조로 국왕과 왕족이 인민에게 범죄를 저질렀다며 군중을 선동했다. 그 입에서 나온 말을 통해 찰스 다네이는 국왕이 감옥에 갇히고 외국 대사는 파리를 모두 떠났다는 사실을 처음으로 깨달았다. 파리로 오는 도중에 (보베를 제외하곤) 아무런 소식도 못 들은 터였다. 호위병은 물론 사방에서 감시하는 눈초리에 완전히 고립되었기 때문이다.

찰스 다네이는 자신이 영국을 떠날 때 생각한 이상으로 커다란 위험에 처했다는 사실을 이제 비로소 깨달았다. 지금까지 자신에게 위험한 사태가 일어났으며 앞으로 더욱 위급한 사태가 일어날 거란 사실도 이제 비로소 깨달았다. 지난 며칠 사이에 일어난 다양한 사건을 예측할 수만 있었다면 이번 여행길에 안 나설 거란 사실을 인정하지 않을 수 없었다. 그렇다 하더라도 나중에 여행 전으로 돌아가서 지금을 가만히 돌아볼 수 있다는 보장만 있다면 이렇게 암울하진 않을 터였다. 문제는 앞으로 어떻게 될지 알 수 없다는 사실, 희망 자체가 안 보인다는 사실이었다.

낮이고 밤이고 시계가 서너 바퀴 도는 동안 곡식을 추수해서 축복받아야 할 시기에 끔찍한 학살이 일어나 사방을 피로 물들였다는 사실이 마치 십만 년 전에 일어난 사건처럼 멀게만 느껴졌다. "이제 막 태어난 단두대라는 매서운 숙녀"에 대해선 찰스 다네이는 물론 일반인 가운데에서도 제대로 아는 사람이 거의 없었다. 당시로선 나중에 그걸 사용할 사람도 이제 곧 세상에 드러날 끔찍한 장면을 상상조차 못 할 가능성이 컸다. 온순한 마음에 그렇게 끔찍한 생각을 떠올리는 자체가 애초에 불가능하기 때문이다.

부당하게 잡혀서 부당한 대우를 받다 보니, 부인과 아이하고 생이별할 수도 있겠다는 느낌이 불현듯 떠올랐다. 이런 느낌 말고는 특별히 두려울 것도 없었다. 그래서 찰스 다네이는 끔찍한 감옥 영내로 들어가는 사람치고 비교적 넉넉한 마음으로 라포르스 감옥에 들어섰다.

얼굴이 잔뜩 부어오른 사내가 튼튼한 쪽문을 열자, 드파르지는 "망명자 에버몽드"를 넘겼다. 그러자 얼굴이 잔뜩 부어오른 사내가 커다랗게 투덜댔다.

"제기랄! 도대체 얼마나 들여보내는 거야!"

드파르지는 사내가 투덜대는 소리를 외면한 채 인수증을 받고 동료 애국시민 두 명과 함께 철수하고, 부인과 단둘이 남은 간수 대장은 다시 투덜댔다.

"제기랄이란 말이 절로 나오는군! 도대체 얼마나 들여보내느냐고?"

하지만 아내는 질문에 답하지 않고 이렇게 말할 뿐이었다.

"사람이라면 참을 줄도 알아야 해요, 여보!"

종을 울리는 소리에 부하간수 세 명이 안으로 들어오며 똑같이 투덜대는 가운데, 한 명이 "자유를 위해서"라고 덧붙이는데, 이런 감옥에 정말 안 어울리는 결론으로 들렸다.

라포르스 감옥은 정말 어둡고 음침하고 불결한 감옥으로 악취가 심해서 도무지 견딜 수 없었다. 코를 찌르는 악취 하나로 감옥을 엉망으로 관리한다는 사실을 단번에 알 것 같았다!

간수 대장이 서류를 쳐다보더니, 다시 투덜댔다.

"이번에도 극비사항이군. 어디든 가득 차서 미어터질 지경인데 말이야!"

그러더니 언짢은 표정으로 서류를 파일에 끼우고 찰스 다네이는 삼십 분을 더 기다리며 동그란 천장을 튼튼하게 지은 실내를 이리저리 거닐기도 하고 돌로 만든 의자에 앉기도 했다. 어떤 모습이든 간수 대장이나 부하간수 모두 기억에 새길 정도로 오랜 시간이었다. 그러다가 마침내 간수 대장이 열쇠를 내밀며 소리쳤다.

"이리 와! 나를 따라오도록, 망명자."

찰스 다네이는 간수 대장을 따라 어둑어둑한 건물로 들어가서 복도를 지나고 계단을 오르고 뒤에서는 철커덩 철커덩 문을 잠그는 소리가 수없이 일어나더니, 실내는 널찍한데 동그란 천장은 낮고 남녀 죄수는 잔뜩 모여 있는 공간으로 들어섰다. 여자는 기다란 탁자에 앉아서 책을 읽거나 글을 쓰거나 뜨개질을 하거나 바느질을 하거나 자수를 놓고 남자는 대체로 의자 뒤에 머물다가 실내를 이리저리 거닐었다.

감옥에 처음 들어온 찰스 다네이는 죄수라고 하면 비굴한 범죄와 파렴치한 행위가 본능적으로 떠오른 터라 실내에 있는 사람들을 처음 보는 순간에 움찔했다. 말을 타고 오는 동안 끊임없이 파고들던 비현실적인 느낌이 그곳 사람 모두 정말 세련된 자세로 우아하고 정중하게 일어나며 자신을 맞이하는 순간에 최고조로 치달은 것이다.

세련된 사람들이 우울한 감옥 분위기에 너무나 이상하게 휩싸이고 겉모습은 참으로 불결하고 비참한 게 유령처럼 보여서 찰스 다네이는 죽은 사람 사이에 끼어드는 느낌마저 들었다. 모두 유령이다! 아름다운 유령, 품위 있는 유령, 우아한 유령, 자부심 가득한 유령, 천박한 유령, 재치 있는 유령, 젊은 유령, 늙은 유령, 모두 황량한 해안에서 벗어날 때만 기다리다가 감옥에서 죽어 완전히 뒤바뀐 시선으로 찰스 다네이를 쳐다보았다.

찰스 다네이는 꼼짝을 못했다. 간수 대장은 바로 옆에서, 다른 간수들은 이리저리 움직이면서 평상시처럼 임무를 수행하는 모습이 그곳에 갇혀서 슬퍼하는 엄마들과 꽃처럼 화사한 딸들하고 - 교태를 부리는 유령, 젊고 아름다운 유령, 얌전하고 정숙하고 성숙한 유령하고 - 극적으로 대비되는 걸 보면 사람이 지닌 가능성이나 신분 역시 우울한 공간에서 끝없이 변할 수 있다는 사실을 그대로 보여준다는 생각이 절로 들었다. 그렇다, 모두 유령이다. 그렇다, 비현실적인 공간에서 오랫동안 말을 타고 달린 덕분에 심한 병에 걸려서 이렇게 음울한 환영을 보는 게 분명하다!

겉모습이나 어투가 매우 정중해 보이는 신사 한 명이 앞으로 나오며 말했다.

"여기에 모인 불행한 사람 모두를 대신해 귀하께서 라포르스에 오신 걸 환영하고 이렇게 우리와 함께하시게 된 재난에 대해 위로하는 영광을 누리는 바입니다. 이런 재난이 곧바로 행복하게 끝나길 바랍니다! 귀하의 성함과 신분을 여쭈는 건 다른 곳이라면 무례한 행위겠으나 여기에선 아니겠죠?"

찰스 다네이는 정신을 차려서 적당한 단어를 찾으려고 애쓰며 상대 질문에 답했다. 그러자 상대편은 간수 대장이 실내를 가로지르며 걸어가는 모습을 두 눈으로 좇으면서 물었다.

"하지만 설마 극비사항은 아니겠지요?"

"그 말이 무슨 뜻인지 모르겠는데 저들이 그렇게 말하는 소리는 들었습니다."

"아, 정말 안타깝네요! 우리 모두 정말 유감입니다! 하지만 용기를 내세요. 우리 가운데 일부도 처음에는 극비사항이었는데 얼마 안 돼서 끝났답니다."

상대가 말하더니 목소리를 높여서 커다랗게 덧붙였다.

"여러분에게 안타까운 소식을 전합니다…… 극비사항."

간수 대장이 기다리는 문으로, 쇠창살을 댄 문으로 가려고 찰스 다네이가 실내를 가로지르는데 여기저기에서 안 됐다는 듯 동정하는 소리가

일어나다가 많은 목소리가 행운과 용기를 빌어주니, 여러 여성이 부드
럽게 열정적으로 말하는 목소리도 또렷하게 들렸다. 그래서 찰스 다네
이는 쇠창살 문에 들어서자마자 몸을 돌려서 진심으로 고마운 마음을
전하고 간수 대장은 손으로 문을 쾅 닫으면서 유령이 잔뜩 늘어선 장면
도 완전히 사라졌다.

　쪽문을 열자 돌계단이 나오면서 위로 이어졌다. 계단 마흔 개를 오르
자 (감옥에 들어온 지 삼십 분밖에 안 됐는데 계단 숫자를 세다니!) 간수
대장이 나지막하고 까만 문을 열어서 죄수와 함께 독방으로 들어섰다.
추위와 냉기가 몰아닥쳐도 어둡진 않았다.

　"네 방이다."

　간수 대장이 하는 말에 찰스 다네이가 물었다.

　"나를 독방에 따로 가두는 이유는 뭔가요?"

　"내가 어떻게 알아!"

　"펜과 잉크와 종이를 살 수 있소?"

　"그건 나와 상관없는 일이야. 나중에 누가 찾아올 테니 그러면 물어보
도록. 지금 당장 살 수 있는 건 음식밖에 없어."

　감방은 의자 하나, 책상 하나, 밀짚으로 만든 침상 하나가 전부였다.
간수 대장은 밖으로 나가기 전에 그런 물건과 사방 벽을 쭉 살피고 찰스
다네이는 맞은편 벽에 몸을 기댄 채 간수 대장이 얼굴이든 몸뚱이든
이상하게 부어오른 게 강에 빠져서 물을 잔뜩 먹은 시체처럼 보인다는
엉뚱하고 종잡을 수 없는 환상에 빠져들었다. 간수 대장이 떠난 다음에
도 엉뚱한 환상이 계속 떠올라, "내가 갇혔어, 죽은 사람처럼" 하고 말하
더니, 입을 다물고 침상을 내려다보다가 구역질이 일어서 고개를 돌리
는데 '저기에 기어 다니는 벌레는 내가 이미 죽어서 시신이 되었다는
징표가 분명해' 하는 생각이 절로 떠올랐다.

"가로 다섯 걸음 세로 네 걸음 반, 가로 다섯 걸음 세로 네 걸음 반, 가로 다섯 걸음 세로 네 걸음 반."

풋내기 죄수는 감방을 이리저리 거닐며 길이를 재고, 도시에서 일어나는 함성은 숨죽인 북소리에 다양한 목소리가 달라붙으며 잔뜩 부풀어 오르듯 다가왔다.

"구두를 만들어라, 구두를 만들어라, 구두를 만들어라."

풋내기 죄수는 이렇게 일어나는 소리를 머리에서 잠재우려고 훨씬 빠르게 걸으며 다시 길이를 쟀다.

"쪽문이 닫히면서 유령은 모두 사라졌어. 유령 사이에 까만 드레스를 입고 창가에 기댄 여자가 있었는데 황금빛 머릿결이 환하게 빛나는 모습은 마치…… 아, 다시 말을 타고 사람들이 밤마다 깨어나서 불을 환하게 밝히는 수많은 마을을 지나야 해! ……구두를 만들어라, 구두를 만들어라, 구두를 만들어라…… 가로 다섯 걸음 세로 네 걸음 반."

머릿속 깊숙한 곳에서는 이렇게 엉뚱한 생각이 끊임없이 떠오르고, 풋내기 죄수는 훨씬 빠르게 걸으면서 고집스럽게 길이를 재고 또 쟀다. 도시에서 일어나는 함성도 상당히 바뀌었다. 숨죽인 북소리는 똑같지만 다양하게 울부짖는 소리는 바로 머리 위에서 부풀어 올랐다.

II. 회전 숫돌

파리 생제르맹 구역에 있는 텔슨 은행은 바로 옆에 아주 커다란 저택이 있다. 높은 담과 튼튼한 대문을 세우고 안마당까지 배치해서 길거리하고 완전히 차단한 저택이다. 프랑스 최고 권력자가 살던 저택으로, 나리께서는 난리가 일어나자마자 밑에서 일하던 요리사 복장으로 국경을 넘어 도망치고 마시었다. 사냥꾼에게 쫓기는 별 볼 일 없는 신세로 전락하시니, 바로 이자가 초콜릿을 목구멍으로 넘기기 위해 문제의 요리사는 물론이고 튼튼한 시종을 넷이나 부리시던 고관대작 나리시었다.

이제 고관대작 나리는 사라지고 건장한 시종 넷은 그 밑에서 급료를 많이 받으며 일한 죄를 씻기 위해 '자유와 평등과 박애가 아니면 죽음을 달라'고 소리치거나 '공화국은 하나요, 절대로 분리할 수 없다'고 소리치면서 새롭게 떠오르는 공화국 제단에다 고관대작 나리의 목을 언제라도 기꺼이 바칠 준비에 들어가고, 나리께서 사용하시던 저택은 무엇보다 먼저 몰수당하는 처지가 되었다. 모든 환경이 급작스럽게 변하고 새로운 법령이 정신없이 쏟아지던 어지러운 시절이라 법을 담당하는 애국시민 대표단은 고관대작 나리 저택을 장악해 삼색기로 건물 전체를 도배하더니, 구월 세 번째 밤을 맞이할 때는 거기에 모여서 브랜디를 마시는 중이었다.

여기에 있는 은행 본점이 파리가 아니라 런던이라면 관계자는 완전히 넋이 나가서 관보에 파산신고를 하고 말 것 같았다. 은행 안마당에 오렌지 나무 화분을 여러 개 놓고 은행 창구 위에 큐피드 상까지 걸어놓은 걸 보면 영국 권력층과 상류층이 심란하게 여길 게 분명하기 때문이다. 그런데 파리 본점이 딱 그랬다. 텔슨 측에서 억지로 가려도 큐피드는 아주 근사한 아마포에 쌓인 채 천장에 그대로 남아서 아침부터 밤까지 (흔히 그러는 것처럼) 화살로 돈을 겨냥하는 자태를 보여주었다. 런던 롬바르드 거리 텔슨 은행에 이런 우상이 나타나, 벽감에 커튼을 쳐서 불멸의 소년상을 세우고, 벽에다 거울을 설치하고, 직원은 늙은이가 아니라서 조금만 자극해도 많은 사람 앞에서 춤까지 춘다면 파산은 불가

피할 수밖에 없을 터였다. 그런데도 프랑스 텔슨 은행은 정세만 안정된다면, 그래서 겁먹고 돈을 빼내는 고객만 없다면 이런 상황에 놀라울 정도로 훌륭하게 적응할 것 같았다.

앞으로 텔슨 은행에서 빼낼 돈은 얼마나 될지, 고객이 잊어버리거나 억류당해 손조차 댈 수 없는 돈은 얼마나 될지, 고객이 감옥에서 녹슬고 비명횡사하는 동안 텔슨 은행 비밀 금고에서 녹스는 금괴와 보석은 얼마나 될지, 텔슨 은행에 얼마나 많은 계좌를 남긴 채 다음 세상으로 넘어갈지에 대해서 그날 밤도 은행간부 자비스 로리는 깊은 생각에 잠겼다. 이런 내용 전체를 당장으로선 누구보다 확실하게 파악한 사람이었다. 로리는 올해 들어서 (병충해가 심해 수확은 적지만 추위는 유난히 일찍 찾아온 터라) 처음으로 장작불을 때는 벽난로 옆에 앉았는데, 정직하고 용감한 얼굴에는 벽걸이 등잔불에서 드리운 이상으로 짙은 그늘이, 실내에 늘어선 어떤 물건보다 짙은 그늘이 어렸다. 공포가 묻어나오는 그늘이었다.

로리는 은행에 충성하는 마음으로 담쟁이덩굴처럼 강인한 뿌리를 내려서 일정한 공간을 확보했다. 건물 본관을 애국시민이 점령한 덕분에 나름대로 안전을 확보했지만, 마음이 진실한 노신사는 그런 걸 염두에 둔 적이 한 번도 없다. 이런 환경 자체에 아무런 관심도 없이 자신이 할 일에 충실할 뿐이었다.

안마당 맞은편 건물 처마 밑에는 마차를 세워두기에 딱 좋은 공간이 널찍한데, 실제로 거기에는 고관대작 나리께서 타시던 마차가 여러 대 있으셨다. 돌기둥 두 개에는 커다란 횃불이 활활 타오르며 환한 빛을 뿌리는데, 바로 거기에 커다란 회전 숫돌이 하나 있었다. 대충 설치한 모습이 근처 대장간이나 작업장에서 급히 갖다 놓은 것처럼 보였다. 로리는 의자에서 일어나 창가로 가서 가만히 놓인 회전 숫돌을 바라보다가 몸을 부르르 떨면서 벽난로 옆자리로 돌아왔다. 유리창은 물론 밖에 있는 격자 블라인드까지 열었던 터라, 지금은 모두 닫았는데도 온몸이 부르르 떨렸다.

높다란 벽과 튼튼한 대문 건너편 거리에서 평상시처럼 도시의 밤소리가 흥얼대며 들려오는 가운데 가끔 말로 형용할 수 없는 비명이 비현실적으로 섬뜩하게 섞이는 게, 정말 끔찍하고 독특한 소리가 하늘로 치솟기라도 하는 것 같았다. 로리가 두 손을 꼭 잡고 이렇게 중얼거릴 정도였다.

"가깝고 소중하게 지내는 사람 가운데 단 한 명도 오늘 밤[55] 이렇게 끔찍한 도시에 없다는 사실이 정말 다행스럽습니다, 하느님. 아, 고통에 처한 사람 모두에게 자비를 베푸소서!"

그런 참에 거대한 대문에서 곧바로 종소리가 울리고, 로리는 "사람들이 또 나타났군!" 하는 생각에 가만히 귀를 기울였다. 하지만 안마당에서는 로리가 예상한 것처럼 사람들이 왁자지껄 떠들며 소란스럽게 들어오는 소리 대신 대문을 쾅! 닫는 소리만 일어나더니 사방은 다시 조용하게 변했다.

불안하고 끔찍한 나머지 은행에 대한 막연한 걱정이 일어나는데, 세상이 하도 수상해서 그런 감정이 일어나는 것도 무리는 아니었다. 물론 경비는 충분하다. 그래서 은행을 지키는 믿음직한 사람들을 둘러보려고 자리에서 일어나는데 갑자기 방문이 열리면서 두 사람이 급히 들어오니, 그 모습을 보는 순간에 로리는 깜짝 놀라며 뒤로 나자빠졌다.

마네뜨 아가씨와 부친이다! 마네뜨 아가씨가 자신을 포옹하려고 두

---

55) 1792년 9월 2일, 파리에서 9월 학살 발발 – 프로이센 침공으로 위기감이 고조된 시민 지도자들이 '인민의 정의'에 호소하자, 이날부터 엿새 동안 혁명 지지자 수백 명이 파리에 있는 여러 감옥을 습격해, 그곳에 갇힌 사람들을 잔혹하게 살해했다. 회전 숫돌은 동그란 숫돌을 빙빙 돌려서 칼과 도끼를 가는 도구다.

팔을 벌리며 다가오는데 얼굴에는 특유의 간절하고 진지한 표정이 또렷한 게 마치 이런 순간이 닥칠 때마다 강력한 힘을 드러내려고 얼굴에다 도장처럼 꽉 눌러놓은 것 같았다. 그래서 로리는 당황한 나머지 숨을 헐떡이며 물었다.

"무슨 일이에요. 왜 그래요? 마네뜨 아가씨! 마네뜨 박사님! 무슨 일이에요. 여기까지 온 이유가 뭐예요. 무슨 일이에요."

마네뜨 아가씨가 품에 안겨서 시선을 고정한 채 파랗게 질린 얼굴로 애원하듯 대답했다.

"아, 로리 선생님! 제 남편!"

"남편이라니, 마네뜨 아가씨?"

"찰스 다네이."

"찰스 다네이가 뭐요?"

"여기에 있어요."

"여기, 파리에?"

"며칠 전에 왔어요……삼사일 전에……며칠이나 됐는지 모르겠어요……머리가 복잡해서. 우리가 모르는 어떤 부탁을 관대하게 들어주러 왔다가 성문에서 잡혀 감옥으로 갔어요."

팔십 줄을 바라보는 로리는 자신도 모르게 비명을 내질렀다. 바로 그 순간에 커다란 대문에서 종이 다시 울리더니, 발소리와 목소리가 안마당으로 우르르 몰려들었다.

"저 소리는 뭔가요?"

마네뜨 박사가 물으며 창문 쪽으로 다가가자, 로리가 소리쳤다.

"보지 마세요. 내다보지 마세요! 마네뜨 박사님, 제발 부탁이니, 블라인드를 걷지 마세요!"

그러자 마네뜨 박사는 창문 걸쇠에 한 손을 올려놓은 채 돌아서서 차분하고 당당한 미소를 머금으며 대답했다.

"로리 선생, 나는 파리에서 불사신이에요. 바스티유에 갇혔다가 살아
나왔다고요. 바스티유에서 살아남았다는 사실을 알고서도 나를 건드릴
애국시민은 파리 전역에 - 아니 프랑스 전역에 - 단 한 명도 없어요.
그보다는 누구나 달려와서 껴안고 업어주려고 하겠지요. 예전에 겪은
고통은 나에게 성문을 무사히 지나고 사위가 감옥에 갇혔다는 소식도
파악하고 여기까지 오는 권력도 주었어요. 물론 나는 이럴 줄 알았어요.
위험에 빠진 사위를 내가 구할 수 있을 거란 생각이 들었어요. 우리
딸에게도 그렇게 말했어요. 그런데 저 소리는 뭔가요?"

박사가 물으며 한 손을 창문에 다시 대자, 로리가 아주 절박하게 소리
쳤다.

"보지 마세요! 안 돼요, 박사님, 마네뜨 아가씨도!"

로리가 한쪽 팔로 마네뜨 아가씨를 휘감으며 계속 말했다.

"간담만 서늘할 거예요. 내가 엄숙하게 맹세하는데, 찰스 다네이에게
나쁜 일은 안 일어난 게, 이처럼 끔찍한 도시에 들어왔다 해도 아직은
아닌 게 분명해요. 찰스가 있는 감옥은 어딘가요?"

"라포르스!"

"라포르스! 마네뜨 아가씨, 지금까지 헌신적으로 용감하게 살아왔다
면 - 실제로 항상 그렇게 살아왔으니 - 이제 정신 바짝 차리고 내가
시키는 대로 해야 해요. 그건 아가씨가 생각할 수 있는 이상으로, 내가
말로 형용할 수 있는 이상으로 중요해요. 오늘 밤에 아가씨가 할 수
있는 일은 하나도 없어요. 당장은 어쩔 수 없어요. 내가 이렇게 말하는
건 남편을 구하기 위해 앞으로 아가씨가 무엇보다 힘든 일을 해야 하기
때문이에요. 그러니 당장은 시키는 대로 차분히 조용하게 지내세요.
여기 뒤쪽에 있는 방으로 들어가서 기다리세요, 지금 당장은 이 방에

나랑 부친 단 둘만 남겨두고. '사느냐 죽느냐'가 달린 문제니까 지금 당장 서두르세요."

"선생님 말씀에 순순히 따르겠어요. 선생님 얼굴을 보면 저로선 다른 방법이 없을 것 같네요. 선생님이 옳다는 걸 저도 아니까요."

로리는 마네뜨 아가씨에게 키스하고 뒷방으로 급히 들여보내서 자물쇠를 채웠다. 그런 다음, 박사에게 급히 돌아와서 창문을 열고 블라인드를 살짝 열더니, 한 손을 상대편 팔에 올려놓고 안마당을 함께 내다보았다.

남자와 여자 무리가 보이는데 안마당에 가득하지 않은 걸 보면 사오십 명을 넘기진 않는 것 같았다. 건물을 사용하는 사람이 대문을 열어주어, 회전 숫돌을 돌리려고 모두 우르르 달려든 상태였다. 애초에 회전 숫돌을 거기에 설치한 이유도 그런 목적으로, 한쪽에서 편하게 작업하라는 게 분명했다.

아, 너무나 끔찍한 작업, 너무나 끔찍한 광경이 아닐 수 없다!

회전 숫돌에 손잡이가 두 개라서 장정 둘이 그걸 잡고 미친 듯이 돌리다가 가끔 고개를 추켜들며 기다란 머리칼로 뒤를 철썩 때릴 때마다 가장 야만적인 미개인이 가장 잔인하게 떠올릴 수 있는 이상으로 끔찍하고 잔인한 표정을 얼굴에 떠올렸다. 그럴 때마다 소름 끼치는 외모는 피와 땀으로 얼룩지고, 피와 땀으로 가득한 눈썹과 콧수염은 바싹 달라붙고, 입에서는 섬뜩한 소리가 흘러나오고 잠이 부족한 눈빛은 야수처럼 흥분하며 이글거렸다. 무법자 두 명이 이처럼 끊임없이 돌리는 사이에, 그래서 떡처럼 변한 머리칼이 앞으로 달려들어 눈을 가리다가 뒤로 가서 목을 때리길 반복하는 사이에, 여자 몇 명은 포도주잔을 들어서 입으로 갖다 대며 목을 축여주었다. 그래서 피도 뚝뚝 떨어지고 포도주도 뚝뚝 떨어지고 회전 숫돌에서 불꽃도 끊임없이 일어나며 사악한 분위기를, 핏덩이와 불바다가 사방에 가득한 분위기를 연출했다.

거기에 모인 사람 가운데에서 핏물이 안 든 사람은 하나도 없었다. 회전 숫돌을 돌리려고 서로 어깨를 밀치며 달려드는 남정네는 허리춤까지 벌거벗어 상체는 물론 양쪽 팔도 피로 온통 얼룩지고, 몸에 걸친 누더기도 피로 온통 얼룩지고, 사악한 남정네 일부는 여성용 레이스와 비단과 리본을 약탈해 몸에 달았는데 마찬가지로 여기저기에 핏물이 진하게 얼룩졌다. 손도끼, 칼, 총검, 장검 등 숫돌에 갈리고 가져온 무기마다 모두 새빨갛게 물들었다. 일부는 난도질에 사용한 칼을 리넨 끈이나 옷 조각을 찢어서 손목에 묶었는데, 모양은 다양하지만 깊이 물든 색깔은 모두 똑같았다. 이런 무기를 미친 듯이 휘두르던 사람들이 불꽃 튀는 숫돌에서 무기를 낚아채고 거리로 들어설 때도 광기 어린 눈에는 ─ 문명인이 바로 옆에서 총을 똑바로 겨눈다 해도 이십 년은 지나야 공포를 느낄 것 같은 눈에는 ─ 빨간 기운이 가득했다.

로리는 자물쇠로 채운 문을 걱정스러운 눈으로 힐끗 돌아보며 가만히 속삭였다.

"저들은 지금 죄수를 살해하는 중이랍니다. 박사님이 조금 전에 하신 말씀에 자신이 있다면, 박사님이 생각하는 그런 힘이 정말로 있다면 ─ 나는 박사님에게 그런 힘이 있다고 믿는데 ─ 저기에 있는 악마들에게어서 가서 신분을 밝히고 라포르스로 데려다 달라고 하세요. 잘 모르겠지만 이미 늦었을 수도 있으니 어서 서두르세요!"

마네뜨 박사는 로리 손을 꼭 잡더니 모자조차 안 쓰고 방에서 급히 나가, 로리가 블라인드를 다시 열 때는 안마당으로 들어섰다.

마네뜨 박사는 백발을 흩날리며 범상치 않은 얼굴과 자신감 넘치는 태도로 다양한 무기를 옆으로 가볍게 밀치면서 숫돌 주변에 잔뜩 모여든 사람들 한가운데로 곧장 들어섰다. 잠시 정적이 흐르다가 수군대는 소

366

리가 어수선하게 일어나고 박사는 알아들 수 없는 목소리로 말하더니, 로리가 보는 앞에서 사람들에게 갑자기 에워싸이면서, 장정 스무 명이 박사를 중심으로 어깨와 어깨를 잡고 손과 어깨를 잡고는 "바스티유 죄수 만세! 라포르스 감옥에 갇힌 바스티유 죄수의 친척을 구하자! 바스티유 죄수가 나가시니 길을 비켜라! 라포르스에서 죄수 에버몽드를 구하자!"고 외치며 밖으로 나가고 뒤이어 수백 명이 호응하는 소리가 일어났다.

로리는 가슴이 조마조마한 가운데 블라인드를 다시 닫고 창문과 커튼을 닫고 루시 마네뜨에게 급히 가서 부친이 사람들에게 도움을 청해서 남편을 찾으러 갔다고 설명했다. 그런데 프로스 집사와 어린아이가 옆에 있다는 사실을 알아채고도 두 사람이 왔다는 사실에 깜짝 놀란 건 시간이 훨씬 지난 다음에 고요한 밤처럼 앉아서 가만히 바라볼 때였다.

로리가 하는 말에 마네뜨 아가씨는 손을 잡은 채 그대로 넋을 잃으며 바닥으로 쓰러지고 프로스 집사는 아이를 로리 침대에 누인 상태에서 예쁜 머리를 누인 베게 옆으로 머리를 조금씩 떨어뜨리는 중이었다. 아아, 남편을 잃은 여인이 눈물로 지새우는 기나긴 밤! 아아, 아버지도 안 오고 소식도 없이 지새우는 기나긴 밤!

깜깜한 밤에 거대한 대문에서 종이 두 번 더 울리고 사람들이 똑같이 들이닥치고 숫돌은 불꽃을 튕기며 빙글빙글 돌았다. 그럴 때마다 마네뜨 아가씨는 깜짝깜짝 놀라며 "저게 무슨 소리죠?" 하며 묻고 로리는 이렇게 대답했다.

"쉬잇! 군인들이 저기에서 칼을 갈아요. 저곳은 지금 국가 소유라서 일종의 무기고로 사용하는 중이에요, 아가씨."

두 번이 전부였다. 게다가 두 번째는 작업하는 소리도 금방 끝났다.

그러다가 얼마 후에 동녘이 터오니, 로리는 아가씨가 꼭 움켜잡은 손을 떼어내고 바깥을 조심스레 내다보았다. 사내 한 명이 전쟁터에서 심각하게 다쳐 시체 사이에 쓰러졌다가 이제 막 정신을 차리고 일어나기라도 한 것처럼 온몸에 핏물이 가득한 몸으로 숫돌이 있는 포장도로에서 일어나 공허한 눈으로 주변을 둘러보았다. 그러더니 희미한 새벽빛에 고관대작 나리가 타던 마차 가운데 한 대를 발견하고 지칠 대로 지친 몸으로 비틀거리며 다가가서 문을 열고 안으로 들어가, 문을 쾅 닫고 화려한 쿠션에 몸을 누였다.

지구라는 거대한 회전 숫돌은 로리가 밖을 다시 내다볼 때도 똑같이 돌아가고 태양은 안마당을 빨갛게 물들였다. 조그만 회전 숫돌 역시 고요한 아침 공기에 홀로 남아서 빨갛게 물든 건 똑같았다. 하지만 거기에 물든 빨간색은 태양이 뿌린 게 아니니, 앞으로 영원히 남을 게 분명했다.

III. 그림자

근무시간이 돌아오면서 업무를 중시하는 로리에게 제일 먼저 떠오른 건 망명자 죄수 부인을 은행 지붕 밑에 숨겨서 텔슨 은행을 위험에 빠뜨릴 권리가 자신에게 없다는 생각이다. 마네뜨 아가씨와 어린아이를 위해서라면 모든 재산과 안전은 물론 목숨까지 조금도 주저하지 않고 바치겠지만, 자신이 관리하는 엄청난 신탁재산은 자신의 소유가 아니며 로리는 업무상 책임에 대해 극히 엄격한 사람이었다.

그래서 처음에는 드파르지를 떠올렸다. 술집을 다시 찾아가 이렇게 위험한 도시에서 그나마 안전하게 묵을 곳을 알아볼까 생각한 것이다. 하지만 바로 그런 이유로 그러지 않는 편이 좋겠다는 생각이 들었다. 드파르지는 폭동이 특히 심한 구역에 사니, 위험한 일에 깊이 관여하면서 다양한 영향을 미칠 게 분명했다.

정오가 되어도 박사는 안 돌아오고 시간이 지날수록 텔슨 은행에 있는 게 위태로워서, 로리는 마네뜨 아가씨와 상의했다. 그러자 마네뜨 아가씨는 부친께서도 이곳에, 은행 근처에, 단기로 묵을 셋집을 구하자는 얘기를 했다고 말했다. 여기에 대해서 업무상 특별한 이의가 없을 뿐 아니라 설사 찰스 다네이와 관련한 일이 모두 잘 풀려서 석방된다고 해도 파리를 당장 떠날 순 없을 터라, 로리는 밖으로 나가서 수소문하다가 적당한 셋집을 찾았다. 뒷골목에서 멀찌감치 벗어난 고지대로 장방형 높은 건물에 수많은 창문마다 쭉 둘러친 블라인드가 사람이 하나도 없는 것처럼 보이는 연립주택이었다.

로리는 마네뜨 아가씨와 어린애와 프로스 집사를 이곳으로 당장 옮긴 다음, 최선을 다해서 위로하고 필요한 물건을 마련했다. 그리고 사람들이 쓸데없이 못 드나들도록 일종의 문지기로 제리를 남겨둔 다음에 은행으로 돌아와서 자신이 할 일에 몰두했다. 하지만 마음이 착잡하고 우울해서 일은 손에 안 잡히고 하루는 참으로 더디고 힘들게 흘렀다.

시간도 바닥나고 로리 자신도 바닥날 즈음에 드디어 은행 업무가 끝났다. 그래서 전날 밤처럼 실내에 혼자 남아 앞으로 어떻게 할까 곰곰이 생각하는데, 계단을 올라오는 발소리가 들렸다. 잠시 후에 사내 한 명이 모습을 드러내더니 날카로운 눈으로 살피며 로리라는 이름을 불렀다. 그래서 로리가 대뜸 대답하며 물었다.

"네, 맞습니다. 나를 아세요?"

상대는 건장한 체구에 짙은 곱슬머리로 마흔다섯 살에서 쉰 살 정도

로 보이는데, 로리가 한 말을 똑같은 어투로 그대로 반복하며 대답을
대신했다.

"나를 아세요?"

"어디선가 본 것 같소."

"우리 술집에서?"

그 말에 로리는 갑작스레 치미는 호기심을 느끼며 잔뜩 흥분한 어투
로 물었다.

"마네뜨 박사님이 보내서 온 겁니까?"

"그렇소. 마네뜨 박사님이 보내서 찾아왔소."

"박사님이 뭐라고 하시던가요? 어떤 전갈을 보내셨나요?"

로리가 묻자, 드파르지는 걱정스럽게 쳐다보는 상대편 손에다 종이
한 장을 건넸다. 박사가 손으로 쓴 글씨였다.

사위는 무사해도 아직 나는 여기를 떠날 수 없소.

쪽지를 가져가는 사람 편으로 사위가 부인에게 보내는 편지를 보냈

소. 이 사람을 우리 딸에게 데려가시오.

라포르스에서 한 시간 전에 작성한 쪽지였다. 로리는 쪽지를 읽고
다행스러운 마음에 이렇게 말했다.

"나를 따라오시겠소, 부인이 있는 곳으로 데려다줄 테니?"

"그러죠."

드파르지가 대답했다. 속마음을 숨기느라 기계적으로 말하는 어투인
데, 로리는 그런 사실조차 모른 채 모자를 쓰고 안마당으로 내려갔다.
거기에서 여자 두 명이 기다리는데, 한 명은 뜨개질하는 중이었다. 로리
는 십칠 년 전 모습을 새롭게 떠올리며 소리쳤다.

"마담 드파르지!"

"그렇소."

남편이 대답하고, 로리는 자신들이 가는 대로 부인도 따라오는 걸 보고 이렇게 물었다.

"마담도 함께 가나요?"

"그렇소. 사람을 만나야 얼굴을 알아보고 안전하게 보호할 수 있을 테니까요."

로리는 그때 비로소 드파르지가 뭔가 이상하다는 생각이 들어서 의심스러운 눈으로 쳐다보며 길을 안내했다. 두 여인도 쫓아오는데, 두 번째 여인은 바로 '복수의 여신'이었다.

그들은 중간 도로를 최대한 빨리 지나고 계단을 올라 새로 얻은 셋방 앞에서 제리를 만나고 안에서 혼자 훌쩍이는 마네뜨 아가씨를 만났다. 하지만 마네뜨 아가씨는 로리가 전하는 남편 소식에 대뜸 정신이 들어, 쪽지를 전달하는 드파르지 손을 움켜잡았다, 밤마다 그 손이 남편 주변에서 무슨 짓을 저지르고 기회만 된다면 남편에게도 어떤 짓을 저지를지 조금도 모른 채.

> 사랑하는 여보, 용기를 내요. 나는 잘 지내고, 장인어른께서는 주변
> 사람에게 이런저런 영향을 미친다오. 답장을 보낼 필요는 없소.
> 나를 대신해서 우리 아이에게 키스를 전해 주오.

편지는 이게 전부였다. 하지만 마네뜨 아가씨에게는 참으로 소중한 내용이기에 드파르지에게서 몸을 돌려 마담이 뜨개질하는 손을 잡고 키스했다. 여성 특유의 열정과 사랑과 고마운 마음이 가득 담긴 키스였다. 하지만 상대는 아무런 반응도 없이 목석처럼 차갑게 손을 빼내며

뜨개질에 몰두할 뿐이었다.

마네뜨 아가씨는 이상한 느낌이 들어 편지를 가슴에 넣으려던 동작을 멈추며 두 손을 가슴에 그대로 댄 채 겁에 질린 눈으로 쳐다보고, 마담 드파르지는 상대가 이마와 눈썹을 추켜세우며 독특한 표정을 짓는 걸 차갑고 무정한 시선으로 바라보았다. 그러자 로리가 대뜸 끼어들며 설명했다.

"마네뜨 아가씨, 거리에서 툭하면 폭동이 일어나요. 물론 아가씨에게 무슨 일이 일어날 린 없겠지만, 행여나 그런 일이 있으면 마담 드파르지가 보호하려고 보겠다고 한 거예요. 그런 목적으로 보겠다고 한 거예요…… 얼굴을 알아볼 수 있도록."

하지만 세 사람이 돌처럼 차갑게 구는 태도에 로리는 안심시키는 말을 멈추고 이렇게 물었다.

"내가 한 말이 맞지요, 시민 드파르지?"

드파르지는 어두운 표정으로 부인을 쳐다보더니, 마지못해 무뚝뚝한 소리로 동의할 뿐 다른 대답은 없었다. 그러자 로리는 비위를 맞추려고 최선을 다하면서 덧붙여 말했다.

"마네뜨 아가씨, 소중한 아이랑 훌륭한 프로스 집사를 데려와서 인사시키는 게 좋겠어요. 우리 훌륭한 프로스 집사는, 드파르지, 영국인이라서 불어를 모른답니다."

문제의 프로스 집사는 어떤 외국인하고 상대해도 이길 수 있으므로 어떤 곤경과 위험을 겪어도 흔들리지 않는다는 뿌리 깊은 확신을 가슴에 품고 팔짱을 낀 채 나타나, 제일 먼저 눈이 마주친 '복수의 여신'에게 영어로 "그래요, 나는 불어를 몰라요, 뻔뻔한 아줌마! 하지만 당신은 아주 잘하겠지요!" 하고 소리치고는 마담 드파르지에게 영국식으로 기침하며 아는 척하는데, 두 사람 모두 아무런 관심도 안 기울였다.

하지만 마담 드파르지는 처음으로 뜨개질을 중단하고 운명의 손가락이라도 되는 듯 뜨개질바늘로 어린아이를 가리키며 물었다.

"그 사람 아인가요?"

그래서 로리가 대답했다.

"네, 마담, 불쌍한 죄수의 소중한 딸, 하나밖에 없는 아이랍니다."

마담 드파르지 일행을 따라다니는 그림자가 너무 험하고 위협적으로 아이에게 드리운다는 느낌에 아이 엄마는 본능적으로 바로 옆에 무릎을 꿇고 앉아서 아이를 가슴에 꼭 껴안았다. 그래서 마담 드파르지 일행을 따라다니는 그림자가 엄마와 아이 모두에게 극히 험하고 위협적으로 드리우는 가운데 마담 드파르지가 다시 말했다.

"이걸로 충분해, 남편. 사람들을 보았으니 이제 가자고."

하지만 뭔가를 숨기는 태도에 - 보이지도 않고 드러나지도 않는 가운데 희미하게 감도는 - 뭔지 모를 위기감을 느끼고 마네뜨 아가씨는 마담 드파르지 치마를 한 손으로 잡으며 사정했다.

"불쌍한 우리 남편을 도와주세요. 우리 남편에게 해를 끼치지 마세요. 제가 우리 남편을 만나도록 도와줄 순 없나요?"

그러자 마담 드파르지가 태연한 표정으로 내려다보며 대답했다.

"내가 여기에 온 건 당신 남편 때문이 아니야. 내가 여기에 온 건 당신 부친의 따님 때문이라고."

"그렇다면 저를 위해서 우리 남편에게 자비를 베푸세요. 우리 아이를 위해서! 우리 아이가 두 손을 모아서 여러분에게 자비를 베풀라고 기도할 거예요. 우리는 아주머니가 누구보다 두렵답니다."

마담 드파르지는 이런 말을 칭찬으로 받아들이면서 남편을 바라보고, 드파르지는 불편한 표정으로 엄지손톱을 깨물며 쳐다보더니 훨씬 단호한 표정을 떠올렸다. 그러자 마담 드파르지가 음울한 미소를 떠올리며 물었다.

"남편이 편지에다 뭐라고 썼지? 주변 사람에게 이런저런 영향을 미친다고 했나?"

그러자 마네뜨 아가씨는 가슴에서 편지를 황급히 꺼내는데, 겁에 질린 두 눈은 편지가 아니라 상대편을 쳐다보며 대답했다.

"그건 우리 부친께서 주변 사람에게 영향을 미친다는 말이에요."

"그럼 금방 풀려나겠군! 잘들 해보라고."

마담 드파르지가 말하자, 마네뜨 아가씨는 정말 간절한 어투로 사정했다.

"아내자 어머니로 간청하오니, 저를 불쌍히 여기사, 아주머니께서 가진 힘을 죄 없는 우리 남편에게 불리하게 사용하지 말고 우리 남편에게 유리하게 사용하세요. 아, 언니 같은 아주머니, 저를 생각하세요. 한 남자의 아내자 한 어린애의 어머니를!"

이렇게 탄원하는 여인을 마담 드파르지는 어느 때보다 냉혹하게 바라보더니, 옆에 있는 '복수의 여신'을 쳐다보며 물었다.

"우리가 이 아이만큼 어릴 때부터, 아니 훨씬 어릴 때부터 툭하면 만나던 부인네나 어머니들은 다른 사람에게 충분한 배려를 받은 적이 있었나? 우리가 알기에 그 사람들 남편이나 아버지도 툭하면 감옥에 끌려가지 않았던가? 우리는 우리 언니 같은 여인들이 자신은 물론 아이들까지 온갖 유형의 가난과 헐벗음과 굶주림과 목마름과 질병과 빈곤과 억압과 무시에 시달리며 고통스럽게 살아가는 모습을 평생 지켜보지 않았던가?"

"그래요, 다른 건 하나도 못 보았지요."

'복수의 여신'이 대답하니, 마담 드파르지는 마네뜨 아가씨에게 눈길을 돌리며 다시 말했다.

"우리는 그런 걸 평생 겪으며 살았어. 잘 생각해 보라고! 한 남자의 부인이자 한 아이의 어머니가 겪는 고통이 과연 우리에게 얼마나 대단하게 보일런지."

마담 드파르지는 뜨개질에 다시 열중하며 밖으로 나갔다. '복수의 여신'도 뒤를 따랐다. 마침내 드파르지도 나가면서 문을 닫았다. 그러자 로리가 마네뜨 아가씨를 일으켜 세우며 위로했다.

"용기를 내요, 마네뜨 아가씨. 용기를, 용기를 내요! 지금까지 모든 게 우리에게 유리하게 돌아가고 있어요…… 최근에 불쌍한 영혼이 겪은 고난에 비하면 우리는 아주 바람직한 편이에요. 기운 내요. 그래서 고마워하는 마음을 가져요."

"고마워하는 마음이 없는 게 아니에요. 하지만 저 끔찍한 여인이 저에게, 그리고 제가 품은 모든 희망에 그림자를 드리운 것 같아요."

"쯧쯧! 이렇게 용감한 여인이 낙담할 건 또 뭐요? 말 그대로 그림자에요! 실체가 없다고요, 마네뜨 아가씨."

하지만 드파르지 일행이 드리운 그림자에 누구보다 걱정이 가득한 사람은 바로 로리 자신이었다.

IV. 폭풍 속의 고요

마네뜨 박사가 돌아온 건 나흘째 되는 날 아침이었다. 끔찍한 시간을 보내면서 다양한 사건을 겪었지만 철저하게 비밀로 한 덕분에 마네뜨 아가씨는 아주 오랜 시간이 지나서 프랑스를 멀찌감치 벗어난 다음에 비로소 천백 명에 달하는 죄수가 남녀노소를 불문하고 아무런 방어도 못 한 채 군중에게 학살되었다는 사실을, 나흘 밤 나흘 낮 동안 끔찍한 행위에 하늘까지 까맣게 변했다는 사실을, 주변 공기조차 피비린내에 오염되었다는 사실을 깨달았다. 그러기 전에는 군중이 곳곳에서 감옥을 습격해 정치범을 공격하고 일부는 밖으로 끌어내 살해했다는 사실만 아는 정도였다.

하지만 마네뜨 박사가 딸에게 비밀로 하라는 너무나 당연한 당부와 함께 로리에게 말한 바에 의하면, 안마당에서 만난 군중은 자신을 데리고 학살현장을 뚫으며 라포르스 감옥으로 갔다. 감옥에서는 자칭 재판정이란 걸 열어서 죄수를 한 명씩 세워놓고 죽일 것인지, 석방할 것인지, (아주 드물지만) 감방으로 돌려보낼 것인지를 신속하게 결정했다. 그런데 박사는 자신을 데려온 군중에게 떠밀리며 재판정 앞으로 나서서 자신의 성함과 직업과 아무런 재판도 없이 바스티유에 십팔 년 동안 갇혀 지냈다는 사실을 밝혔다. 바로 그 순간, 재판정에 앉은 사람 하나가 벌떡 일어나서 모두 정확한 사실이라고 증언했으니, 바로 드파르지였다.

그래서 박사는 책상에 있는 명부를 통해 생존한 죄수 가운데 사위가 있다는 사실을 확인하고 재판부에게 ─ 잠자는 사람과 깨어난 사람, 사람을 죽여서 손이 더러운 사람과 깨끗한 사람, 술 취한 사람과 멀쩡한 사람으로 구성한 재판부에게 ─ 사위를 풀어달라고 간곡하게 호소했다. 무너뜨린 체제 아래에서 고통을 겪은 저명인사로 애초에 열광적인 환영을 받은 터라 재판부는 찰스 다네이를 무법천지 재판정에나마 세워서 조사하기로 약속했다. 그런데 당장 풀어줄 것처럼 유리하게 흐르던 여론은 (박사가 알 수 없는 이유로) 난관에 부닥치고, 재판부는 서로 은밀한 대화를 주고받았다. 그러더니 재판장 자격으로 앉아있던 사내가 죄수를 가두어야 한다고, 하지만 박사 체면을 봐서 안전하게 보호하겠다고 통보했다. 그리고 신호를 보내는 즉시 사람들이 달려들어 사위를 감옥으로 다시 끌어갔다. 하지만 박사 자신도 남아서 사위가 어떤 불행한 사태도 안 겪는다는 사실을 직접 확인하도록 해달라고 강력하게 요구해, 재판정 바깥에서 살기등등하게 외치는 소리가 툭하면 재판진행을 가로막는 가운데 마침내 허락을 받아내고 위험이 끝날 때까지 '피의 전당'에 그대로 남게 되었다.

박사는 거기에서 겨우겨우 끼니를 때우고 토막잠을 자며 다양하게 목격한 장면을 어렵게 입에 담았다. 죄수가 사형을 면하고 미친 듯이 기뻐하는 모습이나 죄수를 갈기갈기 찢어 죽이는 광기 어린 폭력이나 섬뜩한 건 마찬가지였다. 어떤 죄수는 무죄로 풀려나 거리로 나서는데 어떤 야만인이 오해하고 창으로 찔러버린 적도 있었다. 그래서 박사는 그곳으로 가서 상처를 치료하라는 부탁을 받고 똑같은 대문을 나서서 착한 사마리아인[56] 여러 명이 부둥켜안은 부상자를 발견했다. 그런데 그들 역시 폭력을 행사하는 것은 똑같았다. 의사를 도와서 부상한 사람을 정성껏 돌보던 사람들이 ― 들것을 만들어서 환자를 안전한 곳까지 조심스럽게 운반하던 사람들이 ― 돌아서는 순간에 무기를 추켜들고 새롭게 달려들며 자행하는 학살을 보고 박사는 넋이 나가 두 손으로 눈을 가릴 수밖에 없었다. 너무나 어이가 없고 끔찍한 악몽이었다.

이렇게 은밀한 말을 듣는 사이사이에 로리는 이제 예순두 살이 된 친구 얼굴을 가만히 바라보면서 이렇게 끔찍한 사태를 겪는 동안에 행여

---

56) 착한 사마리아인: 예수께서 말씀하셨다. "어떤 사람이 예루살렘에서 예리고로 내려가다가 강도들을 만났다. 강도들은 그 사람이 가진 것을 모조리 빼앗고 마구 두들겨서 반쯤 죽여 놓고 갔다. 마침 한 사제가 바로 그 길로 내려가다가 그 사람을 보고는 피해서 지나가 버렸다. 또 레위 사람도 거기까지 왔다가 그 사람을 보고 피해서 지나가 버렸다. 그런데 길을 가던 어떤 사마리아 사람은 그 옆을 지나다가 그를 보고는 가엾은 마음이 들어 가까이 가서 상처에 기름과 포도주를 붓고 싸매어 주고는 자기 나귀에 태워 여관으로 데려가서 간호해 주었다(누가, 10: 30~35)." 착한 사마리아인은 이웃에게 사랑을 실천하는 사람을 말한다.

나 예전 증세가 다시 나타나는 건 아닐까 걱정했다.

하지만 친구가 보여주는 건 생전 처음 보는 모습이었다. 친구가 보여주는 건 생전 처음 보는 활력이었다. 예전에 겪은 고통이 새로운 힘과 권력의 원천으로 변할 수 있다는 사실을 처음으로 깨달은 느낌이었다. 바스티유라는 매서운 불구덩이에서 자신을 단련해 이제는 그 힘으로 사위를 가둔 감옥 문까지 깨뜨릴 수 있다는 사실을 처음으로 깨달은 느낌이었다. 그래서 로리에게 이렇게 말하기도 했다.

"어떤 일이든 좋은 면은 있는 것 같아요, 친구. 고통에 시달리면서 망가지기만 한 건 아니었어요. 아빠가 부활하도록 사랑스러운 딸이 도와주었듯, 이제는 우리 딸에게 가장 소중한 사람이 부활하도록 내가 도와줄 거예요. 하늘에 도움을 청해서라도 꼭 그렇게 하겠어요!"

마네뜨 박사는 정말로 그랬다. 눈빛은 불타고 얼굴은 단호하고 표정과 행동은 차분했다. 인생 자체가 오랫동안 멈추다가 - 시계처럼 십 년 넘게 멈추다가 - 휴면 상태에서 에너지를 끌어모아 다시 활기차게 돌아가는 것 같았다.

그래서 박사는 아무리 힘든 상황이 닥쳐도 불굴의 의지로 이겨나갔다. 의사라는 신분을 활용해 억눌린 사람이든 자유인이든, 부유한 사람이든 가난한 사람이든, 악한 사람이든 선한 사람이든, 온갖 유형의 인간에게 의술을 베풀면서 영향력을 지혜롭게 넓혀나가더니, 급기야 감옥 세 군데를 담당하는 의사로 임명받는데, 거기에는 라포르스도 있었다. 이제는 남편이 독방에서 나와 다른 죄수 일반과 어울린다며 소중한 딸을 안심시킬 수도 있고, 매주 한 번씩 사위를 만나 자기 입을 통해서 딸에게 달콤한 메시지를 전달할 수도 있었다. 어떨 때는 남편이 직접 편지를 작성해서 (박사 손을 안 거치고) 보내기도 하지만 마네뜨 아가씨는 답장을 보낼 수 없었다. 의심하는 눈초리와 음모가 가득한 감옥에서 가장 주목받는 사람은 외국에 친구나 가족이 있는 망명자일 수밖에 없기 때문이다.

마네뜨 박사가 새로 선택한 삶은 당연히 불안했다. 그런데도 지혜로운 로리는 거기에 새롭게 어리는 자부심을 발견했다. 그보다 더한 자부심은 어디에도 없었다. 정말 자연스럽고 훌륭한 자부심이었다. 하지만 로리는 호기심 가득한 눈으로 계속 살폈다. 박사는 자신이 바스티유에서 고생한 게 딸과 친구 눈에는 예전에 개인적으로 겪은 고통과 상실과 약점으로 보였다는 사실을 안다. 그런데 지금은 그게 변했다. 오랜 시련이 강인한 힘으로 모이고, 이제는 그 힘으로 사위를 무사히 구출하기만 두 사람 모두 학수고대한다는 사실을 깨달은 것이다. 그래서 새로운 변화에 한껏 고무되어, 두 사람은 힘이 없으니 힘 있는 자신을 믿고 따라오라며 스스로 앞장서서 나아갔다. 박사와 마네뜨 아가씨 관계가 예전과 정반대로 변한 것이다. 하지만 이런 변화 역시 감사하는 마음과 사랑하는 마음을 생생하게 표현할 때 비로소 진정으로 드러나는 법이니, 박사 자신도 지금까지 자신에게 참으로 많은 걸 도와준 딸에게 이제 자신도 도움이 될 수 있다는 사실에 마냥 감사할 뿐이었다. 그래서 로리는 상냥하면서도 날카로운 어투로 이렇게 말했다.

"세상일이 참 재미있어요. 하지만 모든 일이 자연스럽게 흘러가니, 앞장서서 나아가세요, 소중한 친구여, 계속. 박사님보다 잘할 사람은 어디에도 없어요."

그래서 박사는 찰스 다네이를 자유의 몸으로 만들거나 최소한 재판이라도 받게 하려고 단 한 번도 안 멈추고 힘껏 노력했으나 당시로선 여론이 너무 강하고 빠르게 흘렀다. 새로운 시대가 찾아왔다. 국왕은 재판받고 사형을 선고받아 목이 잘리고[57] '자유와 평등과 박애가 아니면 죽음

---

57) 1793년 1월 21일, 파리 혁명광장에서 루이 16세 단두대 처형. 처형 직전에 단두대에

을 달라'는 공화국은 전 세계에서 일어나는 반발에 맞서 승리 아니면 죽음을 선포했다.[58]

노트르담 성당 거대한 탑에는 밤낮으로 새까만 깃발이 펄럭이고, 지상에 널린 다양한 폭군에 대항해 프랑스 전역에서 장정 삼십만이 일어나는 모습은 마치 용의 이빨[59]을 사방에 흩뿌려 산악지대에서도 평야 지대에서도, 돌밭에서도 자갈밭에서도 뻘밭에서도, 햇살이 따사로운 남부지방에서도 먹구름이 가득한 북부지방에서도, 고원지대에서도 삼림지대에서도, 포도밭에서도 올리브밭에서도 잘 다듬은 잔디밭에서도 옥수수 그루터기가 가득한 밭에서도, 강변을 따라 쭉 늘어선 옥토에서도 해안가 모래밭에서도 전사가 솟아오르는 것 같았다. 그러니 시민혁명 원년에 거대한 홍수처럼 일어나는 자유의 물결을 - 위에서 떨어진 게 아니라 밑에서 일어나는 물결을, 하늘까지 외면한 상태에서 일어나는 물결을 - 개인적인 소망이나 걱정으로 어떻게 거스를 수 있단 말인가!

거대한 물결은 멈추는 법도, 동정하는 법도, 평화를 모색하는 법도, 잠시 중단하고 휴식을 취하는 법도, 시간을 재는 법도 없었다. 시간이 처음 생길 때처럼 낮과 밤은 규칙적으로 변하고 저녁과 아침이 오는 것 역시 태초와 똑같으나, 시간을 예전처럼 재는 방식은 어디에도 없었다. 환자가 열병에 걸리면 시간을 망각하는 것처럼 프랑스 시민 전체가 뜨거운 열병에 걸려서 시간을 망각했다. 이제 파리 전역을 부자연스럽게 억누르던 침묵은 모두 사라지고 사형집행인은 인민에게 국왕 머리

서 무슨 말을 했으나 북을 커다랗게 쳐서 소리를 막았다.
58) 1793년 2월 24일, 국내에서 일어나는 반란 및 폭동과 외국의 침략에 대비해 병사 삼십만 징병.
59) 용의 이빨: 페니키아 왕자 카드모스는 용을 죽이고 아테나 여신이 시킨 대로 그 이빨을 땅에 뿌렸다. 그러자 땅에서 무장한 전사들이 솟아올랐다. 카드모스가 돌을 던지자 그들은 서로 죽이고 죽는 싸움을 벌인 끝에 다섯 명만 살아남아, 카드모스는 이들과 함께 테베를 세웠다고 한다.

를 보여주더니, 잘생긴 왕비 머리도 잇따라 보여주는데, 남편을 잃고 감옥에서 팔 개월을 힘겹게 보낸 터라 머리칼은 모두 백발로 변한 다음이었다.

그런데 이럴 때도 모순 법칙은 이상하게 작용해, 길고 지루한 시간이 불꽃처럼 빠르게 흘렀다. 수도 파리에는 혁명재판소가 들어서고 프랑스 전역에는 혁명위원회가 사오만 개에 달했다. 혐의자 구속법[60]은 자유와 생명을 지키는 수단을 빼앗아, 착하고 순수한 사람을 사악하고 더러운 사람에게 넘겨주었다. 그래서 감옥마다 아무 죄도 없는 사람이 넘쳐나는데 억울한 사정을 들어주는 사람은 없었다. 그러다 보니 이런 현상 자체가 자연 질서처럼 보이고 몇 주에 불과한 전통은 아주 오랜 전통처럼 보였다. 그래서 무엇보다 끔찍한 물체가 대중의 눈에 태초부터 존재한 것처럼 익숙하게 보이기 시작하니, 그건 바로 단두대라는 매서운 여인이었다.

단두대는 인기가 제일 좋은 화젯거리였다. 두통을 치료하는 최고의 명약이자 머리칼이 하얗게 세는 걸 막아주는 예방약이며, 얼굴에 윤기가 돌도록 만드는 영양제요, 수염을 말끔하게 깎아주는 '국민 면도기'였다. 그래서 사람들은 단두대에 키스하고 조그만 틈새로 들여다보며 머리가 들어간 마대자루에 대고 농을 지껄였다. 단두대는 인류를 새롭게 변화시키는 상징이었다. 십자가를 대신했다. 사람들은 십자가를 없애고 단두대를 다양한 모델로 만들어서 가슴에 매달 뿐 아니라 십자가를 들어낸 자리에 단두대를 놓고 절했다.

단두대가 얼마나 많은 머리를 자르는지 그걸 세운 자리마다 흙이 검붉게 썩어들었다. 게다가 꼬마 악마가 좋아할 장난감처럼 하나하나

---

60) 혐의자 구속법은 '혐의자' 범위를 확대해, '이상하다'는 혐의만 있어도 체포할 수 있었다. 석 달 만에 감옥 수감자가 세 배로 늘어날 정도였다.

분해해서 필요할 때 다시 조립할 수도 있었다. 그래서 웅변가를 침묵시키고 세력가를 처단하고 아름답고 선한 사람을 말살했다. 어느 아침에는 스물두 명이나 되는 고위공직자를, 산 사람 스물한 명과 죽은 사람 한 명[61]을 일 분에 한 명씩 머리를 자른 적도 있었다. 그래서 사람들은 단두대 담당자에게 구약에 나오는 삼손이란 별명을 붙였지만, 단두대로 무장한 담당자는 하느님 신전으로 들어가는 문을 성서에 나오는 이상으로 강력하고 무모하게 매일 같이 뜯어냈다.

마네뜨 박사는 이렇게 흉측한 공포를 흉악하게 휘두르는 사람들 사이에서 머리를 꼿꼿이 들고 돌아다녔다. 자신이 지닌 힘을 확신하며 목표를 향해 조심스럽게 꾸준히 나아갔다. 결국에는 자신이 사위를 구할 거란 사실은 조금도 의심을 안 했다. 박사가 이렇게 꾸준히 자신만만하게 움직이는 사이에도 시대라는 물살은 도도하게 흐르고 찰스 다네이는 일 년 하고도 삼 개월이란 시간을 감옥에서 보냈다. 그리고 십이월이 되면서 혁명은 곳곳에 훨씬 사악한 힘을 떨치니, 남부지방에서는 강마다 전날 밤에 강제로 몰아넣은 시신으로 가득하고 남부의 겨울 태양 아래서는 죄수를 나란히 세우거나 잔뜩 모아놓고 총을 쏘아댔다.[62]

그런데도 박사는 이렇게 공포로 가득한 공간에서 머리를 꼿꼿이 쳐들고 돌아다녔다. 이제 파리 전역에서 박사보다 유명한 사람도 없고 박사보다 이상한 상황에 부닥친 사람도 없었다. 과묵하고 인정 많을 뿐 아니라 병원이나 감옥에서 꼭 필요한 사람으로 활약하고, 가해자든 피해자든 공평하게 의술을 행하면서 일정한 거리를 유지했다. 뛰어난 의술은 바스티유 출신이란 사실 때문에 더욱 돋보였다. 십팔 년 전에 다시 살아난 사람 정도가 아니라 평범한 인간 사이를 돌아다니는 신령처럼 보여,

---

61) 지롱드 당원 한 명이 단두대로 호송되기 전에 자살하자, 시신을 참수했다.
62) 1793년 12월, 리용 대학살 – 왕당파와 중도파가 우세한 남부지방 리용을 국민공회 군대가 포위해서 공격.

누구도 박사를 의심하거나 문제 삼지 않았다.

V. 땔감 장수

일 년 하고도 석 달. 마네뜨 아가씨는 행여나 다음 날 단두대에서 남편 머리가 잘리는 건 아닐까 단 한 시간도 걱정을 안 한 적이 없었다. 판석이 깔린 거리에서 이런저런 수레가 매일 덜커덩거리며 지나는데, 수레마다 사형수가 가득했다. 사랑스러운 소녀도, 머리칼이 까맣거나 갈색이거나 회색인 아름다운 여인도, 젊은이도, 건장한 남성과 노인도, 귀족 출신도 농부 출신도 단두대가 마실 빨간 포도주였다. 그래서 어둡고 끔찍한 감옥 지하실을 나와 햇살이 환한 거리를 이리저리 지나면 단두대가 기다리다가 그들을 마음껏 들이켜며 갈증을 해소했다. 자유와 평등과 박애가 아니면 죽음을 달라는데, 아, 단두대야, 죽음이 너무나 쉽게도 찾아오는구나!

갑자기 찾아든 재앙과 정신없이 돌아가는 분위기에 정신이 나가면 마네뜨 아가씨 자신도 다른 사람처럼 절망감에 빠져서 어떤 결과가 나오든 넋을 놓고 가만히 기다릴 수밖에 없을 터였다. 하지만 마네뜨 아가씨는 생앙투안 다락방에서 어린 가슴에 백발 머리를 품은 이후로 무슨 일이 생기든 최선을 다하며 살았다. 선량하고 충실하고 차분하게 살아가는 사람이면 누구나 그렇듯, 고난의 시기에 특히 최선을 다하면서 말이다.

새로 얻은 거처에 정착하자마자 부친은 환자를 돌보는 일에 곧장 빠져들고 마네뜨 아가씨는 남편이 함께 살 때와 마찬가지로 얼마 안 되는 살림을 알뜰하게 꾸려나갔다. 세상만사는 무엇이든 지정된 공간이 있고 시기가 있는 법이다. 그러니 영국 집에서 가족이 모두 함께 살 때와 마찬가지로 어린 딸에게 규칙적으로 공부를 가르쳤다. 이제 곧 가족이 다시 모일 수 있다는 믿음을 굳세게 다지기 위해 자신을 속이는 장치는 – 금방 돌아올 남편이 앉도록 의자와 볼만한 책을 가지런히 정리하고, 감옥에서 죽음의 그림자에 시달리는 불쌍한 영혼을 위해 그리고 자신에게 특히 소중한 죄수를 위해 밤마다 엄숙하게 기도하는 장치는 – 마네뜨 아가씨가 무거운 마음을 달래는 데 많은 도움을 주었다.

그래서 겉모습에는 커다란 변화가 없었다. 자신은 물론 아이도 평범한 드레스를 입는데, 까맣게 생겨서 상복 비슷하게 보이는 드레스는 행복할 때 입는 화사한 드레스처럼 정성스레 손질해서 단정하게 보였다. 얼굴 혈색은 창백하고 뭔가에 집중하는 독특한 표정은 가끔이 아니라 항상 나타나지만, 얼굴은 여전히 곱상하고 아름다웠다. 밤에 아버지에게 키스하다가 온종일 억누르던 슬픔을 터트리면서 하늘 아래에 의지할 사람은 아버지밖에 없다며 울기도 하지만 그럴 때마다 아버지는 항상 단호한 어투로 대답했다.

"내가 모르는 일은 찰스에게 절대 안 일어나, 마네뜨. 내가 장담하는데, 나는 찰스를 구할 자신이 있어."

그런데 새로운 생활을 시작하고 얼마 안 돼서 하루는 집에 돌아온 아버지가 이렇게 말했다.

"감옥에 높은 창문이 하나 있는데, 찰스가 오후 세 시에 가끔 접근할 수 있다는구나, 마네뜨. 그럴 때 내가 알려준 자리에서 있으면 – 확실하지도 않고 변수도 많지만 – 너를 볼 수 있대. 하지만 너는 찰스를 볼 수 없어. 설사 본다고 해도 겉으로 드러내는 건 위험하고."

"아, 어딘지 알려주세요, 아버지, 거기에 매일 나가겠어요."

그때부터 마네뜨 아가씨는 날씨가 어떻든 거기에 가서 두 시간을 기다렸다. 오후 두 시에 도착해서 오후 네 시에 마지못해 돌아오는 식이었다. 날씨가 좋고 비도 안 내리면 아이를 데려가고 아니면 혼자 나갈 뿐, 거른 적은 단 하루도 없었다.

좁고 구불구불한 골목 끝, 어둡고 지저분한 모서리였다. 장작을 땔감용으로 기다랗게 잘라서 파는 오두막이 골목 끝에 한 채 있을 뿐 주변은 온통 감옥을 둘러싼 벽이었다. 삼 일째 되는 날, 그 집에 사는 땔감 장수가 마네뜨 아가씨에게 아는 척했다.

"안녕하시오, 여성시민."

"안녕하세요, 시민."

법령으로 선포한 인사법이었다. 원래는 애국시민이 서로 아는 척하면서 인사할 때 사용하던 표현인데, 지금은 모든 사람이 지켜야 하는 법으로 변했다.

"이번에도 혼자 오네요, 여성시민?"

"네, 그래요, 시민."

땔감 장수는 (예전에 도로 수리공을 하던 사내인데) 조그만 체구에 과장된 몸짓으로 감옥을 힐끗 쳐다보고 손으로 가리키더니, 손가락 열 개를 쇠창살처럼 얼굴에 대고서 밖을 내다보는 익살맞은 표정을 떠올리다가 "내가 신경 쓸 일은 아니겠지" 하고 말하곤, 톱으로 다시 장작을 자르기 시작했다.

다음 날에는 마네뜨 아가씨가 나타나기만 기다리다가 일부러 다가와서 이렇게 말했다.

"뭔가요? 또 혼자 오네요, 여성시민?"

"네, 시민."

"아! 어린애까지! 너희 엄마니, 우리 꼬맹이 여성시민?"

"그렇다고 대답해요, 엄마?"

어린 마네뜨가 속삭이며 엄마에게 바싹 달라붙었다.

"그래, 귀여운 아가."

"네, 시민."

"아하! 하지만 내가 신경 쓸 일은 아니겠지. 내가 할 일이나 신경 써야 해. 여기 톱을 봐! 나는 이걸 '나의 귀여운 단두대'라고 부른단다. 랄랄라, 랄랄라! 사내 목이 떨어진다!"

그와 동시에 장작 하나가 떨어지고, 사내는 그걸 바구니에다 넣으며 다시 말했다.

"아저씨는 장작 단두대를 쓱싹하는 삼손이야. 여길 또 보라고! 룰룰루, 룰룰루. 이번에는 여자 목이 떨어진다! 이번엔 아이. 쓱싹쓱싹, 쓱싹쓱싹! 이번에는 머리 두 개가 떨어진다. 한 가족이다!"

사내가 장작 두 개를 바구니로 던지는 모습을 보려니, 마네뜨 아가씨는 온몸에 소름이 돋았다. 하지만 자신이 거기에 머무는 시간은 땔감 장수가 일하는 시간과 겹칠 수밖에, 그래서 상대편 눈에 띌 수밖에 없었다. 그래서 호감을 사려는 마음에 말도 언제나 먼저 걸고 술값도 종종 건네고, 사내는 날름날름 받아 챙겼다.

사내는 호기심이 많았다. 마네뜨 아가씨가 사내를 완전히 잊어버린 채 남편을 생각하는 일편단심으로 감옥 지붕과 창살을 쳐다보다 문득 정신을 차리면 사내는 톱질을 멈추고 기다란 의자에 무릎을 댄 채 물끄러미 쳐다보다가 "하지만 내가 신경 쓸 일은 아니겠지" 하고 말하면서 다시 톱질에 열중했다.

눈이 내리고 꽁꽁 어는 겨울에도, 바람이 거센 봄에도, 태양이 뜨거운 여름에도, 비가 잦은 가을에도, 그리고 다시 눈이 내리고 꽁꽁 어는 겨울에도, 날씨가 아무리 궂어도 마네뜨 아가씨는 매일 거기에 나와서 두 시간을 보내다가 떠날 때마다 감옥 담벼락에 키스했다.

아버지에게 들은 바에 의하면 남편이 자신을 보는 건 대여섯 번에 한 번꼴이었다. 그것도 두세 번에 한 번은 급히 지나면서 흘낏 보는 정도였다. 일주일이나 이 주일을 연달아 못 볼 때도 있었다. 하지만 남편이 아주 가끔이라도 자신을 볼 수 있고 실제로 본다는 자체로 충분하니, 마네뜨 아가씨는 그럴 가능성 하나만 믿고 일주일 내내 나가서 두 시간씩 기다렸다. 그러는 사이에 십이월은 다시 찾아오고 부친은 섬뜩한 현장을 멀쩡한 정신으로 돌아다녔다.

마네뜨 아가씨는 눈발이 가볍게 흩날리는 어느 날 오후에도 매일 찾아가는 모서리에 도착했다. 그날은 끔찍한 축제를 벌이는 날이었다. 길을 오는 도중에 집집이 조그만 창에다 꽂은 빨간 모자[63]와 삼색 리본과 '공화국은 하나다. 자유와 평등과 박애가 아니면 죽음을!'이라는 글씨를 - 대부분 삼색 글씨를 - 수없이 보았다.

땔감 장수가 운영하는 초라한 가게는 너무 작아서 이런 글씨를 모두 적을 공간 자체가 없었다. 다른 사람에게 부탁해서 '죽음을!'이란 글씨를 간신히 적어 넣은 정도였다. 그래도 애국시민이라면 누구나 그렇듯, 오두막 꼭대기에는 창에다 모자를 꽂아놓고 창문에는 톱에다 '나의 귀여운 단두대'란 글씨를 적어서 올려두었다. 당시에는 극히 섬뜩하고 날카로운 단두대를 신성하게 떠받드는 게 유행이었다. 그런데 땔감 가게는 문을 닫고 장사꾼도 없어서 마네뜨 아가씨는 다행스러운 마음으로 혼자서 가만히 기다렸다.

하지만 땔감 장수는 멀리 있는 게 아니었다. 곧바로 사람들이 외치는 소리가 들려서 마네뜨 아가씨는 공포에 떨었다. 잠시 후에는 수많은

---

63) 조그만 창에다 꽂은 빨간 모자는 단두대로 자른 머리를 상징한다.

사람이 감옥 담벼락 모서리를 돌면서 몰려드는데, 한가운데에 '복수의
여신'과 손을 맞잡은 땔감 장수도 있었다. 오백 명은 족히 넘는 군중이
악마 오천 명처럼 춤추었다. 음악이라곤 자기네 입으로 부르는 노래가
전부였다. 유명한 혁명가요를 부르면서 춤추는데, 모두 한순간에 이빨
을 가는 모습이 참으로 잔인하게 보였다. 남자와 여자가 어울려서 춤추
고 여자끼리 춤추고 남자끼리 춤추는 게 일치단결해서 끔찍한 위험에
대처하는 것 같았다.

처음에는 조잡하게 만든 빨간 모자와 누더기 무리가 밀려들어 주변을
가득 메우더니 마네뜨 아가씨를 에워싸고 춤추기 시작하는데, 완벽하게
미쳐서 유령처럼 보이는 형상이 여기저기에 섬뜩하게 나타났다. 사람들
이 앞으로 나가다가 물러나 서로 손뼉 치더니, 상대편 머리를 움켜잡고
혼자서 빙글 돌고 서로 잡고 짝을 이루며 빙글 돌다가 대부분 바닥에
앉았다. 그러자 나머지가 손을 맞잡고 커다란 원을 그리며 돌더니, 다시
흩어져 두 명에서 네 명씩 원을 만들며 돌다가 동시에 멈추어 손뼉 치고
머리 잡고 이리 돌고 저리 돌다가 커다란 원을 만들며 반대로 돌았다.
그러다가 갑자기 멈추더니, 잠시 후에는 도로 폭에 맞춰서 기다란 줄을
이루어 머리를 숙이고 두 손을 들어서 서로에게 고함을 내지르고 달려들
며 춤추었다.

어떤 싸움도 이보다 끔찍할 순 없었다. 원래는 즐거운 놀이가 파괴적
인 놀이로 변하면서 - 순수한 놀이가 극악무도한 놀이로 변하면서 -
피를 끓어오르게 하고 감각을 마비시켜 마음을 모질게 먹도록 하는 게
분명하다. 원래의 순수한 모습이 살짝살짝 보여서 그만큼 더 흉측한
형상을 띠며, 원래는 선량한 대상이 끝없이 뒤틀리고 왜곡될 수 있다는
사실을 그대로 보여주었다. 옷을 풀어헤친 처녀 가슴과 어린애티를 못
벗은 채 흠뻑 빠져든 소녀, 피가 고인 진창에서 얌전하게 움직이는 아름

다운 발이 모든 게 뒤죽박죽으로 엉킨 시대를 그대로 보여주니, 이게 바로 카르마뇰[64]이다.

마네뜨 아가씨가 땔감 장수 오두막 입구에서 겁에 질려 어리둥절한 눈으로 쳐다보는 사이에 군중은 지나가고 애초에 아무런 일도 없었다는 듯 깃털 같은 눈발만 조용히 떨어지며 하얗고 부드럽게 쌓였다.

마네뜨 아가씨는 한 손으로 두 눈을 가리다가 다시 고개를 들더니, 앞에 나타난 부친을 발견하고 한탄했다.

"아, 아버지! 춤이 너무나 끔찍하고 잔인해요."

"나도 안다, 우리 딸, 나도 알아. 나도 저런 춤을 여러 번 보았단다. 겁먹지 말렴! 저들 누구도 너를 해치지 않으니까."

"저 때문에 무서운 게 아니에요, 아버지. 저 사람들이 남편을 어떻게 할까 생각하니……."

"이제 곧 우리가 찰스를 구할 수 있을 거야. 찰스가 창문으로 올라가는 모습을 보고 너에게 알려주러 왔단다. 지금 여기에는 볼 사람도 없어. 저기 비탈이 완만한, 제일 높은 지붕 쪽으로 키스를 보내렴."

"네, 아빠, 키스에 영혼까지 실어서 보낼게요."

"너는 찰스가 안 보이지, 불쌍한 우리 딸?"

"네, 아빠, 안 보여요."

마네뜨 아가씨는 그리움이 가득한 표정으로 울먹이면서 키스를 날려 보냈다.

눈을 밟는 발소리가 들렸다. 마담 드파르지였다. 박사가 아는 척했다.

"안녕하세요, 여성시민."

"안녕하세요, 시민."

마담 드파르지가 인사하며 지나갔다. 이게 전부다. 눈이 하얗게 쌓인

---

64) 프랑스 혁명에 참가한 사람의 복장, 당시에 유행한 춤과 혁명가요를 뜻한다.

골목길에서 그림자처럼 어른거린 정도다. 그래서 이번에는 딸에게 말했다.

"아빠에게 팔짱 끼렴, 우리 딸. 명랑하고 용감한 분위기로 여기를 지나자꾸나, 찰스를 위해서."

그리고 거기를 벗어나더니, 박사가 다시 말했다.

"정말 잘했다. 헛수고는 아닐 거야. 내일 찰스가 재판을 받거든."

"내일!"

"지체할 시간이 없어. 내가 충분히 준비했지만 조심할 게, 재판정 앞에 설 때까지 조심할 게 몇 가지 있어. 찰스는 아직 아무런 통보도 못 받았어. 하지만 내일 재판정에 나간다는 정보를, 그래서 콩시에르저리 감옥으로 이송한다는 정보를 아빠가 똑똑히 들었어. 겁나지 않지?"

박사가 묻는 말에 마네뜨 아가씨는 간신히 대답했다.

"저는 아빠를 믿어요."

"그래, 무조건 믿어. 네가 마음 졸이며 사는 것도 이제 거의 끝났어, 우리 딸. 앞으로 몇 시간이면 찰스가 돌아올 거야. 아빠가 사방에다 보호 장치를 해놨어. 이제 로리 선생을 만나러 가자꾸나."

박사가 말하더니 걸음을 멈췄다. 묵직하게 구르는 바퀴 소리가 들렸다. 소리가 뜻하는 바를 두 사람 모두 너무나 잘 안다. 한 대. 두 대. 세 대. 호송마차 세 대가 겁에 질린 사형수를 가득 태우고 조용히 내리는 눈발 사이로 지나갔다.

"이제 로리 선생을 만나러 가자꾸나."

박사가 다시 말하면서 딸을 데리고 방향을 돌렸다.

신념이 철두철미한 노신사는 은행에 그대로 있었다. 아니, 애초에 떠난 적이 없었다. 몰수해서 국유로 돌린 재산에 대해 물어보려고 찾아오는 사람이 많았다. 로리는 원주인을 위해 숨길 수 있는 재산은 모두 숨긴 상태였다. 텔슨 은행이 보관한 자산을 로리 이상으로 지키면서 비밀을 유지할 사람은 어디에도 없었다.

하늘은 검붉고 노랗게 변했으며 센 강은 물안개를 뽀얗게 뿜어서 어둠이 닥친다는 사실을 알려주었다. 두 사람이 은행에 도착한 건 어둠이 거의 깔린 다음이었다. 고관대작 나리가 살던 웅장한 저택은 황폐하고 적막했다. 안마당에 쌓인 재와 먼지 구덩이 위에는 이런 글씨만 흩날렸다.

'국유재산. 공화국은 하나다. 자유와 평등과 박애가 아니면 죽음을!'

그런데 로리와 함께 있던 사람은, 의자에 걸쳐놓은 승마용 외투 주인은, 얼굴을 보이면 안 되는 사람은 누굴까? 로리가 잔뜩 흥분하고 놀란 표정으로 나와서 자신이 제일 좋아하는 아가씨를 품에 안으면서도 안 보여주려고 애쓰는 사람은? 마네뜨 아가씨가 떨리는 목소리로 한 말을 자신이 방금 나온 방으로 고개를 돌려서 커다랗게 반복하듯 "콩시에르 저리 감옥으로 이감해서 내일 재판을 받는다고?" 하며 소리친 대상은 누굴까?

VI. 승리

판사 다섯 명과 공화국 검사와 표정이 단호한 배심원단은 매일 모여서 끔찍한 재판을 벌였다. 이들이 재판 명단을 작성해서 매일 초저녁에 발표하면 감옥마다 간수들이 죄수에게 읽어주었다. 이런 농담을 늘어놓으면서 말이다.

"야, 너, 안에 있는 놈, 이리 나와서 저녁 뉴스를 들어! 샤를 에버몽드,

일명 다네이!"

마침내 라포르스에서도 저녁 뉴스를 시작했다. 이름을 부르면 당사자는 앞으로 나와서 치명적인 기록에 실린 죄수만 따로 모이는 지점으로 이동했다. 샤를 에버몽드, 일명 다네이는 그렇게 모인 사람이 어떻게 되는지 잘 안다. 수백 명이 그런 과정을 거치며 사라지는 모습을 보았기 때문이다.

얼굴이 잔뜩 부어오른 간수는 안경을 쓰고 명단을 읽다가 좌중을 힐끗 살펴서 찰스 다네이가 자기 자리로 이동한 걸 확인하더니, 명단으로 돌아가서 다른 이름을 또 부르고 다시 확인하는 식으로 매번 똑같은 동작을 취했다. 모두 스물세 명인데 반응하는 사람은 스무 명에 불과했다. 이름을 부른 죄수 가운데 한 명은 감방에서 벌써 죽은 걸 깜빡 잊고 두 명은 단두대에서 벌써 처형당한 걸 깜빡 잊은 탓이다. 지금 명단을 읽은 곳은 천장이 둥근 방으로 찰스 다네이가 처음 도착한 날 밤에 죄수들이 모여 있던 곳이다. 그 사람들은 대량학살 당시에 모두 몰살당하고, 새로 들어왔다가 헤어진 사람은 모두 형장의 이슬로 사라진 상태였다.

사람들이 걱정스러운 어투로 작별하는 소리가 급하게 일어나더니, 그런 시간도 금방 끝나고 말았다. 이런 일은 거의 매일 일어나니, 이런 날이면 라포르스 죄수 전체는 일종의 작별 놀이와 함께 작은 음악회를 준비했다. 그래서 쇠창살로 만든 감방문마다 모여들어 눈물을 흩뿌렸다. 하지만 그런 감방 스무 개도 다른 죄수로 또다시 들어찰 수밖에 없고, 그런 시간도 순식간에 지나서 감방문을 모두 잠그면 텅 빈 공간과 복도마다 커다란 감시견이 여러 마리 나타나서 밤새도록 돌아다닐 터였다.

죄수라고 해서 감각이나 감정이 없는 건 절대 아니다. 각자 살아온 환경에 따라 다르게 나타날 뿐이다. 미묘한 차이는 있지만, 열정이 대단하거나 잔뜩 도취한 사람은 다른 사람들에게 단두대 앞에서 용감하게 행동하고 용감하게 죽도록 이끄는 게 확실한데, 이는 단순한 허세가 아니니, 공공 대중의 마음을 마구 흔들어서 전염병처럼 무섭게 퍼져나가는 효과가 있다. 전염병이 창궐하면 사람들 마음속에는 전염병에 걸리고 싶은, 그래서 죽고 싶은 끔찍한 욕구가 은밀하게 일어나는 식이다. 그래서 우리 모두 가슴에 품는 놀라운 경향이 있으니, 환경만 조성하면 그런 욕구는 언제든 분출할 수 있다.

콩시에르저리 감옥으로 가는 길은 짧고 어두우며, 벌레가 가득한 감방에서 보낸 밤은 길고 추웠다. 다음 날, 찰스 다네이란 이름을 부르기 전에 죄수 열다섯 명을 피고석에 세웠다. 그리고 열다섯 명 모두 사형을 선고하는데, 이들을 모두 재판하는 데 걸린 시간은 불과 한 시간 반이었다. 그런 다음에 비로소 이런 소리가 일어났다.

"샤를 에버몬드, 일명 다네이."

판사 여러 명이 깃털 모자 차림으로 재판정에 앉아있는데, 재판장은 거친 빨간색 모자에 삼색 기장을 단 사람이었다. 배심원과 시끌벅적한 청중을 둘러보는 표정이, 재판장은 마치 세상 질서가 완전히 뒤바뀌었다는, 그래서 악당이 정직한 사람을 심판한다는 생각이라도 하는 것 같았다. 사방에 천박하고 나쁘고 잔인한 사람이 가득한데 그 가운데에서도 가장 천박하고 나쁘고 잔인한 사람들이 제대로 확인도 안 한 채 결과를 미리 판단해서 시끄럽게 선동하거나 환호성을 올리거나 비난하거나 재촉하며 재판정 분위기를 이끌었기 때문이다.

남자는 대부분 다양한 무기를 지니고 여자는 일부가 장검을 일부가 단검을 지니고 일부가 아무것도 없이 구경하면서 먹고 마셨다. 뜨개질하는 여자도 많았다. 이런 여자 가운데에 뜨개질감을 팔에 끼고 뜨개질하는 여인도 있었다. 제일 앞줄인데, 바로 옆에는 성문에 도착한 이후로 단 한 번도 못 봤지만, 드파르지라는 이름이 단번에 기억나는 사내도 있었다. 찰스 다네이는 여자가 드파르지 귀에 대고 한두 번 속삭이는 모습을 보고 부인인 것 같다고 생각했다. 정말 이상한 건 두 사람 모두 제일 가까운 자리에 있으면서도 자신을 한 번도 안 본다는 사실이었다. 무언가를 기다리는 단호한 표정으로 오로지 배심원만 쳐다볼 뿐, 다른 데에는 눈길도 안 주었다. 재판장 밑에는 마네뜨 박사가 평소처럼 차분한 옷을 입고 앉아있었다. 찰스 다네이가 보기에 재판정과 연관이 없는 사람은 거칠게 만든 카르마뇰 복장 대신 평상복을 입은 마네뜨 박사와 로리밖에 없는 것 같았다.

공화국 검사가 샤를 에버몽드, 일명 다네이를 망명자로 규정하고 모든 망명자를 고통스럽게 처형한다는 법령에 따라 처벌할 것을 주장했다. 그런 법령을 선포한 건 찰스 다네이가 프랑스로 돌아온 다음이란 사실은 중요하지 않다. 어차피 프랑스에 들어온 건 맞고 그런 법령을 선포한 것도 맞으며 프랑스에서 잡힌 것도 맞으니 머리를 잘라야 한다는 것이다. 그러자 군중이 소리쳤다.

"머리를 잘라라! 공화국을 배신한 적이다!"

재판장이 종을 울려서 소리를 잠재우더니, 죄수에게 영국에서 오랫동안 산 게 사실인지를 물었다.

"그건 의심할 여지 없는 사실입니다."

"그런데도 망명자가 아니란 말인가? 그럼 뭐란 말인가?"

"법 정신과 이성에 따르면 망명자가 아닙니다."

"왜 아닌가?"

재판장이 묻자, 찰스 다네이가 대답했다.

"귀족 신분이 혐오스럽고 물려받은 재산도 혐오스러워서 자발적으로 포기하고, 극심하게 고생하는 소작인 땀방울에 기대어 사느니 차라리 영국에서 스스로 일하며 살려고 - 재판정에서 망명자란 단어를 지금 같은 의미로 사용하기 훨씬 전에 - 조국을 떠났기 때문입니다."

"사실이란 증거는 있는가?"

찰스 다네이는 증인 이름 두 개를 제시했다. 테오필 가벨과 알렉상드로 마네뜨 박사였다.

"하지만 피고는 영국에서 결혼했지?"

"사실입니다. 하지만 영국 여성이 아닙니다."

"프랑스 여성인가?"

"네. 프랑스 태생입니다."

"이름과 부모는?"

"루시 마네뜨, 마네뜨 박사님 외동딸입니다, 저기에 앉아계시는 훌륭한 의사 선생님."

이번 대답은 청중에게 긍정적인 영향을 주었다. 훌륭하고 유명한 의사를 찬양하는 소리가 사방에서 일어난 것이다. 변덕스러운 게 사람 마음이라고, 조금 전까지 당장에라도 끌고 나가서 찢어 죽일 듯 죄수를 노려보던 잔인한 얼굴들이 여기저기에서 곧바로 눈물을 흘리기 시작했다.

마네뜨 박사가 반복해서 알려준 대로 찰스 다네이가 조심스럽게 발을 내디디면서 위험한 길을 나아간 결과였다. 앞으로 나아갈 길을 박사가 일일이 준비한 다음에 신중하게 조언해서 사위가 내디딜 발걸음을 하나하나 일러주었기 때문이다.

"그렇다면 이제야 프랑스에 돌아온 이유는 무언가, 일찍 오지 않고?"

재판장이 묻는 말에 찰스 다네이는 이렇게 대답했다.

"일찍 돌아오지 않은 이유는 단 하나, 제가 포기한 재산이 아니면 프랑스에서 살아갈 수단이 없기 때문입니다. 반면에 영국에서는 불어와 불문학을 강의하며 살아갈 수 있기 때문입니다. 이제야 돌아온 이유는 프랑스 시민 한 명이 매우 급한 편지를 보내, 저 때문에 자신이 죽을 위험에 처했으니 어서 와서 도와달라고 간절하게 호소했기 때문입니다. 그래서 저는 개인적으로 어떤 위험이 닥치더라도 그 사람 목숨을 구하기 위해, 그 사람 말이 사실이란 걸 증언하기 위해 돌아왔습니다. 공화국 눈에는 그게 범죄입니까?"

청중이 커다랗게 "아니요!" 하고 소리치자 재판장이 좌중을 진정시키려고 종을 울렸다. 하지만 청중은 그러지 않았다. 계속 "아니요!" 하고 소리치다가 스스로 가라앉았다.

재판장은 그 시민이 누구냐고 물었다. 피고는 자신이 첫 번째로 제시한 증인이 바로 그 시민이라고 설명했다. 그러면서 그 시민이 쓴 편지를 성문 앞에서 빼앗겼지만 지금 재판장에게 제출한 서류 가운데에 분명히 있을 거라고 덧붙였다.

편지를 증거서류에 넣어서 제출하도록 박사가 미리 조치하고 사위에게 그런 사실을 알려준 것이다. 그래서 재판장이 편지를 꺼내서 읽었다. 그리고 시민 가벨을 증인석에 세워서 사실이라고 확인했다. 시민 가벨은 공화국에서 처리할 적이 너무 많아 재판부에서 긴박한 업무에 몰두하느라 자신이 아베이 감옥에 있다는 사실을 잠시 잊었다고, 아니, 애국적인 재판부에서 기억 자체를 못했다고, 그러다가 삼 일 전에 비로소 떠올리곤 자신을 재판정에 소환했으며, 배심원단은 '시민 에버몽드, 일명 다네이'를 확보해서 자신에 대한 혐의를 충분히 해소했다는 선언과 함께 석방했다는 사실을 매우 얌전하고 정중하게 증언했다.

다음에 나온 증인은 마네뜨 박사였다. 박사는 개인적으로 인기가 높고 증언 내용도 단순명쾌해서 정말 커다란 인상을 주었다. 하지만 증언을 계속하면서 피고는 자신이 오랜 감옥 생활에서 풀려나 처음으로 만난 친구라는 사실을, 피고는 영국에서 사는 동안 해외생활이 외로운 자신과 딸에게 항상 성실하게 헌신했다는 사실을, 영국의 귀족 정부가 좋아했다는 주장은 사실이 아니라고, 실제로 영국 정부의 적이며 미국의 친구라는 죄목으로 재판해서 목숨까지 빼앗으려고 했다는 사실을 진실과 충정이 담긴 어투로 지극히 신중하면서도 단순명쾌하게 드러내고, 배심원단과 청중은 하나가 되었다. 영국인 노신사 로리 선생 역시 당시에 자신과 마찬가지로 그 자리에서 영국 정부가 재판하는 장면을 목격했으니 자신이 증언한 내용을 확인할 수 있을 거라 호소하고, 배심원단은 설명을 충분히 들었다고, 재판장만 괜찮다면 자신들은 투표할 준비가 되었다고 선언했다.

배심원이 한 명씩 커다란 소리로 투표할 때마다 청중은 환호성을 올렸다. 모든 목소리가 무죄를 표방하고 재판장은 찰스 다네이를 석방한다고 선언했다.

그러자, 변덕스러운 열기에 만족을 못 해서 그런 건지 아니면 관대한 자비를 발휘하고 싶은 충동 때문인지 아니면 오랫동안 잔인하게 표출한 분노를 조금이라도 상계하고 싶었는지, 청중이 몹시 독특한 광경을 연출하기 시작했다. 이렇게 독특한 광경을 연출한 동기가 딱히 무어라고 확언할 수 있는 사람은 지금 아무도 없다. 두 번째를 중심으로 세 가지 모두 뒤섞였을 가능성도 크다. 어쨌든 석방을 선언하자마자 피를 펑펑 흘리게 하던 사람들이 이번에는 눈물을 펑펑 흘리면서 남녀를 불문하고 수없이 달려들며 형제처럼 다정하게 껴안으니, 오랜 감옥 생활에 지칠 대로 지친 찰스 다네이는 기진맥진해서 금방이라도 쓰러질 것 같았다. 그러면서도 바로 이 사람들이 다른 분위기에 휩쓸리면 자신을 갈기갈기 찢어발겨 길거리로 내던지려고 바로 지금처럼 정신없이 달려들 거란 생각이 들었다.

　다른 피고를 재판하도록 자리에서 비켜나느라 찰스 다네이는 이처럼 격렬한 포옹에서 순간적으로 벗어날 수 있었다. 다음에 재판할 피고는 다섯 명인데, 말이나 행동으로 공화국을 돕지 않아서 공화국의 적이 되었다는 죄목이다. 국가 권력으로 한 사람이라도 더 죽일 기회를 놓친 게 아쉬운지 재판부는 순식간에 재판을 진행해서 스물네 시간 안에 처형하라고 선고하니, 찰스 다네이가 아직 재판정을 떠나기도 전에 피고석에서 내려온 죄수는 다섯 명이나 되었다. 그래서 한 사람이 감옥에서 사형을 알리는 징표대로 손가락으로 하늘로 가리켜서 찰스 다네이에게 선고 내용을 알리더니, 나머지 사형수와 함께 일제히 소리쳤다.

　"공화국 만세!"

　사실 다섯 명은 재판절차를 기다랗게 늘릴 청중 자체가 없었다. 찰스 다네이가 마네뜨 박사와 함께 재판정에서 나오는 순간 수많은 인파가 에워싸는데, 재판정에서 본 얼굴 모두 거기에 있었기 때문이다. 아무리 둘러봐도 안 보이는 두 사람만 예외였다.

　찰스 다네이가 밖으로 나오는 순간, 군중이 모두 새롭게 달려들며 차례대로 포옹하고 소리치고 눈물을 짜니, 그런 현장이 벌어지는 강변 옆 강물까지 함께 날뛰는 것 같았다.

　사람들은 재판정 안인지 재판정 복도인지 다른 방인지 모를 곳에서 커다란 의자를 하나 가져와 찰스 다네이를 앉혔다. 의자 위에는 빨간 깃발을 걸고 의자 뒤에는 창을 묶어서 그 꼭대기에 빨간 모자를 걸었다. 사람들은 이렇게 만든 개선마차에 찰스 다네이를 태워, 박사가 아무리 간절하게 부탁해도 전혀 듣지 않은 채 서로 달려들며 어깨에 메고 공중으로 올려 빨간 모자가 파도처럼 수없이 몰려들며 요동치고 난파선 잔해 같은 얼굴들은 폭풍처럼 몰아치는 가운데에서 집까지 운반했다. 찰스 다네이로서는 마음이 혼란스러운 나머지, 자신이 호송마차를 타고 단두대로 끌려가는 건 아닌가 의심스러울 때가 한두 번이 아니었다.

악몽처럼 거친 행렬이 나가는 동안 사람들은 만나는 사람마다 포옹하며 자신들이 운반하는 사람을 가리켰다. 공화국 색깔이 넘쳐흘러 눈 덮인 거리마다 빨갛게 물들이며 하얀 눈을 훨씬 진한 피로 물들일 때와 마찬가지로 이런저런 거리를 굽이치며 나아가더니, 마침내 찰스 다네이 가족이 사는 건물 안마당으로 들어섰다. 마네뜨 박사는 앞서서 달려오고 소식을 들은 딸은 남편이 두 발로 내려서는 순간, 그 품에 그대로 안겼다.

남편은 아내를 꼭 끌어안으며 자기 얼굴로 아름다운 얼굴을 가려서 자신이 흘리는 눈물과 부인 입술이 하나로 모이는 광경을 숨기고, 서너 사람은 춤추기 시작했다. 그와 동시에 나머지에 옮겨붙어, 안마당은 카르마뇰을 추는 사람으로 넘쳐났다. 그러더니 사람들이 텅 빈 의자에 어떤 젊은 여자를 태우고 '자유의 여신'이라며 이리저리 모시고 다녀서 인근 거리마다 강변마다 다리마다 사람으로 넘쳐흐르고, 한 사람도 빠짐없이 카르마뇰에 빨려들며 빙글빙글 돌아갔다.

찰스 다네이는 승리한 개선장군처럼 의기양양하게 서 있는 박사 손을 움켜잡고, 카르마뇰 물기둥을 뚫고서 숨을 헐떡이며 다가온 로리 손을 움켜잡고, 다른 사람이 들어주어 두 팔로 아빠 목을 껴안은 어린 딸에게 키스하고, 어린 딸을 다시 받아서 안은, 항상 활기가 넘치고 충실한 프로스 집사를 껴안은 다음, 부인을 품에 안고는 안으로 들어갔다.

"아, 여보! 내 사랑! 이제 살았소."

"아, 사랑하는 찰스, 오랫동안 기도한 것처럼 무릎을 꿇고 하느님에게 감사드려야 하겠어요."

두 사람 모두 무릎 꿇고 머리와 가슴을 경건하게 숙였다. 그러더니 아내가 품에 다시 안기자, 남편이 말했다.

"이제 장인어른에게 감사하다는 말씀을 드리세요, 내 사랑. 프랑스 전역에서 나를 위해 장인어른처럼 힘쓸 수 있는 분은 어디에도 없으니까요."

부인은 부친 가슴에 머리를 기댔다, 아주 오래전에 가련한 백발 머리를 자기 가슴에 기댄 것처럼. 부친은 자신이 딸에게 보답한 게 참으로 기쁜 가운데 오랜 고통이 눈 녹듯 사라지고, 자신에게 그런 힘이 있다는 게 자랑스러웠다. 그래서 딸을 다독거리며 말했다.

"얘야, 약하면 안 돼. 그렇게 떨지 마라. 내가 네 남편을 구했다."

VII. 문을 두드리는 소리

"내가 네 남편을 구했다."

감옥에서 집으로 돌아오는 꿈을 꾼 적이 많아도 지금은 꿈이 아니다. 그런데도 부인은 왠지 모를 두려움에 싸여서 덜덜 떨었다. 주변을 에워싼 공기가 너무나 흐리고 어두웠다. 사람들은 변덕을 심하게 부리며 성급하게 복수하고, 무고한 사람이 사소한 원한과 막연한 의심으로 끊임없이 처형당해, 자신에게 소중한 만큼이나 다른 사람에게도 소중하며 남편만큼이나 결백한 사람들이 남편을 얽어맨 운명에 매일 같이 빠져든다는 사실이, 마음의 부담을 떨쳐야 한다는 생각은 들지만 실제로는 그럴 수 없다는 사실이 마네뜨 아가씨에게 너무나 무겁게 다가왔다. 매서운 오후에 그늘이 지는데도 거리마다 수송마차가 끔찍한 소리를 내며 그대로 굴러다녔다. 그래서 마음은 수송마차를 쫓아다니며 사형수 사이에서 남편을 찾다가 옆에 있는 남편에게 달라붙으며 또다시 덜덜 떨었다.

아버지는 그런 딸을 위로하면서 마음 약한 여인에 비해 아주 강인한 정신을 보여주어 옆에서 지켜보는 사람을 놀라게 했다. 이제는 다락방도 없고 구두장이도 없고 북쪽 탑 백오 번도 없었다! 스스로 부여한 임무를 달성해서 약속대로 찰스를 구했다. 모든 사람을 자신에게 의지하도록 만들었다.

집안 살림은 매우 검소했다. 다른 사람들 기분을 상하지 않도록 하는 게 목숨을 지키는 지름길이기도 하지만 사실은 부자가 아닌데도 찰스가 감옥에 있는 동안 부실한 음식을 사려고 막중한 비용을 지급한 데다 간수에게도 돈을 찔러주고 훨씬 어려운 죄수들도 도와주었기 때문이다. 부분적으로는 이런 이유로, 그리고 부분적으로는 공화국 첩자를 피하려고 하인을 한 명도 안 썼다. 남성 시민과 여성시민이 안마당 대문에서 짐꾼 역할을 하며 가끔 거들고 (로리가 거의 전임으로 넘겨준) 제리가 하인 노릇을 하면서 매일 밤 한 집에 묵는 정도였다.

어떤 집이든 거주자 이름을 알아보기 쉽게 문이나 문설주에다 보기 편한 높이에 일정한 크기로 적어놓는 건 자유와 평등과 박애가 아니면 죽음을 달라는 공화국 법령이었다. 그래서 제리 크런처란 이름 역시 문설주 아래에 당당하게 적어놓았다. 그리고 땅거미가 질 때는 그 이름 주인이 나타났으니, 마네뜨 박사는 페인트공을 고용해서 '샤를 에버몽드, 일명 다네이'란 이름을 거기에 덧붙이는 작업을 감독했다.

여기저기에 가득한 공포와 불신이 사회 전반을 어둡게 만들어, 평소에 아무렇지 않던 생활 방식까지 모두 뒤바꾸었다. 조촐한 살림이긴 해도 박사네 집 역시 여느 집과 마찬가지로 매일 초저녁마다 조그만 상점을 다양하게 돌아다니면서 일상적으로 필요한 생필품을 조금씩 사들였다. 되도록 이목을 안 받아 사람들 입에서 시기하는 말이 안 나오도록 하는 건 정말 중요했다.

프로스 집사는 제리와 함께 몇 달 전부터 생필품 조달 역할을 맡았다. 프로스 집사는 돈을 담당하고 제리는 장바구니를 담당하는 식이었다. 그래서 매일 저물녘에 가로등을 켤 즈음이면 두 사람은 임무를 수행하러 나가, 필요한 물건을 사서 집으로 돌아왔다. 프로스 집사는 프랑스 가족과 오랫동안 사귀어서 마음만 먹으면 불어를 충분히 배울 수 있는데도 그럴 마음이 없어서 (자신이 즐겨 부르는) "말도 안 되는 언어"를 구사하는 능력이 제리와 비슷했다. 그러다 보니 물건을 사들일 때마다 필요한 품목을 자세히 설명하는 게 아니라 자신이 아는 명칭을 툭툭 내뱉고, 그래서 원하는 물건이 안 나오면 직접 찾아다녀서 물건을 움켜쥐고 거래를 성사할 때까지 꼭 움켜잡는 식이었다. 그리고 물건을 살 때마다 상인이 손가락을 펴서 제시한 가격이 얼마든 거기에서 손가락을 하나 뺀 걸 정당한 가격으로 제시하며 가격을 깎곤 했다.

그런 프로스 집사가 오늘은 굉장히 기뻐서 두 눈이 벌겋게 달아오른 표정으로 말했다.

"자, 제리, 준비됐으면 장 보러 갑시다."

그러자 제리도 쉰 목소리로 준비됐다고 대답했다. 손가락에 벤 녹물은 오래전에 사라져도 뾰족한 머리는 여전했다.

프로스 집사가 다시 말했다.

"오늘은 사야 할 게 많은데 시간이 얼마 없어요. 무엇보다 필요한 건 포도주예요. 그런데 우리가 그걸 사러 가는 곳마다 빨간 머리들이 죽치고 앉아서 축배를 들 거예요."

"그 사람들이 '늙은 언'을 위해 축배들 들던 집사님 건강을 위해 축배를 들던 못 알아듣는 건 똑같잖아요!"

제리가 반박하자, 프로스 집사가 물었다.

"늙은 누구요?"

그러자 제리는 잠시 주저하다가 "늙은 닉"[65]이라는 의미라고 설명했다.

"하! 그런 거라면 그놈들에게 따로 통역할 필요가 없어요. 잔인한 살인자며 괴물에게 딱 어울리는 말이니까."

"맙소사, 쉿! 제발, 제발 조심하세요!"

마네뜨 아가씨가 하소연하자, 프로스 집사가 대답했다.

"그래요, 그래요, 그래, 조심할게요. 우리만 있으니까 하는 말인데, 양파 냄새와 담배 냄새를 풀풀 풍기는 놈들이 길을 가다가 서로 껴안는 일 좀 없으면 좋겠어요. 그러니까 종달새 아가씨는 제가 돌아올 때까지 따뜻한 불가에서 꼼짝도 마세요! 되찾은 소중한 남편을 보살피면서 지금처럼 예쁜 머리를 어깨에 기댄 채 가만히 있으라고요, 제가 집으로 올 때까지! 그런데 밖으로 나가기 전에 한 가지 물어도 될까요, 마네뜨 박사님?"

"그만한 자유는 마음껏 누려도 돼요."

박사가 대답하며 웃자, 프로스 집사가 반발했다.

"맙소사, 자유란 말 좀 마세요. 지금까지 귀에 못이 박이도록 들었으니까."

"맙소사, 쉿! 또 그러세요?"

마네뜨 아가씨가 나무라자, 프로스 집사는 머리를 힘차게 끄덕이며 대답했다.

"알았어요, 아가씨. 요점만 말하자면, 저는 누구보다 위대하신 조지 3세 국왕 폐하의 신민이잖아요."

---

65) 늙은 닉(Old Nick): 악마.

프로스 집사가 이름을 말하는 순간에 허리를 숙여서 예의를 표시하며 계속 말했다.

"그래서 나는 좌우명이 '저들이 하는 정치를 뒤죽박죽으로 만들어주소서, 저들의 간교한 술책을 막아주소서, 우리 희망은 오로지 국왕 폐하니, 신이여 우리 국왕을 보호하소서!'[66]에요."

제리는 갑자기 충성심을 발휘해, 교회에서 그러는 것처럼 프로스 집사가 하는 말을 거친 목소리로 따라 했다. 그러자 프로스 집사가 만족스러운 어투로 말했다.

"당신도 영국인이란 사실을 자랑스럽게 여겨서 기쁘긴 하지만 감기 걸린 목소리 좀 안 내면 좋겠어요. 그런데 질문은, 마네뜨 박사님, 우리가 여기를 벗어날 가망은 아직 없나요?"

모든 사람이 걱정하는 내용을 적당한 기회에 가볍게 언급하는 건 프로스 집사만 가진 장점이었다.

"아직은 아닌 것 같소. 아직은 찰스가 위험에 빠질 수도 있소."

"아이고! 그러면 꾹 참으면서 기다려야 하겠네요. 우리 동생 솔로몬이 항상 말하듯, 머리는 꼿꼿이 들고 싸움은 나지막이 하면서요. 갑시다, 제리! 종달새 아가씨는 꼼짝도 마세요!"

두 사람은 마네뜨 아가씨와 남편과 부친과 어린애를 활활 타오르는 벽난로 불가에 두고 밖으로 나왔다. 로리는 머지않아 은행에서 집으로 곧장 찾아올 예정이었다. 프로스 집사는 이미 등잔불을 밝혔지만, 가족이 벽난로 불을 차분히 즐기도록 한쪽 구석에 내려놓은 상태였다. 어린 마네뜨는 할아버지에게 바싹 달라붙어서 두 손으로 할아버지 팔을 꼭 움켜잡고, 할아버지는 속삭이는 어투로 정말 위대하고 강력한 요정이 감옥 담벼락을 부숴서 예전에 자신을 도와준 죄수를 구출하는 이야기를

---

66) 영국 국가에 나오는 가사.

시작했다. 모든 게 차분하고 조용한 분위기에 마네뜨 아가씨는 오랜만에 느긋한 평화를 즐겼다. 그러다가 갑자기 소리쳤다.

"저게 무슨 소리죠?"

아버지가 이야기를 멈추고 한 손으로 딸 손을 감싸며 타일렀다.

"얘야! 진정하렴. 마음이 정말 어수선하구나! 아무것도 아닌 일에 깜짝깜짝 놀라다니! 이런 아버지를 둔 딸이!"

그러자 마네뜨 아가씨는 창백한 얼굴에 떨리는 목소리로 변명하듯 대답했다.

"아버지, 계단에서 이상한 발소리가 일어난 것 같아요."

"우리 딸, 계단은 쥐죽은 듯 조용해."

마네뜨 박사가 이렇게 말하는 순간, 문을 쾅! 두드리는 소리가 났다.

"아, 아버지, 아버지. 도대체 무슨 일일까요! 찰스를 숨겨요. 찰스를 구해요!"

마네뜨 아가씨가 조바심내자, 박사가 일어나서 한 손을 딸 어깨에 올려놓으며 타일렀다.

"우리 딸, 내가 네 남편을 구했다. 그런데 왜 이렇게 약하니, 우리 딸! 내가 가서 문을 여마."

마네뜨 박사는 등잔불을 들고 바깥쪽 방 두 개를 가로질러서 현관문을 열었다. 바닥을 무례하게 우당탕 걸어오는 발소리가 일어나더니, 빨간 모자를 쓴 거친 장정 네 명이 기다란 칼과 권총으로 무장한 채 안으로 들어섰다. 제일 먼저 들어온 사내가 말했다.

"시민 에버몽드, 일명 다네이."

"누가 찾나요?"

다네이가 물었다.

"내가 찾는다. 우리가 찾는다. 나는 당신을 안다, 에버몽드. 오늘 재판정에서 보았다. 당신을 공화국 죄인으로 다시 체포한다."

다네이는 부인과 아이가 매달린 상태로 일어나고, 장정 넷은 주변을 에워쌌다.

"나를 다시 체포하는 이유가 뭔가요?"

"지금 당장 콩시에르저리로 돌아가면 내일 알 것이다. 내일이 재판이다."

마네뜨 박사는 갑작스러운 방문에 돌처럼 굳어서 등불을 든 석상처럼 꿈쩍을 못하더니, 이 말을 들은 다음에야 등불을 내려놓고 상대를 마주 보며 울로 만든 빨간 셔츠 앞섶을 거칠지 않게 붙잡고 물었다.

"다네이를 안다면 나도 압니까?"

"네, 압니다, 박사 시민."

"우리 모두 압니다, 박사 시민."

다른 세 명도 대답했다. 그러자 박사는 한 사람씩 멍한 표정으로 바라보다가 훨씬 나지막한 목소리로 물었다.

"그렇다면 우리 사위가 물은 질문에 대답하겠소? 어떻게 된 거요?"

"박사 시민, 생앙투안 구역에서 고발했습니다."

첫 번째 사내가 마지못한 어투로 대답하더니, 두 번째로 들어온 사내를 가리키며 말했다.

"이 시민이 생앙투안 출신입니다."

지목받은 사내가 고개를 끄덕이며 덧붙였다.

"생앙투안에서 고발했습니다."

"무슨 죄목으로?"

박사가 묻자, 첫 번째 사내는 이번에도 마지못한 어투로 말했다.

"박사 시민, 이제 묻지 마세요. 공화국이 희생을 요구하면 박사 시민도 훌륭한 애국자답게 기꺼이 응하시리라 믿습니다. 공화국이 무엇보다 중요하니까요. 인민이 최우선입니다. 에버몽드, 시간이 없다."

"하나만 더. 누가 고발했는지 알려주겠소?"

박사가 간청하자, 첫 번째 사내가 대답했다.

"그건 법에 어긋나지만, 생앙투안 출신에게 물어보십시오."

박사가 그쪽으로 시선을 돌리자, 생앙투안 출신이 거북한 표정으로 발을 움직이고 턱수염을 살짝 문지르다가 어쩔 수 없다는 듯 입을 열었다.

"어이쿠! 정말 법에 어긋나는데. 하지만 이자를 엄중하게 고발한 사람은 시민 드파르지 부부입니다. 그리고 한 명이 더 있습니다."

"누구요?"

"또 물은 건가요, 박사 시민?"

"그렇소."

생앙투안 출신이 이상한 표정으로 대답했다.

"그렇다면 내일 알게 될 겁니다. 이제부터 나는 벙어리입니다!"

VIII. 손에 움켜쥔 카드

프로스 집사는 집에 재난이 새롭게 닥친 사실도 다행히 모른 채 좁은 길을 이리저리 누비고 퐁뇌프 강에서 다리를 건너며 오늘 꼭 사야 할 물건을 마음에 떠올렸다. 제리는 바구니를 들고 옆에서 걸었다. 두 사람 모두 상점을 지날 때마다 왼쪽과 오른쪽을 번갈아가며 돌아보다가 사람들이 잔뜩 모인 곳이면 잔뜩 경계하는 눈으로 쳐다보고 사람들이 시끄럽게 떠들어대는 곳이면 길을 돌아갔다. 날씨는 쌀쌀하고 안개가 자욱한

강에서는 환하게 타오르는 불빛이 여기저기에 희미한 가운데 곳곳에서 날카로운 소리가 일어나는 걸 보면 정박한 바지선마다 대장장이 여럿이 공화국 군대가 사용할 총을 만드는 게 분명했다. 그런 군대에 농간을 부리는 놈이나 그런 군대에서 부당하게 승진하는 놈에게 저주가 내려 라! 그런 놈은 수염을 안 기르는 게 좋으니, '국민 면도기'라는 단두대가 싹둑 잘라버리기 때문이다.

프로스 집사는 식료품 몇 점과 등잔에 넣을 기름을 조금씩 사들인 다음에 가족이 마실 포도주를 떠올렸다. 그래서 술집을 몇 군데 살피다 가 '고대의 착한 공화국 시민 브루투스'라는 간판 앞에서 멈췄다. 국립궁 전에서 - 예전에 튈르리 궁이라고 부를 때 찾아가서 구경하며 상상의 나래를 펼친 곳에서 - 멀지 않은 곳이다. 지금까지 지나온 다른 술집에 비해 훨씬 조용해 보이는 데다 애국시민 모자가 널려서 빨갛긴 하지만 다른 술집만큼 빨갛진 않았다. 그래서 제리에게 말해 의견이 같다는 사실을 확인하곤, '고대의 착한 공화국 시민 브루투스'로 들어서고, 기 사는 뒤를 따랐다.

자욱한 담배 연기와 희미한 불빛 사이로 다양한 사람이 보였다. 입에 파이프를 문 채 흐느적거리는 카드나 누런 도미노를 가지고 노는 사람도 있고, 활짝 드러낸 가슴과 팔에 검댕을 묻힌 채 신문을 커다랗게 읽는 노동자와 주변에 모여서 열심히 듣는 사람도 있고, 무기를 몸에 걸치거 나 바로 집을 수 있도록 옆에 내려놓은 사람도 있고, 어깨가 높고 털이 많은 까만색 짧은 외투를 걸쳐서 유행을 자랑하며 앞으로 엎드려서 잠자 는 모습이 꾸벅꾸벅 조는 곰이나 개처럼 보이는 사람도 두세 명 있는 가운데, 이국적으로 차려입은 프로스 집사와 제리는 계산대로 다가가서 필요한 분량을 주문했다.

포도주를 주문한 양만큼 따르는데, 모서리에서 사내 한 명이 동료와 헤어지며 일어나 밖으로 나가려고 하니, 프로스 집사와 얼굴이 마주칠 수밖에 없었다. 그런데 사내와 얼굴이 마주치는 순간 프로스 집사는 비명을 내지르며 손뼉을 쳤다.

순간적으로 술집에 있는 사람 모두 벌떡 일어났다. 누군가 의견충돌을 일으키다가 다른 사람을 죽인 분위기였다. 그래서 모든 사람이 바닥에 쓰러진 사람을 찾는데 보이는 거라곤 마주 서서 노려보는 남자 한 명과 여자 한 명이 전부였다. 남자는 겉으로 보기에 철두철미한 프랑스 공화국 시민이고 여자는 영국인이 분명했다.

'고대의 착한 공화국 시민 브루투스' 제자들은 갑작스러운 기대가 사라지자마자 프로스 집사와 제리에게는 히브리어나 칼데어 말과 같은 소리로 왁자지껄 떠들어대는데, 설사 알아들을 귀가 있다고 해도 둘 다 너무 놀란 터라 하나도 안 들릴 것 같았다. 여기에서 반드시 짚고 넘어가야 하는 건 프로스 집사만 깜짝 놀라고 흥분해서 넋을 잃은 게 아니라 제리 역시 - 완전히 다른 이유로 - 엄청나게 놀랐다는 사실이다.

"어쩐 일이야?"

프로스 집사에게 비명을 지르게 한 사내가 물었다. 너무 갑작스럽고 난처한 목소리에 극히 나지막이 흘러나오는 영어였다.

그러자 프로스 집사가 다시 손뼉을 치며 소리쳤다.

"아, 솔로몬, 우리 동생! 오랫동안 만나지도 못하고 아무런 소식도 못 들었는데, 여기에서 이렇게 만나다니!"

"솔로몬이라고 부르지 마. 나를 죽이고 싶은 거야?"

사내가 나무라는데, 공포에 질린 은밀한 어투였다. 하지만 프로스 집사는 눈물을 와락 터트리며 계속 소리쳤다.

"동생, 우리 동생! 그렇게 잔인한 말을 하다니, 내가 너에게 심하게 대한 적이 한 번이라도 있니?"

"그럼 수다 떨기 좋아하는 입 좀 다물고 밖으로 나와, 나에게 말할 게 있다면. 포도주를 샀으면 값부터 치르고. 이 사람은 누구야?"

동생이 아무런 애정도 안 보이는 바람에 프로스 집사는 사랑이 듬뿍 담긴 표정으로 고개를 힘없이 끄덕이더니, 눈물이 그렁그렁한 눈으로 대답했다.

"제리."

"그럼 저 사람도 데리고 나와. 저 사람은 나를 유령이라고 생각하나 보지?"

실제로 제리는 겉모습만 보고 그렇게 생각했다. 하지만 아무런 말도 않고, 프로스 집사는 눈물이 가득한 가운데 손가방을 어렵게 뒤지면서 포도줏값을 치르려고 했다. 그러는 동안 솔로몬은 '고대의 착한 공화국 시민 브루투스' 추종자들을 돌아보고 불어로 몇 마디 설명하자, 모든 사람이 다시 자리에 앉아서 원래 하던 일로 돌아갔다.

이윽고 솔로몬은 어두운 거리 모퉁이에서 걸음을 멈추며 물었다.

"그래, 나에게 바라는 게 뭐야?"

"아무리 막돼먹고 끔찍한 동생이라도 내가 사랑하는 마음을 막을 순 없어! 누나에게 그렇게 말하다니, 반가워하는 표시도 없고."

"정말 어이가 없군! 그래."

솔로몬이 말하더니 자기 입술로 프로스 집사 입술을 톡 치고는 덧붙 였다.

"이제 만족해?"

프로스 집사는 머리를 흔들며 말없이 흐느낄 뿐이었다. 그러자 동생 솔로몬이 다시 말했다.

"내가 깜짝 놀랄 거라고 기대했다면, 전혀 아니야. 나는 누나가 여기 온 걸 예전에 알았어. 여기에 있는 사람을 대부분 알거든. 내가 위험에 빠지는 걸 바라지 않는다면 - 까딱하다간 그렇게 될 거란 생각이 드는데 - 가던 길이나 최대한 빨리 가도록 해, 나는 내가 갈 길을 가고. 바쁜 사람이거든. 공화국 관리라고."

프로스 집사가 눈물이 가득한 눈으로 쳐다보며 한탄했다.

"우리 영국인 동생 솔로몬이 조국에서 정말 훌륭하고 위대한 인물로 성공할 줄 알았는데, 외국에서 관리로 살아가다니, 그것도 이런 외국인 사이에서! 이러다간 얼마 안 가서 우리 사랑하는 동생이 무덤에 묻히는……"

동생이 중간에 끼어들며 소리쳤다.

"내가 걱정한 그대로야! 이럴 줄 알았어. 누나는 내가 죽는 걸 원해. 사람들이 나를 수상한 사람으로 고발할 거야, 누나 때문에. 이제 막 출세 가도에 들어섰는데!"

"자비로우시고 인자하신 하느님이 나무라셔! 너를 두 번 다시 안 보는 게 좋겠구나, 사랑하는 솔로몬. 하지만 지금까지 누나는 너를 진정으로 사랑했고 앞으로도 영원히 그럴 거야. 누나에게 다정한 말을 한마디만 하렴. 그리고 우리 둘 사이에 아무런 탈도 없다고 말해. 그러면 이제는 안 잡을 테니."

착하디착한 프로스 집사! 자신이 잘못해서 남매지간이 멀어지기라도 한 것 같구나. 몇 년 전에 소호 모퉁이 조용한 집에서 로리에게 말한 것처럼, 이렇게 소중한 동생이 자기 돈을 모두 탕진하고 떠난 사실조차 까마득하게 잊고서!

하지만 동생이 남매의 공과와 위치가 완전히 뒤바뀐 것처럼 생색내면서 (세상 곳곳에 널린 몰염치한 인간이 흔히 그러는 것처럼) 마지못해 애정 어린 말을 하려는 순간, 제리가 어깨를 툭 치면서 거친 목소리로 끼어들었다.

"여보쇼! 한 가지 물어도 되겠소? 당신 이름은 존 솔로몬이요, 솔로몬 존이요?"

공화국 관리가 갑자기 의심스러운 눈으로 쳐다보았다. 조금 전까지 한 마디도 없던 작자였다. 하지만 제리는 훨씬 거친 목소리로 다시 물었다.

"어서! 대답하시오. 존 솔로몬이요, 솔로몬 존이요? 이 분이 솔로몬이라고 부르는데, 누님이니까 당연히 맞을 거요. 그런데 나는 당신이 존이라고 들었소. 어떤 게 앞이요? 그렇다면 프로스란 이름은 또 어떻게 되는 거요? 바다 건너 영국 땅에서는 그런 이름이 아니었잖소."

"무슨 뜻입니까?"

"으음, 바다 건너에서 부르던 이름이 떠오르질 않으니, 나도 무슨 뜻인지 모르겠소."

"기억이 안 나요?"

"그렇소. 하지만 이름이 세 글자였던 건 확실하오."

"정말요?"

"그렇소. 다른 이름은 한 글자였소. 나는 당신을 아오. 당신은 첩자…… 법정에서 증언했소. 당신이 좋아하는 거짓말의 아버지[67] 이름으로 묻겠는데, 당시에 당신이 사용한 이름은 무엇이오?"

"바사드."

다른 목소리가 갑자기 끼어들며 대답하자, 제리가 소리쳤다.

"맞아, 바로 그 이름이야!"

새로 끼어든 사람은 시드니 칼튼이다. 그는 두 손을 승마용 상의 뒷자락 밑으로 넣어서 뒷짐을 진 채 재판정에서 그런 것처럼 무관심한 표정으로 제리 옆에 다가서며 계속 말했다.

---

67) 악마를 뜻한다.

"놀라지 마세요, 친애하는 프로스 집사. 아무런 연락 없이 어젯밤에 로리 선생님 숙소에 도착했소. 모든 상황이 잘 풀릴 때까지, 혹은 내가 도울 수 있을 때까지 누구에게도 모습을 안 드러내려고 마음먹었는데, 지금 여기에 나타난 이유는 당신 동생에게 할 말이 있어서요. 동생이 바사드보다 훨씬 바람직한 일을 하면 좋았을 거요. 프로스 집사에게는 바사드가 '감옥의 양'이 아닌 게 훨씬 좋았을 테니 말이오."

'양'이란 간수 사이에서 암약하는 첩자를 말한다. 첩자는 그렇지 않아도 창백하던 얼굴이 훨씬 창백하게 변하면서 "왜 그런 말을……" 할 때 칼톤이 다시 말했다.

"내가 말하지. 나는 약 한 시간 전에 감옥 담벼락을 우두커니 바라보다가 콩시에르저리 감옥에서 나오는 당신을 우연히 발견했어, 바사드. 당신은 얼굴을 기억하기 쉬운 데다가 나는 얼굴을 기억하는 능력이 뛰어나거든. 예전에 당신 때문에 곤란을 겪은 친구가 지금 이 순간에도 곤란을 겪는데, 당신이 바로 거기에서 나온 데에는 뭔가 이유가 있을 거란 생각에 호기심이 일어서 뒤를 밟았어. 그래서 여기 술집으로 뒤따라 들어가서 근처에 앉았지. 당신이 마구 지껄이는 소리와 당신 추종자들이 떠들어대는 소리를 들으니, 당신이 하는 일을 어렵지 않게 추측할 수 있겠더군. 처음에는 무작정 뒤를 밟았는데 이제 당신 목적을 어느 정도 파악한 것 같아, 바사드."

"무슨 목적?"

첩자가 묻자, 칼톤은 제안했다.

"거리에서 이런 얘기를 나누는 건 곤란할 것 같아. 위험할 수 있거든. 그래서 부탁인데, 나하고 단둘이 은밀한 대화를 나눌 순 없을까…… 가령 텔슨 은행 사무실 같은 곳에서?"

"협박이오?"

"아! 내가 그런 식으로 말했나?"

"아니라면 내가 거기에 가야 할 이유가 무어요?"

"그건 나도 말할 수 없어, 바사드, 당신이 안 간다면."

"그럼 아무 말도 않겠다는 뜻입니까, 선생?"

첩자가 주저하는 어투로 묻자, 칼톤이 대답했다.

"매우 또렷하게 이해했군, 바사드. 그래, 안 할 거야."

칼톤은 아무래도 괜찮다는 무심한 태도에다 민첩한 판단과 노련한 기교를 더하면서 바사드라는 작자를 완전히 뒤흔들어, 마음에 품은 목적을 달성하려고 애썼다. 그래서 노련한 눈으로 그런 징후를 발견하고 최대한 활용했다.

"내가 이렇게 될 거라고 했잖아. 이번 일로 문제가 생기면 모두 누나 탓이야."

첩자가 책망하는 표정으로 말하며 누나를 쳐다보자, 칼톤이 끼어들었다.

"그러면 안 되지, 바사드! 투덜대지 말라고. 나에게 당신 누님을 존경하는 마음만 없어도 우리 모두에게 유리한 제안을 이렇게 기분 좋게 하는 일은 없을 테니 말이야. 그래, 나랑 은행으로 가겠나?"

"좋아요, 갑시다. 무슨 말을 하는지 들어나 봅시다."

"당장은 자네 누님을 집 앞 모퉁이까지 안전하게 모시는 게 좋겠네. 자, 나에게 팔짱을 끼세요, 프로스 집사. 집사님 경호원도 바사드와 함께, 아니, 우리와 함께 로리 선생님에게 가자고 초청할 생각인데, 여기는 이런 시간에 경호원 없이 돌아다녀도 될 만큼 좋은 도시가 아니거든요. 자, 모두 준비됐나요? 그럼 갑시다!"

프로스 집사가 이런 일이 생긴 직후는 물론 삶이 끝나는 순간까지 떠올린 바에 의하면, 자신은 두 손으로 칼톤 팔을 꼭 잡고 동생을 해치지 말라고 간청하는 눈빛으로 쳐다보는데, 그 팔에서는 단호한 의지가 느껴지고 그 눈에서는 영감이 번뜩였다. 평소의 경박한 태도와 완전히 다른 모습이 존경스러울 정도였다. 그래서 사랑할 가치가 전혀 없는 동생이 걱정스럽기도 하고 칼톤이 친절하게 안심시키는 모습에 완전히 정신이 팔리기도 해서 자신이 계속 쳐다본다는 사실을 적당히 숨길 수조차 없었다.

칼톤은 집 앞 모퉁이까지 프로스 집사를 데려다주고 몇 분 거리에 있는 로리 사무실로 인도했다. 존 바사드인지 솔로몬 프로스인지는 옆에서 걸었다.

로리는 이제 막 저녁 식사를 마치고 조그만 통나무 한두 개가 불길을 기분 좋게 내뿜는 앞에서 쉬는데, 오래전 도버 해협 로열 조지 호텔에서 텔슨 은행 출신 중년 신사가 빨갛게 달아오른 석탄불을 바라보던 모습이 불길에 살포시 어리는 것 같았다. 그러다가 사람들이 들어오는 소리에 고개를 돌리더니, 낯선 사람을 발견하고 깜짝 놀라는 표정을 떠올리자, 칼톤이 소개했다.

"프로스 집사 동생입니다, 선생님. 바사드."

"바사드? 이름이 귀에 익군…… 얼굴도 그렇고."

노신사가 말하자, 칼톤이 차갑게 말했다.

"내가 그랬지, 당신 얼굴은 기억하기 쉽다고? 자, 자리에 앉아."

그러더니 칼톤 자신도 의자에 앉으면서 "재판정에 증인으로 나왔지요" 하고 설명하자, 궁금한 눈으로 쳐다보던 로리는 곧바로 기억을 떠올리곤 처음 찾아온 방문객에게 경멸스런 표정을 노골적으로 드러내며 쳐다보았다.

"바사드는 프로스 집사가 사랑하는 동생이란 사실이 드러났습니다. 두 사람 관계도 직접 확인했고요. 그리고 훨씬 나쁜 소식이 있습니다.

다네이가 다시 체포되었습니다."

칼톤이 말하자, 노신사가 소스라치게 놀라며 소리쳤다.

"도대체 그게 무슨 소리요! 무사히 풀려난 걸 확인한 게 불과 두 시간 전인데, 그리고 이제 막 다시 찾아가려는 중인데!"

"그런데도 체포되었어요. 그게 언제지, 바사드?"

"조금 전, 체포했다면."

바사드가 대답하자, 칼톤이 다시 설명했다.

"바사드는 이 문제를 가장 잘 아는 사람입니다. 저도 바사드가 포도주를 마시면서 친구자 형제 '양'하고 나누는 이야기를 듣고 체포한다는 사실을 파악했습니다. 이자는 병사를 데리고 그 집까지 찾아가서 공동주택 관리인이 문을 열어주는 광경까지 확인했습니다. 다네이가 체포된 건 의심할 여지가 없습니다."

오랜 직장생활로 눈치가 빠삭한 로리는 이 문제로 왈가왈부하는 건 시간 낭비에 불과하단 사실을 상대편 얼굴에서 읽었다. 그래서 머리가 혼란한 와중에도 정신을 바짝 차려야 한다는 사실을 느끼고 마음을 달래면서 입을 다문 채 귀를 가만히 기울였다. 그러자 칼톤이 다시 말했다.

"마네뜨 박사님이 유명하시고 영향력도 있으시니 내일도 다네이에게 도움이 될 게 분명합니다…… 내일 재판정에 선다고 했지, 바사드?"

"네, 그럴 겁니다."

"오늘처럼 내일도 도움이 될 겁니다. 하지만 아닐 수도 있습니다. 솔직하게 고백하면 마네뜨 박사님만 한 영향력으로도 이렇게 체포되는 걸 못 막았다는 사실이 매우 걱정스럽습니다, 로리 선생님."

"박사님이 사전에 몰라서 그럴 수도 있잖소."

"바로 그런 상황이 더욱 걱정스러운 겁니다, 다네이가 박사님 사위라는 사실을 모두 안다는 걸 전제로 하면."

"그렇군."

로리가 인정하더니 떨리는 손을 턱에 대곤 떨리는 눈으로 쳐다보자, 칼톤이 다시 말했다.

"한 마디로 지금은 매우 절박한 순간입니다, 절박한 내기를 걸고 절박하게 도박해야 하는 순간이요. 박사님은 이기는 카드게임을 하고 저는 지는 카드게임을 하는 겁니다. 여기에서는 사람 목숨이 언제 끊어질지 모릅니다. 인민이 오늘은 집까지 영웅처럼 데려왔으나 내일은 사형선고를 내릴 수 있습니다. 그래서 저는 최악에 대비해 콩시에르저리 감옥에 있는 친구하고 도박을 벌일 작정입니다. 제가 상대할 친구는 바로 여기에 있는 바사드입니다."

"그러려면 패가 아주 좋아야 할 겁니다."

첩자가 말하자, 칼톤이 대답했다.

"그럼 대충 훑어볼까? 어떤 패가 있는지 보자고, 로리 선생님, 선생님은 제가 짐승 같은 놈이라는 걸 아실 터이니, 브랜디 좀 주시면 고맙겠습니다."

브랜디를 가져오자, 칼톤은 한 잔 따라서 쭉 마시고 ― 또 한 잔 따라서 쭉 마시고 ― 곰곰이 생각하는 표정으로 술병을 옆으로 밀더니, 손에 있는 카드를 실제로 쭉 훑어보는 것처럼 말했다.

"바사드, 감옥에서 활약하는 '양', 공화국 위원회 밀사, 이번에는 간수, 다음에는 죄수, 영원한 첩자며 비밀 정보원, 여기 프랑스에서 습성이 비슷한 프랑스인에 비해 매수당할 가능성이 비교적 적은 영국인이라서 훨씬 좋은 대접을 받는 가운데 가짜 이름을 사용하며 암약하다. 으음, 패가 정말 좋군. 바사드, 지금은 프랑스공화국 정부 밑에서 일해도 원래는 프랑스를 압박하고 자유를 압박하는 영국 귀족 정부 밑에서 일하다.

이것도 패가 정말 훌륭해. 이렇게 의심이 난무하는 분위기에서는 바사드가 영국 귀족 정부에게 여전히 보수를 받으며 윌리엄 피트 영국 총리 밑에서 일하는 첩자로, 공화국 심장부에서 암약하는 끔찍한 원수로, 나쁜 일이란 나쁜 일은 모두 벌이는데 눈에는 안 띄는 영국 첩자며 배신자로 추론할 가능성이 매우 커. 이건 절대로 질 수 없는 패야. 이제 내가 어떤 패를 잡았는지 알겠나, 바사드?"

"그걸 어떻게 사용할진 모르겠군요."

첩자가 대답했다. 약간 불안한 어투였다.

"나는 이 패를, 바사드 고발이란 패를, 제일 가까운 혁명위원회에 제출할 거야. 이제 당신 차례니까 자신이 가진 패를 쭉 훑어보라고, 바사드. 서둘지 말고."

칼톤이 말하더니, 술병을 당기고 브랜디를 잔에 가득 따라서 쭉 들이켰다. 그런데 자신이 이렇게 술을 마시다가 술 취한 기분에 그대로 고발하지 않을까 첩자가 두려워한다는 느낌을 받았다. 그래서 술을 다시 가득 따라서 쭉 들이켠 다음에 다그쳤다.

"자신이 가진 패를 쭉 훑어보라고, 바사드. 느긋하게."

패는 칼톤이 생각한 이상으로 형편없었다. 심지어 칼톤이 전혀 모르는 패까지 손에 들었다. 확실히 질 수밖에 없는 패였다. 영국에서 증언한 내용이 참담하게 실패한 결과 - 영국에서 필요하지 않아서가 아니라, 비밀 유지와 첩보에 탁월하다는 영국인 특유의 자존심을 훼손한 덕분에 - 바사드는 명예로운 첩자 자리에서 쫓겨나 - 해협을 건너 프랑스로 들어와, 왕정체제가 무너지기 직전에 새로운 역할을 찾았다. 처음에는 프랑스에 있는 영국인 사이에서 부추기고 염탐하는 역할을 하다가 프랑스인 사이에서 부추기고 염탐하는 역할로 조금씩 발전했다. 그러다가 급기야 생앙투안 지역과 드파르지 술집을 담당하게 되었다.

드파르지 부부와 대화를 트기 위해 마네뜨 박사를 잡아 가두고 석방한 사연 같은 핵심 정보를 경찰 정보국에서 받아 마담 드파르지를 찾아갔다가 처참하게 깨진 게 바로 그 시점이었다. 자신이 무슨 말을 할 때마다 마담 드파르지가 끔찍한 표정으로 뜨개질에 열중해 두 손을 열심히 움직이면서 불길한 눈으로 쳐다보던 장면을 떠올리면 지금도 몸서리가 일어난다. 생앙투안 구역에서 마담 드파르지가 뜨개질로 기록한 내용을 제시하며 이런저런 사람을 고발하고 단두대는 단번에 삼켜버리는 장면을 목격한 게 한두 번이 아니었다.

비슷한 일을 하던 사람이라면 누구나 그런 것처럼 바사드 역시 자신이 절대 안전하지 않다는 사실을, 도망칠 수도 없다는 사실을, 모가지 바로 위에 도끼날이 걸려서 시퍼렇게 노려본다는 사실을, 극적으로 배신을 거듭하며 공포의 주역으로 탈바꿈했지만 말 한마디면 그것도 끝장이라는 사실을 너무나 잘 안다. 한 번 고발당하면, 지금 막 머리에 떠오른 엄중한 사태로 판단컨대, 용서하고 담쌓은 사례를 자신이 여기저기에서 다양하게 목격한 대로, 끔찍한 여인은 뜨개질로 기록한 치명적인 내용을 제출해서 마지막 생명줄을 짓밟을 게 분명했다.

첩보활동을 하는 사람은 누구나 금방 공포에 떠는 법인데 지금 손에 든 패가 너무나 불리해, 바사드로서는 얼굴이 단번에 새파랗게 변할 수밖에 없었다.

"손에 든 패가 마음에 안 드는 것 같군. 어때, 한 판 해보겠나?"

칼톤이 극히 태연하게 말하자, 첩자는 몹시 비굴한 자세로 로리를 쳐다보며 사정했다.

"연륜도 깊으시고 자비로운 신사분에게 사정하오니, 옆에 계신 신사에게, 훨씬 젊은 분에게, 어떤 상황에서든 저분이 말씀하신 패를 사용하면 안 된다고 타일러주십시오, 선생님. 제가 첩자라는 사실은, 다른 사람 눈에 안 좋게 보인다는 사실은 인정합니다. 그런데 제가 아니라도 누군가 할 수밖에 없는 역할입니다. 하지만 여기에 계신 신사는 첩자도 아닌데, 그런 노릇을 자청해서 위신을 떨어뜨릴 이유가 대체 뭐란 말입니까?"

"그래도 나는 패를 사용할 거야, 바사드."

칼톤이 대신 대답하더니, 시계를 바라보며 덧붙였다.

"조금도 망설이지 않고, 지금 당장."

첩자는 로리를 대화에 얽어매려고 애쓰는 어투로 사정했다.

"간절하게 청하오니, 두 분 신사 모두 저희 누님을 봐서라도……."

"너희 누님을 생각한다면 너 같은 동생은 깨끗이 정리하는 게 훨씬 좋아."

칼톤이 대답하자, 첩자가 물었다.

"정말 그렇게 생각하십니까, 선생님?"

"나는 이미 마음을 완전히 정했어."

아주 공손한 태도를 보여도, 눈에 두드러지게 거친 옷차림은 물론 평소에 그랬음 직한 행실하고 어이가 없을 만큼 안 어울릴 정도로 공손하게 말해도, 속을 알 수 없는 칼톤에게 - 바사드보다 훨씬 정직하고 지혜로운 사람도 속을 알 수 없는 칼톤에게 - 궁지에 몰리는 순간, 바사드는 심하게 흔들리다가 무너지고 말았다. 그래서 넋이 달아난 사이에 칼톤은 자신이 움켜쥔 패를 바라보며 깊이 생각하는 표정으로 다시 말했다.

"그런데 다시 생각하니, 나에게 좋은 패가 또 있는 것 같아. 아까 감옥에서 가축을 키운다고 말한 자네 친구 '양' 말이야. 그자는 누구지?"

"프랑스인. 선생님은 모르는 사람입니다."

첩자가 재빨리 대답했다.

"프랑스인?"

칼톤이 반문하면서 깊이 생각하더니, 상대를 전혀 의식 않는 어투로 이렇게 덧붙였다.

"으음, 그럴 수도 있겠지."

"확실합니다. 제가 보증합니다, 중요한 문제는 아닙니다."

"중요한 문제는 아니다. 중요한 문제는 아니다…… 아니다, 중요한 문제가. 아니다. 그런데 내가 아는 얼굴이거든?"

칼톤이 이번에는 기계적으로 반복하다가 갑자기 묻자, 첩자가 대답했다.

"그럴 리 없습니다. 확실히 아닙니다. 그럴 순 없습니다."

"그럴 순 없다."

칼톤이 중얼거리며 기억을 더듬더니, 술잔을 느긋하게 (다행히도 이번엔 조금만) 채우면서 덧붙였다.

"그럴 순 없다. 불어를 잘한다. 그래도 내가 보기엔 외국인 같은데?"

"지방에서 왔습니다."

"아니야. 외국인이야!"

칼톤이 소리치며 손바닥으로 탁자를 쾅! 내려치더니, 선명한 기억을 갑자기 떠올리며 다시 소리쳤다.

"클라이! 그래, 변장했지만 같은 사람이야. 영국 재판정에서 증인석에 섰어."

그러자 바사드는 매부리코가 한쪽으로 심하게 기울 정도로 웃으면서 대답했다.

"이번에는 헛짚으셨네요, 선생님. 이번에는 제가 확실히 유리한 패를 잡았습니다. 클라이는 - 오랜 시간이 지났으니 저와 동업자란 사실을 솔직하게 인정하겠는데 - 몇 년 전에 사망했습니다. 제가 임종하는 자리를 지켰지요. 런던에 있는 세인트 판크라스 성당 공동묘지에 묻었습니다. 당시에 폭도가 마구잡이로 달려들어서 묘지까진 못 갔지만, 관에다 시신을 넣은 사람이 바로 접니다."

이 말이 나오는 순간, 로리는 앉은 자리에서 벽에 어리는 도깨비 그림자를 목격했다. 그래서 원인을 쫓아, 그렇지 않아도 곤두선 제리 머리칼이 갑자기 뻣뻣하게 일어나서 그런다는 사실을 발견한 가운데, 첩자가 계속 말했다.

"이성적으로 생각해서 공정하게 판단합시다. 선생님이 틀렸단 사실을, 근거 없는 억측이란 사실을 증명하는 차원에서 클라이 매장 서류를 보여드릴 수도 있습니다. 어쩌다 보니 수첩에 넣고 다녔거든요."

그러더니 급히 꺼내서 서류를 보여주며 덧붙였다.

"여기에 있습니다. 아, 자세히 보세요, 자세히 보시라고요! 손으로 짚어서 보셔도 됩니다. 위조한 게 아니니까요."

이 말이 나오는 순간, 로리는 벽에 어린 그림자가 길어지는 걸 느끼는 가운데 제리가 벌떡 일어나서 앞으로 나왔다. 바싹 곤두선 머리칼이 '잭이 지은 집'이라는 동요에 등장하는 삐뚤어진 소뿔 같았다.

제리는 첩자가 안 보는 사이에 옆으로 다가가서 저승사자처럼 어깨를 툭 치며 몹시 거친 어투로 사납게 말했다.

"그자는 로저 클라이가 맞습니다, 나리. 그러니까 네놈이 그놈을 관에다 넣었다고?"

"그렇소."

"그럼 시신을 빼낸 건 누구지?"

바사드가 몸을 본능적으로 뒤로 젖혀서 의자 등받이에 기대며 더듬거렸다.

"그게……그게 무슨 말이오?"

"내 말은 그자는 관에 들어간 적이 없다는 거야. 절대! 절대 아니야! 내 목을 쳐도 좋아, 그자가 관에 들어간 적이 있다면."

제리가 소리치자, 첩자는 두 신사를 번갈아가며 쳐다보았다. 두 신사 모두 제리에게 놀라서 말문이 막힌 표정이었다. 그런 가운데 제리가 다시 말했다.

"내가 확실히 말하는데, 네놈은 자갈과 흙을 넣고 관을 묻었어. 그러니까 클라이를 묻었다는 말은 그만하라고. 내가 샅샅이 살폈으니까. 그런 사람은 나 말고 둘이나 더 있어."

"어떻게 아시오?"

"그게 너랑 무슨 상관이야? 원수 자식! 파렴치한 사기를 쳐서 정직한 장사꾼을 속인 놈이 바로 너야! 누가 금화 반 닢만 줘도 네놈 모가지를 당장 비틀어버리고 말겠어."

갑작스러운 상황에 로리와 마찬가지로 시드니 칼톤 역시 넋 나간 표정으로 쳐다보더니, 이제 진정하고 자초지종을 설명하라고 제리에게 말하자, 대충 얼버무리는 대답이 나왔다.

"나중에요, 나리. 지금은 설명하기에 좋은 시간이 아니에요. 제가 말하고 싶은 건 클라이가 관에 들어간 적은 한 번도 없다는 사실을 저놈도 잘 안다는 거예요. 어디 한 번 지껄여보라고 하세요, 그런 말이 한마디만 더 나오면 내가 금화 반 닢을 받고 저놈 모가지를 단숨에 비틀어버릴 테니까요."

제리가 말하더니, 정말 관대한 제안이라도 하는 듯 덧붙였다.

"아니면 내가 나가서 저놈을 고발하든가."

그러자 칼톤이 끼어들었다.

"으흠! 좋은 게 보이는군. 좋은 패가 또 생겼어, 바사드. 모두 미쳐 날뛰는 파리에서, 의심이 판치는 파리에서, 자네와 함께 귀족 정부 밑에

423

서 첩자 노릇을 한 자와 아직도 관련이 있다면, 게다가 그자는 가짜로 죽어서 다시 살아난 신비로운 전력까지 있다면, 자네가 살아나는 건 불가능해! 외국인이 감옥에서 음모를 꾸며 공화국을 해친다. 정말 대단한 패야…… 단두대로 곧장 가는 패! 그래, 한 번 붙어볼까?"

첩자가 단번에 대답했다.

"아닙니다! 제가 졌습니다. 지금 고백하는데, 괘씸한 폭도가 괴롭힌 나머지 저는 죽을 위험을 피해 영국에서 도망치고 클라이는 폭도가 샅샅이 뒤지고 다녀서 제대로 도망칠 수 없는 나머지 그런 사기극을 벌일 수밖에 없었습니다. 저로선 그게 사기극이란 사실을 이 사람이 어떻게 알았는지 궁금할 따름입니다."

"나 때문에 머리 썩힐 필요는 없어. 지금 네놈은 저분 한 분을 상대하기에도 벅찰 테니 말이야."

말싸움을 좋아하는 제리가 반박하더니, 자신이 매우 관대하다는 사실을 보여주고 싶어서 못 참겠다는 표정으로 덧붙였다.

"그리고 내가 하는 말 잘 들어! 한 번 더! 금화 반 닢만 줘도 나는 지금 당장 네놈 모가지를 비틀어버리고 말겠어."

감옥에서 암약하는 '양이 칼톤에게 시선을 돌리며 굳게 결심한 어투로 말했다.

"이제 결론이 났군요. 나는 이제 임무를 수행하러 가야 하는 처지라서 오래 머물 수 없습니다. 나에게 제안하겠다고 하셨는데, 그게 무업니까? 나에게 너무 많은 걸 요구하는 건 아무런 소용이 없습니다. 내가 맡은 역할을 이용해 무엇이든 하라는 건 머리를 잘릴 위험이 더 커서, 나로선 동의하느니 차라리 거절하고 새로운 기회를 엿볼 수밖에 없습니다. 한마디로 나는 그런 선택을 할 수밖에 없다는 겁니다. 아까 절박하다고 하셨는데, 여기에 있는 우리 모두 절박합니다. 명심하세요! 필요하다면 나 역시 다른 사람이 흔히 그러는 것처럼 여러분을 고발해서 위기를 벗어날 수도 있다는 사실을 밝히는 바입니다. 자, 나에게 원하는 게 무엇니까?"

"대단한 건 아니야. 자네는 콩시에르저리 감옥에서 간수로 일하지?"

"내가 분명히 말하는데, 탈출 같은 건 불가능합니다."

첩자가 단호하게 말하자, 칼톤이 느긋하게 물었다.

"내가 묻지도 않은 말에 굳이 대답하는 이유가 뭐지? 콩시에르저리 감옥에서 간수로 일하지?"

"가끔 그럽니다."

"원하는 시간에 그럴 수 있나?"

"내가 원하는 시간에 드나들 수 있습니다."

시드니 칼톤은 브랜디를 한 잔 더 따르더니, 벽난로에 천천히 부어서 떨어지는 술을 바라보았다. 그리고 술이 모두 떨어지자, 벌떡 일어나며 말했다.

"지금까지 다른 사람 앞에서 이런 얘기를 한 건 내가 가진 패를 확인시킬 필요가 있었기 때문이야. 이제 어두운 방으로 들어가서 단둘이 마지막 대화를 나누자고."

IX. 게임 시작

시드니 칼톤과 감옥에서 암약하는 '양'이 옆에 있는 어두운 방에서 안 들리는 목소리로 은밀한 대화를 나누는 동안, 로리는 불신과 의혹이 가득한 눈으로 제리를 쳐다보았다. 정직한 장사꾼 제리가 그런 눈초리를 받아들이는 태도 자체도 믿음이 안 갔다. 마치 오십 개는 되는 다리로 바닥을 일일이 짚어야 한다는 듯 불안한 표정으로 발을 이리 바꾸고 저리 바꾸고, 손톱을 하나하나 자세히 들여다보고, 짧은 기침을 해대면서 손으로 입을 막는데, 단순하고 시원하게 행동하던 평소 모습에서 좀처럼 볼 수 없는 동작이었다. 그래서 로리가 말했다.

"제리, 이리 오게."

제리는 시선을 피하며 게걸음으로 다가갔다.

"지금까지 무슨 일을 했나, 심부름하는 일 말고?"

제리는 자신의 후원자를 가만히 바라보며 곰곰이 생각하다가 좋은 생각을 떠올리고 대답했다.

"농사 비슷한 일입니다요."

로리가 화나서 검지를 흔들며 말했다.

"나는 사람들이 높이 평가하는 텔슨 은행을 자네가 눈가리개로 이용하며 법으로 금하는 파렴치한 행위를 한 것 같아서 심히 걱정스럽네. 만일 자네가 그랬다면, 영국으로 돌아가서 내가 편들어줄 거란 기대는 말게. 만일 자네가 그랬다면, 내가 비밀을 지킬 거란 기대도 말게. 텔슨 은행은 그렇게 이용할 수 있는 대상이 아니야."

그러자 제리가 당혹스런 표정으로 사정했다.

"저는 머리가 백발이 될 때까지 심부름 일을 계속하는 영광을 누리고 싶을 뿐이니, 선생님 같은 신사께서는 저에게 해로운 말씀을 하시기 전에 다시 생각하시길 바랍니다요. 설사 제가 그랬더라도 말입니다요…… 그렇다고 제가 실제로 그랬다는 말이 아니라 만약에 그렇다는 말입니다요. 그리고 설사 제가 그랬더라도, 그런 일은 없지만, 설사 그렇더라도, 그건 한쪽 면만 본 거란 사실을 고려하시기 바랍니다요. 모든 일에는 양면이 있으니깝쇼. 가령, 지금 이 시각에도 병원 의사는 금화를 긁어모아서 - 정직한 장사꾼은 한 푼도 못 줍는데, 아니, 한 푼은 둘째 치고 그 절반도, 아니, 절반은 둘째 치고 절반의 절반도 못 줍는데 - 텔슨 은행 같은 곳에 잽싸게 예치하며 정직한 장사꾼을 힐끔힐끔 쳐다봅니다요, 마차를 더도 말고 덜도 말고 잽싸게 타고 내리면서. 아, 그거야말로 텔슨 은행을 이용하는 겁니다요. 그런데 암컷 거위를 욕할 수 없으면 수컷 거위도 욕할 수 없는 거 아닙니깝쇼?

게다가 저에게는 예전부터 그렇고 앞으로도 똑같이 행동할 마누라가 있습니다요. 일이 잘될 것 같으면 무릎을 꿇고 제대로 망가지라고…… 완전히 망가지라고 빌어댑지요! 반면에 의사 마누라는 무릎을 꿇고 빌어대는 법이 절대로 없습니다요! 설사 무릎을 꿇고 빌더라도 환자가 더 오라고 비는 걸 테죠. 그러니 제가 어떻게 일을 제대로 풀어가겠습니까? 그럼 장의사는 어떻고 교구 신부는 어떻고 교회 관리인은 어떻고 사설 경비원은 또 어떻습니까요? 모두 욕심만 많아서, 저는 그런 일로 많은 돈을 못 법니다요, 설사 제가 그랬다고 하더라도 말입니다요. 그런데 남자가 조금밖에 못 벌면 성공할 수가 없는 법입니다요, 로리 선생님. 좋은 일이라곤 있을 수가 없습니다요. 그래서 옆으로 새고 싶은 생각이 들고, 그래서 옆으로 새는 법을 깨달으면 본래대로 돌아오는 법도 깨닫게 됩니다요…… 설사 제가 그랬다고 하더라도 말입니다요."

"아! 자네 모습에 정말 충격받았네."

로리가 한탄하는데 많이 누그러진 어투고, 제리는 계속 사정했다.

"나리, 죄송스럽지만 한 가지 부탁이 있습니다요, 나리. 설사 제가 그랬더라도, 그렇다고 제가 정말 그랬다는 말은 아닌데……"

"빙빙 돌려서 말하지 말게!"

로리가 나무라자, 제리는 이제는 빙빙 돌려서 말할 게 조금도 없다는 어투로 대답했다.

"네, 알겠습니다요, 나리. 그렇다고 제가 한 거란 말은 아닌데……
죄송하지만 한 가지 부탁이 있습니다요. 이제 다 자란 우리 아들놈을
은행 앞 걸상에, 템플 바에 앉혀 나리가 손에서 일을 놓으실 때까지
심부름도 시키고 가벼운 일도 시키고 그러시면 안 될깝쇼? 설사 제가
그랬더라도, 그렇다고 제가 실제로 그랬다는 말은 아닌데 (나리께 빙빙
돌려서 말씀드리는 게 아니굽쇼), 우리 아들놈에게 아버지 자리를 넘겨
서 자기 어미를 먹여 살리게 하면 안 될깝쇼? 그리고 아들놈 아비를
고발하는 대신 – 절대 그러면 안 됩니다요, 나리 – 이번에는 파는 일을
제대로 해서 – 만일 제가 그랬다면 – 무슨 일이 있더라도 강력한 의지와
확신을 발휘하며 제대로 마무리해서 안 판 것처럼 깨끗하게 만들어놓으
면 어떨깝쇼?"

제리가 할 말을 거의 끝냈다는 듯 이마에 흐르는 식은땀을 팔로 훔치
며 덧붙였다.

"바로 그게 제가 드리는 정중한 부탁입니다요, 나리. 여기는 머리가
잘려나가는 바람에 물건은 많아도 가격이 안 나가서 생각을 제대로 못
하면 짐꾼이 벌 수 있는 돈은 거의 없습니다요. 그리고 설사 제가 그랬다
하더라도, 가만히 있으면 되는데 곧바로 일어나서 그렇게 따지고 든
건 나리를 위하는 마음이었다는 사실을 생각하십사하는 게 제 소원입니
다요."

"그래, 최소한 그 말은 맞아. 이제 더는 말하지 말게. 자네에게 그럴만
한 자격이 있다면, 그래서 말이 아니라 행동으로 반성한다면 난 자네
친구로 남을 수도 있네. 말은 이제 더 듣고 싶지 않네."

제리가 주먹으로 이마를 훔치는데, 시드니 칼톤이 첩자를 데리고 어
두운 방에서 나오며 말했다.

"잘 가도록, 바사드. 협상을 맺었으니 나 때문에 걱정할 건 없어."

그러더니 벽난로 앞으로 와서 로리 앞쪽 의자에 앉았다. 그래서 두 사람만 남은 다음에 로리는 무슨 협상을 했는지 묻고, 칼톤은 이렇게 대답했다.

"별거 아닙니다. 상황이 다네이에게 불리하게 돌아갈 경우에 나를 다네이에게 한 번만 데려다 달라고 했습니다."

로리는 침통한 표정을 짓고, 칼톤은 계속 말했다.

"그게 제가 할 수 있는 전부입니다. 너무 많은 걸 요구하면 도끼날이 바사드 머리를 내려칠 수도 있기에, 자기 입으로 말한 것처럼 고발당하는 불편을 감수할 수도 있습니다. 그러면 우리에게 손해가 분명하니 어쩔 도리가 없습니다."

"하지만 다네이를 만난다 해도, 재판이 잘못되면 구할 수 없을 거요."

"저는 다네이를 구한다고 말한 적이 없습니다."

로리는 시선을 서서히 돌려서 불길을 바라보았다. 사랑하는 마네트 아가씨가 불쌍하고 다네이가 다시 체포당한 게 참으로 실망스러운 나머지 눈시울이 붉게 변하더니, 그렇지 않아도 이런저런 근심·걱정에 시달린 터라 늙은 나이에 결국 눈물을 터트리고 말았다. 그러자 칼톤이 떨리는 목소리로 말했다.

"선생님은 좋은 분이고 진정한 친구십니다. 슬퍼하는 모습을 제가 아는 척했다면 용서하십시오. 우리 아버지가 우시는 거라면 제가 가만히 앉아서 무관심하게 지켜볼 순 없었을 겁니다. 그러니 선생님이 저희 부친이라면 그렇게 슬퍼하시는 모습을 그냥 지켜보진 않았겠지요. 하지만 선생님은 그런 굴레가 없으니 마음껏 우십시오."

마지막 말을 할 때는 평소처럼 냉소적인 느낌이 엿보여도 어투나 표정에 진심으로 존경하는 마음이 담겨, 로리는 평소에 칼톤에게서 그렇게 바람직한 면을 본 적이 한 번도 없는 터라 몹시 당혹스러웠다.

그래서 한 손을 내밀자, 칼톤이 부드럽게 잡으면서 다시 말했다.

"가련한 다네이 문제로 돌아가서 당부하는데, 아가씨에게는 우리가 만난 건 물론 이런 협상 자체를 알리지 마세요. 그런다고 해서 아가씨가 다네이를 만날 수 있는 것도 아니니까요. 최악의 경우에는 스스로 목숨을 끊는 방법을 알려주려고 그런다는 오해만 살 수도 있고요."

미처 그런 생각을 못 한 로리는 정말 그럴 생각인지 확인하려고 재빨리 칼톤을 쳐다보았다. 그런데 그렇다는 느낌이 들었다. 칼톤도 로리를 쳐다보더니 그런 마음을 읽었는지, 이렇게 말했다.

"아가씨는 수천 가지를 생각할 텐데, 그런 생각 하나하나가 힘만 들 거예요. 그러니 저에 대해 아무런 말씀도 마세요. 제가 처음 찾아와서 말씀드린 것처럼 저는 아가씨를 안 만나는 편이 좋아요. 저는 아가씨를 안 만나도 항상 준비하다가 뭔가 도움이 될 만한 일이 있으면 어떤 일이든 할 겁니다. 이제 선생님은 아가씨를 만나러 가실 거죠? 오늘 밤에는 아가씨가 매우 힘들어할 거예요."

"지금 갈 생각이라오, 당장."

"다행이네요. 아가씨는 선생님을 특히 좋아하며 의지하니까요. 요새는 얼굴이 어떻던가요?"

"걱정도 많고 슬픔도 많은데 여전히 아름답다오."

"아!"

슬프고 기다랗게 흘러나오는 목소리가 한숨 같았다…… 아니, 흐느낌 같았다. 그래서 로리가 저절로 그쪽을 바라보는데, 상대편 얼굴은 이미 불길로 돌아간 다음이었다. 노신사가 보기에 햇살 같기도 하고 그늘 같기도 한 게 얼굴을 스치는 모습은 맑은 날에 언덕을 환하게 비추던 햇살이 순식간에 먹구름으로 바뀌는 것과 비슷하더니, 급기야 발 하나를 들어서 불이 살짝 달라붙은 통나무를 밀어, 통나무를 앞으로 굴러

떨어뜨렸다. 당시에 유행하던 하얀 승마복에 무릎까지 올라오는 승마 구두 차림이라서 불빛에 어린 얼굴은 한층 더 창백하게 보이고, 기다란 갈색 머리칼은 잔뜩 헝클어진 채 이리저리 흘러내렸다. 불길에 아무런 관심도 안 보이는 모습이 너무 섬뜩해서 로리는 조심하란 말을 한마디 뱉어낼 수밖에 없었다. 장화 무게에 통나무가 부러져서 불길이 활활 타오르며 시뻘겋게 달아오르는데도 그대로 있었기 때문이다.

"깜빡 잊었네요."

칼톤이 대답하는 소리에 로리는 얼굴을 다시 쳐다보았다. 잘생긴 얼굴에 어린 침울한 표정을 바라보면서 죄수들 얼굴에 어리는 다양한 표정을 마음속으로 떠올리는 순간, 칼톤 역시 얼굴에 정말 똑같은 표정이 어린다는 생각이 들었다.

"여기에서 하실 일은 모두 끝내셨나요, 선생님?"

칼톤이 물으며 고개를 돌려서 쳐다보았다.

"그렇소. 어젯밤 마네뜨 아가씨가 갑자기 들어설 때 당신에게 말한 것처럼 마침내 여기에서 할 일은 모두 마쳤소. 아가씨네 가족이 완벽하게 무사한 걸 확인한 다음에 파리를 떠나고 싶었을 뿐이오. 나는 통행증도 있고 떠날 준비도 마쳤으니 말이오."

이 말과 함께 두 사람 모두 침묵하더니, 칼톤이 곰곰이 생각하는 표정으로 다시 물었다.

"선생님은 오랫동안 사셨으니, 과거를 돌아볼 일도 많겠지요?"

"일흔여덟이나 되었으니까요."

"선생님은 평생을 유익하게 사셨습니까, 직장을 차분하게 꾸준히 다니면서, 신뢰받고 존경받고 사랑받으면서?"

"나는 평생을 직장인으로 살았소, 어른이 된 이후로 계속. 아니, 어릴 때부터 직장에 다녔다는 말이 옳겠군."

"일흔여덟 해 동안 선생님이 곳곳에서 하신 일을 보십시오. 선생님이 자리를 비우면 정말 많은 사람이 그리워할 거예요!"

칼톤이 하는 말에 로리는 머리를 가로저으면서 대답했다.

"그래 봤자 외로운 노총각이라오. 나를 위해 울어줄 사람은 아무도 없어요."

"어떻게 그런 말씀을 하실 수 있나요? 아가씨가 울어주지 않나요? 아가씨 어린 딸이 울어주지 않나요?"

"맞아요, 맞아, 정말 고맙소. 내가 못할 말을 했소."

"그건 하늘에 감사할 일입니다. 그렇지 않나요?"

"물론이오, 물론이오."

"선생님께서 오늘 밤 허한 마음에 '어떤 인간도 나를 사랑하거나 의지하거나 존경하거나 고마워하지 않는다. 아무도 다정하게 기억하지 않는다. 나는 기억에 남을 정도로 좋은 일이나 친절한 행동을 한 게 하나도 없다!'고 진심으로 말씀하신다면, 지금까지 살아온 일흔여덟 해가 엄중한 저주 일흔여덟 개로 변할 겁니다. 그렇지 않습니까?"

"당신 말이 맞소, 칼톤. 정말 그럴 거요."

칼톤은 고개를 다시 돌려서 불길을 바라보며 잠시 침묵하다가 입을 또 열었다.

"선생님에게 물어보고 싶습니다. 어린 시절이 아주 멀게 느껴지시나요? 어머니 무르팍에 앉던 나날이 아주 오래전으로 느껴지시나요?"

칼톤이 정말 부드럽게 묻는 태도에 로리는 이렇게 대답했다.

"이십 년 전에는 그랬소. 하지만 이만한 나이에는 아니요. 인생 끝날을 향해 나아가니, 원을 그리면서 원점으로 돌아가는 느낌이오. 끝나는 날을 차분하고 부드럽게 받아들이려고 그러는 것 같소. 오랫동안 깊은 잠에 빠져든 기억이 요새는 새록새록 피어나며 마음을 짠하게 만들 때가 많소. 나는 이렇게 늙은 데 젊고 어여쁜 어머니 모습이 떠오르고, 우리가 말하는 '세상'이란 게 구체적으로 느껴지지 않던 시절에, 뭐가 잘못인지도 모르던 시절에 함께 뛰놀던 친구도 계속 떠오른다오."

칼톤이 빨갛게 달아오른 얼굴로 소리쳤다.

"저도 그런 느낌을 알아요! 물론 선생님이 훨씬 잘 아시겠지만."

"그러길 바랄 뿐이오."

칼톤은 여기에서 대화를 끝내고 자리에서 일어나 외투를 입도록 도와주자, 로리가 주제로 다시 돌아가며 말했다.

"하지만 당신은 아직 젊소."

"네. 저는 나이가 적어요. 하지만 미숙한 태도 역시 나이를 먹을 줄 모르네요. 이런 얘기는 이제 그만하죠."

"그래요, 나도 이걸로 충분하오. 당신도 밖으로 나갈 거요?"

"아가씨네 대문까지 함께 가겠습니다. 제가 역마살이 껴서 한 곳에 못 있는 건 선생님도 잘 아십니다. 그러니 제가 거리를 이리저리 오랫동안 돌아다니더라도 걱정하지 마세요. 아침에 다시 나타날 테니까요. 내일 재판정에 가실 거죠?"

"그렇소, 유감스럽게도."

"저도 가겠지만 청중 사이에 있을 겁니다. 우리 첩자가 자리를 맡아놓을 겁니다. 자, 팔을 잡으시죠, 선생님."

로리는 그렇게 하고, 두 사람은 팔짱을 낀 채 계단을 내려와서 거리로 나왔다. 그리고 몇 분 후에는 목적지에 도달했다. 칼톤은 거기에서 로리와 헤어지고 약간 멀리서 어슬렁거리다가 대문이 닫힌 다음에 다시 돌아와서 손으로 문짝을 매만졌다. 마네뜨 아가씨가 감옥으로 매일 찾아갔다는 사실이 떠올랐다. 그래서 주변을 둘러보며 중얼거렸다.

"아가씨가 여기를 나와서 이쪽으로 방향을 틀어, 저기 판석이 깔린 길로 갔을 거야. 아가씨가 간 길을 그대로 따라가자."

밤 열 시에 칼톤은 마네뜨 아가씨가 수백 번을 찾아가던 라포르스 감옥 담벼락에 섰다. 덩치가 조그만 땔감 장수는 이미 가게 문을 닫고 문가에서 파이프 담배를 태우는 중이었다. 시드니 칼톤은 옆을 지나다가 잠시 걸음을 멈추고 아는 척했다. 상대편이 궁금한 눈으로 쳐다보았기 때문이다.

"안녕하시오, 시민."

"안녕하시오, 시민."

"공화국은 어떤가요?"

"단두대 말씀이군요. 나쁘지 않아요. 오늘만 예순세 명입니다. 이제 곧 하루에 백 명을 채울 겁니다. 삼손 일당이 툭하면 완전히 녹초가 됐다고 투덜댄답니다. 하하하! 정말 웃기는 작자예요, 삼손은. 그런 이발사도 없지요!"

"자주 찾아가나 보지요?"

"자르는 거 보러? 항상 가지요. 매일. 이발 솜씨가 대단해요! 삼손이 일하는 모습을 당신도 보았소?"

"아니요."

"그럼 꼭 가서 여러 사람을 한 번에 처리하는 걸 보시오. 한번 상상해 보시오, 시민. 오늘만 예순세 명을 잘랐다오, 파이프 담배 두 대를 태우기도 전에! 파이프 담배 두 대를 태우기도 전에 말이오. 정말이오!"

조그만 사내가 빙그레 웃는 얼굴로 태우던 파이프를 앞으로 내밀어서 자신이 처형하는 시간을 어떻게 쟀는지 설명하려는 순간, 칼톤은 상대를 죽도록 패고 싶은 욕망이 일어나는 걸 느끼면서 발길을 돌렸다. 그런데도 땔감 장수가 뒤에서 소리쳤다.

"그런데 당신은 영국인이 아니죠, 옷차림은 영국식이지만?"

"영국인이오."

칼톤이 어깨너머로 대답하며 잠시 걸음을 멈추었다.

"그런데 말하는 게 프랑스인 같네요?"

"예전에 여기에서 공부했다오."

"아하, 완벽한 프랑스인이구먼! 잘 가시오, 영국인."

"안녕히 계시오, 시민."

"하지만 꼭 가서 재미난 구경을 하시오. 파이프를 지니고 가서!"

조그만 사내가 뒤에서 소리치며 끈질기게 말했다.

칼톤은 얼마 안 가서 가로등이 비추는 도로 한가운데에 멈추더니, 종이쪽지에 연필로 뭐라고 적었다. 그런 다음에는 길을 잘 아는 사람처럼 단호하게 어둡고 더러운 도로를 - 공포가 넘치는 시기에 주요 도로마저 청소를 안 해서 평소보다 더러운 도로를 - 이리저리 가로지르다가 약국 앞에서 걸음을 멈추는데, 주인이 직접 나와서 문을 닫는 중이었다. 구불구불한 언덕길에 조그맣고 어둡고 누추하게 자리한 약국이고, 주인도 조그맣고 어둡고 누추한 사내였다.

칼톤은 안녕하시냐고 인사한 다음, 계산대를 사이에 두고 마주 선 주인에게 종이쪽지를 내밀었다. 그러자 약사가 내용을 읽으면서 조그맣게 휘파람을 불었다.

"후유! 휘! 휘! 휘!"

시드니 칼톤은 못 들은 척하고 약사는 이렇게 물었다.

"당신이 사용할 거요, 시민?"

"그렇소."

"조심해서 따로따로 보관할 거지요, 시민? 하나로 섞으면 어떻게 되는지 아시죠?"

"잘 압니다."

약사는 조그만 봉지에 각자 따로 담아서 건넸다. 칼톤은 그것을 외투 안주머니에 하나씩 넣고 값을 치른 다음에 침착하게 나오더니, 달을 힐끗 올려다보며 중얼거렸다.

"이제 내일까지 할 일도 없는데 잠이 안 오는군."

빠르게 흐르는 구름 밑에서 이런 말을 커다랗게 중얼거리는 자세는 평소처럼 무모하거나 무관심하거나 호전적인 자세가 아니었다. 지칠 대로 지친 사내의 차분한 자세였다. 길을 잃고서 오랫동안 힘겹게 싸우며 방황하다가 이제 비로소 갈 길을 찾고서 목적지를 바라보는 그런 자세였다.

오랜 옛날, 전도유망한 청년으로 경쟁자들 사이에서 이름을 날리던 초창기 시절, 칼톤은 아버지가 누운 관을 따라 무덤으로 간 적이 있었다. 어머니는 몇 년 일찍 돌아가신 터였다. 머리 위 하늘에서는 달과 구름이 흐르고, 칼톤은 어둠에 잠긴 거리에서 유난히 어두운 장소를 고르며 걸었다. 아버지 무덤에서 읽은 엄숙한 글귀가 문득 떠올랐다.

"나는 부활이요 생명이니 나를 믿는 사람은 죽더라도 살겠고 또 살아서 믿는 사람은 영원히 죽지 않을 것이다."[68]

도끼날이 지배하는 도시를 밤에 홀로 걸으니, 그날 처형당한 예순세 명과 지금 감옥에서 암울한 운명을 기다릴 내일의 희생자, 그리고 다음 날, 또 다음 날의 희생자가 떠올라 슬픈 마음이 솟구치니, 이런 구절을 통절히 느낄 상황이 깊은 바다에 잠긴 폐선에서 줄줄이 올라오는 닻처럼 끊임없이 나타나는 것 같았다. 하지만 칼톤은 그냥 무시한 채 성서 구절만 되뇌며 마냥 걸었다.

환한 유리창 안에서는 사람들이 주변에 가득한 공포를 잊고 잠시나마 휴식을 취하고, 사제를 가장한 사기꾼들이 오랜 세월에 걸쳐 약탈과

---

68) 요한복음 11: 25~26

방탕한 행위를 일삼으며 자멸하는 길을 걸어온 덕분에 대중의 혐오감은 극에 달해 교회마다 탑만 드높을 뿐 기도하는 소리는 조금도 안 들리고, 멀찌감치 떨어진 공동묘지는 입구마다 적은 글귀대로 깊은 잠에 빠져들고, 감옥은 어디나 죄수로 가득하고, 예순세 명이나 머리가 떨어진 거리에는 그런 일이 하도 흔하게 일어나니, 단두대 처형을 구경한 사람들 사이에서 억울한 원혼이 떠돈다는 구슬픈 이야기는 하나도 없었다. 밤을 맞아 잠시나마 분노를 억누르고 고요하게 변한 모습은 마치 도시 전체가 삶과 죽음 사이를 오가는 것 같았다. 그래서 시드니 칼튼은 조금 더 환한 거리를 찾아 센 강을 건넜다.

화려한 마차는 없었다. 그런 마차를 탄다는 건 스스로 의심을 자초하는 꼴이라서 상류층은 빨간 수면모자로 머리를 감춘 채 무거운 신발을 질질 끌며 터벅터벅 걸었다. 하지만 극장마다 사람이 가득해, 칼튼이 지날 때는 사람들이 명랑한 표정으로 쏟아져 나와서 수다를 떨며 집으로 향했다. 그런 극장 입구 하나에서 조그만 여자아이가 엄마와 함께 진흙탕 길을 건너려고 도로를 이리저리 살피는 모습이 보였다. 칼튼은 여자아이를 건네주고 수줍은 팔이 목을 풀기 직전에 볼에 뽀뽀하라고 부탁했다.

"나는 부활이요 생명이니 나를 믿는 사람은 죽더라도 살겠고 또 살아서 믿는 사람은 영원히 죽지 않을 것이다."

거리는 조용하고 밤은 깊어가는 가운데, 발을 내디딜 때마다 이런 말이 일어나서 공중으로 울려 퍼졌다. 칼튼 자신도 걸으면서 가끔 읊조리긴 했으나 이런 구절이 끊임없이 일어나니, 마음은 완벽하게 차분하고 고요하게 가라앉았다.

밤은 그렇게 끝나고, 칼튼은 센 강 다리에 가만히 서서 '파리'라는 섬으로 몰려들며 강벽에 철렁거리는 물소리를 듣고, 다양한 주택과 성당은 달빛을 받아 그림처럼 환하게 빛나고, 새벽이 차갑게 다가오는 모습은 마치 죽은 사람 얼굴이 하늘에 떠오르는 것 같았다. 그러다가 밤이 달과 별과 함께 창백하게 변하며 죽어 나가니, 순간적으로 죽음이 온 세상을 지배하는 느낌이었다.[69]

하지만 화려한 태양이 떠올라서 환하고 기다란 햇살로 가슴을 따뜻하게 적시며 데울 때는 밤새도록 들려오던 성서 구절을 다시 들려주는 느낌이었다. 그래서 경건한 마음으로 손을 들어 눈에다 그늘을 만들고 햇살을 살피니, 환한 햇살은 자신과 태양 사이에 다리를 잇고 다리 밑으로 강물을 반짝였다.

고요한 새벽을 헤치며 빠르고 깊고 또렷하고 강하게 흐르는 물살이 마음에 잘 맞는 친구 같았다. 칼톤은 강물을 따라 주택가에서 멀리 벗어나며 걷다가 햇살이 환하고 따뜻한 강둑에 누워서 깊은 잠에 빠졌다. 그러다가 깨어나고 일어나서 조금 더 머물며 구경하는데, 소용돌이 하나가 아무런 목적도 없이 이리 빙글 저리 빙글 돌다가 강물에 휩쓸리며 바다로 끌려갔다.

"꼭 나 같군!"

무역선 한 척이 낙엽처럼 부드러운 돛을 달고 미끄러지듯 시야에 들어오더니 칼톤 옆을 무심히 지나며 사라졌다. 그러다가 물살을 조용히 가르는 흔적마저 사라지는 순간, 지금까지 무모하게 살면서 저지른 실수를 모두 가엾고 자비롭게 받아달라는 기도가 가슴에서 불쑥 터져 나오더니, 이렇게 끝났다.

"나는 부활이요 생명이다."

은행으로 돌아가자 로리는 나가고 없었다. 선량한 노신사가 간 곳을

---

69) 로마서 9:6 - 죽은 자들 가운데서 다시 살아나신 그리스도께서 다시는 죽는 일이 없어 죽음이 다시는 그분을 지배하지 못하리라는 걸 우리가 알기 때문입니다.

추측하는 건 정말 쉬웠다. 시드니 칼톤은 커피 조금과 빵을 먹은 다음에 세수도 하고 옷도 갈아입고 나서 재판이 열리는 곳으로 나갔다.

재판정에 들어서니, 가득한 인파로 떠들썩한 가운데 첩자가 다가와서 끔찍한 표정으로 피하는 사람들을 외면한 채 등을 떠밀며 인파 사이를 헤쳐서 어둑한 모서리로 인도했다. 로리도 보이고 마네뜨 박사도 보였다. 마네뜨 아가씨도 보이는데, 부친 옆자리였다.

남편이 끌려오자, 마네뜨 아가씨는 고개를 돌려서 쳐다보는데, 연민의 정과 존경과 사랑이 가득한 눈빛으로 지지하고 격려하면서도 남편을 위해 용기를 잃지 않는 모습이 어찌나 대단한지, 남편 얼굴에 혈색이 돌고 눈빛이 환하게 변하고 심장은 힘차게 뛰었다. 그런 눈빛이 미친 영향을 행여나 알아챈 사람이 있다면 그게 시드니 칼톤에게도 똑같은 영향을 미쳤다는 사실 역시 깨달을 터였다.

부당한 재판을 시작하기 전에 재판절차를 알려서 피고가 합당한 심리를 받도록 보장하는 과정도 없었다. 하기야 법과 형식과 절차를 터무니없이 악용하는 현상만 없었더라도 애초에 이런 혁명 자체가 안 일어나, 모든 걸 파괴하는 혁명이 그런 법과 형식과 절차까지 허공으로 날려보내는 사태도 없을 터였다.

모든 시선이 배심원단에게 쏠렸다. 어제도 그렇고 그제도 그렇고 내일도 그렇고 모레도 그렇듯 모두가 단단히 결심한 애국시민이요 선량한 공화국 시민이었다. 그런 배심원 사이에서도 표정이 유난히 간절한 사내가 있으니, 얼굴은 무언가를 잔뜩 열망하고 손가락은 입술 주변을 끊임없이 맴도는데, 사람들은 그런 표정을 보고 대단히 만족스러워했다. 식인종처럼 사람을 죽이고 싶어서 애태우는 표정으로 피를 갈망하는 배심원은 바로 생앙투안에서 온 자크 3호였다. 그런데 배심원 전체가 사냥개처럼 사슴을 잡아서 갈기갈기 찢어발기려는 것 같았다.

이번에는 모든 시선이 판사 다섯 명과 공화국 검사에게 돌아갔다. 오늘은 이들에게도 호의적인 분위기를 기대할 수 없었다. 모두가 피고를 죽이려고 단단히 결심한 표정이었다. 이윽고 모든 시선이 다시 돌아가며 청중 사이에서 누군가를 찾더니 그 인물을 확인하고 다행이라는 듯 환한 얼굴로 서로에게 고개를 끄덕인 다음, 잔뜩 긴장하고 집중한 표정으로 정면을 바라보았다.

샤를 에버몽드, 일명 다네이. 어제 풀려남. 고발이 다시 들어와서 어제 다시 체포함. 어젯밤에 고발장을 피고에게 전달함. 공화국의 적이자 귀족으로, 특권을 박탈당하기 전에 인민을 악독하게 억압하고 수탈한 사악한 가문의 일원이자 박멸해야 할 귀족 가문의 일원. 이와 같은 죄목으로 샤를 에버몽드, 일명 다네이를 사형에 처해야 함.

공화국 검사가 이런 취지로 몇 줄 안 되는 논고를 마치자, 재판장이 물었다.

"피고는 공개적으로 고발당했나요, 은밀하게 고발당했나요?"

"공개적입니다, 재판장님."

"고발인은 누군가요?"

"세 명입니다. 어네스트 드파르지, 생앙투안 술집 주인."

"받아들입니다."

"테레즈 드파르지, 앞사람 부인."

"받아들입니다."

"알렉상드르 마네뜨, 의사."

재판정에서 엄청난 소동이 일어나는 가운데 마네뜨 박사가 앉은 자리에서 창백한 얼굴로 비틀거리며 일어나는 모습이 보였다.

"재판장, 분연히 항의하는데, 그건 조작이고 사기입니다. 피고는 우리 딸에게 남편이라는 사실을 재판장도 잘 압니다. 우리 딸은, 그리고 우리 딸에게 소중한 사람은 나에게 목숨보다 소중한 존재입니다. 우리 아이 남편을 제가 고발했다고 말하는 사기꾼은 누구며 어디에 있습니까!"

"시민 마네뜨, 진정하시오. 재판정의 권위에 복종하지 않는 것도 법을 어기는 행위요. 당신은 그게 목숨보다 소중한 존재라고 하는데, 선량한 시민에게 공화국보다 소중한 존재는 있을 수 없소."

재판장이 반박하는 소리에 사방에서 박수갈채가 터져 나왔다. 그러자 재판장은 감격한 표정으로 종을 울리면서 재판을 재개했다.

"공화국이 소중한 딸을 희생시키라고 요구한다면 당신은 그렇게 할 의무가 있소. 앞으로 진술하는 내용을 잘 들으시오. 그러는 동안 침묵하시오!"

광적인 환호성이 다시 터져 나왔다. 마네뜨 박사는 자리에 앉아서 두 눈으로 주변을 둘러보는데 입술이 덜덜 떨리고, 딸은 아버지 곁에 바짝 달라붙었다. 배심원석에서 피에 굶주린 사내는 두 손을 모아서 비비다가 원래처럼 한 손을 입술로 가져갔다.

드파르지가 나오더니, 말소리가 들릴 정도로 재판정이 조용하게 변한 다음에 비로소, 박사가 감옥에 갇힌 과정, 자신은 박사 밑에서 심부름하는 하찮은 신분이었다는 사실, 나중에 박사가 풀려난 과정, 당시에 자신이 인도받은 박사의 상태 등에 대해 빠르게 진술했다. 이어서 짧은 심문이 이어지고, 재판은 빠르게 진행되었다.

"당신은 바스티유를 점령할 당시에 혁혁한 공을 세웠지요, 시민?"

"그렇게 믿고 있습니다."

그러자 청중 사이에서 여인 한 명이 흥분한 목소리로 날카롭게 소리쳤다.

"당신은 당시에 가장 훌륭한 애국시민이었어요. 그런 말을 왜 안 하세요? 당신은 당시에 거기에서 대포를 쏘았으며, 저주받을 요새가 떨어지는 순간에는 누구보다 먼저 들어갔어요. 애국시민 여러분, 내가 한 말은 모두 사실입니다!"

청중이 사방에서 환호했다. 진술을 거든 사람은 바로 '복수의 여신'이었다. 재판장이 종을 울리는데도 '복수의 여신'은 환호성에 힘입어 날카롭게 소리쳤다.

"그깟 종, 아무리 울려도 상관없어요!"

청중이 다시 환호했다.

"당시에 바스티유에서 한 일을 재판장에게 알려주세요, 시민."

'복수의 여신'이 소리치자, 드파르지는 부인을 내려다보며 입을 열고, 부인은 드파르지가 일어난 계단 밑바닥에서 남편만 꾸준히 쳐다보았다.

"저는 좀 전에 말한 죄수가 북쪽 탑 백오 호 독방에 감금되었다는 사실을 압니다. 당사자에게 직접 들었으니까요. 저에게 보호받으며 구두를 짓던 시절에 그분은 북쪽 탑 백오 번 말고는 이름 자체도 몰랐습니다. 저는 그날 대포를 쏘면서 결심했습니다, 저곳을 함락하면 독방을 직접 조사하겠다고. 그래서 요새를 점령한 다음에는 간수에게 안내를 받으며 여기 배심원 가운데 한 분이신 동료 시민과 함께 독방으로 올라갔습니다. 그래서 조사했습니다, 아주 자세히. 굴뚝에 있는 구멍에서, 벽돌을 뺐다가 다시 넣은 구멍에서 저는 종이를 발견했습니다. 바로 이게 그 종이입니다. 저는 마네뜨 박사님 필체와 자세히 비교했습니다. 이건 마네뜨 박사님 필체가 맞습니다. 마네뜨 박사님이 직접 기록한 종이를 재판장에게 넘기겠습니다."

"그냥 읽으시오."

쥐 죽은 듯 조용하고 고요한 가운데 - 재판정 밑에서 피고는 부인을 사랑스러운 눈으로 바라보고, 부인은 남편을 보던 시선을 막 돌려서 걱정스러운 눈으로 부친을 바라보고, 마네뜨 박사는 두 눈을 드파르지에게 고정하고, 마담 드파르지는 피고에게서 시선을 안 떼고, 드파르지는 기뻐하는 부인에게서 시선을 안 떼고, 다른 시선은 모두 박사를 열심히 쳐다보고, 박사는 드파르지를 제외한 누구에게도 눈길을 안 준 상태에서 – 드파르지는 종이에 기록한 글씨를 읽는데, 다음 같은 내용이었다.

X. 실체가 드러나는 그림자

'보베에서 태어나 파리에서 살던 불행한 외과의사 나, 알렉상드르 마네뜨는 1767년 마지막 달에 바스티유 음울한 독방에서 우울한 심정으로 기록을 남긴다. 엄청난 어려움을 겪으면서 몰래 틈틈이 시간을 내며 쓴다. 종이는 굴뚝 벽에 숨길 생각으로, 몰래 집어넣을 공간을 마련하기 위해 오랜 시간에 걸쳐서 힘들게 작업했다. 나 자신은 물론 끝없는 슬픔까지 먼지로 변하면, 누군가 불쌍히 여기는 손이 거기에서 이걸 찾아내길 바란다.

이 글은 내가 투옥당하고 십 년째 되는 마지막 달에 굴뚝에서 검댕과 석탄 부스러기를 모으고 피를 섞은 다음, 녹슨 쇳조각 끝에 묻혀서 어렵게 작성하는 기록이다. 오래전에 나는 모든 희망을 포기했다. 나 자신에게 일어나는 끔찍한 변화를 살피다가 나는 앞으로 오랫동안 이성을 유지할 수 없다는 사실을 깨달았다. 하지만 지금 이 순간만큼은 정신이 올바르다고 – 기억이 구체적이고 정확하다고 – 이걸 나중에 어떤 사람이 읽든 안 읽든, 최후의 심판 날에 대답하듯 지금 마지막으로 작성하는 기록에 진실만 담는다고 나는 엄숙하게 선언하는 바이다.

1757년 12월 세 번째 주 (22일 같은데) 달빛에 구름이 낀 날 밤, 차가운 공기를 마셔서 기분을 전환하려고 의과대학 거리에 있는 자택에서 한 시간 거리에 있는 센 강변 부둣가 외진 곳을 거니는데, 뒤에서 마차 한 대가 매우 빠르게 달려왔다. 그대로 있다가는 마차에 치일 것 같아서 옆으로 비켜나 마차를 지나가게 했는데, 어떤 사람이 창문에서 머리를 내밀며 마부에게 마차를 세우라고 소리쳤다.

마부가 고삐를 재빨리 잡아당겨서 마차를 세우자, 똑같은 목소리가 내 이름을 불렀다. 당시에 마차는 훨씬 앞에 있어서 내가 미처 다가가기도 전에 신사 두 명이 문을 열고 마차에서 내렸다.

두 사람 모두 망토를 뒤집어쓴 모습이 정체를 숨기려는 것 같았다. 두 사람은 마차 문 옆에 나란히 서고, 나는 (내가 볼 수 있는 선에서) 두 사람 모두 나랑 비슷한 또래거나 약간 어린데, 생긴 모습과 체격과 태도가 정말 똑같다는 생각이 들었다.

"마네뜨 박사요?"

한 사람이 물었다.

"그렇습니다."

내가 대답하자, 이번에는 다른 사람이 물었다.

"보베 태생 젊은 외과의사, 최근 일이 년 사이에 파리에서 명성을 쌓아 올린 탁월한 의사 마네뜨 박사가 맞소?"

"두 분이 우아하게 말씀하신 마네뜨 박사가 바로 접니다."

이번에는 첫 번째 사내가 다시 말했다.

"자택으로 갔다가 불행히도 당신을 못 만나고 이쪽으로 산책하러 나갔다는 말만 듣고서 행여나 따라잡을 수 있을까 걱정하며 이렇게 쫓아왔소. 괜찮다면 마차에 올라타시겠소?"

두 사람은 절박한 표정으로 이렇게 말하며 움직여서 내가 피할 길을 차단하는데, 한쪽은 두 사람이 막고 한쪽은 마차 문이었다. 게다가 두 사람은 무장까지 했다. 나는 아니었다. 그래서 이렇게 대답했다.

"저에게 도움을 청하다니 정말 영광입니다. 그런데 두 분 신사에게 미안하지만 저는 도움을 청하는 사람이 누구며 왕진을 청하는 환자는 어떤 상태인지 알아야 한답니다."

이 말에 대답한 사람은 두 번째 사내였다.

"박사, 당신이 치료할 환자는 몹시 중요한 사람이오. 어떤 상태인지 는 우리 모두 당신 실력을 높이 평가하니, 우리가 설명하는 편보다 당신이 직접 알아보는 편이 좋을 것이오. 인제 그만 마차에 오르지 않겠소?"

나는 어쩔 도리가 없어서 마차에 말없이 올랐다. 두 사람 모두 잇따라 올라타는데, 마지막 사람은 발판을 올린 다음에 펄쩍 뛰어야 했다. 마차 는 방향을 반대로 돌려서 아까처럼 전속력으로 달렸다.

나는 대화 내용을 사실 그대로 정확히 적는다. 한 마디 한 마디 조사 까지 똑같다고 확신한다. 글을 쓰는 동안 정신이 흐트러지는 일이 없도 록 잔뜩 긴장해서 모든 상황을 실제 일어난 그대로 묘사한다. 내가 점선으로 표시한 부분은 잠시 작업을 멈추고 종이를 비밀장소에 숨긴 다는 뜻이다.

......

마차는 거리를 여러 개 지나고 북쪽 성문을 지나서 시골길로 들어섰 다. 성문하고 삼 킬로미터 떨어진 지점에서 - 당시에는 거리를 어림잡지 못하고 나중에 다시 지날 때 어림잡았다 - 마차는 큰길을 벗어나더니 곧이어 외딴집 앞에서 멈추고 우리 세 사람은 밖으로 내려, 손보지 않는

분수에서 넘친 물 때문에 질퍽질퍽한 정원 길을 따라 건물 입구로 나아
갔다. 초인종을 누르자 현관은 바로 열리는 대신 조금 후에 열리고,
신사 한 명은 현관을 연 사내에게 승마용 묵직한 장갑으로 얼굴을 후려
쳤다.

이런 행동은 특별히 주목할 일이 아니다. 평민이 얻어맞는 광경은
개가 얻어맞는 광경보다 흔하기 때문이다. 그런데 두 번째 신사도 똑같
이 화내며 팔로 사내를 후려치는데, 표정이나 태도가 너무나 똑같아서
나는 두 사람이 쌍둥이라는 사실을 그때 처음으로 알아챘다.

아까 바깥 대문에서 마차를 내릴 때부터 (대문이 잠겨서 형제 가운데
한 명이 먼저 문을 열어 우리를 들여보내고 다시 잠갔는데) 이 층에서
흘러나오는 비명을 들으며 정원을 지난 터였다. 나는 안내를 받으며
이 층으로 곧장 향하는데, 계단을 오를수록 비명은 커지고 침대에는
환자가 누워서 고열에 시달렸다.

환자는 정말 아름다운 여인으로 젊어 보였다. 스무 살은 안 넘은 게
확실하다. 머리칼은 마구 잡아 뜯어서 산발이고 두 팔은 허리띠와 손수
건으로 양쪽 옆구리에 묶였다. 묶은 물건은 모두 신사용 소품이라는
사실이 한눈에 들어왔다. 그 가운데 하나는 술이 달린 예복용 스카프로,
나는 거기에서 귀족 가문 문장과 '에'라는 글자를 보았다.

내가 그걸 본 건 환자를 가만히 살필 때였다. 환자가 끊임없이 몸부림
치다가 침대 모서리로 얼굴을 돌려서 스카프 끝이 입으로 들어가 숨을
막을 것 같았기 때문이다. 당연히 나는 환자가 숨을 잘 쉬도록 손으로
스카프를 치울 수밖에 없고, 그러다가 모서리에 수놓은 글자를 발견한
것이다.

나는 환자를 부드럽게 돌려 눕히고 흥분 상태를 진정시키기 위해
환자 가슴에 두 손을 대고 얼굴을 살폈다. 동공이 확대된 상태에서 환자

가 날카로운 비명을 지르며 "남편, 아버지, 남동생!"이란 말을 반복하다가 숫자 열둘을 세고 "침묵!" 하고 말하더니, 입을 다물고 잠시 귀를 기울이는 것 같다가 다시 날카로운 비명을 지르며 "남편, 아버지, 남동생!"이란 말을 반복하다가 숫자 열둘을 세고 "침묵!" 하는 식이었다. 순서나 어투가 매번 똑같았다. 규칙적으로 잠시 입을 다무는 외에는 날카로운 비명을 끊임없이 내질렀다.

"언제부터 이런 증세를 보였습니까?"

내가 물었다. 나는 쌍둥이 형제를 구분하기 위해 앞으로 두 사람을 형과 동생이라고 부르며, 거의 모든 걸 지시하는 사람을 형이라고 지칭하겠다. 대답한 사람은 형이었다.

"어젯밤 이맘때부터요."

"환자에게 남편과 부친과 남동생이 있습니까?"

"남동생."

"혹시 남동생이신가요?"

상대는 엄청난 모욕감을 느낀 표정으로 대답했다.

"아니요."

"열둘이란 숫자가 최근에 환자와 무슨 관련이 있었나요?"

동생이 조급한 어투로 끼어들었다.

"열두 시 아니겠소?"

나는 환자 가슴에 여전히 두 손을 올려놓은 채 이렇게 말했다.

"두 분이 급히 데려오셨지만 지금 제가 할 수 있는 건 전혀 없습니다! 이런 상황을 알았더라면 준비하고 왔을 겁니다. 지금 이 상태로는 시간 낭비에 불과합니다. 여기는 외져서 약을 구할 수 없으니까요."

형이 쳐다보자, 동생이 "여기 약 상자가 있소" 하고 거만하게 말하더니, 벽장에서 약 상자를 가져와 탁자에 올려놓았다.

......

나는 약병을 몇 개 열어서 냄새를 맡고 마개를 입술에 댔다. 마약 성분이 강한 진정제는 몸에 안 좋아서 다른 약을 쓰고 싶은데, 적당한 약이 없었다.

"거기에 있는 약을 의심하는 거요?"

동생이 다그치는 말에 나는 간단하게 대답했다.

"여기에 있는 약을 사용할 예정입니다."

그런 다음에 환자에게 약을 삼키도록 애쓰면서 여러 번 시도한 끝에 내가 원하는 분량을 투약할 수 있었다. 잠시 후에 약을 다시 투약할 필요도 있고 약효도 살펴야 해서 나는 침대 옆에 앉았다. 아주머니는 (아래층에서 본 사내 부인은) 겁에 질려서 시중들다가 주눅이 든 채 모서리로 물러난 상태였다. 집안이 눅눅해서 곰팡내가 나고 가구도 낡은 걸 보면 최근에 사람이 들어와서 임시로 사용하는 게 분명했다. 날카로운 비명이 밖으로 안 새도록 창문마다 낡고 두꺼운 커튼을 대서 못으로 박기도 했다.

"남편, 아버지, 남동생!" 하며 비명을 지르는 소리와 숫자 열둘을 세는 소리와 "침묵!" 소리가 연속해서 규칙적으로 끊임없이 일어났다. 광란 상태가 너무 심해서 나는 양쪽 팔에 묶인 끈을 안 풀었다. 덜 아프도록 끈을 느슨하게 하는 정도였다. 그나마 바람직한 건 내가 가슴에 올려놓은 손이 진정하는 효과가 있어서 환자가 가만있는 시간이 조금 늘었다는 사실이다. 하지만 비명을 멈추는 효과는 없었다. 어떤 시계추도 그렇게 정확할 수 없었다.

손을 올려놓는 게 그나마 이만한 효과라도 있어서 나는 삼십 분 동안 침대 옆에 가만히 있고, 쌍둥이 형제는 계속 지켜보더니 형이 불쑥 말했다.

"다른 환자도 있소."

나는 깜짝 놀라며 물었다.

"위급합니까?"

"당신이 보는 편이 좋겠소."

형이 무뚝뚝하게 대답하곤 등불을 집었다.

......

　다른 환자가 누운 곳은 이 층 층계참 건너편 골방으로, 마구간 위에 있는 다락이랑 비슷했다. 낮은 천장 일부만 회칠하고 나머지는 골조가 드러나, 기와를 덮은 용마루와 천장을 가로지르는 대들보가 그대로 보였다. 한쪽 구석에는 불을 피울 때 쓰려고 건초와 밀짚을 쌓아놓고, 사과를 넣어서 보관하는 모래더미도 있었다. 나는 그런 곳을 지나서 건너편으로 나아갔다. 지금 떠오르는 기억은 매우 구체적이고 확고하다. 이렇게 상세히 기술하다 보니, 갇힌 지 십 년이 돼가는 지금도 그날 밤에 일어난 장면을 여기 바스티유 독방에서 그대로 보는 것 같다.

　바닥에 깔린 건초에 잘생긴 농부 한 명이 누워서 머리에 방석을 뱄는데, 아무리 많게 보아도 열일곱 살은 안 넘은 소년이었다. 소년은 바닥에 똑바로 누워서 이를 꽉 깨문 채 오른손을 꼭 쥐어서 가슴에 올려놓고, 이글거리는 두 눈으로 천장만 노려보았다. 나는 소년 허리춤 부근에 무릎을 꿇고 앉았다. 상처 부위가 어딘지는 알 수 없지만 날카로운 물질에 찔려서 죽어가는 중이란 사실은 알 수 있었다.

"불쌍한 것, 나는 의사란다. 상처 좀 보자꾸나."

내가 말하자, 소년이 대답했다.

"보여주기 싫어요. 그냥 놔두세요."

상처는 움켜쥔 주먹 밑에 있어서 나는 환자를 달래며 주먹을 치웠다.

스무 시간에서 스물네 시간 전에 칼에 찔린 상처인데, 지체하지 않고 치료했다면 특별한 기술이 없어도 충분히 구할 수 있을 터였다. 그런데도 지금은 빠르게 죽어가는 중이었다. 내가 고개를 돌려서 바라보니, 형이 잘생긴 소년을 – 생명이 꺼져가는 소년을 – 내려다보는데, 사냥터에서 화살에 맞은 새나 산토끼 같은 들짐승을 바라보는 시선이었다. 같은 인간을 바라보는 시선은 전혀 아니었다.

"어쩌다 이렇게 되었습니까?"

내가 묻자, 형이 대답했다.

"나이도 어린 평민 개자식이 미쳤소! 농노 주제에! 동생에게 칼을 뽑도록 강요하더니, 동생 칼에 쓰러지고 말았소……신사라도 되는 것처럼."

이렇게 대답하는데, 인간에 대한 연민도 동정도 슬픔도 없었다. 신분이 천한 자가 거기에서 죽어가는 걸 귀찮게 여기는, 생쥐처럼 아무도 모르는 곳에서 죽어가는 게 훨씬 바람직하다고 여기는 그런 말투였다. 그는 소년에 대해, 그리고 소년이 맞이할 운명에 대해 전혀 아무런 동정심도 느낄 수 없는 인간이었다.

상대가 이렇게 말할 때 소년이 시선을 천천히 움직여서 그쪽을 바라보더니, 다시 나에게 시선을 천천히 돌리며 말했다.

"의사 선생님, 저런 귀족은 자존심이 강해요. 하지만 우리 같은 평민 개자식도 가끔은 자존심이 있어요. 저들은 우리를 수탈하고 능욕하고 때리고 죽이지만 우리에게도 가끔은 일말의 자존심이 남아있어요. 저 여인, 저 여인을 보았나요, 의사 선생님?"

거리가 있어서 커다랗진 않지만 날카로운 비명은 그대로 들렸다. 소년이 그 소리를 가리키는 게 마치 여인이 옆에 누워있기라도 한 것 같았다. 그래서 나는 대답했다.

"그래, 저 여인을 보았어."

"저 여인은 우리 누나예요, 의사 선생님. 저들은, 귀족이란 작자는 정숙하고 얌전한 우리 누이를 욕보일 권리를 오랜 옛날부터 누렸지만, 우리 사이에도 온전한 소녀가 많아요. 나도 잘 알아요, 우리 아버지가 그렇게 말씀하셨거든요. 누이는 온전한 소녀였어요. 착한 젊은이하고, 똑같은 소작농하고 결혼을 약속했지요. 우리는 모두 저 작자 밑에서 일하는 소작농이었어요…… 저기에 서 있는 저 작자. 또 한 놈은 쌍둥이 동생인데, 정말 최악으로 나쁜 인종이랍니다."

소년은 이렇게 말하느라 온몸에 있는 힘을 억지로 자아내는데, 정신 만큼은 섬뜩할 정도로 강인했다.

"우리는 저기에 있는 작자에게 끊임없이 수탈당했어요. 귀족이란 작 자라면 우리 같은 평민 개자식에게 누구나 그런 것처럼. 저자는 무자비 한 세금을 부과하고, 품삯 한 푼 안 주며 강제로 부려 먹고, 우리 곡식을 자기네 방앗간에서 빻도록 강제하고, 자신이 키우는 새를 열 마리나 우리에게 얼마 없는 곡식으로 모이를 주도록 만들고, 정작 우리 자신은 새를 한 마리도 못 기르도록 하며 너무나 끔찍하게 약탈하고 수탈한 나머지, 행여나 우리에게 고기 한 점이라도 먹을 기회가 생기면 저놈 하인이 알아채고 뺏어갈까 두려워서 대문에 빗장을 지르고 창문은 모두 잠가서 덧문까지 댄 다음에 비로소 벌벌 떨며 먹어야 했어요. 그렇게 약탈과 수탈을 밥 먹듯 당해서 너무 가난하게 살다 보니, 우리 아버지는 이런 세상에서 아이를 낳는 자체가 끔찍하다고, 우리 모두 여인네가 아이를 못 낳아 우리처럼 비참한 인종은 사라지도록 기도해야 한다고 말씀하셨어요!"

나는 억눌린 사람이 느낀 분노가 그렇게 불꽃처럼 터져 나오는 모습을 생전 처음 보았다. 사람들 가슴속 어딘가에 분명히 숨어있을 거란 생각은 했지만, 그게 한순간에 터져 나오는 건 본 적이 없었다.

"그런데도, 의사 선생님, 우리 누나가 결혼했어요. 당시에 사랑하던 사람이 병을 앓았는데도 우리 누나는 그 사람을 우리 움막에 - 짐승 우리 같은 움막에 - 들여서 간호하고 보살필 생각에 사랑 하나만 믿고 결혼한 거예요. 그리고 얼마 안 돼서 저 작자 동생이 우리 누나를 보고 반해, 불쌍한 매형에게 부인을 자신에게 빌려달라고 강요했어요. 신분이 천한데 남편이라고 무슨 소용이 있겠어요! 불쌍한 매형은 그러려고 했지만, 우리 누나는 정숙하고 얌전한 여인이라서 저놈 동생을 나만큼이나 격렬하게 증오하며 치를 떨었어요. 그러자 저 두 놈이 불쌍한 매형에게 부인을 설득해서 마음을 돌리게 하려고 무슨 짓을 했는지 아세요?"

나에게 시선을 고정하던 소년이 천천히 고개를 돌려서 옆에 있는 귀족을 쳐다보고, 나는 양쪽 얼굴을 모두 쳐다보아 소년 말이 전부 사실임을 깨달았다. 양쪽이 자존심을 걸고 서로 맞서는 유형은 여기 바스티유에서도 볼 수 있다. 한쪽은 무관심하고 부주의한 귀족의 자존심이고 다른 한쪽은 마냥 짓밟혀서 뜨거운 복수심에 불타는 농부의 자존심이다.

"의사 선생님도 아시다시피, 귀족이란 작자들이 누리는 권리 가운데에는 우리 같은 평민 개자식에게 마구를 씌워서 마차를 끌게 하는 것도 있지요. 저 작자들 역시 우리 매형에게 마구를 씌워서 마차를 끌게 했답니다. 그리고 귀족이란 작자들이 누리는 권리 가운데에는 자기네가 아무런 방해도 안 받고 편히 잠자기 위해 우리를 밤새도록 마당에 새워서 개구리를 조용히 시키는 것도 있지요. 저 작자들 역시 밤에는 몸에 안 좋은 안개가 자욱한 곳에 우리 매형을 세워놓고 낮에는 마구를 씌워서 마차를 끌도록 명령했답니다. 하지만 우리 매형은 부인을 설득하지 않

있어요. 결코! 그러다가 하루는 음식을 먹으려고 – 제대로 먹을 음식도 없지만 – 정오에 마구를 벗더니, 교회 종소리에 맞춰서 열두 번을 흐느끼며 울다가 누나 품에 안겨서 죽었답니다."

그런 상태에서는 어떤 인간도 목숨을 유지할 수 없지만, 소년은 귀족이 저지른 잘못을 모두 밝히겠다는 결심이 단호했다. 그래서 오른 주먹을 억지로 움켜쥐고 상처를 막아서 몰려드는 죽음의 그림자를 억지로 물리쳤다.

"그러자 저 작자에게 허락은 물론 도움까지 받아가며 저놈 동생이 우리 누나를 데려갔어요. 우리 누나가 저놈 동생에게 또렷하게 대답한 걸 제가 아는데 말이에요. 그게 어떤 말인지 조금 있으면 의사 선생님도 알게 될 거예요. 그런데도 저놈 동생은 우리 누나를 잠시 데리고 놀 노리갯감으로 데려간 거예요. 저는 길에서 끌려가는 누나를 보았어요. 집으로 달려가서 소식을 전하니, 아버지는 심장이 터져서 가슴에 가득한 말을 한마디도 못 하셨어요. 저는 저 작자가 손댈 수 없는 곳으로, 최소한 저런 놈 노리갯감은 안 될 곳으로 여동생을 데려다 놓았어요. 그런 다음에 저놈이 지나간 흔적을 쫓아 여기까지 와서 어젯밤에 평민 개자식이 손에 칼을 들고 담을 넘은 거예요. 다락방 창문이 어디지요? 근처에 있을 텐데?"

소년의 눈에 실내는 점차 어둡게 변하고, 주변 세상은 점차 좁아지는 중이었다. 나는 주변을 둘러보다가 싸움이라도 일어난 것처럼 바닥에 널브러진 건초와 밀짚을 발견했다.

"누나가 목소리를 듣고 달려왔어요. 저는 저놈을 죽일 때까지 다가오지 말라고 소리쳤어요. 저놈이 들어오더니 처음에는 동전 몇 닢을 던져주고 채찍으로 때리더군요. 하지만 저는 비록 평민 개자식이지만 저놈을 때려서 칼을 뽑도록 만들었어요. 저놈에게 마음대로 칼을 동강 내라고 하세요, 평민의 피로 얼룩진 칼을. 저놈은 자신을 방어하려고 칼을 뽑더니, 목숨을 구하려고 온갖 기교를 발휘하며 저를 찔렀답니다."

나는 조금 전에 시선을 떨구다가 건초 사이에서 부러진 칼 조각을 본 터였다. 귀족이 쓰던 칼이 분명했다. 다른 곳에는 낡은 칼이 누워있는데, 병사가 쓰는 칼 같았다.

"이제 저 좀 일으켜 주세요, 의사 선생님. 저 좀 일으켜 주세요. 그놈이 어디에 있죠?"

나는 쌍둥이 동생을 말하는 거로 짐작해 소년을 부축하며 대답했다.

"그 사람은 여기에 없다."

"그놈! 귀족은 누구나 자존심이 대단한데, 그놈은 나를 보는 게 겁나는 거예요. 여기에 있던 놈은 어디에 있죠? 그놈 쪽으로 얼굴을 돌려주세요."

나는 그렇게 하고 소년 머리를 들어서 무릎에 뉘었다. 하지만 소년은 순간적으로 엄청난 힘을 발휘하며 자기 힘으로 완벽하게 일어나, 나 역시 소년을 부축하고 일어날 수밖에 없었다.

소년이 부릅뜬 눈으로 귀족을 바라보고 오른손을 추켜올리면서 말했다.

"후작, 너희가 저지른 잘못을 모두 책임져야 하는 날에 나는 너와 너희 가족을, 너희 악랄한 인종을 마지막 한 사람까지 불러서 책임을 묻겠다. 내가 그렇게 하겠다는 징표로 너에게 피의 십자가를 남긴다. 이런 짓거리를 모두 책임져야 하는 날에 나는 네놈 동생까지, 최악으로 나쁜 인종까지 모두 불러서 일일이 책임을 묻겠다. 내가 그렇게 하겠다는 징표로 그놈에게 피의 십자가를 남긴다."

두 번, 소년은 가슴에 난 상처에 손을 얹다가 집게손가락으로 공중에 십자가를 그었다. 그리고 손가락을 그대로 든 채 잠시 가만히 있다가 밑으로 떨어뜨리면서 푹 쓰러지고, 나는 소년이 죽은 시신을 제대로 누였다.

    ......

환자가 누운 침대로 돌아오니, 젊은 여인은 여전히 정확하게 똑같은 순서로 소리쳤다. 앞으로도 오랫동안 그럴 거라는, 침묵이 가득한 무덤에서나 끝날 거라는 생각이 들었다.

나는 환자에게 준 약을 다시 투약하고 밤이 훨씬 깊도록 침대 곁에서 간호했다. 환자는 날카로운 비명이 단 한 번이라도 누그러지거나, 말하는 순서나 또렷한 어투가 단 한 번도 흔들리지 않았다. 언제나 "남편, 아버지, 남동생! 하나, 둘, 셋, 넷, 다섯, 여섯, 일곱, 여덟, 아홉, 열, 열하나, 열둘. 침묵!"이었다.

이런 상태는 내가 환자를 처음 본 이후 스물여섯 시간 동안 계속되었다. 나는 두 차례 출퇴근했으나 병세가 갑자기 악화하여서 다시 옆자리를 지켰다. 하지만 내가 할 수 있는 건 거의 없고, 환자는 조금씩 혼수상태로 빠져들다가 죽은 사람처럼 꼼짝을 안 했다.

오랫동안 끔찍한 태풍이 몰아치다가 마침내 비바람이 가라앉은 느낌이었다. 나는 두 팔을 풀어주고 옆에서 거드는 아줌마를 불러 환자가 잡아 뜯은 옷과 외모를 가다듬었다. 환자가 첫아이를 임신한 징후를 느낀 것도 바로 그때고, 환자를 살릴 수 있다는 일말의 희망조차 사라진 것 역시 바로 그때였다.

내가 형이라고 묘사한 후작이 말에서 금방 내려 장화를 신은 상태로 방으로 들어오며 물었다.

"여자가 죽었소?"

"아직은 아니지만 그럴 것 같습니다."

"평민 주제에 힘이 장사로군!"

후작이 말하며 호기심 가득한 눈으로 환자를 내려다보자, 나는 이렇게 대답했다.

"슬픔과 좌절을 겪다 보면 놀라운 힘이 생기는 법이지요."

후작은 처음에 잠깐 웃다가 눈살을 찡그렸다. 그리고 한 발로 내 옆에 있는 의자를 치우더니, 아줌마에게 나가라 명령하고 나지막한 목소리로 말했다.

"의사 선생, 동생이 소작농 때문에 골치 썩는 걸 보고 나는 당신을 불러야 한다고 추천했소. 당신은 명성이 높고 앞날도 창창하니, 어떻게 하는 게 이로운지 알 것이오. 여기에서 목격한 장면은 볼 수는 있어도 말하면 안 되는 것들이오."

나는 환자가 내쉬는 숨소리에 귀를 기울이며 대답을 회피했다.

"내가 하는 말을 제대로 듣는 거요, 의사 선생?"

"후작 나리, 저는 직업상 환자와 나눈 대화를 항상 비밀로 한답니다."

나는 조심스레 대답했다. 거기에서 보고 들은 내용으로 머리가 복잡했기 때문이다.

환자 숨소리가 잘 안 들려서 나는 맥박과 심장을 조심스레 확인했다. 맥박은 있어도 죽은 거나 마찬가지였다. 나는 다시 의자에 앉느라 주변을 둘러보다가 나를 열심히 쳐다보는 쌍둥이 형제를 발견했다.

……

글씨를 쓰는 작업이 너무나 어렵고, 날씨는 소름 끼치게 춥고, 들켜서 완전히 어두운 지하 독방에 갇힐까 두려우니, 대화 내용을 요약하겠다. 하지만 기억이 틀리거나 혼란스러운 건 없다. 내가 쌍둥이 형제와 나눈 대화는 한 마디 한 마디, 조사 하나까지 구체적으로 떠올릴 수 있다.

환자는 일주일을 끌었다. 임종이 다가올 즈음에는 환자 입술에 귀를 바싹 들이대서 몇 마디 알아들을 수 있었다. 환자는 여기가 어디냐 묻고 나는 그대로 대답했다. 내가 누구냐는 질문에도 대답했다. 나는 가족이 누구냐고 물었지만 아무런 소용이 없었다. 여인은 베개에 누인 머리를 힘없이 흔들면서 소년이 그런 것처럼 비밀을 지켰다.

환자에게 더는 질문할 기회는 없었다. 그래서 쌍둥이 형제에게 환자가 빠르게 가라앉는 중이라고, 앞으로 하루를 못 넘길 거라고 말했다. 그때까지 환자는 아주머니와 나만 있다고 생각했지만 내가 있을 때면 쌍둥이 형제 가운데 한 명이 언제나 침대 머리맡 커튼 뒤에 앉아서 엿들었다. 하지만 이런 상황이 되자, 쌍둥이 형제는 내가 환자와 무슨 대화를 나누든 신경을 안 쓰는 것 같았다. 행여나 나까지 죽이는 건 아닌가 하는 생각이 스치고 지나갈 정도였다.

내가 꾸준히 관찰한 바에 의하면 쌍둥이 형제는 동생 쪽이 소작농하고, 그것도 소년하고 칼을 겨룬 사실에 자존심이 엄청나게 상한 게 분명했다. 두 사람이 걱정하는 건 이번 사태로 인해 가문의 명예가 땅에 떨어져서 조롱거리가 되지나 않을까 하는 것밖에 없는 것 같았다. 내가 동생 쪽 하고 눈을 마주칠 때마다 나를 아주 싫어한다는 표정이 눈빛에 어렸다. 소년이 말한 내용을 내가 들은 걸 알기 때문이다. 동생은 형보다 나에게 부드럽고 친절하지만 나는 그런 마음을 파악했다. 형 역시 속으로는 나를 골칫거리로 여기는 게 분명했다.

환자는 자정을 두 시간 남기고 사망했다. 주머니 시계를 보니, 내가 환자를 처음 본 시간과 분 단위까지 똑같은 시각이었다. 나와 단둘이 있을 때 젊고 가련한 여인이 머리를 옆으로 조용히 떨구면서 속세의 고통과 슬픔을 모두 끝낸 것이다.

쌍둥이 형제는 아래층에서 승마하러 가려고 조바심내며 초조하게 기다리는 중이었다. 환자가 임종한 침대를 혼자 지키는데, 승마용 채찍으로 자기네 장화를 찰싹찰싹 때리며 이리저리 어슬렁거리는 소리가 들렸다. 그래서 아래층으로 내려가자, 형 쪽이 물었다.

"드디어 죽었소?"

"네, 죽었습니다."

"축하해, 동생"이 그가 돌아서면서 한 말이었다. 그는 돈을 주고 나는 나중에 받겠다고 미룬 적이 예전에 있었다. 그래서 지금 나에게 금화 한 꾸러미를 주었다. 나는 그걸 받아서 탁자에 올려놓았다. 그리고 이렇게 말했다. 이미 곰곰이 생각해서 아무것도 안 받겠다고 마음을 굳힌 상태였다.

"미안합니다만 이런 상황에서는 안 받겠습니다."

쌍둥이 형제가 시선을 주고받더니 내가 머리를 숙이며 작별을 고하자 두 사람도 머리를 숙이고, 우리는 그렇게 조용히 헤어졌다.

······

지치고, 지치고, 지친다····· 극심한 고통에 녹초가 된다. 앙상한 손으로 쓴 글씨를 읽을 수도 없다.

이른 아침, 대문 앞에 조그만 상자가 놓였는데 안에는 금화 꾸러미가 있고 겉에는 내 이름이 있었다. 그걸 보는 순간부터 나는 어떻게 해야 하나 마음 졸이며 걱정했다. 그래서 총리에게 편지를 은밀하게 보내서 내가 왕진을 다녀온 장소와 환자 두 명이 겪은 일을 알리기로, 사실상 모든 정황을 그대로 알리기로 그날 결정했다. 나는 궁정이 어떤 영향력을 행사하는지, 귀족에게 어떤 면책특권이 있는지 안다. 그래서 이번 사건이 그대로 묻힐 거라고 예상하지만, 마음에 가득한 부담을 덜고 싶었다. 당시까지 나는 이 문제를 철저한 비밀로 했다, 부인에게도. 그래서 이런 사실까지 편지에 언급하기로 마음먹었다. 나 자신에게는 어떤 커다란 위험이 닥쳐도 괜찮으나, 내가 아는 사실을 다른 사람도 안다는 오해 때문에 그 사람까지 위험에 빠질까 걱정스럽기 때문이다.

나는 그날 너무 바빠서 밤이 되어도 편지를 완성할 수 없었다. 그래서 편지를 완성하기 위해 다음 날 아침은 평소보다 훨씬 일찍 일어났다. 한 해가 끝나는 날이었다. 편지를 막 완성하고 펜을 내려놓으니, 어떤 귀부인이 찾아와서 나를 만나길 바라며 기다린다고 한다.

......

내가 스스로 마음먹고 시작한 일을 감당할 힘이 점차 줄어든다. 너무 춥고 너무 어두워서 감각이란 감각은 모두 사라지고 암울한 느낌은 너무나 끔찍하게 몰려든다.

귀부인은 젊고 매력적이며 아름다운 여성인데, 장수를 누릴 인상은 아니었다. 그리고 잔뜩 흥분한 상태였다. 자신을 샤를 에버몬드 후작 아내라고 소개했다. 형이라고 지칭한 작자에게 소년이 부른 호칭하고 손수건에 수놓은 글자를 연결하니, 내가 아주 최근에 만난 귀족이란 결론에 쉽게 도달할 수 있었다.

나는 아직도 기억이 정확하지만, 우리가 나눈 대화 내용을 자세히 적을 순 없다. 나를 감시하는 눈초리가 예전보다 예리한 것 같다. 언제 들이닥칠지 모르겠다. 귀부인은 자기 남편이 관여한 끔찍한 사태에 대해 어느 정도 의심도 들고 직접 확인한 내용도 있어서 나에게 도움을 청하러 왔다. 여자가 죽었다는 사실은 처음 들었다. 엄청나게 고통스러워하면서 말한 바에 의하면, 원래 귀부인이 바란 건 불쌍한 여인에게 안타까운 마음을 은밀히 전하는 것이다. 그래서 소작인이 수많은 고통을 겪으면서 오랫동안 증오를 퍼부은 가문에게 하늘이 분노하는 걸 막는 것이다.

귀부인에게는 어린 여동생이 아직 살았다고 믿을만한 근거가 여럿 있으므로 어떤 식으로든 돕고 싶은 마음이 간절했다. 내가 말할 수 있는 건 여동생이 있다는 사실 하나밖에 없었다. 나머지는 아는 게 없었다. 그런데 귀부인은 나라면 여동생이 사는 주소와 이름을 알 수도 있을 거라는 희망을 품고 있었다. 하지만 이렇게 비참한 순간에도 나는 둘 다 모른다.

......

종이에 기록한 것 때문에 곤경에 빠졌다. 어제 한 장을 빼앗기면서 경고까지 받았다. 어떻게 해서든 오늘까지 기록을 마쳐야 한다.

귀부인은 마음이 착하고 따뜻한데, 결혼생활을 불행하게 보냈다. 하기야 어쩔 도리가 없지 않겠는가! 시동생은 형수를 불신하고 미워하는 데다 무슨 짓을 하든 형수하고 사사건건 부닥쳤다. 그리고 형수는 시동생을 끔찍하게 두려워하는 데다 남편까지 두려워했다. 내가 대문까지 배웅하니, 귀부인이 타고 온 마차에 어린애가 있는데, 두세 살 정도로 보이는 예쁜 사내 사이였다. 귀부인은 눈물이 가득한 눈으로 사내아이를 가리키며 말했다.

"저 아이를 위해서라도, 의사 선생님, 저는 미약한 힘이나마 최선을 다해서 어떤 식으로든 배상할 거예요. 그러지 않으면 저 아이는 가문을 계승하더라도 절대로 성공을 못 할 거예요. 이번 사태에 대해 죄 없는 사람이라도 속죄를 안 하면 결국에는 저 아이가 죗값을 치르게 될 거라는 불길한 예감이 들어요. 제가 남긴 물건을 – 귀금속 몇 점에 불과하지만 – 여동생이란 사람을 찾을 수만 있다면, 죽은 어미를 슬퍼하고 동정하는 마음으로, 깊은 상처를 받은 가족에게 모두 넘겨주는 걸 저 아이에게 일생일대의 과업으로 삼도록 할 거예요."

귀부인은 아이에게 키스하고 머리를 쓰다듬으며 덧붙였다.

"이건 모두 너를 위해서란다. 너도 그렇게 믿지, 우리 귀여운 샤를?"

아이는 씩씩하게 대답했다.

"네, 엄마."

나는 손에다 키스하고 귀부인은 아이를 품에 안고 머리를 쓰다듬으면서 사라졌다. 그리고 두 번 다시 못 만났다.

귀부인은 내가 알 거로 생각하고 남편 이름을 언급한 터라, 나는 내가 작성한 편지에 이름을 추가하지 않았다. 그래서 편지를 봉한 다음, 다른 사람에게 안 맡기고 그날 내 손으로 직접 전달했다.

그날 밤, 한 해가 끝나는 마지막 밤, 아홉 시가 되어갈 무렵, 까만 옷을 입은 사내가 대문에서 초인종을 울려 나를 찾아왔다고 하더니, 위층으로 올라오는 어린 하인 어네스트 드파르지를 살그머니 쫓아왔다. 그래서 내가 아내와 - 아, 우리 아내, 마음속 깊이 사랑하는 아내! 젊고 아름다운 영국인 아내여! - 단둘이 있는 방으로 하인이 들어서는 순간, 우리는 대문에서 기다려야 할 사람이 바로 뒤에 조용히 서 있는 모습을 발견했다.

사내는 생토노레 거리에 위급한 환자가 있다고, 오래 안 걸릴 거라고, 마차를 대기시켰다고 말했다.

그래서 나는 여기에 왔다, 여기 무덤 속으로 끌려왔다. 마차를 타고 집에서 멀어지는 순간, 사내가 까만 목도리로 내 입을 단단히 묶고 두 팔도 동여맸다. 쌍둥이 형제는 도로 건너 어두운 모서리에서 손짓 한 번으로 내가 맞는다고 확인했다. 후작은 내가 쓴 편지를 주머니에서 꺼내 나에게 보여주더니 손에 든 등불로 태워서 재를 발로 짓밟았다. 말은 한마디도 안 했다. 그리고 나는 여기에 왔다, 산 채로 무덤에 끌려왔다.

여기에서 끔찍한 세월을 보내는 동안 사랑하는 아내 소식을 - 살았는지 죽었는지라도 - 나에게 어떤 식으로든 알려야 한다는 생각을 심장이 딱딱하게 굳은 쌍둥이 형제 가운데 한쪽에게 하느님이 기꺼이 불어넣으셨다면, 나는 그걸 하느님이 두 사람을 버리지 않았다는 증거라고 생각할 수도 있다. 하지만 이제 나는 소년이 남긴 피의 십자가가 두 놈을 파멸시킬 거라고, 그래서 하느님의 자비조차 누릴 수 없을 거라고 확신한다. 그래서 두 놈이 모든 책임을 져야 하는 날을 기해, 두 놈과 후손을, 그들 가문의 마지막 한 명까지, 나, 비참한 죄수 알렉상드르 마네뜨는 1767년이 끝나는 오늘 밤, 견딜 수 없는 고통으로 몸부림치며 고발한다. 하늘과 온 세상에 그들을 고발한다.'

기록을 모두 낭독한 순간에 끔찍한 함성이 일어났다. 오로지 피만 갈망하며 내지르는 소리였다. 낭독하는 방식 자체가 가장 뜨거운 복수심을 불러일으키니, 프랑스인치고 머리를 숙이지 않을 사람은 한 명도 없었다.

바스티유 관련 기록물을 제출할 때 드파르지 부부가 그걸 재판정과 청중에게 공개하지 않고 적절한 순간이 올 때까지 기다린 이유를 굳이 설명할 필요는 없었다. 혐오스러운 가문을 생앙투안에서 그렇게 오랫동안 저주하며 치명적인 살생부에 올린 이유 역시 설명할 필요가 없었다. 그날 그곳에서 그런 고발에 반대해 동정심과 자비심으로 죄수를 살려야 한다고 주장하는 사람 역시 한 명도 없었다.

그런데 불행한 운명의 주인공에겐 고발인이 유명한 시민이요 자신이 존경하는 인생 선배며 사랑하는 부인의 아버지란 사실은 더더욱 커다란 충격으로 다가왔다. 민중이 품은 광적인 열망 가운데 하나는 문제 많은 고대 규율을 그대로 베껴서 다네이 자신을 인민 제단[70]에 희생 제물로 바치는 것이다. 그래서 재판장이 훌륭한 공화국 의사는 저주스러운 귀

---

70) 처음에는 유명한 건축가 피에르 프랑수아 팔루아가 바스티유를 철거한 자리에 사슬과 수갑과 철구를 이용해서 세웠다. 이후 프랑스 전역에서 이런 제단이 생겼다.

족 가문을 뿌리 뽑으면 더 좋은 공화국을 누릴 수 있을 뿐 아니라 사랑하는 딸을 과부로 만들고 외손녀를 고아로 만들면 신성한 행복과 기쁨을 누릴 게 분명하다고 (다른 식으로 말하면 행여나 거꾸로 자기 목이 잘릴까 걱정스러운 표정으로) 말하니, 거기에는 원초적인 흥분과 애국적인 열정만 가득할 뿐 인간에 대한 동정심은 조금도 없었다.

"박사는 주변에 행사하는 영향력이 탁월하다며? 그럼 사위를 구해보시지, 박사, 사위를 구해 보라고!"

마담 드파르지가 소곤대며 '복수의 여신'에게 빙그레 웃는 가운데, 마침내 배심원은 투표를 시작하고 한 표가 나올 때마다 함성이 일었다. 한 표, 또 한 표가 나오고 함성, 또 함성이 일었다!

만장일치였다. 귀족 가문 계승자를, 공화국의 적을, 인민을 억압한 악명 높은 자를 사형하라. 콩시에르저리로 돌려보내서 스물네 시간 안에 처형한다!

XI. 해 질 녘

죄 없는 사내는 죽을 운명에 처하고 가련한 부인은 치명적인 충격을 받은 듯 그대로 쓰러졌다. 하지만 부인 입에서는 아무런 소리도 안 나오고, 마음속에서만 강한 목소리가 일어났다. 남편이 겪는 고통을 덜어줄 사람은 온 세상에 자신밖에 없다는, 더 힘들게 만들면 안 된다는 목소리였다. 그래서 부인은 모든 충격을 떨쳐내고 몸을 재빨리 일으켰다.

바깥에서 일어나는 시위에 판사들도 끼어들면서 재판은 끝났다. 사람들이 떠들어대며 빠져나가는 행렬이 통로마다 줄을 이을 때 마네뜨 아가씨는 가만히 서서 남편을 향해 두 팔을 내미는데, 얼굴에는 사랑으로 위로하는 표정이 가득했다. 그러면서 소리쳤다.

"아, 남편에게 갈 수 있다면! 남편을 한 번만 껴안을 수 있다면! 아, 선량한 시민 여러분, 우리에게 그만한 동정이라도 베풀어주세요!"

남은 사람은 간수 한 명, 지난밤에 다네이를 데려간 네 명 가운데 두 명, 그리고 바사드였다. 나머지는 전부 시위하러 거리로 쏟아져 나가고 없었다. 그래서 바사드가 나머지 세 명에게 제안했다.

"저 여인에게 남편을 포옹하도록 해줍시다, 잠깐이라도."

세 사람은 침묵으로 동의하고, 마네뜨 아가씨는 청중석˙계단을 넘어서 피고석으로 오르고, 남편은 피고석 너머로 상체를 내밀어 부인을 품에 꼭 안았다.

"잘 있어요, 내 사랑, 내 영혼. 그대를 마지막으로 축복하오. 하지만 우리는 다시 만날 거요, 삶에 지친 자들이 쉴 수 있는 곳에서!"[71]

남편이 이렇게 말하며 가슴에 꼭 안자, 부인이 대답했다.

"저는 견딜 수 있어요, 사랑하는 다네이. 하늘에서 보살펴주니까요. 저 때문에 힘들어하지 마세요. 우리 아이에게 마지막 축복을 내려주세요."

"나는 당신을 통해서 우리 딸에게 마지막 축복을 보내오. 당신을 통해서 우리 딸에게 키스를 보내오. 당신을 통해서 우리 딸에게 작별을 보내오."

남편이 말하며 몸을 떼어내자, 부인이 황급히 말했다.

"여보. 아니에요! 잠깐만! 우리는 오래 헤어지지 않아요. 저도 결국엔 심장이 찢어질 테니까요. 하지만 제가 할 일에 최선을 다하겠어요. 그러다가 이 세상을 떠나면 하느님이 우리 딸에게 여러 친구를 보내실 거예

---

71) 욥기 3:17 - "악당들이 설치지 못하고 삶에 지친 자들도 쉴 수 있는 곳."

요, 저에게 그러셨던 것처럼."

딸을 따라온 아버지가 두 사람 앞에 무릎을 꿇으려고 하는데, 다네이가 손을 뻗어서 장인을 붙잡으며 울부짖었다.

"아니에요, 아니에요! 장인어른이 무엇 때문에, 무엇 때문에 저희 앞에 무릎을 꿇어야 한단 말입니까! 저희는 압니다, 장인어른이 저에 대해서 아시는 순간, 제 몸에서 흐르는 피를 의심하며 굉장히 고통스러워하셨다는 사실을. 이제 저희는 압니다, 사랑하는 따님을 위해, 당연히 생길 수밖에 없는 반감을 물리치려고 열심히 싸워서 결국 이겨내셨다는 사실을. 저희는 온 마음을 다해서, 모든 사랑과 효심을 담아서 장인어른에게 고마운 마음을 전합니다. 하느님께서 함께하시길!"

하지만 장인이 할 수 있는 대답은 두 손으로 백발을 쥐어뜯으며 고통스러운 비명을 날카롭게 뱉어내는 것뿐이었다. 그러자 죄수는 이렇게 달랬다.

"어차피 이렇게 될 일이었습니다. 세상일은 뿌린 대로 거두는 법입니다. 이렇게 될 수밖에 없는 신분으로 장인어른을 모셔, 불쌍한 우리 어머니께서 맡기신 의무를 다하려고 했지만 언제나 역부족이었습니다. 썩을 대로 썩어버린 악에서는 선이 나올 수 없고, 시작이 불행하면 행복한 결말이 나올 수 없는 건 당연합니다. 부디 편안히 지내십시오. 그리고 저를 용서하십시오. 하느님께서 축복하시길!"

남편이 끌려가자 부인은 그 손을 놓아주고 두 손을 모아서 기도하는 자세로 얼굴에 환한 빛을 띄우며, 심지어 편안한 미소까지 머금으며 가만히 서서 남편을 바라보았다. 그래서 남편이 죄수용 문으로 사라진 다음에 비로소 몸을 돌려 아버지 가슴에 머리를 사랑스럽게 기대며 무슨 말을 하려다가 그대로 쓰러졌다.

그러자 시드니 칼톤이 어두컴컴한 구석에서 꼼짝하지도 않다가 튀어

나와 마네뜨 아가씨를 일으켰다. 옆에는 부친과 로리밖에 없었다. 마네
뜨 아가씨를 부축하며 머리를 잡아주는 팔이 부르르 떨렸다. 가슴 아픈
동정심이 전부는 아니었다. 의기양양한 자부심도 엿보였다.

"제가 아가씨를 마차로 운반할까요? 아주 가벼워서 아무렇지 않습
니다."

칼톤은 마네뜨 아가씨를 출구로 가볍게 운반해 마차에 부드럽게
누였다. 부친과 오랜 친구도 마차에 올라타고 칼톤은 마부 옆자리에
앉았다.

이윽고 마차는 대문 앞에 도착했다. 불과 몇 시간 전에 칼톤이 어둠에
몸을 숨긴 채 마네뜨 아가씨가 걸어갔음 직한 판석 도로를 떠올린 지점
이었다. 칼톤은 아가씨를 다시 들어서 계단을 올라 방으로 운반했다.
그래서 소파에 누이자, 어린 딸과 프로스 집사가 눈물을 흘리며 달려들
었다.

"아가씨를 깨우지 마세요. 금방 괜찮아질 거예요. 기절한 것에 불과하
니 일부러 깨우지 마세요."

칼톤이 프로스 집사에게 부드럽게 말하자, 어린 딸이 벌떡 일어나서
두 팔을 벌린 채 품으로 정신없이 파고들며 울음을 터트렸다.

"아, 칼톤 아저씨, 사랑하는 칼톤 아저씨! 이제 아저씨가 왔으니, 우리
엄마를 돕고 우리 아빠를 구하실 거예요! 아, 엄마를 보세요, 사랑하는
아저씨! 아저씨는 우리 엄마를 지극히 사랑하시니, 엄마가 저러시는
모습을 못 보시겠지요?"

칼톤은 아이에게 허리를 숙여서 생기발랄한 뺨에 얼굴을 댔다. 그리
고 부드럽게 떼어내서 의식이 없는 아이 엄마를 쳐다보며 말했다.

"떠나기 전에……."

그러더니 잠시 주저하다가 다시 말했다.

"너희 엄마에게 키스해도 될까?"

사람들이 나중에 회상한 바에 의하면 칼톤은 허리를 숙여서 마네뜨 아가씨 얼굴에 입술을 대고 무슨 말을 중얼거렸다. 바로 옆에 있던 아이가 나중에 사람들에게 말하길, 그리고 할머니로 곱게 늙어서 손자들에게 말하길, 자신은 칼톤 아저씨가 "당신이 사랑하는 사람을 위하여"라고 말하는 걸 들었다고 했다.

칼톤은 방문을 나서더니, 뒤쫓아 오는 로리와 박사에게 갑자기 돌아서며 박사에게 말했다.

"어제 박사님은 대단한 영향력을 발휘하셨습니다, 마네뜨 박사님. 오늘도 그렇게 노력하셔야 합니다. 판사들이나 권력을 가진 사람들 모두 박사님에게 매우 우호적인 데다가 박사님께서 헌신하신 사실도 잘 압니다. 아닌가요?"

"다네이와 관련해서 내가 숨긴 내용은 하나도 없네. 나는 사위를 구할 수 있다고 강하게 확신하고 또 그렇게 했어."

박사가 몹시 괴로운 어투로 천천히 대답하자, 칼톤이 권했다.

"사람들을 다시 찾아가세요. 지금부터 내일 오후까지 시간은 별로 없지만 그래도 최선을 다하세요."

"그렇게 하겠네. 조금도 안 쉬고 그렇게 하겠네."

"네, 그래야 합니다. 저는 박사님 같은 열정으로 기적을 이룬 모습을 예전에 많이 보았습니다……"

칼톤이 빙그레 웃는 얼굴로 동시에 한숨을 내쉬며 덧붙였다.

"……비록 이번처럼 어려운 기적은 아니지만. 그래도 노력하세요! 우리가 잘못 살면 인생은 아무런 가치도 없지만 그래도 노력은 중요합니다. 노력하지 않으면 정말 아무런 가치도 없으니까요."

그러자 마네뜨 박사가 대답했다.

"공화국 검사와 재판장에게 곧장 가겠네. 그리고 여기에서 이름을 말하지 않는 게 좋은 사람도 이리저리 찾아다니겠네. 탄원서도 쓰고……. 하지만 잠깐! 거리마다 축제가 한창이니 날이 어두울 때까지는 아무도 못 만날 거야."

"맞습니다. 으음! 어차피 희망은 실낱같으니 어두울 때까지 늦춘다고 해서 문제 될 건 없겠지요. 박사님이 얼마나 속도를 내실지 궁금하지만, 명심하세요! 저는 아무런 기대도 하지 않습니다! 끔찍한 권력자들은 언제 만날 수 있을 것 같습니까, 마네뜨 박사님?"

"어둠이 깔리자마자 찾아갈 생각이네. 앞으로 한두 시간 안에."

"네 시가 지나면 금방 어두워질 겁니다. 시간을 한두 시간 더 늦추세요. 저녁 아홉 시에 로리 선생님 숙소로 찾아가면 박사님이 활동하신 내용을 박사님에게나 로리 선생님에게 들을 수 있겠습니까?"

"그렇겠지."

"그럼 수고하십시오!"

로리는 현관까지 배웅하더니, 칼톤이 떠나려고 할 때 어깨를 툭 쳐서 뒤돌아보게 하였다. 그리곤 나지막하고 슬픈 어투로 속삭였다.

"나는 기대하지 않소."

"저도 마찬가지입니다."

"다네이 목숨이든 다른 사람 목숨이든 권력자에겐 아무런 가치도 없으니, 말도 안 되는 가정이지만 행여나 권력을 지닌 사람 한 명, 아니 전원이 다네이를 살려줄 마음이 있다고 해도 재판정에서 그런 시위까지 일어났는데, 위험을 무릅쓰고 살려줄 사람은 하나도 없을 거요."

"저도 같은 생각입니다. 시위를 벌일 때 단두대 도끼날을 떨어뜨리는 소리까지 들었으니까요."

로리가 문짝 기둥에 한쪽 팔을 기대고 얼굴을 파묻자, 칼톤이 다정하게 덧붙였다.

"하지만 낙담하지 마세요. 슬퍼하지도 마세요. 제가 마네뜨 박사님에게 그렇게 하시라고 제안한 이유는 그래야 아가씨가 나중에 위안으로 삼을 수 있기 때문입니다. 그렇지 않으면 '남편을 너무 가볍게 포기해서 아쉽다'는 생각이 툭하면 떠올라서 힘들 테니까요."

그러자 로리가 눈물을 훔치며 대답했다.

"그래, 그래, 맞소, 당신 말이 맞소. 하지만 다네이는 죽을 거요. 실제로는 아무런 희망이 없소."

"그래요. 다네이는 죽을 겁니다. 실제로는 아무런 희망이 없어요."

칼톤이 똑같이 말했다. 그리고 단호하게 걸으며 아래층으로 내려갔다.

XII. 어둠

시드니 칼톤은 어디로 갈지 결정을 못 하고 거리에서 잠시 멈추더니, 곰곰이 생각하는 얼굴로 중얼거렸다.

"텔슨 은행 숙소에서 아홉 시에 만나기로 했으니, 그 시간까지는 내가 파리에 있다는 사실을 다른 사람들에게 보여주는 게 좋을까? 그럴 것 같아. 나 같은 인간이 파리에 있다는 사실을 사람들에게 알리는 게 최선이야. 나중을 위해 예방 차원에서 미리 준비하는 게 좋아. 하지만 조심해, 조심, 조심! 신중하게 생각해서 추진하는 거야!"

발걸음이 목적지를 향해 나아가는 경향을 띠우기 시작한 걸 알아채고 칼톤은 벌써 어두워지는 거리에서 한두 차례 방향을 돌려, 그로 인해 일어날 다양한 가능성을 마음속으로 곰곰이 따져보았다. 그러다가 첫 번째 생각이 옳다는 걸 확인하고, 마지막으로 단호하게 말했다.

"그래, 그곳 사람에게 나 같은 사람이 파리에 있다는 사실을 알리는 게 최선이야."

그리곤 생앙투안으로 방향을 잡았다.

드파르지는 그날 재판정 증언을 통해 자신이 생앙투안에서 술집을 운영한다고 밝혔다. 칼톤은 파리를 잘 아는 터라 누구에게도 안 묻고 거기까지 찾아가는 건 그리 어렵지 않았다. 그래서 위치를 확인한 다음에는 인근 거리로 다시 빠져나와, 여인숙에서 저녁 식사를 하고 곤한 잠에 빠져들었다. 술을 많이 안 마신 건 몇 년 사이에 처음이었다. 지난밤에 도수가 약한 포도주를 가볍게 마신 이후로, 그리고 지난밤에 술을 완전히 끊는 사람처럼 로리네 벽난로에다 브랜디를 천천히 떨어뜨린 이후로, 술은 입에도 안 댔다.

상쾌한 기분으로 잠에서 깨어나니, 벌써 일곱 시라서 칼톤은 다시 거리로 나섰다. 생앙투안으로 향하는 도중에는 거울이 있는 진열창에서 걸음을 멈추고 헝클어진 넥타이와 외투 목깃과 마구 헝클어진 머리를 살짝 매만졌다. 그런 다음에 드파르지 술집으로 곧장 나아가서 안으로 들어갔다.

술집에 손님이라곤 손가락을 끊임없이 움직이면서 쉰 목소리로 떠들어대는 자크 3호가 전부였다. 칼톤이 배심원석에서 본 사내는 조그만 계산대 앞에서 술을 마시며 드파르지 부부와 대화하는 중이었다. '복수의 여신' 역시 술집 직원이라도 되는 듯 대화를 거들었다.

칼톤이 안으로 들어가서 의자에 앉아 (아주 서툰 불어로) 포도주를 조그만 병으로 주문하자, 마담 드파르지는 무심코 바라보다 날카로운 표정으로, 훨씬 더 날카로운 표정으로 바라보더니, 직접 다가와서 주문한 게 무어냐 묻고, 칼톤은 주문한 내용을 그대로 반복했다. 그러자 마담 드파르지는 호기심 어린 표정으로 까만 눈썹을 추켜세우면서 물었다.

"영국인?"

칼톤은 물끄러미 쳐다보더니, 불어는 한마디만 하는 데에도 시간이 걸린다는 듯 천천히, 아까와 마찬가지로 외국인 억양이 강한 어투로 대답했다.

"네, 마담, 네. 나는 영국인입니다!"

마담 드파르지가 포도주를 가지러 계산대로 돌아가자, 칼톤은 자코뱅[72] 신문을 집어서 의미를 파악하려고 애쓰는 척하며 마담 드파르지가 말하는 소리를 들었다.

"내가 맹세하는데, 에버몽드랑 똑같아!"

드파르지가 포도주를 가져와서 영어로 '안녕하시냐'고 인사했다.

"어떻게 영어로?"

"안녕하시오."

드파르지가 다시 하는 영어 인사에 칼톤이 포도주를 잔에 따르며 영어로 대답했다.

"아! 안녕하세요, 시민. 아! 정말 좋은 포도주네요. 공화국을 위해 건배하겠소."

드파르지가 계산대로 돌아가서 말했다.

"그래, 아주 조금 비슷하게 생겼군."

"정말 똑같이 생긴 거라고."

마담이 단호하게 반박하자, 자크 3호가 조용하게 말했다.

"마담이 그자를 계속 생각해서 그런 거예요."

'복수의 여신'도 웃으면서 상냥하게 말했다.

---

72) 프랑스 혁명 당시의 과격한 공화주의자.

"그래요, 맞아요! 내일 그자를 다시 구경하는 기쁨만 학수고대하며 기다려서 그런 거예요!"

칼톤은 신문에 있는 줄과 단어를 검지로 짚으며 열심히 공부하듯 흠뻑 빠져든 표정으로 천천히 읽는 척하고, 네 사람은 계산대에 팔을 기댄 채 서로 얼굴을 맞대고 나지막이 말했다. 그러다가 잠시 침묵하면서 영국인이 자코뱅 신문만 열심히 들여다본다는 사실을 확인한 다음에 원래 대화로 돌아가서 자크 3호가 말했다.

"마담 말이 맞아요. 왜 중단해요? 그 일은 지금 힘이 붙었어요. 그런데 중단할 이유가 뭐예요?"

그러자 드파르지가 설명했다.

"맙소사, 무슨 일이든 멈춰야 할 때가 있는 법이야. 문제는 멈춰야 할 지점이 어디냐 하는 거라고!"

"완전히 멸족시키는 지점."

마담이 말하자, 자크 3호가 쉰 목소리로 "훌륭해요!" 하며 감탄하고 '복수의 여신'도 극찬했다. 하지만 드파르지는 매우 곤욕스러운 표정으로 말했다.

"완전히 멸족시킨다는 건 좋은 원칙이야, 부인. 평상시라면 나도 반대하지 않아. 하지만 박사님이 너무 고통스러워해. 당신도 오늘 봤잖아. 기록물을 읽을 때 박사님 얼굴이 어떤지 말이야."

그러자 마담이 잔뜩 화나서 경멸하는 어투로 대답했다.

"그래, 나도 봤어. 그래, 나도 박사 얼굴을 보았다고. 그런데 내가 본 건 공화국에 그렇게 우호적이진 않은 얼굴이야. 표정 좀 제대로 관리하라고 해!"

그러자 드파르지가 변명하는 어투로 다시 말했다.

"게다가 고통스러워하는 딸까지 보았잖아. 그 자체가 박사님에게는 끔찍한 고통이라고!"

마담이 대답했다.

"그래, 나도 봤어. 그래, 나도 딸을 봤다고, 한 번도 아니고 여러 번. 오늘도 보고 전에도 봤어. 재판정에서도 보고 감옥 담벼락에서도 봤어. 내가 손가락을 올릴 수만 있다면……!"

마담은 손가락을 들더니 (칼톤이 두 눈으로 신문만 보는 척하면서 열심히 듣는 가운데) 앞에 있는 선반을 탁! 내려쳤다, 단두대 도끼날로 내려치는 것처럼.

"여성시민은 정말 대단해!"

배심원이 쉰 목소리로 말했다.

"언니는 천사예요!"

'복수의 여신'도 칭찬하며 포옹하고, 마담은 남편을 무자비하게 다그쳤다.

"당신에게 맡긴다면 - 그러지 않아서 정말 다행인데 - 지금이라도 그 작자를 살려주려고 들겠군."

그러자 드파르지가 항변했다.

"아니야! 이렇게 술잔을 드는 것처럼 간단하다고 해도 그런 일은 없어! 하지만 이번 문제는 여기에서 끝내고 싶어. 그러니 여기에서 중단하자고."

마담 드파르지가 잔뜩 화내며 말했다.

"그렇다면 들어봐, 자크 동지, 당신도 잘 듣고, 우리 귀여운 '복수의 여신'. 두 사람 모두 잘 들어! 나는 그 종족이 저지른 다양한 악행과 탄압을 오랫동안 기록했어, 완전히 찢어발겨서 멸족시키려고. 우리 남편에게 정말인지 물어봐."

그러자 묻기도 전에 드파르지가 대답했다.

"그래, 맞아."

"위대한 혁명이 시작되고 바스티유가 무너지자, 남편은 오늘 낭독한 기록물을 찾아서 집으로 가져와, 우리는 손님이 모두 나가자마자 문을 닫고서 한밤중에 모두 읽었어, 여기 이 자리에서 등불에 의지하며. 우리 남편에게 정말인지 물어봐."

"그래, 맞아."

드파르지가 인정했다.

"그날 밤, 나는 남편에게 말했어, 기록물은 모두 읽고 등잔불은 다 타고 햇살은 저기 덧문에 그리고 저기 쇠창살 사이에 어렴풋이 비출 때, 이제 당신에게 고백할 게 있다고. 우리 남편에게 정말인지 물어봐."

"그래, 맞아."

드파르지가 다시 인정했다.

"나는 남편에게 비밀을 털어놓았어. 지금 이러는 것처럼 두 손으로 가슴을 쿵쿵 때리면서 이렇게 말했어. '여보, 나는 해안이 있는 어촌에서 자라났어. 바스티유에서 찾아낸 기록물이 묘사한 대로 에버몽드 쌍둥이 형제가 해친 농부 가족은 바로 우리 가족이야, 여보. 치명적인 상처를 입고 바닥에 쓰러진 농부 소년은 바로 우리 오빠고, 누이는 바로 우리 언니고, 남편은 바로 우리 형부고, 태어나지도 못한 아기는 우리 조카고, 아버지는 바로 우리 아버지고, 죽은 사람은 모두 우리 가족이야. 저들이 저지른 잘못 하나하나에 책임을 물을 사람은 바로 나라고!' 우리 남편에게 정말인지 물어봐."

"그래, 맞아."

드파르지가 또다시 인정했다. 그러자 마담이 반박했다.

"그렇다면 태풍이랑 화염에나 멈춰야 할 지점을 말하라고. 나에게 말하지 말고."

두 사람은 열심히 듣더니, 마담이 분노할 수밖에 없는 뿌리 깊은 원한에 모골이 송연한 기쁨을 느끼며 모두 격찬하고 몰래 엿듣던 사람은 눈으로 안 봐도 마담 얼굴이 백지장처럼 하얗게 변한 걸 느낄 수 있었다. 힘없는 소수파 드파르지는 동정심 많은 후작 부인을 떠올리며 몇 마디 끼어들지만 자기 부인은 마지막 대답을 반복할 뿐이었다.

"태풍이랑 화염한테나 멈출 지점을 말해. 나 말고!"

손님이 우르르 몰려들면서 대화는 깨졌다. 영국인 손님은 잔돈을 힘들게 계산하며 자신이 마신 술값을 지급하더니, 길을 모르는 사람처럼, 인민궁전으로 가는 길을 알려달라고 부탁했다. 마담 드파르지는 문으로 데려가서 한쪽 팔을 상대편 팔에 올린 채 길을 가르쳐주고, 영국인 손님은 팔을 잡아 올려서 옆구리 안쪽을 매섭게 힘껏 때리고 싶은 충동을 느꼈다.

하지만 영국인은 갈 길을 가다가 곧이어 감옥 담벼락 으슥한 어둠으로 사라졌다. 그리고 약속한 시각에는 밖으로 나와 은행 숙소로 찾아가서 노신사 혼자 불안하고 초조한 표정으로 이리저리 거니는 모습을 발견했다.

노신사는 이렇게 말했다. 자신은 조금 전까지 마네뜨 아가씨와 함께 있다가 약속을 지키려고 몇 분 전에 비로소 나왔다. 마네뜨 박사는 4시 즈음에 은행 숙소를 나간 이후로 한 번도 못 봤다. 아가씨는 부친이 중재에 나서면 남편을 구할 수도 있다는 실낱같은 희망을 품는데, 사실 희망은 거의 없다. 박사님이 떠난 게 다섯 시간이 넘는데, 도대체 이런 시간에 어디에 가셨단 말인가?

로리는 열 시까지 기다렸다. 하지만 마네뜨 박사가 여전히 안 돌아오는 상황에서 마네뜨 아가씨를 더는 홀로 둘 수 없어, 우선 아가씨에게 돌아갔다가 자정에 다시 올 테니, 그때까지 혼자 벽난로 앞에 앉아서 박사를 기다리라고 칼톤에게 말했다.

칼톤이 마냥 기다리는 가운데 시계는 열두 시를 알렸다. 하지만 마네뜨 박사는 안 나타났다. 로리가 돌아와도 박사에게는 여전히 별다른 소식이나 기별이 없었다. 그래서 두 사람은 여기에 대해 토론하며 박사가 늦어진다는 사실에 실낱같은 희망을 느낄 즈음, 계단을 오르는 발소리가 들렸다. 그런데 박사가 안으로 들어서는 순간에는 모든 게 헛수고라는 사실을 암담하게 느꼈다.

박사가 실제로 누구를 찾아갔는지 아니면 거리를 마냥 헤매고 다녔는지조차 알 수 없었다. 가만히 서서 물끄러미 쳐다보는 박사에게 두 사람은 아무것도 안 물었다. 얼굴에 모든 게 쓰였기 때문이다.

"찾을 수가 없어. 꼭 찾아야 해. 어디에 있지?"

박사가 중얼거리더니, 모자도 안 쓰고 목덜미도 풀어헤친 행색으로 이리저리 무기력하게 둘러보다가 외투를 벗어서 바닥에 그대로 떨어뜨리며 다시 중얼거렸다.

"작업 의자가 도대체 어디에 있지? 사방을 찾아도 안 보여. 내가 만드는 구두를 사람들이 어떻게 했지? 시간이 없어. 구두를 어서 만들어야 해."

두 사람은 서로를 물끄러미 쳐다보았다. 심장이 녹아드는 것 같았다. 하지만 박사는 비참한 표정으로 훌쩍이며 중얼거릴 뿐이었다.

"어서, 어서! 어서 만들어야 해. 구두를 돌려줘."

그래도 아무런 대답이 없자, 박사는 아이가 투정부리듯 머리칼을 쥐어뜯고 바닥에다 발을 구르고 끔찍한 비명을 내지르며 사정했다.

"불쌍하고 가련하게 버림받은 사람을 괴롭히지 마. 내가 만들던 구두를 돌려달라고! 오늘 밤까지 구두를 못 만들면 우리가 어떻게 되겠어?"

패배, 완벽한 패배다!

박사를 달래거나 정신을 차리게 하는 건 아무런 소용도 없는 게 분명해, 두 사람은 약속이라도 한 듯, 손으로 어깨를 쓰다듬으며 구두를 바로 갖다 주겠다고 다독거리면서 벽난로 앞 따뜻한 곳에 앉으라고 타일렀다. 박사는 의자에 풀썩 주저앉아 깜부기불만 가만히 바라보며 눈물을 흘렸다. 다락방 시절 이후에 고통스러운 과정을 거치며 나아진 모습 자체가 순간적인 환상이요 꿈같았다. 로리 눈에는 드파르지가 보호하던 당시처럼 쪼그라든 박사 모습이 그대로 보였다.

박사가 이렇게 무너진 모습에 두 사람 모두 커다란 슬픔과 고통을 느끼지만, 지금은 그런 감정에 빠져들 때가 아니었다. 마지막 희망과 믿음마저 빼앗겨서 이제 기댈 곳조차 없는 박사 딸이 두 사람에게 너무나 강하게 다가왔다. 그래서 다시 약속이라도 한 듯, 서로 똑같은 표정으로 상대편 얼굴을 쳐다보았다. 먼저 말한 사람은 칼톤이었다.

"마지막 희망이 사라졌어요. 하지만 애초에 기대도 안 했어요. 그래요, 박사님은 아가씨에게 모셔다드리는 게 좋겠어요. 하지만 그러기 전에, 제가 하는 말을 잠시만 차분히 들어주시겠어요? 제가 이제부터 몇 가지 당부할 텐데, 이유는 묻지 마시고 제가 말하는 대로 하겠다고 약속하세요. 그럴만한 이유가 있어요…… 아주 중요한 이유."

"당신 말을 믿으니, 어서 말씀하시오."

로리가 대답했다. 두 사람 사이에서 의자에 앉은 인물이 몸을 앞뒤로 단조롭게 흔들며 끊임없이 앓는 소리를 내서, 두 사람은 밤에 환자를 간호하는 사람이 흔히 그럴 것 같은 어투로 대화를 나누었다. 그러다가 외투가 발에 걸릴 것 같아 칼톤이 허리를 숙여서 집어 들었다. 그러자 박사가 평소에 일과를 기록해서 지니고 다니던 조그만 수첩이 바닥에 툭 떨어졌다. 칼톤이 집어 들자, 거기에서 접은 종이 한 장이 나왔다.

"이게 뭔지 봐야 해요!"

칼톤이 말하더니, 로리가 고개를 끄덕이며 동의하는 걸 확인하고 쪽지를 열어서 살피다가 탄성을 내질렀다.

"하느님 고맙습니다!"

"뭔데 그러는 거요?"

로리가 간절한 어투로 물었다.

"잠깐만요! 순서대로 말씀드릴게요. 우선……"

칼톤이 외투 주머니에 손을 넣어서 다른 서류를 꺼내며 계속 말했다.

"……이건 제가 파리를 빠져나갈 수 있다는 증명서입니다. 여길 보세요. 보이시죠……시드니 칼톤, 영국인?"

로리는 손으로 받아서 성실한 얼굴로 가만히 바라보았다.

"내일까지 저 대신 보관하세요. 잘 아시듯이 저는 내일 다네이를 만나는데, 그런 건 감옥에 안 가져가는 편이 좋으니까요."

"왜죠?"

"저도 모릅니다. 그냥 그러고 싶어요. 자, 마네뜨 박사님이 가지고 오신 종이를 받으세요. 비슷한 증명서에요, 박사님이 따님과 외손녀를 데리고 언제든 성문과 국경을 넘을 수 있는 증명서! 보이시죠?"

"그렇소!"

"어제 안 좋은 일이 일어날 때를 대비해서 박사님이 마지막 수단으로 만들어놓은 것 같아요. 날짜가 언제로 적혔죠? 하지만 상관없으니 볼 필요도 없어요. 제가 드린 증명서랑 선생님 증명서와 함께 잘 보관하세요. 그리고 잘 들으세요! 한두 시간 전만 해도 저는 박사님이 그런 서류를 지니고 계시거나 쉽게 구할 수 있다는 사실을 조금도 의심하지 않았어요. 하지만 지금은 아니에요. 이런 증명서도 취소당하면 아무런 소용이 없어요. 그런데 금방 취소당할 가능성이 커요. 그렇게 예측할 근거는 충분하답니다."

"설마 박사님 가족이 위험하다는 말은 아니겠지요?"

"아닙니다, 아주 위험합니다. 마담 드파르지가 고발할 위험이 많습니다. 그 사람이 자기 입으로 말하는 걸 직접 들었습니다. 마담은 박사님 가족까지 올가미로 엮으려고 음모를 꾸미는 중입니다. 저는 지체하지 않고 달려가서 첩자를 만났습니다. 그래서 확인했습니다. 첩자가 말한 바에 의하면 감옥 담벼락 옆에 사는 땔감 장수는 드파르지 부부 밑에서 일하는데, 마담 드파르지가 땔감 장수에게 아가씨가 – 칼톤은 '마네트 아가씨'란 호칭을 단 한 번도 입에 안 담는다! – 죄수와 신호하는 광경을 보았다고 증언하도록 연습시켰답니다. 탈옥 음모를 꾸몄다고 몰아붙여서 아가씨를 옭아매는 건 물론 어린 딸과 부친까지 옭아매겠다는 거지요. 어린 딸도 부친도 아가씨와 함께 거기에 있었으니까요. 그렇게 끔찍한 표정으로 보지 마세요, 선생님이 모두 구할 수 있으니까."

"정말 그러면 좋겠소, 칼톤! 그런데 어떻게?"

"제가 지금부터 알려드리겠습니다. 모든 게 선생님에게 달렸는데, 사실 선생님만큼 잘할 사람은 어디에도 없습니다. 새로 고발하는 건 내일이 아닌 게 확실합니다. 아마 이삼일 안에는 안 할 겁니다. 일주일은 걸릴 가능성이 큽니다. 단두대 희생자를 보고 슬퍼하는 건 물론 동정하는 모습만 보여도 죽을죄가 된다는 사실은 선생님도 아십니다. 그런데 아가씨와 박사님은 그런 죄를 저지를 게 너무나 확실하니, 적개심에 불타는 마담 드파르지로서는 조금 더 기다려서 그런 죄목까지 덧붙여 빼도 박도 못하도록 할 테니까요. 무슨 말인지 아시겠습니까?"

"당신이 하는 말을 확신하며 너무 열심히 듣느라……"

로리는 박사가 앉은 의자 등받이를 만지며 계속 말했다.

"……이렇게 고통스러워하시는 분을 순간적으로 잊을 정도였소."

"선생님은 돈이 있으니 여행 준비를 마치자마자 연안으로 달릴 마차를 구하세요. 어차피 며칠 전부터 영국으로 돌아갈 준비를 하던 참이니까요. 내일 일찌감치 마차를 준비해서 오후 두 시 경에 출발하도록 하세요."

칼톤이 하도 열정적으로 뜨겁게 말하는 바람에 로리도 열정이 타올라서 젊은이처럼 빠르게 대응했다.

"그렇게 하겠소!"

"선생님은 마음이 고상하십니다. 우리가 의지하기에 선생님보다 좋은 분은 없다고 제가 말씀드렸지요? 오늘 밤에 아가씨에게 아가씨 자신은 물론 어린 딸과 부친까지 위험에 처했다는 사실을 알려주세요. 확실히 강조해서 말씀드려야 합니다, 아가씨는 남편 머리 옆에다 자신의 예쁜 머리를 기꺼이 누이려고 할 테니까요."

칼톤 목소리가 순간적으로 떨리더니 다시 차분하게 말했다.

"어린 딸과 부친을 위해서 선생님하고 가족과 함께 그 시간에 파리를 떠나야 한다는 사실을 강조하세요. 남편이 마지막으로 바라는 소망이라고 말하세요. 이번 계획에 아가씨가 감히 믿고 바라는 내용 이상으로 많은 목숨이 걸렸다고 말하세요. 그런데 아가씨 부친이 지금처럼 슬픈 상태에서 아가씨 말에 따를 거로 생각하세요, 아니세요?"

"따를 거라고 확신하오."

"저도 그렇게 생각했습니다. 여기 안마당에서 조용하고 차분하게 모든 준비를 마치세요, 마차에 선생님 자리를 만드시는 것까지요. 그래서 제가 도착하자마자 저를 태우고 떠나는 거예요."

"어떤 상황이든 당신을 기다려야 한단 말이오?"

"저는 다른 서류와 함께 제가 떠날 증명서까지 선생님에게 맡겼으니, 제가 앉을 자리도 준비하셔야 합니다. 계속 기다리다가 제가 자리에 앉는 순간, 영국으로 곧장 출발하는 겁니다!"

칼톤이 말하자, 로리는 열정이 가득하면서도 단호하고 차분한 칼톤 손을 꼭 잡으면서 대답했다.

"그렇다면 늙은이 혼자서 모든 일을 감당하는 게 아니라 열정이 넘치는 젊은이가 옆에서 도와주겠구려."

"하늘이 도우시면 그렇게 될 겁니다! 지금 우리가 서로에게 철석같이 약속한 내용을 어떤 일이 있더라도 안 바꾸겠다고 엄숙하게 맹세하십시오."

"절대로 안 바꾸겠소, 칼톤."

"지금 한 맹세를 내일 꼭 명심하세요. 무슨 이유든 약속을 바꾸거나 미루면 어떤 목숨도 못 구하고 많은 사람이 희생당할 수 있습니다."

"꼭 명심하겠소. 내가 맡은 역할을 제대로 하길 바랄 뿐이오."

"저도 제가 맡은 역할을 제대로 하길 바랄 뿐입니다. 그럼 안녕히 계십시오!"

작별을 고하며 진지하고 엄숙하게 웃지만, 그리고 노신사 손을 잡아서 입술로 키스까지 하지만, 칼톤은 바로 헤어지지 않았다. 꺼져가는 깜부기불 앞에서 몸을 여전히 앞뒤로 흔들고 앓는 소리를 내며 작업 의자와 구두를 찾아달라고 간절하게 요청하는 인물을 일으켜 외투를 입히고 모자를 씌운 다음, 작업 의자와 구두를 찾으러 가자고 유혹하는 일을 거들었다. 그래서 로리와 함께 양쪽에서 팔짱 끼고 보호하며 박사가 묵는 집 안마당으로 들어섰다. 고통스러운 영혼이 끔찍한 밤을 뜬눈으로 지새우는 곳, 하지만 칼톤에게는 고독한 영혼을 드러내며 오랫동안 기억에 남을 순간을 누려서 참으로 행복한 곳이었다. 칼톤은 잠시 혼자 안마당에 머물며 아가씨 방 창문에서 흘러나오는 불빛을 올려다보았다. 그리곤 불빛을 향해 축복을, 그리고 영원한 작별을 속삭인 다음에 밖으로 나왔다.

XIII. 쉰둘

콩시에르저리 감옥에서는 그날 처형당할 사형수들이 마지막 운명을 암담하게 기다렸다. 사형수 숫자는 일 년에 들어가는 일주일 숫자와 똑같았다. 쉰둘이 도시의 생명주기에 따라 그날 오후에 머리를 떨어뜨려서 끝없이 펼쳐진 영원한 우주로 들어설 예정이었다. 그들이 쓰던 감방은 그들이 떠나기도 전에 새로 사용할 죄수가 나타나, 오늘 그들이 흘린 피가 어제 흘린 피와 뒤섞이기도 전에 내일 새롭게 뒤섞일 피까지 준비한 상태였다.

간수가 이름 쉰둘을 불렀다. 돈이 아무리 많아도 생명을 구할 수 없는 일흔 살짜리 세리부터 신분이 아무리 가난하고 천박해도 생명을 구할 수 없는 스무 살짜리 재봉사까지 다양했다. 인간이 다양한 악덕과 무지로 고약한 병에 걸려서 신분이 다양한 희생자를 얽어매고, 말할 수 없는 고통과 견딜 수 없는 억압과 무정한 침묵은 인간 사회를 무섭게 타락시켜서 남녀노소 모두에게 고통을 안겼다.

찰스 다네이는 재판정에서 돌아온 직후 독방에 홀로 남아, 끊임없이 일어나는 망상에서 빠져나오려고 애썼다. 고발인이 읽은 기록물 한 줄 한 줄은 다네이에게 심장을 찌르는 소리였다. 이제 어떤 인간도 자신을 구할 수 없다는 사실은, 사실상 수백만 명이 동시에 사형선고를 내렸으니 몇 사람 힘으로는 어쩔 수 없다는 사실은 이미 충분히 이해한 상태였다.

그런데도 사랑하는 부인 얼굴이 눈앞에 어른거려서 자신이 겪을 수밖에 없는 고난에 대해 마음을 준비한다는 게 쉽지 않았다. 삶에 대한 애착이 강해, 손에서 놓는다는 게 너무나 힘들었다. 끊임없이 노력해서 이쪽 손을 조금씩 놓으면 다른 손이 단단히 움켜잡았다. 그래서 그 손에 힘을 주어서 억지로 놓으면 다른 손이 다시 움켜잡는 식이었다. 수많은 생각이 일어나서 체념을 거부하도록 마음을 끊임없이 몰아쳤다. 순간이나마 체념하려는 마음이 떠오르면 자신이 죽은 다음에도 계속 살아야 할 부인과 아이가 너무 이기적이라고 원망하는 것 같았다.

하지만 이런 갈등도 잠시였다. 얼마 안 가서, 자신이 마주쳐야 할 운명은 창피한 게 아니라는, 수많은 사람이 억울하게 똑같은 길에 올라서 매일 단호하게 걷는다는 생각이 불쑥 일어나며 용기를 북돋웠다. 소중한 가족이 앞으로 평화롭게 살아가려면 자신이 차분하고 용감하게 행동해야 한다는 생각도 떠올랐다. 그래서 조금씩 좋은 쪽으로 마음을 달래서 훨씬 높은 곳을 떠올리며 위안을 얻었다.

사형선고를 받은 날, 깜깜한 밤이 깔리기 전에 다네이는 이렇게 다양한 갈등을 겪으면서 마지막 길을 준비했다. 그리고 허락을 받아서 필기도구와 등불을 사들여, 감옥이 등잔불을 꺼야 할 때까지 자리에 앉아 글을 썼다.

부인에게 보내는 기다란 편지를 작성해서 자신은 장인어른이 감옥에 갇힌 사실 자체를 조금도 몰랐다고, 부인에게 듣고서 처음 알았다고, 그리고 그런 고통을 가한 책임이 자신의 부친과 삼촌에게 있다는 사실을 부인과 마찬가지로 까마득히 몰랐다고, 기록물 내용을 듣고서 처음 알았다고 적었다. 자신이 포기한 이름을 부인에게 숨긴 건 장인어른이 교제를 허락하면서 제시한 조건이라고, 결혼식을 올리는 날 아침에도 장인어른은 똑같은 조건을 제시했다고, 장인어른이 그러신 이유를 이제 비로소 알 것 같다는 내용도 적었다.

장인어른에게 기록물이 존재한다는 사실을 까마득히 잊었는지 아니면 오래전 일요일에 정원 플라타너스 밑에서 런던탑 지하감옥에 대한 이야기를 듣고서 (순간적이든 지속적이든) 그런 사실을 떠올렸는지 절대 알려고 들지 말라고, 그게 장인어른을 위하는 거라고 간청했다. 장인어른이 기록물을 구체적으로 떠올렸다고 해도 대중이 거기에서 죄수들 유품을 발견해 세상에 공개할 때 아무런 언급도 없는 걸 보고 바스티유와 함께 파괴되었다고 생각한 게 분명하다면서 말이다.

굳이 언급할 필요가 없다는 사실은 잘 안다고 덧붙이면서도, 상상할 수 있는 모든 방법으로, 장인어른께서는 자책할 이유가 하나도 없다는 사실을, 모두를 위해 당신 자신을 한결같이 희생했다는 사실을 차분하게 이해시켜서 잘 달래드리라고 간청했다.

마지막으로, 자신은 영원히 감사하고 사랑하는 마음으로 부인을 축복하겠다고, 그러다 보면 결국 하늘에서 다시 만날 거라고, 그러니 슬픔을 이겨내서 소중한 딸을 잘 돌보고 장인어른을 편히 모시라고 간청했다.

장인어른에게 보내는 편지도 똑같은 어투로 작성했다. 하지만 부인과 어린 딸을 잘 부탁한다는 말을 특별히 덧붙였다. 다네이가 강력한 어투로 이렇게 부탁한 이유는 행여나 장인어른이 깊은 좌절에 시달리다가 예전처럼 위험한 망상으로 빠져드는 일이 없기를 바라는 마음 때문이었다.

로리에게도 가족을 부탁하면서 세속적인 재산 관계를 모두 설명했다. 그런 다음에는 깊은 애정과 따뜻한 우정에 항상 감사한다는 말을 반복하면서 글을 모두 마쳤다. 칼톤에 대한 생각은 조금도 못했다. 다른 사람 생각으로 가득해서 칼톤에 대한 생각은 한 번도 못 한 것이다.

다네이는 불빛이 사라지기 전에 편지를 모두 작성할 수 있었다. 그래서 밀짚 침상에 누우니, 자신이 현 세상에서 할 일은 다 했다는 생각이 들었다.

잠이 서서히 몰려들면서 환하게 빛나는 세상이 나타났다. 소호에 있는 그리운 집으로 (환하게 빛나는 모습이 진짜 집 같지는 않지만) 돌아가서 부인과 함께 지내니, 자유롭고 행복하며 마음도 편하고 가벼웠다. 부인이 말하는 걸 들으니, 모든 건 꿈이고 자신은 집을 떠난 적이 한 번도 없었다. 그러다가 또 다른 망상이 떠올랐다. 고통은 다시 찾아들고 자신은 완전히 죽어서 부인에게 돌아가는데, 그래도 실제로는 여전히 아무런 변화도 없었다. 그렇게 꿈을 꾸다가 어둠침침한 새벽에 깨어나니, 여기가 어딘지도 깜빡 잊고 자신이 겪을 운명조차 인식을 못 하다가 '아, 오늘이 죽는 날이구나!' 하는 생각이 문득 떠올랐다.

다네이는 여러 시간을 그렇게 이겨내며 머리 쉰둘이 떨어지는 날을 맞이했다. 마음이 차분한 상태에서 영웅적으로 담담하게 최후를 맞이하기를 바라는데, 새로운 생각이 마구 일어나면서 그러는 자체를 아주 힘들게 만들었다.

지금까지 다네이는 자기 목숨을 끝낼 장비 자체를 한 번도 못 보았다. 땅바닥에서 얼마나 높이 올라가는지, 계단은 몇 개나 있는지, 자신은 어디에 서는지, 자신을 어떻게 처리하는지, 자신 때문에 장비를 사용하는 사람 손에 빨간 피가 묻는지, 자신은 머리를 어디로 돌려야 하는지, 자신이 첫 번째인지 마지막인지 등등, 비슷한 궁금증이 의지와 상관없이 수없이 일어나고 또 일어났다. 두려워서 그런 건 아니었다. 두려움 같은 건 없었다. 그런 시간이 오면 어떻게 해야 하는지 알려는 욕구가 이상하게 주체할 수 없을 정도로 일어날 뿐이었다. 마지막 순간이 찰나에 끝난다는 사실에 비추어보면 정말 어처구니없는 욕구였다. 다네이 자신이 아니라 같은 몸속에서 다른 영혼이 궁금해하는 것 같았다.

시간은 다네이가 감방을 이리저리 거니는 동안에도 흐르고 시계 종은 이제 두 번 다시 못들을 시간을 울렸다. 아홉 시가 영원히 사라지고 열 시가 영원히 사라지고 열한 시가 영원히 사라지고 열두 시가 영원히 사라지려고 다가왔다. 마지막까지 머리를 복잡하게 만들던 괴상망측한 생각도 힘들게 싸워서 결국에는 완전히 떨쳐냈다. 그래서 이리저리 거닐며 가족 이름을 하나씩 조그맣게 읊조렸다. 가장 힘든 싸움을 끝내니, 마음을 분산시키는 망상에서 완전히 벗어나 좁은 감방을 이리저리 거닐며 자신과 가족을 위해 기도할 수 있었다.

열두 시도 영원히 사라졌다.

마지막 시간은 세 시라는 통보를 받았으니, 농장에서 사용하던 짐수레가 무거운 짐을 태우고 거리를 천천히 나아갈 걸 고려하면 훨씬 일찍 불려 나갈 게 분명했다. 그래서 다네이는 마음속으로 두 시라 정하고, 그 시간까지는 최선을 다해서 자기 마음을 굳건히 다지고 그 시간 다음부터는 가족의 마음을 굳건히 다지는 데 보내야 하겠다고 결심했다.

다네이는 라포르스에서 이리저리 거닐던 자신과 완전히 다른 인간으로 변했다. 가슴에 팔짱을 끼고 규칙적으로 이리저리 거닐다가 멀리서 한 시를 알리는 소리를 듣고서도 전혀 안 놀랐다. 그 시간도 다른 시간과 똑같은 시간이었다. 평상심을 되찾은 걸 하늘에 무한히 고마워하면서 '이제 딱 한 시간 남았다'는 마음으로 다시 거닐 뿐이었다.

판석이 깔린 통로에서 감방문으로 다가오는 발소리에 다네이는 걸음을 멈췄다.

열쇠가 구멍에 들어가서 돌았다. 문을 열기 전인지 문을 여는 도중인지, 어떤 사내가 나지막한 목소리로 말하는데, 영어였다.

"저 사람은 여기에서 나를 본 적이 없어요. 지금까지 일부러 한 번도 마주치지 않았어요. 혼자 들어가세요. 나는 근처에서 기다릴게요. 시간이 없어요!"

문이 재빨리 열리고 닫혔다. 바로 앞에 한 사내가 나타나서 엷은 미소를 머금은 표정으로 가만히 쳐다보며 손가락을 입술에 대고 조용히 하라는데, 바로 시드니 칼톤이었다.

왠지 모르게 얼굴이 밝게 빛나서 순간적으로 죄수는 자신이 망상으로 빚어낸 환영이라고 생각했다. 하지만 상대가 말하는 목소리는 칼톤 목소리고 상대가 잡은 손은 칼톤이 진짜로 움켜잡는 손이었다.

"수많은 사람 가운데 하필이면 나를 여기에서 볼 거라곤 상상도 못했지요?"

"선생이 찾아오시다니, 믿을 수 없네요. 눈으로 보고도 못 믿겠어요. 설마……"

죄수가 말하더니, 갑자기 걱정스러운 표정으로 물었다.

"……선생까지 잡혀 온 건 아니겠지요?"

"아니요. 여기에서 일하는 간수 한 명을 우연히 구워삶은 덕분에 당신 앞에 서게 된 것이오. 아가씨 전갈을 가져왔소…… 당신 부인 말이오, 다네이 선생."

죄수가 칼톤 손을 움켜잡았다.

"아가씨가 하는 부탁을 전하러 왔소."

"그게 뭡니까?"

"당신을 지극히 사랑하는 정말 애절한 어투로 순수하고 간절하고 또렷하게 간청하며 그대에게 그대로 전하라고 했는데, 당신도 기억날 것이오."

죄수는 고개를 살짝 갸우뚱거렸다.

"당신에게는 내가 그런 소식을 가져온 이유나 내용을 물어볼 시간이 없고, 나 역시 그걸 말할 시간이 없소. 내가 시키는 대로만 하면 되오. 우선 당신이 신은 장화를 벗고 내 것으로 신으시오."

죄수 뒤로 감방 담벼락에 의자 하나가 있었다. 칼톤은 몸을 앞으로 밀어서 번개처럼 빠르게 죄수를 의자에 앉힌 다음, 장화를 벗고 맨발로 서서 내려다보며 다그쳤다.

"이걸 신어요. 두 손으로 꼭 잡아당겨서, 어서!"

"칼톤 선생, 여기를 탈출할 순 없어요. 절대 불가능해요. 괜히 당신만 나처럼 죽을 거예요. 이건 미친 짓이에요."

"내가 당신에게 탈출하라고 하면 미친 짓이겠지만, 내가 그렇게 말했소? 내가 당신에게 저 문을 나가라고 하면 그때 가서 미친 짓이라 말하고 여기에 눌러앉아요. 목에 걸친 넥타이도 내 것으로 바꿔 매고 외투도 내 것으로 바꿔 입어요. 그러는 동안 나는 당신 머리에서 리본을 풀어 나처럼 머리칼을 헝클어뜨리겠소!"

칼톤은 초인적인 의지와 힘을 발휘해서 놀라울 정도로 빠르게 움직이며 변장시키고, 죄수는 어린애처럼 모든 걸 맡긴 채 말했다.

"칼톤 선생! 칼톤! 이건 미친 짓이에요. 성공할 수 없어요, 절대 불가능해요, 여러 사람이 시도했지만 모두 실패했어요. 나 혼자 죽는 것도 억울한데 당신까지 죽게 할 순 없어요."

"내가 당신에게 저 문을 나가라고 했소, 다네이? 내가 그렇게 말하면 거부하시오. 여기 탁자에 펜과 잉크와 종이가 있네요. 손으로 차분하게 글을 쓸 수 있겠소?"

"당신이 들어오기 전까진 그랬소."

"그러면 다시 진정하고 내가 읊는 대로 적으시오. 빨리, 친구, 서둘러요!"

다네이는 어리둥절한 머리를 한 손으로 누르며 탁자 앞에 앉고, 칼톤은 오른손을 가슴팍 안주머니에 넣으며 바로 옆으로 다가갔다.

"내가 말하는 그대로 적으시오."

"누구에게 보내는 건가요?"

"아무에게도 아니오."

칼톤이 대답하는데 오른손은 여전히 가슴팍 주머니에 있었다.

"날짜를 기록하나요?"

"아니요."

죄수는 한 번씩 물을 때마다 고개를 들어서 쳐다보고, 칼톤은 오른손을 가슴팍에 넣은 채 바로 옆에서 굽어보며 읊조렸다.

"우리가 오래전에 나눈 대화를 기억한다면, 이걸 보는 순간 모든 걸 이해할 것이오. 나는 내가 한 말을 그대가 기억하리라 생각하오. 그대 성격에 그런 걸 잊을 리 없으니 말이오."

칼톤은 가슴팍에서 오른손을 빼다가 죄수가 글을 받아 적으면서도 궁금한 표정으로 쳐다보는 순간에 손을 멈추는데 무언가를 움켜쥔 것 같았다.

"'잊을 리 없으니 말이오'까지 적었소?"

칼톤이 묻자, 죄수가 대답하며 물었다.

"그래요. 손에 든 건 무기인가요?"

"아니요. 나는 무기가 없소."

"그럼 손에 든 건 뭔가요?"

"곧 알게 될 거요. 계속 적으시오. 몇 마디 안 남았소."

칼톤이 재촉하더니 다시 읊조렸다.

"내가 한 말을 입증할 순간이 와서 다행이오. 내가 이렇게 한다고 해서 슬퍼하지도 후회하지도 마시오."

칼톤은 이렇게 읊조리면서도 두 눈을 죄수에게 고정한 채 오른손을 천천히 조금씩 떨어뜨리다가 죄수 얼굴을 스쳤다.

손에 든 펜이 탁자로 떨어지고, 다네이는 멍한 표정으로 주위를 둘러보다가 물었다.

"이게 무슨 수증긴가요?"

"수증기?"

"얼굴을 스친 거 말이에요?"

"나는 아무것도 모르겠소. 여기에 뭐가 있을 수 있겠소. 펜을 들어서 마저 끝냅시다. 서둘러요, 어서!"

기억이 떨어지는 것 같기도 하고 정신이 흔들리는 것 같기도 해서 죄수는 정신을 다시 끌어모으려고 애썼다. 그래서 호흡은 가늘고 시선은 멍한 상태로 올려다보고, 칼톤은 가슴팍으로 오른손을 다시 가져간 채 차분하게 내려다보며 다그쳤다.

"서둘러요, 어서!"

죄수는 종이를 향해 얼굴을 다시 숙였다.

"이런 일이 없었다면……"

칼톤이 읊조리며 오른손을 다시 슬그머니 조심스럽게 내렸다.

"……내가 한 말을 입증할 기회도 영원히 없었을 것이오. 이런 일이 없었다면……"

오른손이 죄수 얼굴을 스쳤다.

"……나는 오랜 세월을 고통스럽게 살았을 것이오. 이런 일이 없었다면……."

칼톤은 펜을 쳐다보고 글씨가 알아볼 수 없게 늘어진다는 사실을 발견했다. 그래서 오른손을 가슴팍으로 다시 가져갔다.

죄수가 원망스런 표정으로 벌떡 일어나는 순간, 칼톤은 오른손을 꼭 움켜쥐고 죄수 코끝에 대며 왼팔로 허리춤을 붙잡았다. 죄수는 자신을 위해 목숨을 내놓으러 온 사내에게 잠시 힘없이 저항하더니 결국에는 의식을 잃고 바닥으로 풀썩 쓰러지고 말았다.

칼톤은 자기 마음처럼 신속하게 움직이는 손으로 죄수가 옆에 벗어놓은 옷을 입고 머리칼을 단정하게 빗고 죄수가 사용하던 리본으로 머리를 묶었다. 그런 다음에 조그맣게 "들어와! 어서!" 하고 부르자 첩자가 모습을 드러냈다.

칼톤은 의식이 없는 인물 옆에 한쪽 무릎을 꿇고 앉아서 가슴에 쪽지를 넣고 위를 올려다보며 물었다.

"봤지? 이래도 당신이 위험해?"

첩자는 소심한 표정으로 손가락을 꺾어서 딱딱! 소리 내며 대답했다.

"칼톤 선생님, 어차피 여기는 허술한 분위기니 제가 위험하게 여기는 건 그게 아니라 선생님이 약속을 지키느냐 하는 거예요."

"겁내지 말게. 나는 죽을 때까지 약속을 지킬 테니."

"쉰둘을 맞추려면 꼭 그래야 합니다, 칼톤 선생님. 그런 차림으로 제대로 행동만 하신다면 저는 두려울 게 없습니다."

"두려워하지 마! 나는 자네를 해칠 수 없는 곳으로 금방 사라질 터고 나머지 사람은 하느님이 도우셔서 곧바로 멀리 떠날 테니까. 이제 사람을 불러서 나를 마차로 데려가게."

"선생님을요?"

첩자가 불안한 표정으로 말하자, 칼톤이 다그쳤다.

"이 친구야, 내가 신분을 바꾼 사람. 나를 데리고 들어온 대문으로 나갈 거지?"

"물론이죠."

"자네가 데리고 들어올 때 내가 힘이 없어서 어지러웠는데 급기야 자네가 데리고 나갈 때는 기절하고 만 거야. 마지막 이별이 너무 슬펐거든. 이런 일은 여기에서 자주, 빈번하게 일어나잖아. 이제 자네 목숨은 자네 손에 달렸어. 서둘러! 도울 사람을 부르라고!"

"저를 배신하지 않겠다고 맹세합니까?"

첩자가 덜덜 떠는 목소리로 말하면서 마지막까지 망설이자, 칼톤이 발을 구르며 야단쳤다.

"이 친구야! 내가 처음에 이 일을 시작할 때부터 엄숙하게 맹세했는데, 자네는 소중한 시간을 이런 식으로 낭비할 거야? 이 사람을 자네가 아는 건물 안마당까지 직접 운반해서 사륜마차에 직접 태우고 로리 선생님에게 이 사람 얼굴을 직접 보여주면서, 신선한 공기만 쐬면 되니까 약 같은 건 먹이지 말라고 말한 다음, 지난밤에 내가 한 말과 선생님이 약속한 내용을 명심하고 즉각 출발하라고 해!"

첩자는 사라지고 칼톤은 탁자에 앉아서 두 손을 이마에 댔다. 그러자 첩자가 간수 두 명을 데리고 즉시 돌아오는데, 한 명이 쓰러진 사내를 찬찬히 보면서 말했다.

"어쩌다 저런 거요? 친구가 신성한 단두대 제비뽑기에 당첨된 걸 보고 너무 힘들어서 저런 거요?"

그러자 다른 간수가 끼어들었다.

"진정한 애국자라면 귀족이 꽝을 뽑는 걸 힘들어해야 하는데……."

두 사람은 의식이 없는 사내를 일으켜서 문가로 가져온 들것에 싣고 허리를 숙여서 들것을 들었다.

"시간이 없다, 에버몽드."

첩자가 경고하는 목소리로 말하자, 칼톤이 대답했다.

"나도 잘 안다오. 간청하니, 우리 친구를 잘 돌보면서 어서 떠나시오."

그러자 바사드가 명령했다.

"얘들아, 그만 가자. 들것을 들고 따라와!"

감방문이 닫히고 칼톤은 혼자 남았다. 하지만 청력을 최대한으로 끌어올려서 행여나 누가 의심하거나 문제 삼는 소리는 안 나는지 열심히 들었다. 그런 소리는 하나도 없었다. 차례대로 열쇠를 쨍그랑 돌리는 소리, 차례대로 문을 쾅쾅 닫는 소리, 통로를 차례대로 지나며 멀어지는 발소리가 전부였다. 이상한 고함도 없고 급히 뛰어오는 발소리도 없었다. 칼톤은 잠시 마음을 놓고 숨을 편하게 쉬다가 탁자 앞에 앉아서 귀를 다시 기울이는 가운데 시계가 두 시를 때렸다.

사전에 예상한 터라 조금도 두렵지 않은 소리가 서서히 들리기 시작했다. 문이 차례대로 열리더니 마침내 자신이 있는 감방문까지 열렸다. 간수 한 명이 손에 명단을 들고 들여다보며 아무렇지 않은 어투로 "나를 따라와, 에버몽드!"라 말하고, 칼톤은 한참 쫓아가서 커다랗고 어두운 방으로 들어갔다. 어두컴컴한 겨울철 낮이라, 그림자가 내려앉은 곳에서도 그림자가 없는 곳에서도 두 팔을 결박당한 상태로 끌려온 사람들만 희미하게 보였다. 일부는 서고 일부는 앉았다. 일부는 슬퍼하며 초조하게 움직이지만 그런 사람은 소수였다. 대부분은 꼼짝하지도 않고 침묵하며 바닥만 내려다보았다.

칼톤이 벽 쪽 어두운 모서리로 가는 사이에도 쉰둘 가운데 일부가 잇따라 끌려오는데, 사내 한 명이 지나가다가 잘 아는 사람이라도 되는 듯 걸음을 멈추며 칼톤을 꼭 안았다. 행여나 들키는 게 아닐까 심장이 조마조마했지만 사내는 다시 걸어서 멀어졌다. 그런 직후에는 자리에 앉은 젊은 여인을 물끄러미 바라보며, 몸매는 소녀티가 나고 동그란 얼굴은 백지장처럼 하얗고 크고 동그란 눈은 참을성이 많아 보인다는 생각을 하는데, 바로 그 여인이 벌떡 일어나서 다가오더니, 차가운 손으로 툭 건들며 말을 걸었다.

"에버몽드 시민. 저는 가난하고 힘도 없는 재봉사랍니다, 라포르스에서 당신과 함께 있던."

칼톤이 조그만 소리로 대답했다.

"그렇군요. 깜빡 잊었는데, 무슨 죄목이었지요?"

"음모를 꾸몄다는 죄. 하지만 제가 그런 적이 없다는 건 하느님이 아세요. 그런 게 가당키나 해요? 저처럼 가난하고 힘없고 연약한 여자랑 누가 음모를 꾸밀 생각이나 하겠어요?"

이렇게 말하면서 쓸쓸하게 떠올리는 미소에 마음이 뭉클해서 칼톤은 눈물을 흘리기 시작했다.

"저는 죽는 게 겁나지 않아요, 에버몽드 시민. 하지만 저는 아무 짓도 안 했어요. 저희처럼 가난한 사람에게 좋은 일을 많이 하는 공화국에 제가 죽는 게 이익이라면 저는 기꺼이 죽겠어요. 하지만 어떻게 도움이 되는지를 모르겠어요, 에버몽드 시민. 저는 가난하고 연약하고 힘없는 여자에 불과한데!"

지상에서 마음이 따뜻하고 포근하게 변할 일은 없을 것 같았는데 가여운 여인을 보니 마음이 따뜻하고 포근하게 변했다.

"당신은 석방됐다고 들었어요, 에버몽드 시민. 저는 그게 사실이길 바랐는데?"

"그랬다오. 하지만 다시 끌려와서 사형선고를 받았지."

"제가 같은 수레를 타게 된다면, 에버몽드 시민, 제가 당신 손을 꼭 잡아도 되겠어요? 두렵진 않지만 저는 연약하고 힘도 없으니, 그러면 용기가 날 것 같아요."

젊은 여인은 참을성 많은 눈을 들어서 얼굴을 보는데, 두 눈이 갑자기 미심쩍어하다가 깜짝 놀라고, 칼톤은 굳은살이 배고 굶주림에 시달린 여인의 손을 얼른 잡아서 자기 입술에 댔다.

"그분을 위해서 죽는 거예요?"

젊은 여인이 속삭이자, 칼톤이 대답했다.

"그리고 그 사람 부인과 아이를 위해서. 쉿! 그렇소."

"아, 용감한 손을 꼭 잡도록 해주겠어요, 낯선 분?"

"쉿! 그래요, 가련한 누이여, 마지막 순간까지."

이른 오후 똑같은 시각, 감옥에 깔린 것과 똑같은 그림자가 깔리는 가운데 사람들이 가득한 성문에서는 사륜마차 한 대가 파리를 벗어나기 위해 조사를 받았다.

"누가 가는 거요? 안에 있는 사람은 누구요? 서류!"

서류를 받아서 읽으며 묻는다.

"알렉상드로 마네뜨. 의사. 프랑스인. 이 사람이 누구요?"

이분입니다. 알아듣지 못할 말을 중얼거리며 끊임없이 몸을 움직이는 무기력한 노인이요.

"박사 시민이 분명한데, 제정신이 아닌 거요? 혁명의 열기가 노인에게 너무 뜨거웠나?"

노인한텐 엄청나게 뜨거웠다오.

"하하! 많은 사람이 고생하지. 루시 마네뜨. 박사 딸. 프랑스인. 이 사람이 누구요?"

이분입니다.

"그 사람이 분명하군. 루시 마네뜨, 에버몽드 부인. 내 말이 맞소?"

그렇습니다.

"하하! 에버몽드는 다른 데에서 볼일이 있겠군. 어린 딸 루시. 영국인. 이 아이가 맞소?"

그렇습니다.

"에버몽드 딸, 아저씨에게 뽀뽀하렴. 지금 너는 훌륭한 공화국 시민에게 뽀뽀한 거야. 너희 가문에서는 아주 희귀한 일이니까 꼭 기억하려무나! 시드니 칼톤. 변호사. 영국인. 이 사람이 누구요?"

여기, 마차 구석에 누워있습니다.

"영국인 변호사가 분명한데, 기절한 거요?"

신선한 공기를 쐬면 좋아지길 바랄 뿐입니다. 몸이 워낙 약한 데다 공화국이 불쾌하게 여기는 친구하고 헤어진 게 너무 슬퍼서 저러는 겁니다.

"그게 전부요? 대단한 일도 아니구면, 그런 건! 공화국이 불쾌하게 여기는 사람은 많거든. 그러면 조그만 쇠창살 사이로 바깥세상을 구경해야 한다오. 자비스 로리. 은행원. 영국인. 이 사람은 누구요?"

"접니다. 그럴 수밖에요, 제가 마지막이니."

지금까지 여러 질문에 모두 대답한 사람은 자비스 로리 선생이다. 마차에서 내려 한 손으로 마차 문을 잡고 서서 관리들이 묻는 말에 모두 대답한 것이다. 관리들은 마차를 느긋하게 돌아보고 지붕으로 느긋하게 올라서 얼마 없는 짐을 살피고, 현지 사람 역시 사방에서 몰려들어 서로를 밀치며 마차 문을 열심히 들여다보았다. 엄마 품에 안긴 어린애 하나가 짧은 팔을 쭉 내미는 게 단두대로 끌려가는 귀족의 부인을 만져보려는 것 같다.

"서류를 받으시오, 자비스 로리, 승인을 서명했소."

"이제 가도 되나요, 시민?"

"가도 됩니다. 마부, 출발! 즐거운 여행이 되길 바라오!"

"감사합니다, 시민 여러분…… 드디어 첫 번째 고비를 넘겼군!"

자비스 로리가 다시 말하더니, 두 손을 움켜쥐고 하늘을 바라본다. 마차에는 공포와 훌쩍이는 소리와 의식을 잃은 여행객이 묵직하게 내뿜는 숨소리만 가득하다.

"너무 느리게 가는 거 아니에요? 마부에게 좀 더 빨리 가라고 하면
안 되나요?"

마네뜨 아가씨가 말하면서 노신사에게 매달린다.

"그럼 도망치는 것처럼 보일 거요, 아가씨. 마부에게 너무 빨리 가라
고 재촉하면 안 돼요. 괜한 의심만 살 테니까."

"뒤 좀 돌아보세요, 쫓아오는 사람이 없는지 확인하세요!"

"도로엔 아무도 없어요. 지금까지는 아무도 안 쫓아온다오."

두세 채씩 모인 농가를 계속 지나고, 적막한 농장과 황폐한 건물과
염색공장과 무두질 공장 등을 여러 차례 지나고, 광활한 들판과 앙상한
가로수가 쭉 늘어선 대로를 지난다. 아래는 돌을 깔아서 딱딱하고 울퉁
불퉁한 도로고 양쪽 옆에는 질퍽거리는 진흙탕이 가득하다. 가끔은 마
차를 뒤흔들며 덜커덩거리는 돌덩이를 피하려고 진흙탕으로 돌아가고,
가끔은 질펀한 진창길에 바퀴가 빠진다. 그럴 때마다 조급증이 극에
달해서 답답한 마음에 밖으로 뛰어내려 마냥 도망가다 숨어버리고 싶
다. 도망칠 수만 있다면 무엇이든 하고 싶다.

광활한 들판을 벗어나 황폐한 건물과 적막한 농장과 염색공장과 무두
질 공장 등과 두세 채씩 모인 농가와 앙상한 가로수 길이 차례대로 다시
나온다. 마부 두 사람이 우리를 속이고 다른 길을 지나서 돌아가는 건
가? 여긴 우리가 지난 곳 아닌가? 다행히도 아니다. 마을이다. 뒤 좀
돌아보세요, 쫓아오는 사람이 없는지 확인하세요!

쉿! 역참이오.

느긋하게, 우리 말 네 필을 마차에서 푼다. 느긋하게, 사륜마차는
오솔길에서 말 한 필 없이 서서 다시는 안 움직일 것 같다. 느긋하게,
새로운 말이 모습을 드러내며 한 마리씩 다가온다. 느긋하게, 새로운

마부 두 사람이 채찍 끝에 늘어진 끈을 입으로 빨고 손가락에 감으면서 따라온다. 느긋하게. 예전 마부 두 사람은 품삯을 세다가 덧셈이 틀려서 투덜거린다. 그러는 내내 겁에 질린 우리네 심장은 세상에서 제일 빠른 말이 제일 빠르게 달리는 것보다 빠르게 쿵쾅거린다.

마침내 새로 나타난 마부 두 사람이 자리에 앉고 예전 마부 두 사람은 뒤에 남는다. 우리는 마을을 지나고 언덕을 오르고 언덕을 내려가고 물이 질펀한 저지대를 지난다. 마부 두 사람이 갑자기 열심히 손짓하며 말을 주고받더니, 말 네 필이 바닥에다 엉덩이를 깔고 앉을 정도로 급하게 고삐를 잡아당긴다. 우리를 쫓아오는 사람이라도 있나?

"여보시오! 마차 안에 계신 양반. 한번 말 좀 해보시오!"

"무슨 말이요?"

로리 선생님이 물으며 창문 밖을 내다본다.

"오늘은 몇 명이라고 합디까?"

"무슨 말인지 모르겠소."

"……지난 역참에서요. 오늘 단두대로 끌려간 사람이 몇 명이라고 합디까?"

"쉰둘."

"내가 그랬잖아! 대단한 숫자군! 여기에 있는 동료 시민은 마흔둘일 거라고 합디다. 머리가 열 개면 차이가 크지. 단두대가 잘하는구먼. 정말 마음에 들어. 이랴, 앞으로 가자. 이랴!"

밤이 어둠을 몰아온다. 그이가 또 움직인다. 그이가 정신을 차리고 또렷하게 말하기 시작한다. 그이는 아직도 칼톤 선생과 함께 있다고 생각한다. 그래서 이름을 부르며 손에 든 게 뭐냐고 묻는다. 아, 자비로 우신 하늘이시여, 우리를 불쌍히 여기소서! 우리를 도와주소서! 뒤 좀 돌아보세요, 쫓아오는 사람이 없는지 확인하세요!

바람이 뒤에서 쫓아오고 구름이 뒤에서 날아오고 달이 뒤에서 몰려들고 무서운 밤 전체가 뒤에서 달려든다. 하지만 지금까지 사람은 한 명도 쫓아오지 않는다.

XIV. 뜨개질을 끝내다

쉰둘이 끔찍한 운명을 기다리는 바로 그 시각, 마담 드파르지는 '복수의 여신' 그리고 혁명재판소 배심원 자크 3호와 함께 은밀하고 불길한 회의를 열었다. 앞잡이 두 명과 의논하는 장소는 술집이 아니라 원래 도로 수리공이던 땔감 장수 오두막이었다. 땔감 장수 자신은 회의에 참석하는 대신 누가 일부러 물을 때까지 아무 말 않고 이방인처럼 약간 떨어진 곳에 있다.

"하지만 우리 드파르지 동지는 훌륭한 공화국 시민인 게 분명하지요? 네?"

자크 3호가 묻자, 수다 떠는 걸 좋아하는 '복수의 여신'이 날카로운 어투로 항의했다.

"프랑스에서 드파르지 동지보다 훌륭한 시민은 없어요."

그러자 마담 드파르지는 약간 찡그린 얼굴로 부하 입술을 손으로 막으며 말했다.

"조용해, '복수의 여신'. 내가 하는 말 잘 들어. 우리 남편이자 동료 시민은 훌륭한 공화국 시민이며 용감한 남자야. 공화국하고 매우 잘 어울릴 뿐 아니라 신임도 받는다고. 하지만 우리 남편에게는 약점이 있는데, 박사 얘기만 나오면 마음이 약하게 변한다는 거야."

자크 3호가 굶주린 입에다 잔인한 손가락을 대고 믿을 수 없다는 듯 머리를 흔들면서 쉰 목소리로 말했다.

"정말 안타까워요. 훌륭한 시민이 할 행동은 아니에요. 나중에 후회할 거예요."

그러자 마담이 대답했다.

"내가 분명히 말하는데, 나는 박사가 어찌 되든 아무런 관심도 없어. 박사가 머리를 보관하든 떨어뜨리든 차이가 없을 정도로 관심이 없어. 하지만 에버몽드 일가는 꼭 멸족시켜야 해. 그래서 부인과 아이가 남편과 아버지 뒤를 따라가도록 만들어야 해."

"에버몽드 부인은 금발 머리가 정말 예뻐. 파란 눈에 금발 머리가 잘려나간 걸 봤는데, 삼손이 치켜든 머리가 매혹적이더라고요."

자크 3호가 쉰 목소리로 말하는데, 마치 괴물이 쾌락주의자로 돌변한 것 같았다. 하지만 마담 드파르지가 두 눈을 내리깔고 잠시 깊은 생각에 잠기니, 자크 3호는 자신이 한 말을 곱씹으며 다시 말했다.

"그 집 어린애도 금발 머리에 파란 눈이에요. 아이를 단두대에 올리는 건 드물잖아요. 정말 볼만할 거예요!"

마담 드파르지가 짧은 명상에서 벗어나며 말했다.

"한 마디로, 나는 이 문제에 관한 한 남편을 믿을 수 없어. 지난밤 이후로 내가 세운 계획을 구체적으로 말하면 안 된다는 느낌은 물론 내가 시간을 늦추면 남편이 그들에게 귀띔해서 미리 도망치도록 할 수도 있겠다는 느낌까지 들어."

자크 3호가 쉰 목소리로 말했다.

"그런 일이 있으면 절대로 안 됩니다. 아무도 도망을 못 가도록 막아야 해요. 아직은 우리가 세운 목표를 절반도 못 채웠어요. 하루에 백스무 명은 채워야 해요."

하지만 마담 드파르지는 계속 말했다.

"한 마디로, 우리 남편에게는 나처럼 그 집 가문을 멸족시키려고 애쓸 이유가 없고, 나에게는 박사란 작자를 배려할 이유가 없어. 그러니 내가 알아서 움직일 수밖에. 이리 와, 조그만 시민."

땔감 장수가 마담을 존경한다는 표정으로, 그리고 자신까지 죽일지 모르니 순종해야 한다는 표정으로 한 손을 빨간 모자에 올린 채 다가왔다. 그러자 마담이 엄숙하게 말했다.

"부인이 죄수들에게 보낸 신호를 해봐. 당장 오늘이라도 증언할 준비는 되었나?"

"당연합죠, 당연합죠! 온갖 날씨에도 하루를 안 빼고 오후 두 시에서 네 시까지 매일 신호를 보내는데, 어린애가 함께할 때도 있고 없을 때도 있었답니다요. 그건 제가 확실히 압니다요. 제 눈으로 똑똑히 보았습니다요."

땔감 장수가 대뜸 대답하면서 온갖 신호를 하는 게, 마치 자신이 한 번도 못 본 다양한 신호 가운데 일부를 우연히 따라 하는 것 같았다. 그러자 자크 3호가 칭찬했다.

"탈출 음모를 꾸민 게 분명해. 한눈에 보여!"

"배심원단은 문제가 없지?"

마담 드파르지가 묻더니, 눈을 돌려서 쳐다보며 음침하게 웃었다.

"애국심이 뛰어난 배심원단을 믿으세요, 친애하는 여성시민. 동료 배심원은 내가 꽉 잡았습니다."

그러자 마담 드파르지는 다시 곰곰이 생각하며 말했다.

"그렇다면…… 하나만 더! 우리 남편이 그러니, 박사란 작자는 살려줘야 할까? 나는 아무래도 상관없어. 살려줘도 될까?"

자크 3호가 나지막한 목소리로 대답했다.

"박사도 머리 하나는 늘릴 수 있어요. 우리에게는 머리가 너무 부족해요. 나중에 후회할 것 같아요."

마담 드파르지가 다시 말했다.

"내가 볼 때 박사도 딸과 함께 신호를 보냈어. 한 사람만 고발하고 다른 사람을 그냥 둘 순 없겠지. 여기에 있는 조그만 시민에게 모든 걸 맡기고 나 혼자 침묵하지 않겠어. 내가 직접 보고도 모른 척할 순 없으니까."

'복수의 여신'과 자크 3호는 마담이 정말 훌륭하고 대단한 증인이 될 거라고 열심히 떠들어대며 아부 경쟁을 벌이고, 조그만 시민은 거기에 뒤질세라 마담은 거룩한 증인이 될 거라고 선포했다.

"박사도 결딴내야겠어. 그래, 그냥 살려둘 순 없어! 오늘 세 시에 볼일이 있잖아. 오늘 처형당하는 무리를 보러 갈 거지……당신?"

마담이 묻는 말에 땔감 장수는 황급히 그렇다고 대답하더니, 기회가 온 김에 늘어놓길, 자신은 열렬한 공화국 시민이라고, 행여나 무슨 일이 있어서 이발사가 익살떠는 광경을 음미하며 오후의 파이프 담배를 태우는 기쁨을 누릴 수 없다면 실질적으로 자신은 공화국에서 가장 쓸쓸한 시민이 될 거라고 덧붙였다. 이런 말을 어찌나 멋들어지게 설명하는지, 그날 매시간 자신까지 죽일지 모른다고 걱정한 적이 실제로 있는지 (마담 드파르지가 새까만 눈으로 경멸스럽게 쳐다보는 눈빛을 보면 실제로 그런 기분이 든 것 같긴 한데) 의심스러울 정도였다.

"나도 마찬가지로 거기에 갈 거야. 그곳 일이 끝나면, 가령 오늘 밤 여덟 시 정도에 나를 찾아와, 생앙투안으로, 그래서 저들이 저지른 음모를 우리 구역 혁명위원회에 고발하는 거야."

마담 드파르지가 말하자, 땔감 장수는 여성시민과 함께 간다면 영광스럽고 자랑스러울 거라고 대답했다. 그러더니 바로 그 여성시민이 쳐다보자, 당혹스러워서 조그만 강아지가 그럴 것처럼 시선을 피하며 땔감 사이로 물러나 혼란스런 표정을 커다란 톱 손잡이 뒤로 숨겼다.

마담 드파르지는 배심원과 '복수의 여신'에게 문가로 가까이 다가오라 손짓하더니, 거기에서 자신이 생각하는 견해를 설명했다.

"부인은 지금 집에서 남편이 죽는 순간을 기다리며 슬픈 표정으로 애도할 거야. 공화국 재판정에 원망이 많겠지. 그렇다면 공화국 적에게 동조하는 마음도 가득할 거야. 나는 부인을 살피러 가겠어."

"정말 대단합니다! 정말 감탄스럽습니다!"

자크 3호가 황홀한 표정으로 감탄했다.

"아, 참으로 소중하신 분!"

'복수의 여신'이 감탄하며 꼭 껴안았다. 그러자 마담 드파르지는 뜨개질을 부하 손에 맡기며 말했다.

"이걸 가져가서 내가 평소에 앉던 자리에 놔. 내가 평소에 앉던 의자. 사형장으로 곧장 가, 오늘을 평소보다 인파가 훨씬 많이 몰려들 테니."

"기꺼이 명령에 따르겠습니다, 대장님."

'복수의 여신'이 선선히 대답하더니, 마담 뺨에다 키스하며 물었다.

"대장님도 안 늦겠지요?"

"시작하기 전에 도착할 거야."

마담 드파르지는 벌써 거리로 나서고 '복수의 여신'은 거기에 대고 소리쳤다.

"사형수 호송마차가 도착하기 전에요. 대장님이 꼭 오는 게 무엇보다 중요해요."

마담 드파르지는 손을 가볍게 흔들어서 잘 알았다는, 제시간에 도착할 수 있다는 암시를 보내곤 진흙탕을 지나 감옥 담벼락 모서리를 돌았다. '복수의 여신'과 배심원은 마담이 걸어가는 모습을 보면서 멋진 자태와 도덕적으로 탁월한 자세를 극찬했다.

당시에는 시대가 끔찍한 손을 대서 왜곡한 여인이 참으로 많지만, 그중에서도 특히 잔인하고 끔찍한 여인이 지금 길을 따라 나아갔다. 두려움을 모르는 강인한 성격, 날카로운 감각과 신속한 행동, 대단한 결단력 등은 자신에게 단호한 적개심을 일깨우고, 다른 사람에게는 이처럼 다양한 품성을 본능적으로 느끼도록 만들었다. 어차피 떠들썩한 시대를 살아가다 보면 이런 여인이 나타날 수밖에 없지만, 어린 시절부터 부당한 행위에 대해 곰곰이 생각하면서 귀족 계급을 마음 깊이 증오하는 사이에 정말 무서운 호랑이로 돌변하고 만 것이다. 그래서 마담에게 동정심이라곤 하나도 없다. 원래는 이런 미덕이 있었겠지만 오래전에 완전히 사라지고 말았다.

조상이 저지른 죄악 때문에 죄 없는 남성이 죽는다는 게 아무렇지도 않았다. 마담이 바라보는 건 죄 없는 남성이 아니라 조상이었다. 그래서 부인은 과부가 되고 어린 딸은 아비 없는 자식이 된다는 것 역시 아무렇지 않았다. 아니, 그걸로 부족했다. 그들은 불구대천의 원수요 희생 제물이며, 세상을 살아갈 권리 자체가 없기 때문이다.

이처럼 동정심이 하나도 없는 마담에게 자비를 호소한다는 건 애초에 말이 안 됐다. 마담은 자신조차 동정을 안 했다. 설사 거리에서 전투를 벌이다가 바닥에 쓰러진다 해도 조금이나마 아쉬워할 사람이 아니었다. 설사 내일 단두대 도끼날에 목이 잘리는 선고를 받는다 해도 감상에 젖기보다는 자신을 거기로 보낸 사람에 대한 복수심만 활활 타오를 사람이었다.

마담 드파르지는 이런 성질을 거친 의상으로 감쌌다. 그래서 아무렇게나 걸친 의상이 묘한 방식으로 잘 어울리고 새까만 머리칼은 조악하게 만든 빨간 모자 밑으로 풍성하게 뻗어 나갔다. 가슴에는 총알을 장전한 권총이 있다. 허리춤에는 날을 뾰족하게 세운 단검이 있다. 마담 드파르지는 이런 차림으로 이런 성격에 걸맞게, 그리고 어린 시절에 맨발 맨다리로 갈색 모래사장을 걸어 다니며 자유를 누리던 여인답게 뚜벅뚜벅 걸어서 거리를 따라 나아갔다.

지난밤에 타고 갈 마차를 준비할 때부터 이제 마지막 짐이 오기만 기다리는 순간까지 로리는 프로스 집사를 함께 태우고 가는 문제에 대해 곰곰이 생각했다. 마차에 짐을 많이 안 태우는 건 바람직한 문제 정도가 아니라 승객과 짐을 검사하는 시간을 최소한으로 줄이는 아주 중요한 문제였다. 단 몇 초 차이로 탈출 여부가 결정될 수도 있기 때문이다.

그래서 로리는 오랫동안 심사숙고한 끝에 프로스 집사와 제리에게 두 사람은 파리를 아무 때나 떠날 수 있으니 한 시간 뒤에 제일 가벼운 마차를 타고 오라고, 짐이 없어서 자신들을 금방 따라잡을 터이니 그대로 지나치며 계속 달려서 역참에 먼저 들어가 사륜마차에 바꿔 맬 말을 미리 준비하라고, 조금이라도 늦추는 건 너무나 위험하다고, 그러니 밤이라는 소중한 시간에도 계속 달릴 수 있도록 준비하라고 제안했다.

매우 급한 상황에서 이런 조치가 정말 도움이 되길 바라는 심정으로 프로스 집사는 기쁘게 받아들였다. 그래서 사륜마차가 떠나는 모습을 제리와 함께 지켜보았다. 솔로몬이 데려온 사람이 누군지도 깨달았다. 그리고 십 분을 걱정스럽고 불안하게 보낸 다음, 이제 자신들도 사륜마차를 쫓아갈 준비에 들어가야 한다는 결론을 내리는데, 그 시각에도 마담 드파르지는 거리를 따라 걸으며, 두 사람이 상의하는 집으로, 그렇지 않으면 아무도 없을 집으로 계속 다가왔다.

프로스 집사는 잔뜩 흥분해서 눈물을 흘리느라 제대로 말할 수도,

설 수도, 움직일 수도 없는 건 물론 제대로 숨 쉬는 것조차 힘들었다. 그래서 이렇게 말했다.

"당신 생각은 어때요, 제리 선생. 여기가 아니라 다른 데서 마차를 타는 게? 오늘 여기에서 벌써 마차 한 대가 출발했으니 사람에게 의심을 살 수도 있어요."

"저는 집사님 말씀이 옳다고 생각합니다요. 맞든 틀리든 저는 항상 집사님 생각을 따르겠습니다요."

제리가 말하자, 프로스 집사가 마구 울면서 대답했다.

"소중한 사람이 모두 무사히 탈출할까 걱정스러워서 어떻게 하는 게 좋을지 제대로 생각할 수도 없어요. 당신은 좋은 계획을 세울 수 있겠지요, 친절하고 다정한 제리 선생?"

"미래를 생각하면 저도 그러고 싶어요. 하지만 당장은 지랄 맞을 머리에 생각이 많아서 안 될 것 같아요. 집사님, 부탁이 있는데, 이렇게 정신없이 급한 순간에 정확히 기록하고 싶은 맹세 두 개를 잘 들어보시겠어요?"

제리가 말하자, 프로스 집사가 여전히 울면서 대답했다.

"아, 어쩜 좋아! 지금 당장 말하고 머리에서 털어내세요, 훌륭한 사내답게."

그러자 제리는 백지장처럼 하얀 얼굴로 온몸을 부들부들 떨면서 엄숙하게 선언했다.

"첫 번째로, 가련한 사람들이 이번 위기를 제대로 벗어난다면 저는 그런 일을 두 번 다시 않겠습니다요, 두 번 다시!"

프로스 집사가 대답했다.

"잘 알겠어요, 제리 선생, 그런 일이 뭐든, 당신이 그런 일을 두 번 다시 않겠다는 걸. 하지만 그런 일이 뭔지 구체적으로 말할 생각은 않는 게 좋겠어요."

제리도 대답했다.

"당연하지요, 집사님. 저도 구체적으로 말할 생각은 없습니다요. 두 번째로, 가련한 사람들이 이번 위기를 제대로 벗어난다면 우리 마누라가 무릎 꿇고 기도하는 걸 두 번 다시 간섭하지 않겠습니다요, 두 번 다시!"

프로스 집사는 눈물을 그쳐서 마음을 가라앉히려고 애쓰며 대답했다.

"집안일이라면 어떻게 꾸려나가든 부인이 온전히 알아서 하도록 맡기는 게 가장 좋다고 생각해요…… 아, 가련한 사람들!"

그러자 제리는 연단에서 말하는 것처럼 단호하게 선언했다.

"할 말은 다 했으니, 집사님, 제가 한 말을 머리에 모두 새겼다가 우리 마누라에게 전해 주세요…… 무릎을 꿇는 것에 대해 제가 생각을 어떻게 바꿨는지, 그리고 지금 이 순간에도 우리 마누라가 무릎을 꿇고 있기만 제가 얼마나 간절하게 바라는지."

"그래요, 그래요, 그래요! 나도 부인이 그러길, 그래서 하느님이 응답하시길 바랄 뿐이에요, 제리."

프로스 집사가 정신이 산만한 표정으로 소리치자, 제리는 더욱 엄숙하게, 더욱 천천히, 더욱 단호하게 선언했다.

"제가 오랫동안 한 말과 행동 때문에 가련한 사람들이 무사하길 바라는 진지한 소망이 훼손되지 않도록 하소서! (언제나 편리한 해결책이라도 되는 듯) 우리 모두 무릎 꿇고 빌지 않아서 이렇게 끔찍한 위험을 가련한 사람들이 무사히 못 벗어나는 일은 없도록 하소서! 없도록 하소서, 집사님! 제 말은, 그게 없도록 하소서!"

오랫동안 생각해도 더는 좋은 말을 찾을 수 없어서 제리가 내린 결론이었다.

그 시각에도 마담 드파르지는 거리를 따라 꾸준히 걸으며 점차 다가오고, 프로스 집사는 이렇게 말했다.

"우리 모두 조국에 무사히 돌아간다면, 지금 당신이 인상적으로 말한 내용을 내가 이해하고 기억하는 만큼 당신 부인에게 반드시 전달할게요. 그리고 무슨 일이 벌어지든 지금처럼 끔찍한 순간에 당신이 성실하게 최선을 다했다는 사실을 증언할게요. 그러니 이제부터는 어떻게 하는 게 좋을지 생각 좀 합시다! 존경하는 제리 선생, 생각 좀 하자고요!"

그 시각에도 마담 드파르지는 거리를 따라 꾸준히 걸으며 점차 다가오고, 프로스 집사는 다시 말했다.

"당신이 먼저 가서 마차가 여기로 오는 걸 막아, 다른 곳에서 나를 기다리면 어떨까요? 그러는 게 안 좋을까요?"

제리는 새로운 제안에 동조하고, 프로스 집사는 이렇게 물었다.

"그렇다면 어디에서 기다리겠어요?"

제리는 너무 당혹스러워서 템플 바를 제외한 지명이 떠오르질 않았다. 하지만 아아! 템플 바는 수백 킬로미터 떨어진 거리고, 마담 드파르지는 정말 가까이 다가오는 중이었다.

그래서 프로스 집사가 말했다.

"대성당 정문 옆. 탑 두 개 사이에 있는 대성당 정문 옆에서 나를 태우는 건, 거리가 너무 멀까요?"

"아닙니다, 집사님."

제리가 대답하자, 프로스 집사가 지시했다.

"그렇다면 훌륭한 사내답게 역참으로 곧장 가서 그렇게 하세요."

그러자 제리가 고개를 흔들며 주저하는 표정으로 말했다.

"집사님을 혼자 두고 가는 게 마음에 걸려요. 무슨 일이 일어날지 모르잖아요."

프로스 집사가 대답했다.

"당연히 아무도 모르지요. 하지만 나를 걱정할 필요는 없어요. 세 시 정각에 성당 정문 옆이나 근처에서 만나요. 그러는 편이 여기에서 출발하는 편보다 훨씬 좋아요. 확실해요. 자! 은총을 빌어요, 제리 선생! 나는 그만 생각하고 우리 두 사람 때문에 운명이 바뀔 수도 있는 여러 목숨을 생각하세요!"

프로스 집사가 고민이 가득한 표정으로 간청하며 두 손을 꼭 잡자, 제리는 마음을 굳혔다. 그래서 고개를 한두 차례 끄덕이며 힘을 북돋워 준 다음, 상대가 주장한 대로 혼자 남겨두고 당장 계획을 바꾸러 밖으로 나갔다. 프로스 집사는 오랜 궁리 끝에 떠올린 묘책을 실행하는 게 참으로 좋았다. 이제 외모만 단장하면 거리에서 별다른 관심을 안 끌 거로 생각하니 마음이 한결 가벼웠다. 주머니 시계를 쳐다보니, 두 시 이십 분이었다. 낭비할 시간이 없다. 이제 출발 준비를 해야 한다.

마음이 극도로 불안한 상태라서 아무도 없는 집에 혼자 있는 게 두려웠다. 열어놓은 방마다 뒤에서 누가 몰래 훔쳐보는 것 같았다. 프로스 집사는 차가운 물을 대야에 담고 두 눈을 닦았다. 잔뜩 부은 데다 빨갛게 달아오른 눈이었다. 마음이 너무 불안한 나머지, 물로 닦을 때마다 시야가 순간적으로 가리는 걸 견딜 수 없어서 툭하면 동작을 멈추고 주변을 둘러보며 자신을 바라보는 사람이 없는지 확인했다. 그러다가 갑자기 뒤로 주춤 물러나며 비명을 질렀다. 어떤 인물이 곁에서 지켜보았기 때문이다.

대야는 바닥으로 떨어지며 깨지고 물은 마담 드파르지가 바닥을 디딘 두 발로 흘렀다. 두 발이 핏물이라도 밟은 듯 이상할 정도로 단호했다. 마담 드파르지가 냉혹한 눈으로 노려보며 물었다.

"에버몽드 부인은 어디에 있나?"

프로스 집사는 방문 네 개가 모두 열려서 도망친 사실을 암시할 수도 있다는 생각을 대뜸 떠올렸다. 방문은 모두 네 개였다. 프로스 집사는 그걸 모두 닫고서 마네뜨 아가씨가 사용하던 방문 앞에 우뚝 섰다.

마담 드파르지는 바쁘게 움직이는 모습을 까만 눈으로 가만히 바라보다가 동작을 멈춘 상대에게 시선을 고정했다. 프로스 집사는 잘생긴 구석이 하나도 없다. 오랜 연륜은 거칠게 묻어나고 험악한 표정은 부드럽고 온순하게 달랠 수 없었다. 그렇다. 프로스 집사 역시 다른 식으로 단호한 여자라서 두 눈으로 상대를 샅샅이 훑어보았다. 그리고 소나기처럼 단숨에 쏘아붙였다.

"생긴 모습을 보니 마귀 마누라가 분명하군. 그래도 네년은 나를 이길 수 없어. 나는 영국 여자라고."

마담 드파르지는 경멸스런 눈으로 쳐다보았다. 하지만 만만한 상대가 아니란 사실을 깨달았다. 로리가 몇 년 전에 완력이 강한 걸 보고 느낀, 단단하고 튼튼하고 강인한 체격을 파악한 것이다. 상대가 마네뜨 박사 가족에게 헌신하는 집사라는 사실도 충분히 파악한 터였다. 반면에 프로스 집사는 상대가 마네뜨 박사 가족을 괴롭히는 원수라는 사실을 충분히 파악한 터였다. 그래서 마담 드파르지가 손을 가볍게 움직여서 사형장을 가리키며 말했다.

"내가 앉을 의자와 뜨개질감이 있는 데로 가는 길에 여기를 지나다가 부인에게 인사나 하려고 들렀어. 부인을 만나면 좋겠어."

"나는 네년이 사악한 의도로 찾아온 걸 알아. 한 번 해보시지. 내가 본때를 보여줄 테니까."

프로스 집사가 대답했다. 각자 자기네 말로 해서 어느 쪽도 상대편 말을 알아들을 수 없으니, 상대편 표정과 자세에서 의미를 추론할 목적으로 아주 자세히 지켜보았다.

"지금 이 순간에 숨는 건 부인에게 안 좋아. 훌륭한 애국자라면 이 말이 무슨 뜻인지 알아들을 거야. 어서 가서 내가 부인을 만나러 왔다고 전해. 무슨 말인지 알아들어?"

마담 드파르지가 말하자, 프로스 집사가 받아쳤다.

"네년이 사악한 승냥이라면 나는 영국에서 온 정의로운 사자야. 털끝 하나 건드릴 수 없다고. 그럼, 당연히 그렇고말고. 사악한 외국 년, 네년은 내가 상대하마."

마담 드파르지는 상대가 말하는 영어를 알아들을 수 없지만, 자신을 깔본다는 사실만큼은 정확히 이해할 수 있었다. 그래서 눈살을 찡그리며 말했다.

"돼지처럼 생긴 바보 천지야! 네년이 하는 말은 안 듣겠어. 부인을 데려와. 내가 만나러 왔다고 전하든가 문간에서 비키라고. 내가 직접 들어갈 테니!"

그러면서 잔뜩 화난 표정으로 오른손을 흔들자, 프로스 집사가 대답했다.

"네년이 지껄이는 말을 알아듣고 싶은 생각은 조금도 없지만, 네년이 사실을 어느 정도 눈치챘는지 알 수만 있다면 내가 입은 옷만 빼고 뭐든 다 주겠어."

양쪽 모두 상대편을 뚫어지게 노려보았다. 마담 드파르지는 프로스 집사가 처음 발견한 위치에서 지금까지 조금도 안 움직이더니, 드디어 한발 다가섰다.

"나는 영국 여자야. 아주 절박하다고. 나 정도는 가볍게 포기할 수 있어. 네년을 여기에 오래 붙잡아둘수록 우리 종달새 아가씨에게는 희망이 늘어난다는 사실을 나는 잘 알아. 나에게 손가락 하나만 대도 네년 머리에서 새까만 머리칼을 모두 뜯어버리겠어!"

프로스 집사가 소리쳤다. 중간마다 머리를 흔들고 사납게 노려보면서 단숨에 퍼부었다. 평생 누구 한 번 때려본 적 없는 프로스 집사가 매섭게 퍼부은 것이다.

하지만 커다란 용기에 감성이 끼어든 나머지 두 눈에 고이는 눈물을 억누를 순 없었다. 그래서 마담 드파르지는 약한 모습을 보이는 거로 착각하고 웃음을 터트리며 말했다.

"하, 하, 하! 가련한 쓰레기 같으니! 네년은 상대할 가치가 없어! 박사에게 직접 말하겠어."

그러더니 목소리를 높여서 커다랗게 소리쳤다.

"박사 시민! 에버몽드 부인! 에버몽드 딸! 쓰레기 같은 멍청이만 빼고 누구든 드파르지 여성시민에게 대답해!"

잇따르는 침묵도 이상하고 상대편이 당황하는 표정도 이상했다. 모두 도망쳤다는 불안감이 갑작스레 떠올랐다. 마담 드파르지는 방문 세 개를 재빨리 열어서 내부를 살폈다. 그리고 소리쳤다.

"방마다 잡동사니가 어지럽게 굴러다니는 걸 보면 서둘러서 짐을 싼 게 분명해. 네년이 지키는 방문 안에는 아무도 없어! 그 방도 내가 직접 보겠어."

"절대 안 돼!"

프로스 집사가 대답했다. 상대가 하는 말을 정확히 이해한 것이다. 그런데 마담 드파르지 역시 상대가 대답한 말을 정확히 이해하고 혼자서 중얼거렸다.

"그 방에 아무도 없다면 모두 도망친 거야. 그렇다면 바로 쫓아가서 잡아야 해."

프로스 집사도 혼자서 중얼거렸다.

"이 방에 사람이 있는지 없는지 파악하기 전까지 네년은 아무런 짓도 못해. 그런데 내가 딱 틀어막으면 네년은 알 수 없겠지. 하지만 그걸 알든 모르든, 내가 꽉 붙잡을 테니 어차피 네년은 여길 벗어날 수 없어."

"나는 거리에서 잔뼈가 굵었어. 아무도 나를 못 막는다고. 네년을 갈기갈기 찢어발겨서라도 문짝에서 떼어낼 거야."

마담 드파르지가 말했다.

"동떨어진 마당 높은 집 꼭대기에 우리 둘만 있어. 우리 소리를 들을 사람은 아무도 없고, 나는 네년을 여기에 붙잡아둘 힘이 솟아나길 간절하게 바랄 뿐이야. 네년을 여기에 묶어두는 일분일초가 우리 아가씨에게는 금화 수천수만 닢보다 소중하니까."

프로스 집사가 말했다.

마담 드파르지가 문으로 달려들었다. 동시에 프로스 집사는 두 팔로 허리춤을 재빨리 움켜잡아서 꼼짝도 못 하게 만들었다. 마담 드파르지가 몸부림치며 마구 때리는데 소용이 없었다. 프로스 집사는 원한보다 강할 수밖에 없는 사랑의 힘을 완강하게 발휘하며 단단히 붙잡은 건 물론 서로 다투는 도중에 바닥에서 들어 올리기까지 했다. 마담 드파르지는 두 손으로 상대편 얼굴을 마구 때리며 할퀴고 프로스 집사는 머리를 숙인 채 허리춤을 휘어 감으며 물에 빠진 여자보다 억세게 매달렸다.

그러자 마담 드파르지는 두 손으로 때리는 걸 멈추더니 상대가 휘감은 허리춤을 더듬고, 프로스 집사는 숨을 헐떡이며 소리쳤다.

"내가 팔로 꽉 눌러서 꺼낼 수 없을 거야. 다행히도 내 힘이 너보다 강해. 둘 가운데 하나가 기절하거나 죽을 때까지 네년을 꼼짝도 못 하게 붙잡겠어!"

마담 드파르지가 두 손을 가슴팍으로 가져갔다. 프로스 집사는 고개를 들어서 권총을 발견한 즉시 손으로 쳤다. 불빛과 함께 천둥소리가 일어나더니, 뿌연 연기가 사방을 가린 가운데 자신 혼자 우두커니 섰다.

모든 일이 한순간에 일어났다. 뿌연 연기가 끔찍한 적막만 남기면서 공중으로 사라지는 광경은 무서운 여자 몸뚱이가 바닥에 쓰러져 죽으면서 흘려보내는 영혼 같았다.

뜻밖의 상황에 공포와 전율을 느끼고 프로스 집사는 시신에서 최대한 멀리 벗어나고 계단을 뛰어내리며 사람 살리라고 소리쳤으나 밖에선 아무런 반응도 없었다. 그러다가 다행히 정신을 차려서 자신이 저지른 행위가 어떤 결과를 불러올지 떠올리고 계단을 다시 올랐다. 현관문을 다시 들어서는 게 끔찍하지만, 안으로 들어가는 건 물론 시신 근처까지 가서 꼭 필요한 보닛 모자 등을 챙겼다. 그래서 몸에 걸치고 층계참으로 나가 먼저 현관문을 닫고 자물쇠를 채우고 열쇠를 꺼냈다. 그런 다음에는 계단에 앉아서 잠시 숨을 고르며 울다가 다시 일어나 급하게 떠났다.

보닛 모자에 망사가 달려서 천만다행이었다. 그게 없으면 길을 가다가 사람들에게 잡힐 게 분명했다. 외모가 독특해서 옷차림이 헝클어져도 다른 여자처럼 눈길을 안 끈다는 사실 역시 천만다행이었다. 프로스 집사에게는 두 가지 행운이 정말 필요했다. 얼굴은 손톱으로 쥐어뜯긴 흔적이 가득하고 머리칼도 쥐어뜯겨서 헝클어지고 옷차림도 (덜덜 떨리는 손으로 급히 다듬긴 했지만) 여기저기를 쥐어뜯겨서 바닥에 질질 끌렸기 때문이다.

프로스 집사는 다리를 건너다가 현관 열쇠를 강물에 던졌다. 대성당

입구에 도착해서 마차가 나타나기만 기다리는 몇 분 사이에 온갖 생각이 떠올랐다. 행여나 현관 열쇠가 그물에 걸려서 벌써 나오면 어떻게 하나, 정체를 파악하면 어떻게 하나, 그래서 현관문을 열고 시신을 발견하면 어떻게 하나, 성문에서 자신을 잡아 살인죄로 감옥에 보내면 어떻게 하나! 이런 생각이 마구 일어나는 가운데 제리가 도착해서 마차에 태우고 떠났다.

"거리에서 무슨 소리가 안 나요?"

프로스 집사가 묻자, 제리는 평소와 다른 태도와 질문에 깜짝 놀란 표정으로 쳐다보며 대답했다.

"평소랑 똑같은 소리예요."

"뭐라고 했죠? 안 들려요."

프로스 집사가 물었다. 제리가 다시 대답하는데, 아무런 소용이 없었다. 프로스 집사는 귀가 먹어서 알아들을 수 없었던 거다. 그래서 제리는 깜짝 놀란 채 '그렇다면 내가 고개를 젓는 거야. 최소한 보이긴 하니까' 하는 생각에 고개를 젓고 프로스 집사는 그걸 보았다. 그리고 곧바로 다시 물었다.

"지금 거리에서 무슨 소리가 안 나요?"

제리는 고개를 다시 저었다.

"소리가 하나도 안 들려요."

프로스 집사가 하는 말에 제리는 마음이 복잡해서 곰곰이 생각하며 중얼거렸다.

"한 시간 사이에 귀머거리라도 된 거야? 도대체 무슨 일이 있었던 거지?"

프로스 집사가 다시 말했다.

"불빛이 번쩍하면서 천둥 같은 소리가 울렸는데, 그런 다음부터 아무런 소리도 안 들려요."

제리는 마음이 더욱 복잡하게 변하면서 이렇게 중얼거렸다.

"이 여자가 이상하게 변한 게 아니면 좋겠군! 용기를 끌어올리려고 이상한 거라도 먹었나? 여봐요! 마차 바퀴가 끔찍한 소리를 내며 굴러가요! 그런 소리도 안 들려요, 집사님?"

제리가 말하는 걸 보고 프로스 집사가 말했다.

"아무것도 안 들려요. 아, 처음에는 거대한 천둥소리가 일어나더니 다음에는 사방이 고요한 게, 앞으로 영원히 그럴 것 같아요. 목숨이 끝날 때까지 마냥 고요할 것 같아요."

제리는 어깨너머로 흘낏 쳐다보며 중얼거렸다.

"이제 드디어 위험을 거의 벗어났는데, 바퀴가 구르는 끔찍한 소리조차 못 듣는다면 앞으로 이 세상에서 아무런 소리도 못 들을 게 분명하군."

실제로 프로스 집사는 영원히 아무런 소리도 못 들었다.

XV. 발소리가 영원히 사라지다

죽을 운명을 실은 짐마차가 시끄러우면서도 공허한 소리를 내며 파리 거리를 따라 구른다. 사형수 수송마차 여섯 대가 그날 마실 포도주를 단두대에 바치러 간다. 인류가 역사를 기록한 이래 인간을 게걸스럽게 먹어치우는 모든 괴물을 하나로 합쳐서 세상에 내놓으니, 그것이 바로 단두대다. 땅은 기름지고 기후도 좋은 프랑스 전역에서 풀잎 하나, 잎사귀 하나, 밑뿌리 하나, 잔가지 하나, 후추 열매[73] 하나 안 맺히노니,

이렇게 공포를 자아내는 분위기만 아니라면 모두 한껏 자랄 터였다. 비슷하게 생긴 해머를 떨어뜨려서 인간을 짓뭉개 보라, 그러면 말라 비틀어진 풀잎처럼 고통스러운 형상으로 온몸을 뒤틀 터이니. 탐욕스런 방종과 억압이라는 씨앗을 다시 뿌려보라, 그러면 거기에 따라 똑같은 열매를 분명히 맺으리니.

사형수 수송마차 여섯 대가 거리를 따라 구른다. 시대라는 강력한 마법사여, 수송마차를 원래 용도로 되돌려라. 그러면 절대군주가 탄 화려한 마차와 봉건귀족이 탄 마차를, 화려하게 치장한 요부를, 하느님 아버지 대신에 도적 떼만 우글거리는 교회를, 수백만 농부가 굶주리는 오두막을 보게 되리니! 아니다. 창조주가 예비한 질서를 장엄하게 수행하는 위대한 마법사는 자신이 바꾼 모습을 절대 돌이키지 않으리라. 그래서 아랍 이야기에 나오는 지혜로운 예언자는 이렇게 말하지 않던가!

"그대가 지금 이런 모습으로 변한 게 잠깐 스치고 지나는 마법 때문이라면 원래 모습을 되찾을 것이다. 하지만 이런 게 변한 게 신의 뜻이라면 조금도 바꿀 수 없도다!"

그래서 사형수 수송마차 역시 변화도 없고 희망도 없이 길을 따라 구른다.

거리마다 늘어선 인파 사이에서 수송마차 여섯 대가 음침하게 지나는 모습이 기다란 고랑을 따라 이리 비뚤 저리 비뚤 나아가며 쟁기질하는 것처럼 보인다. 다양한 얼굴이 이랑을 만들며 이쪽저쪽으로 나뒹굴고, 쟁기는 앞으로 꾸준히 나아간다. 근처 주택가에 사는 사람은 이런 장면이 너무 익숙한 나머지 창문은 많아도 구경꾼은 하나 없고, 일하던 사람은 별로 신기할 것도 없다는 듯이 하던 일을 계속하다가 두 눈만 돌려서

---

73) 당시에는 후추 열매를 세금 대신 내기도 했다.

수송마차에 탄 얼굴을 이리저리 살핀다. 여기저기에서는 집주인이 일부러 구경하러 찾아온 손님을 맞이하여 큐레이터라도 되는 듯 극히 만족스러운 표정으로 손가락을 들어 이 마차 저 마차를 가리키는 모양이 마치 저기에 어제는 누가 탔고 그제는 누가 탔다고 말하는 것 같다.

수송마차에 탄 사형수 가운데 일부는 이런 장면을, 마지막 길에 펼쳐지는 노변 풍경을 무기력한 눈으로 바라보고 일부는 사람들이 살아가는 모습을 미련이 남은 눈으로 바라본다. 일부는 조용히 절망에 빠져들어 바닥에 앉아서 고개를 푹 숙이고, 일부는 자기 모습에 마음이 쓰인 나머지 극장이나 그림에서 본 것 같은 시선으로 다양한 인파를 바라본다. 일부는 두 눈을 감고서, 산만하게 떠오르는 생각을 하나로 모으려고 애쓴다. 불쌍한 사형수 딱 한 명이 공포에 질려서 정신을 놓고 광기를 드러내며 노래한다. 춤까지 추려고 한다. 하지만 표정이나 몸짓으로 사람들에게 동정심을 사려는 사람은 단 하나도 없다.

수송마차 옆에서는 경비대원이 다양한 복장으로 말을 모는데, 이런저런 얼굴이 툭하면 올려다보면서 이런저런 질문을 던진다. 그런데 항상 똑같은 질문처럼 보인다. 답변이 나올 때마다 인파가 서로를 밀치며 세 번째 마차로 달려들기 때문이다. 세 번째 마차랑 나란히 말을 모는 경비대원 역시 툭하면 칼끝으로 한 사람을 가리킨다. 정말 궁금한 건 어느 쪽이 그 사람이냐는 것이다. 그 사람은 수송마차 뒷자리에서 일어나 머리를 숙인 채, 마차 옆에 앉아서 자기 손을 꼭 잡은 평범한 여인과 대화를 나눈다. 주변 풍경에 아무런 관심이나 호기심도 안 보이고 젊은 여인과 대화만 나눈다. 생토노레 기다란 거리 여기저기에서 그 사람을 죽이라는 소리가 일어난다. 그래서 보이는 반응이 있다면 그 사람이 머리를 흔들어서 머리칼로 얼굴을 조금 더 가리며 조용히 웃는 것뿐이다. 양쪽 팔이 묶여서 손으로 머리칼을 내리는 게 쉽지 않기 때문이다.

교회 계단에는 감옥에서 활약하는 '양'이자 첩자가 일어나서 수송마차가 줄줄이 나타나기만 기다린다. 그래서 첫 번째 마차를 살핀다. 거기에 없다. 두 번째 마차를 살핀다. 거기에도 없다. 그래서 혼자 "그놈이 나를 팔아먹었나?" 하고 중얼거리면서 세 번째 마차를 살피다가 얼굴이 환하게 변한다.

"어느 자가 에버몽드요?"

뒤에서 어떤 사내가 묻는다.

"저쪽. 저기 뒤쪽."

"여자애 손을 잡은 자 말이오?"

"그렇소."

사내가 소리친다.

"에버몽드를 죽여라! 귀족은 모두 단두대로 보내라! 에버몽드를 죽여라!"

"쉿, 쉿, 그 정도만 해요!"

첩자가 소심한 표정으로 간청한다.

"왜요, 시민?"

"지금 저자는 모든 죄를 갚으러 가는 중이오. 앞으로 오 분이면 모든 죗값을 치를 것이오. 평화롭게 가도록 합시다."

하지만 사내는 "에버몽드를 죽여라!"며 계속 소리치고, 에버몽드는 순간적으로 얼굴을 들어서 그쪽을 바라본다. 그러다가 첩자를 발견하고 가만히 쳐다보며 갈 길을 간다.

파리 전역에서 세 시를 알리는 종소리가 울리고, 쟁기질이 끝난 고랑은 동그랗게 변하며 사형장으로 다가온다. 이쪽저쪽으로 나뒹굴던 이랑이 모두 무너지며 마지막으로 지나간 쟁기를 바싹 쫓아온다. 모두가 단두대로 다가온다. 단두대 앞에는 사람들이 놀러 나온 공원처럼 의자를 쭉 세워놓는데, 거기에 여자들이 앉아서 뜨개질에 한창이다. 제일 앞자리에서 '복수의 여신'이 일어나 대장을 찾으려고 사방을 둘러보며 날카롭게 소리친다.

"대장님! 누가 못 봤어요? 드파르지 대장님!"

"지금까지 빠진 적이 한 번도 없잖아."

옆에서 뜨개질하던 동료 여인이 말하자, '복수의 여신'이 짜증스런 어투로 소리친다.

"당연하지. 이번에도 안 빠질 거야. 대장님!"

"더 커다랗게 불러."

동료 여인이 충고한다.

그래! 더 커다랗게, '복수의 여신', 더 커다랗게 불러라. 그래도 너희 대장은 아무런 소리를 못 들을지니. 그래! '복수의 여신', 욕설까지 섞어가며 더 커다랗게 불러라. 아무리 그래도 너희 대장은 못 올지니. 동료 여성을 여기저기 보내서 수단과 방법을 가리지 말고 찾아보라. 아무리 많은 사람을 보내도 대장을 찾으려고 죽음 저편까지 넘어갈 사람은 하나도 없을지니!

'복수의 여신'이 의자에서 발을 구르며 소리친다.

"징조가 안 좋아! 수송마차가 오는데! 눈 깜짝할 사이에 에버몽드 머리가 잘릴 텐데, 아직 오질 않아! 내가 들고 온 대장님 뜨개질이랑 대장님을 위해 준비한 의자를 보라고. 속상하고 안타까워서 눈물까지 나잖아!"

'복수의 여신'은 대장을 찾으려고 일어섰다가 자리에 앉고, 수송마차는 짐을 내리기 시작한다. 신성한 단두대를 지키는 사도들이 의상을 입고 준비한다. 뗑그렁! 머리 하나를 들어 올리자, 머리가 생각도 하고 말도 할 수 있을 때는 눈길조차 안 주고 뜨개질만 하던 여인네들이 순간적으로 고개를 들고 쳐다보며 "하나"를 센다.

두 번째 마차가 짐을 내리고 이동한다. 세 번째 마차가 도착한다. 뗑그렁! 뜨개질하는 여인네들은 흔들리는 기색도 손길을 멈추는 기색도 없이 "둘"을 센다.

에버몽드로 보이는 자가 내려오고 바로 뒤에서 재봉사가 내린다. 밑으로 내릴 때도 그 사람은 참을성 강한 여자애 손을 약속대로 안 놓고 계속 잡아준다. 그리고 여자애 등을 가만히 돌려세워서 윙! 소리와 함께 끊임없이 올라가고 떨어지는 단두대 도끼날을 못 보게 하고, 젊은 여인은 그런 사람을 쳐다보며 고마워한다.

"누구신지 모르지만 선생님이 아니면 이렇게 마음을 다잡지 못했을 거예요. 저는 힘도 없고 마음도 약하고 보잘것없는 존재거든요. 선생님이 아니면 오늘 이런 자리에서 십자가에 못 박힌 예수님을 떠올리며 희망과 평안을 누릴 수 없을 거예요. 저에게 선생님은 하늘이 보내신 분이에요."

젊은 여인이 하는 말에 시드니 칼톤이 대답한다.

"나에게는 그대가 그렇소. 두 눈을 나에게 고정하시오, 다정한 아가씨, 다른 건 조금도 신경 쓰지 말고."

"선생님 손을 잡은 동안에는 아무런 신경 안 써요. 이 손을 놓아도 신경을 안 쓸 거예요, 저들이 급히 서둔다면."

"저들은 급히 서둘 거요. 걱정하지 마시오!"

주변에서 희생자 무리가 빠르게 줄어들지만 두 사람은 자기네밖에 없다는 듯 대화에 열중한다. 우주라는 똑같은 어머니에게서 태어난 자식이지만 이런 일이 아니라면 서로 멀리 떨어져서 다르게 살아갈 두 사람이 암울한 운명의 거리에서 눈에는 눈으로, 목소리에는 목소리로,

손에는 손으로, 마음에는 마음으로 하나가 되어, 함께 돌아갈 집을 수리하고 어머니 품에 안길 준비를 한다.

"용감하고 자비로운 친구여, 한 가지 궁금한 걸 물어도 되겠습니까? 저는 아주 무식해서 한 가지 걸리는 게 있습니다……아주 조금."

"무언지 말씀하시오."

"사촌 동생이 있는데, 저처럼 의지가지없는 고아라서 제가 많이 아낍니다. 저보다 다섯 살 어린 여자애로, 남쪽 지방 농가에서 삽니다. 가난이 우리를 갈라놓아서 사촌 동생은 제가 이렇게 된 걸 몰라요. 제가 글을 모르거든요. 그런데 제가 글을 안다고 해서 어떻게 이런 소식을 전할 수 있겠습니까! 안 하는 게 훨씬 낫겠지요?"

"그래요, 그래. 안 하는 게 훨씬 낫소."

"우리가 여기까지 오는 동안 계속 생각한 건, 그리고 다정하고 강인한 얼굴로 나를 이렇게 잡아주시는 선생님을 바라보는 지금 이 순간에도 계속 생각하는 건, 공화국이 가난한 사람을 진짜로 위한다면 그런 사람이 덜 굶주리고 덜 고생할 터이니, 사촌 동생도 오랫동안 살 수 있겠다, 나이를 먹어서 늙을 때까지 살 수 있겠다는 거예요."

"그런 다음에는 어떻게 되지요, 우리 다정한 자매?"

시드니 칼튼이 묻자, 여자애는 참을성이 매우 강해서 불평하는 기색 하나 없는 눈에 눈물이 고이고 살짝 벌린 입술을 부르르 떨다가 다시 묻는다.

"선생님 생각에는 제가 선생님과 함께 훨씬 좋은 곳으로 가서 자비로운 품에 안겨 사촌 동생이 오기만 기다리는 시간이 저에게 매우 길게 느껴질 것 같으세요?"

"그런 일은 없을 거요, 다정한 자매. 저 세상에는 시간도 없고 고통도 없으니까요."

"선생님 말씀을 들으니 안심이 돼요! 저는 아는 게 하나도 없어요. 그런데 지금 선생님에게 키스해도 되나요? 마지막 순간이니?"

"그렇소."

여자애는 칼톤 입술에 키스하고 칼톤은 여자애 입술에 키스한다. 칼톤이 놓은 손도 떨지 않는다. 참을성 강한 얼굴이 환하고 다정하게 반짝인다. 그러다가 바로 앞에서 끌려가고…… 뜨개질하는 여인네는 "스물둘"을 센다.

"주님께서 말씀하신다. 나는 부활이요 생명이니 나를 믿는 사람은 죽더라도 살겠고 또 살아서 믿는 사람은 영원히 죽지 않을 것이다."

수많은 목소리가 쑥떡이고, 수많은 얼굴이 고개를 들고, 외각에서 수많은 발소리를 내며 앞으로 몰려드는 인파는 거대한 파도 같더니, 한순간에 사라진다.

"스물셋."

그날 밤 파리 전역에서 그 사람 얘기가 나도는데, 그렇게 처형당한 사람 가운데에서 가장 평화로운 얼굴이라는 내용이었다. 장엄한 표정이 예언자 같다는 말도 나왔다.

똑같은 도끼날에 처형당한 사람 가운데에서 아주 놀라운 여인[74] 한 명이 얼마 전에 바로 그 단두대 밑에서 머리에 떠오른 영감을 글로 적을 수 있도록 허락을 청한 적이 있었다. 칼톤 역시 자기 머리에 떠오른 생각을 밝혔다면, 다음과 같은 예언이 흘러나왔을 것이다.

"나는 본다, 바사드와 클라이와 드파르지와 '복수의 여신'과 배심원

---

74) 마담 롤랑 - 작가면서 프랑스 혁명 온건파 지도자로 '지롱드파의 여왕'으로 불렸다. 강경한 자코뱅파에게 밀려 단두대에서 처형당할 때 종이와 펜을 달라고 부탁하지만 거절당하자 "아! 자유여, 그대의 이름으로 얼마나 많은 죄를 범할 것인가!"라는 유명한 말을 남겼다.

과 판사를 비롯해 구체제를 파괴하고 일어선 새로운 압제자를 단두대가 똑같은 방법으로 모조리 처단하고 사라지는 광경을. 나는 본다, 이렇게 처참한 지옥에서 아름다운 도시와 훌륭한 사람이 일어나는 광경을, 그래서 진정한 자유를 위해 끊임없이 싸우고, 오랜 세월에 걸쳐 수없이 이기고 지는 과정을. 나는 본다, 현재의 사악한 속성이 그리고 이런 속성을 잉태한 예전의 사악한 속성이 깊이 속죄하며 사라지는 광경을.

나는 본다, 내가 생명을 바쳐서 구한 여러 목숨이 내가 다시는 못 볼 영국에서 평화롭고 보람되고 풍요롭고 행복하게 살아가는 광경을. 나는 본다, 아가씨가 아기를 새로 낳아 내 이름을 붙여서 가슴에 안는 광경을. 나는 본다, 아가씨 부친이 나이 들어 허리는 굽어도 다시 정신을 차리고 병원으로 찾아온 환자를 누구든 성실하고 평화롭게 치료하는 광경을. 나는 본다, 선량한 노신사가 오랫동안 가족처럼 지내면서 십 년 동안 온 힘을 다해 거들다가 뿌린 대로 거두듯 세상을 평온하게 떠나는 광경을.

나는 본다, 내가 그들 가슴에, 그리고 몇 세대에 걸친 후손들 가슴에 거룩한 성역으로 남는 광경을. 나는 본다, 할머니로 변한 아가씨가 오늘을 기리며 나를 위해 우는 광경을. 나는 본다, 아가씨가 남편과 함께 인생 여정을 마치고 지상에서 마지막 침상에 나란히 누운 광경을. 그래서 안다, 두 사람이 상대편 영혼만큼이나 내 영혼을 신성하고 명예롭게 생각한다는 사실을.

나는 본다, 아가씨가 내 이름을 붙여서 가슴에 품던 아이가 어른이 되어 한때나마 내가 걷던 길을 영광스럽게 걸어가는 광경을. 나는 본다, 아이가 훌륭하게 성공해서 그 후광으로 내 이름이 화려하게 빛나는 광경을. 나는 본다, 내가 남긴 오명이 사라지는 광경을. 나는 본다, 아이가 가장 훌륭한 인간이자 정의로운 재판관이 되어, 내가 잘 아는 모습과 이마와 금발 머리가 똑같이 생긴 아이를, 마찬가지로 내 이름을 붙인 아이를 여기로 - 오늘처럼 흉측한 풍경은 모두 사라지고 아름답게 변한 거리로 - 데려오는 광경을. 그래서 듣는다, 내가 겪은 이야기를 떨리는 목소리로 아이에게 다정하게 설명하는 소리를.

지금 나는 내가 지금까지 한 어떤 행동하고도 비교할 수 없는, 참으로 훌륭한 행동을 한다. 지금 내가 쉬러 가는 곳은 지금까지 알던 어떤 곳하고도 비교할 수 없는, 참으로 아늑한 휴식처다."

부록

찰스 디킨스

I. 작가 소개

찰스 디킨스(charles John Huffam Dickens)는 영국 빅토리아 시대를 풍미한 소설가다. 이백 년도 넘은 1812년 2월 7일에 영국 남부 포츠머스 외곽에서 팔 남매 가운데 둘째로 태어나서 장남으로 살아간다. 형제두 명은 어려서 죽는다. 할아버지는 머슴, 할머니는 하녀 출신이고 아버지는 해군 경리국 하급관리였다. 아버지는 사교적이고 유머가 풍부하나 경제적으로 무능하고, 어머니는 선량하고 밝은 성격이나 자녀에게 무정했다. 경제적인 이유로 어려서 계속 이사 다녔다.

여섯 살부터 학교에 잠시 다니지만, 다락방에서 소설을 읽으며 훨씬많은 걸 배운다. 열한 살부터 런던 빈민가에서 산다. 그리고 열세 살부터 구두약 공장에 취직해서 생활비를 번다. 하지만 아버지는 빚이 점차 늘어나 가족은 채무자 감옥에서 지내고 디킨스 혼자 하숙집에서 생활한다. 자신을 중산층이라고 생각한 어린 찰스가 노동자로 전락하면서 겪은 좌절과 고통은 자전적 소설 '데이비드 코퍼필드(David Copperfield)'에 잘 나타난다. 아버지는 '미코버 아저씨', 어머니는 법률사무소 대표의 딸로 허영심만 많고 생활능력은 조금도 없는 여인으로 나온다.

아버지는 할머니 유산으로 빚을 청산하고 찰스 디킨스를 웰링턴 하우스 아카데미(Wellington House Academy)에 삼 년 동안 보낸다. 하지만 어머니는 '공장에서 돈이나 벌라'며 끊임없이 반대하고 디킨스는 어머니와 서먹한 관계를 평생 유지한다.

열여섯 살에 학교를 그만두고 변호사 사무실에서 이 년간 사환으로 일하고 대영박물관 자료실 검토원으로 잠시 일한다. 스물한 살에는 속기법을 익혀서 의회 출입기자가 된다. 여기에서 의회와 정치에 대한 불신과 부정부패, 빈부 격차 등 사회현상에 눈을 뜬다. 디킨스가 말년에 고백한 바에 의하면 "젊은 시절에 신문사에서 혹독한 훈련을 잘 견딘게 내가 성공한 첫 번째 원인"이다. 이즈음에 은행가 딸과 첫사랑에 빠지나, 여자 부모 측 반대로 헤어진다.

스물두 살부터 글을 쓰기 시작해 Monthly Magazine에 단편 'A Dinner at Poplar Walk'를 발표한다. 스물세 살에는 'Boz'라는 필명으로 다양한 정기 간행물에 풍속 전문 스케치를 기고하면서 '모닝 크로니클' 기자가 된다. 그러면서 쌓은 경험은 시대 상황을 비롯해 거리 풍경과 풍속을 정교하게 묘사하는 능력으로 발전한다.

스물다섯 살에는 그동안 발표한 풍속 스케치를 모아서 '보즈가 그린 스케치'를 출간한다. 그리고 '픽윅 페이퍼스'를 연재한다. 스물여섯 살에는 화가 시모어가 만화를 그리도록 보조하면서 시작한 희곡 소설 《픽위크 클럽》을 출판해 명성을 얻기 시작한다. 이후 이 년 동안 '벤트리스

미셀러니' 편집장으로 일하고 안락한 집으로 이사하면서 더욱 정열적으로 집필활동에 매진한다.

이즈음에 평생에 걸친 문학적 조언자며 나중에 '찰스 디킨스 전기'를 집필하는 존 포스터(John Poster)를 만난다. 4월에는 '이브닝 크로니클' 편집장 딸 캐서린 호가스(Catherine Hogarth)와 결혼한다. 처가는 경제적으로 부유하지 않아도 문화적으로 세련된 분위기였다. 결혼 생활은 불행한데, 함께 살게 된 처제 메리(Mary)를 통해 이상적인 여인상을 발견하고 처제와 정신적으로 독특한 유대관계를 맺는다. 하지만 이듬해에 처제가 병으로 죽자, 디킨스는 너무나 커다란 충격에 처음이자 마지막으로 소설 연재를 중단한다. 처제 손가락에서 뺀 반지를 죽을 때까지 손가락에 낄 정도였다. 메리에 대한 그리움은 나중에 '골동품 가게'에서 '어린 넬'로 재현한다. 하지만 자녀를 돌보기 위해 다른 처제 조지나가 오면서 빈자리를 메운다. 조지나는 평생을 독신으로 살며 디킨스 집안에서 살림을 맡은 건 물론, 디킨스가 언니 캐서린과 이혼한 다음에도 임종까지 지킨다.

집필활동에 왕성하던 디킨스는 서른세 살 나이에 견문을 넓히고자 아내 캐서린과 함께 미국을 방문한다. 왕도 없고 계급도 없는 자유민주주의 국가라는 사실에 잔뜩 기대하나, 노예제도를 목격하고 몹시 실망한다. 그리고 자신이 쓴 책을 미국에서 수백만 부나 팔면서 인세는 한 푼도 안 준다고 공식 석상에서 비난해, 미국에서 인기가 떨어진다. 이후에 '미국 여행 노트' 두 권을 발표한다.

서른네 살에는 '크리스마스 캐럴'을 출간한다. 크리스마스이브 하루에 육천 권이 팔려나간 이후, 영어권 사회에서는 크리스마스트리에 꼭 걸어놓는 장식품처럼 되었다. 이 책이 크게 성공하면서 디킨스는 크리스마스에 대한 이야기를 매년 발표한다.

서른여덟 살에는 뉴게이트 감옥을 방문한다. 디킨스는 감옥에서 젊은 여성들이 고통스러워하는 모습에 특히 많은 관심을 보인다. 가난한 집에서 태어나 부모에게 사랑을 못 받고 어린 나이에 거리를 떠돌다 구렁텅이에 빠지거나 매춘으로 접어드는 악순환을 정확히 이해한 것이다. 그래서 독지가를 모아 런던에서 매춘부와 여성 노숙자를 위해 '집 없는 여성을 위한 쉼터'를 설립한다. 일정한 규율 아래 포근한 보금자리를 제공하며 읽고 쓰는 법을 가르쳐서 사회에 재편입하는 길을 열어준 것이다.

마흔한 살에는 '가정 이야기'라는 잡지를 창간해, 가정이 가장 중요하다고 주장하지만, 디킨스 자신은 아내와 끊임없는 불화를 겪으며 가정생활을 힘겹게 이어간다.

마흔여섯 살에는 윌키 콜린스의 멜로드라마 '얼어붙은 골짜기' 연출을 맡고 배우로 출연하면서 열여덟 살 배우 엘렌 터넌과 사랑에 빠진다. 이후 집필한 '두 도시 이야기' 마네뜨 아가씨에게 그 분위기를 담아낸다.

이듬해에 아내와 이혼한다. 그리고 전국을 순회하며 작품 낭독회를 시작한다. 극장에서 유료관객을 대상으로 작품 몇 장면을 골라 낭독하는 건데, 엄청난 인기를 누린다. 순회 낭독회를 통해 디킨스는 막대한 돈을 버는데 건강을 해친다.

이듬해에 'All the Year Round'라는 잡지를 발행하면서 '두 도시 이야기'를 연재한다.

1870년 6월 8일, 오십구 세 나이로 저택에서 소설 원고 '에드윈 드루드의 수수께끼'를 온종일 쓰고 저녁 식사를 하다가 쓰러져 다음 날 세상을 떠난다. 웨스트민스터 사원 '시인의 묘역'에 묻혀 묘비에 다음 같은 글을 새긴다.

"가난하고 고통받고 박해받는 사람을 동정했다. 이 사람이 죽으면서 세상은 영국에서 가장 위대한 작가를 잃었다."

디킨스가 세상을 떠났다는 말에 노동자들은 주막에서 "우리 친구가 죽었다"며 울부짖고, 신문과 잡지는 며칠 동안 지면에다 찰스 디킨스 일대기를 도배하고, 한 신문은 부고란에 이렇게 적었다. "디킨스가 발표한 소설은 언제나 화제를 불러보았다. 디킨스가 쓴 소설에는 현실정치와 사건을 그대로 담았다. 디킨스가 소설에 담아낸 건 소설이 아니라 현실 세계였다."

당시 영국은 산업혁명에 성공해 전 세계에서 가장 빠르게 발전하는 나라였다. 디킨스는 작가로 성공해 번듯한 마차를 타고 저명인사와 교류하면서도 대다수 서민이 진흙탕을 밟고 힘겹게 살아가며 신음하는 소리를 듣고 영국 최고 전성기에 담긴 아픈 그림자를 직시하면서 위대한 작품을 남겼다. 당시에는 다섯 살 어린애가 공장에서 열두 시간씩 일하고 겨우 동전 몇 닢을 손에 쥔 채 집으로 돌아가는 일이 많고, 노동자 평균수명은 겨우 스물여덟 살이었다.

디킨스는 가난한 사람에게 깊이 동정하고, 사회적인 악습에 반격하고, 사회에서 실제로 일어난 사건을 기사로 작성하고 소설에 담았다. 칼 맑스가 "정치 현실과 사회현실에 대해 전문 정치인이나 정치 평론가나 학자보다 많은 진실을 말했다"고 평가할 정도였다. 초기 소설은 풍자가 강하지만 후기 소설은 풍자 대신 치밀한 구성과 사회비평이 돋보인다.

II. 작품세계

셰익스피어가 영어를 아름다운 운문으로 엮어서 독자의 심금을 울리는 시인이라면, 디킨스는 산문을 정확하고 정교하게 풀어내며 독자의 공감을 끌어낸 이야기꾼이라고 볼 수 있다. 그래서 디킨스 작품은 현란하며, 귀족의 속물근성에 대한 풍자는 사악할 정도로 익살맞다. 세파에 시달리는 서민에 대한 동정심, 그리고 상류층에 대한 비판과 풍자는 전 작품에 관철하는 디킨스 특유의 정신이다. 정치인 대부분을 "별 의미도 없는 말을 지껄이며……시간이나 축내는 거만한 사람"으로 묘사한다. 하지만 일부 정치인이 올바른 사회를 위해 노력하는 모습을 보고 깊이 감동하기도 한다.

디킨스는 서민성과 사회 현안에 대한 성찰이 누구보다 탁월하다. 그래서 서민과 끊임없이 만나고, 서민과 연애하듯 평생 충심을 다하고, 세상만사를 서민이라는 관점에서 바라본다. 생애 마지막 십여 년은 영국과 미국 전역을 돌아다니며 소설을 낭독하고, 가는 곳마다 커다랗게 성공한다. 서민은 디킨스에게 환호하고 디킨스는 서민을 위해 살려고 노력하니, 디킨스가 말하거나 발표하는 내용마다 사회에 커다란 영향을 미친다. 그래서 지금도 세계에서 가장 중요한 작가 가운데 하나다.

III. 작품해설 및 역자 후기

'두 도시 이야기'는 찰스 디킨스가 후기에 집필한 대표작으로 섬세한 묘사와 긴박한 구성이 탁월한 작품이다. 전 세계에 성서 다음으로 많이 읽힌 작품이기도 하다. 그런데 '두 도시 이야기'에는 몇 가지 독특한 기법이 있다. 첫 번째는 두 인물, 두 사건, 두 도시를 대비해서 묘사해, 각각의 특징을 살려내는 기법이다.

찰스 디킨스는 영국이 산업혁명으로 승승장구하던 빅토리아 시대를 살았다. 사회에 문제는 많지만 그래도 발전한다는 느낌이 또렷하다. 개혁으로 좋은 사회를 만들 수 있다는, 새로운 시대를 열 수 있다는 자부심이 있다. 하지만 프랑스는 낡은 사회를 대변하는 분위기다. 귀족은 여전히 사치를 누리고 농노는 굶는다. 혁명이 아니고는 사회를 바꿀 수 없다. 이렇게 대조적인 분위기는 파리와 런던이라는 두 도시를 이야기하는 과정에 끊임없이 나타난다.

이런 분위기는 인물에도 잘 나타난다. 프랑스 에버몽드 후작을 통해 과거지향적인 인물을 그리고, 이런 가문에서 탈출해 스스로 일하면서 살아가는 찰스 다네이를 통해 미래지향적인 인물을 묘사한다. 그래서 찰스 다네이는 삼촌 에버몽드 후작에게 말한다.

> 저를 정말 무서운 상황으로 - 책임은 있어도 힘은 하나도 없는 상황으로 - 몰아넣었지요. 사랑하는 어머니가 돌아가시면서 마지막으로 유언하신 말씀을 그대로 따르려고 했지만, 사랑하는 어머니가 마지막으로 바라보던 눈빛에 따르려고 했지만, 그리고 자비를 베풀어서 잘못을 바로잡으려고 했지만, 그렇게 할 힘과 자원을 모색하느라 고생만 했을 뿐 제대로 된 건 하나도 없습니다.

이런 식의 인물대비는 곳곳에서 나타난다. 마담 드파르지는 불행한 시대를 온몸으로 겪으며 적극적이고 폭력적인 성격으로 사회를 바꾸려 몸부림치고, 마네뜨 아가씨는 차분한 성격으로 가정을 평화롭고 아름답게 가꾸려고 노력한다.

그렇다면 마네뜨 아가씨를 사랑하는 남성들은 또 어떤가? 마네뜨 아가씨와 결혼하는 찰스 다네이는 차분하고 성실한 성격이지만 시드니 칼톤은 내성적인 성격으로 모든 기회를 놓치고 자기비하에 빠져드나 결국에는 목숨으로 사랑을 증명한다. 하지만 스트라이버 변호사는 자신이 청혼하는 건 상대에게 은혜를 베푸는 셈이라는 과대망상에 빠지다가, 상대가 거절할 게 분명하자, 그런 사실 자체가 없다고, 나아가 상대가 자신을 유혹하려고 수단과 방법을 안 가렸으나 자신이 굳건히 물리쳤다며 사방에 떠벌리고 다닌다. 찰스 다네이와 시드니 칼톤은 참된 삶을 끊임없이 갈망하며 고민하는 인간 유형이나, 스트라이버 변호사는 진실보다 물질적인 성공을 목표로 살아가는 인간 유형을 대표한다. 그래서 남이야 어찌 되든 자신만 잘 되면 된다.

이런 식의 인물대비는 런던과 파리를 묘사하면서 확대된다. 영국에서도 반역자 재판을 하고 혁명 이후 프랑스에서도 반역자 재판을 하는데, 영국 군중에게 반역자 처형은 대단한 재밋거리에 불과하다. '아무리 멋있는 말로 포장한다 해도 구경꾼이 보이는 관심 밑바닥에 자리한 건 사람을 잡아먹는 괴물'이라며 개인주의 시각을 강하게 드러내는 것이다.

반면에 프랑스는 여러 발언을 통해 매우 강한 공동체성을 드러낸다. 도움을 청하는 다네이에게 드파르지는 "당신을 위해서 그렇게 할 순 없소. 나는 조국과 인민을 위해 일하는 사람이오. 당신 같은 사람과 싸우기로 조국과 인민 앞에 맹세한 종이란 말이오. 그러니 나는 당신을 위해 아무것도 할 수 없소" 하며 거절하고, 마네뜨 박사가 항의할.때 재판장은 "선량한 시민에게 공화국보다 소중한 존재는 있을 수 없소……공화국이 소중한 딸을 희생시키라고 요구한다면 당신은 그렇게 할 의무가 있소" 하고 말한다. 그리고 감옥에 있는 간수는 사형수를 면회한 친구가 혼절한 걸 보고 "친구가 신성한 단두대 제비뽑기에 당첨된 걸 보고 너무 힘들어서 저런 거요?"라 묻고, 다른 간수는 "진정한 애국자라면 귀족이 꽝을 뽑을 때 힘들어해야 하는데"라며 끼어든다.

두 번째는 압축 및 응축 기법이다. '자크'라는 호칭으로 파리 북쪽 보베에서 일어난 농민반란을 암시하고, 영국은 찰스 다네이를 간첩으로 체포하며 유럽의 칠 년 전쟁과 미국 독립전쟁을 암시하고, '다미앵'을 처참하게 죽였다는 말로 루이 15세 암살 시도와 당시의 사회분위기를 암시한다. 에버몽드 후작이 젊은 여인을 성폭행하고 일가족을 몰살하면서 귀족의 초야권과 당시의 잔인한 사회상을, 찰스 다네이가 재산상속을 거부하는 행위와 스트라이버 변호사의 반발로 인민 주권론과 계몽주의 및 공화주의에 대한 양대 세력의 입장을, 마네뜨 박사 석방으로 루이 16세 즉위와 일시적인 개혁파 집권을, 인민궁전이란 표현으로 튈르리 궁전에서 일어난 다양한 사건을, 회전 숫돌로 파리에서 일어난 '9월 학살'을, 마담 롤랑 처형으로 온건파와 강경파가 치열하게 싸우는 모습을, "남부지방에 시신이 가득하다"는 말로 리용 대학살을 압축해서 표현하는 등, 다양한 인물이 현장에서 겪는 다양한 사건으로 프랑스 혁명을 다양하게 조명한다.

세 번째는 상징 기법이다. 아이러니한 건 영국에서 반역죄 재판을 받고 처형당할 위기에 처한 사람도 찰스 다네이, 프랑스에서 반역죄 재판을 받고 처형당할 위기에 처한 사람도 찰스 다네이며, 바스티유에 억울하게 갇혀서 십팔 년을 보내고 현실과 환상 사이를 오가며 독특한 분위기를 끌어내는 마네뜨 박사는 장인이란 사실, 그리고 둘 다 프랑스 출신으로 조국을 등지고 런던에서 살아간다는 사실이다. 박사나 다네이나 마네뜨 아가씨는 런던에서 이방인이며 조국에 대한 사랑은 다양한 소식에 귀를 기울이면서도 현실에는 참여할 수 없는 독특한 형태로 나타날 수밖에 없는 것이다. 그런데 박사는 런던에서도 아주 독특한 공간에 산다. 길이 막힌 터라 복잡한 세상사는 한발 뒤로 물러난 것 같다. 집 없는 노숙자도 어슬렁거리지 않으며, 도시인데도 시골처럼 한가롭다. 조용한 집안은 현실참여를 할 수 없는 이방인을 상징한다. 하지만 발소리는 끊임없이 메아리치며 다양한 사건을, 그리고 프랑스 혁명을 예고한다. 끊임없는 관심을 상징하는 것이다.

이런 가운데 시드니 칼톤은 "엄청난 인파가 지금 우리에게 몰려든다"며 혁명을 예측하고 "모든 발자국을 받아들이겠다. 묻지도 않고 따지지도 않는다"며 자신의 미래를 예언한다.

반면에 마네뜨 아가씨는 메아리를 들으며 가끔은 우울하게 한숨짓고 가끔은 재미있어 웃음을 터트린다. 아이가 내딛는 발소리는 마네뜨 아가씨 가슴에 그대로 꽂히고 사랑하는 부친이나 남편이 내딛는 발소리 역시 말할 필요도 없다. 발자국을 사회적인 영역과 개인적인 영역으로 받아들이면서도 현실생활에 충실한 것이다.

네 번째는 비밀 기법이다. 작가는 작품 앞부분에서 모든 인간은 비밀이 있다고 선포한다. 주택마다, 방마다, 거기에서 심장이 쿵쾅거리는 수많은 사람 역시 저마다 비밀을 지닌다. 소중하게 읽던 책이 중간에 닫혀 더는 읽을 수 없듯, 밝은 빛이 비칠 때 바라보던 소중한 모습을 더는 볼 수 없듯 인간의 내면에 비밀이 깔린다. 도도하게 흐르는 강물이 단단한 얼음에 갇히듯 우리는 아무것도 모른 채 세상을 살아간다. 하지만 이런 비밀 때문에 죽음만큼 끔찍한 사태가 생긴다.

이런 비밀은 긴장감을 더하며 작품을 이끌어나간다. 그래서 작품을 읽다 보면 수수께끼에 빠질 때가 한두 번이 아니다. 아니, 다양한 궁금증을 일으킨다. 마네뜨 박사가 십팔 년 동안 억울하게 갇혔다는데, 어떤 사람이 어떤 이유로 그렇게 했단 말인가? 제리는 툭하면 손에 녹이 묻는다는데 이유가 무어며, 퇴근해서 집으로 올 때까지 깨끗한 신발이 아침에 진흙투성이로 변하는 이유는 무어란 말인가? 마담 드파르지가 귀족이란 귀족은 씨를 말리려고 누구보다 열심히 뛰어다니는 이유는 무어란 말인가? 드파르지가 바스티유 함락에 나선 또 다른 이유가 있었단 말인가? 다네이는 프랑스에서 어떤 가문에 어떤 신분으로 살았단 말인가? 그런데 하나같이 범상치 않은 이유가 있고, 하나같이 범상치 않은 결과를 가져온다. 박사가 알 듯 모를 듯 체념한 비밀은 결국 사위를 죽음으로 몰아가, 자신이 가장 사랑하는 딸까지 목숨을 포기하게 만들 정도다. 다네이가 런던탑 지하감옥을 다녀와서 털어놓은 말은 박사의 독특한 비밀을 예고하고, 그 비밀이 밝혀지면서 다네이 자신이 죽을 처지가 된다는 사실 역시 정말 아이러니하다.

'두 도시 이야기'는 런던에서 역마차를 타고 파리로 향하는 장면으로 시작해, 파리에서 역마차를 타고 런던으로 돌아가는 장면으로 끝난다. 그런데 시드니 칼톤이 유일한 예외다. 역마차가 런던으로 돌아가는 장면 이후에도 등장한다. 시드니 칼톤은 매우 독특한 인물이다. 어린 시절에 천재로 승승장구하지만, 현실사회에서 패배한다. 하지만 예언자적 기질을 끊임없이 발휘한다. 번갯불이 번쩍하는 걸 보고 "이제 소리가 들려요. 사람들이 몰려와요, 빠르게, 맹렬하게, 무섭게!" 하면서 혁명을 예고한다. 시드니 칼톤을 통해서 작가 자신이 말하는 것이다. 작가 자신이 실제로 불면증으로 고생하던 시절에 노숙자처럼 밤새 떠돌아다니던 경험을 시드니 칼톤에게 그대로 투사한 사실도 재미있다.

찰스 다네이가 런던에서 재판받을 때 마네뜨 아가씨가 얼굴이 창백한 걸 발견하고 조처를 한 사람도, 찰스 다네이가 파리에서 재판받을 때 마네뜨 아가씨가 혼절한 걸 잡아주고 집까지 데려다준 사람도, 마네뜨 아가씨를 위해 남편 대신 죽는 사람도 시드니 칼톤이다. 각자가 지닌 비밀과 세파는 마네뜨 아가씨 가정을 파멸로 몰아가지만, 시드니 칼톤은 자신을 희생해서 모두를 구원하는 독특한 역할이다. 스스로 세상에 쓸모라곤 하나도 없다고 생각하던 사람이 예언자며 구원자로 부활한 것이다. 그래서 사형장으로 끌려가는 도중에 가련한 여인은 "선생님은 하늘이 보내신 분"이라고 고백한다.

결국 시드니 칼톤은 죽음을 앞둔 것 같기도 하고 죽음 이후 같기도 한 분위기를 띄우며 프랑스 혁명의 미래를 예언하는 유명한 장면을 연출한다.

> 나는 본다, 바사드와 클라이와 드파르지와 '복수의 여신'과 배심원과 판사를 비롯해 구체제를 파괴하고 일어선 새로운 압제자를 단두대가 똑같은 방법으로 모조리 처리하고 사라지는 광경을. 나는 본다, 이렇게 처참한 지옥에서 아름다운 도시와 훌륭한 사람이 일어나는 광경을, 그래서 진정한 자유를 위해 끊임없이 싸우고, 오랜 세월에 걸쳐 수없이 이기고 지는 과정을. 나는 본다, 현재의 사악한 속성이 그리고 이런 속성을 잉태한 예전의 사악한 속성이 깊이 속죄하며 사라지는 광경을. "나는 부활이요 생명이니 나를 믿는 사람은 죽더라도 살겠고 또 살아서 믿는 사람은 영원히 죽지 않을 것이다."

그런데 작가가 프랑스 혁명이 일어날 수밖에 없는 이유를 적나라하게 열거하고 하늘의 뜻으로 예언하면서도 정작 프랑스 혁명에 대해서 폭력적이라고 비난하는 모습은 이율배반적이 아닐 수 없다. 혁명보다는 평화로운 개혁을 주장하던 당시 영국의 진보적인 분위기를 그대로 담아낸 작가의 이데올로기적 한계가 보이는 부분이다. 물론 프랑스 혁명 당시에 공포정치를 통해 같은 혁명동지를 온건하다는 이유로 단두대에서 처형한 모습 등은 우리도 비판하지 않을 수 없다. 하지만 민중을 착취하고 억압하고 수탈한 세력을 깡그리 없애려는 노력은 이후 프랑스를 유럽 최강국으로 끌어올리고, 이차대전 이후에는 친독파를 모두 처단하는 전통으로 이어지며 민족의 정기를 살려내지 않았는가! 이런 전통은 혁명이 성공한 적도, 친일파를 처단한 적도 없어 민족의 정기를 흐트러뜨린 우리로선 부러운 전통일 수밖에 없다. 이제 나도 한강에 나가서 도도하게 흐르는 물줄기를 바라보아야 하겠다.

북한산이 보이는 송천동에서
김 옥 수

《두 도시 이야기》를 중심으로 한 프랑스 대혁명 연대표

1358년	파리 북쪽 보베에서 농민반란 발발
1688년	영국 명예혁명
1715년	프랑스 루이 15세, 5세 나이로 즉위. 65세에 사망
1756~63년	칠년전쟁, 다네이는 프랑스 첩자로 체포당함
1757년 1월	루이 15세 암살시도, 드파르지 설명처럼 다미앵 처형
12월 22일	쌍둥이 귀족 형제 마네뜨 박사 납치
12월 29일	젊은 여인 강간 및 사망, 마담 드파르지만 생존
12월 31일	마네뜨 박사 바스티유 감옥 수감
1762년	루소의 사회계약설과 인민 주권론, 로크의 계몽주의 발표, 이런 분위기에서 다네이는 귀족 신분과 모든 재산을 포기, 스트라이버 변호사는 이런 세력에 대해 궤변을 늘어놓으며 비난
1767년	마네뜨 박사, 바스티유 수감 십 년째, 회고록 작성

1774년	루이 16세 즉위. 개혁파 집권, 마네뜨 박사 석방
1775년	미국 독립 전쟁 발발, 프랑스 궁정 재정 파탄
1780년 3월	다네이 영국에서 간첩죄로 재판
6월	마네뜨 박사 저택에서 시드니 칼톤 민중혁명을 예언
7월	에버몽드 후작, 마차 바퀴로 어린애 죽이고 그날 저녁에 암살. 마네뜨 아가씨와 찰스 다네이 결혼. 제리, 클라이 장례식에 참석하고 저녁에 무덤을 판다. 수리공, 베르사유에서 왕과 왕비 일행을 보고 환호
1783년	미국 독립, 마네뜨 아가씨 자녀 출산
1785년	다이아몬드 목걸이 사건 – 시민들, 마리 앙투아네트 비난
1789년 5월	루이 16세 삼부회 소집, 나중에 군대를 동원해서 탄압
6월 20일	테니스 코트 서약, 왕당파가 제헌 국민의회 무력 탄압
7월 14일	바스티유 감옥 습격, 프랑스 대혁명 발발
8월 4일	봉건제 폐지 발표
8월 26일	프랑스 인권 선언
10월 5일	베르사유 궁전 인민 난입
1791년 6월	루이 16세 튈르리 궁전 탈출, 외국에 군사개입 요청

8월 27일	필니츠 선언
9월	새 헌법 발표, 제한 선거제와 입헌군주제 실시
1792년 4월	프랑스와 오스트리아 전쟁 발발
6월 21일	역장 가벨, 다네이에게 편지 써서 구원 요청
7월 25일	프로이센, 브런즈윅 선언으로 혁명정부에 복수를 다짐
8월 10일	루이 16세 반역죄로 기소, 마리 앙투아네트 감옥 수감
8월 14일	다네이, 프랑스에서 체포, 파리 압송
9월 2일	9월 학살 발발 – '회전 숫돌'에 도끼와 칼을 간다
9월 20일	– 발미 전투, 의용군이 프로이센군을 국경 밖으로 퇴치
	– 하층민 발언권 증가, 극좌 자코뱅파 지지
	– 보통 선거 제도화, 모든 남자에게 선거권 부여
9월 21일	프랑스 제1공화국 수립, 국민공회가 공화정 선포
10월 23일	정부, 망명자가 귀국하면 처형한다는 포고령 발표
1793년 1월	파리 혁명광장에서 루이 16세 단두대 처형
2월 24일	병사 삼십만 징병
3월	방데 반란, 왕당파가 혁명정부를 반대하며 주도
6월 2일	– 자코뱅파 당수 로베스피에르, 권력 장악
	– 공포정치, 반대파(지롱드파) 단두대 숙청
10월 14일	마리 앙투아네트, 단두대 처형
11월 9일	작가며 혁명 지도자, '지롱드파의 여왕' 마담

롤랑 처형, 단두대 앞에서 "아! 자유여, 그대의 이름으로 얼마나 많은 죄를 범할 것인가!"라는 유명한 말을 남긴다

12월	리용 대학살 – 다네이 석방 후 체포, 칼턴이 대신 죽음
1794년 2월	농노제 폐지
7월 28일	– 테르미도르 쿠데타 발발 – 단두대로 악명을 떨친 로베스피에르 단두대에서 처형
1795년 10월	나폴레옹, 왕당파 봉기 진압
10월 26일	총재정부 수립 (~ 1799.11.9.)
1804년	나폴레옹 황제 등극, 2차, 3차 프랑스 혁명 발발

A TALE

of

TWO CITIES,

BY

CHARLES DICKENS